FRANK

KONINKRIJK

JO NESBØ BIJ UITGEVERIJ CARGO

De roodborst
Nemesis
Dodelijk patroon
De verlosser
De sneeuwman
De vleermuisman
Headhunters
Het pantserhart
De schim
De kakkerlak
Politie
De zoon
Bloed op sneeuw
Middernachtzon
De dorst
Het mes

Jo Nesbø

Koninkrijk

Vertaald door Annelies de Vroom

CARGO

2021

AMSTERDAM

De vertaling van dit boek is mede tot stand gekomen door een subsidie van NORLA

Cargo is een imprint van Uitgeverij De Bezige Bij, Amsterdam

Eerste druk juni 2021
Tweede druk juli 2021
Derde druk augustus 2021
Oorspronkelijke titel *Kongeriket*
Oorspronkelijke uitgever Aschehoug, Oslo
Omslagontwerp STHLM Creators/Buro Blikgoed
Omslagillustratie STHLM Creators
Foto auteur Stian Broch
Vormgeving binnenwerk Peter Verwey, Heemstede
Druk- en bindwerk Wilco, Amersfoort
ISBN 978 94 031 0871 1
NUR 305

uitgeverijcargo.nl

MIX
Papier van verantwoorde herkomst
FSC® C004472

Bij de productie van dit boek is gebruikgemaakt van papier dat het keurmerk van de Forest Stewardship Council (FSC®) mag dragen.
Bij dit papier is het zeker dat de productie niet tot bosvernietiging heeft geleid.

PROLOOG

Het was de dag dat Dog stierf.

Ik was zestien, Carl vijftien.

Een paar dagen daarvoor had vader ons het jachtmes laten zien waarmee ik hem had gedood. Het had een breed lemmet dat schitterde in de zon en de randen waren gekarteld. Vader had uitgelegd dat de kartels ervoor zorgden dat het bloed wegvloeide als je de buit vilde. Carl was toen al wit weggetrokken en vader had gevraagd of hij van plan was weer wagenziek te worden. Ik denk dat Carl toen besloot iets, wat dan ook, dood te schieten, het te villen en in verdomd kleine stukjes te snijden, als dat nodig was.

'En dan bakken we dat en eten het op,' zei hij terwijl we voor de schuur stonden. Ik keek onder de motorkap van vaders Cadillac DeVille. 'Hij, moeder, jij en ik. Goed?'

'Goed,' zei ik terwijl ik aan de distributeur draaide.

'En Dog krijgt ook,' zei hij. 'Er zal genoeg zijn voor iedereen.'

'Uiteraard,' zei ik.

Vader had Dog die naam gegeven omdat hij zo snel niet iets anders kon bedenken, beweerde hij. Maar ik geloof dat hij hield van die naam. Die was zoals hijzelf. Hij zei niet meer dan het hoogstnoodzakelijke en was zo Amerikaans dat hij Noors moest zijn. En hij hield van het beest. Ik verdacht hem ervan dat hij liever samen met de hond was dan met wie dan ook.

De boerderij mocht dan misschien niet veel voorstellen, maar we hadden een prachtig uitzicht en voldoende grond waardoor vader dit zijn koninkrijk kon noemen. In mijn gebruikelijke houding, gebogen over de motor van de Cadillac, kon ik Carl dag na dag zien vertrekken met vaders hond, vaders hagelgeweer en vaders mes. Ik kon ze als puntjes op de berghelling zien lopen. Maar er klonk nooit een schot. Als ze terugkwamen op de boerderij zei Carl altijd dat hij geen vogel had gezien en ik zweeg alhoewel ik de ene vlucht sneeuwhoenderen na de andere had gezien rond de plekken waar Carl en Dog zich bevonden.

Toen kwam de dag dat er eindelijk een schot viel.

Ik schrok zo dat ik mijn hoofd stootte tegen de motorkap. Ik veegde de olie van mijn vingers en keek naar de heidevelden terwijl het geluid verder rolde als onweer over het dorp in het dal bij het Budalsvann. Tien minuten later kwam Carl aangerend, en toen hij bijna op het erf was, minderde hij vaart want hij wist dat vader en moeder hem vanuit huis konden zien. Dog was niet bij hem en ik zag het geweer ook niet. Ik begreep eigenlijk al half wat er was gebeurd en daarom liep ik hem tegemoet. Op het moment dat hij me zag, draaide hij zich om en begon langzaam in de richting te lopen waar hij vandaan kwam. Ik haalde hem in en zag dat zijn wangen nat waren van de tranen.

'Ik heb het geprobeerd,' zei hij snikkend. 'Ze vlogen voor ons op, het waren er zoveel en ik richtte op ze, maar ik kon het gewoon niet. Maar ik wilde dat jullie zouden horen dat ik het in elk geval had geprobeerd dus ik liet het geweer zakken en haalde de trekker over. Toen de vogels waren weggevlogen, keek ik weer naar beneden en zag ik hem liggen. Dog.'

'Dood?' vroeg ik.

'Nee,' zei Carl en nu begon hij pas echt te huilen. 'Maar hij... hij gaat dood. Hij bloedt uit zijn bek en beide ogen zijn kapot. Hij ligt daar maar te janken en te beven.'

'Rennen,' zei ik.

We renden en na een paar minuten zag ik iets in de hei bewegen. Het was een staart. De staart van Dog, hij rook dat we eraan kwamen. We gingen bij hem staan. De hondenogen zagen eruit als twee kapotte eidooiers.

'Het is gebeurd,' zei ik. Niet omdat ik een ervaren dierenarts ben, zoals alle cowboys in westerns kennelijk zijn, maar als Dog hier op miraculeuze wijze bovenop zou komen, zou zijn leven als blinde jachthond niets meer waard zijn. 'Je moet hem doodschieten.'

'Ik?' riep Carl uit, alsof hij niet kon geloven dat ik dat ook maar voorstelde, dat hij, Carl, iets zou kunnen doden.

Ik keek naar hem, naar mijn kleine broertje. 'Geef me het mes,' zei ik.

Hij gaf me vaders jachtmes.

Ik legde mijn ene hand op de kop van Dog en hij likte mijn pols. Ik greep de vacht in zijn nek en sneed met mijn andere hand zijn keel door.

Maar ik was te voorzichtig, er gebeurde niets. Dog schokte alleen even. Pas bij de derde poging kwam ik er echt doorheen en het was alsof je te laag in een pak sap een gat had gemaakt, het bloed gulpte eruit alsof het erop had gewacht te worden bevrijd.

'Zo,' zei ik en ik liet het mes in de hei vallen. Zag het bloed in de kartelranden en vroeg me af of er bloed in mijn gezicht was gespat want ik voelde iets warms over mijn wangen lopen.

'Je huilt,' zei Carl.

'Niks tegen vader zeggen.'

'Dat je huilde?'

'Dat het je niet lukte om hem… uit zijn lijden te verlossen. We zeggen dat ik had besloten dat het moest gebeuren, maar dat jij het hebt gedaan. Oké?'

Carl knikte. 'Oké.'

Ik droeg het kadaver op mijn schouder, maar het was zwaarder dan ik had gedacht waardoor ik steeds uitgleed. Carl bood aan om de vracht over te nemen, maar ik zag de opluchting in zijn ogen toen ik dat afsloeg.

Ik legde Dog op het talud voor de schuur, liep het huis in en haalde vader. Terwijl we terugliepen gaf ik hem de afgesproken verklaring. Hij zei niets, ging op zijn hurken bij de hond zitten en knikte alsof dit iets was wat hij op de een of andere manier wel had verwacht, eigenlijk alsof het zijn eigen fout was. Toen kwam hij overeind, pakte het geweer van Carl en nam het lijk van Dog onder zijn arm.

'Kom,' zei hij en hij liep de hooischuur in. Daar legde hij Dog op een bedje van hooi en deze keer knielde hij, boog zijn hoofd en mompelde iets wat op een van de Amerikaanse psalmen leek die hij kende. Ik keek naar mijn vader, een man die ik mijn hele korte leven al had gezien, maar nog nooit zo. Zo aangeslagen.

Toen hij zich naar ons omdraaide, was hij nog steeds bleek, maar zijn lippen beefden niet meer en zijn ogen straalden weer die krachtige rust uit.

'En nu wij,' zei hij.

En zo was het. Hoewel vader nog nooit een van ons had geslagen, leek het of Carl zich achter me trachtte te verschuilen. Vader streelde met zijn hand over het geweer.

'Wie van jullie heeft…' Hij zocht naar het woord, bleef het geweer strelen, '...mijn hond opengesneden?'

Carl knipperde van schrik met zijn ogen. Hij deed zijn mond open.

'Dat was Carl,' zei ik. 'Maar ik heb gezegd dat het moest gebeuren en dat hij het zelf moest doen.'

'O ja?' Vader liet zijn blik heen en weer gaan tussen Carl en mij. 'Jullie moeten weten dat mijn hart huilt. Het huilt, maar één ding geeft me troost. En weten jullie wat dat is?'

We zwegen want het was niet de bedoeling dat we antwoordden als vader zoiets vroeg.

'Dat is dat ik twee zoons heb die vandaag hebben laten zien dat ze man zijn. Die hun verantwoordelijkheid hebben genomen en daarnaar hebben gehandeld. Een duivels dilemma, weten jullie wat dat is? Dat juist het maken van een keus je kwelt en niet de beslissing die je neemt. Want je weet dat je hoe dan ook 's nachts wakker zal liggen en jezelf zal kwellen met de vraag of je het juiste hebt gedaan. Jullie konden weglopen van deze beslissing, maar jullie gingen de strijd aan met deze keus. Moesten jullie Dog laten leven en lijden of Dog laten sterven en daarmee zijn moordenaar worden? Er is moed voor nodig om niet te vluchten als je ineens voor een dergelijke keus staat.' Hij strekte zijn grote handen uit en legde de ene op mijn schouder en de andere op die van Carl. Zijn stem kreeg een vibrato predikant Armand waardig toen hij verderging: 'Het is het vermogen om niet de weg van de minste weerstand te kiezen, maar juist de weg van wat moreel juist is wat de mens van het dier onderscheidt.' Hij had weer tranen in zijn ogen. 'Ik sta voor jullie als een gebroken man, maar ik ben geweldig trots op jullie, jongens.'

Het was niet alleen de indrukwekkendste, maar waarschijnlijk ook de langste toespraak die ik ooit van mijn vader heb gehoord. Carl begon te grienen en ik had verdomme ineens een enorm brok in mijn keel.

'Nu gaan we het moeder vertellen.'

Daar zagen we tegen op. Moeder ging altijd een lange wandeling maken als vader een geit ging slachten en kwam dan terug met rode ogen.

Op weg naar huis hield vader mij tegen zodat Carl ons niet kon horen.

'Krijgt ze deze versie te horen dan kun je beter je handen flink wassen,' zei hij.

Ik keek op en zette me schrap voor wat er zou komen, maar ik zag in zijn gezicht slechts mildheid en verslagenheid. Toen aaide hij me over mijn achterhoofd. Dat had hij voor zover ik het me kon herinneren nog nooit eerder gedaan en het gebeurde ook nooit meer.

'Jij en ik, Roy, we zijn flinker dan mensen als moeder en Carl. Dus wij moeten voor ze zorgen. Altijd. Begrijp je dat?'

'Ja.'

'Wij zijn een gezin. We hebben elkaar en niemand anders. Vrienden, geliefden, buren, dorpsgenoten, de Staat: alles is een illusie en geen rooie cent waard als het er op een dag werkelijk op aankomt. Het is wij tegen de rest, Roy. Wij tegen absoluut iedereen. Oké?'

'Oké.'

DEEL I

1

Ik hoorde hem voordat ik hem zag.

Carl was terug. Ik weet niet waarom ik aan Dog dacht, dat was twintig jaar geleden, maar misschien vermoedde ik dat de reden van zijn plotselinge, onaangekondigde terugkeer weer dezelfde was als toen. Zoals altijd. Hij had de hulp van zijn grote broer nodig.

Ik stond op het erf en keek op mijn horloge. Halfdrie. Hij had een tekstbericht gestuurd, dat was alles, en gezegd dat ze er om twee uur zouden zijn. Maar mijn kleine broertje was altijd een optimist geweest, had altijd meer beloofd dan hij kon waarmaken.

Ik keek naar het landschap om me heen. Naar het kleine stuk dat onder me door het wolkendek piepte. De berghelling aan de overkant van het dal leek te drijven in een grijze zee. De vegetatie begon al rood te kleuren door de herfst hierboven. Boven me was de hemel helder en schoon als de blik van een onschuldig meisje. De lucht was koud en prikte in mijn longen als ik te diep ademhaalde. Ik had het gevoel helemaal alleen te zijn, dat ik de hele wereld voor mezelf had. Alhoewel wereld? Dit was eerder de berg Ararat met een boerderij erop. Soms namen toeristen vanuit het dorp de slingerende weg naar boven om van het uitzicht te kunnen genieten en dan eindigden ze altijd hier op het erf. En dan vroegen ze vaak of dit boerderijtje nog wel in bedrijf was. De reden voor die idioten om het over een boerderijtje te hebben was waarschijnlijk dat ze dachten dat een echte boerderij eruit moest zien als de boerderijen in het dal. Met grote akkers, overdreven grote schuren en flinke, opvallende woonhuizen. Ze hadden duidelijk niet gezien wat een storm in de bergen kon doen met een te groot dak of ooit geprobeerd een iets te ruime kamer te verwarmen als het buiten hard waaide en dertig graden vroor. Ze kenden het verschil niet tussen akkers en grond en dat het vee van zo'n boerderij veel ruimte nodig had om te grazen. Het kon een afgelegen koninkrijk zijn, maar vele malen groter dan de boerderijen in het dal met hun onnatuurlijk goudgele graanvelden en cultuurlandschap.

Ik had hier vijftien jaar alleen gewoond, maar dat was nu dus voorbij. Een v8 bromde en gromde ergens beneden in het wolkendek. Het geluid was zo dichtbij dat de auto halverwege de berg de Japanse bocht al door moest zijn. De bestuurder gaf gas, minderde weer vaart, nam de haarspeldbocht en gaf weer gas. Dichter- en dichterbij. Je kon horen dat hij deze bochten eerder had genomen. En nu ik de nuances in het motorgeluid kon onderscheiden, de diepe zuchten als er geschakeld moest worden, de zware bastoon die alleen een Cadillac in een lage versnelling heeft, wist ik dat het om een DeVille ging. Net zo eentje als de zware, zwarte auto die vader had gehad. Uiteraard.

En daar kwam de agressieve grillebek door de Geitesving – de geitenbocht. Zwart. Een nieuwer model, ik gokte rond 1985, maar met hetzelfde geluidsarsenaal.

De auto stopte naast me en het raam aan de bestuurderskant gleed naar beneden. Ik hoopte dat het niet te zien was, maar mijn hart bonkte als een razende. Hoeveel brieven, tekstberichten, mails en telefoongesprekken hadden we al deze jaren uitgewisseld? Niet veel. En toch: was er een dag voorbijgegaan dat ik niet aan Carl had gedacht? Nauwelijks. Maar Carl missen was beter dan dealen met de Carl-problemen. Allereerst viel me op dat hij ouder was geworden.

'Pardon meneer, maar zijn we hier bij de boerderij van de beroemde Opgard-broers?'

En toen grijnsde hij. Hij zond me die warme, goede, onweerstaanbare glimlach en het was alsof de tijd zowel van zijn gezicht als van de kalender die zei dat het vijftien jaar geleden was, werd weggeveegd. Maar zijn blik had ook iets onderzoekends, het leek of hij het badwater testte.

Ik had geen zin om te lachen. Nog niet, maar ik kon het niet laten.

Het portier ging open. Hij spreidde zijn armen en ik liet me vangen. Iets in me zei dat het andersom zou moeten zijn, maar ergens onderweg was de rolverdeling tussen Carl en mij vervaagd. Hij was groter geworden dan ik, lichamelijk en als persoon, en het leek of hij het dirigeerstokje had overgenomen. Dat was zeker het geval als we in gezelschap van anderen waren. Ik sloot mijn ogen, huiverde en haalde bevend adem, snoof de geur op van herfst, van Cadillac en van mijn kleine broer. Hij gebruikte een of andere mannengeur.

Het portier aan de passagierskant ging open.

Carl liet me los en nam me mee rond de enorme motorkap van de auto naar de vrouw die uitkeek over het dal.

'Het is hier echt mooi,' zei ze. Ze was klein en tenger, maar haar stem was zwaar. Het accent duidelijk en ze maakte fouten in de uitspraak, maar het was tenminste Noors. Ik vroeg me af of dit de zin was die ze onderweg had geoefend en die ze beslist wilde uitspreken of ze het nu meende of niet. Iets waardoor ik haar sympathiek zou vinden of ik dat nu wilde of niet. Toen draaide ze zich om en lachte. Het eerste wat me opviel was dat haar gezicht wit was. Niet bleek, maar wit als sneeuw waardoor het zonlicht reflecteerde en je amper de gezichtscontouren kon zien. Het tweede was dat het ene ooglid half naar beneden hing, als een rolgordijn, alsof ze slaperig was. Maar de andere helft zag er wakker uit. Een levendig bruin oog dat me van onder kortgeknipt vlammend rood haar aankeek. Ze droeg een eenvoudige zwarte tailleloze jas en daaronder waren geen vrouwelijke vormen te bespeuren. Boven de kraag stak een zwarte coltrui uit. Kort samengevat was de eerste indruk die van een magere jongen op een zwart-witfoto wiens haar later was ingekleurd. Carl was altijd populair geweest bij de meisjes dus ik moet eerlijk zeggen dat ik verbaasd was. Niet dat ze niet schattig was, maar ze was geen stuk, zoals ze vroeger zeiden. Ze bleef lachen en aangezien de tanden niet veel verschilden van haar huid, betekende het dat ze ook wit waren. Carl had ook witte tanden, in elk geval die had hij altijd gehad, in tegenstelling tot ikzelf. Carl plaagde me er altijd mee dat zijn tanden gebleekt werden door het zonlicht omdat hij veel meer lachte. Misschien dat ze daarom voor elkaar waren gevallen: witte tanden. Het spiegelbeeld. Want hoewel Carl lang en breed was, blond haar en blauwe ogen had, zag ik direct een verwantschap. Een positieve levenshouding. Optimisme, de wil om het beste in de mensen te zien. In zichzelf en de ander. Nou ja, ik kende het meisje natuurlijk nog niet.

'Dit is...' begon Carl.

'Shannon Alleyne,' onderbrak ze hem met haar baritonstem en ze stak een hand uit die zo klein was dat hij het gevoel had een kippenpoot vast te houden.

'...Opgard,' voegde Carl er trots aan toe.

Shannon Alleyne Opgard wilde mijn hand langer vasthouden dan ik. Ook dat herkende ik van Carl. Sommige mensen hebben het drukker met geliefd gevonden te worden dan anderen.

'Jetlag?' vroeg ik en ik had meteen spijt, ik voelde me een idioot dat ik het vroeg. Niet omdat ik niet wist wat een jetlag was, maar omdat Carl wist dat ik nog nooit een tijdzone was gepasseerd en dat het antwoord om die reden voor mij maar beperkte betekenis zou hebben.

Carl schudde zijn hoofd. 'We zijn twee dagen geleden geland, maar moesten wachten op de auto die met de boot kwam.'

Ik knikte en keek naar het kenteken. MC, Monaco. Exotisch, maar niet exotisch genoeg om te vragen of ik het nummerbord mocht hebben als de auto in Noorwegen werd geregistreerd. In mijn kantoor van de benzinepomp had ik verlopen kentekenplaten hangen van Frans-Equatoriaal-Afrika, Birma, Basutoland, Brits Honduras en Johor. De lat lag hoog.

Shannon keek van Carl naar mij en weer terug. Ze glimlachte. Ik weet niet waarom, misschien was ze gewoon blij Carl met zijn grote broer – zijn enige naaste familielid – te zien lachen. Want het beetje spanning dat er was geweest verdween. Omdat hij – omdat zij tweeën – thuis waren. 'Laat jij Shannon het huis zien terwijl ik de koffers naar binnen breng?' vroeg Carl. Hij opende de *trunk* zoals vader altijd zei.

'Dat duurt ongeveer net zolang,' mompelde ik tegen Shannon die achter me aan liep.

We liepen rond het huis naar de hoofdingang die op het noorden lag. Waarom vader de voordeur niet aan de kant van het erf en de weg had geplaatst, weet ik eerlijk gezegd niet. Misschien omdat hij elke dag als hij naar buiten stapte graag naar de grond van zijn boerderij keek. Of misschien omdat het belangrijker was dat de zon de keuken opwarmde dan de gang. We stapten over de drempel en ik opende een van de drie deuren in de gang.

'De keuken,' zei ik en het viel me op dat het er naar ranzig vet rook. Was dat de hele tijd al zo?

'Wat mooi,' loog ze. Oké, ik had opgeruimd en zelfs schoongemaakt, maar mooi was het niet. Met grote ogen, en misschien wel wat bezorgd, volgde haar blik de kachelpijp die van de houtkachel door een gat dat, met voldoende ruimte zodat het plafond geen vlam kon vatten, uit het plafond was gezaagd naar de eerste verdieping ging. Het gat was zo perfect rond dat vader het een kunstwerk noemde. Dat was overigens – samen met de twee ronde gaten in de buiten-wc – het enige kunstwerk op de boerderij.

Ik deed het licht aan en weer uit om haar te laten zien dat we ondanks alles wel elektriciteit hadden.

'Koffie?' vroeg ik en ik draaide de kraan open.

'Bedankt, later misschien.'

De beleefdheidsfrasen had ze in elk geval geleerd.

'Carl zal wel zin in koffie hebben,' zei ik, het keukenkastje opentrekkend. Ik rommelde en vond achterin de koffieketel. Het was immers een tijd geleden dat ik koffie had gezet. Ik had genoegen genomen met poederkoffie. Toen ik de ketel onder de kraan zette, merkte ik dat ik uit gewoonte de warme kraan had opengedraaid. Ik voelde dat ik het warm kreeg. Maar wie had besloten dat poederkoffie met warm water uit de kraan triest moest zijn? Koffie is koffie en warm is warm.

Ik zette de ketel op de kookplaat, deed het fornuis aan en was in twee stappen bij een van de twee kamers die aan weerszijden van de keuken lagen. De ene ruimte was de eetkamer die in de winter niet werd gebruikt omdat die als buffer werkte tegen de wind en kou uit het westen. In de winter aten we in de keuken. Aan de andere kant lag de woonkamer met de boekenkasten, de televisie en een eigen houtkachel. Aan de zuidkant had vader het enige extravagante van het huis gebouwd, wat hij de *porch* noemde en moeder de wintertuin. Hoewel die in de winter natuurlijk grondig was afgesloten en gebarricadeerd met luiken. Maar 's zomers zat vader daar te genieten van zijn Berry-snus en dronk hij Budweiser. Ook dat was een extravagantie. Hij moest naar de stad om dat bleke Amerikaanse bier te kopen, de zilverkleurige blikjes met de porties Berry-snus werden hem over de grote plas toegestuurd door een Amerikaans familielid. Vader had me al jong uitgelegd dat het verschil met die Zweedse rotzooi was dat de Amerikaanse snus door een fermentatieproces was gegaan en dat merkte je aan de smaak. 'Net als bij bourbon,' zei vader, die beweerde dat de Noren die Zweedse troep gebruikten omdat ze niet beter wisten. Nou, ik wist dus beter en toen ik snus begon te gebruiken, was dat Berry. Carl en ik telden altijd het aantal lege flesjes dat hij in het raamkozijn zette. We wisten dat als hij er meer dan vier dronk, dan kon hij gaan huilen en niemand wilde zijn vader zien huilen. Nu ik erover nadenk is het waarschijnlijk om die reden dat ik nooit meer dan twee flesjes bier drink. Ik wilde niet huilen. Carl werd alleen vrolijker dus ik denk dat hij er minder behoefte aan had dergelijke grenzen te trekken.

Dat dacht ik dus allemaal, maar ik zei niets terwijl we de trap op gingen en ik Shannon de grootste slaapkamer wees die vader de masterbedroom noemde.

'Fantastisch,' zei ze.

Ik liet haar de nieuwe badkamer zien, die niet nieuw meer was, maar wel het nieuwste in huis. Ze had het vast niet geloofd als ik haar vertelde dat we zonder badkamer waren opgegroeid. Dat we ons beneden in de keuken wasten met water dat op de kachel was opgewarmd. Dat de badkamer pas na het auto-ongeluk kwam. Als het klopte wat Carl had geschreven, dat zij van Barbados kwam, uit een gezin dat voldoende geld had om haar naar een universiteit in Canada te sturen, dan zou het uiteraard moeilijk voor haar zijn zich voor te stellen dat je het vuile badwater deelde met je broer terwijl je in de winter stond te bibberen van de kou. Ondertussen had vader, paradoxaal genoeg, een Cadillac DeVille op het erf staan want een fatsoenlijke auto moesten we hebben.

De deur van de jongenskamer was duidelijk uitgezet want ik moest hard trekken aan de deurklink om hem open te krijgen. Een geur van stof en herinneringen sloeg ons tegemoet, alsof je een kledingkast opentrok met oude kleren waarvan je allang vergeten was dat je die had. Langs de ene lange muur stond een bureau met twee stoelen naast elkaar. Langs de andere muur over de volle lengte een stapelbed. Aan het voeteneind kwam de kachelpijp uit een gat in de vloer.

'Hier sliepen Carl en ik,' zei ik.

Shannon knikte. 'Wie lag boven?'

'Ik,' zei ik. 'De oudste.' Ik ging met mijn vinger over de laag stof op de rugleuning van een van de stoelen. 'Ik verhuis hier vandaag naartoe zodat jullie de grote slaapkamer kunnen krijgen.'

Ze keek me verschrikt aan. 'Maar lieve Roy, we willen je toch niet...'

Ik concentreerde me om mijn blik te richten op haar ene geopende oog. Is het niet een beetje raar om bruine ogen te hebben als je rood haar en een huid wit als sneeuw hebt? 'Jullie zijn met z'n tweeën, ik ben alleen en het is geen probleem. Oké?'

Ze liet haar blik weer door de jongenskamer gaan. 'Bedankt,' zei ze.

Ik liep voor haar uit naar de kamer van vader en moeder. Ik had goed gelucht. Hoe mensen ook ruiken, ik hou niet van hun geur. Behalve dan van die van Carl. Carl rook niet lekker, maar goed. Hij rook naar mij.

Naar ons. Als Carl 's winters ziek werd – en dat werd hij altijd – kroop hij tegen me aan. En hij rook zoals hij moest ruiken, zelfs als zijn huid bedekt was met opgedroogd koortszweet en zijn adem naar braaksel stonk. Ik snoof Carl op en kroop huiverend dicht tegen zijn gloeiende lichaam aan. Gebruikte de warmte die hij verloor om mijn eigen lijf op te warmen. De koorts van de een, de verwarming van de ander. Je wordt praktisch als je hier op de berg woont.

Shannon liep naar het raam en keek naar buiten. Ze had haar jas nog aan. Kennelijk vond ze het koud in huis. In september. Dat beloofde niet veel goeds voor de winter. Ik hoorde Carl de smalle trap op stommelen met de koffers.

'Carl zegt dat jullie niet rijk zijn,' zei ze. 'Maar alles wat ik van hieruit zie, is van jou en hem.'

'Dat klopt. Maar het is alleen maar grond.'

'Alleen maar grond?'

'Wilde natuur,' zei Carl die hijgend en lachend in de deuropening stond. 'Grond waarop de schapen en geiten grazen. Op een berg heb je niet veel akkers om gewassen op te verbouwen. En zoals je kunt zien, is er ook niet veel bos. Maar we gaan wat aan de skyline doen, of niet, Roy?'

Ik knikte langzaam. Net zo langzaam als de boeren in mijn jeugd hadden geknikt terwijl ik vermoedde dat er zich zoveel gecompliceerde gedachten achter hun gerimpelde voorhoofden afspeelden dat het misschien onmogelijk was dat allemaal uit te spreken in ons eenvoudige dorpstaaltje. Bovendien leken ze een stilzwijgend begrip te hebben voor elkaar, deze volwassen, knikkende mannen, omdat het ene langzame geknik vaak werd beantwoord door geknik van de ander. En knikte ik langzaam. En begreep ik er ook niet veel van.

Ik had het natuurlijk allemaal aan Carl kunnen vragen, maar het antwoord had ik toch niet gekregen. Ja, plenty antwoorden, maar niet hét antwoord. En misschien wilde ik dat ook helemaal niet, ik was gewoon blij Carl weer terug te hebben en ik was niet van plan hem nu lastig te vallen met de vraag: waarom was hij in godsnaam teruggekomen?

'Roy is zo aardig,' zei Shannon. 'Hij heeft ons deze kamer gegeven.'

'Ik ging ervan uit dat je niet terugkwam om in je jongenskamer te slapen,' zei ik.

Carl knikte langzaam. 'Als dank is dit niet veel,' zei hij en hij hield een zwarte doos omhoog. Ik zag direct wat het was. Berry.

‘Verdomme, wat goed om je te zien, broer,’ zei Carl met verstikte stem, hij liep op me af en sloeg zijn armen om me heen. Hij drukte me nu stevig tegen zich aan en ik deed dat met hem. Ik voelde dat zijn lichaam iets zachter was geworden, iets meer vulling. De huid van zijn kaak tegen de mijne iets slapper, ik voelde het raspen van zijn baard alhoewel hij zich pas geschoren had. De wol van zijn colbert voelde zacht aan, dichtgeweven. En hij droeg een overhemd, dat deed hij vroeger nooit. Zelfs zijn Noors was anders, hij sprak nu de grotestadstaal die wij af en toe spraken als we moeder nadeden.

Maar het was goed. Hij rook net als vroeger. Hij rook naar Carl. Hij hield me een eindje van zich af en keek me aan. Zijn mooie meisjesogen waren vochtig. Verdomme, dat waren die van mij ook.

‘De koffie kookt,’ zei ik zonder dat mijn stem erg schor klonk en ik liep de trap af.

Toen ik die avond in bed ging liggen, luisterde ik naar de geluiden. Of het huis anders klonk nu er meer mensen woonden. Dat deed het niet. Het kraakte, steunde en fluisterde als altijd. Ik luisterde ook naar de geluiden uit de masterbedroom. Het huis was gehorig want hoewel de badkamer tussen de twee slaapkamers lag, kon ik stemmen horen. Hadden ze het over mij? Vroeg Shannon aan Carl of zijn grote broer altijd zo stil was? Dacht Carl dat Roy de chili con carne die ze had gemaakt wel lekker vond? Vond deze zwijgzame broer het cadeau eigenlijk wel leuk dat ze hem had gegeven en waarvoor ze zoveel moeite had gedaan? Een verlopen nummerbord van Barbados dat ze via familie te pakken had gekregen. Mocht deze grote broer haar wel? En Carl antwoordde dat Roy altijd zo deed tegen vreemden, dat ze hem wat tijd moest geven. En ze zei dat Roy misschien wel jaloers op haar was, dat Roy vast het gevoel moest hebben dat ze zijn broer had afgepakt, het enige familielid dat hij immers had. En Carl lachte, streelde haar over haar wang en zei dat ze na één dag niet moest piekeren over dergelijke zaken, dat het wel goed zou komen. En ze legde haar hoofd onder zijn kin en zei dat hij gelijk had, maar dat ze in elk geval blij was dat Carl niet was zoals zijn broer. Dat het vreemd was om je in een land zonder criminaliteit te gedragen alsof je constant op je hoede moest zijn voor een overval.

Of misschien deden ze het wel.

In het bed van vader en moeder.

'Wie lag boven?' zou ik morgen bij het ontbijt vragen. 'De oudste?' En dan die verbaasde gezichten zien. Daarna zou ik de bijtende ochtendlucht in lopen, in mijn auto gaan zitten, de handrem eraf halen, het stuurslot voelen en de Geitesving zien.

Buiten klonk een lange, mooie en trieste roep. Een goudplevier. De eenzaamste vogel in de bergen, slank en ernstig. Een vogel die je volgt op je wandeling, die over je waakt, maar altijd op veilige afstand. Alsof hij bang is bevriend te raken, maar toch nodig heeft dat iemand naar hem luistert als hij roept over zijn eenzaamheid.

2

Ik arriveerde om halfzes bij de benzinepomp, een halfuur vroeger dan gebruikelijk op maandag.

Egil stond achter de toonbank en zag er moe uit.

'Morge, chef,' zei hij toonloos. Egil was net als de goudplevier, hij kende maar één toon.

'Goedemorgen, drukke nacht?'

'Nee,' zei hij en hij leek niet te begrijpen dat het een retorische vraag was. Dat ik wist dat het nooit druk was nadat op zondagavond de mensen vanuit de vakantiehuisjes weer vertrokken waren naar de stad en dat ik het vroeg omdat er bij de pompen niet was opgeruimd en schoongemaakt. De regel bij andere pompen die dag en nacht open waren was dat de nachtdienst die alleen is nooit het gebouw verlaat, maar ik haat rommel. De hangjongeren die bij het benzinestation broodjes met worst aten en dan bleven hangen om te roken en te klieren lieten veel papier, peuken, ja, zelfs condooms achter. Maar aangezien ze zowel de broodjes met worst als de sigaretten en kapotjes hier kochten, was ik niet van plan die hangjongeren weg te jagen. Ze mochten in hun auto blijven zitten en de wereld aan hen voorbij zien trekken. In plaats daarvan had ik de nachtdienst opdracht gegeven op te ruimen als daar gelegenheid voor was. Ik had op het personeelstoilet een poster opgehangen, die vlak voor je snufferd hing als je op de bril zat, waarop ik met stift had geschreven: DOE WAT JE MOET DOEN. JIJ BENT VERANTWOORDELIJK. DOE HET NU. Hoewel Egil waarschijnlijk dacht dat de tekst ging over het poepen, had ik ook al zo vaak gezegd dat er opgeruimd moest worden en dat je je daar verantwoordelijk voor moest voelen, dat je zou denken dat Egil zo'n verbale terechtwijzing toch moest begrijpen. Maar Egil was niet alleen moe, hij was ook een eenvoudige jongen van twintig die in zijn leven al zo vaak terecht was gewezen dat het hem niets meer uitmaakte. Als je zo min mogelijk aan je hoofd wilde hebben dan is het niet zo'n domme tactiek te doen alsof je minder begrijpt dan je werkelijk doet. Dus misschien was Egil toch niet zo dom.

'Je bent vroeg, chef.'

Een beetje te vroeg zodat jij kon opruimen bij de pompen en ik kon denken dat het er de hele nacht *shipshape* uit had gezien, dacht ik.

'Ik kon niet slapen,' zei ik. Ik liep naar de kassa en drukte op het kassashift-menu. Daarmee werd het etmaal afgesloten en ik hoorde de printer in het kantoor. 'Ga naar huis om wat te slapen.'

'Bedankt.'

Ik liep het kantoor binnen en las de dagomzet terwijl die nog uit het apparaat werd gespuugd. Het zag er goed uit. Weer een drukke zondag. De rijksweg mocht dan niet de drukste weg van het land zijn, maar met in beide richtingen vijfendertig kilometer tot de volgende benzinepomp waren we een oase geworden voor de automobilisten, voor gezinnen met kinderen die op weg waren naar huis. Ik had een paar tafels en stoelen bij de berkenbomen gezet waar je uitzicht had over het Budalsvann, daar werden in hoog tempo hamburgers, luxebroodjes en frisdrank weggewerkt. Gisteren hadden we bijna driehonderd luxebroodjes verkocht. Ik had niet zo'n slecht geweten wat betreft de CO_2-uitstoot, maar wel als het ging om de toename van glutenintolerantie in de wereld. Ik liet mijn blik over het papier gaan en zag dat Egil ook wat worsten had weggewerkt. Dat was prima, maar het waren er zoals gewoonlijk wel wat veel in verhouding tot het aantal verkochte.

Egil had zich omgekleed en was op weg naar de deur.

'Egil?'

Hij verstijfde en bleef staan. 'Ja?'

'Het lijkt erop dat iemand het leuk vond om papieren handdoekjes op de grond te gooien bij pomp 2.'

'Komt in orde, chef.' Hij glimlachte even en vertrok. Ik zuchtte. Het was niet eenvoudig om in zijn kleine dorp geschikt personeel te vinden. De slimme jongeren vertrokken naar Oslo of Bergen om te studeren, de werklustige naar Notodden, Skien of Kongsberg om geld te verdienen. En voor degenen die achterbleven, zoals Egil, zijn er niet veel banen om uit te kiezen. Als ik hem ontsloeg dan kon hij direct doorlopen naar de Sociale Dienst. En hij zou om die reden niet minder worst eten, hij zou alleen aan de andere kant van de toonbank staan en ervoor betalen. Ze zeggen dat overgewicht vooral een probleem in dorpen is. En dat was logisch. Het is makkelijker je toevlucht te nemen tot troosteten als je in een benzinestation staat en al die mensen ziet die in jouw verbeelding naar betere plekken gaan, in auto's waar jij nooit het geld voor zal hebben, met meisjes met wie jij niet eens zou durven praten, behalve dronken op het dorpsfeest. Maar ik moest binnenkort met Egil praten. Het hoofdkantoor had geen boodschap aan dergelijke Egils, daar telde alleen het resultaat onder de streep. Duidelijk zat. In 1969 waren er zevenhonderdduizend auto's en vierduizend benzinestations in Noorwegen. Vijfenveertig jaar later was dat aantal bijna verviervoudigd, maar het aantal benzinestations gehalveerd. Dat was moeilijk voor hen en moeilijk voor ons. En ik las ook de statistieken over de branche en had gezien dat in Zweden en Denemarken meer dan de helft van de tankstations die het had overleefd al geautomatiseerd en onbemand was. Doordat men in Noorwegen zo verspreid woont, is hier nu een tankstation, maar het is duidelijk, ook hier zijn bemande pompen een uitstervend fenomeen. Nou ja, als we al niet zijn uitgestorven want wanneer heb je voor het laatst een van ons zien tanken? We hebben het veel te druk worstenbroodjes, cola, strandballen, barbecuekolen, sproeivloeistof en flessen water aan de man te brengen. Water dat overigens niet beter is dan wat er uit de kraan komt, maar dat per vliegtuig naar Noorwegen wordt gebracht en meer kost dan de video's die wij verkopen. Maar ik klaag niet. Toen de keten interesse toonde in het tankstation dat ik op mijn drieëntwintigste had overgenomen was dat niet vanwege de twee pompen of omdat ik economisch gezien zo'n succes had, maar was het vanwege de ligging. Ze zeiden dat ze onder de indruk waren dat ik het al zo lang uithield omdat de meeste lokale werkplaatsen al van de kaart waren geveegd. Ze boden me een baan aan als chef en wat geld voor de grond. Misschien had ik meer kunnen krijgen, maar hier in Opgard onderhandelen we niet. Ik was nog geen dertig en voelde me afgedankt. Het geld gebruikte ik voor een badkamer op de boerderij zodat ik kon verhuizen van mijn kamer in de werkplaats. Er was voldoende ruimte dus de keten bouwde een tankstation naast de werkplaats die ze lieten staan en de oude wasstraat werd een moderne zelfbedieningswasstraat.

De deur achter Egil viel dicht en ik herinnerde me dat het hoofdkantoor had ingestemd met de plaatsing van de automatische schuifdeuren waar ik om had gevraagd. Ze kwamen volgende week. Het hoofdkantoor was tevreden over ons, werd er gezegd. De vertegenwoordiger die hier elke veertien dagen kwam met zijn glimlach en slechte grapjes legde af en toe zijn hand op mijn schouder alsof hij me wilde verzekeren dat ze tevreden waren. Natuurlijk waren ze tevreden. Ze keken onder de streep. En zagen dat we een goed en winstgevend gevecht leverden tegen de ondergang. Ondanks dat het terrein tijdens Egils dienst niet altijd shipshape was.

Kwart voor zes. Met een kwastje smeerde ik de bovenkant van de broodjes in die vannacht gerezen waren en ik moest denken aan de goede tijden toen ik in de smeerput stond en de olie bijvulde. Ik zag dat een tractor in de richting van de wasstraat reed. Als de boer klaar was met het schoonspuiten en wassen van het voertuig dan was het aan mij om de vloer schoon te maken. Als chef had ik de verantwoording over alle werknemers, de financiën, beoordelingsgesprekken, veiligheid en al die andere zaken, maar raad eens waar een goede chef van een tankstation de meeste tijd aan kwijt is? Schoonmaken. En een goede tweede was het bakken van broodjes.

Ik luisterde naar de stilte. Dat wil zeggen, het was nooit stil, er klonk een vaste, gelijkmatige symfonie van geluiden die niet stopte voordat de winkel voor de nacht werd afgesloten. De koffiemachines, de bakplaten, de koelkasten en vriezers, ze produceerden allemaal een ander geluid, maar het apparaat waarin we de hamburgerbroodjes opwarmden viel het meest op. Dat bromt op een warme manier, bijna als een goed geoliede motor, en als je je ogen sloot dan kon je dromen over vervlogen tijden. De laatste keer dat de vertegenwoordiger hier was, had hij voorgesteld zachte muziek te draaien in de zaak. Hij had verteld dat onderzoek uitwees dat de juiste tonen invloed hadden op zowel de kooplust als de honger van mensen. Ik had langzaam geknikt, maar niets gezegd. Ik hou van stilte. Zo meteen zou de deur opengaan, waarschijnlijk een bouwvakker, zij komen vaak al voor zeven uur voor benzine of koffie.

Ik zag dat de boer de tank vulde met de belastingvrije truckdiesel. Ik wist dat een deel daarvan in zijn privéauto zou worden overgeheveld als hij thuiskwam, maar dat was een zaak tussen hem en de politie, ik bemoeide me daar niet mee.

Mijn blik gleed van de pomp naar de weg, naar het fietspad en het voetpad en bleef hangen bij een van de typerende houten huizen van het dorp. Een huis, gebouwd kort na de oorlog, met twee verdiepingen, een veranda die uitkeek op het Budalsvann en vuile ramen van het stof van de weg. Aan dit huis hing een flink bord waarop stond dat er een kapper en een solarium was. Voorbijgangers konden de indruk krijgen dat het knippen en bruinbakken gelijktijdig gebeurde. Alles in de kamer van de mensen die daar woonden. Ik had er alleen maar de lokale bevolking naar binnen zien gaan en iedereen in het dorp wist wat Grete deed dus wat de bedoeling van het bord was, was onduidelijk.

Nu zag ik Grete langs de kant van de weg staan, huiverend in haar T-shirt en op haar Crocs en ze keek goed naar links en naar rechts voor ze de weg overstak op weg hierheen.

Het was nog maar zes maanden geleden dat een automobilist uit Oslo beweerde dat hij het vijftigkilometerbord niet had gezien nadat hij iets verderop onze leraar Noors van de weg had geveegd. Er zijn voor- en nadelen van een tankstation dicht bij het centrum. De voordelen zijn dat mensen uit het dorp boodschappen bij jou doen, dat de maximumsnelheid vijftig kilometer is zodat langsrijdende automobilisten even spontaan kunnen afslaan bij het tankstation. Toen ik de werkplaats nog had, droegen we ook bij aan de lokale economie omdat klanten van buiten het dorp die een flinke reparatie aan hun auto nodig hadden, graag een hapje aten in het café en overnachtten in een van de campinghutten bij het meer. Het nadeel was dat het slechts een kwestie van tijd was voor we dat verkeer kwijtraakten. Automobilisten willen een rechte weg waarop ze negentig kilometer kunnen rijden en niet elk dorp moeten doorkruisen om op hun bestemming te komen. De tekening voor een nieuwe rijksweg die Os links liet liggen lag allang klaar, maar tot nu toe had de geologie ons gered. Het was gewoon te duur voor de overheid om een tunnel door onze berg te boren. Maar die tunnel zou er komen. Net zo zeker als de zon over twee miljard jaar ons zonnestelsel in kleine stukjes zal laten exploderen en het zou aanzienlijk minder tijd kosten. Meegezogen worden in deze ontwikkelingen zal natuurlijk het einde betekenen voor alle bedrijven die afhankelijk zijn van het doorgaand verkeer, maar ook voor de rest van het dorp zal de schokgolf ongeveer net zo groot zijn als wanneer de zon stopt met schijnen. De boeren zouden nog steeds hun koeien melken en de gewassen verbouwen die hier willen groeien, maar wat moet de rest van de mensen? Elkaars haren knippen en eindeloos onder de zonnebank liggen?

De deur ging open. Toen we opgroeiden was Grete bleek met slap, futloos haar. Nu was ze bleek met gepermanent haar waardoor ze er griezelig uitzag, als je het mij vraagt. Uiteraard is het geen mensenrecht knap te zijn, maar met Grete had de Schepper prutswerk afgeleverd. De rug, nek, knieën, alles was gebogen. Zelfs de enorme neus zag eruit als een lichaamsvreemd element dat met kracht in het smalle gezicht was geperst. Zo royaal als de Schepper was geweest met de neus, zo gierig was hij met de wenkbrauwen, wimpers, borsten, heupen, wangen en kin: Grete had die eigenlijk niet. Haar lippen waren dun en leken op wormen. In haar jeugdjaren had ze die vleeskleurige wormen gekleurd met een dikke laag knalrode lippenstift en dat stond haar eigenlijk wel. Maar op een dag was ze, ongeveer rond de tijd dat Carl het dorp had verlaten, daarmee gestopt.

Oké, het is mogelijk dat andere mensen Grete Smitt niet zo zagen als ik deed, misschien was ze op haar manier aantrekkelijk en was de manier waarop ik haar uiterlijk bekeek beïnvloed door mijn mening over haar innerlijk. En ik wil ook niet beweren dat Grete Smitt slecht was, ik ben ervan overtuigd dat een of andere psychiatrische diagnose flatterender is.

'Hij bijt vandaag,' zei Grete. Met 'hij' bedoelde ze vermoedelijk de noordenwind die door het dal kwam geblazen en die altijd de kou van de gletsjer meenam en je herinnerde aan de vergankelijkheid van de zomer. Grete was opgegroeid in het dorp, maar deze manier van spreken had ze kennelijk van haar ouders die in Noord-Noorwegen een camping hadden. De camping ging failliet en ze waren hier komen wonen. Beide ouders ontvingen een uitkering vanwege een zeldzame vorm van perifere neuropathie als gevolg van diabetes en die je het gevoel geeft over glasscherven te lopen. De buurvrouw van Grete had me verteld dat deze neuropathie niet besmettelijk was en dat het een statistisch mirakel was dat beide ouders daaraan leden. Maar statistische mirakels gebeuren de hele tijd en nu woonden de ouders op de bovenste verdieping recht boven het bord met GRETES HAAR- EN ZONNESTUDIO en je zag ze maar zelden. 'Dus Carl is terug?'

'Ja,' antwoordde ik, hoewel ik wist dat het geen ja-neevraag was. Het was het vaststellen van een feit met een vraagteken dat een aanmoediging was voor meer tekst en uitleg. Dat was ik niet van plan. Grete vertoonde ongezond gedrag als het Carl betrof. 'Wat zal het zijn?'

'Ik dacht dat hij het zo goed had in Canada?'

'Het komt voor dat mensen naar huis terug willen, zelfs als ze het goed hebben.'

'De vastgoedbranche zal daar wel erg onvoorspelbaar zijn.'

'Ja, het gaat of heel goed of iets minder goed. Koffie? Puddingbroodje?'

'Je vraagt je af wat zo'n grote meneer uit Toronto nog te zoeken heeft in ons dorp.'

'De mensen,' zei ik. Ze bestudeerde mijn pokerface.

'Misschien,' zei ze. 'Maar hij heeft een Cubaanse meegenomen, hoor ik?'

Nu zou je makkelijk medelijden met Grete kunnen krijgen. Ouders met een uitkering, een meteoorinslag van een neus, nauwelijks klanten, geen wimpers, geen man, geen Carl en ogenschijnlijk ook geen interesse in een andere man. Maar er waren ook die onderwaterriffen van slechtheid bij haar die je pas opvielen als je mensen zag die zich daaraan hadden gesneden. Misschien was het de wet van Newton dat elke actie leidt tot een reactie, dat alle pijn die haar was aangedaan ook de ander moest worden toegebracht. Als Carl haar in zijn jonge jaren niet in een dronken bui onder een boom had geneukt tijdens het dorpsfeest, was ze misschien niet zo geworden. Of misschien ook wel.

'Een Cubaanse,' zei ik en ik veegde de toonbank schoon. 'Het lijkt wel of je het over een sigaar hebt.'

'Ja, toch?' zei ze, leunend over de toonbank alsof we hetzelfde verboden politieke gedachtegoed deelden. 'Bruin, goed om aan te zuigen en... en...'

Licht ontvlambaar, hielpen mijn hersenen haar onwillekeurig terwijl ik veel meer zin had om een puddingbroodje in haar mond te duwen om deze bagger te stoppen.

'...stinkend,' bedacht ze uiteindelijk. De wormenmond grijnsde, ze was kennelijk tevreden over deze analogie.

'Ze komt alleen niet uit Cuba,' zei ik. 'Ze komt van Barbados.'

'Ja, ja,' zei Grete. 'Thaise juffrouw, Russisch vrouwtje, ze is vast willig, neem ik aan.'

Ik verloor, ik kon niet langer verborgen houden dat ze me provoceerde. 'Wat zei je?'

'Dat ze vast prachtig is,' grinnikte Grete triomfantelijk.

Ik wisselde van standbeen. 'Wat wil je, Grete?'

Gretes blik scande de plank achter me. 'Moeder heeft batterijen nodig voor de afstandsbediening.'

Dat betwijfelde ik, haar moeder was hier twee dagen geleden geweest om batterijen te kopen, trippelend op haar zere voeten alsof ze op lava liep. Ik gaf Grete de batterijen en sloeg het bedrag aan.

'Shannon,' zei Grete die de pinpas in het apparaat deed. 'Ik zag foto's op Instagram. Klopt er iets niet bij haar?'

'Niet dat me is opgevallen,' zei ik.

'Toe zeg, je kunt toch niet zo wit zijn als je van Barbados komt? En hoe zit het met dat oog?'

'De afstandsbediening zou nu moeten werken als een tierelier.'

Grete trok de pinpas uit het apparaat en stopte die in haar portemonnee. 'We zien elkaar, Roy.'

Ik knikte langzaam. Natuurlijk zagen we elkaar, dat gold voor iedereen in dit dorp. Maar ze probeerde me meer te vertellen en daarom knikte ik alsof ik het begreep in de hoop dat ik de rest niet hoefde te horen.

De deur zakte achter haar dicht, maar sloot niet helemaal ondanks dat ik de veren strakker had gespannen. De hoogste tijd voor die nieuwe automatische.

Om negen uur was een van de andere medewerkers gearriveerd en had ik tijd om naar buiten te gaan om schoon te maken na het bezoek van de tractor. Wat ik al had verwacht: er lagen grote klonten aarde en klei in de wasstraat. Ik gebruikte kant-en-klare Fritz-wasstraatreiniger die de meeste vlekken verwijderde en spoot de vloer schoon, terwijl ik dacht aan de tijd dat we als tieners van mening waren dat het leven elke dag radicaal kon veranderen en hoe het leven ook elke dag radicaal veranderde, toen ik geprik tussen mijn schouderbladen voelde. Zoals de warmte van zo'n rode laser als de ME je onder schot hield. Daarom schrok ik ook niet toen ik zacht gekuch achter me hoorde. Ik draaide me om. 'Heeft hier een moddergevecht plaatsgevonden?' vroeg de politieman terwijl zijn sigaret tussen zijn smalle lippen op en neer wipte.

'Tractor,' zei ik.

Hij knikte. 'Dus je broer is terug?'

Politiechef Kurt Olsen was een slanke man met ingevallen wangen, een stoppelbaard, altijd een shagje in zijn mondhoek, en hij droeg een strakke spijkerbroek en de laarzen van slangenleer die zijn vader altijd droeg. Kurt leek eigenlijk meer en meer op Sigmund Olsen, de vorige politiechef van het dorp met ook lang, blond haar die me deed denken aan Dennis Hopper uit *Easy Rider*. Kurt Olsen had de o-benen die je wel vaker ziet bij een bepaald type voetballers. Twee jaar jonger dan ik en indertijd aanvoerder van ons vierde divisieteam. Hij was technisch solide, bezat tactisch inzicht en hij kon negentig minuten onafgebroken rennen hoewel hij rookte als een schoorsteen. Iedereen zei dat Kurt Olsen hoger zou moeten spelen, maar dan zou hij moeten verhuizen en riskeerde hij de reservebank. Waarom de plaatselijke heldenstatus daarvoor verruilen?

'Carl is gisteren gekomen,' bevestigde ik. 'Hoe weet je dat?'

'Dit,' zei hij en hij rolde een poster uit en hield die omhoog.

Ik draaide de kraan dicht. DOE MEE MET HET AVONTUUR, luidde de kop. En daaronder: OS SPA- EN BERGHOTEL. Ik las verder. De politieman gunde me de tijd. We waren dus ongeveer van dezelfde leeftijd en misschien wist hij dat ik last had van 'een beetje dyslexie', zoals de klassenleraar het had genoemd. Toen de klassenleraar mijn ouders daarover had geïnformeerd en in één adem zei dat dyslexie erfelijk is, was mijn vader overeind gevlogen en had gevraagd of hij soms dacht dat de jongen een bastaard was. Maar moeder herinnerde vader eraan dat een neef in Oslo woordblind was met wie het erg slecht dreigde af te lopen. Toen Carl van het gesprek hoorde, bood hij me aan leestrainer te worden, zoals hij het noemde. En ik weet dat hij het meende, dat hij er met liefde tijd en energie in wilde steken. Maar ik zei nee want wie wil zijn kleine broertje nu als leraar hebben?

De poster was een uitnodiging in het Årtuns gemeenschapshuis voor een bijeenkomst van investeerders. Iedereen was welkom, stond er. Aanwezigheid leidde niet tot verplichtingen en er zouden koffie en wafels zijn.

Ik begreep het al voordat ik de naam en ondertekening onder aan de poster had gelezen. Dit was het, dit was de reden dat Carl naar huis was gekomen.

Na de naam – Carl Abel Opgard – kwam zijn titel, Master of Business. Verder niets.

Ik wist niet wat ik ervan moest denken, alleen dat het nu al naar problemen rook.

'De poster hangt op elke bushalte en lantaarnpaal langs de rijksweg,' zei de politieman.

Carl was kennelijk ook vroeg opgestaan.

De politieman rolde de poster op. 'En zonder dat hij daarvoor toestemming heeft gevraagd is dat verboden. Kun je hem vragen de posters weg te halen?'

'Waarom vraag je hem dat niet zelf?'

'Ik heb zijn telefoonnummer niet en...' Hij stak de poster onder zijn arm, zijn duimen onder de riem van zijn strakke Levi's-jeans en knikte naar het noorden. 'Ik bespaar mezelf graag een rit naar boven. Geef jij het door?'

Ik knikte langzaam terwijl ik omhoogkeek naar de plek waar de politieman geen zin had naartoe te rijden. Vanaf het tankstation kon je Opgard niet zien, alleen de Geitesving, de scherpe, steile bocht in de verte en boven op de steile berghelling een grijze vlakte. Het huis dat daar stond, lag uit het zicht. Maar vandaag zag ik iets. Iets roods. En ik begreep wat het was. De Noorse vlag. Carl had verdomme op een doodgewone maandag de vlag gehesen. Werd de vlag niet altijd op het slot gehesen om aan te geven dat de koning thuis was? Ik moest verdomme bijna lachen.

'Hij kan om toestemming vragen,' zei de politieman, een blik werpend op zijn horloge. 'Dan kijken we ernaar.'

'Ja, juist.'

'Juist.' De politieman tikte met twee vingers tegen de cowboyhoed die hij zou moeten hebben.

We wisten beiden dat het een dag zou duren voor de posters weg waren en dat ze dan hun werk al hadden gedaan. De mensen die de uitnodiging niet zelf hadden gelezen, kregen het wel te horen.

Ik keerde me om en draaide de kraan weer open.

Maar het was er nog steeds. De warmte tussen mijn schouderbladen. Zoals die daar al die jaren was geweest. De verdenking van Kurt Olsen die zacht maar nadrukkelijk door mijn kleding brandde, door mijn huid tot in het vlees. Maar werd tegengehouden door stevig bot. Door wilskracht en standvastigheid. Door gebrek aan bewijs en feiten.

'Wat is dit?' klonk Kurt Olsens stem.

Ik draaide me weer om, deed alsof ik verbaasd was dat hij er nog stond. Hij knikte naar het metalen putje in de vloer waarin het water liep. Naar de restanten die waren achtergebleven.

'Wat?' zei ik.

De politieman ging op zijn hurken zitten. 'Er komt bloed uit,' zei hij. 'Het is vlees.'

'Klopt,' zei ik.

Hij keek naar me op. Van zijn shagje was nog slechts een gloeiende peuk over.

'Eland,' zei ik. 'Aangereden. Gaat vast zitten in de grille. Dan komen ze hierheen en spuiten het vuil weg.'

'Ik dacht dat je zei dat het om een tractor ging, Roy.'

'Ik gok dat het om een auto van vannacht gaat,' zei ik. 'Ik kan Egil vragen of er iets is dat jij moet...'

De politieman schoot overeind toen ik de straal richtte op het stuk vlees dat zich losrukte van het rooster en over de cementvloer zeilde. '... onderzoeken.'

Kurt Olsens ogen bliksemden. Hij veegde over zijn broekspijpen hoewel die nog droog waren. Ik weet niet of hij nadacht over het woord dat hij indertijd ook had gebruikt. Onderzoeken. Dat hij het moest onderzoeken. Ik had geen hekel aan Kurt Olsen, hij was een geschikte kerel die zijn werk deed. Maar ik had absoluut een hekel aan zijn onderzoek. En ik weet niet of hij ook over die poster was komen zeuren als er een andere naam dan Opgard op had gestaan.

Toen ik weer het tankstation binnenliep, stonden er twee tienermeisjes. Het ene meisje was Julie die de dienst van Egil had overgenomen. Het andere, de klant, stond met haar rug naar me toe. Ze stond met gebogen hoofd te wachten en leek geen aanstalten te maken zich om te draaien terwijl ze wel de deur moest hebben gehoord. Ik meende het Moe-meisje te herkennen, de dochter van de dakdekker. Natalie. Ik zag haar af en toe samen met de hangjongeren buiten. Julie was open, luidruchtig en oprecht, maar Natalie Moe was gevoelig en gesloten. Haar gezicht vertoonde weinig uitdrukking alsof ze altijd bang was dat elke emotie die van haar gezicht was af te lezen zou opvallen en belachelijk zou worden gemaakt. Op die leeftijd was ze nu. Hoe dan ook, ik had de situatie begrepen, had de schaamte gezien en kreeg die bevestigd door Julie die naar de plank met spijtpillen keek. De kwestie was dat Julie nog maar zeventien was en daarom geen tabak of medicijnen mocht verkopen.

Ik liep om de toonbank heen en nam me voor de pijn van het Moe-meisje zo kort mogelijk te laten duren.

'EllaOne?' vroeg ik en ik legde het kleine, witte doosje voor haar op de toonbank.

'Hè?' zei Natalie Moe.

'Jouw spijtpil,' zei Julie meedogenloos.

Ik sloeg het met mijn kaart aan op de kassa zodat het duidelijk was dat een volwassen en vermoedelijk verantwoordelijk persoon de verkoop had afgehandeld. Het Moe-meisje verdween.

'Ze neukt met Trond-Bertil,' zei Julie en blies met haar kauwgum een bel. 'Hij is in de dertig, getrouwd en heeft kinderen.'

'Wat jong,' zei ik.

'Jong waarvoor?' Julie keek me aan. Het was vreemd, ze was niet groot, maar het leek of alles aan haar groot was. Haar krullen, de grove handen, de zware borsten onder de brede schouders. De bijna vulgaire mond. En de ogen: grote, blauwe kijkers die me recht aanstaarden. 'Om te neuken met iemand van over de dertig?'

'Jong om de hele tijd verstandige besluiten te nemen,' zei ik. 'Misschien leert ze het.'

Julie snoof. 'Het heet niet spijtpil omdat die je leert om spijt te hebben. En dat een meisje jong is, betekent nog niet dat ze niet weet wat ze wil.'

'Daar zou je wel gelijk in kunnen hebben.'

'Maar als we een onschuldig gezicht opzetten zoals zij, dan denken mannen dat we arme, kleine meisjes zijn. Zo willen we ook dat jullie denken.' Ze lachte. 'Jullie zijn zo onnozel.'

Ik trok plastic handschoenen aan en begon de baguettes te smeren. 'Hebben jullie een geheim verbond?' vroeg ik.

'Hè?'

'Al die vrouwen die weten hoe alle vrouwen zijn? Vertellen jullie elkaar hoe het gaat, zodat jullie de volledige controle hebben? Als het om mannen gaat dan weet ik alleen dat ik niets weet. Dat er van alles mogelijk is. Dat hooguit veertig procent van wat ik denk dat ik van mannen weet, klopt.' Ik legde salami en een paar plakjes gekookt ei, die gesneden bij ons werden geleverd, op het brood. 'En wij zouden dus onnozel zijn. Dan moet ik je feliciteren dat het jullie is gelukt om honderd procent van het andere deel van de mensheid te doorgronden.'

Julie gaf geen antwoord, maar ik zag dat ze slikte. Het zou wel door het slaapgebrek komen dat ik zulk zwaar geschut gebruikte tegen een tienermeisje, een *drop-out* van school. Het type dat zich veel te vroeg waagt aan allerlei foute dingen en het goede nog niet doet. Maar dat zou komen. Ze had *attitude*, zoals vader het noemde, ze was rebels, maar had vooral aanmoediging nodig in plaats van tegenspraak. Uiteraard allebei, maar vooral aanmoediging.

'Sneeuwkettingen omleggen heb je al aardig in de vingers,' zei ik. Terwijl het pas september was hadden de huisjes bovenin vorig weekend al sneeuw gehad. En hoewel we geen winterbanden verkochten of reclame maakten voor het omleggen van sneeuwkettingen, kwam het wel voor dat stadsmensen aan kwamen gereden met hun SUV's en ons smeekten hen te helpen. Zowel mannen als vrouwen. Ze weten gewoon niets van de banaalste praktische zaken. Ze zouden binnen een week dood zijn als een zonnestorm het volledige elektriciteitsnet zou platleggen.

Julie glimlachte. Ze zag er bijna té blij uit. Veranderlijk als het weer, dat hoofd van haar.

'De stadsmensen denken dat het nu glad is,' zei Julie. 'Maar stel je voor dat het echt koud wordt, zo'n dertig graden onder nul.'

'Dan is het minder glad,' zei ik.

Ze keek me vragend aan.

'IJs is gladder als het dichter bij het smeltpunt is,' zei ik. 'En het gladst rond de min zeven graden. Daarom proberen ze in een ijshockeyhal het ijs op die temperatuur te houden. En het ijs waarop we glijden is niet, zoals we vroeger dachten, een onzichtbaar dun laagje water dat ontstaat door druk en frictie, maar gas dat ontstaat door de losse moleculen bij deze temperaturen.'

Ze keek me aan met een blik van onverdiende bewondering. 'Hoe weet je dat allemaal, Roy?'

Uiteraard kreeg ik daardoor het gevoel dat ik een van die idioten was die ik niet kan uitstaan, die de aandacht wil trekken met willekeurige, oppervlakkige en bijeengeraapte kennis.

'Dat soort dingen staan in de tijdschriften die we verkopen,' zei ik, wijzend naar de tijdschriftenkast waar het populair wetenschappelijke tijdschrift een plaats had gekregen naast de tijdschriften over auto's, boten, jacht en vissen, *True Crime* en – na aandringen van de vertegenwoordiger – een paar modebladen.

Maar ik viel niet zo snel van mijn voetstuk bij Julie: 'Ik vind dertig niet zo oud, hoor. Het is in elk geval beter dan die kinderachtige jongens van twintig die denken dat ze volwassen zijn omdat ze een rijbewijs hebben.'

'Ik ben ouder dan dertig, Julie.'

'Is dat zo? Hoe oud is je broer dan?'

'Vijfendertig.'

'Hij heeft hier gisteren getankt,' zei ze.

'Toen werkte jij niet.'

'Ik zat met een paar vriendinnen in de auto van Knerten. Hij zag dat het jouw broer was. En weet je wat mijn vriendinnen zeiden? Ze zeiden dat je broer een DILF is.'

Ik gaf geen antwoord.

'Maar weet je? Ik vind dat jij meer een DILF bent.'

Ik keek haar waarschuwend aan. Ze grinnikte even. Ze richtte zich haast onmerkbaar op en trok haar schouders naar achteren. 'DILF betekent…'

'Bedankt, ik geloof dat ik begrijp wat het betekent, Julie. Wil jij helpen met de levering van Asko?'

Een vrachtwagen was voor het tankstation gestopt. Mineraalwater en snoep. Julie keek me aan met de bestudeerde blik van ik-verveel-me-dood. Ze blies een kauwgumbel die uit elkaar klapte. Ze schudde haar hoofd en verdween naar buiten.

3

'Hier?' vroeg ik achterdochtig en keek naar onze grond.

'Hier,' zei Carl.

Stenige vlaktes met hei. Gegeseld door de wind. Te gek uitzicht natuurlijk met rondom blauwe bergtoppen en de zon die schitterde in het water beneden. Maar toch.

'Je moet hiernaartoe een weg aanleggen,' zei ik. 'Water, riool, elektriciteit.'

'Ja,' lachte Carl.

'En iets onderhouden wat op… op een verrekte bergtop staat!'

'Uniek, toch?'

'En mooi,' zei Shannon die met gekruiste armen bibberend in haar zwarte jas achter ons stond. 'Het zal mooi worden.'

Ik was vroeg thuisgekomen van het werk en het eerste wat ik uiteraard had gedaan was Carl confronteren met de posters.

'Zonder verdomme ook maar een woord tegen mij te zeggen?' zei ik. 'Weet je hoeveel vragen ik vandaag daarover heb gehad?'

'Hoeveel? Klonken de mensen positief?' Carl had het met zo'n gretigheid gevraagd dat ik begreep dat hij er schijt aan had hoe genegeerd ik me voelde.

'Verdomme, zeg,' zei ik. 'Waarom heb je me niet verteld dat je hiervoor terug bent gekomen?'

Carl had een arm om mijn schouder geslagen en me met die verdomde warme lach aangekeken. 'Omdat ik niet wilde dat je maar het halve verhaal zou horen, Roy. Ik wilde niet dat je hier zou rondlopen en allerlei tegenargumenten zou bedenken, je bent een geboren scepticus en dat weet je. Nu gaan we eerst eten en dan krijg je het hele verhaal te horen. Oké?'

En ja, ik raakte milder gestemd, niet in de laatste plaats omdat er voor het eerst sinds de dood van moeder en vader een maaltijd op tafel stond toen ik thuiskwam van het werk.

Nadat we het eten naar binnen hadden geschoven, liet Carl me de tekeningen van het hotel zien. Het zag eruit als een iglo op de maan. Alleen sjokten er op deze maan een paar rendieren voorbij. De rendieren en wat mos vormden het enige leven dat de architect had getekend, verder zag het er allemaal steriel en modernistisch uit. Het gekke was dat ik het mooi vond, maar dat was waarschijnlijk omdat het leek op een tankstation op Mars en niet op een hotel waarin mensen het prettig moeten vinden. Ik bedoel, mensen willen toch dat dergelijke plaatsen wat meer warmte en opsmuk hebben, wat meer nationaalromantiek, *rosemaling*, gras op het dak en een sprookjesachtige uitstraling of vergis ik me verdomme nou?

Daarna hadden we vanuit huis een kilometer gelopen naar de plek waar het allemaal zou moeten komen. De namiddagzon deed de hei en het gepolijste graniet van de bergtoppen oplichten.

'Kijk hoe het past bij het landschap,' zei Carl terwijl hij in de lucht het hotel tekende waarnaar we hadden zitten kijken. 'Het landschap en de functie bepalen hoe een berghotel eruit moet zien en niet de verwachtingen van mensen daarover. Dit is een hotel dat de ideeën van mensen over architectuur moet vormen en waar ze niet alleen braaf mee moeten instemmen.'

'Juist, ja,' antwoordde ik en ik klonk net zo sceptisch als ik was.

Carl had uitgelegd dat het hotel tweehonderd kamers had en elfduizend vierkante meter groot was. Het moest nadat de eerste schep in de grond was gezet, over twee jaar klaar zijn. Of beter gezegd: na de eerste explosie want er was hier niet veel grond. Volgens Carl moest het op grond van een pessimistische berekening vierhonderd miljoen kronen kosten.

'En hoe ben je van plan aan vierhonderd miljoen te ko...?'

Carl gaf al antwoord voor ik de zin had kunnen afmaken. 'De bank.'

'Os Sparebank?'

'Nee, nee.' Hij lachte. 'Die is te klein voor ons. DnB in de stad.'

'En waarom zou die jou vierhonderd miljoen lenen voor deze...'

Ik zei niet idiotie, maar aangezien de voor de hand liggende alternatieven – hotel, project – onzijdige woorden waren, was het wel duidelijk, dacht ik.

'Omdat we geen bv oprichten, maar een LLP.'

'Een LLP?'

'Een Limited Liability Partnership met gedeelde verantwoordelijkheid. De mensen in het dorp hebben niet veel cash, maar ze bezitten boerderijen en de grond waarop ze wonen. Met een LLP hoeven ze geen kroon te betalen om deel te nemen aan dit avontuur. En iedereen die meedoet, van hoog tot laag, krijgt hetzelfde aandeel en verdient evenveel. Ze kunnen allemaal achteroverleunen en genieten van wat ze hebben. En daarom zal de bank kwijlend vragen of ze de hele boel mogen financieren. Het hele dorp is letterlijk het onderpand.'

Ik krabde op mijn hoofd. 'Je bedoelt dat als alles naar de verdommenis gaat dan...'

'Dan blijven alle deelnemers achter met alleen hun eigen aandeel. Als we met honderd personen zijn en het bedrijf gaat failliet met een schuld van honderdduizend kronen dan hoef jij of welke deelnemer dan ook maar duizend kronen op te hoesten. Ook als een deel van de mensen geen duizend kronen kan betalen, dan nog is het jouw probleem niet, maar dat van de crediteuren.'

'Jezus.'

'Mooi, hè? Dus hoe meer mensen meedoen, hoe minder risico per persoon. Maar hoe minder ze ook verdienen als het geweldig goed gaat, natuurlijk.'

Het was veel om te verwerken. Een bedrijfsmodel waarbij je geen kroon hoeft in te leggen en je alleen hoeft te cashen als alles gaat zoals het moet gaan. En als alles naar de verdommenis gaat, hoef je alleen jouw aandeel te betalen.

'Oké,' zei ik terwijl ik trachtte te bedenken waar de *catch* lag. 'Maar waarom noem je het een bijeenkomst voor investeerders als ze niets hoeven te investeren?'

'Omdat investeerder zoveel interessanter klinkt dan deelnemer, vind je niet?' Carl haakte zijn duimen onder zijn riem en zette een overdreven stem op: 'Ik ben niet alleen boer, maar ik ben ook investeerder in een hotel, begrijp je?' Hij lachte hard. 'Het is pure psychologie. Wanneer een deel van het dorp tekent voor deelname, kan de rest de gedachte niet verdragen dat de buren een Audi kunnen kopen en zich hoteleigenaar kunnen noemen en zij zelf niet. Dan liever het risico lopen om wat kronen te verliezen zolang de buren het ook doen.'

Ik knikte langzaam. In dat deel van de psychologie had hij gelijk.

'Het project is gezond, maar het is de uitdaging om de trein in beweging te krijgen.' Carl schopte tegen de rots onder ons. 'Het commitment van de eersten te krijgen, die de anderen laten zien dat het project aantrekkelijk genoeg is om aan deel te nemen. Als ons dat lukt dan wil iedereen aan boord en dan zal de rest vanzelf gaan.'

'Juist, ja. En hoe ben je van plan de eerste deelnemers te overtuigen?'

'Als het me niet eens lukt mijn eigen broer te overtuigen, bedoel je?' Hij lachte die mooie, open lach met de iets treurige ogen. 'Als één schaap over de dam is,' zei Carl voordat ik de kans kreeg het antwoord schuldig te blijven.

'En wie zal dat zijn?'

'De leider van de kudde. Aas.'

Natuurlijk. De voormalige burgemeester. De vader van Mari. Hij was meer dan twintig jaar burgemeester geweest, had dit sociaaldemocratische dorp doortastend door goede en slechte dagen geleid totdat hij zelf vond dat het genoeg was geweest. Hij moest nu ergens in de zeventig zijn en was vooral nog actief op zijn boerderij. Soms schreef de oude Aas een artikel voor de lokale krant *Os Blad* en dat werd met interesse gelezen door de dorpelingen. En zelfs de mensen die het niet helemaal met hem eens waren, gingen de kwestie nog eens opnieuw bekijken want de kijk van de voormalige burgemeester, zijn talent om de juiste formuleringen te vinden, zijn intelligentie en zijn niet te betwisten talent om altijd de juiste beslissingen te nemen werden alom geprezen. De mensen dachten serieus dat de plannen van de overheid voor een rijksweg buiten het dorp nooit op de tekentafel waren gekomen als Aas nog burgemeester was geweest. Hij zou hebben uitgelegd dat een dergelijke wegomlegging het einde van het dorp zou betekenen, het dorp zou de cruciale inkomsten van het doorgaand verkeer kwijtraken, een kleine samenleving zou van de kaart worden geveegd en wat overbleef zou een spookstadje zijn met enkele gesubsidieerde boeren van pensioenleeftijd die zich krampachtig bleven vasthouden aan wat ooit was. Sommige dorpelingen hadden voorgesteld om Aas – en niet de zittende burgemeester – een delegatie te laten leiden die in de hoofdstad de minister van Verkeer tot rede moest brengen.

Ik spuugde. Wat volgens onze dorpse gebruiken het tegenovergestelde is van langzaam knikken en wat betekende dat je het er niet mee eens was.

'Dus jij denkt dat Aas warm zal lopen voor het idee om zijn boerderij en grond op het spel te zetten vanwege een spa-hotel op de bergtop? Dat hij zijn lot in handen wil leggen van de kerel die zijn dochter heeft bedrogen en vervolgens naar het buitenland is gevlucht?'

Carl schudde zijn hoofd. 'Je begrijpt het niet. Aas was op me gesteld, Roy. Ik was niet alleen zijn aanstaande schoonzoon, maar ook de zoon die hij nooit heeft gehad.'

'Iedereen was op jou gesteld, Carl. Maar als je de beste vriendin neukt...'

Carl keek me waarschuwend aan en ik ging zachter praten en checkte of Shannon – die op haar hurken naar iets zat te kijken – buiten gehoorafstand was.

'...dan zak je wel op de populariteitsbarometer.'

'Aas heeft nooit te horen gekregen wat er tussen Grete en mij is voorgevallen,' zei Carl. 'Het enige wat hij weet is dat zijn dochter me heeft gedumpt.'

'O?' zei ik wantrouwend. Maar toch een beetje minder wantrouwend toen ik erover nadacht. Mari – die altijd erg bezig was met status – had vanzelfsprekend de voorkeur gegeven aan de officiële versie van de breuk met de knapste jongen van het dorp, namelijk dat zij hem had gedumpt en waarschijnlijk vond dat ze wel wat beters kon krijgen dan de zoon van boer Opgard.

'Kort nadat Mari het uit had gemaakt nodigde Aas me uit om te vertellen hoe erg hij het vond,' zei Carl. 'Hij vroeg zich af of Mari en ik het niet konden bijleggen. Hij vertelde dat zijn vrouw en hij ook de nodige hobbels hadden gekend, maar dat ze al veertig jaar samen waren. Ik zei dat ik dat graag wilde, maar dat ik eerst een poosje wegging. Hij zei dat hij het begreep en kwam met een paar ideeën. Ik had immers goede cijfers, had Mari hem verteld, en misschien dat hij een beurs aan een universiteit in Amerika voor me kon regelen.'

'Minnesota? Was dat Aas?'

'Hij had daar connecties in de Noors-Amerikaanse vereniging.'

'Dat heb je nooit verteld.'

Carl haalde zijn schouders op. 'Ik geneerde me. Ik had zijn dochter bedrogen en nu wilde hij me in goed vertrouwen helpen. Maar ik geloof dat hij er een reden voor had, hij hoopte kennelijk dat ik terug zou komen met een academische graad en zijn prinses en het halve koninkrijk terug zou veroveren.'

'En nu denk je dat hij je weer gaat helpen?'

'Niet mij,' zei Carl. 'Het dorp.'

'Natuurlijk,' zei ik knikkend. 'Het dorp, sinds wanneer heb je daar zulke warme gevoelens voor?'

'En sinds wanneer ben jij zo cynisch en koud geworden?'

Ik glimlachte. Ik kon hem de datum geven, de nacht die ik in mijn hoofd de Fritz-nacht noemde.

Carl haalde diep adem. 'Er gebeurt iets met je als je aan de andere kant van de wereld zit en je je afvraagt wie je nu feitelijk bent. Waar je vandaan komt. Tot welke samenleving je behoort. Wie jouw mensen zijn.'

'Jij hebt ontdekt dat dat jouw mensen zijn?' Ik knikte naar het dorp dat duizend meter onder ons lag.

'In voor- en tegenspoed, ja. Het is een erfenis waar je geen afstand van kunt doen. Je krijgt ermee te maken of je nu wil of niet.'

'Ben je daarom beschaafd Noors gaan spreken? Wilde je onze erfenis niet hebben?'

'Jazeker. Dat is de erfenis van moeder.'

'Zij sprak zo omdat ze lang als huishoudster heeft gewerkt, niet omdat het haar moederstaal was.'

'Laten we dan zeggen dat haar aanpassingsvermogen onze erfenis is,' zei Carl. 'Er zijn veel Noren in Minnesota en ik werd serieuzer genomen, vooral bij potentiële investeerders, als ik beschaafd Noors sprak.' Dat laatste sprak hij net zo nasaal als moeder uit en met een overdreven accent. We lachten.

'Ik zal vast langzaamaan weer zo gaan praten als vroeger,' zei Carl. 'Ik kom uit Os. Maar nog meer van Opgard. Jij bent in de eerste plaats een van mijn mensen, Roy. Als de rijksweg wordt aangelegd en het dorp niets meer heeft wat mensen hier trekt dan zal jouw tankstation...'

'Het is niet mijn tankstation, Carl, ik werk er gewoon. Chef zijn van een tankstation kan ik overal, het bedrijf waarvoor ik werk heeft er vijfhonderd dus je hoeft me niet te redden.'

'Dat ben ik je verschuldigd.'

'Ik zei dat ik niets nodig heb.'

'Jawel, je hebt wel iets nodig. Je eigen verdomde tankstation.'

Ik hield mijn mond. Oké, daar sloeg hij de spijker op z'n kop. Hij was immers mijn broer, niemand kende me beter.

'En met dit project krijg je het kapitaal dat je nodig hebt, Roy. Of je nu het tankstation hier koopt of ergens anders.'

Ik had geld gespaard. Elke verrekte kroon opzijgelegd die ik niet nodig had voor eten en elektriciteit om mijn pizza Margarita op te warmen als ik niet op het werk at, voor benzine voor mijn oude Volvo en om het huis min of meer te onderhouden. Ik had met het hoofdkantoor gesproken over overname van het tankstation en ik had een franchisecontract ondertekend. Ze stonden er niet afwijzend tegenover nu ze inzagen dat het rijkswegverkeer zou afnemen. Maar de prijs was niet zo gezakt als ik had gehoopt, iets wat paradoxaal genoeg mijn fout was, we deden het gewoon te goed.

'Stel dat ik meedoe aan dat LLP-bedrijf...'

'Ja!' riep Carl uit. Typerend voor hem: al jubelen voordat ik om was.

Ik schudde geërgerd mijn hoofd. 'Dan duurt het toch nog twee jaar voordat jouw hotel hier staat. Plus nog minstens een paar jaar voordat er winst wordt gemaakt. Als het niet naar de verdommenis gaat. Hoe dan ook, als ik de komende tijd het tankstation kan kopen dan heb ik snel een lening nodig, maar de bank zal zeggen: "Nee, u heeft al schulden bij dat LLP-project."'

Ik zag aan Carl dat hij niet eens van plan was tegen mijn pijnlijk duidelijke bullshit in te gaan. LLP of geen LLP, geen enkele bank zou me geld lenen om een tankstation te kopen, dat zou in de huidige situatie met de rijksweg een te grote gok zijn.

'Je moet meedoen met het hotelproject, Roy. Maar je krijgt bovendien geld voor jouw tankstation voordat we beginnen met de bouw van het hotel.'

Ik keek hem aan. 'Wat bedoel je, verdomme?'

'Het LLP moet de grond kopen waarop het hotel zal komen en wie zijn de eigenaars van die grond?'

'Jij en ik,' zei ik. 'Maar wat dan nog? Je wordt niet rijk van de verkoop van een paar vierkante meter berg.'

'Dat hangt ervan af wie de prijs bepaalt,' zei Carl.

Over het algemeen ben ik niet traag als het om logisch en praktisch denken gaat, maar ik moet bekennen dat het even duurde voordat het me begon te dagen.

'Je bedoelt...'

'Ik bedoel dat ik het bedrijfsplan schrijf. Dat wil zeggen dat ik de posten vaststel op de begroting die wordt gepresenteerd tijdens de investeringsbijeenkomst. Ik zal uiteraard niet liegen over de waarde van de grond, maar laten we die eens op twintig miljoen stellen...'

'Twintig miljoen!' Ik gebaarde woedend naar de schaars begroeide omgeving. 'Voor dit?'

'...dan is dat toch maar zo'n kleine post in verhouding tot het totaal van vierhonderd miljoen dat ik die makkelijk kan onderbrengen bij andere posten. Een budget voor de weg en de daarbij behorende voorzieningen, een budget voor de parkeerplaats, een budget voor de grond rondom het gebouw...'

'En als iemand vraagt naar de prijs per vierkante meter?'

'Dan geven we die uiteraard, we zijn geen dieven.'

'Wat zijn we...' Ik stopte abrupt. We? Hoe had hij mij hier ineens in meegetrokken? Oké, geen tijd nu voor muggenzifterij. 'Wat zijn we dan?'

'We zijn zakenmensen die het spel spelen.'

'Spelen? Je hebt het over dorpsgenoten die geen idee hebben, Carl.'

'Makkelijk te bedriegen boerenkinkels, bedoel je? Ja ja, dat zouden we kunnen weten, we komen hier immers vandaan.' Hij spuugde. 'Net als toen vader de Cadillac kocht. Toen was men geschokt.' Hij lachte even.

'Dit project zal de prijs van de grond voor iedereen hier opdrijven, Roy. Als het hotel gefinancierd is, rollen we stap twee uit. Skiliften en projecten voor huisjes en flats. Daarin zit het echte geld. Dus waarom moeten we de grond nu tegen een lage prijs verkopen als we weten dat die de pan uit zal rijzen? Vooral omdat wij ervoor hebben gezorgd dat dat gaat gebeuren. We houden niemand voor de gek, Roy, we hoeven het alleen niet van de daken te schreeuwen dat de broers Opgard de eerste miljoenen incasseren. Dus...' Hij keek me aan. 'Wil je geld hebben voor je tankstation of niet?'

Ik kauwde erop.

'Denk erover na terwijl ik ga pissen,' zei Carl.

Hij draaide zich om en liep naar de top van de bergkam, waarschijnlijk verwachtte hij dat hij aan de andere kant in de luwte zou staan.

Carl had me dus de tijd gegeven die het kost een blaar door te prikken om te besluiten of ik bereid was grond te verkopen die al vier generaties in de familie was. Tegen een prijs die onder andere omstandigheden pure diefstal was. Ik hoefde niet na te denken. Ik heb lak aan generaties, in elk geval als het deze familie betrof en we hadden het over grond die geen emotionele waarde had of welke waarde dan ook. Tenzij er ineens een bijzonder metaal in wordt aangetroffen. En als Carl gelijk had en de miljoenen die wij zouden incasseren slechts de bovenkant van de taart waren die uiteindelijk verdeeld zou worden onder alle dorpelingen dan was het geen probleem voor mij. Twintig miljoen. Tien voor mij. Je kon een verrekt mooi tankstation kopen voor tien miljoen kronen. Topklasse, mooie ligging, geen stuiver schuld. Volautomatische wasstraat. Restaurantdeel.

'Roy?'

Ik draaide me om. Door de wind had ik Shannon niet horen aankomen. Ze keek naar me op. 'Ik geloof dat die ziek is.'

Een ogenblik dacht ik dat ze het over zichzelf had, ze zag er zo verwaaid en verkleumd uit met die grote bruine ogen boven de gebreide trui die ik als jongen had gedragen. Toen zag ik dat ze een kommetje van haar handen had gemaakt. Ze deed het open.

Het was een vogeltje. Zwart petje op een wit kopje, lichtbruine hals. Aan de kleuren te zien moest het een mannetje zijn. Hij zag er levenloos uit.

'Morinelplevier,' zei ik.

'Hij lag daar,' zei ze, wijzend naar een kuiltje in de hei waar ik een ei zag liggen.

'Ik was er bijna op gaan staan.'

Ik ging op mijn hurken zitten en voelde aan het ei.

'Ja, de morinelplevier blijft op de eieren zitten en wordt liever zelf vertrapt dan dat de eieren kapotgaan.'

'Ik dacht dat de vogels hier in de lente broeden, net als in Canada.'

'Ja, maar dit ei zal nooit uitkomen, het is dood. Hij heeft dat duidelijk niet begrepen, de stakker.'

'Hij?'

'Het mannetje van de morinelplevier broedt en zorgt voor de jongen.' Ik kwam overeind en aaide de vogel in Shannons handen over zijn borst. Ik voelde de snelle hartslag tegen mijn vingertop. 'Hij doet alsof hij dood is om de aandacht van het ei af te leiden.'

Shannon keek rond. 'Waar is het vrouwtje?'

'Het vrouwtje is vast ergens en doet het met een ander mannetje.'

'Doet het?'

'Paart, heeft seks.'

Ze keek me sceptisch aan. 'Hebben vogels seks buiten het broedseizoen?'

'Ik maak een grapje, maar laten we het hopen,' zei ik. 'Hoe dan ook, het wordt polyandrie genoemd.'

'Een man die alles opoffert voor de kinderen, die het gezin bij elkaar houdt hoewel de moeder ontrouw is. Dat komt zelden voor.'

'Dat betekent polyandrie eigenlijk niet,' zei ik. 'Het is...'

'...een samenlevingsvorm waarbij een vrouw meerdere echtgenoten heeft,' zei ze.

'O?'

'Ja, dat komt in meerdere werelddelen voor, maar vooral in India en Tibet.'

'Jezus, hoe...' Ik wilde zeggen: '...weet je dat?' maar veranderde dat in: '...doen ze dat?'

'Het zijn meestal broers die met dezelfde vrouw trouwen en de reden is dat de familieboerderij dan niet hoeft te worden opgesplitst.'

'Dat wist ik niet.'

Ze hield haar hoofd scheef. 'Je weet misschien meer over vogels dan over mensen?'

Ik gaf geen antwoord. Toen lachte ze en gooide de vogel hoog in de lucht. Die spreidde zijn vleugels en vloog weg van ons. We volgden hem met onze ogen tot ik een beweging in mijn ooghoek zag. Mijn eerste gedachte was dat het een slang was. Ik draaide me om en zag de donkere streep die kronkelend langs het graniet naar beneden ging in onze richting. Ik keek op en zag Carl op de top staan, als het Christusbeeld dat uitkijkt over Rio, en hij pieste nog steeds. Ik stapte opzij en kuchte. Shannon ontdekte de beek urine en deed hetzelfde. De beek kronkelde naar beneden naar het dorp.

'Wat vind jij ervan als we de grond verkopen voor twintig miljoen kronen?' vroeg ik.

'Dat klinkt veel. Waar moet het nest heen?'

'Dat is tweeënhalf miljoen Amerikaanse dollars. We bouwen een huis met tweehonderd bedden.'

Ze lachte, draaide zich om en liep terug. 'Dat is veel. Maar de morinelplevier bouwde hier als eerste.'

Vlak voor we naar bed gingen viel de elektriciteit uit.

Ik zat in de keuken te kijken naar de prints van de laatste rekeningen en becijferde hoe het hoofdkantoor de toekomstige winst waarschijnlijk zou berekenen en wat de vraagprijs voor het tankstation zou zijn. Ik kwam tot de conclusie dat ik met tien miljoen niet alleen een tienjarig franchisecontract kon kopen, maar ook de hele santenkraam van gebouwen en grond. Dan zou ik echt mijn eigen tankstation hebben.

Ik stond op en keek naar het dorp beneden. Daar was ook geen licht. Goed, dan lag het probleem niet bij ons. Ik deed twee stappen naar de kamerdeur, opende die en keek in het pikkedonker.

'Hoi,' zei ik aarzelend.

'Hoi,' antwoordden Carl en Shannon in koor.

Ik liep op de tast naar moeders schommelstoel en ging zitten. De schommellatten kraakten op de houten vloer. Shannon giechelde. Ze hadden een borrel gedronken.

'Het spijt me,' zei ik. 'Het ligt niet aan ons, maar aan… hen.'

'Maakt me niet uit,' zei Shannon. 'Toen ik klein was, gebeurde dat voortdurend.'

Ik zei in het donker: 'Is Barbados arm?'

'Nee,' zei Shannon. 'Het is een van de rijkste Caraïbische eilanden. Maar waar ik ben opgegroeid, was er veel *cable hooking*… hoe noem je dat in het Noors?'

'Ik geloof dat we daar eigenlijk geen woord voor hebben,' zei Carl.

'Er werd stroom gestolen door een illegale aansluiting op de hoofdleiding. En daardoor was het hele netwerk onstabiel. Ik ben eraan gewend. Je weet dat alles op elk moment kan verdwijnen.'

Iets gaf me het gevoel dat ze het niet alleen over stroom had. Over haar familie en ouderlijk huis misschien? Ze had gezocht naar het nest van de morinelplevier en toen ze het had gevonden, had ze er een stok bij gezet zodat we er een volgende keer niet per ongeluk op gingen staan.

'Vertel,' zei ik.

Een paar seconden was er totale stilte in het donker.

Ze lachte zacht, haast verontschuldigend. 'Kun jij niet wat vertellen, Roy?' Het verbaasde me dat ze zich nooit vergiste in woordkeus of zinsopbouw, maar door haar accent voelde ze als een vreemde. Of kwam het door het gerecht dat ze had gemaakt? *Mofongo* was het dit keer geweest, iets Caraïbisch.

'Ja, laat Roy vertellen,' zei Carl. 'Hij is zo goed in vertellen in het donker. Dat deed hij altijd als ik niet kon slapen.'

Wanneer je niet kon slapen omdat je huilde, dacht ik. Wanneer ik bij jou in bed ging liggen en mijn armen om je heen sloeg dan voelde je huid zo warm tegen de mijne en zei ik dat je er niet meer aan moest denken, dat je nu alleen maar moest denken aan het verhaal dat ik je vertelde en de slaap gewoon moest laten komen. En op het moment dat ik dat dacht realiseerde ik me dat het niet door het accent of de mofongo kwam, maar door het feit dat ze hier was, in het donker met Carl en mij. In het donker in ons huis, het donker dat van hem en mij was en van niemand anders.

4

Carl stond al bij de deur, klaar om de gasten te ontvangen. We hoorden de eerste auto's de helling op ploeteren naar de Geitesving. Schakelen en dan steil naar beneden. Shannon keek me vragend aan toen ik meer alcohol in haar zelfgemaakte punch goot.

'Ze houden ervan als het meer naar alcohol smaakt dan naar fruit,' zei ik, kijkend uit het keukenraam.

Er stopte een Passat voor het huis en zes personen stapten uit de vijfpersoonsauto. Het ging als altijd: ze gingen samen, propten de auto vol en een vrouw reed. Ik weet niet waarom mannen denken dat ze het recht hebben te drinken of waarom de vrouwen zich altijd melden om te rijden nog voordat ze het wordt gevraagd. Maar zo was het nu eenmaal. De mannen die zonder aanhang kwamen omdat ze single waren of omdat hun vrouw bij de kinderen moest blijven maakten met *rock, paper, scissors* uit wie er moest rijden. Toen Carl en ik jong waren, zat men dronken achter het stuur. Maar dat gebeurde niet meer. Ze slaan nog steeds hun vrouwen, maar rijden niet meer met een flinke slok op.

In de kamer hing een slinger waarop stond HOMECOMING. Ik vond het een beetje raar omdat volgens de Amerikaanse traditie familie en vrienden een feest organiseerden en niet de persoon die thuis was gekomen. Maar Shannon had slechts gelachen en gezegd dat als niemand het deed dan moest je het zelf maar doen.

'Laat mij de punch serveren,' zei Shannon die naar me toe was gekomen terwijl ik het mengsel van fruitcocktail en thuisgestookte alcohol in de klaarstaande glazen goot. Ze droeg dezelfde outfit als toen ze hier arriveerde. Een zwarte coltrui en een zwarte broek. Dat wil zeggen: het was een andere set kleding, maar precies dezelfde. Ik heb geen verstand van kleren, maar iets zei me dat die van haar van het exclusieve, onopvallende soort waren.

'Bedankt, maar ik ben goed in serveren,' zei ik.

'Nee,' zei de kleine vrouw en duwde me weg. 'Jij moet praten met oude vrienden terwijl ik rondga met de glazen en met iedereen kennismaak.'

'Oké,' zei ik. En besloot niet te zeggen dat het Carls vrienden waren en dat ik geen vrienden had.

Maar het was toch leuk te zien hoe iedereen Carl omhelsde bij de deur, hem op zijn rug klopte alsof er iets in zijn keel zat, grijnzen en iets stoers zeggen wat ze onderweg hadden bedacht, een beetje verlegen blozen en snakken naar een borrel.

Ik kreeg een hand.

Dat was misschien het grootste verschil tussen Carl en mij. Dit waren dorpsgenoten die Carl jarenlang niet hadden gezien terwijl ze mij jaar in, jaar uit om de dag in het tankstation zagen, maar toch voelde het alsof ze Carl kenden en niet mij. Nu ik naar hem keek hoe hij zijn vrienden hartelijk en met warmte ontving, iets wat ik nooit had gekund, vroeg ik me af: was ik jaloers? Tja, iedereen wil graag geliefd zijn. Maar zou ik willen ruilen? Zou ik bereid zijn om de mensen zo dichtbij te laten komen als Carl deed? Hem kostte het kennelijk geen moeite. Voor mij was de prijs te hoog.

'Hoi Roy, ik zie je maar zelden met een biertje.' Het was Mari Aas. Ze zag er goed uit. Mari zag er altijd goed uit, zelfs toen ze eindeloos in de weer was met haar tweeling die kolieken had. En ik weet dat juist dat een aantal vrouwen in het dorp ergerde; ze hadden gehoopt dat ze eindelijk juffrouw Perfect eens kapot van vermoeidheid zouden zien, zoals andere stervelingen. Dit meisje had alles. Naast het feit dat ze met een zilveren lepel in haar mond geboren was, ze een helder verstand had waardoor ze de beste cijfers haalde en ze het respect kreeg dat bij de naam Aas hoorde, had ze ook nog eens een uiterlijk dat daarbij paste. Mari Aas had de donkere gloed en vrouwelijke vormen van haar moeder geërfd en het blonde haar en de koude, blauwe wolvenogen van haar vader. En misschien waren het deze ogen, haar scherpe tong en haar aura van hooghartige koelte die maakten dat jongens zich op respectvolle afstand hielden.

'Vreemd dat we elkaar niet vaker zien,' zei Mari. 'Hoe gaat het eigenlijk met je?'

Het woordje eigenlijk gaf aan dat ze meer verwachtte dan het standaardantwoord het-gaat-goed, maar dat het haar interesseerde, dat ze het wilde horen. En ik denk dat ze het oprecht meende. Mari was feitelijk aardig en behulpzaam. Toch gaf ze je de indruk dat ze op je neerkeek. Dat kon er uiteraard aan liggen dat ze een meter tachtig was, maar ik herinnerde me ook dat we met ons drieën in de auto onderweg naar huis zaten na een dansavond – ik achter het stuur, Carl dronken en Mari kwaad en kijvend – en dat ze zei: 'Carl, ik wil geen vriend die me verlaagt tot het niveau van hier in het dorp, begrijp je?'

Maar hoewel ze niet tevreden was met het niveau, wilde ze toch hier zijn. Terwijl ze nog beter op school was dan Carl, had ze niet die ambitie, niet die hevige wens om weg te gaan en iets te worden. Misschien omdat ze al op de top was, zwevend in de zonneschijn. Misschien was het daarom dat ze – nadat het uit was met Carl – een korte studie staathuishoudkunde had gedaan, volgens de mensen in het dorp was het gewoon huishoudkunde, om vervolgens terug te keren met een verlovingsring en Dan Krane. Terwijl hij begon als redacteur van de lokale krant van de Arbeiderparti, schreef zij waarschijnlijk aan een scriptie, maar die heeft ze nooit afgemaakt.

'Het gaat goed,' zei ik. 'Ben je alleen gekomen?'

'Dan wilde bij de jongens blijven.'

Ik knikte. Ik nam aan dat de grootouders die naast hen woonden meer dan graag op de jongens hadden gepast, maar dat Dan erop had gestaan zelf thuis te blijven. Ik had zijn uitdrukkingsloze, ascetische gezicht gezien toen hij bij de benzinepomp lucht in de banden deed van zijn duidelijk peperdure fiets waarmee hij toertochten reed. Hij deed alsof hij niet wist wie ik was, maar zijn antipathie was duidelijk te voelen en dat was alleen maar omdat ik veel DNA deelde met de man die de vrouw had gepenetreerd die nu de zijne was. Nee, Dan kon niet het enorme verlangen hebben de thuiskomst van de verloren zoon van het dorp en de ex van zijn vrouw te vieren.

'Heb je al kennisgemaakt met Shannon?' vroeg ik.

'Nee,' zei Mari en ze keek rond in de kamer die al stampvol was en waar we meubels aan de kant hadden geschoven en iedereen stond. 'Maar Carl vindt uiterlijk zo belangrijk dat ze vast zo knap is dat je haar onmogelijk over het hoofd kunt zien.'

De intonatie vertelde duidelijk wat Mari vond van die focus op schoonheid. Toen Mari een toespraak moest houden bij het afscheid van de middelbare school, had de rector haar geïntroduceerd met: 'Niet alleen intelligent, maar ook een verbijsterende schoonheid.'

Mari had haar toespraak ingeleid met: 'Bedankt rector, ik was van plan om lovende woorden te spreken over hoe goed u ons de laatste drie jaar heeft geholpen en ik wist niet precies welke woorden ik daarvoor moest kiezen, maar laten we zeggen dat u heel blij mag zijn met uw uiterlijk.' Er werd slechts hier en daar gelachen, haar repliek was iets te venijnig uitgesproken en omdat ze dochter van de burgemeester was, was het moeilijk in te schatten hoe dit geïnterpreteerd moest worden.

'Jij moet Mari zijn.'

Mari keek rond voordat ze naar beneden keek. En daar, drie koppen onder haar, straalde Shannons witte gezicht en witte lach naar ons. 'Punch?'

Mari trok een wenkbrauw op. Ze leek even te denken dat deze tengere gedaante haar had uitgedaagd voor een bokswedstrijd voordat Shannon het dienblad omhoogbracht.

'Bedankt,' zei Mari. 'Maar nee.'

'O nee! Je hebt verloren met *rock, paper, scissors*?'

Mari keek haar niet-begrijpend aan.

Ik schraapte mijn keel. 'Ik heb Shannon verteld over de gewoonte bij het rijden na...'

'O, zo,' onderbrak Mari me met een gereserveerd lachje. 'Nee, mijn man en ik drinken niet.'

'Aha!' zei Shannon. 'Omdat jullie alcoholisten zijn of omdat het ongezond is?'

Ik zag Mari's gezicht verstrakken. 'We zijn geen alcoholisten, maar alcohol doodt jaarlijks meer mensen in de wereld dan alle oorlogen, moorden en drugs samen.'

'Ja, gelukkig maar,' zei Shannon lachend. 'Dat er niet meer oorlogen, moorden en drugsdoden zijn, bedoel ik.'

'Wat ik probeer te zeggen is dat alcohol niet nodig is,' zei Mari.

'Vast niet,' zei Shannon. 'Maar de mensen hier vanavond zijn er wel meer door gaan praten dan toen ze aankwamen. Ben je hierheen gereden?'

'Uiteraard,' zei Mari. 'Rijden vrouwen niet waar jij vandaan komt?'

'Jawel, maar alleen aan de linkerkant.'

Mari keek me onzeker aan alsof ze wilde vragen of dit een grap was die ze niet begreep.

Ik kuchte. 'Op Barbados rijden ze links.'

Shannon lachte hard en Mari lachte overdreven alsof ze een kind een grapje had horen maken.

'Het heeft je vast veel tijd en moeite gekost om de taal van je man te leren, Shannon. Hebben jullie niet overwogen dat hij jouw moedertaal zou leren?'

'Dat is een goede vraag, Mari, maar we spreken Engels op Barbados. En ik wil natuurlijk weten wat jullie achter mijn rug zeggen.' Shannon lachte weer.

Hoewel ik lang niet altijd begrijp wat vrouwen tegen elkaar zeggen, begreep ik wel dat dit bekvechten iets was waar ik me niet mee moest bemoeien.

'Bovendien geef ik de voorkeur aan Noors tegen Engels. Engels is de meest mislukte schrijftaal ter wereld.'

'Bóven Engels, bedoel je?'

'Het idee achter het Latijnse alfabet is dat elk symbool staat voor een klanknabootsing. Schrijf je bijvoorbeeld in het Noors, Duits, Spaans, Italiaans enzovoorts een a dan wordt die uitgesproken als een a. Maar in het Engels kan een geschreven a van alles zijn. *Car, care, cat, call, abc*. En zo kan ik nog wel doorgaan. Al in de achttiende eeuw meende Ephraim Chambers dat de Engelse orthografie willekeuriger was dan in welke andere taal dan ook. Terwijl ik ontdekte dat ik zonder een woord Noors te kennen Sigrud Undset hardop kon voorlezen en Carl alles begreep!' Shannon lachte weer en keek mij ook aan. 'Noors zou de wereldtaal moeten zijn, niet Engels!'

'Tja,' zei Mari. 'Maar als het je ernst is met gelijkwaardigheid dan zou je Sigrid Undset niet moeten lezen. Ze was een reactionaire antifeminist.'

'O, ik ben van mening dat Undset een soort vroege *second wave* feminist was, net als Erica Jong. Bedankt voor je advies over wat ik wel en niet zou moeten lezen, maar ik probeer ook schrijvers te lezen met wie ik punten van gezicht niet deel.'

'Gezichtspunten,' zei Mari. 'Ik begrijp dat je veel tijd besteedt aan taal en literatuur, Shannon. Je kunt misschien beter praten met Rita Willumsen en onze arts, Stanley Spind.'

'Beter?'

Mari lachte afgemeten. 'Of misschien moet je je kennis van het Noors gebruiken voor iets nuttigs. Een baan zoeken bijvoorbeeld? Een bijdrage leveren aan de samenleving van Os?'

'Ik hoef gelukkig geen werk te zoeken.'

'Nee, dat zal wel niet,' zei Mari en ik zag dat ze zich weer in de hoek gedreven voelde. Die laatdunkende, neerbuigende houding die Mari Aas zo goed verborgen wist te houden voor de dorpelingen was terug in haar blik toen ze zei: 'Jij hebt immers... een echtgenoot.'

Ik keek naar Shannon. Iemand had een glas van het dienblad gepakt terwijl we hier stonden en nu verschoof ze de resterende glazen om alles weer in evenwicht te brengen. 'Ik hoef geen baan te zoeken omdat ik er al eentje heb. Werk dat ik ook van hieruit kan doen.'

Mari zag er eerst verbluft en toen bijna teleurgesteld uit. 'En dat is?'

'Ik teken.'

Mari lichtte weer op. 'Je tekent,' herhaalde ze op een overdreven positieve manier alsof iemand met zulk werk bemoediging nodig heeft. 'Je bent kunstenaar,' stelde ze troostend vast.

'Dat weet ik niet, misschien ooit. Wat voor werk doe jij, Mari?'

Mari zag er een ogenblik gedesoriënteerd uit voordat ze zichzelf weer onder controle had. 'Ik ben staathuishoudkundige.'

'Fantastisch! Worden die in Os veel gevraagd?'

Mari schonk haar een lachje dat vertelde dat ze gekwetst was. 'Op het moment ben ik moeder. Van een tweeling.'

Shannon kwam met een twijfelachtige, enthousiaste uitroep. 'Echt waar?'

'Ja, daar zou ik niet over lieg...'

'Foto's! Heb je foto's?'

Mari keek Shannon onderzoekend aan. Ze aarzelde. Misschien onderzocht ze met haar wolvenblik de tegenstander. Een vogelachtig vrouwtje met anderhalf oog, hoe gevaarlijk kon dat zijn? Mari pakte haar mobiel en toetste. Ze hield een foto voor Shannons gezicht die een langgerekt 'ooo' liet horen om uit te drukken hoezeer ze onder de indruk was. Ze gaf me het dienblad met glazen om Mari's telefoon vast te kunnen houden en de tweeling beter te kunnen bestuderen.

'Wat moet je doen om twee zulke jongetjes te krijgen, Mari?'

Ik weet niet of Shannon alleen maar stroop smeerde, maar het was in elk geval goed gespeeld. En genoeg om ervoor te zorgen dat Mari Aas haar dekking liet zakken.

‘Heb je er nog meer?’ vroeg Shannon. ‘Mag ik verder scrollen?’

‘Eh, ga je gang.’

‘Kun jij de gasten bedienen, Roy?’ Shannon vroeg het zonder haar ogen van het telefoonscherm te halen.

Ik deed een ronde met het dienblad en moest me tussen de gasten duwen. Maar de glazen werd gepakt zonder dat ik hoefde te kletsen.

Toen het blad leeg was, liep ik terug naar de keuken waar ook nauwelijks plaats was.

‘Hoi Roy, ik zag dat je een zilverkleurig blikje met snus had, mag ik er een van je bietsen?’

Het was Erik Nerell, die geleund tegen de koelkast stond met een pilsje in zijn hand. Erik deed aan gewichtheffen en had zo’n klein hoofd op zo’n dikke, gespierde nek dat er bijna geen overgang was. Het leek alsof er een boomstam uit de halsopening van zijn T-shirt groeide. Bovenop stond een dichte, gele *crew cut* die op een bundel ongekookte spaghetti leek en aan weerszijden gingen de schouders over in twee biceps die er altijd opgepompt uitzagen en misschien was dat ook wel zo. Erik was parachutist geweest en nu exploiteerde hij het enige uitgaanscentrum van het dorp, Fritt Fall – Vrije Val. Hij had de ruimte overgenomen van Kaffistova en had die omgebouwd tot een bar met discotheek, karaoke, bingo op maandag en elke woensdag een quiz.

Ik viste het zilverkleurige Berry-snusblikje uit mijn broekzak en gaf dat aan hem. Hij stopte een zakje onder zijn bovenlip.

‘Ben gewoon nieuwsgierig hoe het smaakt,’ zei hij. ‘Ik heb nog nooit iemand Amerikaanse snus zien gebruiken. Hoe kom je daaraan?’

Ik haalde mijn schouders op. ‘Verschillende manieren. Ik vraag mensen die daar naartoe gaan om het mee te nemen.’

‘Cool blikje, zeg,’ en hij gaf het terug. ‘Ben je zelf nooit in The States geweest?’

‘Nope.’

‘Wat ik me altijd heb afgevraagd,’ zei hij. ‘Waarom stop jij de snus onder je onderlip?’

‘*The American way*,’ zei ik. ‘Zo deed mijn vader het altijd. Hij zei dat alleen Zweden de snus onder hun bovenlip deden en dat iedereen weet dat de Zweden in de oorlog laf waren.’

Erik Nerell lachte met een bolle bovenlip. ‘Tenger vrouwtje heeft je broer.’

Ik gaf geen antwoord.

'Bijna beangstigend zo goed Noors als ze spreekt.'

'Heb je met haar gepraat?'

'Ik heb alleen gevraagd of ze danst.'

'Je vroeg of ze danst? Waarom?'

Erik haalde zijn schouders op. 'Omdat ze eruitziet als een ballerina. *Tiny dancer*, of niet? En ze komt dus van Barbados. Calypso en zo... hoe heet het ook alweer? Soca!'

Er moest iets op mijn gezicht te lezen zijn want hij moest lachen.

'Relax, Roy, ze nam het cool op en zei dat ze die ons later op de avond zou leren. Heb je de soca wel eens gezien? Ontzettend sexy.'

'Oké,' zei ik, me bedenkend dat het een goede raad was: relax.

Erik nam een slok uit zijn bierflesje en boerde discreet in zijn hand. Dat doet een huwelijk kennelijk met je. 'Weet jij of er de laatste tijd veel stenen zijn losgekomen in Huken?'

'Geen idee,' zei ik. 'Hoezo?'

'Heeft niemand je dat verteld?'

'Me wat verteld?' Ik voel iets kouds als de tocht door de rottende kieren van het raam.

'De politie wil dat we de berghelling met een drone onderzoeken. Als die er stabiel genoeg uitziet, zullen we afdalen naar het wrak. Een paar jaar geleden had ik dat meteen gedaan, maar nu zit Thea thuis en ze kan elk moment ons eerste kind naar buiten persen, dus nu kijk ik er anders tegenaan.'

Nee, het was geen koude windvlaag. Het was een injectie met ijswater. Het wrak. De Cadillac. Die lag er al achttien jaar. Ik schudde mijn hoofd. 'Het ziet er vast goed uit, maar ik hoor wel stenen vallen. Dat gebeurt de hele tijd.'

Erik keek me onderzoekend aan. Ik weet niet of dat was vanwege het gevaar van vallende stenen of dat hij mijn betrouwbaarheid inschatte. Misschien allebei. Hij kende natuurlijk het verhaal van toen ze de lijken van vader en moeder van Huken omhoog zouden takelen. Twee van de reddingswerkers waren naar beneden gegaan, bij het omhooghalen waren de twee brancards tegen de bergwand geslagen, maar daardoor waren er geen stenen losgekomen. Het ongeluk gebeurde toen ze zelf omhoogklommen. De steen die los was geraakt onder de voeten van de voorste klimmer aan het touw had de gezekerde man die onder hem zat geraakt en zijn schoudergewricht gebroken. Carl en ik hadden achter de ambulance, de reddingswerkers en de politieman bij de Geitesving gestaan en wat ik me nog goed kan herinneren was het geschreeuw van de klimmer die ik niet kon zien, maar alleen maar hoorde in de heldere, stille avondlucht. Het geluid werd weerkaatst tussen de bergwanden daarbeneden. Langzaam, beheerst en haast gereserveerd in verhouding tot de pijn, als de rustige roep van een raaf.

'Nee maar, er wordt gespeecht!' riep Erik uit.

Ik hoorde Carls stem uit de woonkamer komen en zag dat zich mensen die kant op persten. Ik ging in de deuropening staan. Hoewel Carl een kop groter dan de meesten was, was hij op een stoel gaan staan.

'Lieve, lieve vrienden,' bulderde zijn stem. 'Het is gewoon zo cool jullie allemaal weer te zien. Vijftien jaar...' Hij liet dat even bezinken bij ons. 'De meesten van jullie zien elkaar bijna dagelijks dus jullie hebben de langzame veranderingen niet gezien, maar feit is dat we ouder zijn geworden. En laat ik eerst even vaststellen dat als het om jullie gaat...' Hij haalde adem en keek met zijn brutale-jongensgezicht rond, '...ik er veel beter uitzie dan jullie.'

Gelach en protesten.

'Jawel, jawel!' riep Carl. 'En het is extra vreemd als je bedenkt dat ik de enige kerel hier was die wat te verliezen had.'

Meer gelach, gefluit en geroep. Iemand probeerde hem van zijn stoel te trekken.

'Maar,' zei Carl die hulp kreeg om te blijven staan. 'Wat betreft de dames is het omgekeerde het geval. Jullie zien er veel beter uit dan toen.'

Gejubel en applaus van de vrouwen.

Een mannenstem riep: 'Waag het niet, Carl!'

Ik draaide me om en keek of ik Mari zag. Het was een automatisme, dat zou ik nooit afleren. Shannon was op het aanrecht gaan zitten om het te kunnen zien. Gebogen rug. Bij de koelkast stond Erik Nerell haar op te nemen. Ik liep weg, ging de trap op naar boven en ging in de jongenskamer op het bovenste bed liggen. Ik hoorde Carls stem die via de keuken en door het gat van de kachelpijp kwam. Ik kreeg niet alles mee, maar begreep min of meer waar het over ging. Ik hoorde dat mijn naam werd genoemd, gevolgd door een pauze.

De mannenstem: 'Zeker op de plee.' Gelach.

Shannons naam. Haar zware, mannelijke stem. Als een spreeuw met een uilengeluid. Enkele woorden, gevolgd door beleefd, ingehouden applaus.

Ik nam een slok van mijn bier, keek naar het plafond en sloot mijn ogen.

Toen ik ze weer opendeed was het stiller. En ik begreep dat ik door het hele feest heen had geslapen en dat de laatste gasten bezig waren op te stappen. De auto's die met geronk werden gestart. Mompelend grind onder de wielen. Rood licht op de gordijnen wanneer er geremd werd voor de Geitesving.

Toen werd het bijna helemaal stil. Alleen schuifelende voeten en gedempte stemmen vanuit de keuken. Volwassen stemmen die wat kletsten over kleine praktische zaken. Het waren de geluiden waarbij ik als kind in slaap was gevallen. Veilige geluiden. Een veiligheid waarvan je denkt dat die zal blijven omdat die zo goed voelt, zo juist, zo onveranderlijk.

Ik had gedroomd. Over een auto die een seconde rechtuit vloog en op weg leek te zijn naar het heelal. Maar toen werd ingehaald door de realiteit en de zwaartekracht en langzaam begon het zwaarste deel, de voorkant met de motor naar beneden te wijzen. Naar het donker. Naar Huken. Er klonk een kreet. Het was niet de schreeuw van mijn vader of moeder. Ook niet van de reddingswerker. Het was mijn eigen schreeuw.

Ik hoorde Shannon onderdrukt lachen en 'nee' fluisteren voor mijn deur en toen Carls kalmerende stem: 'Roy vindt het alleen maar gezellig. Nu laat ik je zien hoe het was.'

De deur ging open.

'Slaap je, broertje?' Ik voelde de alcoholadem van Carl tegen mijn gezicht.

'Ja,' antwoordde ik.

'We gaan,' fluisterde Shannon, maar ik voelde het bed heen en weer gaan toen Carl in het onderste bed ging liggen en haar meetrok.

'We hebben je gemist op het feest,' zei Carl.

'Sorry,' zei ik. 'Ik had een time-out nodig en toen ben ik in slaap gevallen.'

'Knap dat je door die herrie van die hangjongeren heen kon slapen.'

'Ja,' antwoordde ik slechts.

'Wat zijn hangjongeren?' vroeg Shannon.

'Lawaaiige types met eenvoudige pleziertjes,' zei Carl met dubbele tong. 'Rondjes rijden in opgesmukte Amerikaanse auto's en pick-ups.' Ik hoorde dat hij een slok van zijn bier nam. 'Maar de mannen die hier vanavond waren, hebben geen toestemming meer van hun vrouwen om dat te doen. De jongeren die deze traditie in stand houden vind je bij het tankstation van Roy.'

'Maar wat zijn ze dan?' vroeg Shannon.

'Het zijn allemaal haantjes,' zei ik. 'Haantjes en geil.'

'Blijven ze gevaarlijk?'

'Je kunt ze uiteraard laten castreren. Dan worden het kapoenen.'

'Kapoenen,' herhaalde ik.

'Zo bekeken waren er vanavond dus alleen maar kapoenen hier,' zei Carl grinnikend. 'Getrouwd, gesetteld en gecastreerd. Maar duidelijk in staat zich voort te planten.'

'Mislukte castraten noemen ze dat,' zei ik. 'Gecastreerd, maar dat hebben ze niet door.'

Carl lachte luid.

'Mislukte castraten,' herhaalde Shannon en ik verdacht haar ervan dat elk woord dat we zeiden werd opgeslagen in haar spraakcentrum. 'En ze rijden in Amerikaanse auto's.'

'Shannon houdt van Amerikaanse auto's,' zei Carl. 'Ze reed in haar eigen Buick toen ze elf jaar was. Au!'

Ik hoorde dat Shannon fluisterend protesteerde.

'Buick,' zei ik. 'Niet gek.'

'Hij liegt, ik reed niet,' zei Shannon. 'Mijn grootmoeder liet me alleen sturen. En het was een oude, roestige auto die ze geërfd had van mijn oudoom Leo. Hij werd in Cuba vermoord toen hij met Castro vocht tegen Batista. De auto en Leo kwamen in onderdelen met de boot vanuit Havana en grootmoeder heeft zelf de auto in elkaar gezet.'

Carl lachte. 'Maar het lukte haar niet om Leo weer in elkaar te zetten?'

'Wat voor Buick was het?' vroeg ik.

'Een Roadmaster model 1954,' zei Shannon. 'Toen ik aan de universiteit studeerde, reed grootmoeder me elke dag naar Bridgetown.'

Ik moest nog steeds moe zijn of onder invloed van de punch en het bier want ik wilde bijna zeggen dat die Buick Roadmasters de mooiste auto's zijn die ik ooit heb gezien.

'Jammer dat je door het feest heen bent geslapen, Roy,' zei Shannon.

'O, hij is daar blij om,' zei Carl. 'Roy houdt niet zo van mensen, snap je? Afgezien van mij dan.'

'Is het waar dat je zijn leven hebt gered, Roy?' vroeg Shannon.

'Nee,' zei ik.

'Jawel!' zei Carl. 'Die keer dat we die tweedehands duikuitrusting bij Williamson hadden gekocht, maar geen geld hadden voor een cursus en die daarom zelf maar gingen testen.'

'Het was mijn schuld,' zei ik. 'Ik dacht dat het simpel en logisch was.'

'Dat zeg je nu, maar het lukte jou uiteraard wel,' zei Carl. 'Maar toen het mijn beurt was, kreeg ik water in het masker, raakte ik in paniek en spuugde ik het mondstuk uit. Als Roy er niet was geweest...'

'Welnee, ik boog me alleen maar over de rand van de boot en trok je omhoog,' zei ik.

'Diezelfde avond heb ik mijn deel van de duikuitrusting aan jou verkocht, ik wilde het niet meer zien. Hoeveel heb jij ervoor gegeven? Briefje van honderd?'

Ik voelde hoe mijn mondhoeken vertrokken. 'Ik herinner me alleen dat ik voor één keer een goede prijs van jou kreeg.'

'Dat was honderd te veel!' riep Shannon uit. 'Heb je ooit iets gedaan voor je grote broer als tegenprestatie?'

'Nee,' zei Carl. 'Roy is een veel betere broer dan ik.'

Shannon lachte hard en het stapelbed bewoog heen en weer, ik geloof dat Carl haar kietelde.

'Is dat zo?' vroeg Shannon hikkend.

Er kwam geen antwoord en ik begreep dat ze het aan mij vroeg.

'Nee,' zei ik. 'Hij liegt.'

'Is dat zo? Hoe heeft hij je dan geholpen?'

'Hij corrigeerde mijn schrijfopdrachten van school.'

'Dat heb ik niet gedaan,' protesteerde Carl.

'De nacht voordat ik een opstel moest inleveren sloop hij uit het bed waarin jullie nu liggen, haalde mijn schrift uit mijn schooltas en corrigeerde op de wc al mijn schrijffouten. Dan stopte hij het schrift terug en kroop weer in bed. Hij zei er nooit iets over.'

'Dat is misschien één keer gebeurd!' zei Carl.

'Elke keer,' zei ik. 'En ik heb er ook nooit iets over gezegd.'

'Waarom niet?' Het gefluister van Shannon klonk net zo donker als de duisternis om ons heen.

'Ik wilde niet te boek staan als iemand die willens en wetens door zijn kleine broertje geholpen werd,' zei ik. 'En bovendien had ik betere cijfers voor Noors nodig.'

'Twee keer,' zei Carl. 'Hooguit drie.'

We lagen zwijgend in het donker, deelden het stilzwijgen. Ik hoorde het geluid van Carls ademhaling. Die was zo bekend dat het leek of ik mijn eigen ademhaling hoorde. Nu was er ook de ademhaling van een derde persoon bij gekomen. Ik voelde een steek van jaloezie. Dat ik niet beneden lag en mijn arm om hem heen had geslagen. Er klonk buiten een koude schreeuw, er vloog iets over het huis of over Huken.

Ik hoorde gemompel onder me.

'Ze vraagt wat voor vogel het is,' zei Carl. 'Raaf, toch?'

'Ik denk het,' zei ik en wachtte. De raaf – of in elk geval die hier zat – riep altijd twee keer. Maar dat bleef uit.

'Waarschuwt hij voor gevaar?' vroeg Shannon.

'Dat zou kunnen,' antwoordde ik. 'Of hij geeft antwoord op een andere raaf, een raaf die wij niet kunnen horen en die misschien wel honderd meter verderop zit.'

'Is er een verschil in de roep?'

'Ja,' zei ik. 'De roep is anders als je het nest nadert. En over het algemeen roepen vrouwtjes meer. Soms in koor zonder dat daar een reden voor lijkt te zijn.'

Carl grinnikte. Ik hield van dat geluid. Het verspreidde warmte en goedheid. 'Roy weet meer over vogels dan over wat dan ook. Afgezien dan van auto's. Of tankstations.'

'Maar niet over mensen,' zei Shannon. Haar intonatie maakte niet duidelijk of het een vraag was of het vaststellen van een feit.

'Precies,' zei Carl. 'In plaats daarvan gaf hij mensen een vogelnaam. Vader was een bergleeuwerik. Terwijl moeder een tapuit was. En oom Bernard was een rietgors omdat hij theologie had gestudeerd voordat hij automonteur werd en een rietgors heeft een witte kraag.'

Shannon lachte. 'En wat was jij, schat?'

'Ik was... wat was ik ook alweer?'

'Een graspieper,' zei ik zacht.

'Dan neem ik aan dat een graspieper mooi, sterk en intelligent is,' zei Shannon lachend.

'Misschien,' zei ik.

'Het was omdat hij hoger vliegt dan andere piepers,' zei Carl. 'En een opschepper is met een grote mond en een... Hoe heet het ook alweer?'

'Een parachutevlucht,' zei ik.

'Een parachutevlucht,' herhaalde Shannon. 'Dat is een mooi woord. Wat is dat?'

Ik zuchtte alsof het een opgave voor me was om het allemaal te moeten uitleggen. 'Nadat hij zo hoog is gevlogen als hij kan, begint hij te zingen zodat iedereen kan horen hoe hoog hij is gekomen. En daarna daalt hij met stijve vleugels terwijl hij allerlei acrobatische capriolen uithaalt.'

'Carl in een dop!' zei Shannon jubelend.

'In een notendop,' zei Carl.

'In een notendop,' herhaalde ze.

'Maar hoewel een graspieper ervan houdt zich te laten zien, is hij geen geraffineerde stiekemerd,' zei ik. 'Integendeel, hij kan makkelijk voor de gek worden gehouden. Daarom is de graspieper voor de koekoek de ideale vogel om haar ei in het nest te leggen.'

'Arme Carl!' zei Shannon en ik hoorde een smakkende, natte kus. 'Roy, welke vogel ben ik?'

Ik dacht na. 'Ik weet het niet.'

'Vooruit,' zei Carl.

'Nee, ik weet het werkelijk niet. Een kolibrie? Ik ken eigenlijk alleen de vogels uit Noorwegen.'

'Ik wil geen kolibrie zijn,' protesteerde Shannon. 'Die zijn zo klein en houden van zoet. Kan ik niet de vogel zijn die ik heb gevonden? Een morinelplevier?'

Ik dacht aan het witte kopje van de morinelplevier. De donkere ogen. Het petje dat leek op kortgeknipt, achterovergekamd haar.

'Oké,' zei ik. 'Jij bent een morinelplevier.'

'En jij, Roy, wat ben jij?'

'Ik? Ik heb er geen.'

'Iedereen heeft er eentje. Toe.'

Ik gaf geen antwoord.

'Roy is de verteller die ons vertelt wie we zijn,' zei Carl. 'Dus hij kan van alles zijn. Hij is een vogel zonder naam die in de bergen voorkomt.'

'De eenzame vogel zonder naam in de bergen,' zei Shannon. 'En wat voor zang hebben naamloze mannetjes als jij om hun wederhelft te lokken?'

Carl lachte. 'Sorry Roy, maar dit meisje geeft niet op voor ze je hele doopceel heeft gelicht.'

'Prima,' zei ik. 'Wat kenmerkend is aan vogels in de bergen is dat hij niet zingt voor het vrouwtje. Hij vindt dat maar ijdeltuiterij en bovendien zijn er in de bergen geen bomen waarin hij kan zitten te zingen. In plaats daarvan bouwt hij een nest waarmee hij haar kan imponeren.'

'Hotel?' vroeg ze. 'Of tankstation?'

'Lijkt me dat een hotel het handigst is,' zei ik.

Ze lachten allebei in het onderste bed.

'Nu laten we de waterspreeuw met rust,' zei Carl. Ze stapten uit bed.

'Welterusten,' zei Carl en hij tikte me op mijn hoofd.

De deur viel achter hen dicht en ik bleef liggen luisteren.

Hij herinnerde het zich. Dat ik hem een keer lang geleden had verteld dat ik een waterspreeuw ben. Een schuwe vogel die altijd op zijn hoede is en zich verstopt tussen stenen. Hij had gezegd dat het niet nodig was, dat er niets was waarvoor ik bang hoefde te zijn. Ik had geantwoord dat ik dat wel wist, maar dat ik toch bang was.

Ik sliep en droomde dezelfde droom. Het leek wel of die op pauze was gezet en op me wachtte. Toen ik wakker werd van de schreeuw van de reddingswerker, hoorde ik dat het Shannon was. Ze schreeuwde weer. En weer. Carl neukte haar goed. Mooi zo. Maar verrekte moeilijk om te slapen met dat lawaai natuurlijk. Ik luisterde een poos. Ik geloof dat zij over het hoogtepunt heen was, maar ze hielden niet op. Ik legde het kussen over mijn hoofd. Na een tijdje haalde ik het weg. Het was weer stil. Kennelijk sliepen ze. Maar het lukte me niet meer om in slaap te vallen. Ik draaide me om en het bed kraakte terwijl ik dacht aan wat Erik Nerell had gezegd over de politie die bergbeklimmers naar beneden wilde sturen om de Cadillac te checken.

En eindelijk was het er.

De tweede roep van de raaf.

En ik wist dat hij waarschuwde voor gevaar. Geen acuut gevaar, maar het lag op de loer. En het wachtte al lang. Het was geduldig en vergat nooit. Moeilijkheden.

DEEL II

5

Carl. Hij is in bijna al mijn jeugdherinneringen aanwezig. Carl in het onderste bed. Carl bij wie ik in januari in bed kroop als het buiten vijftien graden vroor of wanneer een andere situatie daar aanleiding toe gaf. Mijn broertje Carl met wie ik ruziemaakte totdat hij huilde van woede en op me af vloog, met elke keer hetzelfde resultaat: ik legde hem simpelweg op zijn rug, ging op hem zitten zodat hij zijn armen niet kon bewegen en kneep in zijn neus. Als hij dan stopte met terugvechten en alleen maar huilde, voelde ik dat zijn zwakte en capitulatie me ergerden. Totdat hij me die weerloze en toegeeflijke lach schonk en ik een brok in mijn keel kreeg. Dan liet ik hem los, sloeg mijn arm om hem heen en beloofde hem het een of ander. Maar dat brok in mijn keel en slechte geweten waren er nog lang nadat Carl zijn tranen weer had gedroogd. Een keer had vader ons zien vechten. Hij had geen woord gezegd, het gewoon laten gebeuren net zoals we in de bergen de natuur haar brute gang lieten gaan, tenzij het om onze eigen geiten ging. Toen Carl en ik ten slotte snikkend op de bank zaten, ik met mijn arm om hem heen, had hij slechts kwaad zijn hoofd geschud en was de kamer uit gelopen.

En ik herinner me dat ik twaalf jaar was, Carl elf toen oom Bernard vijftig jaar werd. Hij deed iets wat we uit de reactie van vader en moeder begrepen op het randje was: hij nodigde iedereen uit naar de stad – de gróte stad – voor een feest in het Grand Hotel. Moeder vertelde dat ze daar een zwembad hadden en Carl en ik waren laaiend enthousiast. Toen we daar aankwamen bleek er geen zwembad te zijn en dat was er ook nooit geweest. Ik was er chagrijnig van. Maar het leek Carl niets te doen en toen een van de mensen die daar werkten aan de elfjarige vroegen of hij een rondleiding door het hotel wilde, zag ik dat de jaszak van Carl uitpuilde omdat hij daar zijn zwembroek in had gestopt. Na zijn terugkeer vertelde hij vol enthousiasme hoe fantastisch alles was, dat het hotel een slot was en dat hij verdomme ooit zo'n slot zou bouwen. Dat zei hij, zonder het vloeken. En in de jaren die volgden bleef hij hardnekkig beweren dat hij die avond in het zwembad van het Grand Hotel had gezwommen.

Volgens mij leken Carl en moeder daarin op elkaar. De droom triomfeerde boven de realiteit, de façade triomfeerde boven de inhoud. Als zaken niet helemaal waren zoals je wilde dat ze zouden zijn, dan verzon je gewoon hoe het was en was je min of meer blind voor wat er niet moest zijn. Moeder noemde bijvoorbeeld onze naar mest stinkende gang de hal. Zoals in het Engelse *hall*. Ze had vanaf haar tienerjaren als dienstmeisje en huishoudster gewerkt bij een redersfamilie en vond het fijn als dingen Engels en voornaam klonken.

Vader was het tegenovergestelde, hij noemde de schep in de stal de strontschep en wilde dat de dingen om hem heen Amerikaans waren, klonken en voelden. En dan niet het Amerikaans uit de stad, maar uit het Midwesten. Minnesota bijvoorbeeld waar hij vanaf zijn vierde tot zijn twaalfde had gewoond met zijn vader die wij nog nooit hadden gezien. Amerika was en bleef vaders *promised land*, samen met de Cadillac, de methodistenkerk en de *pursuit of happiness*. Hij had gewild dat ik Calvin zou heten naar de Amerikaanse president Calvin Coolidge. Een Republikein uiteraard. In tegenstelling tot zijn meer charismatische voorganger Warren Harding die een spoor van schandalen – corruptie, pokeravonden, vrouwen en cocaïne – achterliet, was Calvin een hardwerkende, serieuze, trage, weinig spraakzame en barse man die volgens vader stapje voor stapje de carrièreladder had beklommen. Maar moeder had geprotesteerd tegen de naam Calvin en het compromis was dat het Roy werd met als tweede naam Calvin.

Carl had als tweede naam Abel gekregen naar de minister van Buitenlandse Zaken Abel Parker Upshur die volgens vader een intelligente, charmante man was met grote dromen. Zo groot dat hij het voor elkaar kreeg dat Texas in 1845 werd geannexeerd door de Verenigde Staten, die ineens veel groter werden. Dat Abel als compromis instemde met het feit dat Texas nog steeds doorging met slavernij was in dit verband van ondergeschikt belang, vond vader.

Mogelijk leken Carl en ik op de twee mannen naar wie we waren vernoemd. Niemand in het dorp – uitgezonderd de voormalige burgemeester Aas misschien – had enig idee wie de oorspronkelijke Calvin en Abel waren. Ze zeiden alleen dat ik het meest van vader had en Carl het meest van moeder. Maar de mensen beneden in Os weten niet waar ze over praten, ze praten slechts.

Ik was tien jaar toen vader thuiskwam met een Cadillac DeVille. Willum Willumsen van Willumsen Occasions & Sloperij had opgeschept over een prachtexemplaar van een DeVille die de eigenaar had meegenomen uit Amerika, maar waarvan hij de invoerrechten niet kon betalen en die hij daarom moest verkopen. Met de auto, een 1979-model, was volgens Willumsen alleen maar rustig gereden op de kaarsrechte highways in de gortdroge woestijn van Nevada en hij had geen plekje roest. Vader had langzaam geknikt, hij had geen verstand van auto's en ik had er toen nog geen belangstelling voor. Nadat vader had toegehapt zonder te onderhandelen en een paar weken later al naar de garage moest, bleek de auto net zoveel mankementen en vervangen onderdelen te hebben als de autowrakken die je in de straten van Havana op stutten van baksteen ziet staan. De reparatie had meer gekost dan de auto zelf. En in het dorp hadden de mensen hoofdschuddend gelachen en gezegd dat dat de prijs is als je geen verstand hebt van auto's. En ze hadden handelaar Willumsen geprezen. Maar ik had een mooi stuk speelgoed gekregen. Nee, het was een leerschool. Een ding met duizend onderdelen waarvan ik leerde dat als je er maar de tijd voor nam om het mechanisme te begrijpen en je hoofd en handen te gebruiken, het echt mogelijk is om het te repareren.

Ik begon veel tijd door te brengen in de autowerkplaats van oom Bernard die me liet meehelpen, zoals hij het noemde, maar in het begin stond ik vooral in de weg. En ik leerde boksen van vader. In die tijd was Carl een raadsel voor me. Dat was voordat hij de lucht in schoot, het leek er juist op dat ik de langste van de twee zou worden. En hij had in die tijd lelijke pukkels. Hij deed het goed op school, maar was stil, had niet veel vrienden en was erg op zichzelf. Toen hij op de middelbare school begon, terwijl ik meer en meer bij oom Bernard werkte, gebeurde het vaak dat we elkaar pas zagen als we naar bed gingen.

Ik herinner me dat ik op een avond zei dat ik me erop verheugde om achttien te worden, mijn rijbewijs te halen en volwassen te zijn. En moeder huilde een beetje en vroeg of ik zo graag weg wilde van Opgard.

En achteraf gezien was het natuurlijk beter geweest als ik dat had gedaan, maar er veranderden zaken, ik kon niet zomaar weggaan, ik moest het in orde maken. Repareren. Bovendien: waar moest ik naartoe?

Toen kwam de dag dat vader en moeder stierven en vanaf die tijd is Carl weer in mijn herinneringen. Ik was bijna achttien en hij nog geen zeventien. Hij en ik zaten in een geparkeerde Volvo voor het huis te kijken naar hoe de Cadillac van het erf reed in de richting van de Geitesving. Het is nog steeds een film die ik kan afspelen en waarin ik nog nieuwe details ontdek.

Twee ton machinerie van de General Motors-fabriek die in beweging is gekomen en langzaam vaart meerdert. Nu is de auto zo ver weg dat ik het geknerp van grind onder de wielen niet meer hoor. Stilte, stilte en rode achterlichten. Ik voelde mijn hart ook steeds sneller kloppen. Nog twintig meter naar de Geitesving. Men wilde daar een waarschuwingsbord plaatsen, maar de gemeente had ingegrepen en gezegd dat de laatste honderden meters naar de boerderij eigenlijk privé-eigendom waren en de verantwoordelijkheid van Opgard. Nog tien meter. De remlichten – die als twee lijnen, twee verbindingsstrepen tussen de kofferbak en de glimmende bumper liepen – lichtten een ogenblik op. Toen waren ze weg. Alles was weg.

6

'Goed Roy, jij was dus op de avond van het ongeluk voor het huis, dat was om…' Politiechef Sigmund Olsen zat met zijn hoofd gebogen terwijl hij zocht in de papieren. Het dikke, blonde haar deed me denken aan de mop in de gymzaal op school. Het haar dat naar beneden hing was aan de voor- en achterkant even lang. Hij had ook een dikke walrussnor en zowel de mop als de snor had hij sinds de jaren zeventig. Gewoon omdat het kon. Er was geen spoor van kaalheid te zien op het gebogen hoofd. '…halfacht. En je zag je ouders wegrijden?'

Ik knikte.

'En je zegt dat je de remlichten zag?'

'Ja.'

'Weet je zeker dat het niet de achterlichten waren? Ze zijn allebei rood, snap je.'

'De remlichten zijn feller.'

Hij keek even naar me op.

'Je bent bijna achttien, toch?'

Ik knikte weer. Misschien stond het in zijn papieren, misschien herinnerde hij zich dat ik op de basisschool een klas hoger dan zijn zoon Kurt had gezeten.

'Ga je nu nog naar school?'

'Nee, ik werk in de autowerkplaats van mijn oom.'

De politieman boog zijn hoofd weer over het bureau.

'Mooi, dan begrijp je dat we het vreemd vinden dat er geen remsporen zijn gevonden. En hoewel uit de bloedtest van je vader blijkt dat hij een borrel ophad, was hij niet zo dronken dat hij de bocht kon zijn vergeten, zich vergiste in het pedaal of achter het stuur in slaap was gevallen.'

Ik zei niets. Hij had drie mogelijke verklaringen in één adem genoemd. En ik hoefde er geen vierde aan toe te voegen. En die had ik ook niet.

'Carl vertelde ons dat jullie ouders je oom Bernard Opgard in het ziekenhuis zouden bezoeken. Jij werkt bij deze oom?'

'Ja.'

'Maar we hebben met Bernard gesproken en hij zegt dat hij niets weet van een dergelijk bezoek. Hadden je ouders de gewoonte om onaangekondigd op bezoek te gaan?'

'Nee,' zei ik. 'Ook niet aangekondigd.'

De politieman knikte langzaam. Zijn ogen zochten weer in de papieren. Het leek wel of ze het daar het meest naar hun zin hadden. 'Was je vader depressief, denk je?'

'Nee,' zei ik.

'Weet je het zeker? Andere mensen die we hebben gesproken zeggen dat hij zwaar op de hand was.'

'Wil je dat ik zeg dat hij depri was?'

Olsen keek weer op. 'Wat bedoel je daarmee, Roy?'

'Dat het misschien de zaak eenvoudiger maakt. Als jullie kunnen zeggen dat hij zichzelf en mijn moeder heeft gedood.'

'Waarom denk je dat dat eenvoudiger is?'

'Niemand mocht hem.'

'Dat is niet waar, Roy.'

Ik haalde mijn schouders op. 'Goed, hij was zeker depressief. Hij was in zichzelf gekeerd. Zat hoofdzakelijk thuis en sprak niet veel met anderen. Dronk bier. Dat is toch wat depressieve mensen doen?'

'Mensen die aan een depressie lijden, kunnen goed zijn in dat te verbergen.' De blik van politiechef Olsen deed zijn best die van mij te kruisen en toen dat was gelukt, bleef die daar. 'Zei je vader ooit iets over... dat hij geen zin meer had om te leven?'

Zin om te leven, het leek erop dat Sigmund Olsen de woorden eindelijk over zijn lippen kon krijgen en nu bleef hij me rustig aankijken.

'Wie heeft er verdomme zin om te leven?' vroeg ik.

Olsen keek me een moment geshockeerd aan, toen hield hij zijn hoofd schuin. Het lange hippiehaar aan de ene kant lag op zijn schouder. Misschien wás het een mop. Ik wist dat hij een brede riem met een buffelschedelgesp erop droeg en laarzen van slangenleer. We kleden ons met de dood.

'Waarom leven als je het niks vindt, Roy?'

'Is dat niet logisch?'

'Hoezo?'

'Omdat het misschien erger is om dood te zijn.'

Mijn achttiende verjaardag was binnenkort, maar toch zei de idiote wet dat Carl en ik een voogd moesten hebben. De kinderrechter benoemde oom Bernard tot voogd. Er kwamen twee dames van de kinderbescherming van Notodden om te kijken naar de faciliteiten van oom Bernard die ze duidelijk prima in orde vonden. Bernard liet ze de twee slaapkamers zien die we kregen en beloofde dat hij regelmatig op school zou informeren hoe het met Carl ging.

Toen de kinderbescherming weer was verdwenen, vroeg ik oom Bernard of het goed was dat Carl en ik een paar nachten in Opgard gingen slapen. Er was hier in het dorp zoveel lawaai van de rijksweg en we wilden echt even uitslapen.

Bernard vond het goed en gaf ons een flinke pan met eten mee.

Maar we verhuisden daarna nooit meer naar het dorp, hoewel ons officiële adres dat van oom Bernard was. Dat betekende alleen niet dat hij ons niet in de gaten hield en het geld dat hij van de overheid voor ons kreeg gaf hij zonder morren aan ons.

Een paar jaar later, een flinke tijd na wat ik de Fritz-nacht noem, werd oom Bernard weer in het ziekenhuis opgenomen. Het bleek dat de kanker was uitgezaaid. Ik zat naast zijn bed te grienen toen hij me vertelde hoe het ervoor stond.

'Je weet dat je aan je laatste eindje bezig bent als de gieren zonder te vragen in je huis trekken,' zei hij.

Hij bedoelde zijn dochter en haar man.

Oom Bernard had verteld dat hij nooit om haar had gegeven, dat hij een hekel aan haar had als persoon. Hij vergeleek haar gedrag met dat van de mensen die vroeger 's nachts aan de kust vuur maakten om schepen te misleiden. Liep zo'n schip daardoor aan de grond dan werd het geplunderd.

Ze had hem twee keer in het ziekenhuis bezocht. De eerste keer om te horen hoelang hij nog had en de tweede keer om de sleutel van het huis op te halen.

Oom Bernard legde een hand op mijn schouder en probeerde me blijkbaar aan het lachen te maken door een van zijn oude, flauwe Volkswagengrappen te vertellen.

'Je gaat dood!' riep ik tamelijk boos uit.

'Jij ook,' zei hij. 'En dit is de juiste volgorde. Mee eens?'

'Maar hoe kun je nu grappen maken?'

'Nou,' zei hij. 'Als je tot je nek in de drek staat, is het wijs om je hoofd niet te laten hangen.'

En toen moest ik toch lachen.

'Ik heb een laatste wens,' zei hij.

'Een peuk?'

'Dat ook. Mijn andere wens is dat je deze herfst je theorie-examen voor automonteur gaat doen.'

'Nu?' zei ik. 'Maar ik heb nog geen vijf jaar praktijkervaring.'

'Je hébt vijf jaar ervaring. Met al dat overwerk dat je hebt gedaan.'

'Maar dat telt niet als...'

'Voor mij telt dat wel. Ik zou nooit een ongekwalificeerde monteur zijn theorie-examen laten doen en dat weet je. Jij bent de beste automonteur die ik ooit heb gehad. Daarom ligt er een envelop op dat tafeltje met daarin een document waarin ik verklaar dat je al vijf jaar voor me werkt. Maak je niet druk om de data die erin staan. Is dat helder?'

'Zo helder als modder,' zei ik.

Dat was een grapje tussen ons tweeën. Een monteur die gewerkt had voor oom Bernard had de uitdrukking verkeerd begrepen, maar gebruikte die de hele tijd zonder dat oom Bernard hem corrigeerde. Dat was de laatste keer dat ik oom Bernard hoorde lachen.

Toen ik het theorie-examen haalde en enkele maanden later het praktijkgedeelte, lag oom Bernard al in coma. En toen zijn dochter tegen de artsen zei dat ze hem van de apparatuur moesten halen die hem in leven hield, was het in de praktijk zo dat ik – als jongen van twintig jaar – de autowerkplaats leidde. Toch kwam het als een schok... nee, dat is te sterk, het kwam als een verrassing toen bij het voorlezen van het testament bleek dat oom Bernard mij de werkplaats had nagelaten.

De dochter protesteerde uiteraard en ze beweerde dat ik haar arme, zieke vader had gemanipuleerd in de tijd dat ik bij hem werkte. Ik zei dat ik geen zin had in ruzie, dat oom Bernard mij de werkplaats niet had nagelaten om rijk te worden, maar om die in de familie te houden. Dus als ze wilde dan kon ik de werkplaats van haar overnemen voor de prijs die ze ervoor wilde hebben, dan zou de wens van haar vader tenminste in vervulling gaan. Ze noemde haar prijs, ik zei dat wij van Opgard niet onderhandelen, maar dat de prijs meer was dan ik kon betalen en dat die ook niet reëel was, gezien de winst die het bedrijf maakte. Ze zette de werkplaats te koop, maar kreeg geen belangstellenden, hoewel ze de vraagprijs meerdere keren liet zakken. Uiteindelijk kwam ze weer bij me terug. Ik betaalde wat ik er vanaf het begin voor wilde betalen en zij tekende het verkoopcontract en marcheerde razend weg alsof ze bedrogen was.

Ik probeerde het bedrijf zo goed mogelijk te leiden. En dat was niet zo goed omdat ik geen ervaring had en omdat de markt niet meezat. Maar ook weer niet zo slecht want autowerkplaatsen in de omtrek gingen failliet waardoor ik meer klandizie kreeg. Genoeg om Markus parttime in dienst te kunnen houden. Maar als ik 's avonds de boekhouding doornam met Carl – die nu in de eindexamenklas van het gymnasium zat en het verschil kende tussen debet en credit – werd het toch duidelijk dat de twee benzinepompen die voor de smeerput stonden meer geld opbrachten dan de werkplaats.

'De inspectie is geweest,' vertelde ik. 'Om de vergunning te behouden moet de apparatuur worden gemoderniseerd.'

'Hoeveel kost dat?' vroeg Carl.

'Een paar duizend, misschien meer.'

'Daar is geen geld voor.'

'Dat weet ik, dus wat doen we?'

Ik zei 'we' omdat de werkplaats voor ons beiden de bron van inkomsten was. En ik vroeg het Carl hoewel ik het antwoord wel wist, maar ik wilde graag dat hij het hardop zei.

'Verkoop de werkplaats en niet de pompen,' zei Carl.

Ik wreef in mijn nek waar Grete Smitt de tondeuse had gebruikt en ik voelde de haartjes prikken en wegglijden onder mijn vingertoppen. Crew cut had ze het genoemd. En dat het geen mode was, maar een tijdloos, klassiek kapsel, als ik over tien jaar naar foto's van mezelf keek, zou ik het nog steeds kunnen waarderen. Daarna zeiden mensen dat ik nu nog meer op mijn vader leek, als een spiegelbeeld eigenlijk, en ik haatte dat omdat ik zag dat het waar was.

'Ik begrijp goed dat je liever aan auto's sleutelt dan ze voltankt,' zei Carl toen er een tijd verstreken was zonder dat ik geknikt of gespuugd had.

'Het is goed, ik krijg toch steeds minder te sleutelen,' zei ik. 'Auto's worden niet meer zo gemaakt, je krijgt alleen maar idiote klussen. Tegenwoordig hoef je geen *feeling* meer te hebben.' Ik was twintig, maar ik klonk als een zestigjarige.

De dag daarna kwam Willumsen kijken naar de werkplaats. Willumsen was van nature dik. Om te beginnen kwam dat door de onderlinge verhoudingen: hij had gewoon een dikke buik, dito dijbenen en kinpartij nodig om de zaak in evenwicht te houden, om ervoor te zorgen dat het een complete man werd. Verder liep, sprak en gebaarde hij als een dikke man zonder dat ik precies kan uitleggen waarin dat zat. Of laat ik een poging wagen: Willumsen waggelde met zijn voeten naar buiten gekeerd, als een eend, hij sprak hard en zonder gêne en onderstreepte alles met heftige gebaren en grimassen. Kort samengevat, Willumsen nam van nature veel plaats in. En hij rookte sigaren. Tenzij je Clint Eastwood heet, kun je niet níet dik zijn en hopen dat je als sigarenroker serieus genomen wordt. Zelfs Winston Churchill en Orson Welles worstelden daarmee. Willumsen verkocht tweedehandsauto's en sloopte de auto's die hij niemand kon aansmeren. Soms kocht ik onderdelen bij hem. Hij verkocht ook andere tweedehands goederen en het gerucht ging dat Willumsen ook geen problemen had met gestolen waar. Datzelfde gold als je snel geld nodig had, maar de bank je niet vertrouwde. Maar god mocht je bijstaan als je niet op tijd terugbetaalde, dan liet hij een Deense afperser uit Jylland overkomen die met effectieve drang en een nijptang je zover kreeg dat je je schuld afloste, ook als dat betekende dat je je eigen moeder moest beroven. Niemand had de Deense afperser ooit gezien, maar het wilde gerucht had uiteraard vleugels gekregen toen we als jongens eens een witte Jaguar E-type met een Deens kenteken voor Willumsen Occasions & Sloperij hadden zien staan. Een witte jaguar, het roofdier van de jungle, meer hadden we niet nodig.

Willumsen bekeek de hele inboedel, de werktuigen en alles wat uit elkaar gehaald kon worden voordat hij me een prijs gaf.

'Dat is niet veel,' zei ik. 'Je weet genoeg van het vak om te zien dat dit allemaal spul van topkwaliteit is.'

'Ja, maar je zei het zelf, Roy. Alles moet worden gemoderniseerd om de vergunning te behouden.'

'Maar jij hebt geen autowerkplaats met vergunning, Willumsen, jij hoeft alleen een wrak te verkopen dat op z'n minst nog een week kan rijden.'

Willumsen bulderde van het lachen. 'Ik bepaal de prijs niet op wat het voor mij waard is, maar op wat het niet waard is voor jou, Roy Opgard.'

Ik leerde elke dag iets nieuws.

'Op één voorwaarde,' zei ik. 'Markus blijft in dienst.'

'Meen je dat nou? Tussen ons gezegd en gezwegen vind ik Markus meer een lastpak dan een monteur.'

'Dat is de voorwaarde, Willumsen.'

'Ik weet niet of ik behoefte heb aan een lastpak, Roy. Loonbelasting en sociale voorzieningen.'

'Ja ja, ik weet het, maar Markus zorgt ervoor dat de auto's die je verkoopt niet direct een gevaar op de weg zijn. En dat doe jij niet.'

Willumsen krabde aan zijn onderkin, deed alsof hij een rekensom maakte, keek me aan met een van zijn inktzwarte ogen en noemde een nog lagere prijs.

Ik had er genoeg van en ging akkoord. Willumsen stak snel zijn hand uit, vast om te voorkomen dat ik me bedacht. Ik keek naar de hand die leek op een latexhandschoen gevuld met water met vijf wijd gespreide, kleine, grauwe vingers. Huiverend pakte ik de hand.

'Ik kom morgen alles halen,' zei Willumsen.

Na drie maanden ontsloeg Willumsen Markus, midden in de proeftijd zodat hij geen salaris meer hoefde door te betalen. De reden die hij Markus had gegeven was dat hij een keer te laat op zijn werk was verschenen en daarvoor een waarschuwing had gekregen. En toen nog een keer te laat was gekomen.

'En dat klopt?' vroeg ik Markus die naar me toe was gekomen om te vragen of ik geen werk voor hem had bij het tankstation dat ik toen alleen bemande en waar ik twaalf uur per dag werkte.

Daarmee waren drie mannen afhankelijk van de opbrengst van twee benzinepompen. In de oude werkplaats verkocht ik nu frisdrank en snacks. Maar het was duidelijk dat de lokale bevolking liever naar de Coöp ging omdat die dichterbij was en die een grotere keus had.

'Het kan niet uit,' zei Carl, wijzend naar de berekening die we samen hadden gemaakt.

'Op drie plekken in het dal worden nieuwe vakantiehuisjes gebouwd,' zei ik. 'Wacht tot het winter wordt, dan rijden alle nieuwe eigenaars langs ons tankstation.'

Carl zuchtte. 'Je bent verdorie wel een koppige ezel.'

Op een dag stopte er een grote SUV voor het tankstation en twee mannen stapten uit en liepen rond het gebouw van de werkplaats en de wasstraat alsof ze iets zochten. Ik liep naar buiten.

'Als jullie de wc zoeken, die is hierbinnen,' riep ik.

De twee mannen liepen op me af, gaven me hun visitekaartje dat vertelde dat ze van de grootste keten van tankstations in het land waren en dat ze graag met me wilden praten.

Ik vroeg: 'Praten waarover?' voordat ik begreep dat Carl hun gevraagd had te komen.

Ze zeiden dat ze onder de indruk waren hoeveel ik voor elkaar had gekregen met zo weinig en legden me uit hoeveel ik kon verdienen met iets meer.

'Franchisecontract,' zeiden ze. 'Voor tien jaar.'

Ze waren ook op de hoogte van de enorme uitbreiding van het aantal vakantiehuisjes die verderop in het dal gebouwd werden en de verkeersprognoses voor onze rijksweg.

'Wat heb je tegen ze gezegd?' vroeg Carl gespannen toen ik thuiskwam.

'Ik zei bedankt,' antwoordde ik en ik plofte neer bij de keukentafel waarop Carl gehaktballen uit Fjordland had staan.

'Bedánkt?' zei Carl. 'Als in...' Hij las de uitdrukking op mijn gezicht terwijl ik gulzig begon te eten. 'Nee, bedankt? Maar verdomme, Roy!'

'Ze wilden alles kopen,' zei ik. 'Het gebouw, de grond. Veel geld natuurlijk, maar ik vind het prettig om eigenaar te blijven. Dat zal de boer in mij wel zijn.'

'Maar verdomme, zeg, we kunnen maar net het hoofd boven water houden.'

'Je had het tegen me moeten zeggen.'

'Dan had je nee gezegd nog voordat je had gehoord wat ze te zeggen hadden.'

'Dat klopt inderdaad.'

Carl kreunde en legde zijn hoofd in zijn handen. Zo zat hij een poosje.

Hij zuchtte. 'Je hebt gelijk,' zei hij. 'Ik moet me er niet mee bemoeien. Het spijt me, ik probeerde alleen maar te helpen.'

'Ik weet het. Bedankt.'

Hij spreidde de vingers van een hand en keek me met één oog aan.

'Heb je werkelijk helemaal niets uit het bezoek kunnen halen?'

'Jawel.'

'O?'

'Ze hadden nog een lange weg naar huis voor de boeg dus ze moesten hun tank volgooien.'

7

Hoewel vader mij had leren boksen, weet ik niet of ik eigenlijk wel zo goed was in vechten. In Årtun was een dansavond. Er trad een populaire band op die Zweedse hits speelde en alle bandleden waren gekleed in strakke, witte pakken. De zanger, een magere kerel die iedereen Rod noemde omdat hij de onuitgesproken wens had om te klinken en eruit te zien als Rod Stewart en net zoveel vrouwen te neuken, braakte zijn wonderlijke Noors-Zweeds uit waardoor hij klonk als de rondreizende predikant Armand die af en toe in het dorp verkondigde dat een opwekkingsgolf over Noorwegen spoelde en dat dat positief was omdat de dag van het laatste oordeel elk moment kon komen. De predikant zou hebben begrepen dat hij nog veel werk te verrichten had als hij die avond in Årtun was geweest. Bezoekers van alle leeftijden, mannen en vrouwen, liepen wankelend over het grasveld voor de feestzaal en zopen thuisgestookte alcohol die binnen in beslag genomen zou worden. In de feestzaal hielden de mensen elkaar overeind terwijl ze strompelend een paardans uitvoerden en Rod zong over goudbruine ogen. Tot ze ook daar genoeg van kregen en buiten een flinke slok namen of in het berkenbos verdwenen voor een neukpartij, over te geven of te schijten. Sommigen namen niet eens de moeite om het bos in te gaan. Het verhaal gaat dat onze eigen Rod een enthousiaste vrouwelijke fan op het podium had uitgenodigd om mee te zingen met een eigen compositie van de band. Hun 'Denk je vannacht aan me', leek zo op 'Wonderful tonight' van Eric Clapton dat het knap was dat ze de song met uitgestreken gezichten konden spelen. Na twee coupletten gaf Rod de gitarist een seintje om een extra lange solo te beginnen en verdween vervolgens met de fan en de microfoon van het podium. Toen het tijd werd voor het derde couplet klonk er ergens in de coulissen een tamelijk hijgend gezang. En een stuk verder in het nummer kwam Rod weer het podium op gebanjerd, alleen nu, en knipoogde hij naar een paar meisjes voor in de zaal. Hij zag hun verschrikte blikken, keek naar beneden en ontdekte een paar bloedstrepen op zijn witte broek. Hij sloot het laatste refrein af, zette de microfoon op de standaard, zuchtte lachend en zei 'ja ja' en telde af voor het volgende nummer.

Lange, lichte zomeravonden. Het vechten begon meestal niet voor tien uur.

Twee mannen en de aanleiding was bijna altijd een vrouw.

Een vrouw met wie iets te lang was gepraat of te intiem gedanst. Misschien was het voorspel al langer geleden begonnen, maar nu, deze zaterdagavond in Årtun, werd het vuurtje opgestookt door sterkedrank en opmerkingen van anderen en was de tijd rijp voor een afrekening. De vrouw was zoals gezegd soms slechts de aanleiding, bijna zelfs een excuus voor de vechtgrage mannen van wie er genoeg waren. Types die meenden dat ze goed konden vechten en misschien verder niet zoveel en die hier, in Årtun, hun arena hadden. Soms ging het natuurlijk ook echt om jaloezie. Dat laatste was meestal het geval als Carl erbij betrokken was, maar zelf nodigde hij mensen niet uit voor een robbertje vechten. Daar was Carl voor de vechtlustigen te ontwapenend, charmant en te klein voor. De jongens die op Carl afvlogen deden dat uit pure woede. Soms had Carl niet eens iets gedaan, hij had alleen meisjes aan het lachen gemaakt, was iets galanter geweest dan hun vrijers konden zijn, had de blikken van de meisjes op hem gericht, maar was weer verdergegaan. Carl had immers een vriendin, de dochter van de burgemeester zelfs. Hij zou ongevaarlijk moeten zijn. Maar door de sterkedrank leken de dingen wellicht anders en dan wilden ze die verrekte, goedgeklede vent met zijn mooie meisjesachtige gezicht en keurige manier van praten een lesje leren. Ze stormden op hem af en werden nog woester van Carls oprechte, bijna zelfingenomen verbazing bij de eerste vuistslag. En ook werden ze geprovoceerd door zijn onwil om terug te vechten.

Op dat moment sprong ik tussenbeide.

Ik geloof dat mijn vaardigheid vooral het onschadelijk maken betrof, mensen verhinderen schade aan te brengen. Zoals in het ontmantelen van bommen. Ik ben praktisch en heb verstand van mechanica, misschien kwam het daardoor. Ik begreep hoe het werkte met het zwaartepunt, massa en snelheid. Dus ik deed wat noodzakelijk was om de kerels te stoppen die het voorzien hadden op mijn kleine broertje. Alleen wat noodzakelijk was, niet meer en niet minder. Maar het is duidelijk, soms was er méér nodig. Een paar neusbotjes, hier en daar wat ribben en in elk geval één kaak. Dit keer was het een vent van buiten het dorp die Carl recht op zijn neus had gestompt.

Ik was snel ter plekke. Ik herinner me kapotte knokkels, bloed op mijn overhemdsmouwen en iemand die zei: 'Zo is het genoeg, Roy.'

Maar nee, het was niet genoeg. Nog een stomp op het bloederige gezicht onder me. Nog eentje en het probleem had een permanente oplossing.

'De politie komt eraan, Roy.'

Ik boog me voorover en fluisterde in het oor waar bloed uit liep dat zich naar alle kanten verspreidde: 'Je raakt mijn broer nooit meer aan, begrepen?'

Een glazige blik, leeg door de drank en de pijn, was gevestigd op mij, maar leek niets te zien. Ik tilde mijn arm op. Het hoofd onder me knikte. Ik kwam overeind, klopte mijn kleren af en liep naar de Volvo 240 die met ronkende motor en het portier aan de bestuurderskant open stond te wachten. Carl was al op de achterbank gaan liggen.

'Geen bloedsporen op de bekleding, verdomme,' zei ik. Ik gaf gas en liet de koppeling zo snel opkomen dat de graskluiten in de rondte vlogen.

'Roy,' klonk een hese stem van de achterbank toen we de eerste bochten van de berg hadden genomen.

'Ja,' zei ik. 'Ik zal het niet aan Mari verklappen.'

'Dat wilde ik niet zeggen.'

'Moet je overgeven?'

'Nee! Ik wil iets zeggen.'

'Probeer liever om...'

'Ik hou van je, broeder.'

'Carl, niet...'

'Jawel! Ik ben een sukkel en een idioot, maar jou... jou maakt dat niet uit, jij redt me keer op keer uit de ellende.' Half huilend nu: 'Jij... jij bent de enige die ik heb, Roy.'

Ik keek naar mijn bebloede vuist die het stuur vasthield. Ik was klaarwakker en het bloed klopte heerlijk door mijn hele lijf. Ik had nog een keer kunnen slaan. Die kerel onder me was een jaloerse stakker, een loser, en het was niet noodzakelijk, maar verdomme wat wilde ik het graag.

Het bleek dat die vent wiens kaak ik had gebroken er bekend om stond dat hij naar feesten ging waar niemand wist dat hij goed kon vechten, mot zocht met iemand om die vervolgens verrot te slaan. Toen ik hoorde van de gebroken kaak verwachtte ik dat er aangifte werd gedaan, maar er gebeurde niets. Dat wil zeggen, ik hoorde dat die vent naar de politie was gegaan die hem had aangeraden het te laten rusten omdat Carl een rib gebroken had. Wat overigens een leugen was. Naderhand besefte ik dat de kaak een goede investering was, het respect dat die me gaf maakte dat het vaak volstond om met de armen over elkaar bij Carl te gaan staan als hij weer in de problemen zat, waarop de vechtersbazen zich terugtrokken.

'Verdomme,' zei Carl snikkend en dronken toen we later in onze bedden lagen. 'Ik was alleen maar vrolijk en maakte de meisjes aan het lachen. En toen werden die kerels zo kwaad. Maar toen kwam jij en regelde alles voor je broertje en nu heb ik je nieuwe vijanden bezorgd. Verdomme.' Hij snikte weer. 'Sorry.' Hij bonkte tegen de bedbodem onder mijn matras. 'Hoor je me? Sorry!'

'Het waren idioten,' zei ik. 'Ga nu slapen.'

'Sorry!'

'Ga slapen, zei ik.'

'Ja ja, oké. Maar Roy...'

'Hm.'

'Bedankt voor... bedankt voor...'

'Nu hou je je mond, oké?'

'...dat je mijn broer bent. Welterusten.'

Stilte. Eindelijk. De regelmatige ademhaling uit het bed onder me. Veilig. Niets is zo goed als het geluid van een broertje dat veilig is.

Maar op het dorpsfeest dat er de oorzaak van was dat Carl mij en het dorp verliet, viel er geen enkele klap. Carl was dronken. Rod was hees en Mari was naar huis gegaan. Hadden Carl en Mari ruzie gehad? Misschien. Als dochter van de burgemeester was het niet zo vreemd dat Mari zich drukker maakte om de façade dan Carl. Ze had er in ieder geval genoeg van dat Carl elk feest dronken was. Of Mari moest vroeg op om met haar ouders naar de kerk te gaan of om te leren voor een examen. Nee, ze was niet zo bijzonder. Fatsoenlijk ja, maar niet bijzonder. Ze had er gewoon geen zin in om Carls oppas te zijn als hij dronken was. Dat liet ze over aan haar beste vriendin Grete, die deze taak iets te gretig op zich nam. Je moest wel blind zijn om niet te zien dat Grete verliefd was op Carl, maar het was natuurlijk mogelijk dat Mari het niet had opgemerkt, ze had in elk geval niet voorzien wat er gebeurde. Dat Grete, die Carl op de dansvloer had gehouden totdat Rod zoals gewoonlijk de avond afsloot met 'Love Me Tender', Carl naar het berkenbos had meegenomen. En daar hadden ze volgens Carl geneukt, staand tegen een boom. Hij was van de wereld geweest, zei hij, maar was wakker geworden van het geluid van haar donsjas die schuurde tegen de bast. Een geluid dat ineens ophield toen de stof scheurde en het dons als kleine engeltjes door de lucht zweefde. Zo noemde hij het. Kleine engeltjes. En in de stilte realiseerde hij zich dat Grete geen geluid had gemaakt, misschien omdat ze de betovering niet wilde verbreken of omdat ze een beperkt fysiek genot beleefde aan wat ze deden. Dus hij was opgehouden.

'Ik zei dat ik een nieuwe jas voor haar kon kopen,' zei Carl de volgende ochtend in het bed onder me. 'Maar ze zei dat het niet erg was, dat ze het kon naaien. Dus ik vroeg...' Carl kreunde. De dranklucht hing in de kamer. 'Ik vroeg of ik kon helpen met naaien.'

Ik had gelachen tot de tranen over de bedrand liepen en ik hoorde dat hij het dekbed over zijn hoofd trok. Ik leunde over de rand: 'En wat ga je nu doen, Don Juan?'

'Weet ik niet,' kwam er onder het dekbed vandaan.

'Heeft iemand jullie gezien?'

Niemand had hun gezien. Het duurde in elk geval een week voordat het geroddel over Grete en Carl onze oren bereikte. En die van Mari uiteraard.

Het leek er haast op dat Carl *home free* was.

Totdat Grete op een dag langskwam. Carl en ik zaten in de wintertuin en zagen haar op haar fiets de laatste bocht nemen.

'Verdomme,' zei Carl.

'Kennelijk wil ze de prijs voor deze bergetappe hebben,' zei ik. 'Ze wil jou.'

Carl smeekte me hem te helpen en uiteindelijk ging ik naar buiten om te zeggen dat Carl erg verkouden was. En dat het zeer besmettelijk was. Grete had me aangestaard, me langs haar bezwete, forse neus onderzoekend opgenomen. Toen draaide ze zich weer om en vertrok. Bij haar fiets haalde ze haar donsjas onder de snelbinders vandaan en trok die aan. De reparaties liepen als een litteken over haar rug.

De volgende dag kwam ze weer terug. Toen had Carl opengedaan en nog voordat hij iets kon zeggen had ze gezegd dat ze van hem hield. En hij had geantwoord dat het een vergissing was geweest, dat hij zich had misdragen en spijt had.

De dag daarna belde Mari om te vertellen dat Grete haar alles had verteld. En dat ze geen vriend wilde hebben die haar bedroog. Carl had me later verteld dat Mari huilde, maar verder rustig was. En dat hij het niet begreep. Niet het feit dat Mari het uit had gemaakt, maar dat Grete haar had verteld wat er in het berkenbos was gebeurd. Hij begreep natuurlijk dat Grete woest op hem was door die jas en alles. Wraak, logisch. Maar dat ze er zelf voor had gezorgd dat ze daarmee haar enige vriendin kwijtraakte, was dat niet in je eigen voet schieten? Ik had er niet echt op geantwoord, maar ik moest denken aan wat oom Bernard had verteld over zijn dochter. En ik begon Grete te zien als een rots onder water die onzichtbaar lag te wachten om je buik open te rijten. In zekere zin was het wel sneu voor haar, ze was gevangen door haar gevoelens van woede, maar ze had zowel Mari als Carl verraden. En ik zag iets in die vrouw wat Carl niet zag: een innerlijke slechtheid. En die slechtheid zorgde ervoor dat de pijn van iets kapotmaken voor jezelf minder belangrijk was dan het plezier dat je had dat je een ander in die val meetrok. De psychologie van een gek die al schietend op een school een bloedbad aanricht. Met dit verschil dat deze schutter in leven bleef. In elk geval existeerde. Mensen mooier maakte. Hun haren knipte.

Enkele weken later vertrok Mari plotseling uit Os om in de grote stad te gaan wonen. Dat wil zeggen, ze beweerde dat het al de hele tijd het plan was geweest om daar te gaan studeren. En nog een paar weken later – net zo onverwachts – vertelde Carl me dat hij een beurs had gekregen om in Minnesota, in de Verenigde Staten, *finance and business administration* te gaan studeren.

'Daar kun je natuurlijk geen nee tegen zeggen,' zei ik en ik moest slikken.

'Nee, dat kan ik misschien niet,' zei hij net zo aarzelend, maar hij kon me vanzelfsprekend niet voor de gek houden, ik begreep dat hij allang een besluit had genomen.

Er braken drukke dagen aan. Ik had meer dan genoeg te doen met het tankstation en hij met zich voor te bereiden op de reis, dus we spraken er niet veel meer over. Ik reed hem naar het vliegveld, een reis van een paar uur, maar vreemd genoeg spraken we ook toen niet veel. Het hoosde en het geluid van de ruitenwissers camoufleerde de stilte.

Toen we stopten bij ingang van *departures* en ik de motor had uitgezet, moest ik mijn keel schrapen om er geluid uit te krijgen. 'Kom je terug?'

'Hè? Natuurlijk,' loog hij met een warme, stralende lach waarna hij me omhelsde.

De hele terugweg naar Os bleef het regenen.

Het was donker toen ik op het erf parkeerde en het huis met de geesten binnenliep.

8

Carl was weer teruggekomen. Het was vrijdagavond en ik was alleen in het tankstation. Alleen met mijn gedachten, zoals dat heet.

Toen Carl naar Amerika vertrok had ik gedacht dat het hem natuurlijk ging om zijn goede cijfers en talenten te gebruiken, om iemand te worden en weg te komen uit dit gat, zijn horizon te verbreden. Maar ik had ook gedacht dat het hem ging om de herinneringen achter zich te laten, de schaduwen die zwaar en drukkend op Opgard lagen. Pas toen hij terugkwam bedacht ik dat het ook om Mari Aas kon zijn geweest.

Ze had Carl gedumpt omdat hij het had gedaan met haar beste vriendin, maar was dat ook niet een goede aanleiding voor haar geweest om te vertrekken? Ze vond vast dat ze wel wat beters kon krijgen dan een boerenzoon van Opgard. Haar keus voor haar echtgenoot was daar ook een bewijs van. Mari en Dan Krane hadden elkaar aan de universiteit van Oslo leren kennen, ze waren beiden actieve leden voor de Arbeiderparti en hij kwam uit een gegoede familie in Oslo. Dan Krane had gesolliciteerd als redacteur bij *Os Blad* en de baan gekregen. Mari en hij hadden twee kinderen en hadden een huis laten bouwen dat groter was dan het huis van Mari's ouders. Ze had het geroddel en het leedvermaak in het dorp dat ze niet goed genoeg was voor Carl de kop ingedrukt en meer dan haar revanche genomen.

Terwijl Carl, de in de steek gelaten vrijer, nog maar moest laten zien dat het hem lukte op te klimmen op de sociale ladder. Ging de terugkeer daarom? Zijn trofeedame en zijn Cadillac showen plus een hotelproject dat het voorstellingvermogen van de dorpelingen te boven ging?

Het was immers een krankzinnig, ja, bijna een hopeloos project. Ten eerste al het feit dat Carl erop stond dat het hotel boven de boomgrens gebouwd werd, wat betekende dat er vele kilometers weg moesten worden aangelegd. Alles omdat de naam berghotel geen leugen mocht zijn, zoals je zo vaak bij andere hotels zag die onder de boomgrens waren gebouwd.

Ten tweede: wie gaat er helemaal de bergen in om in een sauna en een bad met pislauw water te gaan zitten? Is dat niet typisch iets voor stadsmensen en mensen uit het laagland?

En ten derde: het zou nooit voldoende zijn om slechts een handvol boeren te overtuigen hun boerderij en grond op het spel te zetten voor een luchtkasteel, hij moest het risico spreiden dus iedereen moest meedoen. Hoe zou hij dat in godsnaam voor elkaar krijgen in een dorp waar het met de paplepel wordt ingegoten om alles wat nieuw is met scepsis – behalve als het om een nieuw model Ford of een Schwarzenegger-film gaat – te bekijken?

En ten slotte was daar nog de kwestie van zijn motieven. Carl zei dat de bouw van een spa- en berghotel het dorp op de kaart zou zetten, het zou redden van de stille ondergang.

Maar zouden de mensen daar niet doorheen prikken en zien dat wat hij eigenlijk wilde is zichzelf – Carl Opgard – op een voetstuk plaatsen? Mensen als Carl, die elders carrière hebben gemaakt, komen daarvoor terug, maar in zijn geboorteplaats blijft hij de klootzak die gedumpt werd door de dochter van de burgemeester om er vervolgens vandoor te gaan. Er is geen plek waar respect zo belangrijk is als in je geboorteplaats, de plek waar ze jou zo verkeerd hebben begrepen. Maar waar je tegelijkertijd zo ongelooflijk goed en onvoorwaardelijk wordt begrepen. 'Ik ken jou,' werd er gezegd, half dreigend, half geruststellend. En daarmee werd bedoeld dat ze weten hoe je eigenlijk bent. En dat het uiteindelijk onmogelijk is je te verstoppen achter opsmuk en leugens.

Mijn blik ging naar de weg die uitkwam op de markt. Transparantie, de vloek en de zegen van een dorp. Alles kwam vroeg of laat aan het licht. Alles. Maar Carl was bereid dat te riskeren om misschien een standbeeld te krijgen op de markt, dat eerbetoon dat anders alleen weggelegd was voor burgemeesters, predikanten en popzangers.

Mijn gedachten werden afgebroken doordat de deur openging en Julie binnenkwam.

'Heb jij nachtdienst?' riep ze uit, ze sloeg haar ogen ten hemel en gebaarde overdreven. Ze kauwde smakkend op haar kauwgum, wisselde van standbeen. Ze droeg een kort jasje over haar strakke T-shirt, sloeg haar armen over elkaar en had meer make-up op dan ik van haar gewend was. Ze had er niet op gerekend dat ik hier vanavond zou zijn en ze leek zich een beetje te schamen dat ik haar zag in deze rol als *babe* die op vrijdagavond met de jongens optrok. Maakte mij niet uit, maar voor haar duidelijk wel.

'Egil is ziek,' zei ik.

'Dan bel je toch een van de anderen,' zei ze. 'Mij bijvoorbeeld. Jij zou toch niet...'

'Op het laatste moment,' zei ik. 'Het is goed, wat wil je hebben, Julie?'

'Niets,' zei ze en zette een uitroepteken door haar kauwgumbel te laten klappen. 'Ik wilde alleen even hoi zeggen tegen Egil.'

'Oké, ik zal hem de groeten doen en zeggen dat je geweest bent.'

Ze keek me kauwend aan. Haar blik was omfloerst. Ze had haar zelfvertrouwen weer terug, dat wil zeggen uiterlijk gezien dan, waardoor ze weer de rol van Stoere Julie kon spelen.

'Wat deed jij vrijdagsavonds toen je jong was, Roy?' Ze sprak een beetje lijzig en ik begreep dat ze in de auto al wat had gedronken.

'Dansen,' zei ik.

Haar ogen werden groot. 'Jij dánste?'

'Zo kun je het noemen.'

Er kwam een motor ronkend voorbij. Het klonk als het geknor van een nachtelijk roofdier. Of een paringsroep. Julie leek een geërgerde blik in de richting van de deur te werpen, draaide zich toen om met haar rug naar de kassa, zette haar handen op de toonbank waardoor het korte jasje helemaal omhoogging, zette af, sprong en plofte met haar billen op het blad.

'Had je veel meisjes, Roy?'

'Nee,' zei ik, de bewakingsbeelden van de benzinepompen checkend. Als ik mensen vertel dat we in een weekend minstens één automobilist hebben die tankt en wegrijdt zonder te betalen, zijn ze vaak geschokt en zeggen ze dat die eigenaars van de huisjes schurken zijn. Ik zeg dat het omgekeerde juist het geval is: deze mensen zijn zo rijk dat ze niet denken aan geld. Dat negen van de tien aanmaningen die we naar het adres van het kenteken sturen direct betaald worden met een oprecht excuus dat ze vergeten zijn te betalen. Omdat ze niet, zoals vader, Carl en ik, ooit de teller van de pomp met argusogen hadden gevolgd en vele honderdjes hadden zien verdwijnen terwijl ze de Cadillac vulden. Daarmee zagen ze andere dingen die ze wilden, verdampen: een cd, een nieuwe broek, de autotocht dwars door Amerika waarover hun vader het altijd had.

'Waarom niet?' vroeg Julie. 'Je bent toch zo *hot* als maar kan.' Ze grinnikte.

'Dat was ik toen blijkbaar niet,' zei ik.

'En nu dan? Waarom heb je geen vriendin?'

'Die heb ik gehad,' zei ik en ik maakte aanstalten om de voedselcorner schoon te gaan maken. Het was druk geweest vanavond, maar nu zaten de weekendmensen allemaal in hun huisjes. 'We zijn met negentien jaar getrouwd, maar ze verdronk in de huwelijksnacht.'

'Hè?' stootte Julie uit hoewel ze wist dat ik het verzon.

'In de Stille Oceaan kukelde ze van mijn zeilboot, waarschijnlijk wat te veel champagne. Ze zei nog gorgelend dat ze van me hield en verdween onder water.'

'Je bent haar niet nagesprongen?'

'Zo'n zeilboot drijft sneller weg dan je kunt zwemmen. Dan waren we alle twee verdronken.'

'Maar je hield toch van haar?'

'Ja, ik gooide haar nog een reddingsboei toe.'

'Dat is goed.' Julie zat met kromme rug en met vlakke handpalmen op de toonbank. 'Maar je wilde nog wel verder leven nadat je haar verloren had?'

'Het is bijna niet te geloven, maar je kunt heel goed zonder een heleboel, Julie. Wacht maar af, dan zal je het zien.'

'Nee,' zei ze toonloos. 'Ik ben niet van plan af te wachten. Ik wil alles hebben wat ik hebben wil.'

'Juist, en wat wil je hebben?'

De vraag kwam automatisch, ik had de bal slap en ongecontroleerd over het net gespeeld. Ik kon mijn tong wel afbijten toen ik zag hoe haar wazige blik zich op mij vestigde en een grijns zich als een bloedvlek over haar gezicht verspreidde. 'Jij kijkt vast veel porno. Ik bedoel omdat jouw droommeisje verdronk zoek je zeker op *nineteen? With big boobs*?'

Ik had te veel tijd nodig om haar van repliek te dienen en ik wist natuurlijk dat zij nu dacht dat ze de spijker op de kop had geslagen waardoor ik nog meer ging zoeken naar de juiste woorden. Dit gesprek was sowieso al ongepast. Zij was zeventien en ik was haar chef van wie ze vond dat ze die wilde hebben en nu was ze aangeschoten, overmoedig en speelde ze een spel waarvan ze dacht dat ze het beheerste omdat het werkte bij de jongens die in de auto op haar zaten te wachten. Dat had ik haar allemaal kunnen zeggen, maar dan zou ik een meisje onder invloed van champagne van mijn zeilboot schoppen. Dus zocht ik in plaats daarvan naar een reddingsboei.

Die reddingsboei kwam in de vorm van een binnenkomende klant. Julie gleed snel en automatisch van de toonbank.

Ik kon het gezicht van de man in de deuropening niet direct thuisbrengen, maar er was geen auto bij het tankstation gestopt dus het moest iemand uit het dorp zijn. Hij stond met gebogen schouders en door de ingevallen wangen leek zijn gezicht op een zandloper. Op zijn verder kale hoofd stond hier en daar een plukje dun haar.

Hij bleef bij de deur staan, staarde me aan en leek het liefst weer om te keren. Misschien was hij wel een van degenen die ik indertijd in elkaar had geslagen op het grasveld voor Årtun, iemand op wie ik mijn stempel had gedrukt en die dat niet kon vergeten. Aarzelend liep hij op het rek met cd's af. Hij deed of hij zocht, maar wierp regelmatig een blik op ons.

'Wie is dat?' fluisterde ik.

'De vader van Natalie Moe,' fluisterde Julie.

De dakdekker. Verdomd, hij was het. Hij was veranderd. Afgetakeld. Misschien was hij ziek, hij deed me denken aan oom Bernard op het laatst.

Moe kwam naar ons toe. Hij legde een cd op de toonbank, Roger Whittakers *Greatest Hits* tegen een bodemprijs. Hij zag er gegeneerd uit alsof hij niet wilde toegeven dat dit zijn muzieksmaak was.

'Dertig kronen,' zei ik. 'Pinnen of...'

'Contant,' antwoordde Moe. 'Komt Egil niet vandaag?'

'Ziek,' zei ik. 'Nog iets anders?'

Moe aarzelde even. 'Nee,' zei hij, hij nam het wisselgeld in ontvangst, pakte de cd en verdween.

'Jezus,' zei Julie en ze ging weer op de toonbank zitten.

'Jezus, wat?'

'Zag je dat niet? Hij deed alsof hij me niet kende.'

'Ik zag alleen dat hij er gespannen uitzag. En hij had gehoopt dat Egil hier stond. Wat wilde hij eigenlijk kopen van hem?'

'Wat bedoel je?'

'Niemand loopt hier vrijdagavond laat naartoe omdat hij zo nodig Roger Whittaker wil horen. Hij schaamde zich niet eens voor zijn keus, hij pakte gewoon de goedkoopste cd.'

'Hij wilde misschien condooms hebben en was er ineens te laf voor,' zei Julie proestend. Ze zei het alsof ze het zelf ook had meegemaakt. 'Hij heeft vast een geheim liefje met wie hij neukt.'

'Schei uit.'

'Of hij wilde een antidepressivum omdat hij failliet is. Zag je niet dat hij naar de planken met pillen achter je gluurde?'

'Je bedoelt dat hij denkt dat we iets sterkers hebben dan hoofdpijntabletten? Ik wist trouwens niet dat hij failliet is.'

'Mijn god, Roy, jij praat niet met mensen. Dan vertellen ze je ook niets.'

'Misschien. Moet jij niet op pad met de jongens?'

'De jongens, pff!' zei ze snuivend terwijl ze bleef zitten. Ze leek haar hersenen te pijnigen op zoek naar een excuus om te blijven. Een kauwgumbel werd groter en groter en klapte uit elkaar als een nieuw startschot: 'Simon zegt dat het hotel eruitziet als een fabriek. Dat niemand daarin gaat investeren.'

Simon Nergard was een oom van Julie. Op hem had ik zeker een stempel gedrukt. Hij was een stevige kerel, zat een klas hoger dan ik en volgde indertijd bokslessen. Hij had zelfs een paar wedstrijden in de stad gehad. Carl had met een meisje gedanst dat Simon leuk vond en dat was genoeg. Er stond een groepje jongens rond Simon die Carl bij zijn overhemdkraag hield toen ik op hen afkwam om te vragen wat er aan de hand was. Ik had een sjaal rond mijn vuist gedaan en sloeg toe op het moment dat hij zijn mond opende om te antwoorden. Ik voelde de zachte druk van de tanden die meegaven. Simon wankelde, spuugde bloed uit en staarde me aan, eerder verbaasd dan bang. Deze jongens die een vechtsport beoefenen denken dat er regels zijn en daarom verliezen ze. Maar één ding moest je Simon nageven: hij gaf niet op. Hij begon te dansen voor me met twee gebalde vuisten als *guard* voor zijn fietsenrek. Ik schopte tegen zijn knie, zag dat zijn ogen groot werden van de schok van het resultaat. Hij had er duidelijk nooit over nagedacht wat er gebeurt als zo'n grote spiermassa inwendig begint te bloeden. Hij kon zich niet meer bewegen, stond daar alleen maar te wachten om afgeslacht te worden als een omsingelde soldaat die besloten had tot de laatste man door te vechten. Maar ik gunde hem niet dat laatste beetje eergevoel door hem helemaal in elkaar te slaan. Ik draaide me gewoon om, keek op mijn horloge – alsof ik een afspraak had die ik nog makkelijk kon halen – en slenterde weg. De jongens spoorden Simon aan om aan te vallen, ze begrepen blijkbaar niet dat Simon niet meer in staat was een stap te verzetten. Daarna begonnen ze hem uit te jouwen en juist dat, en niet die twee veel te witte voortanden die de tandarts bij hem plaatste, was het stempel dat ik die avond op Simon drukte.

'Dus jouw oom beweert de tekeningen gezien te hebben?'

'Nee, maar hij kent iemand die in de stad bij de bank werkt en hij heeft ze wel gezien. Hij zegt dat het eruitziet als een fabriek. Een cellulosefabriek.'

'Cellulose,' zei ik. 'Boven de boomgrens, dat is interessant.'

'Hè?'

Een motor gaf brullend gas en een ander antwoordde.

'De testosteronjongens wachten op je,' zei ik. 'Er zal minder CO_2-uitstoot zijn als je met ze meegaat.'

Julie kreunde. 'Wat ben je toch flauw, Roy.'

'Maar je kunt beter naar huis gaan om hiernaar te luisteren,' zei ik en ik gaf haar een van de vijf exemplaren van J.J. Cales *Naturally* die ik uiteindelijk uit het cd-rek had moeten halen. Ik had ze speciaal besteld omdat ik er heilig van overtuigd was dat de mensen uit het dorp de blues, de zachte stem en de minimalistische gitaarsolo's van Cale zouden weten te waarderen. Maar Julie had gelijk, ik praatte niet met mensen, ik kende ze niet. Ze pakte de cd, liet haar kont van de toonbank glijden, liep naar de deur, stak een vinger naar me op en bewoog gelijktijdig overdreven uitdagend met haar billen. Alles met die koude, onschuldige gebaren die een zeventienjarige in zich kan hebben. Er kwam een gedachte bij me op – ik weet niet waarom – dat het toch iets minder onschuldig was dan bij een zestienjarige, de leeftijd dat ze hier was komen werken. Wat dacht ik verdomme? Zo had ik nog niet eerder aan Julie gedacht, echt niet. Of toch wel? Nee. Het moest zijn gebeurd toen ze haar armen achter zich zette om zich op de toonbank te hijsen waarbij haar jasje open was gevallen, haar borsten goed zichtbaar waren en ik de tepels door haar shirt en bh heen zag. Maar verdomme zeg, dit meisje had al grote tieten vanaf haar dertiende zonder dat ik daar ooit over had nagedacht, dus wat was er nu aan de hand? Ik was geen borstenman en viel ook niet op tienermeisjes en ik zocht ook niet op *big boobs* en *nineteen*.

En dat was niet het enige mysterie. Dat was de schaamte op het gezicht. Niet op dat van Julie toen ze betrapt was op hoe ze zich op vrijdagavond met de jongens kleedde en gedroeg. Het ging om de dakdekker. Moe's blik die heen en weer had gedanst als een nachtvlinder. Die geprobeerd had mijn blik te ontwijken. Julie zei dat hij naar de planken achter me had gekeken. Ik draaide me om en liet mijn ogen over de voorraad gaan. Er schoot een gedachte door mijn hoofd, maar die verwierp ik meteen weer. Maar hij kwam terug net als dat verrekte witte puntje van een tennisbal in het spel van de arcadekast dat Carl en ik speelden. De eerste en enige arcadekast die het dorp ooit rijk was en die in de kiosk stond waar vader af en toe moest zijn. Terwijl hij in de rij wachtte gaf hij ons wat kleingeld en deed alsof hij ons trakteerde op een dagje Disneyworld.

Omdat ik die schaamte eerder had gezien. Thuis. In een spiegelbeeld. Ik herkende het. Duidelijker kon het niet zijn. Niet alleen omdat de zonde die was begaan zo afschuwelijk en onvergeeflijk was, maar omdat die zou worden herhaald. Ondanks dat jouw spiegelbeeld bezwoer dat het de laatste keer was, zou het weer gebeuren, keer op keer. De schaamte over de daad, maar nog meer de schaamte over de eigen zwakheid, over niet kunnen stoppen, dat je moest doen wat je niet wilde. Als je het wilde dan kon je tenminste je slechte karakter nog de schuld geven.

9

Zaterdagochtend. Markus had mijn dienst overgenomen en ik reed in de tweede versnelling de helling op. Voor het huis stopte ik en liet de motor nog even ronken zodat ik er zeker van was dat ze gehoord hadden dat ik thuis was gekomen.

Carl en Shannon zaten in de keuken naar de tekeningen van het hotel te kijken en discussieerden over de presentatie.

'Simon Nergard beweert dat niemand zal investeren,' zei ik, leunend tegen de deurstijl. 'Hij heeft een vent van de bank gesproken die de tekeningen heeft gezien.' Ik gaapte.

'En ik heb met minstens tien mensen gesproken die de tekeningen geweldig vonden,' zei Carl.

'Hier in het dorp?'

'In Toronto. Mensen met verstand ervan.'

Ik haalde mijn schouders op. 'Je moet mensen overtuigen die niet in Toronto wonen en er geen verstand van hebben. Succes. Ik ga slapen.'

'Jo Aas wil graag vandaag met me praten,' zei Carl.

Ik bleef staan. 'O ja?'

'Ja. Ik heb Mari op het feest gevraagd een ontmoeting voor me te regelen.'

'Heel mooi. Heb je haar daarom uitgenodigd?'

'Deels, maar ik wilde ook dat Shannon en zij elkaar leerden kennen. Als we in dit dorp komen wonen dan is het beter dat zij tweeën elkaar niet hoeven te ontlopen. En weet je?'

Hij legde een hand op Shannons schouder. 'Ik geloof dat mijn meisje de ijskoningin heeft ontdooid.'

'Ontdooid?' zei Shannon en ze sloeg haar ogen ten hemel. 'Die vrouw haat me, schat. Of niet, Roy?'

'Tja,' zei ik.

Voor de eerste keer sinds ik thuis was gekomen keek ik Shannon direct aan. Ze droeg een grote, witte ochtendjas en haar haren waren nog nat, kennelijk had ze gedoucht, ze zal wel bezweet zijn geweest na weer een nacht luidruchtige bedgymnastiek. Ze had nog niet eerder zoveel huid laten zien, ze droeg altijd een zwarte coltrui en een broek, maar nu zag ik dat de huid van haar slanke, lange benen en hals net zo wit en egaal was als haar gezicht. Het natte haar was donkerder en matter van kleur, bijna roestbruin, en ik zag nu iets wat ik nog niet eerder had gezien, namelijk dat ze een paar bleke sproeten rond haar neusbrug had. Ze lachte, maar er was iets met haar blik, iets gekwetst. Had Carl iets verkeerds gezegd? Had ik iets verkeerds gezegd? Het kon natuurlijk zo zijn dat ik iets te duidelijk had laten doorschemeren dat ze cynisch was geweest door te doen alsof ze de tweeling zo geweldig vond, maar iets zei me dat ze geen problemen met het bekennen van dat soort cynisme zou hebben. Dat een vrouw als Shannon deed wat ze moest doen zonder om excuus te vragen.

'Shannon zei dat ze zin heeft Noors eten voor ons klaar te maken vanavond,' zei Carl. 'Ik dacht...'

'Ik heb vanavond ook dienst,' zei ik. 'Er is iemand ziek.'

'O?' Carl trok een wenkbrauw op. 'Kan een van de vijf andere medewerkers die dienst niet nemen?'

'Niemand kon,' zei ik. 'Weekend en te kort dag.' Ik gebaarde met mijn handen om te laten zien dat dit het lot is van de baas: hij is altijd de klos. En ik zag aan Carl dat hij dat geen moment geloofde. Dat is het probleem met broers, ze horen elke valse toon. Maar wat kon ik verdomme zeggen? Dat ik niet kon slapen door hun geneuk?

'Ik ga nu slapen.'

Ik werd wakker door een geluid. Niet dat het zo luid was, maar ten eerste zijn er niet zoveel geluiden op een berg en ten tweede hoorde dit geluid hier niet, daarom zullen mijn hersenen het niet weggefilterd hebben.

Het was een soort sissend gezoem, een kruising tussen het geluid van een wesp en dat van een grasmaaier.

Ik stond op en keek uit het raam, kleedde me snel aan, draafde de trap af en liep langzaam naar de Geitesving.

Daar stond politiechef Kurt Olsen samen met Erik Nerell en nog een man die een afstandsbediening met antennes vasthield. Ze staarden alle drie naar wat me wakker had gemaakt, een drone ter grootte van een dinerbord die een meter boven hun hoofden zweefde.

'Nou,' zei ik en ze kregen me in de gaten. 'Zoek je posters over de investeringsbijeenkomst?'

'Goedendag, Roy,' zei de politiechef zonder de peuk tussen zijn lippen aan te raken die meedanste op het ritme van zijn woorden.

'Dit is een privéweg, dat weet je toch?' Ik maakte mijn broekriem vast die ik in de vaart was vergeten. 'Heb je hier toestemming voor?'

'Tja, wat is privé?'

'Nou?' zei ik en ik voelde dat ik moest kalmeren. Dat ik op het punt stond kwader te worden dan verstandig was. 'Als dit een openbare weg was dan had de overheid toch wel vangrails laten plaatsen, denk je niet?'

'Jawel, Roy. Maar dit is natuurgebied en dan geldt het allemansrecht.'

'Ik heb het over de posters, niet over waar je mag staan, politiechef. En ik heb nachtdienst gehad dus je hebt me wakker gemaakt met die drone, had je me niet kunnen waarschuwen?'

'Dat had ik kunnen doen,' zei politiechef Olsen. 'Maar ik wilde je niet storen, Roy. Het is zo klaar, alleen een paar foto's nemen. Als we concluderen dat het veilig is om terug te komen en mannen naar beneden te laten gaan dan zullen we dat uiteraard vooraf laten weten.' Hij keek me aan. Zonder koelte, hij observeerde slechts, maakte snapshots van me op dezelfde manier als de drone deed – die nu over de rand van het ravijn Huken was gegaan. Daar maakte die nu foto's van het meedogenloze leven beneden. Ik knikte en probeerde mijn gezicht in de plooi te houden.

'Het spijt me,' ging Olsen verder. 'Ik begrijp dat dit gevoelig ligt.' De woorden leken uit de mond van een dominee te komen. 'Ik had het moeten zeggen, ik herinnerde me niet dat Huken zo dicht bij het huis is. Wat kan ik zeggen? Misschien kun je blij zijn dat belastinggeld besteed wordt om duidelijkheid over het ongeluk te krijgen. Dat wil toch iedereen?'

Iedereen, schreeuwde ik inwendig. Jíj, bedoel je! Dat is jouw eeuwig verdomde drijfveer, Kurt Olsen, jij wilt de zaken oplossen die je vader niet kon oplossen.

'Goed,' zei ik in plaats daarvan. 'Je hebt gelijk, het ligt gevoelig. Carl en ik hebben immers een globaal beeld van wat er is gebeurd, dus onze focus ligt meer op vergeten dan op elk detail duidelijk willen krijgen.' Kalm worden, ja, zo moest ik dat doen.

'Natuurlijk,' zei Olsen.

De drone dook weer op. Hij bleef hangen in de lucht en zeurde in onze oren. Toen zakte hij en landde op de hand van de man met de afstandsbediening zoals ik getrainde valken had zien doen in YouTube-filmpjes die landden op de handschoen van de valkenier. Het was onaangenaam, het leek op een sciencefictionfilm waarin de wereld een grote *big-brother-is-watching-you*-staat was geworden en de man met de drone bundels elektrische draden onder zijn huid had.

'Dat was snel klaar,' zei de politiechef, hij liet de peuk op de grond vallen en trapte erop.

'De drone heeft in ijlere lucht meer accustroom nodig,' zei de droneman.

'Maar kon je opnamen maken?'

De droneman toetste iets in op het scherm van zijn mobiel en we kwamen naderbij. De videobeelden waren vaag door het gebrek aan licht en er was ook geen geluid. Of misschien was er daarbeneden geen geluid. Het wrak van papa's Cadillac DeVille leek op een kever die op zijn rug is beland en zo was doodgegaan, met zijn poten hulpeloos maaiend in de lucht voordat een voorbijganger er per ongeluk bovenop was gaan staan. De verroeste en deels met mos begroeide carrosserie en de wielen die omhoogstaken, waren intact, maar de voorkant en het achterste deel waren in elkaar geperst alsof ze in de autopers van Willumsen hadden gezeten.

Misschien kwam het door de stilte en de duisternis daarbeneden dat de beelden me deden denken aan een documentaire over het duiken naar de Titanic. Misschien was het zien van de Cadillac, ook een mooi wrak met herinneringen aan een verleden, ook een verhaal geworden van een mooie, tragische dood dat zo vaak was verteld in mijn fantasie en die van anderen dat het met de jaren voelde alsof het zo had moeten zijn, dat het geschreven stond in de sterren. De fysieke en metaforische val in de afgrond van een ogenschijnlijk dominant voertuig. Je inbeelden hoe het zou zijn geweest, de angst van de passagiers die begrepen dat het nu kwam – de dood. En niet zomaar een dood, geen leven dat langzaam naar het einde toe gaat, maar een onaangekondigde dood, een plotseling afscheid door moorddadige toevalligheden. Ik huiverde.

'Er liggen behoorlijk wat losse stenen,' stelde Erik Nerell vast.

'Die kunnen al honderden jaren geleden zijn gevallen, er liggen geen stenen op de auto,' zei Kurt Olsen. 'En ik zie ook geen beschadigingen en deuken in de carrosserie. Dus voor zover we kunnen vaststellen is er sinds de steen die de man van het reddingsteam heeft getroffen geen verrekte steen meer gevallen.'

'Hij werkt niet meer bij het reddingsteam,' zei Nerell zacht terwijl hij naar het scherm staarde. 'De arm is verschrompeld en bungelt langs zijn lichaam. Hij slikt al jaren pijnstillers in hoeveelheden die een paard...'

'Maar hij leeft tenminste nog,' zei Olsen ongeduldig terwijl Nerell zocht naar wat er met een paard zou kunnen gebeuren. We keken hem allebei aan. Olsen was rood geworden. Bedoelde hij met 'leeft tenminste nog' dat het met de inzittenden van de Cadillac anders was afgelopen? Nee, de woorden waren zo fel uitgesproken, daar stak meer achter. Had hij het over de vorige politiechef, zijn vader Sigmund Olsen?

'Wat naar beneden valt moet het wrak raken, snap je?' Olsen wees naar het scherm. 'Toch is het met mos begroeid en is er niets te zien. We kunnen dat perspectief gebruiken om van te leren. We kijken wat er in het verleden is gebeurd, maar we kijken ook naar de toekomst.'

'Totdat je een steen op je schouder of hoofd krijgt,' zei ik.

Ik zag Erik Nerell langzaam knikken terwijl hij over zijn kin wreef en merkte op dat Olsen nog roder werd in zijn gezicht.

'En zoals gezegd, we horen regelmatig stenen naar beneden komen.' Ik had mijn blik gericht op Olsen, maar de woorden waren natuurlijk gericht tot Erik Nerell. Hij werd binnenkort vader. Hij moest de moeilijke afweging maken of het verantwoord was om zijn mensen naar het wrak te sturen. En Olsen kon daar uiteraard niet tegen ingaan zonder de kans te lopen zijn baan kwijt te raken, mocht er iets misgaan.

'De stenen vallen misschien niet op het autowrak,' zei ik. 'Maar wel vlak daarnaast. En daar willen jullie toch je mensen hebben staan?'

Ik hoefde Olsens antwoord niet eens te horen, vanuit mijn ooghoeken zag ik dat ik deze slag had gewonnen.

Ik stond in de bocht terwijl het geluid van hun auto's langzaam oploste, ik zag een raaf voorbij zeilen en wachtte tot het helemaal stil was geworden.

Shannon, zoals gewoonlijk gekleed in het zwart, stond tegen het aanrecht geleund toen ik weer binnenkwam. En het viel me weer op dat hoewel haar kleding benadrukte dat ze het lichaam had van een tengere jongen, haar hele verschijning iets onmiskenbaar vrouwelijks had. Haar kleine handen warmden zich aan de dampende kop thee met het draadje van het theezakje hangend over de rand.

'Wie was dat?' vroeg ze.

'De politiechef. Hij wil het wrak onderzoeken. Hij vindt het nodig de oorzaak te vinden van het feit dat mijn vader Huken is in gereden.'

'Maar dat is niet nodig?'

Ik haalde mijn schouders op. 'Ik heb het gezien. Hij remde pas toen het te laat was. Je moet op tijd remmen.'

'Je moet op tijd remmen,' herhaalde ze en knikte net zo langzaam als de dorpelingen. Het leek erop dat ze ook al bezig was onze lichaamstaal te leren. Dat deed me weer denken aan de sciencefictionfilms.

'Carl vertelde me dat het niet mogelijk is om het wrak uit Huken te halen. Vind je het vervelend dat het daar nog ligt?'

'Afgezien van dat het de bodem vervuilt: nee.'

'Niet?' Ze tilde de theekop met beide handen op en nam een klein slokje. 'Waarom niet?'

'Als ze in hun bed waren doodgegaan dan hadden we dat ook niet weggedaan.'

Ze lachte. 'Is dat sentimenteel of juist niet?'

Ik moest ook lachen. Dat hangende ooglid viel me al bijna niet meer op. Of misschien hing het niet meer zo laag en was ze bij aankomst gewoon moe geweest van de reis.

'Ik geloof dat de praktische omstandigheden ons gevoelsleven meer bepalen dan we denken,' zei ik. 'Hoewel boeken vaak gaan over onmogelijke liefde, worden we negen van de tien keer verliefd op iemand van wie we weten dat we die kunnen hebben.'

'Weet je dat zeker?'

'Acht van de tien keer.'

Ik ging naast haar staan en ik merkte dat ze naar me keek terwijl ik het gele maatlepeltje gebruikte om koffie in de kan te doen.

'Praktisch in de dood en in de liefde,' zei ik. 'Zo gaat dat als je aan de zelfkant woont zoals de mensen hier. Maar dat zal jij wel niet gewend zijn.'

'Waarom denk je dat?'

'Je zei dat Barbados een rijk eiland is. Je reed in een Buick, ging naar de universiteit. Verhuisde naar Toronto.'

Ze leek even te aarzelen voor ze antwoord gaf. 'Dat wordt sociale mobiliteit genoemd.'

‘O? Wil je zeggen dat jullie het niet breed hadden?’

‘Dat ook.’ Ze haalde diep adem naast me. ‘Ik ben een *redleg*.’

‘Redleg?’

‘Je hebt vast gehoord van de witte onderklasse van de zogenaamde hillbillies in de Appalachen in Amerika?’

‘*Deliverance*. Banjo en inteelt.’

‘Dat is het stereotiepe beeld, ja. Dat helaas veel zegt over de realiteit, net zoals bij de redlegs, die de blanke onderklasse vormen op Barbados. Redlegs zijn de nakomelingen van Ieren en Schotten die in de zeventiende eeuw naar het eiland kwamen, de meesten van hen waren strafgevangenen, net zoals in Australië. In de praktijk waren het slaven en vormden zij de arbeidersklasse totdat Barbados slaven uit Afrika begon te importeren. Maar toen de slavernij werd afgeschaft en de Afrikaanse nakomelingen zich begonnen op te werken, bleef de meerderheid van de blanke redlegs sociaal achter. De meesten van ons wonen in straatarme wijken. Krottenwijken. We vormen een samenleving aan de rand van de maatschappij, gevangen door armoede. Geen opleiding, alcoholisme, inteelt, ziekten. Redlegs op Barbados bezitten zelden iets, afgezien van de enkeling die een stukje grond heeft of een winkeltje waar rijkere zwarten hun spullen kopen. Maar de meesten leven van een uitkering, gefinancierd door de zwarte en bruine Barbadanen. En weet je hoe je ons kunt herkennen? Aan onze tanden. Als we die al hebben dan zijn ze bruin van… *decay*?’

‘Verrotting. Maar jouw tanden zijn wel…’

‘Ik had een moeder die ervoor zorgde dat ik fatsoenlijk eten kreeg en elke dag mijn tanden poetste. Ze had besloten dat ik een beter leven zou krijgen dan zij. Toen mijn moeder stierf nam mijn grootmoeder dat over.’

‘Jezus.’ Ik kon niets anders bedenken.

Ze blies op haar thee. ‘Je zou kunnen zeggen dat wij redlegs het bewijs zijn dat niet alleen zwarten en latino’s nooit uit hun armoedegevangenis kunnen ontsnappen.’

‘Maar jij bent er wel uit gekomen.’

‘Ja, en ik ben niet racistisch als ik zeg dat mijn Afrikaanse genen me eruit hebben gered.’

‘Jij? Afrikaanse genen?’

‘Mijn moeder en grootmoeder waren Afrobardanen.’ Ze lachte toen ze mijn ongelovige gezicht zag. ‘Mijn haar en huidskleur komen van een Ierse redleg die zich al voor mijn derde heeft doodgedronken.’

'En?'

Ze haalde haar smalle schouders op. 'Hoewel mijn moeder en mijn grootmoeder in St. John woonden en respectievelijk met een Ier en een Schot waren getrouwd, werd ik nooit als een echte redleg gezien. Deels omdat we wat grond bezaten, maar vooral omdat ik aan de University of The West Indies in Bridgetown ging studeren. Ik was niet alleen het eerste meisje in de familie dat naar de universiteit ging, ik was ook de eerste uit de hele wijk.'

Ik keek naar Shannon. Zo lang had ik haar nog niet over haarzelf horen praten sinds ze hier was. De reden was heel simpel: ik had niks gevraagd. Dat wil zeggen, niet sinds die keer dat zij met Carl in het onderste bed had gelegen en ze liever wilde dat ik iets vertelde. Misschien wilde ze eerst weten wat ze aan me had. En nu had ze het gedaan.

Ik schraapte mijn keel. 'Daar moet je sterk voor zijn, om zo'n keus te maken.'

Shannon schudde haar hoofd. 'Mijn grootmoeder had het besloten. Ze heeft de hele familie, ooms en tantes, zover gekregen dat ze het collegegeld deelden.'

'Meebetaalden.'

'Ze betaalden mee aan het collegegeld en later aan mijn studie in Toronto. De reden dat mijn grootmoeder me heen en weer bracht naar de universiteit was dat we geen geld hadden voor woonruimte in de stad. Een docent zei dat ik een toonbeeld was van nieuwe sociale mobiliteit op Barbados. Ik antwoordde dat redlegs na vierhonderd jaar nog steeds ploeterden in het sociale cement en dat ik alles te danken had aan mijn familie en niet aan de sociale hervormingen. Ik ben en blijf een redleg-meisje dat haar familie alles verschuldigd is. Dus hoewel ik mooier woonde in Toronto is Opgard nog steeds luxe voor me. Begrijp je?'

Ik knikte. 'Hoe is het afgelopen met de Buick?'

Ze keek me aan om er zeker van te zijn dat ik geen grapje maakte. 'Niet: hoe is het met je grootmoeder afgelopen?'

'Ze leeft en is gezond,' zei ik.

'O? Wat weet jij daarvan?'

'Jouw stem als je het over haar hebt. Die klinkt vast.'

'Automonteur en psycholoog?'

'Automonteur,' zei ik. 'En de Buick is weg, of niet?'

'Grootmoeder heeft de Buick voor ons huis per ongeluk in zijn vrij gezet. Hij is de heuvel af gereden en tot stilstand gekomen op een vuilnisbelt. Total loss. Ik heb dagen gehuild. Hoorde je dat aan mijn stem toen ik het over de Buick had?'

'Yep. Een Buick Roadmaster uit 1954. Ik begrijp je.'

Ze draaide haar hoofd om me van alle kanten te kunnen bekijken alsof ik zo'n verdomde Rubiks kubus was.

'Auto's en schoonheid,' zei ze en ze leek het tegen zichzelf te zeggen. 'Weet je, vannacht droomde ik over een boek dat ik lang geleden heb gelezen. Dat kwam vast door het autowrak in Huken. Het boek heet *Crash* van J.G. Ballard en gaat over mensen die seksueel opgewonden raken van auto-ongelukken. Van de wrakken en de deuken. Auto's van henzelf, maar ook die van andere mensen. Heb je de film misschien gezien?'

Ik dacht na.

'David Cronenberg,' hielp ze.

Ik schudde mijn hoofd.

Ze aarzelde weer even. Alsof ze spijt had dat ze over iets was begonnen wat een man die in een tankstation werkte onmogelijk kon interesseren.

'Ik heb meer met boeken,' zei ik om haar te helpen. 'Maar dit boek heb ik niet gelezen.'

'Oké,' zei ze. 'In het boek wordt een onoverzichtelijke bocht beschreven op Mulholland Drive waar automobilisten 's nachts uit de bocht vliegen en naar beneden storten in een ravijn. Het is te duur om de autowrakken uit het ravijn te takelen waardoor er een autokerkhof is ontstaan dat elk jaar hoger en hoger wordt. Uiteindelijk zal er geen afgrond meer zijn en wordt de automobilist die uit de bocht vliegt gered door de berg aan autowrakken.'

Ik knikte langzaam. 'Gered door autowrakken,' herhaalde ik langzaam. 'Misschien moet ik het boek eens gaan lezen. Of de film zien.'

'Ik geef de voorkeur aan de film,' zei ze. 'Het boek is geschreven vanuit de ik-figuur en wordt daardoor zo pervers dat het subjectief wordt en...' Ze zweeg. 'Hoe vertaal je *intrusive*?'

'Sorry, dat moet je aan Carl vragen,' zei ik.

'Hij is naar Jo Aas om met hem te praten.'

Ik keek naar de keukentafel. De tekeningen lagen daar nog steeds en Carl had ook zijn laptop niet meegenomen. Hij dacht misschien dat hij meer kans had Aas te overtuigen dat het dorp een spa-hotel nodig had als hij hem niet te veel materiaal liet zien.

'Opdringerig?' stelde ik voor.

'Bedankt,' zei ze. 'De film is niet zo opdringerig. De camera is meestal objectiever dan de pen. En Cronenberg is erin geslaagd de essentie te vangen.'

'En dat is?'

Er leek een vonkje te ontbranden in haar ogen en haar stem klonk nu enthousiast alsof ze begreep dat ik echt geïnteresseerd was.

'De schoonheid van het verminkte,' zei ze. 'Het Griekse beeld dat deels kapot is, is extra mooi omdat we aan het onbeschadigde deel kunnen zien hoe mooi het kon zijn, geweest was. En dus construeren we een schoonheid waarmee de realiteit nooit zal kunnen concurreren.' Ze duwde haar handpalmen op het aanrecht alsof ze erop wilde gaan zitten, haar rug gebogen zoals ze tijdens het feest had gedaan. *Tiny dancer*. Verdomme.

'Interessant,' zei ik. 'Ik ga proberen nog wat te slapen.'

De vonk in haar ogen doofde als een indicatorlampje.

'Maar je koffie dan?' zei ze en ik hoorde de teleurstelling in haar stem. Ze had eindelijk iemand om mee te praten. Kennelijk praten ze de hele dag op Barbados.

'Ik voel dat ik nog een paar uur slaap nodig heb,' zei ik. Ik deed de kookplaat uit en pakte de ketel ervan af.

'Natuurlijk,' zei ze en ze trok haar handen weg.

Ik lag een halfuur in bed en probeerde te slapen, nergens aan te denken. Ik hoorde door het gat van de kachelpijp dat er getypt werd op de laptop en dat er papieren werden verschoven. Onmogelijk.

Ik herhaalde het ritueel. Stond op, kleedde me aan en stormde naar buiten. Riep, voordat de deur dichtviel, 'tot straks!' Het klonk vast alsof ik van iets wegrende.

10

'Hé, hallo,' zei Egil toen ik de deur opendeed. Ik keek hem aan. Hij leek zich te schamen. Ook hij. Zeker omdat hij begreep dat ik de geluiden van een schietspel had gehoord en de enthousiaste, schietgrage stemmen van zijn vrienden in de ruimte achter hem.

'Ik ben dus weer beter,' zei hij snel. 'Ik kan vannacht ook werken.'

'Neem de tijd om echt weer beter te worden,' zei ik. 'Daar kwam ik niet voor.'

'Nee?' Hij leek zijn geweten te doorzoeken waarvoor ik dan gekomen kon zijn. Blijkbaar kon hij uit meerdere opties kiezen.

'Wat koopt Moe hier?' vroeg ik.

'Moe?' Egil zei het alsof hij nog nooit van die naam had gehoord.

'De dakdekker,' zei ik. 'Hij heeft naar je gevraagd.'

'O, die.' Egil lachte, maar er stond angst in zijn ogen te lezen. Spijker op z'n kop.

'Wat komt hij kopen?' herhaalde ik alsof ik dacht dat Egil de vraag was vergeten.

'Niets speciaals,' zei Egil.

'Vertel het me toch maar.'

'Kan het me niet precies herinneren.'

'Maar hij betaalt contant?'

'Ja.'

'Als je je dat kunt herinneren dan herinner je je ook wat hij koopt. Vooruit.'

Egil staarde me aan. En in die schaapachtige blik zag ik de wens om te bekennen.

Ik zuchtte. 'Het vreet aan je, Egil.'

'Hè?'

'Weet hij iets over je, is dat het? Dreigt hij ergens mee?'

'Moe? Nee.'

'Maar waarom dek je hem dan?'

Egil knipperde verwoed met zijn ogen. Achter hem raasde de oorlog voort. Ik zag chaos in zijn wanhopige blik.

'Hij... hij...'

Ik had hier eigenlijk het geduld niet voor, maar ik liet mijn stem zakken om meer indruk te maken. 'Ga nu niet iets verzinnen, Egil.'

De adamsappel van de jongen nam de lift, hij had een stapje naar achteren gedaan en het leek bijna alsof hij in paniek weg wilde rennen. Maar hij bleef staan. Misschien dat hij iets in mijn blik zag, iets wat zijn hersenen combineerden met wat hij ooit had gehoord over mensen die bij Årtun in elkaar waren geslagen. En dan bekenden.

'Hij geeft me altijd foois als hij wat koopt.'

Ik knikte. Ik had Egil uiteraard verteld toen hij hier begon dat we geen fooien aannemen van klanten, maar als de klant het wisselgeld echt niet terug wil hebben dan voeren we het bedrag in op de kassa en bewaren we dat voor het geval iemand van ons zich een keer heeft vergist en te veel heeft teruggegeven. En dat was meestal Egil. Maar het kon zijn dat hij dat vergeten was en ik was nu ook niet van plan hem daaraan te herinneren en ook niet dat het niet foois was, maar fooien, ik wilde alleen weten of mijn verdenkingen klopten.

'En wat koopt hij?'

'We deden niets strafbaars,' zei Egil.

Ik was ook niet van plan hem te vertellen dat het feit dat hij het in de verleden tijd had gezegd erop duidde dat hij in elk geval had begrepen dat de regeling met Moe hier en nu beëindigd was en daarom waarschijnlijk niet legaal was geweest. Ik wachtte.

'EllaOne,' zei Egil.

Daar was het. De spijtpil.

'Hoe vaak?' vroeg ik.

'Eén keer per week,' zei Egil.

'En hij heeft je gevraagd dat tegen niemand te zeggen?'

Egil knikte. Hij was bleek. Ja, hij was bleek en dom, maar niet zwakbegaafd, zoals ze dat nu zeggen. Dat wil zeggen, die termen wisselen zo vaak als we vuil ondergoed wisselen dus dat heet nu vast anders. Hoe dan ook, Egil had kans gezien één en één bij elkaar op te tellen, hoewel Moe gehoopt had op het tegenovergestelde. En nu zag ik het ook, dat hij zich niet alleen schaamde, hij schaamde zich ontzettend. En er bestaat geen zwaardere straf dan dat. Geloof me, dit zegt iemand die beker na beker van dit zuur heeft moeten drinken. Iemand die weet dat geen rechter nog iets aan deze schaamte kan toevoegen.

'Laten we zeggen dat je vandaag nog ziek bent en morgen weer beter,' zei ik. 'Oké?'

'Ja,' zei hij bij de tweede poging geluid uit zijn keel te krijgen.

Ik hoorde de deur niet achter me dichtvallen toen ik naar buiten liep, kennelijk keek hij me na en vroeg hij zich af wat er nu zou gaan gebeuren.

Ik liep de kapsalon van Grete Smitt binnen en dat leek op het stappen uit een tijdmachine die geland was ergens in Amerika kort na de oorlog. In de ene hoek stond een flinke kappersstoel van rood leer die hier en daar was opgelapt en waarvan Grete beweerde dat Louis Armstrong erin had gezeten. In de andere hoek stond een droogkap uit de jaren vijftig, zo'n helm op een standaard waar vrouwen in oude Amerikaanse films onder zitten terwijl ze damesbladen lezen en met elkaar roddelen. Hoewel, mij doet die denken aan Jonathan Price en de lobotomiescène in *Brazil*. De kap gebruikt Grete voor wat ze *shampoo and set* noemt: eerst wordt je haar gewassen met een speciale shampoo, dan worden de krulspelden erin gezet en daarna wordt het haar langzaam gedroogd onder de droogkap, het liefst met een haarnetje over het haar zodat je niet vast komt te zitten in de gloeielementen van het jarenvijftigmodel dat lijkt op de gloeiende binnenkant van een broodrooster. Volgens Grete was *shampoo and set* retrohip dus weer helemaal in. Het punt was alleen dat het hier in Os nooit weg was geweest. Toch verdenk ik Grete ervan dat ze zelf de droogkap het vaakst gebruikte om haar permanentkrullen te onderhouden die als ratkleurige guirlandes langs haar gezicht hingen.

Aan de muren hingen foto's van oude, Amerikaanse filmsterren. Het enige wat niet Amerikaans was moest de beroemde kappersschaar van Grete zijn. Aan iedereen die het wilde horen vertelde ze dat de glimmende stalen schaar een Japanse Niigata-1000 was die vijftienduizend kronen had gekost en waarop je levenslange garantie kreeg.

Grete keek op, maar de Niigata bleef knippen.

'Olsen,' zei ik.

'Hoi, Roy. Hij ligt te zonnebaden.'

'Dat weet ik, ik zag zijn auto. Waar is de zon?' Ik zag dat de Japanse superschaar gevaarlijk dicht bij de oorlel van de klant knipte.

'Ik geloof niet dat hij gestoord...'

'Daarbinnen?' Ik wees naar de tweede deur in de kapsalon waarop een poster hing met een foto van een bruin, wanhopig glimlachend meisje in bikini.

'Hij is klaar over...' Ze keek naar de afstandsbediening die op een tafel naast de deur lag. 'Veertien minuten. Kun je niet even wachten?'

'Jawel, maar zelfs mannen kunnen toch twee dingen tegelijk doen als het alleen maar gaat over zonnebaden en praten?' Ik knikte naar de vrouw in de kappersstoel die me aanstaarde in de spiegel en deed de deur open.

Het leek of ik in een griezelfilm stapte. De kamer was donker, afgezien van blauwig licht dat aan de zijkant van Dracula's kist wegsijpelde. Er stonden twee zonnebanken en een stoel in de kamer. Op de stoel lag Kurt Olsens spijkerbroek en zijn lichte leren jas hing over de rugleuning. De lampen maakten een dreigend, zoemend geluid en versterkten het gevoel dat er binnenkort iets vreselijks stond te gebeuren.

Ik trok de stoel naar de zonnebank.

Uit een paar oordopjes kwam muziek. Een moment dacht ik dat ik Roger Whittaker hoorde en dat dit inderdaad een griezelfilm was, maar toen herkende ik John Denvers 'Take Me Home, Country Roads'.

'Ik kom je waarschuwen,' zei ik.

Ik hoorde daarbinnen een beweging, hoorde iets tegen het bovenste deel van de kist slaan waardoor die schudde, er werd zacht gevloekt. Het gezoem van de muziek hield op.

'Het gaat om een verkrachtingszaak,' zei ik.

'O ja?' Olsens stem leek uit een blikken trommel te komen en het was onduidelijk of hij mijn stem herkende.

'Een man die seks heeft met iemand binnen de familie,' zei ik.

'Ga verder.'

Ik pauzeerde even. Misschien omdat het ineens tot me doordrong dat de situatie bizarre gelijkenis vertoonde met de katholieke biecht. Afgezien dan van het feit dat ik de zondaar niet was. Dit keer niet.

'Moe, de dakdekker, koopt wekelijks spijtpillen. Zoals je weet heeft hij een puberdochter. Zij heeft laatst ook zo'n pil gekocht.'

Ik wachtte terwijl ik de rest van de redenering aan politiechef Olsen overliet.

'Waarom een keer per week en waarom hier?' vroeg hij. 'Waarom koopt hij niet een hele partij in de stad? Of zorgt hij dat het meisje aan de pil gaat?'

'Omdat hij elke keer denkt dat het de laatste keer is,' zei ik. 'Hij gelooft dat het hem lukt om te stoppen.'

Het geluid van een aansteker klonk. 'Hoe weet je dat?'

Ik zocht naar de juiste manier van antwoorden terwijl de rook uit Dracula's kist ontsnapte, die kringelde omhoog in het blauwe licht en verdween in het donker. Ik voelde dezelfde neiging die Egil had gevoeld: om te bekennen. Om over de rand te sturen. Te vallen.

'We denken allemaal dat we morgen een beter mens zullen zijn,' zei ik.

'Zoiets kun je niet makkelijk geheimhouden in een dorp,' zei Olsen. 'En ik heb nog nooit iets dergelijks over Moe gehoord.'

'Hij is failliet gegaan,' zei ik. 'Hij zit zich thuis te vervelen.'

'Maar hij blijft nog steeds van de drank af,' zei Olsen die in elk geval bereid was met me mee te denken. 'En het is niet zo dat iedereen die met tegenslag te maken heeft ineens zijn dochter begint te neuken.'

'Of elke week een spijtpil koopt,' zei ik.

'Misschien is die voor zijn vrouw omdat hij niet wil dat ze weer zwanger wordt. Of misschien heeft zijn dochter een vriendje en is Moe gewoon een bezorgde vader.' Ik hoorde Olsen in de kist zuigen aan zijn sigaret. 'En hij wil niet dat ze iets permanents gaat gebruiken omdat hij bang is dat ze helemaal losgaat en ook met andere jongens. Moe is lid van de Pinkstergemeente, wist je dat?'

'Dat wist ik niet, maar dat reduceert de kans op incest niet.'

Ik meende een reactie onder het deksel te bemerken toen ik het in-woord zei.

'Als je zo'n grove beschuldiging uit dan moet je met iets meer komen dan dat diegene wekelijks een morning-afterpil koopt,' zei Olsen. 'Heb je dat?'

Wat kon ik zeggen? Dat ik de schaamte in zijn gezicht had gezien? Een schaamte die ik zo goed kende dat die voor mij voldoende bewijs was?

'Je bent nu gewaarschuwd,' zei ik. 'Ik stel voor dat je eens gaat praten met de dochter.'

Het is mogelijk dat ik beter 'ik stel voor' achterwege had kunnen laten.

Misschien dat ik had moeten weten dat dit opgevat zou worden dat ik Olsen vertelde hoe hij zijn werk moest doen. Maar aan de andere kant, het kan zijn dat ik dat wist, maar het toch deed. Olsens stem werd in elk geval luider.

'En ik stel voor dat je dit aan ons overlaat. Maar laat ik even duidelijk zijn, we zullen aan belangrijker zaken prioriteit geven.' De toon waarop hij dit zei gaf nog ruimte aan het toevoegen van mijn naam, maar dat deed hij niet. Zijn hersenen hielden misschien rekening met de mogelijkheid dat als later mocht blijken dat ik gelijk had en dat de politie niet had gereageerd. Dan zou het makkelijker zijn om te beweren dat ze de tip anoniem hadden gekregen. Hoe dan ook, ik ging op het lijmstokje zitten.

'En om welke belangrijker zaken gaat het dan?' vroeg ik en ik kon het puntje van mijn tong wel afbijten.

'Dat gaat jou niet aan. En in de tussentijd stel ik voor dat je deze dorpsroddel voor je houdt. We hebben hier geen behoefte aan trammelant, oké?'

Ik moest slikken en kreeg de tijd niet meer te antwoorden, het gezoem van John Denvers stem klonk weer uit de oordopjes.

Ik stond op en stapte de kapsalon weer in. Grete stond met de vrouw bij de wastafel waar ze al babbelend het haar uitspoelde. Ik dacht dat het haar altijd werd gewassen voordat het werd geknipt, maar dit was duidelijk iets anders, hier was kennelijk een of andere vorm van oorlogsvoering tegen het haar aan de gang. Er stond in elk geval een aantal tubes op de rand van de wastafel en ze hadden het zo druk dat ze mij niet zagen. Ik pakte de afstandsbediening die naast de deur lag. Olsen bleek nog tien minuten te hebben. Ik drukte op de toets met het pijltje omhoog en ging daarmee door tot het getal op twintig stond. Daarna drukte ik op de toets *facial tanner* en er kwam een scala aan mogelijkheden tevoorschijn. Met drie keer drukken op de toets had ik het maximum bereikt. Wij mensen in de dienstverlening weten hoe de klant zich voelt als hij waar voor zijn geld krijgt.

Terwijl ik langs Grete en de klant liep, ving ik de volgende woorden op: '...nu jaloers, hij was immers dol op zijn kleine broertje.'

Gretes gezichtsuitdrukking verstijfde toen ze me zag, maar ik knikte slechts en deed of ik niets had gehoord.

Buiten in de frisse lucht bedacht ik dat dit allemaal een verdomde herhaling was. Alles was al eerder gebeurd. Alles zou opnieuw gebeuren. Met hetzelfde resultaat.

11

Zelfs de jaarlijks dorpsrevue had nooit zoveel mensen getrokken. We hadden zeshonderd stoelen klaargezet in de grote zaal van het gemeenschapshuis en toch moesten er nog mensen staan. Ik draaide me op mijn stoel om en keek naar het eind van de zaal, deed alsof ik iemand zocht. Iedereen was er. Mari samen met haar man, de krantenman Dan Krane, die ook rondkeek. Willum Willumsen, de occasionhandelaar met zijn lange, elegante vrouw Rita die een kop boven hem uitstak. Burgemeester Voss Gilbert die ook de voorzitter was van de voetbalclub van het dorp, Os FC, zonder dat het overigens resultaat had. Erik Nerell met zijn duidelijk zwangere vrouw Gro. Politiechef Kurt Olsen met zijn verbrande gezicht die gloeide als een lantaarn tussen de andere mensen. Zijn boze blik kruiste die van mij. Grete Smitt had de heer en mevrouw Smitt meegenomen, ik zag voor me hoe ze snel schuifelend over de parkeerplaats bij het gebouw waren gekomen. Natalie Moe zat tussen haar ouders in. Ik zocht de blik van haar vader, maar hij keek al naar de grond. Misschien omdat hij vermoedde dat ik het wist. Of misschien omdat hij wist dat iedereen wist dat zijn bedrijf failliet was en als hij ging investeren in het hotelproject dat dat een klap in het gezicht zou zijn van al zijn crediteuren in het dorp. Maar mogelijk was hij hier alleen maar omdat de meeste dorpelingen er waren, was hij gekomen uit nieuwsgierigheid, niet uit interesse om te investeren. Ja, zo afgeladen was het hier niet meer geweest sinds de oude burgemeester Aas in de jaren zeventig predikant Armand op bezoek had. Jo Aas had plaatsgenomen achter de lessenaar en liet zijn blik over de zaal gaan. Lang, mager en wit als een vlaggenmast. De berkenwitte, vlijtige wenkbrauwen werden met het jaar dikker.

'Maar dat was in een tijd dat spreken in tongen en onmiddellijke genezing goed konden concurreren met het filmaanbod van onze dorpsbioscoop,' zei Aas. 'En bovendien was het gratis.'

Hij oogstte het verwachte gelach.

'Maar nu zijn jullie niet gekomen om naar mij te luisteren, maar naar een van onze teruggekeerde zonen, Carl Abel Opgard. Ik weet niet of zijn preek verlossing zal geven of het eeuwige leven aan dit dorp, daar moeten jullie zelf over oordelen. Ik heb ingestemd met het introduceren van deze jongeman en zijn project omdat we in dit dorp, in deze tijd, in deze situatie elk gezond initiatief welkom moeten heten. We hebben beslist nieuwe ideeën nodig, we moeten iets nieuws gaan proberen. Maar we hebben ook ons traditionele gedachtegoed nodig dat de tand des tijds heeft doorstaan en dat ervoor heeft gezorgd dat we nog steeds in dit arme maar prachtige dorp wonen. Daarom vraag ik jullie met een open maar kritische geest te luisteren naar een jongeman die heeft bewezen dat een boerenpummel van hier het ook kan maken in het grote Amerika. Carl, ga je gang!'

Het applaus klaterde door de zaal, maar nam merkbaar af toen Carl achter de lessenaar ging staan, dus het was vooral bestemd voor Aas en niet voor Carl. Carl had er keurig uitgezien in zijn pak met stropdas, maar hij had zijn jasje uitgetrokken en de overhemdsmouwen omgeslagen. Carl had die outfit thuis laten zien en gevraagd wat we ervan vonden. Shannon had gevraagd waarom hij het colbert niet droeg en ik had uitgelegd dat Carl had gezien dat Amerikaanse presidentskandidaten die wilden tonen dat ze heel gewoon waren dat deden als ze met fabrieksarbeiders spraken.

'Nee, die dragen windjacks en petten,' zei Shannon.

'Het gaat erom dat je de juiste balans vindt,' zei Carl. 'We willen geen arrogante en zelfingenomen indruk maken, we komen immers uit een dorp waar mensen op een tractor rijden en rubberlaarzen dragen. Maar tegelijkertijd willen we wel serieus en professioneel overkomen. Je gaat in het dorp niet naar een confirmatie zonder stropdas, dan heb je het niet begrepen. Dat ik een colbert heb, maar dat heb uitgetrokken geeft aan dat ik de onderneming respecteer en serieus neem, maar ook dat ik gemotiveerd en enthousiast ben en klaar om aan de slag te gaan.'

'Niet bang om je handen vuil te maken,' zei ik.

'Precies,' zei Carl.

Op weg naar de auto had Shannon lachend tegen me gefluisterd: 'Weet je, ik dacht dat de uitdrukking was: om vuil onder je nagels te krijgen. Klopt dat niet?'

‘Dat hangt ervan af wat je wilde zeggen,’ zei ik.

‘Wat ik eerst wil zeggen,’ zei Carl en hij legde beide handen op de lessenaar, ‘…voordat ik begin te vertellen over het sprookje waarvoor ik jullie heb uitgenodigd is dit: het is bijzonder voor me en ook een beetje aangrijpend om hier op het podium te staan voor zoveel dorpsgenoten.’

Ik voelde de afwachtende houding. Carl was populair geweest. In elk geval onder degenen die geen vriendinnen hadden die een beetje te veel op Carl gesteld waren. En in elk geval op de Carl die vertrokken was uit het dorp. Maar was hij nog steeds die Carl? De energieke gangmaker en het feestbeest met zijn witte lach, de aardige, sociale jongen die altijd een vriendelijk woord had voor iedereen, mannen en vrouwen, kinderen en volwassenen. Of was hij de man geworden zoals hij zichzelf had aangekondigd op de poster? Master of business. Een vogel uit de bergen die op een hoogte was geweest waar niemand anders kon ademhalen. Canada. Met een bedrijfsimperium. En een exotische, goed opgeleide echtgenote uit de Cariben die iets te erg was opgedoft. Was een meisje uit het dorp nu een beetje te saai voor hem?

‘Bijzonder en aangrijpend,’ herhaalde Carl ernstig. ‘Omdat ik nu eindelijk enigszins kan voelen hoe het moet zijn om hier te staan en…’ Hij pauzeerde even en keek de zaal rond, trok zijn stropdas recht. ‘…Rod te zijn.’

Eén seconde. Toen barstte het gelach los.

Carls witte lach. Zelfverzekerd nu, ervan overtuigd dat hij weer een van hen was. Hij legde zijn blote armen langs de randen van de lessenaar, alsof die van hem was.

‘Een sprookje begint meestal met “er was eens”. Maar dit sprookje is nog niet geschreven. Als het ooit geschreven wordt dan zal het beginnen met: er was eens een dorp dat een bijeenkomst had in het gemeenschapshuis Årtun waar gesproken werd over een hotel dat ze wilden bouwen. En dan hebben we het over dit hotel…’

Hij drukte op de afstandsbediening en de tekening werd getoond op het grote scherm achter hem.

Er klonk een zucht. Maar ik zag aan Carl, ik zag het omdat hij mijn broer is, dat hij een grotere zucht had verwacht. Of beter gezegd: een positievere zucht. Zoals al eerder gezegd: ik geloof dat de mensen over het algemeen de voorkeur geven aan lekker bij de open haard zitten in een traditionele grote boerderij, in plaats van in een iglo op de maan. Maar aan de andere kant, je kon niet ontkennen dat het een zekere elegantie had. Er was iets met de proporties en de lijnen, die waren zo mooi als een ijskristal, een overslaande golf of een glinsterende bergwand. Of een tankstation. Maar Carl merkte dat er meer werk nodig was om de mensen te overtuigen. En ik zag dat hij zich herpakte, zoals ze dan zeggen. Zichzelf mobiliseerde. Zich gereedmaakte voor de volgende aanval. Hij nam de tekening door en legde uit wat wat was. Het deel van de spa, de fitnessruimten, het zwembad, de speelruimten voor gezinnen met kinderen, verschillende typen hotelkamers, de receptie en de lobby, het restaurant. Hij onderstreepte dat alles van topkwaliteit zou zijn, dat het hotel primair gericht was op mensen met hoge eisen. Beter gezegd: met dikke portemonnees. En de naam van het hotel zou de dorpsnaam dragen: Os Spa- en Berghotel. Met die naam zou er in alle media geadverteerd worden. De dorpsnaam zou dus synoniem staan voor kwaliteit, zei hij. Ja, misschien zelfs voor een bepaalde exclusiviteit. Toch zou het niemand uitsluiten, het moest mogelijk zijn voor een gezin met kinderen met een normaal inkomen om hier een weekend door te brengen, maar het zou iets zijn waarvoor ze spaarden, iets waarop ze zich verheugden. De dorpsnaam zou geassocieerd worden met blijdschap. Carl lachte, liet hun iets zien van die blijdschap. En ik merkte dat het hem langzaam lukte de zaal mee te krijgen. Ja, ik zou zelfs zover willen gaan te zeggen dat er een zeker enthousiasme te bespeuren was in de zaal en dat is niet bepaald gebruikelijk hier. Maar de volgende zucht kwam toen hij de totale investeringssom noemde.

Vierhonderd miljoen kronen.

Een kreun. En de temperatuur in de zaal steeg.

Carl had die kreun verwacht. Maar, ik zag het aan zijn gezicht, niet zo'n zware kreun.

Hij begon sneller te praten, hij was bang ze nu kwijt te raken. Hij zei dat dorpelingen die in het gebied grond bezaten de prijs van hun bezit zouden zien stijgen vanwege de bouw van het hotel en het daaropvolgende vakantiehuisjesproject. Daardoor alleen al zou de investering rendabel zijn. Hetzelfde gold voor de dorpelingen die in de handel en de dienstverlening zaten. Het hotel en de huisjes zouden zorgen voor een stroom aan mensen die geld zouden uitgeven. En dan ging het dus om mensen die veel geld te besteden hadden. Waarschijnlijk zou het dorp daar meer geld aan verdienen dan aan het hotel.

Hij pauzeerde even. De mensen zaten roerloos en zwegen. Het leek of alles bevroren was. Vanaf de vijfde rij waar ik zat zag ik een beweging. Als een vlaggenmast in de wind. Het was Aas die op de eerste rij zat, het witte hoofd stak boven de anderen uit. Hij knikte. Hij knikte langzaam. En iedereen zag het.

Toen speelde Carl zijn troefkaart uit.

'Voorwaarde is wel dat het hotel wordt gebouwd en geëxploiteerd. Dat er mensen bereid zijn de gok te wagen. Dat mensen een risico willen nemen en het project willen financieren. Ten gunste van de anderen, voor iedereen in het dorp.'

De mensen in het dorp hadden gemiddeld genomen een lagere opleiding dan de mensen in de stad. Ze begrijpen misschien niet zo snel de clou van serieuze films en urban comedyseries. Maar ze snappen de ondertiteling wel. Aangezien in Os het ideaal is om niet meer te zeggen dan het noodzakelijke, hebben de mensen een goed zintuig ontwikkeld voor wat niet gezegd wordt. En wat hier niet gezegd werd was: als je je niet aansluit bij de mensen die zich aansluiten bij het project dan hoorde je bij de rest. De mensen die profijt zouden hebben van het neveneffect zonder dat ze zelf hun bijdrage hadden geleverd.

Ik zag dat er meer langzaam werd geknikt. Het leek zich haast te verspreiden.

Maar toen klonk er een stem. Het was Willumsen die de Cadillac aan vader had verkocht.

'Als dit zo'n goede investering is, Carl, waarom wil je ons er dan bij hebben? Waarom strijk je, als een rijke stinkerd, de winst niet lekker zelf op? Of in elk geval zoveel als je zelf kunt behappen en vraag je niet een paar van de andere rijke stinkerds om te investeren?'

'Omdat,' zei Carl, 'ik geen rijke stinkerd wil zijn en dat willen de meesten van jullie ook niet. Ik zou veel meer winst kunnen opstrijken, ja, en ik wil best meer geld verdienen. Maar het was eigenlijk mijn idee toen ik naar huis terugkeerde met dit project dat iedereen de kans zou krijgen om eraan deel te nemen en niet alleen de mensen met geld op de bank. En daarom ben ik van plan om een LLP op te richten. Een LLP betekent dat niemand van jullie iets hoeft in te leggen om mede-eigenaar te worden van het hotel. Geen cent!'

Carl sloeg op de lessenaar.

Pauze. Stilte. En ik voelde wat ze dachten. Wat voor kletskoek is dit? Is predikant Armand teruggekomen?

Toen las Carl het evangelie voor, de blijde boodschap dat je kon bezitten zonder te betalen. En ze luisterden naar de master of business.

'Dat betekent,' zei hij, 'dat hoe meer mensen er meedoen, hoe kleiner het risico voor ieder van ons. En als iedereen meedoet, riskeert niemand van ons meer dan wat we betalen voor een auto. In elk geval als we geen occasion bij Willumsen hier kopen.'

Gelach. Achter in de zaal werd zelfs geklapt. Iedereen kende het verhaal van onze auto en nu leek niemand eraan te denken wat er later met die auto was gebeurd. Carl wees lachend naar een hand die in de lucht werd gestoken.

Een man stond op. Groot, net zo groot als Carl. En ik zag aan Carl dat hij hem nu pas herkende en nu misschien wel spijt had dat hij hem het woord had gegeven. Simon Nergard. Hij opende zijn mond met twee tanden die witter waren dan de andere. En het kan zijn dat ik me vergiste, maar ik meende te horen dat zijn neus piepte tijdens het praten als gevolg van een verkeerd aangegroeid neusbeen.

'Aangezien het hotel op grond zal komen te staan die jij en je broer bezitten...' Hij nam de tijd, liet het in de lucht hangen.

'Ja?' zei Carl met luide, vaste stem. Waarschijnlijk merkte niemand het, maar de stem was iets té luid en vast.

'...kan het interessant zijn te weten wat jullie daarvoor krijgen,' zei Simon.

'Voor krijgen?' vroeg Carl en hij scande de menigte met zijn ogen zonder zijn hoofd te bewegen. Het werd weer stil. Dit klonk onmiskenbaar als iemand – en nu was het niet alleen ik die dat hoorde – die tijd probeerde te rekken. Simon had het in elk geval opgemerkt, want zijn stem klonk haast triomfantelijk toen hij verderging: 'Misschien begrijpt de master of business het beter als ik de prijs noem.'

Hier en daar werd er gelachen. Afwachtende stilte. De mensen hadden hun hoofd opgetild, zoals dieren bij een waterplas die een leeuw zien naderen, maar die op het moment nog op veilige afstand is.

Carl lachte, boog zijn hoofd om naar de paperassen te kijken die voor hem lagen, terwijl zijn schouders schudden alsof hij lachte om een flauwe grap van een dorpeling. Hij leek een denkpauze in te lassen terwijl hij de papieren heen en weer schoof en een besluit nam hoe hij het antwoord zou formuleren. Maar ik voelde het. Ik keek snel om me heen en zag dat iedereen het ook voelde. Dat het hier en nu beslist zou worden. Ik zag twee rijen voor me een rechte rug nog rechter worden. Shannon. Toen ik weer naar de lessenaar keek zag ik dat Carl mijn blik had gevonden. Ik las er iets in. Een verontschuldiging. Hij had verloren. Hij had zichzelf belachelijk gemaakt. Hij had de familie belachelijk gemaakt. We wisten het nu alle twee. Hij zou zijn hotel niet krijgen. En ik zou mijn tankstation niet krijgen, in elk geval niet nu en niet met het gebouw en de grond erbij.

'Daar krijgen we niets voor,' zei Carl. 'De grond bieden Roy en ik aan.'

Ik dacht eerst dat ik het niet goed hoorde en ik zag aan Simon dat hij dat ook dacht.

Maar toen hoorde ik gemompel in de zaal en ik begreep dat ze hetzelfde als ik hadden gehoord. Iemand begon te klappen.

'Nou, nou,' zei Carl en hij stak zijn hand op. 'We zijn nog ver verwijderd van ons doel, mensen. Wat we vandaag nodig hebben is dat er genoeg mensen een intentieverklaring voor deelname ondertekenen zodat het gemeentebestuur ziet dat het project realistisch genoeg is wanneer we de vergunningen aanvragen. Dank!'

Het applaus verspreidde zich. Al snel klapte iedereen. Iedereen behalve Simon. En misschien Willumsen. En ik.

'Ik moest wel!' zei Carl. 'Het was *make it or break it*, had je dat niet door?'

Hij rende in looppas achter me aan op weg naar de auto. Ik deed het portier open en ging achter het stuur zitten. Carl had voorgesteld om met de grijswitte Volvo 240 naar de bijeenkomst te rijden in plaats van met zijn patserbak. Ik draaide het contactsleuteltje om, gaf gas en liet de koppeling opkomen nog voordat Carl zijn portier dicht had kunnen doen.

'Wel verdomme, Roy!'

'Verdomme wat?' schreeuwde ik en ik keek in het spiegeltje. Zag Årtun achter ons verdwijnen. Zag Shannons zwijgende, verschrikte gezicht op de achterbank. 'Je had het beloofd! Je zei dat je de prijs van de grond zou geven als ernaar werd gevraagd, idioot.'

'Vooruit, Roy! Jij voelde het ook aan de sfeer. Lieg niet, ik zag het aan je. Je weet dat als ik zou zeggen: "Nu je het vraagt, Simon, zal ik je vertellen dat Roy en ik veertig miljoen krijgen voor die pukkel op de berg" dat het dan *end of story* zou zijn geweest. En dan had je zeker je tankstation niet gekregen.'

'Je loog!'

'Ik loog, ja. En daardoor heb je nog steeds de kans om dat tankstation te krijgen.'

'Wat voor verrekte kans?' Ik gaf gas, voelde de banden grommend graven in het grind terwijl ik afsloeg en de rijksweg op reed. Het rubber gilde voor het zich vastzoog aan het asfalt en er kwam ook een gilletje van de achterbank. 'Als het hotel na tien jaar wat winst gaat maken?' zei ik briesend en ik drukte het gas helemaal in. 'Het punt is dat je hebt gelogen, Carl! Je loog en je hebt mijn grond – ónze grond – gratis weggegeven!'

'Jouw kans komt niet over tien jaar, maar over maximaal een jaar, leeghoofd.'

In ons vocabulaire is leeghoofd bijna een koosnaam dus ik begreep dat hij vroeg om een wapenstilstand.

'En wat zal er na een jaar dan gebeuren?'

'Dan wordt er grond verkocht voor de bouw van vakantiehuisjes.'

'Vakantiehuisjes?' Ik sloeg op het stuur. 'Mijn god, vergeet die vakantiehuisjes, Carl! Heb je niet gehoord dat het gemeentebestuur een stop heeft gezet op de bouw van nog meer vakantiehuisjes?'

'Is dat zo?'

'Ja! Voor de gemeente leveren de vakantiehuisjes geen cent op, ze kosten alleen maar geld.'

'Is dat zo?'

'Uiteraard! De huisjeseigenaars betalen belastingen in hun woonplaatsen en wanneer ze hier gemiddeld zes weekenden per jaar zijn, brengen ze niet voldoende geld op om de uitgaven te dekken die de verrekte huisjes de gemeente kosten. Water, riool, vuilnisdienst, sneeuwruimen. De huisjeseigenaars vullen hun tanks en kopen burgers bij mij en dat is goed voor het tankstation en een paar andere winkels, maar slechts een schijntje in vergelijking met wat het de gemeente kost.'

'Dat wist ik echt niet.'

Ik keek hem aan. Hij grijnsde terug, de idioot, natuurlijk wist hij dat wel.

'Wat we met de gemeente doen,' zei Carl, 'is warme bedden verkopen tegen koude bedden.'

'Hè?'

'Vakantiehuisjes zijn koude bedden, ze staan negen van de tien weekenden leeg. Hotelbedden zijn warme bedden. Het hele jaar zijn er gasten die geld uitgeven zonder dat de gemeente daar extra kosten voor moet maken. Warme bedden zijn de natte droom van elke gemeente, Roy. Ineens zijn er nauwelijks bouwvoorschriften en dat geldt ook voor vergunningen. Zo gaat dat in Canada en zo gaat dat hier. Maar wij gaan het grote geld niet verdienen aan het hotel, Roy. Dat gaat gebeuren als we de grond voor de vakantiehuisjes gaan verkopen. En dat krijgen we omdat we de gemeente een dertig-zeventigdeal aanbieden.'

'Een dertig-zeventigdeal?'

'Zij krijgen dertig procent van de warme bedden en wij krijgen vergunning voor zeventig procent van de koude bedden.'

Ik minderde vaart. 'O? En jij denkt dat je dat lukt?'

'Gewoonlijk accepteren ze slechts een deal met de omgekeerde percentages. Maar stel je het gemeentebestuur eens voor dat volgende week ook moet debatteren over de consequenties van het traject van de rijksweg en ik kom met dit project en bied het bestuur een hotel aan waarmee vanavond het dorp heeft ingestemd. En ze kijken naar Abraham Lincoln op de publieke tribune en die knikt dat dit een goede deal is.'

Lincoln was de bijnaam die onze vader aan Jo Aas had gegeven. En inderdaad, ik zag het voor me. Ze zouden Carl precies geven waar hij om vroeg.

Ik knikte in de spiegel. 'Wat vind jij?'

'Wat ik vind?' Shannon trok een wenkbrauw op. 'Ik vind dat je als een geile bok rijdt.'

Mijn blik ontmoette die van haar. Toen begonnen we alle drie te lachen. Ik lachte zo hard dat Carl een hand op het stuur legde en voor me stuurde. Ik nam het stuur over, minderde vaart, sloeg af en nam de grindweg die leidde naar de haarspeldbochten naar onze boerderij.

'Kijk,' zei Shannon.

En we zagen het.

Er stond een auto met een blauw zwaailicht op de weg. We remden af en de koplampen vingen Kurt Olsen die met een sigaret in zijn mondhoek en zijn armen over elkaar geslagen tegen de grille van zijn Range Rover stond geleund.

Ik stopte niet voordat de bumper bijna zijn knieën aantikte. Hij vertrok geen spier. Hij liep naar de zijkant van de auto en ik liet het raam zakken.

'Alcoholcontrole,' zei hij en hij scheen met een zaklantaarn in mijn gezicht. 'Uitstappen.'

'Uitstappen?' vroeg ik en ik hield een hand voor mijn ogen. 'Kun je me het blaasapparaat niet hier geven?'

'Eruit,' zei hij. Hard, maar rustig en koud.

Ik keek naar Carl. Hij knikte twee keer. De eerste knik zei dat ik moest doen wat Olsen zei en de tweede dat hij het fort zou overnemen.

Ik stapte uit.

'Zie je die?' zei Olsen en hij verlichtte een tamelijk rechte lijn in de grindweg. Ik begreep dat hij die met zijn cowboylaars had getrokken. 'Ik wil dat je daarover loopt.'

'Maak je een grapje?'

'Nee, ík maak geen grapjes, Roy Calvin Opgard. Vooruit, lopen.'

Ik deed wat hij zei. Om het maar achter de rug te hebben.

'O, o, voorzichtig, je mag niet wankelen,' zei Olsen. 'Nog een keer, langzaam. Zet je voet elke keer op de streep. Stel je voor dat het een touw is.'

'Wat voor touw?' vroeg ik en ik begon opnieuw.

'Zo'n touw dat je over een ravijn spant. Bijvoorbeeld met een wand met zulke losse stenen dat de mensen die beweren dat ze er verstand van hebben een rapport schrijven en het afraden om die plek te onderzoeken. Maar één misstap op dat touw, Roy, en je valt.'

Ik weet niet of het kwam doordat ik als een verrekte mannequin moest lopen of dat het door het flakkerende licht van de lantaarn kwam, maar het was eigenlijk verdomde moeilijk om je evenwicht te bewaren.

'Je weet dat ik niet drink als ik rij,' zei ik. 'Waar gaat dit om?'

'Jij drinkt niet als je rijdt, nee. Zodat je broer kan drinken voor twee. Daarom denk ik dat jij degene bent voor wie je moet oppassen. Mensen die altijd nuchter zijn, verbergen iets, of niet? Ze zijn bang dat als ze dronken zijn ze een geheim verraden. Ze houden zich afzijdig van mensen, en van feesten.'

'Als je stenen wilt omdraaien, Olsen, draai dan die dakdekker Moe om. Heb je dat gedaan?'

'Hou je kop dicht, Roy. Wil je me soms afleiden?' Zijn stem stond op het punt de kalmte te verliezen.

'Jij vindt dat verkrachting afleiding is? Jij denkt dat een alcoholcontrole van nuchtere mensen een nuttiger besteding is van je tijd?'

'Hé, je bent van het touw gestapt,' zei Olsen.

Ik keek naar de grond. 'Verdomme, nee.'

'Zie je dat daar?' Hij scheen op een laarsafdruk in het pad. Die kwam van een cowboylaars. 'Je moet met me mee.'

'Wel verdomme, Olsen, geef me dat verdomde blaasapparaat!'

'Iemand heeft daarmee zitten knoeien, drukte op een paar toetsen dus het apparaat is kapot,' zei hij. 'Je hebt de evenwichtstest niet doorstaan en daar moeten we nu op af gaan. Maar zoals je weet hebben we een gezellige cel in ons bureau waar je kunt wachten tot de dokter komt om bloed af te nemen.'

Ik keek hem wantrouwend aan. Zo wantrouwend dat hij de zaklantaarn onder zijn kin klemde en een 'boe-oe!' uitstootte waarna hij een spookachtig gelach liet horen.

'Voorzichtig met die lantaarn,' zei ik. 'Het lijkt wel of je een poosje bent blootgesteld aan straling.'

Hij leek niet boos te worden. Hij maakte alleen de handboeien los die aan zijn broekriem hingen terwijl zijn lichaam bleef lachen.

'Draai je om, Roy.'

DEEL III

12

Ik hoorde het via het gat van de kachelpijp. Ik was zestien jaar en sliep bijna op het geluid van het rustige gepraat beneden in de keuken. Zoals altijd was vooral moeder aan het woord en het ging over zaken die moesten gebeuren, plannen die gemaakt moesten worden. Geen grote zaken. Kleine, alledaagse, praktische dingen. Vader zei vooral ja en nee. Wanneer hij het in een zeldzaam geval niet met haar eens was dan onderbrak hij haar en vertelde in korte bewoordingen hoe de zaken zaten en hoe het moest gebeuren, eventueel niet moest gebeuren. Het gebeurde bijna altijd zonder dat hij zijn stem verhief, maar daarna hield ze meestal een poos haar mond. Totdat ze heel kalm over iets heel anders begon alsof dat andere nooit ter sprake was geweest. Ik weet dat het vreemd klinkt, maar ik heb mijn moeder nooit echt gekend. Misschien omdat ik haar niet begreep, omdat ik niet genoeg in haar geïnteresseerd was of misschien omdat ze zo in het niet viel naast vader dat ze gewoonweg voor me verdween. Het is natuurlijk merkwaardig dat de persoon met wie je het nauwst was verbonden, degene die jou het leven heeft gegeven, met wie je achttien jaar lang elke dag hebt doorgebracht, dat die iemand kan worden van wie je niet weet wat ze denkt of voelt. Was ze gelukkig? Waar droomde ze van? Waarom sprak ze met haar man en af en toe met Carl en bijna nooit met mij? Begreep ze net zo weinig van mij als ik van haar?

Slechts één keer had ik een glimp opgevangen van wie er achter de moeder in de keuken, de moeder in de stal, de moeder die de kleren verstelde en zei dat we moesten doen wat vader ons zei, schuilging en dat was die avond in het Grand toen oom Bernard zijn vijftigste verjaardag vierde. Na het diner in de rococozaal dansten de volwassenen op de muziek van een trio dikke mannen in witte colberts. Terwijl Carl een rondleiding kreeg door het hotel zat ik aan tafel en zag hoe moeder naar de dansende mensen keek met een gezichtsuitdrukking die ik nog nooit eerder bij haar had gezien. Dromend, half lachend en met een licht omfloerste blik. En voor de eerste keer in mijn leven drong het tot me door dat het kon zijn dat mijn moeder knap was. Dat ze knap was zoals ze daar zat, meeneuriënd in haar rode jurk die matchte met het drankje dat voor haar stond. Ik had haar nog nooit alcohol zien drinken, behalve met kerst en zelfs dan alleen een glas aquavit en ze had een ongebruikelijke warmte in haar stem toen ze aan vader vroeg of hij wilde dansen. Hij schudde zijn hoofd, maar glimlachte naar haar. Misschien zag hij hetzelfde als ik. Toen kwam er een man, een beetje jonger dan vader, op ons af gelopen en vroeg moeder ten dans. Vader nam een slokje van zijn bier, knikte en lachte naar de man. Hij zag er trots uit. Ik wilde het niet, maar mijn blik volgde mijn moeder op de dansvloer. Ik hoopte slechts dat het niet te pijnlijk zou worden. Ik zag haar iets tegen de man zeggen, hij knikte en toen begonnen ze. Moeder hield eerst wat afstand tot haar danspartner, toen dichterbij, ze danste snel en ze danste langzaam, ze kon echt dansen, daar had ik werkelijk geen idee van gehad. Maar er was ook iets anders. De manier waarop ze naar de vreemde man keek, met half geloken ogen en dat lachje dat maar op haar gezicht geplakt bleef als een kat die met een muis speelt die hij wil doden maar nu nog niet. Ik merkte dat vader heen en weer begon te bewegen op zijn stoel. En ineens realiseerde ik me dat de man niet de vreemdeling was, maar zij, de vrouw die ik moeder noemde.

Toen was het voorbij en ging ze weer bij ons zitten. Later die avond, toen Carl naast me sliep in de hotelkamer die we deelden, hoorde ik stemmen op de gang. Ik herkende de stem van moeder en die was ongewoon luid en scherp. Ik stond op, deed de deur zo ver open dat ik ze net door de kier voor hun kamer zag staan. Vader zei iets, moeder tilde haar hand op en er klonk een klap. Vader ging met zijn hand naar zijn wang en zei iets. Zacht en kalm. Ze tilde haar andere hand op en sloeg weer. Toen griste ze de sleutel uit zijn hand en verdween in de kamer. Vader bleef met een gebogen rug voor de deur staan en wreef ondertussen over zijn wang en keek naar de deur waarachter ik in het donker stond. Hij zag er zo triest en eenzaam uit, als een kind dat zijn teddybeer is kwijtgeraakt. Ik weet niet of hij zag dat de deur op een kier stond, ik weet alleen dat ik die avond een inkijkje kreeg in wat er tussen vader en moeder speelde. Iets wat ik niet helemaal doorzag. Iets waarvan ik niet wist of ik daar meer van wilde weten. En de volgende dag, toen we terugreden naar Os, was alles weer als vanouds. Moeder sprak tegen vader, een gelijkmatige zachte stroom van praktische informatie terwijl hij ja zei, soms nee of iets te hard kuchte waarop zij een poos haar mond hield.

De reden dat ik die avond mijn oren spitste was dat mijn vader na een lange stilte begon te praten. En het klonk alsof hij zich had voorbereid op hoe hij het ging zeggen. Plus het feit dat hij zachter sprak dan gewoonlijk. Ja, hij fluisterde bijna. Nu wisten mijn ouders uiteraard dat we ze konden horen door het gat in de vloer, maar ze wisten niet precies hóe goed. Want er was niet alleen het gat. De truc was de kachelpijp, die geleidde en versterkte het geluid. Het leek of we beneden bij hen zaten, en Carl en ik waren het erover eens dat we dat beter niet konden vertellen.

'Sigmund Olsen kwam me vandaag iets vertellen,' zei hij.

'O?'

'Hij had wat hij een bezorgd telefoontje noemde gekregen van een van de onderwijzers van Carl.'

'O ja?'

'Ze had Sigmund verteld dat ze bij twee gelegenheden had gezien dat Carl aan de achterkant van zijn broek bloedvlekken had. En dat ze Carl daarnaar had gevraagd, maar dat ze een weinig geloofwaardig verhaal te horen had gekregen.'

'En dat was?' Nu ging moeder ook zachter praten.

'Daar wilde Olsen niet op ingaan, hij wilde me alleen informeren dat de politie met Carl zal gaan praten. Kennelijk zijn ze verplicht dat aan de ouders te melden wanneer ze iemand onder de zestien verhoren.'

Het voelde alsof er een emmer ijswater over mijn hoofd werd gegooid.

'Olsen zei dat we erbij aanwezig kunnen zijn als Carl dat wil. En dat Carl volgens de wet ook niet verplicht is om een verklaring te geven. Het was belangrijk dat we dat wisten.'

'En wat zei jij?' fluisterde mijn moeder.

'Dat mijn zoon uiteraard niet zal weigeren met de politie te spreken, maar dat we graag eerst zelf met hem willen praten en dat we dus graag willen weten wat Carl erover aan de onderwijzeres heeft verteld.'

'En wat zei de politiechef toen?'

'Hij ontweek het antwoord. Hij zei dat hij Carl al kende sinds hij in de klas zat met zijn zoon, hoe heet hij ook alweer?'

'Kurt.'

'Kurt, ja. En daarom weet hij ook dat Carl een eerlijke jongen is die niet bang is uitgevallen. Hij zei dat de onderwijzeres net van de opleiding kwam waar ze tegenwoordig te horen krijgen dat ze op zulke zaken moeten letten en dat ze daardoor overal van alles zien.'

'Natuurlijk doen ze dat, mijn god. Maar wat had Carl tegen de onderwijzeres gezegd?'

'Dat hij op de stapel planken achter de schuur was gaan zitten, precies in een uitstekende spijker.'

Ik wachtte op de volgende vraag van moeder: twéé keer? Maar die kwam niet. Wist ze het, had ze het door? Ik slikte.

'Maar mijn god, Raymond,' zei ze slechts.

'Ja,' zei hij. 'Die stapel had ik al tijden geleden weg moeten halen. Dat ga ik morgen direct te doen. En we gaan met Carl praten. Een verroeste spijker kan leiden tot bloedvergiftiging en nog veel erger.'

'Ja, we moeten met hem praten. En zeg tegen Roy dat hij op zijn broertje moet letten.'

'Dat is niet nodig, Roy doet niet anders. Ik vind het eigenlijk een beetje ongezond zo erg als hij op Carl let.'

'Ongezond?'

'Je zou haast denken dat ze getrouwd zijn,' zei vader.

Stilte. Nu komt het, dacht ik.

'Carl moet leren zelfstandiger te worden,' zei vader. 'Ik vind het tijd worden dat de jongens elk hun eigen kamer krijgen.'

'Maar we hebben toch geen ruimte...'

'Vooruit, Margrit, die badkamer die jij tussen de slaapkamers wilt, je weet dat we daar geen geld voor hebben. Maar een paar muren verplaatsen zodat we een extra slaapkamer krijgen, kost niet zoveel. Ik heb dat binnen drie weken voor elkaar.'

'Meen je dat?'

'Yep. Na het weekend begin ik ermee.'

Dat besluit was uiteraard allang genomen voordat hij moeder op de hoogte stelde van dit plan. En wat Carl en ik ervan vonden deed niet ter zake. Ik balde mijn vuist en vloekte een paar keer. Ik haatte hem, ik haatte hem. Ik vertrouwde erop dat Carl zijn mond hield, maar dat zou niet genoeg zijn. De politiechef, de school, vader, moeder. Het zou uit de hand lopen, veel mensen zouden iets weten, iets zeggen en al snel zou het duidelijk worden. En binnen niet al te lange tijd zou de vloedgolf van schaamte over ons spoelen en ons allemaal meenemen. Het was niet te verdragen. Niemand van ons zou het kunnen verdragen.

13

Fritz-nacht.

Carl en ik hadden dat woord nooit gebruikt, maar dat was de naam die ik er in mijn hoofd aan gaf.

De herfstdag begon met prikkelende vrieskou. Ik was twintig jaar en er waren meer dan twee jaar verstreken sinds de Cadillac met vader en moeder in Huken was gestort.

'Gaat het beter?' vroeg Sigmund Olsen en hij zwaaide de vishengel boven zijn hoofd. De lijn zwiepte naar voren en maakte een snaterend geluid dat in sterkte afnam, als een vogel die ik nog niet eerder had gehoord.

Ik gaf geen antwoord, volgde de blinker met mijn ogen die schitterde in de zon voordat hij onder het wateroppervlak verdween. We zaten er in de boot zo ver vandaan dat ik de plons niet hoorde. Ik had zin om te vragen waarom we zo ver weg zaten, we konden de boot toch ook dichterbij varen. Misschien had het iets te maken met dat de blinker eruitzag als een levende vis als je de lijn binnenhaalde. Ik heb geen verstand van vissen. En ik wil dat ook niet hebben dus ik hield mijn mond.

'Zelfs al zal het niet altijd zo lijken, toch is het waar wat ze zeggen dat de tijd alle wonden heelt,' zei de politiechef en hij veegde zijn haardos van zijn zonnebril. 'Bij veel mensen, in elk geval,' voegde hij eraan toe.

Ik had er geen antwoord op.

'Hoe gaat het met Bernard?' vroeg hij.

'Goed,' zei ik, ik wist toen nog niet dat hij nog maar een paar maanden te leven had.

'Ik heb het gerucht gehoord dat jij en je broer de meeste tijd op Opgard hebben gewoond en niet vaak bij Bernard, zoals de kinderbescherming wilde.'

Ook daar had ik geen antwoord op.

'Maar nu zijn jullie toch zo oud dat het niet belangrijk meer is, dus ik zal er geen werk van maken,' zei hij. 'Carl is bijna klaar met de middelbare school, toch?'

'Ja,' zei ik.

'En gaat dat goed?'

'Ja.' Wat kon ik anders zeggen? Het was geen leugen. Carl zei dat hij nog steeds veel aan moeder dacht en hij kon hele dagen en nachten in de wintertuin zitten waar hij zijn huiswerk maakte en steeds opnieuw de twee Amerikaanse romans herlas die vader mee naar Noorwegen had genomen. *An American Tragedy* en *The Great Gatsby*. Ik zag hem nooit andere literatuur lezen, maar hij was dol op deze boeken. Vooral op An *American Tragedy* en soms ging ik 's avonds bij hem zitten en dan las hij me voor en vertaalde de moeilijke woorden voor me.

Een tijdlang had hij beweerd dat hij vader en moeder hoorde roepen uit het ravijn, maar ik zei dat het gewoon de raaf was. Maar ik werd ongerust toen hij zei dat hij een nachtmerrie had gehad dat we allebei in de gevangenis belandden. Gelukkig verminderde dat allemaal langzaam. Hij was nog steeds bleek en dun, maar hij at en sliep en schoot de lucht in en was al snel een kop groter dan ik.

Dus alles viel verbazingwekkend genoeg op zijn plaats. Alles kwam tot rust. Ik kon het bijna niet geloven, maar de ondergang van de wereld was langsgekomen en we hadden het overleefd. De meesten van ons in elk geval. Waren de gesneuvelden *collateral damage*, zoals vader die noemde, ongewilde slachtoffers, maar moet je daar nu eenmaal rekening mee houden als je de oorlog wil winnen? Ik weet het niet. Ik weet niet eens of de oorlog gewonnen was, maar er was wel een wapenstilstand. En als de wapenstilstand lang genoeg duurt kan die gezien worden als vrede. Zo was het, de dag voor de Fritz-nacht.

'Ik nam Kurt hier vaak mee naartoe,' zei Olsen. 'Maar ik geloof dat hij geen interesse heeft in vissen.'

'Jemig,' zei ik alsof het een niet voor te stellen gedachte was voor me.

'Inderdaad, eerlijk gezegd geloof ik dat hij in niets wat ik doe geïnteresseerd is. Hoe zit het met jou, Roy? Word jij automonteur?'

Ik wist niet waarom hij me in zijn jol had meegenomen op het Budalsvann, misschien dacht hij dat ik zou ontspannen. Iets zou zeggen wat ik niet had gezegd tijdens het verhoor. Of misschien was het gewoon werkelijk zo dat hij als politiechef een zekere verantwoordelijkheid voelde, dat hij slechts wilde praten en horen hoe het ging.

'Ja, waarom niet?' zei ik.

'Ja, je hebt altijd graag gesleuteld,' zei hij. 'Kurt is op het moment alleen maar geïnteresseerd in meisjes. Er is altijd wel een nieuw meisje met wie hij wil afspreken. Hoe zit dat met Carl en jou? Al meisjes in het vizier?'

Ik tuurde naar de blinker in het donker onder water terwijl ik de vraag in de lucht liet hangen.

'Jij hebt zeker nog geen meisje of wel?'

Ik haalde mijn schouders op. Er is een verschil tussen een twintigjarige vragen of hij een meisje heeft of vragen of hij ooit een meisje heeft gehad. En dat wist Sigmund Olsen natuurlijk. Maar hoe oud was hij geweest toen hij deze haardos liet groeien? Kennelijk had hem die wel wat opgeleverd.

'Ik ben kennelijk nog niet iemand tegengekomen die de moeite waard is,' zei ik. 'En om nu een meisje te hebben omdat het zo hoort, daar heb ik geen zin in.'

'Uiteraard,' zei Olsen. 'En sommigen willen helemaal geen meisje. Iedereen moet doen wat het beste bij hem past.'

'Ja,' zei ik. Hij moest eens weten. Maar niemand wist het, alleen Carl.

'Zolang dat niet ten koste gaat van anderen,' zei Olsen.

'Ja,' zei ik. Ik vroeg me af waar we het eigenlijk over hadden. En hoelang deze vistocht ging duren. Ik had in de werkplaats een auto die morgen gerepareerd moest zijn. En we waren naar mijn smaak een beetje te ver van de oever. Het Budalsvann was groot en diep, vader noemde het meer voor de grap *the great unknown* omdat het bijna op een zee leek. Op school hadden we geleerd dat de wind en de toe- en afvoer van water door drie grote rivieren voor horizontale stromingen in het water zorgde, maar echt gevaarlijk waren de temperatuurverschillen in de waterlagen die – vooral in de lente – voor sterke verticale stromingen zorgde. Of die sterk genoeg waren om je de diepte in te zuigen als je in maart besloot te gaan zwemmen, weet ik niet, maar we zaten met grote ogen te luisteren in de klas en zagen het voor ons. Misschien was dat de reden dat ik het niet fijn vond om in of op het water van het Budalsvann te zijn. Toen Carl en ik de duikuitrusting testten was dat in een van de bergmeertjes waar we naar de oever konden zwemmen als de boot omsloeg.

'Herinner je je dat we kort na de dood van je ouders met elkaar hebben gesproken over dat veel mensen die lijden aan depressies dat verbergen?' Olsen haalde het druipende vissnoer in.

'Ja,' zei ik.

'Dat weet je nog? Goed geheugen. Nou, ik ben zelf ook depressief geweest.'

'Is dat zo?' zei ik met verbazing in mijn stem omdat ik vermoedde dat hij dat wilde horen.

'Jazeker, ik heb er zelfs medicijnen voor gehad.' Hij keek me aan en lachte. 'Als zelfs de premier dat toegeeft dan moet ik dat ook doen. Bovendien is het nu al lang geleden.'

'Jezus.'

'Maar ik heb nooit de gedachte gehad om me van het leven te beroven,' zei hij. 'Weet je wat me ervan weerhoudt dat te doen? Mijn vrouw en twee kinderen achterlaten?'

Ik slikte. Iets zei me dat de wapenstilstand in gevaar was.

'Schaamte,' zei hij. 'Of wat denk jij, Roy?'

'Ik weet het niet.'

'Weet je dat niet?'

'Nee.' Ik snoof. 'Waar vis je eigenlijk op?' Ik hield zijn blik een paar seconden vast voor ik naar het meer knikte. 'Kabeljauw en platvis, koolvis en zalm?'

Hij deed iets met de molen, zette die vast, geloof ik, en klemde de hengel tussen de bodem en dat ding waarop je zit. Hij zette zijn zonnebril af. Trok zijn spijkerbroek op waaraan een leren foedraal hing met een mobiele telefoon die hij met regelmatige tussenpozen checkte. En keek me doordringend aan.

'Jouw ouders waren conservatieve mensen,' zei hij. 'Streng christelijk.'

'Dat weet ik niet precies,' zei ik.

'Ze waren lid van de methodistenkerk.'

'Dat zal mijn vader wel uit Amerika hebben meegenomen.'

'Jouw ouders waren niet bepaald voorstanders van homofilie.'

'Mijn moeder was daar niet zo stellig in, maar mijn vader was overal tegen. Tenzij het om Amerikanen ging en je voor de Republikeinen stemde.' Ik maakte geen grapje, ik herhaalde woordelijk wat vader altijd zei. Maar ik voegde er niet aan toe dat hij later de Japanse soldaten ook op zijn korte lijstje had gezet omdat ze – zoals hij zei – waardige tegenstanders waren. Hij had het gezegd alsof hij zelf in de oorlog had gevochten. Wat vader vooral bewonderde was de harakiri, hij geloofde klaarblijkelijk dat alle Japanse soldaten daartoe bereid waren als de situatie ernaar was. 'Kijk eens wat een klein volk gedaan kan krijgen als men heeft begrepen dat er geen ruimte is voor mislukking,' zei vader een keer terwijl ik toekeek hoe hij zijn jachtmes poetste. 'Wanneer het volk begrepen heeft dat degene die mislukt is zichzelf uit de samenleving moet wegsnijden als een kankergezwel.' Dat had ik aan Olsen kunnen vertellen, maar waarom zou ik?

Olsen schraapte zijn keel. 'Wat vind je zelf van homofilie?'

'Wat ik daarvan vind? Nou, wat moet je daarvan vinden? Wat vind je van mensen met bruin haar?'

Olsen pakte de hengel weer en zwaaide ermee op en neer. Het viel me op dat je deze zwaaibeweging met je hand maakt als je wilt dat iemand doorgaat met praten, het onderwerp verder uitdiept, zoals ze dan zeggen. Maar ik hield mijn mond.

'Laat ik recht op de man af vragen, Roy. Ben jij homoseksueel?'

Ik weet niet waarom het nu veranderde van homofiel naar homoseksueel, misschien omdat hij meende dat de laatste term officiëler klonk, minder aanstootgevend. Ik zag de blinker metalig glimmen in het water, een beetje mat en langgerekt alsof het licht langzamer gaat in het water. 'Heb je interesse in me, Olsen?'

Dat had hij niet zien aankomen. Hij stopte met het op en neer halen van de hengel terwijl hij me met een verschrikte blik aanstaarde. 'Hè? Nee, verdomme, ik...'

Op hetzelfde ogenblik verbrak de blinker het wateroppervlak. Als een vliegvis zweefde die over de rand van de boot, maakte een rondje langs ons hoofd voor die terugkeerde naar de hengel en zacht landde op het achterhoofd van Olsen. Maar de haardos was kennelijk dikker dan ik dacht, hij voelde het niet eens.

'Als ik homo ben,' zei ik, 'dan ben ik nog niet uit de kast gekomen, anders zouden jij en iedereen in het dorp die roddel binnen een kwartier horen. Dat betekent dat ik de voorkeur geef aan de kast. Het alternatief is dat ik geen homo ben.'

Olsen keek me eerst verbluft aan. Toen leek hij even op deze logica te kauwen.

'Ik ben een politieman, Roy. Ik kende je vader en ik heb nooit geloofd in zelfmoord. En zeker niet dat hij je moeder zou meenemen.'

'Dat komt omdat het geen zelfmoord is,' zei ik zacht, maar de woorden

schreeuwden in me. 'Hij heeft de bocht gemist, zoals ik al zei.'
'Misschien.' Olsen wreef over zijn kin.
Hij wist iets, die verrekte oliebol.
'Twee dagen geleden heb ik met Anna Olaussen gesproken,' zei hij. 'Je weet wel, ze was verpleegkundige bij de huisartsenpost. Ze zit nu in een verpleeghuis en heeft alzheimer. Aangezien ze familie is van mijn vrouw zijn we bij haar op bezoek gegaan. Toen mijn vrouw een vaas ging zoeken voor de bloemen, zei Anna dat ze altijd van één ding spijt had gehad. Dat ze haar beroepsgeheim niet had verbroken en toen begon ze over jouw broer Carl. Hij was naar de dokterspost gekomen en ze had gezien dat hij blauwe plekken had in zijn anus. En wondjes. Je broer wilde haar niet vertellen hoe dat was gekomen, maar er zijn niet zoveel mogelijkheden. Aan de andere kant vond Anna dat hij zo'n rustige indruk maakte toen ze hem vroeg of hij seksueel verkeer had gehad met een man dat ze dacht dat het niet om een verkrachting ging. Dat het misschien vrijwillig was. Carl was immers zo...' Olsen staarde over het meer. De blinker bengelde aan zijn achterhoofd. '...meisjesachtig mooi.'
Hij draaide zich weer naar me om.
'Hoewel Anna het niet aan mij had gemeld, had ze het wel aan jouw vader en moeder verteld, zei ze. En twee dagen later reed jouw vader Huken in.'
Ik draaide me weg van zijn doordringende blik. Zag een meeuw laag over het meer zeilen op zoek naar vis.
'Anna is zoals gezegd dement en alles wat ze zegt moet je met een korrel zout nemen. Maar ik koppelde het aan een melding van een paar jaar eerder. Een onderwijzeres had twee keer gezien dat Carl bloedvlekken had op de achterkant van zijn broek.'
'Een spijker,' zei ik zacht.
'Wat zei je?'
'Een spijker!'
Mijn stem vloog over het merkwaardig stille wateroppervlak naar het land, trof de bergwand en werd twee keer teruggekaatst. ...ijker...ijker. Alles komt terug, dacht ik.
'Ik had gehoopt dat jij me kon helpen licht te werpen op de dood van jouw vader en moeder, Roy.'
'Het was een ongeluk,' zei ik. 'Kunnen we nu teruggaan?'

'Roy, je moet begrijpen dat ik dit niet langer kan laten rusten. Alles zal aan het licht komen dus het is beter voor je als je me alles vertelt over wat er is voorgevallen tussen Carl en jou. Je hoeft niet te denken dat het tegen je gebruikt kan worden, deze vistocht is geen officieel verhoor. Het is alleen jij en ik op deze vistocht, oké? Ik wil graag rekening houden met iedereen die hierbij betrokken is en als je meewerkt zal ik ervoor zorgen dat je strafvermindering krijgt. Zoals de zaak er nu voor staat gebeurde dit ook toen Carl nog minderjarig was en jij bent een jaar ouder dus jij loopt het risico om...'

'Luister,' onderbrak ik hem en mijn keel werd zo dichtgesnoerd dat het leek of het geluid via een kachelpijp kwam. 'Ik moet een auto repareren en jij lijkt vandaag geen vis te vangen, politiechef.'

Olsen keek me lang aan alsof hij wilde dat ik zou geloven dat hij me kon lezen als een open boek. Toen knikte hij, hij wilde de hengel in de boot leggen en vloekte toen de haak vast kwam te zitten in zijn bruinverbrande nek of de dikke, blonde haardos. Hij trok de haak er met twee vingers uit en ik zag een eenzame bloeddruppel die bevend bleef staan, maar niet naar beneden liep. Olsen startte de buitenboordmotor en vijf minuten later trokken we de boot in het botenhuis dat bij zijn vakantiehuisje stond. Daarna reden we in Olsens Peugeot naar de garage in het dorp. Het waren vijftien verrekte doodstille minuten.

Ik had een halfuur aan de Corolla gewerkt en wilde de stuurkogels vervangen toen ik de telefoon in de wasstraat hoorde overgaan. En kort daarna klonk oom Bernards stem: 'Roy! Het is voor jou! Het is Carl.'

Ik liet wat ik in mijn handen had vallen. Carl belde me nooit in de werkplaats. Bij ons thuis belden we nooit tenzij er een crisis was.

'Wat is er?' riep ik boven het geluid van Bernards waterstraal uit dat steeg en daalde in toonhoogte afhankelijk van waar de straal de auto raakte.

'Het gaat over politiechef Olsen,' zei Carl. Zijn stem beefde.

Ik begreep dat het inderdaad een crisis was en zette me schrap. Had die klootzak zijn verdenkingen uitgesproken dat ik, de grote broer, Carls bruinwerker was?

'Hij is verdwenen,' zei Carl.

'Verdwenen?' Ik lachte. 'Onzin. Ik heb hem drie kwartier geleden nog gezien.'

‘Ik meen het. En ik geloof dat hij dood is.’

Ik kneep in de telefoon. ‘Wat bedoel je met ik gelóóf dat hij dood is?’

‘Dat ik het niet weet, hij is zoals ik zei verdwenen. Maar ik voel het, Roy. Ik ben er vrij zeker van dat hij dood is.’

Drie gedachten kwamen in recordtempo bij me op. De eerste was dat Carl gek was, dronken was hij niet, en hoewel hij gevoelig was, was hij niet van het overgevoelige type dat spoken zag. De tweede gedachte was dat het wel een komisch toeval was dat Sigmund Olsen van de aardbodem was verdwenen precies op het moment dat ik dat het hardst nodig had. En de derde gedachte was dat dit een herhaling was, dat dit weer Dog was. Ik had geen keus. Het verraad tegenover mijn kleine broer had ervoor gezorgd dat ik een schuld met me meedroeg waarvoor ik tot aan mijn dood moest betalen. Dit was gewoon een nieuwe aflossing die betaald moest worden.

14

'De zaken veranderden toen mijn vader verdween,' zei Kurt Olsen en hij zette een kop koffie voor me op tafel. 'Het stond niet in de kaarten dat ik bij de politie zou gaan.' Hij ging zitten, streek zijn blonde haarlok naar achteren en begon een shagje te rollen. We zaten in wat een cel moest zijn, maar duidelijk ook als opslag werd gebruikt. Ordners en stapels papieren stonden op de grond tegen de muur. Misschien dat eventuele arrestanten hier de tijd konden verdrijven met het inkijken van hun eigen strafblad en dat van anderen.

'Maar zaken zien er anders uit als je vader er niet meer is, of niet?'

Ik nam een slok van mijn koffie. Hij had me hier mee naartoe genomen om bloed te laten afnemen terwijl hij heel goed wist dat de test zou uitwijzen dat er geen alcohol in mijn bloed zat en nu bood hij een wapenstilstand aan. Prima.

'Je wordt in één nacht volwassen,' zei Kurt. 'Omdat je moet. En je begrijpt weinig van de verantwoordelijkheid die hij had en van hoe je zelf van alles deed om zijn leven zwaarder te maken. Je had schijt aan zijn adviezen, wees alles wat hij vond en zei af en probeerde vooral te voorkomen dat je net zo werd als hij. Misschien omdat iets in jou zegt dat je dat wel zal worden. Een kopie van je vader. We bewegen ons in cirkels. De enige plek waar we heen zullen gaan is terug naar waar we vandaan komen. Dat geldt voor iedereen. Ik weet dat je geïnteresseerd bent in vogels. Carl nam veren mee naar school die hij van jou had gekregen en we pestten hem daarmee.' Kurt lachte alsof dat een goede herinnering was. 'Neem nou die vogels van jou, Roy. Ze reizen en reizen. Trekken, wordt dat genoemd. Maar ze trekken nooit naar plaatsen waar zij of hun ouders niet eerder zijn geweest, het gaat om dezelfde habitats en broedplaatsen op dezelfde verdomde tijdstippen. Vrij als een vogel? *My ass.* Dat is alleen iets wat we ons inbeelden omdat we het fijn vinden om dat te denken. We bewegen ons in dezelfde verdomde cirkel, we zijn vogels in een kooi, het is alleen dat de kooi zo groot is en de tralies zo dun dat we ze niet zien.'

Hij keek naar me om te zien of zijn monoloog indruk had gemaakt. Ik overwoog langzaam te knikken, maar deed het niet.

'En zo is het met jou en mij ook, Roy. Grote en kleine cirkels. De grote cirkel is dat ik dit politiebureau heb overgenomen van mijn vader. De kleine is dat ik net als hij die ene onopgeloste zaak heb waarnaar hij elke keer weer terugkeerde. Zijn onopgeloste zaak was het feit dat jouw ouders Huken zijn in gereden. Voor mij is dat de verdwijning van mijn vader. Ze hebben een paar overeenkomsten, vind je niet? Twee vertwijfelde of depressieve mannen die zich van het leven beroven.'

Ik haalde mijn schouders op en probeerde er ongeïnteresseerd uit te zien. Verdomme, ging het hier om? De verdwijning van politiechef Sigmund Olsen?

'Alleen in het geval van mijn vader is er geen lijk en ook geen exacte plaats delict,' zei Kurt. 'Alleen het meer.'

'*The great unknown*,' zei ik, langzaam knikkend.

Kurt keek me fel aan. Totdat hij ook begon te knikken, in hetzelfde ritme als ik en een ogenblik leken we twee synchroon werkende jaknikkers.

'En omdat jij de een na laatste en je broer de laatste persoon was die hem levend heeft gezien, heb ik een paar vragen.'

'Dat hebben we allemaal,' zei ik en nam nog een slok van mijn koffie. 'Maar ik heb antwoord gegeven en alles tot in detail verteld over de vistocht die dag met je vader en daarvan heb je vast een verslag.' Ik knikte naar de papieren tegen de muren. 'Bovendien ben ik hier voor een bloedtest, toch?'

'Absoluut,' zei Kurt Olsen. Hij was klaar met het rollen van het shagje dat hij in het pakje terugstopte. 'Dus dit moet je niet zien als een officieel verhoor, er zullen geen aantekeningen worden gemaakt en er zijn geen getuigen die horen wat er gezegd wordt.'

Net als bij de vistocht, dacht ik.

'Wat ik me heel concreet afvraag is wat er gebeurde nadat mijn vader je om zes uur afzette bij de werkplaats.'

Ik haalde adem. 'Heel concreet? Ik heb de stuurkogels en een paar wiellagers van een Toyota Corolla vervangen, ik geloof dat het een 89-model was.'

Kurts blik verhardde zich, de wapenstilstand was blijkbaar in gevaar.

Ik trok me strategisch terug. 'Je vader reed direct door naar de boerderij waar hij Carl heeft gesproken. Nadat hij was vertrokken belde Carl me omdat de stroom was uitgevallen en hij begreep niet waarom. De elektriek is oud en vaak gaat het om een probleem met de aardlekschakelaar. Carl is niet zo handig dus ik ben naar de boerderij gereden om het te repareren. Het duurde een paar uur omdat het donker werd dus het was al laat toen ik weer terugkeerde in de werkplaats.'

'Ja, in het verslag van het verhoor staat dat je om elf uur 's avonds terug was.'

'Dat kan kloppen. Het is al lang geleden.'

'En een getuige meent de auto van mijn vader om negen uur 's avonds door het dorp te hebben zien rijden, maar het was al donker dus hij weet het niet zeker.'

'Oké.'

'De vraag is nu: wat heeft mijn vader tussen halfzeven, toen hij volgens Carl de boerderij verliet, en negen uur 's avonds gedaan?'

'Daar heb je het in een notendop,' zei ik.

Hij staarde me aan. 'Heb je ideeën?'

Ik gaf hem een verbaasde blik terug. 'Ik? Nee.'

Ik hoorde buiten een auto stoppen. Dat moest de dokter zijn. Kurt keek op de klok. Ik vermoedde dat hij de dokter had gevraagd geen haast te maken.

'Hoe is het trouwens met de auto afgelopen?' vroeg Kurt snel.

'De auto?'

'De Toyota Corolla.'

'Goed, volgens mij.'

'O? Ik heb de verhoren gecheckt en wie in het dorp een oude Toyota had. Het klopt dat het een 89-model was. Voordat hij de auto weer doorverkocht wilde Willumsen die laten repareren. Zodat de auto in elk geval kon rijden, vermoed ik.'

'Dat kan wel kloppen,' zei ik.

'Maar de auto kon dus niet rijden.'

'Hè?' ontglipte me.

'Ik heb gisteren met Willumsen gesproken. Hij herinnerde zich dat Bernard had beloofd dat jullie de auto aan het rijden zouden krijgen. Hij herinnert het zich zo goed omdat de klant kilometers had gereden om een proefritje te kunnen maken. Maar jullie hadden de reparaties niet klaar zoals beloofd was.'

'Is dat zo?' Ik staarde voor me uit met een blik die moest uitstralen dat ik trachtte door het zaagsel en de duisternis van het verleden door te dringen. 'Waarschijnlijk kostte het me veel tijd om de fout in de aardlekschakelaar te vinden en was ik daardoor erg laat.'

'Je bent in elk geval nog heel lang bezig geweest met de auto.'

'Is dat zo?'

'Ik heb eergisteren met Grete Smitt gepraat. Het is ongelooflijk wat mensen zich herinneren van alledaagse dingen als ze die kunnen koppelen aan een speciale gebeurtenis, bijvoorbeeld dat de politiechef vermist raakt. Ze herinnerde zich dat ze om vijf uur 's morgens wakker werd en uit het raam keek. Er brandde licht in de werkplaats en jouw auto stond daar geparkeerd.'

'Als je een klant iets belooft dan doe je alles om je daaraan te houden,' zei ik. 'Zelfs als je dat niet lukt. Dat is toch een mooi motto.'

Kurt Olsen keek me aan met een grimas alsof ik zojuist een erg foute grap had verteld.

'Ja ja,' zei ik snel. 'Hoe zit het overigens met je plan om mensen Huken in te sturen?'

'We zullen zien.'

'Nerell heeft het je afgeraden?'

'We zullen zien,' herhaalde Olsen.

De deur ging open. Het was de dokter, Stanley Spind, een kerel uit de Biblebelt die hier zijn huisartsenopleiding had gedaan en vervolgens had gesolliciteerd. Hij was in de dertig, vriendelijk en extravert, met kleding en een kapsel die wilden zeggen: ik-heb-gewoon-iets-aangetrokken-en-toevallig-matcht-het-met-elkaar en ik-heb-mijn-haren-niet-gekamd-het-valt-gewoon-zo. Zijn lichaam leek getraind, maar ook slap alsof hij ergens de spieren had gekocht. Een merkwaardige combinatie. De mensen zeiden dat hij een homo was en een minnaar had met een vrouw en kinderen in Kongsberg.

'Klaar voor de bloedafname?' vroeg hij en hij liet zijn r rollen als een Nederlander.

'Daar lijkt het op,' zei Kurt Olsen zonder zijn blik van mij af te wenden.

Ik liep met Stanley mee naar buiten nadat hij bloed bij me had afgenomen.

Kurt Olsen sprak niet meer over zijn zaak vanaf het moment dat de dokter was binnengekomen, dus ik nam aan dat het zogenaamde onderzoek voorlopig een privékwestie was. Kurt knikte slechts even toen we vertrokken.

'Ik was in Årtun,' zei Stanley toen we voor het politiebureau de heerlijke, prikkelende avondlucht opsnoven. Het bureau bevond zich in hetzelfde geesteloze pand uit de jaren tachtig als het gemeentehuis. 'Ik moet zeggen dat je broer de dorpelingen enthousiast heeft gemaakt. Misschien krijgen we dus een spa-hotel?'

'Het plan moet eerst door het gemeentebestuur,' zei ik.

'Nou, als ze daar ja zeggen dan doe ik in elk geval met plezier mee.'

Ik knikte.

'Moet ik je ergens naartoe brengen?' vroeg Stanley.

'Nee bedankt, ik bel Carl even.'

'Zeker weten? Het is niet zo'n grote omweg.' Het is mogelijk dat hij mijn blik een fractie van een seconde te lang vasthield en het is ook mogelijk dat ik gewoon een beetje paranoïde ben.

Ik schudde mijn hoofd.

'Tot ziens,' zei hij en hij trok het autoportier open. Zoals zoveel mensen uit de stad was hij sinds hij hierheen was verhuisd gestopt met het afsluiten van zijn auto. Ze hebben dat romantische beeld dat dat niet hoeft in een dorp. Daar vergissen ze zich in. We doen zowel onze huizen als onze schuren, boten en zeker onze auto's op slot. Ik zag zijn achterlichten verdwijnen terwijl ik mijn mobiel pakte en alvast Carl tegemoet begon te lopen. Maar toen de Cadillac twintig minuten later stopte langs de weg zat Shannon achter het stuur. Ze legde uit dat Carl een fles champagne had opengemaakt en aangezien hij daar het meeste van had gedronken en zij maar een slokje, had ze hem kunnen overtuigen dat zij beter kon rijden.

'Hebben jullie gevierd dat ik opgepakt was?' vroeg ik.

'Hij zei dat hij wist dat je dat ging zeggen en dat ik moest antwoorden dat hij vierde dat je vast en zeker vrij zou komen. Hij vindt altijd snel een reden om iets te vieren.'

'Dat is waar,' zei ik. 'Iets waar ik ook jaloers op ben.' Ik hoorde dat het 'ook' verkeerd kon worden geïnterpreteerd en wilde het uitleggen. Zeggen dat wanneer ik de nadruk legde op jaloers zijn dan betekende 'ook' dat het waar was én dat ik jaloers was op zijn talent voor *compartmentalize*, zoals ze dan zeggen. Dus niet 'ook' in de zin dat ik óók jaloers was op andere dingen van hem. Maar ik heb er nogal een handje van om de zaken gecompliceerder te maken.

'Je denkt,' zei Shannon.

'Niet zoveel,' zei ik.

Ze lachte. Het stuur leek enorm in haar kleine handen.

'Kun je alles goed zien?' vroeg ik, knikkend naar het donker voor ons dat door de lichtbundels werd weggeveegd.

'Het heet ptosis,' zei ze. 'Dat is Grieks voor vallen. In mijn geval is het aangeboren. Je kunt het oog trainen zodat er minder kans bestaat op de ontwikkeling van amblyopie of een zogenaamd lui oog. Ik ben niet lui. Ik zie alles.'

'Mooi,' zei ik.

Ze minderde vaart voor de eerste haarspeldbocht. 'Ik zie bijvoorbeeld dat je het moeilijk hebt met het gevoel dat ik Carl heb ingepalmd.' Ze gaf weer gas en het grind hagelde tegen de wielkast.

Ik overwoog even te doen alsof ik de laatste woorden niet had gehoord, maar als ik dat deed dan zou ze haar woorden zeker herhalen.

Ik draaide me naar haar om.

'Bedankt,' zei ze voor ik iets kon zeggen.

'Bedankt?'

'Bedankt dat je hem loslaat. Bedankt dat je zo'n dapper en goed mens bent. Ik weet hoeveel Carl en jij voor elkaar betekenen. Behalve dat ik op alle mogelijke manieren een vreemde ben die met Carl is getrouwd, ben ik ook over jouw fysieke grenzen heen gegaan. Ik heb letterlijk de plaats ingepikt waar jij sliep. Je zou me moeten haten.'

'Nou,' zei ik en ik haalde adem. Dit was al een lange dag geweest. 'Ik sta er niet bepaald om bekend dat ik een goed mens ben. En het probleem is vooral dat jij helaas weinig hebt dat ik kan haten.'

'Ik heb met een paar van je medewerkers gesproken.'

'Is dat zo?' vroeg ik oprecht verbaasd.

'Dit is een klein dorp,' zei Shannon. 'En ik praat gewoon meer met mensen dan jij. En je vergist je. Je staat erom bekend dat je een goed mens bent.'

Ik snoof. 'Je hebt niet gesproken met de jongens wier tanden ik uit de mond heb geslagen.'

'Misschien niet, maar zelfs dat deed je om je broer te beschermen.'

'Ik geloof niet dat je de lat te hoog moet leggen voor me,' zei ik. 'Dan word je teleurgesteld.'

'O, ik geloof dat ik ongeveer al weet hoe hoog de lat ligt,' zei ze. 'Het voordeel van een lui oog is dat mensen denken dat je niet alles meekrijgt.'

'Is dat zo? Dus je hebt alle kanten van Carl al ontmaskerd, bedoel je?'

Ze lachte. 'Liefde is blind, wil je zeggen?'

'Liefde máákt blind, zeggen we in het Noors.'

'Aha.' Ze grinnikte. 'Dat is veel beter dan mijn Engelse *love is blind*, dat verkeerd wordt gebruikt.'

'O?'

'Mensen gebruiken *love is blind* als ze willen zeggen dat ze alleen de goede eigenschappen zien van hun geliefde. Maar eigenlijk verwijst het naar het feit dat Cupido een blinddoek omheeft als hij zijn pijlen afschiet. De pijlen treffen dus toevallig iemand en je kiest niet zelf op wie je verliefd wordt.'

'Maar is dat wel zo? Is het toevallig?'

'Heb je het nog steeds over Carl en mij?'

'Bijvoorbeeld.'

'Tja, misschien is het niet toevallig. Maar verliefdheden zijn niet altijd vrijwillig. Ik ben er gewoon niet zo van overtuigd dat we zo praktisch zijn in zaken als verliefdheid en dood als jullie hier in de bergen denken.'

Op de laatste helling verlichtten de koplampen de gevel van het huis. Een gezicht, spookachtig wit door het licht en met zwarte gaten als ogen, staarde ons aan van achter het kamerraam.

Ze stopte, zette de auto in de P-stand, deed de koplampen en de motor uit.

De stilte komt zo plotseling, als je de enige geluidsbron hier op de berg uitschakelt. Ik bleef zitten en Shannon deed dat ook.

'Hoeveel weet je?' vroeg ik. 'Over ons? Over dit gezin?'

'Het meeste, denk ik. Toen we trouwden en ik mee zou gaan hiernaartoe, heb ik als voorwaarde gesteld dat hij me alles vertelde. Ook het nare. Vooral het nare. En wat hij niet heeft verteld heb ik langzaam gezien en begrepen.' Shannon wees naar haar hangende ooglid.

'En jij...' Ik slikte. '...hebt het gevoel dat je kunt leven met wat je weet?'

'Ik ben opgegroeid in een straat waar een broer het deed met zijn zus, waar een vader zijn dochter verkrachtte. Zonen herhaalden de zonden en werden vadermoordenaars. Maar het leven gaat verder.'

Ik knikte langzaam en zonder ironie terwijl ik mijn blikje met snus tevoorschijn haalde. 'Zo gaat dat, maar je moet veel tolereren.'

'Ja,' zei Shannon. 'Dat is zo. Maar we hebben allemaal wel wat en het is lang geleden. Mensen veranderen, dat is mijn vaste overtuiging.'

Ik bleef zitten en bedacht dat het ergste wat ik me altijd had voorgesteld was dat iemand van buiten het wist en waarom dat nu niet zo voelde. Het antwoord gaf ik zelf: Shannon Alleyne Opgard was niet iemand van buiten.

'Familie,' zei ik. Ik stopte de snus onder mijn lip. 'Die betekent veel voor jou of niet?'

'Alles,' zei ze zonder aarzelen.

'Maakt liefde voor de familie ook blind?'

'Wat bedoel je?'

'In de keuken, toen je over Barbados vertelde, begreep ik dat jij vindt dat de loyaliteit van mensen meer verbonden is aan familie en gevoelens dan aan hun principes. Meer dan aan politieke overtuigingen en de ideeën van mensen over wat goed en fout is. Heb ik dat goed begrepen?'

'Ja, familie is het enige principe. En goed en fout volgt daaruit, al het andere komt op de tweede plaats.'

'Is dat zo?'

Ze keek door de voorruit naar ons kleine huis. 'In Bridgetown hadden we een professor in de ethiek. Hij vertelde ons dat het symbool van de rechtsstaat, Vrouwe Justitia, de vrouw met de weegschaal en het zwaard en die net als Cupido een blinddoek omheeft, vaak zo wordt uitgelegd dat iedereen gelijk is voor de wet, dat rechtvaardigheid geen partij kiest, geen rekening houdt met familie en liefde, alleen met de wet.'

Ze draaide zich naar me om. Het sneeuwwitte gezicht lichtte op in de donkere auto. En ze ging verder: 'Maar door de blinddoek kan ze de weegschaal niet zien en ook niet waar het zwaard terechtkomt. Hij vertelde ons dat in de Griekse mythologie alleen degene die zijn innerlijke oog gebruikte, die het antwoord vond in zijn eigen ik, een blinddoek voor zijn ogen had. En dan ziet de wijze en blinde alleen waar of van wie hij houdt en dan is alles daarbuiten zonder betekenis.'

Ik knikte langzaam. 'En wij – jij, Carl en ik – zijn we familie?'
'We zijn geen bloedverwanten, maar we zijn familie.'
'Goed,' zei ik. 'Als familielid mag je deelnemen aan de krijgsraad in plaats van alleen maar te luisteren via de kachelpijp.'
'De kachelpijp?'
'Manier van spreken.'
Carl kwam over het grind op ons af gelopen.
'En waarom krijgsraad?' vroeg Shannon.
'Omdat het oorlog is,' zei ik.
Ik keek in haar ogen. Ze glinsterden allebei als die van een strijdlustige Athena. Mijn god, wat was ze mooi.
En ik vertelde haar over de Fritz-nacht.

15

Ik sprak door de telefoon en hoopte dat oom Bernard me niet kon horen boven het geluid van de waterstraal uit.

'Carl, wat bedoel je met dat je er vrij zeker van bent dat hij dood is?'

'Hij moet een heel eind zijn gevallen. En ik hoorde geen geluid meer. Maar ik kan het niet zeker weten, hij is verdwenen.'

'Verdwenen in...?'

'In Huken, natuurlijk. Hij is weg, zelfs als ik vooroverbuig, zie ik hem niet.'

'Carl, blijf waar je bent. Praat met niemand, kom nergens aan, doe niks. Oké?'

Ik hing op, liep de wasstraat uit en keek omhoog naar de weg naar Opgard. Eigenlijk kun je de weg die uitgehakt is in de berg niet zien, maar als daar iemand rijdt dan kun je het bovenste deel van de auto waarnemen. En als iemand aan de rand van het ravijn gaat staan en hij heeft felgekleurde kleding aan dan kun je die op een heldere dag zien. Maar nu stond de zon al te laag.

'Ik moet naar huis om iets te repareren,' zei ik luid.

Oom Bernard draaide aan het mondstuk en de waterstraal werd gesmoord.

'Wat dan?'

'Aardlekschakelaar,' zei ik.

'O? Heeft dat zo'n haast?'

'Carl heeft vanavond stroom nodig. Iets voor school wat hij af moet hebben. Ik kom later terug.'

'Oké, ik vertrek over een halfuur, maar je hebt de sleutels.'

Ik ging in de Volvo zitten en reed weg. Ik hield me aan de maximumsnelheid hoewel de kans om gepakt te worden erg klein was aangezien de enige politieman op de bodem van Huken lag.

Carl stond in de Geitesving te wachten toen ik aan kwam rijden. Ik parkeerde de auto voor het huis, zette de motor uit en trok de handrem aan.

'Nog iets gehoord?' vroeg ik en ik knikte naar het ravijn.

Carl schudde zijn hoofd. Hij sprak niet en hij had een verwilderde blik in zijn ogen. Zo had ik hem nog nooit gezien. Zijn haar stond alle kanten op alsof hij er met zijn handen in had gewoeld. Zijn pupillen waren groot alsof hij in shock was. Hij wás in shock, de arme jongen.

'Wat is er gebeurd?'

Carl ging in de bocht zitten net zoals de geiten dat deden. Hij boog zijn hoofd, verborg zijn gezicht in zijn handen en wierp een lange, trolachtige schaduw op de weg.

'Hij kwam naar de boerderij,' begon hij met horten en stoten. 'Hij zei dat jij en hij samen hadden gevist en toen begon hij een heleboel vragen te stellen en ik...' Daar hield hij al op.

'Sigmund Olsen kwam hierheen,' recapituleerde ik en ik ging naast hem zitten. 'En hij zal wel gezegd hebben dat ik hem dingen had verteld en hij vroeg je of je kon bevestigen dat ik me aan jou had vergrepen toen jij minderjarig was.'

'Ja!' riep Carl uit.

'Sst,' zei ik.

'Hij zei dat het het beste was als we beiden bekenden zodat het snel achter de rug was. Het alternatief was dat hij de bewijzen zou gebruiken die hij had en dat het een lange, pijnlijke en openbare rechtszaak zou worden. Ik zei dat je me nooit had aangeraakt, niet zo, niet...' Carl sprak en gebaarde naar de grond alsof ik er niet was. 'Maar hij zei dat het niet ongebruikelijk was dat het slachtoffer in dergelijke situaties de dader verdedigde, dat hij een deel van de schuld van het gebeurde op zich nam, vooral als het langere tijd heeft geduurd.'

Ik dacht dat politiechef Olsen daar verdomme gelijk in had.

Er kwam een verstikte snik uit Carl. 'En toen vertelde hij dat hij en Anna van de dokterspost twee dagen voor vader en moeder Huken in reden aan vader hadden verteld wat wij deden. Olsen zei dat vader wist dat dit ooit aan het licht zou komen en dat hij als conservatieve christen daar niet mee kon leven. Niet kon leven met die schaamte.'

En moeder meenam in de dood, dacht ik. In plaats van die twee sodomieten in de jongenskamer.

'Ik probeerde hem uit te leggen dat het zo niet gegaan is. Dat het een ongeluk was. Puur een ongeluk. Maar hij wilde niet luisteren, hij ging maar door. Hij zei dat het alcoholpromillage in vaders bloed nihil was, dat niemand in nuchtere toestand rechtdoor rijdt in zo'n simpele bocht. Toen werd ik wanhopig, ik begreep dat hij hier echt mee door zou gaan...'

'Yep,' zei ik en ik trok een scherpe steen onder mijn billen weg. 'Olsen moest en zou deze grote verrekte zaak oplossen.'

'En hoe zit het met ons, Roy? Komen we in de gevangenis?'

Ik grijnsde. Gevangenis? Ja, misschien wel, daar had ik nog niet eens over nagedacht. Maar ik wist wel dat als de hele waarheid aan het licht zou komen dan zou niet het zitten in de gevangenis, maar de schááмte iets zijn waar ik niet mee zou kunnen leven. Als de anderen, de mensen in het dorp, het te weten zouden komen dan zou het niet alleen gaan om de schaamte die ik zoveel jaren met me mee had gezeuld, ik zou die ook moeten verdragen. Dan zouden de zwijnerij en het verraad bij iedereen bekend worden, veroordeeld worden en belachelijk worden gemaakt. Wij van Opgard zouden vernederd worden. Misschien is het een persoonlijkheidsstoornis, zoals wordt gezegd, maar vader had de logica achter de harakiri begrepen en dat deed ik ook. Dat voor degene die blootgesteld wordt aan schaamte de dood de enige uitweg is. Aan de andere kant, je wilt niet dood als het niet moet.

'We hebben niet alle tijd van de wereld,' zei ik. 'Wat gebeurde er verder?'

'Ik werd wanhopig,' zei Carl en hij keek vanuit zijn ooghoeken naar me, dat deed hij altijd als hij iets moest bekennen. 'Dus ik zei dat ik wist dat het een ongeluk was, dat ik bewijzen had.'

'Wát zei je?'

'Ik moest iets verzinnen, Roy! Dus ik zei dat een van de banden lek was en dat ze daardoor naar beneden waren gestort. Niemand heeft immers ooit de auto gecheckt, ze hebben alleen de lichamen geborgen, toen kreeg die reddingswerker een steen op zijn schouder en durfde niemand meer naar beneden. Ik zei dat het niet zo vreemd was dat ze toen de lekke band niet hadden gezien, de auto lag immers op zijn kop. Maar een paar weken geleden had ik een kijker meegenomen, was over de rand geklauterd waar je je nog kunt vasthouden aan een paar stevige stenen en had voorovergeleund zodat ik de auto kon zien. Toen zag ik dat de band van het linkervoorwiel duidelijk in elkaar was gezakt. En dat de auto al een lekke band moest hebben gehad voordat die het ravijn in reed want het onderstel was onbeschadigd, de auto had een halve salto gemaakt en was op het dak geland. Punt.'

'En dat slikte Olsen?'

'Nee, hij wilde het zelf zien.'

Ik vermoedde hoe het verder was gegaan. 'Je haalde de kijker en...'

'En hij klom over de rand en...' Carl liet lucht uit zijn longen ontsnappen en ging verder met gesloten ogen. 'Ik hoorde dat er een paar stenen loskwamen, een schreeuw en toen was hij weg.'

Weg, dacht ik. Maar niet helemaal weg.

'Geloof je me niet?' vroeg hij.

Ik staarde in de afgrond. Een herinnering van toen ik twaalf was kwam op, de vijftigste verjaardag van oom Bernard in het Grand Hotel. 'Je beseft hoe dit eruit zal zien?' vroeg ik. 'De politiechef is hier om jou te ondervragen over een ernstig misdrijf en eindigt dood in Huken. Als hij dood is.'

Carl knikte langzaam. Natuurlijk besefte hij dat. Daarom had hij me ook gebeld in plaats van het reddingsteam of de dokter.

Ik stond op en klopte het stof van mijn broek. 'Haal het touw uit de schuur,' zei ik. 'Dat lange.'

Ik bond het ene eind van het touw vast aan de trekhaak van de auto en het andere eind om mijn middel. Toen begon ik in de richting van de Geitesving te lopen terwijl ik het touw achter me aan trok. Ik telde honderd passen tot het touw strak stond. Ik was tien meter van de rand van Huken.

'Nu!' riep ik. 'En denk eraan, langzaam!'

Carl stak een duim op uit het raam van mijn Volvo en begon achteruit te rijden.

De truc was om het touw strak te houden, had ik hem uitgelegd en nu was er geen weg meer terug. Ik hing aan het touw en liep snel op de rand af alsof ik ons graag zo snel mogelijk in Huken wilde hebben. Het ergst was de rand. Mijn lichaam stribbelde tegen, het was lang niet zo zelfverzekerd als mijn hersenen. Daardoor aarzelde ik. Het touw hing slap omdat Carl niet gezien had dat ik stilstond bij de rand. Ik riep dat hij moest stoppen en een beetje naar voren moest rijden, maar hij hoorde me niet. Toen draaide ik mijn rug naar Huken, deed een stap naar achteren en viel. Het was vast maar een meter, maar toen het touw strak stond rond mijn lijf, werd de lucht uit mijn longen geperst en ik vergat mijn benen te strekken waardoor ik met mijn knieën en hoofd de bergwand raakte. Ik vloekte, zette mijn voeten tegen de rots en liet me achterwaarts naar beneden zakken langs de verticale stenen wand. Ik keek op naar de lucht die lichtblauw en doorzichtig was, het begon te schemeren en ik zag al een paar sterren. Ik hoorde de auto niet meer, het was helemaal stil. Misschien was het door de stilte, de sterren en het feit dat ik aan het touw bungelde dat ik het gevoel kreeg een astronaut te zijn die gekoppeld aan een ruimteschip in het heelal zweeft. Ik dacht aan Major Tom in de song van Bowie. En een ogenblik hoopte ik dat het eindeloos zou duren, ja, zelfs, dat het zo zou eindigen, dat ik weg zou zweven.

Maar toen stopte de rotswand en kreeg ik vaste grond onder de voeten, en ik zag dat het touw op de grond voor me kronkelde als een brilslang. Slechts drie krullen, toen stopte het. Ik volgde het touw omhoog en zag een wolkje uitlaatgassen. Carl moest helemaal bij de rand zijn gestopt en het touw was maar net lang genoeg.

Ik draaide me om. Ik stond op een puinhelling van grote en kleine stenen die de tand des tijds los had gepeuterd van de rotswanden rondom me. Terwijl de rotswand vanaf de Geitesving loodrecht naar beneden ging, liepen de andere bergwanden wat schuin, waardoor het vierkante stuk avondhemel boven me groter was dan de ongeveer honderd vierkante meter grote stenen bodem van Huken. Er groeide niets op deze plek omdat er bijna nooit een zonnestraal op viel en je rook ook niets. Er was alleen maar steen. Heelal en steen.

Het ruimteschip, de zwarte Cadillac DeVille van vader, lag zoals ik het me had voorgesteld uit de beschrijvingen van het reddingsteam.

De auto lag op zijn dak met de wielen in de lucht. Het achterste deel was in elkaar gedrukt, maar het voorste deel was zo onbeschadigd dat je je kon voorstellen dat de mensen die voorin hadden gezeten het ongeluk hadden kunnen overleven. Ze hadden vader en moeder buiten de auto gevonden, ze waren door de voorruit gevlogen op het moment dat de auto op de grond kwam. Dat ze hun autogordels niet om hadden gehad, bekrachtigde de theorie over de zelfmoord, hoewel ik had uitgelegd dat vader principieel tegen autogordels was. Niet dat hij het belang niet zag, maar omdat het verplicht was gesteld door wat hij de verzorgingsstaat noemde. En de enige reden dat politiechef Olsen vader gezien meende te hebben met een autogordel was dat vader die snel omdeed als hij politie rook, hij haatte boetes nog meer dan de verzorgingsstaat.

Op de buik van politiechef Olsen stond een raaf waakzaam naar me te kijken. Zijn klauwen hielden zich vast aan de grote gesp met de buffelschedel. Olsen was met zijn onderlichaam geland op de rand van de auto terwijl de rest eroverheen hing, maar waar ik stond kon ik dat deel niet zien. De kop van de raaf draaide met me mee toen ik rond de auto liep. Glasscherven kraakten onder mijn voeten en ik moest mijn handen gebruiken om over een paar grote stenen te komen. Het bovenlichaam van Olsen hing voor de nummerplaat en de kofferbak. De onnatuurlijke houding door een negentiggradenbreuk van zijn rug zorgde ervoor dat hij een vogelverschrikker leek, een figuur zonder ledematen met stro in de kleding gestopt en een flinke dot haar dat naar beneden hing, druipend van het bloed dat op de stenen daaronder viel met een zacht, gedempt geluid. Hij hing met zijn armen in de lucht – dat wil zeggen naar de grond – alsof hij wilde aangeven dat hij capituleerde. Zoals vader zei: 'Wie dood is, heeft verloren.' En Olsen was zo dood als een pier. En hij rook niet al te fris.

Ik deed een stap dichterbij en de raaf krijste tegen me zonder weg te gaan. Hij zag me kennelijk aan voor een kleine jager, een sluwe vogel die leeft van het stelen van voedsel van andere vogels. Ik pakte een steen en gooide die naar de raaf en hij vloog op en verliet de plaats delict met twee kreten. Een hatelijke naar mij en een gekwetste voor zichzelf.

De duisternis viel al tussen de bergwanden, ik moest snel aan de slag.

Ik moest bedenken hoe we Olsens lijk met behulp van slechts één touw, met het minieme risico dat het lichaam ergens aan vast bleef haken of uit het touw gleed, langs de bergwand omhoog konden slepen. Een lichaam is net een verrekte Houdini. Bind je het touw aan de broekriem of rond het lijf en trek je het omhoog als een dubbelgeklapte garnaal dan zal op een gegeven moment het zwaartepunt veranderen, het lijk zal omklappen en uit het touw of zijn broek schieten. Ik was tot de conclusie gekomen dat de simpelste manier was om een lus te maken en die om zijn nek te doen. Het zwaartepunt was dan zo laag dat hij niet kon omkiepen, en omdat zijn hoofd en schouders eerst gingen was er minder kans dat hij ergens aan bleef haken. Je kunt je natuurlijk afvragen hoe ik wist hoe je een dergelijke knoop moest maken die over het algemeen alleen bekend was bij mensen die zich wilden verhangen.

Ik werkte systematisch en zonder over iets anders na te denken dan alleen het praktische. Daar ben ik goed in. Ik wist dat dit beelden waren die weer zouden opduiken – Olsen als een grotesk gapend boegbeeld, gemonteerd op de achterkant van een ruimteschip – maar dat zou een andere keer en op een andere plaats gebeuren.

Het was al donker geworden toen ik tegen Carl riep dat het pakket klaar was. Ik moest drie keer roepen, hij had de Whitney Houston-cd in de speler van de Volvo gestopt en nu kweelde ze 'I Will Always Love You' over de berg. Hij startte de auto en ik hoorde hem klungelen met de koppeling want het moest heel langzaam gaan. Het touw kwam strak te staan en ik hield het lijk vast, begeleidde het naar de bergwand en liet het los. Ik stond eronder en zag het naar de hemel stijgen als een engel met een uitgerekte nek. Langzaam werd het opgeslokt door het donker en ik hoorde alleen het geluid van het lichaam dat langs de rotsen schraapte. Toen een kort gesuis in het donker en een klap van iets hards dat een paar meter van me vandaan op de grond viel. Verdomme, het lijk moest stenen hebben losgetrokken en er konden er meer komen. Ik zocht dekking op de enige plek waar dekking te vinden was. Ik kroop door de voorruit in de Cadillac. Ik keek naar de meters en probeerde ze op de kop te lezen. Dacht na over de volgende stappen. Hoe we het volgende deel van het plan moesten uitvoeren. De praktische details, alles moest op de juiste manier worden gedaan, alternatieve oplossingen als iets plan A in de weg zat. Het moest deze eenvoudige manier van denken zijn die me rustig maakte. Het was natuurlijk ziek, ik was bezig te verhullen dat een man was doodgegaan, maar ik werd er rustig van. Of, het was misschien niet dit praktische denken dat me kalmeerde, maar de geur. De geur van de leren stoelen waarin vaders zweet zat en moeders parfum en sigarettenrook en Carls braaksel van die keer dat we met de nieuwe Cadillac naar de stad reden en hij wagenziek werd en over de stoelen spuugde nog voordat we alle haarspeldbochten naar het dorp door waren. Moeder had haar sigaret uitgedrukt, het raampje naar beneden gedraaid en een zakje snus uit vaders zilverkleurige blik gepakt. Maar Carl bleef kotsen en dat kwam zo snel en onaangekondigd dat hij het geen enkele keer in de kotszak deed. De auto stonk zelfs met alle ramen open naar een verdomde gaskamer. Carl was op de achterbank gaan liggen met zijn hoofd op mijn schoot en alles werd weer rustig. Nadat moeder het braaksel had opgeruimd, had ze ons de zak met koekjes gegeven en gelachen. En vader had 'Love Me Tender' gezongen, half zo langzaam en met dubbele vibrato. En later herinnerde ik me dit als de fijnste autorit die we ooit hadden gemaakt.

De rest ging snel.

Carl gooide het touw naar beneden, ik bond het rond mijn middel, riep dat ik klaar was en ik nam met mijn gezicht naar de rotswand dezelfde weg als ik gekomen was, als een film die terug werd gedraaid. Ik zag niet waar ik op stond, toch kwamen er geen stenen los. Als ik zojuist niet bijna wat op mijn hoofd had gekregen dan zou ik gezegd hebben dat de bergwand stevig was.

Olsen lag in de Geitesving, in het licht van de koplampen van de Volvo. Er was eigenlijk niet veel uitwendige schade te zien. De haardos was doordrenkt van het bloed, de ene hand leek gebroken en hij had blauwzwarte plekken in zijn hals van het touw. Ik wist niet of het touw had afgegeven of dat verse lijken blauwe plekken konden krijgen. Maar het was duidelijk, inwendig was er een gebroken rug en vast nog meer schade waaruit de patholoog kon vaststellen dat de doodsoorzaak niet verhanging of verdrinking was.

Ik stak mijn hand in de ene broekzak van Olsen en viste er de autosleutels uit en uit de andere de sleutelbos die hij had gebruikt toen hij het botenhuis op slot draaide.

'Haal het jachtmes van vader,' zei ik.

'Hè?'

'Het hangt in het klompenhok naast het geweer. Schiet op.'

Carl ging in looppas naar het huis terwijl ik de sneeuwschep pakte die iedere boer in de bergen het hele jaar in zijn kofferbak heeft en begon de grond waarover Olsen was gesleept van de weg te schrapen en gooide die in Huken, waar die geruisloos verdween.

'Hier,' zei Carl buiten adem.

Hij gaf me het mes met de gekartelde randen, het mes dat ik had gebruikt om Dog te doden.

En Carl stond achter me, net als toen, en keek weg terwijl ik het mes gebruikte. Ik greep de haarbos van Olsen, dezelfde greep als bij Dog, zette de punt van het mes in zijn voorhoofd, duwde het door de huid tot ik op bot stootte en sneed een cirkel naar achteren, boven de oren en tussen de hobbelige botpunten in de nek zodat het mes de hele schedel volgde. Vader had me geleerd hoe ik een vos moest villen, maar dit was anders. Dit was scalperen.

'Ga opzij, Carl. Je staat in het licht.'

Ik hoorde dat Carl zich omdraaide, happend naar adem, en dat hij naar de andere kant van de auto liep.

Terwijl ik bezig was de hoofdhuid van de schedel los te krijgen, hoorde ik dat Whitney Houston weer begon te zingen dat ze niet, verdomme écht niet kon stoppen met van jou te houden.

We legden vuilniszakken op de bodem van de kofferbak van mijn Volvo, trokken de slangenleren laarzen van Sigmund Olsen uit en tilden met moeite het mishandelde lijk in de kofferruimte. Ik ging achter het stuur van Olsens Peugeot zitten, keek in de spiegel en trok de scalp recht. Zelfs met de blonde lokken op mijn hoofd leek ik niet op Sigmund Olsen, maar toen ik zijn zonnebril opzette was het beeld goed genoeg dat mensen die me vanuit het donker zagen niet zouden zien dat níet de politiechef achter het stuur van zijn eigen auto zat.

Ik reed langzaam, maar ook weer niet te langzaam, door het dorp. Ik hoefde niet te toeteren of op een andere manier de aandacht te trekken. Er liepen een paar mensen buiten en ik zag hun hoofden automatisch in de richting van de auto gaan; ik wist dat hun hersenen de auto van de politiechef registreerden en dat ze zich half bewust afvroegen waar hij naartoe op weg kon zijn, dat hij in elk geval koers zette in de richting van het meer, misschien besloten de half slapende dorpshersenen dat hij naar zijn vakantiehuisje ging, als ze al wisten waar dat stond.

Toen ik bij het huisje was, reed ik naar het botenhuis, zette de motor uit, maar liet de sleutel in het contact zitten. Deed de koplampen uit. Niet dat er hier iemand in de buurt woonde, maar je kon nooit weten. Als iemand Sigmund Olsen voorbij had zien rijden en licht zag, dan zou die op het idee kunnen komen om even een praatje te gaan maken. Ik veegde het stuur, de versnellingspook, de deurgreep af. Keek op mijn horloge. Carl had de opdracht gekregen mijn Volvo naar de werkplaats te rijden, die goed zichtbaar voor het pand te parkeren, met mijn sleutels de werkplaats te openen en het licht aan te doen zodat het eruitzag dat ik aan het werk was. Het lijk van Olsen moest hij in de kofferbak laten liggen. Dan moest hij zo'n twintig minuten wachten, eerst checken of er niemand langs de weg liep voordat hij wegreed van de werkplaats om mij op te halen.

Ik draaide het botenhuis van het slot en trok de boot eruit. Met behoorlijk wat lawaai gleed de kiel over de dwarse leggers, maar toen nam het meer met een opgeluchte zucht de boot in ontvangst. Ik veegde de slangenleren laarzen schoon met een poetsdoek, stopte Sigmund Olsens sleutelbos in de rechterlaars, zette beide laarzen in de boot en duwde die verder het meer op. Ik bleef staan en zag hoe de boot weggleed naar *the great unknown*. Ik was bijna een beetje trots op mezelf. Dat met die laarzen was best een geniale zet. Ik bedoel, wanneer ze een lege boot vinden met de huissleutels in een van de laarzen die de booteigenaar droeg toen hij van huis ging dan was de boodschap duidelijk. Wat kon hij anders hebben gedaan dan overboord stappen? En zijn de laarzen op zich geen zelfmoordbrief, een bericht dat je gestopt bent met je tocht over de aarde? De groeten van een depressieve politiechef. Het was verdomme bijna mooi als het niet zo schreeuwend idioot was geweest. Een val van honderd meter in een ravijn maken vlak voor de neus van iemand die je onder de loep nam. Dat is verdomme toch niet te geloven. En ik wist ook niet of ik dat geloofde. En terwijl ik daar zo stond en dit overdacht, ging de idiotie verder: de boot kwam weer naar de oever gedreven. Ik gaf een flinke duw, maar hetzelfde herhaalde zich. Een minuut later schuurde de kiel over de stenen langs de waterkant. Ik was perplex. Ik herinnerde me wat onze onderwijzer had verteld over de horizontale stromingen van het Budalsvann, de windrichting en de stroming van de rivieren, dus de boot zou van me af moeten drijven. Misschien zaten we in een impasse en was er sprake van een roterende beweging waarbij alles in een eeuwigdurende herhaling plaatsvond. Natuurlijk. De boot moest verder het meer op zodat die voorbij de onderstromen van de rivieren kwam waardoor het oppervlak waar Olsen overboord was gestapt zo groot werd dat het niet vreemd was dat ze het lijk niet konden vinden. Ik stapte aan boord, kreeg de motor aan de praat, tufte een eind het meer op, deed de motor uit terwijl de boot nog een stukje doorgleed. Ik veegde de stuurknuppel schoon, maar alleen die. Als ze besloten de boot op vingerafdrukken te onderzoeken dan zou het verdacht zijn als ze geen vingerafdrukken van mij vonden, ik was immers eerder vandaag in de boot geweest. Ik keek naar de oever. Tweehonderd meter, dat moest lukken. Ik overwoog om uit de boot te klimmen en me in het water te laten zakken, maar dan zou de boot stoppen dus ik ging op de doft staan en sprong. De schok van het koude water voelde vreemd genoeg als een bevrijding, alsof mijn oververhitte hersenen in een paar seconden werden afgekoeld. Toen begon ik te zwemmen. Het was zwaarder dan ik had gedacht om met kleren aan te zwemmen, ze hinderden mijn bewegingen en ik dacht aan de verticale stromingen van de onderwijzer, ik meende te voelen dat ze aan me trokken, ik moest mezelf inprenten dat het herfst was en geen lente en dat ik mijn armen moest gebruiken in lange beheerste slagen. Ik had ook geen richtpunt op het land, misschien had ik toch de lichten aan moeten laten. Ik dacht aan wat ik geleerd had: dat benen sterker zijn dan armen en ik sloot mijn benen krachtig.

Toen – plotseling en zonder waarschuwing – was ik gevangen.

Ik ging kopje-onder en kreeg water binnen, ik kwam weer boven en schopte wild om weer los te komen van wat me had gegrepen. Het was niet de stroming, het was… iets anders. Iets wat me niet wilde loslaten, ik kon de tanden of in elk geval de kaken rond mijn pols voelen. Ik ging weer kopje-onder, maar deze keer hield ik wel mijn mond dicht. Ik duwde mijn vingertoppen tegen elkaar, maakte mijn hand klein en rukte die naar me toe. Ik was vrij. Ik kwam weer boven en hapte naar adem. En toen, een meter voor me in het donker, zag ik iets lichts liggen op het water. Kurk. Ik was in een verdomd visnet gezwommen.

Ik kreeg mijn ademhaling weer onder controle en toen een auto met groot licht over de rijksweg reed zag ik de omtrekken van het botenhuis van Olsen. De rest van de zwemtocht verliep zonder problemen. Behalve dan dat ik, toen ik aan land klauterde, ontdekte dat het helemaal niet het botenhuis van Olsen was, maar misschien dat van de eigenaar van het visnet. Ik was niet heel ver afgedreven, maar dit bewees wel hoe makkelijk een mens uit koers kan raken. Met soppende schoenen liep ik door het struikgewas naar de rijksweg en vandaar terug naar Olsens huisje.

Ik zat achter een boom toen Carl en de Volvo eindelijk kwamen.

'Je bent nat!' riep Carl uit alsof dat het opmerkelijkste was dat hij vanavond had meegemaakt.

'Ik heb droge kleren in de werkplaats,' probeerde ik te zeggen, maar mijn tanden klapperden als een tweetact in een Oost-Duitse Wartburg 353. 'Rij.'

Vijftien minuten later was ik droog en droeg ik twee overalls over elkaar, maar ik bibberde nog steeds. We reden de Volvo achterwaarts de werkplaats in, deden de poort dicht, hesen het lijk uit de kofferbak, legde het op zijn rug op de vloer met armen en benen gespreid. Ik keek naar hem. Het leek of hij iets miste, iets wat hij tijdens het vissen wel had gehad. Misschien was het die haardos, misschien de laarzen. Of was het iets anders? Niet dat ik in een ziel geloof, maar er was iets, iets wat Olsen Olsen had gemaakt.

Ik reed de Volvo weer naar buiten en parkeerde die pontificaal voor de werkplaats. De taak die voor ons lag was opnieuw puur ambachtelijk waarvoor we geen geluk of artistieke inspiratie nodig hadden. Alleen maar het juiste gereedschap. En als er iets was wat we hier hadden dan was het gereedschap. Ik zal niet in detail treden over wat we waarvoor gebruikten, maar alleen vertellen dat we eerst de riem van Olsen afdeden voordat we alle kleren van zijn lichaam knipten en daarna alle lichaamsdelen. Dat wil zeggen, ik deed dat. Carl was weer wagenziek. Ik doorzocht alle zakken van Olsen en verzamelde alles van metaal – munten, gesp en de Zippo-aansteker. Die zou ik een keer in het meer smijten. Toen gooide ik de lichaamsdelen en de scalp in de schepbak van de tractor die oom Bernard gebruikte voor het sneeuwvrij maken van openbare en private wegen. Toen ik klaar was haalde ik zes ijzeren tonnen op met Fritz-wasstraatreiniger.

'Wat is dat?' vroeg Carl.

'Dit gebruiken we voor het schoonmaken van de wasstraat,' zei ik. 'Het verwijdert alles. Diesel, asfalt, het breekt zelfs kalk af. En dan verdunnen we het in de wasstraat nog met vijf liter water per deciliter. Dus als je het niet verdunt dan verwijdert het absoluut alles.'

'Hoe wéét je dat?'

'Oom Bernard zei dat. Of, om hem woordelijk te citeren: "Als je het op je vingers krijgt en je spoelt het niet af dan raak je je vinger kwijt."'

Ik zei het om de sfeer iets luchtiger te maken, maar Carl vertrok zijn gezicht niet eens. Alsof dit alles mijn schuld was. Ik dacht daar niet verder over na, als ik dat wel zou doen, wist ik, dan zou ik tot de conclusie komen dat het inderdaad mijn schuld was, dat was het altijd geweest.

‘Hoe dan ook,’ zei ik. ‘Ik neem aan dat er een reden is dat dit spul in ijzeren tonnen wordt geleverd en niet in plastic.’

We knoopten poetsdoeken voor onze mond en neus, draaiden de kurken van de tonnen en leegden die een voor een in de schepbak totdat de grijswitte vloeistof de lichaamsdelen van Sigmund Olsen bedekte.

Toen wachtten we.

Er gebeurde niets.

‘Moeten we het licht niet uitdoen?’ vroeg Carl achter zijn poetsdoek. ‘Iemand kan het in zijn hoofd halen om even langs te komen.’

‘Nuh,’ zei ik. ‘Ze zien mijn auto staan en niet die van oom Bernard. En ik ben niet bepaald...’

‘Ja ja,’ onderbrak Carl me zodat ik de zin niet hoefde af te maken: ‘... iemand bij wie mensen spontaan even langsgaan om een praatje te maken.’

Er verstreken nog een paar minuten. Ik probeerde stil te staan zodat de overall zo min mogelijk tegen mijn edele delen schuurde. Ik weet niet precies wat ik me had voorgesteld wat er zou gebeuren in de schepbak, maar er gebeurde dus niets. Kon Fritz zijn reputatie niet waarmaken?

‘Misschien kunnen we hem beter begraven?’ zei Carl en hij hoestte.

Ik schudde mijn hoofd. ‘Te veel honden, dassen en vossen in dit gebied, ze zullen hem opgraven.’

Dat was waar, op het kerkhof hadden vossen holen gegraven rond het familiegraf van Bonaker.

‘Zeg, Roy?’

‘Hm.’

‘Als Olsen nog had geleefd toen je in Huken bij hem kwam...’

Ik wist dat hij hiernaar zou vragen en ik wenste dat hij dat niet had gedaan.

‘...wat zou je dan hebben gedaan?’

‘Dat hangt ervan af,’ zei ik en ik weerstond de verleiding om aan mijn ballen te krabben want ik had me gerealiseerd dat de onderste overall van oom Bernard was.

‘Net zoals bij Dog?’ vroeg Carl.

‘Als hij het had overleefd dan hadden we in elk geval een getuige dat het een ongeluk was,’ zei ik.

Carl knikte en wisselde van standbeen. ‘Maar als ik zeg dat Olsen gewoon gevallen is dan is dat niet helemaal...’

'Sst,' zei ik.

Er klonk zacht gesis in de schepbak, het geluid van een spiegelei in een koekenpan. We keken erin. De grijswitte vloeistof was witter geworden, je kon de lichaamsdelen niet meer zien en er kwamen bubbels omhoog.

'Nee maar,' zei ik. 'Fritz is aan het werk.'

'En wat gebeurde er daarna?' vroeg Shannon. 'Loste het hele lichaam op?'

'Yep,' zei ik.

'Maar niet die nacht,' zei Carl. 'Niet de botten.'

'Dus was deden jullie toen?'

Ik haalde adem. De maan was boven de bergkam gekomen en keek naar ons drieën op de motorkap van de Cadillac in de Geitesving. Er stond een zeldzaam warme wind uit het zuidoosten, een föhnwind beeldde ik me in die helemaal uit Thailand kwam, een land waar ik nooit was geweest en ook nooit naartoe zou gaan.

'We wachtten tot het licht begon te worden,' zei ik. 'Toen reden we de tractor uit de wasstraat en leegden de schepbak. We zagen dat er nog beenderen over waren met slierten vlees eraan, gooiden die weer in de schepbak en goten er nog meer Fritz op. Toen parkeerden we de tractor achter de werkplaats en zetten de bak op de hoogste stand.' Ik illustreerde het door mijn handen boven mijn hoofd te brengen. 'Zodat niemand erin kon kijken. Twee dagen later gooide ik hem leeg in de wasstraat.'

'En oom Bernard?' vroeg Shannon. 'Stelde hij geen vragen?'

Ik haalde mijn schouders op. 'Hij vroeg zich wel af waarom ik de tractor had verplaatst en ik zei dat drie huisjeseigenaars hadden gebeld dat ze hun auto wilden laten repareren dus dat we ruimte nodig hadden. Dat geen van drieën kwam opdagen was vreemd, maar dat gebeurt. Hij was wel ontsteld dat het me niet gelukt was de Toyota van Willumsen op tijd te repareren.'

'Ontsteld?'

'Verbaasd,' zei Carl. 'Maar hij, en iedereen in het dorp, was vooral bezig met het feit dat de politiechef zichzelf had verdronken. Ze hadden zijn boot gevonden met de laarzen erin en zochten naar het lijk. Maar dat had ik je allemaal al verteld.'

'Niet zo gedetailleerd,' zei Shannon.

'Roy herinnert het zich beter dan ik.'

'En dat was het?' vroeg Shannon. 'Jullie waren toch de laatsten die hem hadden gezien? Werden jullie niet verhoord?'

'Jawel,' zei ik. 'Een kort gesprek met de politiechef van een naburig dorp. We vertelden de waarheid: dat Olsen ons gevraagd had hoe het met ons ging na het ongeluk, dat hij een zorgzame man was. Dat wil zeggen, ik zei dat hij een zorgzame man ís, alsof ik ervan uitging dat hij nog leefde hoewel iedereen begreep dat hij er een eind aan had gemaakt. Een getuige die een vakantiehuisje had meende de auto van Olsen te hebben gehoord toen het al donker werd. En hij had de motor van de boot gehoord en kort daarna een plons. Hij was er niet helemaal zeker van, maar de duikers die in het meer voor het botenhuis hadden gezocht hadden... eh, niets gevonden.'

'En ze waren niet ontsteld dat het lijk nooit gevonden is?'

Ik schudde mijn hoofd. 'De mensen denken dat een lijk in het meer vroeg of laat opduikt. Dat het omhoogkomt, aanspoelt en gevonden wordt door iemand. Maar dat gebeurt bij uitzondering, in de regel verdwijnt het voor altijd.'

'Dus wat kan de zoon weten wat wij niet weten?' Shannon – die tussen ons in zat op de motorkap – draaide zich eerst om naar mij en toen naar Carl.

'Waarschijnlijk niets,' zei Carl. 'Er zijn geen losse eindjes. In elk geval niets wat door de regen, de vorst en de tand des tijds tevoorschijn is gekomen. Ik geloof dat hij gewoon zoals zijn vader is: hij heeft een onopgeloste zaak en die laat hem niet los. Voor zijn vader was dat de Cadillac die daarbeneden ligt, voor Kurt is het dat zijn vader zonder bericht verdween. Dus hij begint te zoeken naar antwoorden die er niet zijn. Of wat zeg jij, Roy?'

'Misschien. Maar ik heb niet gemerkt dat hij eerder met die zaak bezig was dus waarom juist nu?'

'Misschien omdat ik ben thuisgekomen,' zei Carl. 'De laatste die zijn vader heeft gezien. De man die ooit zijn klasgenoot was, een *nobody* van de Opgard-boerderij, maar die het volgens de krant goed heeft gedaan in Canada. En die zich nu verbeeldt dat hij de redder van het dorp kan zijn. Kort samengevat: ik ben groot wild en hij is de jager. Maar hij heeft geen munitie, slechts een onderbuikgevoel dat er iets niet klopt aan het verhaal dat zijn vader kort na een ontmoeting met mij verdwijnt. Dus doordat ik nu ben thuisgekomen is hij er weer aan gaan denken. De jaren zijn verstreken, hij kan de zaken nu van een afstand bekijken en helder denken met een koel hoofd. En hij begint te speculeren. Als zijn vader niet in het meer ligt, waar kan hij dan zijn? In Huken, denkt hij.'

'Misschien,' zei ik. 'Maar hij heeft iets. Dat is de reden waarom hij er zo op gebrand is om daarin af te dalen. En dat zal hij gaan doen.'

'Zei je niet dat Erik Nerell het hem heeft afgeraden vanwege losse stenen?' vroeg Carl.

'Jawel, maar toen ik Olsen daarnaar vroeg zei hij: "We zullen zien" op een koppige toon. Ik geloof dat hij er een oplossing voor gevonden heeft. Maar wat belangrijker is: waar is hij verdomme naar op zoek?'

'Hij denkt dat het lijk op een perfecte bergplaats ligt,' zei Shannon met haar ogen gesloten en ze tilde haar gezicht op naar de maan alsof ze aan het zonnebaden was. 'Hij denkt dat we het in de kofferbak van het autowrak hebben gelegd.'

Ik keek haar van opzij aan. Het maanlicht deed iets met haar gezicht waardoor het bijna onmogelijk was om je ogen van haar af te houden. Was er zoiets gebeurd toen Erik Nerell op het feest naar haar had gegluurd? Nee, verdomme, hij zag gewoon een vrouw die hij een beurt kon geven terwijl ik... ja, wat zag ik eigenlijk? Zo'n vogel had ik hier in de bergen nog niet eerder gezien. Shannon Alleyne Opgard behoorde tot de familie van de zangers. Ze zijn net als Shannon klein, sommige zelfs kleiner dan een kolibrie en ze leren de zang van andere vogels snel en die imiteren ze ook algauw. En ze zijn in staat zich snel aan te passen, sommige soorten krijgen zelfs andere veren en kleuren zodat ze in de gevaarlijke winter opgaan in hun omgeving. Wanneer Shannon zei 'ontsteld en 'kofferbak' en zichzelf hierbij betrok door 'we' te zeggen dan gebeurde dat op een natuurlijke manier. Ze had zich aangepast aan de plek waar ze nu was zonder dat ze het gevoel had dat ze iets anders opgaf. Ze had me 'broer' genoemd zonder ook maar te aarzelen of de indruk te wekken dat ze daar even aan moest wennen. Nu waren we haar familie.

'Precies!' zei Carl. Dat woord gebruikte hij veel sinds hij weer terug was. 'En als Kurt dat gelooft dan moeten we ervoor zorgen dat hij kan gaan kijken en vaststellen dat hij zich vergist, dan gaat het voorbij. We hebben een project dat gefinancierd moet worden en we moeten het hele dorp achter ons hebben en dan kunnen we niet hebben dat er een of andere vage verdenking boven ons hoofd hangt.'

'Misschien,' zei ik en ik wreef over mijn wang. Niet dat het daar jeukte, maar soms kan zo'n afleiding ervoor zorgen dat je aan iets denkt waaraan je nog niet eerder hebt gedacht. Er was iets waaraan ik nog niet eerder gedacht had. 'Maar ik zou graag eerst willen weten wat hij daarbeneden te zoeken heeft.'

'Vraag het hem,' stelde Carl voor.

Ik schudde mijn hoofd. 'Toen Kurt Olsen en Erik Nerell hier waren loog Kurt en deed hij alsof het ging om het ongeluk met de Cadillac en niet om zijn vader. Dus Kurt wil zich niet in zijn kaarten laten kijken.'

We zaten zwijgend naast elkaar. De motorkap was koud geworden onder onze billen.

'Misschien heeft die Erik in zijn kaarten kunnen kijken,' zei Shannon. 'Misschien dat hij het ons kan vertellen.'

We keken haar aan. Haar ogen waren nog steeds gesloten.

'Waarom zou hij dat doen?' vroeg ik.

'Omdat het beter voor hem zal zijn dan het ons niet te vertellen.'

'O?'

Ze draaide zich om naar mij, opende haar ogen en lachte. De vochtige tanden blonken in het maanlicht. Ik begreep uiteraard niet wat ze dacht, maar ik begreep wel dat ze, net als mijn vader, leefde naar de natuurwet dat familie op de eerste plaats komt. Vóór goed en fout. Vóór de rest van de mensheid. Het was altijd wij tegen de rest.

16

De volgende dag was de wind gedraaid.

Toen ik opstond en beneden in de keuken kwam, stond Shannon naast de houtkachel met haar armen over elkaar geslagen en in een van mijn oude wollen truien. Die was uiteraard komisch groot voor haar en ik vermoedde dat ze geen schone kunstenaarscoltruien meer had.

'Goedemorgen,' zei ze. Haar lippen waren bleek.

'Jij bent vroeg op.' Ik knikte naar de vellen papier op de keukentafel. 'Hoe gaat het met tekenen?'

'Middelmatig,' zei ze, ze deed twee stappen naar voren en verzamelde alle papieren voordat ik ze had kunnen bekijken. 'Maar het is beter om middelmatig werk te doen dan te blijven liggen en niet te kunnen slapen.' Ze stopte de vellen in een map en ging weer naast de kachel staan. 'Zeg eens, is dit normaal?'

'Normaal?'

'In deze tijd van het jaar.'

'De temperatuur? Ja.'

'Maar gisteren...'

'...was ook normaal,' zei ik; ik liep naar het raam en keek naar de lucht. 'Het is normaal dat het zo snel verandert. De berg.'

Ze knikte. Kennelijk was ze eraan gewend dat 'de berg' voor veel mensen voldoende verklaarde. Ik zag dat de koffieketel half op de kookplaat stond.

'Vers en warm,' zei ze.

Ik schonk een kopje in, keek haar aan, maar ze schudde haar hoofd.

'Ik heb nagedacht over Erik Nerell,' zei ze. 'Zijn vriendin is toch zwanger?'

'Ja,' zei ik, proevend van de koffie. Goed. Dat wil zeggen, ik weet niet of die objectief gezien goed was, maar de koffie was precies zoals ik die lekker vond. Tenzij we dezelfde koffiesmaak hadden, moest ze gezien hebben hoe ik mijn koffie zet. 'Maar ik geloof niet dat we hoeven te proberen nu iets uit hem te krijgen.'

'O?' zei ze.

'Het lijkt erop dat we sneeuw krijgen.'

'Sneeuw?' Ze keek me ongelovig aan. 'In september?'

'Als we geluk hebben.'

Ze knikte langzaam. Een intelligent meisje dat niet hoefde te vragen. Sneeuw betekende dat, wat Kurt verdomme ook wilde in Huken, het moeilijker zou zijn om veilig naar beneden te komen en iets te zien.

'Maar die kan weer verdwijnen,' zei ze. 'Het wisselt zo sterk hier...' Ze schonk me een slaperige lach. '...op de berg.'

Ik grinnikte zacht. 'Ik dacht dat het in Toronto ook koud kon worden,' zei ik.

'Ja, maar we woonden in een huis waar je dat niet merkte voordat je naar buiten ging.'

'Het wordt beter,' zei ik. 'Deze dagen zijn het ergst met noordenwind en de eerste vorst aan de grond. Als de winter meer sneeuw brengt wordt het prettiger. En het kost een paar dagen stoken voor de warmte in de muren is getrokken.'

'En tot die tijd,' zei ze en ik zag nu dat ze rilde. 'Moeten we kou lijden?'

Ik lachte en zette mijn koffie op het aanrecht. 'Ik zal je helpen met warmer worden,' zei ik en ik liep op haar af. Haar blik kruiste die van mij, ze leek in elkaar te krimpen en ze klemde haar armen strakker tegen haar borst terwijl rode vuurtongen haar bleke wangen kleurden. Ik bukte me voor haar, opende het deurtje van de kachel en zag dat het vuur inderdaad bezig was uit te gaan omdat er te veel en te grote blokken op lagen. Ik pakte de grootste er met de hand uit, legde die op de vloer voor de kachel waar ze bleven liggen roken en pakte de blaasbalg. Toen ik het deurtje weer dichtdeed brandde het vuur flink.

Carl kwam binnen en ik stond op. Hij was half gekleed en zijn haren stonden alle kanten uit. Hij had zijn telefoon in zijn hand en grijnsde breed.

'De agenda voor de vergadering van het gemeentebestuur is bekend. En ons project wordt als eerste behandeld.'

In het tankstation gaf ik Markus de opdracht de lichtgewicht sneeuwscheppen, de ijskrabbers en de flessen met antivries die ik een paar weken geleden had besteld vooraan te zetten.

Ik las het *Os Blad* waar op de voorpagina weliswaar het nieuws stond over de gemeenteraadsverkiezingen van volgend jaar, maar ook een verwijzing naar de investeerdersbijeenkomst in Årtun. We hadden een hele pagina gekregen met weinig tekst en twee grote foto's. Een van de volle zaal en een van Carl die breed lachend poseerde met zijn arm om de schouder van de voormalige burgemeester Jo Aas, die er een beetje overrompeld uitzag alsof hij gedwongen werd op de foto te gaan. In een column gaf Dan Krane zijn commentaar op het nieuwe spa-hotel, maar het was moeilijk uit te maken of hij positief was of niet. Dat wil zeggen, tussen de regels door kon je wel lezen dat hij het liefst het hele project de grond in wilde boren. En hij refereerde ook aan een anonieme bron die het over een spa-niek-hotel had waar de dorpelingen zich aan vastklampten in een poging het dorp te redden. Ik gokte dat die bron Dan Krane zelf was. Maar hij zat natuurlijk in een spagaat. Als hij te positief was dan kon hij ervan worden beticht dat hij zijn schoonvader steunde. En als hij te negatief was dan kon hij ervan worden beschuldigd dat hij de ex-vriend van zijn vrouw wilde afkraken. Plaatselijke journalistiek was een oefening op de evenwichtsbalk, nam ik aan.

Om negen uur viel er motregen die als sneeuw op de berg viel, zag ik.

Om elf uur sneeuwde het ook in het dorp.

Om twaalf uur kwam de vertegenwoordiger binnen.

'Zoals gewoonlijk ben je op alles voorbereid,' zei hij grinnikend toen ik klaar was met een klant die de deur uit ging met een sneeuwschep.

'We wonen in Noorwegen,' zei ik.

'We hebben een aanbod,' zei hij en ik nam aan dat hij weer met een reclamestunt kwam die hij ons op wilde dringen. Geen kwaad woord over die stunts, acht van de tien keer is het een succes, dus de mensen op het hoofdkantoor verstonden hun vak. Maar soms waren de landelijke stunts met parasols plus volleybal of Spaanse worst met Pepsi Max iets te universeel. Er bestaat ook zoiets als plaatselijk koopgedrag en behoeften.

'Je zult een telefoontje van een van de chefs krijgen,' zei de vertegenwoordiger.

'O?'

'Ze hebben wat problemen met een van de grote tankstations in Sørlandet. Goede ligging en moderne faciliteiten. Maar de leidinggevende heeft het niet in de vingers. Hij doet niet mee aan de reclamestunts, hij rapporteert niet wat en wanneer hij iets van plan is, heeft ongeïnteresseerd personeel en... nou ja, je snapt het wel. Ze hebben iemand nodig die de zaak weer op de rails kan zetten. Het is niet mijn pakkie-an, ik wil je alleen een *heads-up* geven en ik heb voorgesteld eens met jou te gaan praten.' Hij gebaarde met zijn armen alsof hij wilde zeggen dat het niets was, iets waardoor ik begreep dat ik hem hartelijk moest bedanken.

'Bedankt,' zei ik.

Hij grinnikte en wachtte. Hij vond blijkbaar dat ik moest vertellen wat mijn antwoord zou zijn.

'Dit komt onverwachts,' zei ik. 'Ik zal luisteren naar wat ze te zeggen hebben en er even over nadenken.'

'Even over nadenken?' zei de vertegenwoordiger lachend. 'Ik vind dat je er serieus over na moet denken. Een dergelijk aanbod betekent niet alleen een beter inkomen, maar ook een kans om je te laten zien op het grotere toneel, Roy.'

Als hij me probeerde over te halen de baan aan te nemen zodat hij zelf te boek zou staan als *kingmaker* in het klein dan had hij een verkeerde metafoor gebruikt. Maar hij kon niet weten dat alleen al de gedachte aan op een toneel te staan me klamme handen bezorgde.

'Ik zal erover nadenken,' zei ik. 'We kunnen wel een reclamestunt gebruiken voor cheeseburgers, wat vinden jullie daarvan?'

Om één uur kwam Julie.

Er was niemand in de zaak en ze kwam recht op me afgelopen en kuste me op mijn wang. Het was ingestudeerd, ze tuitte haar lippen en hield ze iets te lang tegen mijn wang. Ik weet niet welk parfum ze gebruikte, alleen dat ze te veel ophad.

'Eh, ja?' zei ik toen ze klaar was en naar me opkeek.

'Ik moest alleen mijn nieuwe lippenstift testen,' zei ze en ze veegde mijn wang schoon. 'Ik heb na mijn dienst afgesproken met Alex.'

'Granada-Alex? En jij wilde controleren hoeveel lippenstift een kus achterlaat?'

'Nee, hoeveel gevoel je kwijtraakt met lippenstift op. Dat is ongeveer hetzelfde als jullie en condooms, of niet?'

Ik gaf geen antwoord omdat dit niet een gesprek was waar ik zin in had.

'Alex is eigenlijk heel lief,' zei Julie en ze hield haar hoofd scheef. 'Misschien gaan we wel meer doen dan kussen.'

'Bofkont Alex,' zei ik en ik trok mijn jas aan. 'Lukt het je verder alleen?'

'Alleen?' Ik zag de teleurstelling op haar gezicht. 'Zouden we niet...'

'Jawel, en ik ben over een uur terug. Uiterlijk, oké?'

De teleurstelling verdween, maar er verscheen een rimpel op haar voorhoofd. 'De winkels zijn dicht. Gaat het om een vrouw?'

Ik lachte. 'Bel als er iets is.'

Ik reed door het dorp naar het Budalsvann. De sneeuw smolt hierbeneden zodra die de weg en de aarde raakte, maar ik zag dat die hogerop bleef liggen. Ik keek op mijn horloge. De waarschijnlijkheid dat een werkloze dakdekker om één uur alleen thuis was zou behoorlijk groot moeten zijn. Ik gaapte. Slecht geslapen. Ik had wakker gelegen en geluisterd naar de geluiden uit de slaapkamer. Maar die waren er niet en dat was misschien nog erger, daardoor luisterde ik nog aandachtiger en werd ik gespannen.

Toen ik bij de dakdekker arriveerde, stelde ik vast dat er minstens een paar honderd meter bewerkte akker tussen zijn witte huis en het buurhuis lag.

Anton Moe opende de voordeur slechts enkele seconden nadat ik had aangebeld. Blijkbaar had hij de auto gehoord. De paar plukken haar op zijn hoofd wapperden door de tocht en zijn blik was vragend.

'Mag ik binnenkomen?' vroeg ik.

Moe aarzelde, maar hij had kennelijk geen excuus paraat om nee te kunnen zeggen, dus hij opende de deur helemaal en stapte opzij.

'Hou je schoenen maar aan,' zei hij.

We gingen beiden aan een kant van de keukentafel zitten. Aan de muur hingen een paar ingelijste borduurwerken met Bijbelverzen en een kruis. Hij zag dat ik de volle koffiekan op het aanrecht opmerkte.

'Koffie?'

'Nee, bedankt.'

'Als je op zoek bent naar mensen die kunnen investeren in het hotel van je broer kun je je die moeite besparen. Op het moment is het hier slecht gesteld met geld.' Moe lachte schaapachtig.

'Het gaat om je dochter.'

'O ja?'

Ik zag een hamertje in de vensterbank liggen. 'Ze is zestien en gaat in Årtun naar school, is het niet?'

'Ja.'

Er stond een inscriptie op de hamer: DAKDEKKER VAN HET JAAR 2017.

'Ik wil dat ze verhuist en in Notodden naar school gaat.'

Moe keek me verbijsterd aan. 'Waarom dat?'

'Ze hebben daar vakken die beter aansluiten op haar toekomst.'

Hij keek me aan. 'Wat bedoel je daar nu mee, Opgard?'

'Ik bedoel dat je dat misschien kunt zeggen tegen Natalie als je haar vertelt waarom je haar daarheen stuurt. Dat de vakken beter aansluiten op haar toekomst.'

'Notodden? Dat is twee uur rijden.'

'Precies. En in Notodden kun je makkelijk een kamer vinden.'

Hij behield een pokerface, maar ik vermoedde dat het hem begon te dagen. 'Het is aardig van je dat je je bekommert om Natalie, Opgard, maar ik geloof dat Årtun prima is voor haar. Ze zit al in haar derde jaar. En Notodden is een grote plaats en in grote plaatsen gebeuren rare dingen, zoals je weet.'

Ik kuchte. 'Wat ik bedoel is dat Notodden het beste is voor alle partijen.'

'Alle partijen?'

Ik haalde adem. 'Je dochter kan gaan slapen zonder dat ze bang hoeft te zijn dat haar vader komt om te neuken. En jij kunt gaan slapen zonder dat je je dochter, je gezin en jezelf nacht na nacht vernedert zodat jullie ergens in de toekomst dit achter je kunnen laten en doen alsof het nooit is gebeurd.'

Anton Moe staarde me aan met ogen die uit zijn rood aangelopen gezicht leken te willen ploppen. 'Waar heb je het over, Opgard? Ben je dronken?'

'Ik heb het over de schaamte,' zei ik. 'De optelsom van schaamte in jouw gezin. Omdat iedereen het weet en niemand iets heeft gedaan denken ze allemaal dat ze een deel van de schuld dragen, dat alles verloren is en dat er daarom niets te verliezen valt als ze het laten voortduren. Als alles verloren is dan heb je toch nog één ding: het gezin. Elkaar.'

'Je bent ziek, man!' Hij verhief zijn stem, maar die klonk toch zwak en krachteloos. Hij stond op. 'Ik geloof dat je nu moet gaan, Opgard.'

Ik bleef zitten. 'Ik kan naar de kamer van je dochter gaan, het onderlaken van bed halen en dat inleveren bij de politie om het te laten controleren op spermavlekken en of die van jou afkomstig zijn. En je kunt me niet tegenhouden. Maar ik verwacht dat het niet zal helpen, jouw dochter zal de politie niet helpen door tegen jou te getuigen, ze wil haar vader helpen. Altijd en hoe dan ook. Daarom is de enige manier om dit een halt toe te roepen…' Ik pauzeerde even, keek op en ving zijn blik. 'We willen allemaal dat dit stopt, of niet?'

Hij antwoordde niet, hij stond met gebogen rug voor me en met een blik die koud en doods was.

'De enige manier om dit een halt toe te roepen, is dat ik je vermoord als je Natalie niet naar Notodden laat gaan. Daar kan ze in de weekenden blijven en jij gaat haar niet bezoeken. Haar moeder wel, maar jij niet. Geen enkele keer. Als Natalie met kerst thuis is dan nodig je je ouders of schoonouders uit om de dagen met elkaar door te brengen.' Ik ging met mijn hand over een kreuk in het geruite tafellaken. 'Vragen?'

Een vlieg bleef steeds opnieuw tegen de ruit tikken.

'Hoe ga je me vermoorden, denk je?'

'Ik sla je verrot, denk ik. Dat is toch een passende…' Ik smakte. *Mind Games*. '…Bijbelse straf, niet?'

'Tja, jij staat erom bekend dat je mensen verrot kan slaan.'

'Zijn we het eens, Moe?'

'Zie je het Bijbelvers daar, Opgard?' Hij wees naar een van de borduurwerken boven ons hoofd en ik spelde me door de kronkelende letters heen. 'De Heer is mijn Herder. Mij ontbreekt niets.'

Ik hoorde een doffe klap en ik schreeuwde het uit van de pijn die vanuit mijn rechterhand mijn arm in trok. Ik keek op naar Moe die de hamer van de dakdekker van het jaar omhooghield voor een nieuwe klap en het lukte me maar net om mijn linkerhand weg te trekken voordat de hamer op de tafel sloeg. Mijn rechterhand deed zo'n pijn dat ik duizelig was toen ik opstond, maar ik gebruikte de beweging om hem met mijn linkerhand een uppercut te geven. Ik trof zijn kin, maar door de tafel tussen ons in was de hoek te groot waardoor ik niet veel kracht in de stomp had kunnen leggen. Hij zwaaide met de hamer naar mijn hoofd, ik bukte en stapte opzij. Hij stormde op me af, de tafelpoten krasten en de stoel viel om. Ik maakte een schijnbeweging, hij trapte daarin en ik plantte mijn linkervuist op zijn neus. Hij brulde iets en zwaaide weer met de hamer.

Misschien was hij in 2017 de beste dakdekker geweest, maar nu miste hij. Ik stompte op zijn lichaam terwijl hij nog steeds uit zijn evenwicht was en ik gebruikte mijn linkervuist om op zijn rechternier te slaan. Ik hoorde dat hij kreunde van de pijn en toen ik daarna mijn voet optilde en tegen zijn knie trapte, voelde ik dat er iets meegaf en brak. Ik was er zeker van dat hij uitgeschakeld was. Hij ging tegen de grond, draaide om op de grijze linoleumvloer en sloeg zijn armen om mijn benen. Ik probeerde overeind te blijven door met mijn rechterhand op het fornuis te steunen, maar Moe's hamer moest vanbinnen iets kapot hebben gemaakt want de hand wilde niet. Ik viel op mijn rug en het volgende ogenblik zat hij boven op me, zijn knieën op mijn armen en de steel van de hamer werd op mijn strottenhoofd geduwd. Ik hapte tevergeefs naar lucht en voelde al dat het zwart werd voor mijn ogen. Zijn hoofd lag tegen het mijne en hij siste in mijn oor: 'Wie denk je dat je bent om naar mijn huis te komen en mij en mijn gezin te bedreigen? Ik weet wie je bent. Jij bent een smerige heiden van de berg.'

Hij lachte zacht en leunde voorover zodat het gewicht van zijn lichaam dat laatste beetje lucht dat ik nog had uit mijn longen perste. En ik voelde een heerlijke bewusteloosheid opkomen, als het moment voordat je in slaapt valt op de achterbank, omstrengeld door je slapende broertje en je ziet de sterren door de achterruit en je hoort je ouders zacht praten en lachen. En je laat los, je laat je vallen in jezelf. Ik voelde een adem van koffie, rook en opgedroogd speeksel tegen mijn gezicht. 'Een geitenneukende homo met o-benen die woordblind is,' zei Moe sissend.

Zo, dacht ik, zo praat hij tegen haar.

Ik spande mijn buikspieren, mijn rug kromde zich een beetje en ik ramde met mijn hoofd naar voren. Ik trof iets, meestal is dat de neus, maar het was in elk geval genoeg dat de druk op mijn keel even afnam en ik voldoende lucht binnenkreeg om mijn spieren zuurstof te kunnen geven. Ik rukte mijn linkerhand onder zijn knie vandaan en sloeg hem hard tegen zijn oor. Hij verloor zijn evenwicht en ik duwde hem van me af en sloeg opnieuw met mijn linkervuist. En opnieuw. En opnieuw.

Toen ik klaar was liep er een stroompje bloed onder Moe vandaan die in een foetushouding op het linoleum lag. Het bloed stopte bij de zitting van een van de omgevallen stoelen.

Ik leunde over hem heen en ik weet niet of hij me hoorde, maar ik fluisterde in elk geval in zijn bloederige oor: 'Ik heb verdomme geen o-benen.'

'Het slechte nieuws is dat het bovenste kootje waarschijnlijk gebroken is,' zei Stanley Spind met zijn rollende R's vanachter zijn bureau. 'Het goede is dat je bij de bloedproef van laatst een alcoholpromillage van nul had.'

'Gebroken?' zei ik en ik keek naar mijn middelvinger die in een merkwaardige hoek stond en dubbel zo dik was geworden. De huid was gesprongen en waar die heel was had die een vervaarlijk blauwzwarte kleur gekregen die me deed denken aan de pest. 'Zeker?'

'Ja, maar ik geef je een verwijzing zodat je een röntgenfoto kunt laten maken in het ziekenhuis in de stad.'

'Waarom moet dat als je het al zeker weet?'

Stanley haalde zijn schouders op. 'Omdat je waarschijnlijk geopereerd moet worden.'

'Want zonder een operatie...?'

'Zal je gegarandeerd je vinger nooit meer kunnen buigen.'

'En met een operatie?'

'Zal je waarschijnlijk je vinger nooit meer kunnen buigen.'

Ik keek naar mijn vinger. Niet goed. Maar het was duidelijk, het zou erger zijn geweest als ik nog als automonteur de kost moest verdienen.

'Bedankt,' zei ik en stond op.

'Wacht, we zijn nog niet klaar,' zei Stanley en zittend op zijn bureaustoel rolde hij naar de behandeltafel met een papieren laken erop. 'Ga zitten. Die vinger staat een beetje uit het lood dus die moeten we even herpositioneren.'

'En dat houdt in?'

'Rechtzetten.'

'Dat klinkt pijnlijk.'

'Je krijgt een plaatselijke verdoving.'

'Het klinkt nog steeds pijnlijk.'

Stanley lachte even.

'Op een schaal van één tot tien?' vroeg ik.

'Een dikke acht,' zei Stanley.

Ik lachte ook.

Nadat hij de spuit had gezet, vertelde hij dat het een paar minuten duurde voordat de verdoving werkte. We zaten zwijgend tegenover elkaar, wat hij blijkbaar prettiger vond dan ik. De stilte leek zich op te bouwen tot een brul en ten slotte wees ik naar de koptelefoon op zijn bureau en vroeg waar hij naar luisterde.

'Luisterboeken,' zei hij. 'Alles van Chuck Palahniuk. Heb je misschien *Fight Club* gezien?'

'Nee, wat is er zo goed aan hem?'

'Ik heb niet gezegd dat hij goed is,' zei Stanley glimlachend. 'Maar hij denkt als ik en kan het onder woorden brengen. Ben je er klaar voor?'

'Palahniuk,' herhaalde ik en ik stak mijn hand uit. Zijn blik kruiste die van mij.

'Even voor alle duidelijkheid, ik geloof jouw verhaal dat je bent uitgegleden op de verse sneeuw niet.'

'Prima,' zei ik.

Ik voelde dat hij een warme hand rond mijn vinger legde en ik dacht nog wel dat die volledig verdoofd zou zijn.

'Nu we het toch over *Fight Club* hebben,' zei hij en hij trok. 'Je ziet eruit alsof je bij een clubbijeenkomst bent geweest.'

Een dikke acht was geen overdrijving.

Op weg naar buiten zag ik Mari Aas in de wachtkamer zitten.

'Hallo, Roy,' zei ze, ze lachte haar soevereine lach, maar ik zag dat ze bloosde. Het nadrukkelijk zeggen van de naam van de persoon die je groet was iets waar Carl en zij mee waren begonnen toen ze verkering hadden. Carl had gelezen over een onderzoeksproject waaruit bleek dat bij mensen die met hun voornaam werden aangesproken de positiviteit met veertig procent steeg. Mij hadden ze niet gevraagd voor dat onderzoek.

'Hallo,' zei ik en ik hield mijn hand achter mijn rug. 'Al vroeg sneeuw.' Kijk, zo begroeten dorpelingen elkaar.

Toen ik in de auto ging zitten en me afvroeg hoe ik het contactsleuteltje om moest draaien zonder mijn verbonden, pijnlijke vinger te gebruiken, dacht ik een ogenblik na over waarom Mari had gebloosd in de wachtkamer. Was er iets mis met haar waarvoor ze zich schaamde? Of schaamde ze zich gewoon over dat ze sowieso iets mankeerde? Mari was geen blozer. Toen Carl en zij verkering hadden, was ik degene geweest die bloosde als ze onverwachts op me afkwam. Hoewel, ik had haar toch een paar keer zien blozen. De ene keer was nadat Carl voor haar verjaardag een halsketting had gekocht, het was een eenvoudig kettinkje geweest, maar Mari wist dat Carl volkomen platzak was en ze had hem net zo lang onder druk gezet tot hij bekende dat hij tweehonderd kronen had gestolen uit het bureau van oom Bernard. Ik wist dat natuurlijk en toen oom Bernard Mari complimenteerde met het mooie kettinkje had ik gezien dat Mari zo rood werd dat ik bang was dat ze zou gaan bloeden. De tweede keer was na het incident, zoals vader zoiets noemde, maar dat was al lang geleden. Misschien was het bij haar net als bij mij dat dergelijke gebeurtenissen – een diefstalletje, zoiets onbenulligs als een afwijzing – nooit helemaal uit je hoofd verdwenen. Ze zijn als kogels die, ingekapseld in een lichaam, op koude dagen pijn doen en soms 's nachts voelbaar zijn. En je kunt honderd worden en toch het schaamrood op de kaken krijgen bij de gedachte eraan.

Julie zei dat ze het zielig voor me vond en dat dokter Spind me iets sterkers had moeten geven en dat ze dat met Alex maar had verzonnen en dat ze zich zeker niet liet kussen. Ik luisterde maar half naar haar. Mijn hand deed pijn en ik wist dat ik beter naar huis had kunnen gaan. Maar daar was nog meer pijn te verwachten.

Julie leunde naar me toe en bestudeerde het verband met een bezorgde kennersblik. Ik voelde haar zachte borst tegen mijn bovenarm en rook de zoete kauwgumadem tegen mijn gezicht. Haar mond was zo dicht bij mijn oor dat het kauwgeluid klonk als een herkauwende koe.

'Werd je niet jaloers?' fluisterde ze met de geraffineerde onschuld van een zeventienjarige.

'Werd?' zei ik. 'Ik ben al jaloers sinds mijn vijfde jaar.'

Ze lachte alsof het een grap was en ik bevestigde het met een gemaakte lach.

17

Misschien was ik jaloers op Carl sinds de dag dat hij geboren werd. Misschien al daarvoor, misschien toen mijn moeder liefdevol over haar dikke buik streek en zei dat mijn broertje onderweg was. Maar ik herinner me dat ik op mijn vijfde voor het eerst geconfronteerd werd met jaloezie, toen iemand woorden gaf aan dat nare, stekende gevoel. 'Wees niet jaloers op je kleine broertje.' Ik geloof dat moeder dat zei en dat Carl op haar schoot zat. Hij zat daar al heel lang. Later zei moeder eens dat Carl meer liefde had gekregen omdat hij meer liefde nodig had. Misschien wel, maar ze zei het andere niet dat minstens zo waar was: dat je makkelijker van Carl kon houden.

En van iedereen hield ik het meest van hem.

Daarom was ik niet alleen jaloers op Carl om al die onvoorwaardelijke liefde die mensen om hem heen hem gaven, maar ook op de liefde die Carl gaf. Aan Dog bijvoorbeeld.

Op een jongen die hier in de zomer met zijn familie in een vakantiehuisje was en die net zo mooi was als Carl en met wie Carl van 's morgens vroeg tot 's avonds laat samen was terwijl ik de dagen van de zomer aftelde.

Op Mari.

De eerste maanden dat ze samen waren fantaseerde ik over ongelukken die Mari ineens konden overkomen. En dat ik Carl moest troosten. Ik weet niet wanneer de jaloezie overging in verliefdheid. Of misschien bestonden die twee gevoelens naast elkaar. Maar de verliefdheid overstemde in elk geval alles. Het was als een verrekte ziekte en het lukte me niet te eten, te slapen en me te concentreren op een normaal gesprek of mijn huiswerk te maken.

Ik verheugde me, maar zag er ook tegen op als ze Carl kwam bezoeken, ik bloosde als ze me omhelsde of onverwachts tegen me sprak of me aankeek. En ik schaamde me natuurlijk rot dat ik voelde wat ik voelde, waar ik niet vanaf kon komen. Ik nam genoegen met de kruimels. Bij hen in dezelfde kamer zitten en proberen te rechtvaardigen dat ik daar moest zijn door dingen te doen die ik niet kon. Grappig of interessant te zijn. Uiteindelijk vond ik mijn rol als de zwijgzame, degene die luisterde, die lachte om de grapjes van Carl of langzaam knikte om iets wat Mari had gelezen of haar vader, de burgemeester, had horen zeggen. Ik reed ze naar feesten waar Carl zich vol liet lopen en Mari hem min of meer in het gareel probeerde te houden. Als Mari me vroeg of ik het niet vervelend vond om niets te kunnen drinken, zei ik dat het geen probleem was, dat ik liever autoreed dan alcohol dronk en Carl had immers af en toe twee mensen nodig om op hem te passen, of niet? Dan lachte ze en vroeg verder niets meer. Ik geloof dat ze het doorhad. Ik geloof dat iedereen het doorhad. Alleen Carl niet.

'Natuurlijk moet Roy mee!' zei hij lachend als er gesproken werd over een skitocht, een feestweekend in de stad of een ritje op de oude werkknollen van Aas. Hij zei niet waarom, zijn vrolijke, open gezicht was reden genoeg. Er wordt gezegd dat de wereld een goede plaats is voor uitsluitend goede mensen bij wie iedereen graag is.

Ik heb uiteraard nooit toenadering gezocht. Ik was niet zo dom dat ik niet begreep dat Mari me zag als de wat stille maar zichzelf opofferende grote broer die altijd voor hen klaarstond.

Maar toen kwam er een zaterdagavond dat Grete naar me toe kwam om te zeggen dat Mari verliefd op me was. Carl lag thuis met de griep die ik een week eerder had gehad dus ik hoefde niet te rijden en ik had gedronken van het thuisgestookte goedje dat Erik Nerell altijd bij zich had. Grete was ook dronken, er danste iets in haar ogen, een verrekte heksendans. Ik wist dat ze slechts uit was op gesodemieter, dat ze wat actie wilde, een beetje drama, ik kende haar en had gezien hoe ze naar Carl keek. Maar toch, het leek of predikant Armand in zijn galmende Zweeds rondbazuinde dat de verlossing daar was en dat er leven was na de dood. Als iemand iets zegt wat overduidelijk onwaarschijnlijk is, maar wat je wel graag wil horen, dan kiest een klein deel in je – het zwakke deel – om daarin te geloven.

Ik keek naar Mari die bij de ingang stond. Ze praatte met een jongen, niet iemand uit het dorp, jongens uit het dorp waren te bang om iets te proberen bij Mari. Niet omdat ze de vriendin was van Carl, maar omdat ze wisten dat ze slimmer was dan zij, op hen neerkeek en als ze hen afwees dan zou dat duidelijk en voor het oog van iedereen zijn want iedereen in

Årtun keek met een half oog naar wat de dochter van de burgemeester deed.

Maar dat ik, de broer van Carl, op haar afliep was ongevaarlijk. Ongevaarlijk voor haar en mij, in elk geval.

'Hoi, Roy,' zei ze glimlachend. 'Dit is Otto. Hij studeert politicologie in Oslo en vindt dat ik dat ook moet gaan doen.'

Ik keek naar Otto die zijn bierflesje naar zijn mond bracht en de andere kant op keek, hij wilde me blijkbaar niet uitnodigen deel te nemen aan dit gesprek. Ik moest wat hem betreft zo snel mogelijk verdwijnen. Ik moest me beheersen om niet tegen de bodem van het flesje te slaan. Ik concentreerde me op Mari en maakte mijn mond vochtig: 'Zullen we dansen?'

Ze keek me verbaasd en geamuseerd aan. 'Maar je danst niet, Roy.'

Ik haalde mijn schouders op. 'Ik kan het leren.' Ik had duidelijk meer gedronken dan ik dacht.

Mari lachte en schudde haar hoofd. 'Maar niet van mij, ik heb zelf een dansleraar nodig.'

'Daar kan ik je bij helpen,' zei Otto. 'Je zou kunnen zeggen dat ik swinginstructeur ben.'

'Ja, graag!' Mari draaide zich om en keek hem aan, bood hem de stralende lach die ze ineens tevoorschijn kon toveren en je het gevoel gaf dat je de enige andere mens op aarde bent. 'Als je niet bang bent uitgelachen te worden.'

Otto lachte. 'O, ik geloof niet dat het er belachelijk uit zal zien,' zei hij en hij zette zijn bierflesje op de trap en ik had er spijt van dat ik het flesje niet in zijn mond had geramd toen ik de kans had.

'Dat noem ik een moedig man,' zei Mari en ze legde een hand op zijn schouder. 'Vind je dat oké, Roy?'

'Natuurlijk,' zei ik en ik keek rond of ik ergens een muur zag waartegen ik mijn hoofd kon slaan.

'Twee moedige mannen dus,' zei Mari, haar andere hand op mijn schouder leggend. 'Leraar en leerling, ik verheug me erop jullie samen op de dansvloer te zien.'

Toen liep ze weg en er gingen een paar seconden voorbij voordat ik begreep wat er was gebeurd. Die Otto en ik stonden naar elkaar te kijken.

'Of wil je liever vechten?' vroeg ik.

'Uiteraard,' zei hij, hij sloeg zijn ogen ten hemel, pakte zijn bierflesje en vertrok.

Prima, ik was toch te dronken, maar de hoofdpijn en de schaamte waarmee ik de volgende ochtend wakker werd was erger dan elk pak slaag dat Otto me had kunnen geven.

Carl hoestte en lachte en hoestte weer toen ik hem vertelde wat er was gebeurd, behalve dan wat Grete had gezegd. 'Jij bent verdomme de beste! Bereid te dansen om nare jongens weg te houden bij de vriendin van je broer.'

Ik gromde. 'Alleen met Mari, niet met die Otto.'

'Maar toch, laat me je kussen!'

Ik duwde hem weg. 'Ik wil niet nog een keer de griep krijgen, bedankt.'

Ik had niet echt een slecht geweten dat ik Carl niet vertelde wat ik voor Mari voelde. Ik was eigenlijk vooral verbaasd dat hij het zelf niet begreep. En ik had het hem kunnen vertellen. Dat kon ik en hij zou het begrijpen. In elk geval zéggen dat hij het begreep. Hij zou zijn hoofd scheef houden, me nadenkend aankijken en zeggen dat zoiets kan gebeuren en dat het weer over zou gaan. En ik zou het met hem eens zijn. Daarom hield ik mijn mond. Ik wachtte tot het over zou gaan. Ik heb Mari nooit meer ten dans gevraagd, niet figuurlijk en ook niet letterlijk.

Maar Mari vroeg me.

Het gebeurde een paar maanden nadat Grete aan Mari had verklapt dat Carl en zij het hadden gedaan waarop Mari Carl had gedumpt. Carl was naar Minnesota vertrokken en ik woonde alleen op de boerderij. Op een dag werd er op de deur geklopt. Het was Mari. Ze omhelsde me, drukte haar boezem tegen mijn borst, liet me niet los en vroeg of ik met haar wilde vrijen. Dat waren precies de woorden die ze in mijn oor fluisterde. 'Wil je met me vrijen?' En ze voegde daaraan toe: 'Roy.' Waarschijnlijk niet omdat onderzoek had aangetoond dat het zeggen van de voornaam diegene positiever stemde, maar om te onderstrepen dat het echt ik was, Roy, die ze bedoelde.

'Ik weet dat je het wil,' zei ze toen ze mijn aarzeling bemerkte. 'Dat heb ik de hele tijd geweten, Roy.'

'Nee,' zei ik. 'Je vergist je.'

'Lieg niet,' zei ze en ze liet een hand tussen ons in glijden.

Ik maakte me los van haar. Ik begreep vanzelfsprekend waarom ze hier was. Ja, zij had Carl gedumpt, maar zij was de bedrogen partij. Misschien wilde ze het helemaal niet uitmaken, maar had ze geen keus. Mari Aas, de dochter van de burgemeester, kon er immers niet mee leven dat een boerenzoon haar had bedrogen, al helemaal niet nu Grete ervoor had gezorgd dat het halve dorp het wist. Maar het was niet genoeg geweest om Carl met hangende pootjes te zien afdruipen. Er moest een evenwicht komen. Dat er twee maanden verstreken waren, wees erop dat ze had getwijfeld aan dit besluit. Als we nu met elkaar naar bed gingen dan zou ik met andere woorden niet een bedrogen vrouw in een kwetsbare positie gebruiken. Maar zij zou een broer gebruiken die pas geleden verlaten was door degene van wie hij het meest hield.

'Kom,' zei ze en ze wilde me meetrekken. 'Laat me je verwennen.'

Ik schudde mijn hoofd. 'Dit ben je niet, Mari.'

Ze bleef midden in de kamer staan en staarde me achterdochtig aan. 'Dus het is waar?'

'Wat is waar?'

'Wat de mensen zeggen.'

'Ik weet verdomme niet wat ze zeggen.'

'Dat je niets om meisjes geeft. Dat het enige waar jij van houdt...' Ze stopte, probeerde eruit te zien alsof ze de woorden niet kon vinden, maar Mari Aas had altijd de woorden. '...auto's en vogels zijn,' zei ze.

'Ik vind dat jij het probleem niet bent, Mari, dat is Carl. Het is gewoon niet goed.'

'Dat het niet goed is, daar heb je gelijk in.' En nu bespeurde ik ook die neerbuigende minachting die de mensen in het dorp bij haar meenden te zien. Maar er was meer, alsof ze iets wist wat ze niet zou moeten weten. Had Carl iets gezegd?

'Je moet een andere manier vinden om wraak te nemen,' zei ik. 'Vraag het aan Grete, zij heeft goede ideeën als het om dergelijke zaken gaat.'

En toen bloosde Mari. En nu kon ze echt de woorden niet vinden. Ze beende naar buiten en het grind spatte op toen ze wegreed in de richting van de Geitesving. Toen ik haar een paar dagen later in het dorp zag, bloosde ze weer en deed alsof ze me niet gezien had. Dat gebeurde nog een paar keer, in een dorp als het onze is het onmogelijk om elkaar niet tegen te komen. Maar de tijd verstreek, Mari vertrok naar Oslo om staathuishoudkunde te studeren en toen ze terugkwam spraken we bijna net als vroeger met elkaar. Bijna. Want we waren elkaar kwijtgeraakt. Ze wist dat ik wist dat er een ingekapselde kogel in haar lichaam zat: niet omdat ik haar had afgewezen, maar omdat ik haar had gezien. Haar naakt had gezien. Naakt en lelijk.

Wat de ingekapselde kogels in mijn lichaam betreft: er was er nog steeds eentje met de naam Mari erop, maar die bewoog niet meer. Ik had gewacht tot de verliefdheid overging. Het was vreemd, maar mijn verliefdheid voor Mari eindigde ongeveer in dezelfde tijd dat zij en Carl uit elkaar gingen.

18

Twee dagen na het bezoek aan de dakdekker Moe belde het hoofdkantoor om mij het tankstation in Sørlandet aan te bieden. Ze klonken teleurgesteld toen ik nee zei. Ze vroegen om de reden dus die gaf ik. Ik zei dat ik met het tankstation dat ik had voor interessante uitdagingen stond nu de rijksweg werd omgelegd en dat ik me graag daarmee bezig wilde houden. Ze klonken geïmponeerd en zeiden dat ze het jammer vonden. Ze meenden echt dat ik de juiste man was die ze in Sørlandet nodig hadden

Later die dag kwam Kurt Olsen naar het tankstation.

Hij ging wijdbeens voor de toonbank staan, streek met zijn pink en duim over zijn Easy Rider-snor en wachtte tot ik mijn klant had geholpen en de winkel leeg was.

'Anton Moe heeft aangifte tegen jou gedaan wegens grove mishandeling.'

'Grappig dat hij juist dat woord kiest,' zei ik.

'Misschien,' zei Olsen. 'Hij vertelde me over de beschuldigingen die jij hebt geuit en ik heb met Natalie gesproken. En zij bezweert me dat haar vader haar nooit heeft aangeraakt.'

'Wat had je dan verwacht? Dat ze het zou bevestigen, omdat jij het vroeg, dat ze haar vader neukt?'

'Of er sprake is van verkrachting, denk ik...'

'Verdomme, ik heb nooit beweerd dat het verkrachting is. Technisch gezien dan. Maar toch is het verkrachting, dat begrijp je toch wel.'

'Nee.'

'Misschien denkt ze dat ze zich niet genoeg heeft verzet, dat ze had moeten begrijpen dat het fout was, hoewel ze nog maar een kind was toen het begon.'

'Stop even, je weet niet of...'

'Luister! Een kind denkt dat alles wat ouders doen juist is, of niet? Maar ze herinnert zich ook dat ze haar mond erover moest houden, dus er was toch een deel van haar dat wist dat dit niet goed was. En omdat ze mee heeft gewerkt aan deze geheimhouding, omdat de loyaliteit jegens haar familie groter is dan die jegens God en de politie, neemt ze een deel van de schuld op zich. En als ze zestien wordt is de last misschien lichter als ze zichzelf ervan overtuigt dat ze ermee instemt.'

Olsen streek over zijn snor. 'Dit klinkt alsof jij psychologie hebt gestudeerd en bij Moe hebt gewoond.'

Ik gaf geen antwoord.

Hij zuchtte. 'Ik kan een zestienjarige niet dwingen tegen haar vader te getuigen, dat moet je toch kunnen begrijpen. Aan de andere kant is ze oud genoeg om verantwoordelijk te zijn voor wat ze zegt.'

'Wat je zegt is dat jij ervoor kiest om de andere kant op te kijken omdat het vrijwillig kan zijn en omdat het meisje nu volgens de wet seks mag hebben.'

'Nee!' Kurt Olsen keek rond om zich ervan te vergewissen dat we nog steeds alleen waren en liet zijn stem weer zakken. 'Incest op latere leeftijd is nog steeds strafbaar. Moe riskeert zes jaar gevangenisstraf, ook als zij dertig is en het allemaal vrijwillig gebeurt. Maar hoe moet ik iets bewijzen als niemand wil praten? Als ik de vader arresteer dan riskeren we slechts een schandaal dat het leven van alle betrokkenen kapotmaakt. We zullen veel geld kwijt zijn aan iets wat nooit tot een veroordeling zal kunnen leiden. Plus het feit dat de naam van het dorp door het slijk zal worden gehaald door de hoofdstedelijke pers.'

Je vergeet te melden dat je persoonlijk ook een lelijke kras in de lak zal krijgen, dacht ik, Olsen aankijkend. Maar er was sprake van echte vertwijfeling op zijn gezicht en in zijn stem.

'Wat kan ik doen?' verzuchtte hij en hij gebaarde met zijn armen.

'Zorgen dat het meisje uit de buurt komt van haar vader,' zei ik. 'Bijvoorbeeld door haar naar Notodden te laten verhuizen.'

Hij keek weg. Vestigde zijn blik op het krantenrek alsof daar iets interessants te lezen was. Hij knikte langzaam.

'Hoe dan ook, ik moet wat doen met de aangifte die hij tegen jou heeft gedaan, besef je dat? De straf die erop staat is vier jaar.'

'Vier jaar?'

'Zijn kaak is op twee plaatsen gebroken en hij loopt kans dat het gehoor van zijn ene oor aanmerkelijk slechter zal zijn.'

'Maar dan kan hij in elk geval met één oor horen. Fluister in het goede oor dat de kwestie met zijn dochter niet openbaar wordt gemaakt als hij de aangifte intrekt. Jij, hij en ik weten dat de enige reden dat hij aangifte heeft gedaan, is dat het er anders uit had gezien dat mijn beschuldigingen kloppen.'

'Ik begrijp jouw logica, Roy, maar als politieman kan ik niet door de vingers zien dat je een man invalide hebt gemaakt.'

Ik haalde mijn schouders op. 'Zelfverdediging. Voordat ik hem ook maar had aangeraakt sloeg hij met een hamer op mijn hand.'

Olsen lachte droog en zonder dat de lach zijn ogen bereikte. 'En hoe kun jij ervoor zorgen dat ik dat geloof? Dat iemand van de Pinkstergemeente die nooit in de problemen is geweest, Roy Calvin Opgard, een kerel van wie iedereen weet dat hij een vechtersbaas is, aanvalt?'

'Door je ogen en verstand te gebruiken.' Ik legde mijn handen op de toonbank.

Hij staarde me aan. 'Dus?'

'Ik ben rechts en iedereen die ook maar even met me heeft gevochten weet dat ik met mijn rechterhand sla. Hoe kan het dat er geen vel meer op de knokkels van mijn linkerhand zit terwijl mijn rechterhand er nog prima uitziet, behalve dan mijn middelvinger? Leg Moe uit hoe de hele zaak uit zal pakken, zowel wat zijn dochter als de mishandeling betreft, wanneer het duidelijk wordt dat hij mij als eerste heeft aangevallen.'

Olsen streek driftig met zijn hand over zijn snor. Hij knikte kort. 'Ik zal met hem gaan praten.'

'Bedankt.'

Hij tilde zijn hoofd op en keek me strak aan. En ik zag een glimp van woede. Alsof ik hem voor de gek hield met dit bedankje, dat hij het niet deed voor mij, maar voor zichzelf. Misschien ook voor Natalie en het dorp, maar zeker niet voor mij.

'De sneeuw blijft niet liggen,' zei hij.

'O?' zei ik opgewekt.

'Volgende week wordt het beter weer.'

De vergadering van het gemeentebestuur begon om vijf uur en voor Carl vertrok aten hij, Shannon en ik zalm met aardappels, komkommersalade en roomsaus die ik in de eetkamer serveerde.

‘Je bent een goede kok,’ zei Shannon terwijl ze de tafel afruimde.

‘Bedankt, maar dit was zo simpel als wat,’ zei ik en ik luisterde naar het verdwijnende motorgeluid van de Cadillac.

We gingen in de woonkamer zitten waar ik koffie voor ons inschonk.

‘Het hotel is het eerste agendapunt,’ zei ik, kijkend op de klok. ‘Dus dat is al snel aan de beurt. We moeten maar duimen en hopen dat hij de klus klaart.’

‘De klus klaart?’ herhaalde Shannon.

‘Dan is het varken op één oor na gevild.’

‘Varken op één oor na gevild. Wat betekent dat?’

‘Gewoon een uitdrukking, maakt niet uit.’

‘We hebben wijn nodig.’ Shannon liep naar de keuken en kwam terug met twee glazen en een fles met bubbels die Carl koud had gezet. ‘Wat is eigenlijk jouw droom?’

‘Mijn droom?’ zei ik en ik keek toe hoe ze de fles opende. ‘Ik wil mijn eigen tankstation hebben. En... nou ja, dat is het eigenlijk wel.’

‘Vrouw, kinderen?’

‘Dat komt zoals het komt.’

‘Waarom heb je nooit een vriendin gehad?’

Ik haalde mijn schouders op. ‘Ik ben kennelijk niet in trek.’

‘Niet in trek? Je bent niet aantrekkelijk, is dat wat je zegt?’

‘Het was deels als grapje bedoeld, maar ja.’

‘Dan kan ik je vertellen dat het niet waar is, Roy. En dat zeg ik niet omdat ik jou zielig vind, maar omdat het een feit is.’

‘Een feit?’ Ik pakte het glas aan dat ze voor me had ingeschonken. ‘Is zoiets niet subjectief?’

‘Deels subjectief. Het geheel aan aantrekkingskracht bij een man hangt meer af van de vrouw die kijkt dan omgekeerd.’

‘Vind je dat onrechtvaardig?’

‘Tja, de man is misschien vrijer omdat er minder belang wordt gehecht aan zijn uiterlijk. Maar zijn sociale status is des te belangrijker. Wanneer vrouwen klagen over de druk van het schoonheidsideaal, dan zouden mannen moeten klagen over de druk van de status.’

‘En als je schoonheid noch status hebt?’

Shannon schopte haar schoenen uit en trok haar voeten onder zich. Ze nam een slok uit haar glas. Ze leek zich te vermaken.

'Status wordt net als schoonheid gemeten met verschillende weegschalen en verschillende maten,' zei ze. 'Een straatarme maar geniale schilder kan een harem van vrouwen hebben. Vrouwen worden aangetrokken door mannen met talenten, mannen die zich onderscheiden van de menigte. Heb je geen schoonheid of status dan moet je dat compenseren met charme, persoonlijkheid, humor of andere kwaliteiten.'

Ik lachte. 'En jij denkt dat ik dat heb?'

'Ja,' zei ze slechts. 'Proost.'

'Proost en dankjeverdommewel,' zei ik en ik tilde het glas op. Kleine bubbeltjes fluisterden en sisten iets naar me, maar ik hoorde niet wat.

'Op je gezondheid,' zei ze glimlachend.

'Voor mannen als Carl is het eenvoudiger,' zei ik en ik zag dat ik mijn glas al bijna leeg had. 'Waar ben je voor gevallen? Zijn uiterlijk, status of charme?'

'Zijn onzekerheid,' zei ze. 'En zijn integriteit. Dat zijn de schoonheden van Carl.'

Ik tilde mijn rechterhand op om mijn wijsvinger heen en weer te bewegen, maar ik kon mijn middelvinger niet buigen vanwege het verband dus ik moest mijn linker gebruiken. 'Nee, nee, je kunt niet komen met die darwinistische voortplantingstheorie en je er tegelijkertijd op beroepen dat je een uitzondering bent. Onzekerheid en integriteit zijn niet genoeg.'

Ze lachte en schonk onze glazen weer vol. 'Je hebt natuurlijk gelijk, maar zo voelt het niet. Ik weet dat mijn rationele dierenhersenen moeten hebben gezocht naar iemand die de vader van mijn nakomelingen kan zijn, maar wat mijn grillige menselijkheid zag en waar ik verliefd op werd was die kwetsbare schoonheid.'

Ik schudde mijn hoofd. 'Uiterlijk, status of compenserende eigenschappen?'

'Laat me nadenken,' zei Shannon en ze hield haar glas in het licht van de lamp. 'Uiterlijk.'

Ik knikte en zei niets. Maar ik dacht aan Carl en Grete in het bos. Het nare gekraak van de donsjas voordat die scheurde. En er was ook een ander geluid. Borrelen. Als een koe in een moeras. Een zachte borst. Julie. Ik duwde de gedachte weg.

'Schoonheid is natuurlijk niet absoluut,' zei Shannon. 'Het hangt ervan af wat we daar, ieder voor zich, in leggen. Schoonheid is altijd afhankelijk van de context, het heeft te maken met eerdere ervaringen, alles wat we hebben gevoeld, geleerd en hebben opgebouwd. Mensen in alle landen vinden dat hun volkslied het mooiste is van de wereld, dat hun moeder het beste kan koken, dat het mooiste meisje uit het dorp ook het mooiste meisje ter wereld is. Enzovoorts. De eerste keer dat je nieuwe muziek hoort zal je die niet mooi vinden. Dat wil zeggen, als het écht nieuw is voor je. Als mensen beweren dat ze graag nieuwe muziek horen, ja, er zelfs van houden, dan is dat omdat ze houden van de gedachte dat die exotisch is, spannend en bovendien een gevoel geeft dat ze ontvankelijk zijn en een kosmisch begrip hebben dat de ander niet heeft. Terwijl waar ze eigenlijk voor vallen, iets is wat ze onbewust herkennen. Langzaam wordt het nieuwe een deel van hun ervaringen en het eigenlijke leren, de indoctrinatie van wat ze mooi en goed vinden, wordt een onderdeel van hun esthetische gevoel. Amerikaanse films begonnen de mensen over de hele wereld al vroeg in de twintigste eeuw de schoonheid te tonen van witte filmsterren. En van iedere zwarte. De laatste vijftig jaar hebben de Aziatische films hetzelfde gedaan met hun filmsterren. Maar het is net zoals bij muziek: hun schoonheid moet herkenbaar voor het publiek zijn, een Aziaat moet er niet te Aziatisch uitzien, maar gelijkenis vertonen met het gevestigde schoonheidsideaal, een ideaal dat nog steeds wit is. Zo bekeken is het woord gevoel als je het gebruikt in de esthetiek in het beste geval onnauwkeurig. We worden geboren met zicht en gehoor, maar als het op esthetiek aankomt beginnen we allemaal met een schone lei. We...'

Ze stopte ineens. Lachte even en bracht het wijnglas naar haar lippen alsof ze zich ineens realiseerde dat ze doceerde voor een ongeïnteresseerd publiek.

We zwegen een poos. Ik kuchte en zei: 'Ik heb gelezen dat alle volkeren, ook de meest geïsoleerde, houden van een symmetrisch gezicht. Kun je daar niet uit opmaken dat het is aangeboren?'

Shannon keek me aan. Er gleed een lach over haar gezicht en ze leunde voorover in haar stoel.

'Misschien,' zei Shannon. 'Aan de andere kant zijn de regels voor symmetrie zo eenvoudig en stringent dat het niet zo vreemd is dat we die smaak met de hele wereld delen. Net als het geloof in hogere machten makkelijk is te duiden en daarom ook universeel is, maar niet aangeboren.'

'Als ik nu zeg dat ik jou mooi vind?' De woorden ontglipten me gewoon.

Ze zag er eerst verbluft uit. Ze wees naar haar hangende ooglid en toen ze begon te praten was dat zonder de warme baritontoon, maar met een metalige klank. 'Dan is dat ofwel een leugen ofwel heb je je de meeste elementaire schoonheidsprincipes niet eigen gemaakt.'

Ik begreep dat ik over een grens was gegaan. 'Dus er bestaan principes?' vroeg ik om weer aan de goede kant te komen.

Ze keek me onderzoekend aan en leek even na te denken of ze me hiermee liet wegkomen of niet.

'Symmetrie,' zei ze ten slotte. 'De gulden snede, natuurlijke, repeterende vormen, complementaire kleuren, harmoniërende tonen.'

Ik knikte, opgelucht dat het gesprek weer op het juiste spoor was beland, maar ik wist dat ik mezelf nog heel lang zou straffen voor deze verspreking.

'Of in de architectuur waar je functionele vormen hebt,' ging ze verder. 'Die eigenlijk te vergelijken zijn met de natuurlijke vormen. De zeskantige cellen van een honingraat, de dam van de bever die het water reguleert, het netwerk van de tunnels van een vos, het uitgehakte gat van de specht dat nestelruimte wordt voor andere vogels. Niets daarvan is geconstrueerd om mooi te zijn en toch zijn ze dat wel. Een huis waar je goed in kunt wonen is mooi. In feite is het zo simpel.'

'En een tankstation?'

'Kan ook mooi zijn zolang het een functie heeft die volgens ons van belang is.'

'En een galg?'

Shannon glimlachte. '...kan ook mooi zijn zolang de doodstraf noodzakelijk is.'

'Moet je de terdoodveroordeelde niet haten om dat te vinden?'

Shannon smakte alsof ze er even van moest proeven. 'Nee, ik geloof dat volstaat dat het noodzakelijk is.'

'Maar een Cadillac is mooi,' zei ik en ik schonk meer wijn in. 'Hoewel de vorm weinig functioneel is vergeleken met moderne auto's.'

'Nou, de vormen zijn natuurlijk, de auto ziet eruit alsof die gemaakt is om te vliegen als een arend, de tanden te kunnen laten blikkeren als een hyena en door het water te kunnen glijden als een haai. En de auto lijkt wel aerodynamisch en heeft plaats voor een raketmotor die ons het heelal in kan sturen.'

'Maar de vorm liegt over de functie en we weten dat. Toch vinden we die mooi.'

'Zelfs atheïsten kunnen kerken mooi vinden. Maar waarschijnlijk vinden gelovigen kerken nog iets mooier omdat ze een associatie oproepen met het eeuwige leven, net als een vrouwelijk lichaam voor een man gekoppeld is aan het doorgeven van zijn genen. Een man zal een vrouwelijk lichaam onbewust minder begeren als hij weet dat het onvruchtbaar is.'

'Denk je?'

'We kunnen het testen.'

'Hoe dan?'

Ze lachte zwak. 'Ik heb endometriose.'

'Wat is dat?'

'Baarmoederweefsel dat buiten de baarmoeder groeit waardoor ik waarschijnlijk nooit kinderen kan krijgen. Ben je het met me eens dat de wetenschap over deze ontbrekende functie maakt dat het uiterlijk iets minder mooi wordt?'

Ik keek haar aan. 'Nee.'

Ze lachte. 'Dat is jouw oppervlakkige, bewuste ik dat antwoord geeft. Je moet je onderbewuste deze informatie een poosje laten verteren.'

Misschien kwam het door de wijn dat haar anders zo sneeuwwitte wangen kleur hadden gekregen. Ik wilde antwoorden, maar ze onderbrak me met een schaterlach. 'Bovendien ben je mijn zwager, dus jij bent geen geschikt proefkonijn.'

Ik knikte. Stond op en liep naar de cd-speler en zette J.J. Cale's *Naturally* op.

We luisterden zwijgend naar het hele album en toen het afgelopen was, vroeg Shannon of ze het nogmaals mocht horen.

Tijdens 'Don't Go To Strangers' ging de deur open. En op de drempel stond Carl. Zijn gezicht had een ernstige, afstandelijke uitdrukking. Hij knikte naar de fles bubbelwijn.

'Waarom hebben jullie die geopend?' vroeg hij op donkere toon.

'Omdat we wisten dat het je zou lukken het gemeentebestuur te overtuigen dat deze plek een hotel nodig heeft,' zei Shannon en ze hief haar glas. 'En dat ze je toestemming zouden geven om het aantal vakantiehuisjes te bouwen waar je om hebt gevraagd. We vieren het eigenlijk op voorhand.'

'Zie ik eruit alsof het voorstel is aangenomen?' vroeg hij en hij staarde ons somber aan.

'Je ziet eruit als een slechte toneelspeler,' zei Shannon, een slok nemend. 'Haal een glas, schat.'

Het masker van Carl brak, hij lachte hard en kwam op ons af met gespreide armen. 'Aangenomen met één tegenstem. Ze vonden het geweldig!'

Er leek een stralenkrans van enthousiasme rond Carls hoofd te zweven terwijl hij het grootste deel van de resterende wijn dronk en druk gebarend uitlegde hoe de vergadering was verlopen. 'Ze slikten elk woord. Weten jullie wat een van hen zei? "Onze partij heeft als motto dat alles altijd beter kan, maar vandaag kan niets beter worden gedaan." Ze accepteren alle veranderingen in de plannen dus nu hebben we onze vakantiehuisjes.' Hij wees naar het raam. 'Na de vergadering kwam Willumsen naar me toe, hij zei dat hij op de tribune had gezeten en feliciteerde me met het feit dat ik niet alleen mij en de mijnen had verrijkt, maar dat ik van de grond van iedereen in het dorp een puur olieveld had gemaakt. Willumsen beklaagde zich dat hij zelf niet meer grond had en hij bood me ter plekke drie miljoen voor onze grond.'

'En wat heb je daarop geantwoord?' vroeg ik.

'Dat het mogelijk het dubbele was van wat de grond gisteren waard was, maar dat die nu het tienvoudige waard was. Nee, het vijftigvoudige! Proost!'

Shannon en ik hieven ons lege glas.

'En het hotel?' vroeg Shannon.

'Ze vonden het geweldig. Gewéldig. Ze vroegen slechts om enkele minimale aanpassingen.'

'Aanpassingen?' De lichte wenkbrauw boven haar rechteroog ging omhoog.

'Ze vonden het een beetje... steriel was het woord, geloof ik. Ze wilden iets meer Noorse bergcoloriet. Niets om je druk over te maken.'

'Bergcoloriet?'

'Details. De buitenkant. Ze wilden gras op het dak en hier en daar houten balken. Twee grote trollen, gesneden uit hout, aan weerszijden van de ingang. Dergelijke domme dingen.'

'Dus?'

Carl haalde zijn schouders op. 'Dus daar heb ik in toegestemd. *No big deal*.'

'Wát heb je?'

'Luister, *darling*, dat is pure psychologie. Ze hebben een bepaalde mate van controle nodig, het gevoel dat ze geen boerenpummels zijn die overbluft worden door een dorpsgenoot met een grote mond die zojuist is teruggekeerd uit het buitenland, begrijp je? We moesten ze iets geven. En ik deed alsof de instemming met deze eisen een behoorlijke aderlating voor ons was. Nu hebben ze het gevoel dat we al ver over onze grens zijn gegaan en zullen ze niet om meer vragen.'

'Geen compromissen,' zei Shannon. 'Je hebt het beloofd.' Het bliksemde uit dat ene starende oog.

'Kalmeer, darling. Als we over een maand de eerste schep in de grond zetten, hebben wij de controle en dan verzinnen we een praktische verklaring waarom die kitsch toch niet kan doorgaan. Tot die tijd laten we ze geloven dat ze hun zin krijgen.'

'Net zoals jij iedereen laat geloven dat hij of zij z'n zin krijgt?' vroeg Shannon. Ik had deze kilte in haar stem nog niet eerder gehoord.

Carl schoof heen en weer op zijn stoel. 'Darling, dit is een moment om te vieren, niet...'

Shannon stond ineens op en beende naar buiten.

'Wat was dat?' vroeg ik nadat ze de buitendeur achter zich had dichtgesmeten.

Carl zuchtte. 'Het is haar hotel.'

'Haar?'

'Zij heeft het getekend.'

'Zíj heeft het getekend? Niet een architect?'

'Shannon is architect, Roy.'

'Is dat zo?'

'De beste uit Toronto, als je het mij vraagt. Maar ze heeft haar eigen stijl en haar eigen opvattingen en ze is helaas een beetje als Howard Roark.'

'Ze is wat?'

'De architect die zijn eigen werk opblaast als het niet gebouwd is zoals hij het had getekend. Shannon maakt ruzie over het kleinste detail. Als ze iets flexibeler van aard was, was ze niet alleen de beste architect van Toronto geweest, maar ook de meest gevraagde.'

'Niet dat het zo verdomde belangrijk is, maar waarom heb je niet verteld dat zij het hotel heeft getekend?'

Carl zuchtte. 'De tekeningen zijn ondertekend met de naam van haar architectenbureau. Ik dacht dat dat genoeg was. Een project waar de projectleider zijn jonge, buitenlandse vrouw de ontwerptekeningen laat maken zal automatisch worden verdacht van gebrek aan professionaliteit. De kritiek zal natuurlijk verstommen als ze haar *trackrecord* zien, maar ik was van mening dat we die heisa nu niet konden gebruiken. Pas als we de investeerders en het gemeentebestuur aan boord hadden, konden we opening van zaken geven. En Shannon was het daarmee eens.'

'Waarom heeft niemand mij dat verteld?'

Carl gebaarde met zijn armen. 'Zodat je niet hoefde rond te lopen met een leugen. Dat wil zeggen, het is natuurlijk geen leugen, de naam van het bureau staat er immers onder, maar... nou ja, je begrijpt het wel.'

'Minder losse eindjes? Minder onberekenbare personen?'

'Wel verdomme, Roy.' Hij keek me aan met die treurige, mooie ogen. 'Ik moet een miljoen ballen in de lucht houden en probeer gewoon het aantal obstakels te verkleinen. Oké?'

Ik zoog op mijn tanden. Dat was iets waar ik onlangs mee was begonnen. Vader deed dat ook en ik ergerde me daar vaak aan. 'Oké,' zei ik.

'Mooi.'

'Nu we het toch over ballen in de lucht en bezwaren hebben, ik zag Mari vandaag in de wachtkamer van de dokter. Ze bloosde toen ze me zag.'

'O ja?'

'Het leek wel of ze zich schaamde.'

'Waarvoor dan?'

'Ik weet het niet, maar na dat gedoe tussen jou en Grete en jouw vertrek naar Amerika, probeerde ze het jou betaald te zetten.'

'Hoe dan?'

Ik haalde diep adem. 'Ze probeerde me te verleiden.'

'Jou?' Carl lachte hartelijk. 'En nu klaag je bij mij dat ik de familie niet op de hoogte hou?'

'Dat was precies wat ze wilde, dat jij het zou horen. En gekwetst zou zijn.'

Carl schudde zijn hoofd en ging over in ons dialect. 'Onderschat verdomme nooit een gekrenkte vrouw. Heb je je kans gegrepen?'

'Nee,' zei ik. 'En toen ik het schaamrood zag, besefte ik dat ze nooit haar wraak heeft gekregen. En dat Mari Aas niet het type is dat vergeet, dat het in haar zal zitten als een ingekapselde kogel. Ik denk dat je haar in de gaten moet houden.'

'Jij denkt dat ze iets van plan is?'

'Of misschien al heeft gedaan, iets wat zo bedenkelijk is dat ze zich schaamt als ze een van de familieleden ziet.'

Carl wreef over zijn kin. 'Bijvoorbeeld iets wat ons project in gevaar kan brengen?'

'Ze kan iets uitspoken wat niet goed is voor jou. Ik zeg het maar even.'

'En dat alles baseer je op het feit dat ze volgens jou bloosde toen je voorbijliep?'

'Ik weet dat het idioot klinkt,' zei ik. 'Maar Mari is niet iemand die bloost en dat weten we. Ze is een zelfverzekerde dame en er is bijna niets wat haar uit haar evenwicht brengt. Maar ze is ook een moralist. Herinner je je die ketting die je voor haar had gekocht met het geld dat je had gejat van oom Bernard?'

Carl knikte.

'Zo zag ze eruit,' zei ik. 'Het leek of ze aan iets verkeerds had meegewerkt en dat het nu te laat was om spijt te hebben.'

'Ik begrijp het,' zei Carl. 'Ik zal haar in de gaten houden.'

Ik ging vroeg naar bed. Ik hoorde Carl en Shannon in de woonkamer. Niet de woorden, maar dat ze ruzie hadden. Voetstappen op de trap, de deur van de slaapkamer die werd dichtgedaan. En toen neukten ze.

Ik duwde het kussen tegen mijn hoofd en zong J.J. Cale's 'Don't Go To Strangers' in mezelf.

19

De sneeuw was weggesmolten.

Ik stond door het keukenraam naar buiten te kijken.

'Waar is Carl?' vroeg ik.

'Hij praat met de aannemers,' zei Shannon die aan de keukentafel zat te lezen in de plaatselijke krant. 'Ze zullen wel op de bouwplaats zijn.'

'Moet jij daar niet bij zijn als architect?'

Ze haalde haar schouders op. 'Hij wilde het alleen doen, zei hij.'

'Wat schrijft de krant?'

'Dat het gemeentebestuur de poorten heeft opengezet. Dat Os een vakantiekolonie zal worden voor rijke stadsmensen en dat wij hun arbeiders worden. Dat we beter opvanglocaties voor de vluchtelingen konden bouwen, voor mensen die het echt nodig hebben.'

'Jezus, schrijft Dan Krane dat?'

'Nee, het is een lezersbrief, maar die heeft veel aandacht gekregen en op de voorpagina wordt ernaar verwezen.'

'En wat schrijft Dan Krane in het hoofdartikel op de voorpagina?'

'Een verhaal over predikant Armand. Over zijn evangelische bijeenkomsten en gebedsgenezing. Maar dat een week nadat hij met de opbrengst van de collecte uit Os was vertrokken, alle zieken weer in hun rolstoel zaten.'

Ik lachte en bestudeerde de lucht boven Ottertind, de berg aan de zuidzijde van het Budalsvann. Er waren veel tegenstrijdige tekenen te zien en welk weer het zou worden was er niet uit op te maken. 'Krane durft Carl niet rechtstreeks te bekritiseren,' stelde ik vast. 'Maar hij biedt voldoende ruimte aan wie dat wel durft.'

'Toch klinkt het niet alsof we veel te vrezen hebben van die kant,' zei Shannon.

'Misschien niet van die kant.' Ik draaide me om naar haar. 'Als je nog steeds denkt dat je kunt ontdekken wat Kurt Olsen van plan is, dan is nu denk ik het juiste tijdstip daarvoor aangebroken.'

Fritt Fall was het type zaak dat gedicteerd wordt door de grootte van de markt. Wat in het geval van Fritt Fall betekende dat het moest voldoen aan de behoeften van iedereen. Een lange bar met krukken voor de bierdrinkers, kleine tafeltjes voor de hongerigen, een dansvloertje met discolichten voor de zoekenden, een biljarttafel met gehavend vilt voor de rustelozen en een tafel voor de hoopvollen waar je op de televisie naar paardenraces kon kijken en wedden. Van wie de zwarte haan was die tussen de tafels paradeerde wist ik niet, maar hij deed niemand kwaad en vice versa, trok zich van niemand iets aan en luisterde ook niet naar zijn naam, Giovanni. Maar Giovanni zou in elk geval gemist worden als hij op een dag verdween en – volgens Erik Nerell – geserveerd werd aan de stamgasten als een beetje taaie, maar sympathieke coq au vin.

Het was drie uur toen Shannon en ik binnenkwamen. Ik zag geen Giovanni, alleen twee mannen die naar het televisiescherm keken waarop paarden met wapperende manen stomend over de renbaan draafden. We gingen aan een van de tafeltjes bij het raam zitten en ik pakte zoals afgesproken Shannons laptop, zette die tussen ons in op tafel, stond op en liep naar de bar waar Erik Nerell ons vanaf het moment dat we binnenkwamen in het oog hield, maar deed alsof hij in *Os Blad* zat te lezen.

'Twee koffie,' zei ik.

'Oké.' Hij zette een kopje onder het kraantje van een groot apparaat en drukte op een knop.

'Nog nieuws?' vroeg ik.

Hij keek me argwanend aan. Ik knikte naar de krant.

'O, daar,' zei hij. 'Nee, jawel...' Hij wisselde de kopjes. 'Nee.'

Toen ik het kopje op tafel voor Shannon neerzette, had ze de laptop opgestart. Ik ging naast haar zitten. De screensaver was een vrij donker vierkant, en in mijn ogen volkomen doorsnee wolkenkrabber die een meesterwerk was, had ze me verteld. Het IBM-gebouw in Chicago, ontworpen door iemand die ze Mies noemde.

Ik keek rond. 'Hoe wil je het doen?'

'Jij en ik babbelen wat terwijl we onze koffie drinken die overigens vreselijk is, maar ik zal geen grimas trekken want hij kijkt naar ons.'

'Erik?'

'Ja, en die twee bij de televisie ook. Als we onze koffie ophebben, neem jij de laptop en doe je alsof je het erg druk hebt met iets, je kunt ook wat typen bijvoorbeeld. Kijk niet op en laat de rest aan mij over.'

'Oké,' zei ik en ik nam een slok van mijn koffie. Ze had gelijk, de koffie smaakte chemisch, ik zou liever gewoon warm water drinken. 'Ik heb endometriose gegoogeld. Ik heb gelezen dat als het op de gewone manier niet lukt, je ivf kunt proberen. Overwegen jullie dat?'

Ze sperde haar ene oog open en zag er woedend uit.

'Jij zei dat we wat moesten babbelen,' zei ik.

'Dit is geen babbelen, dit is serieuze praat,' zei ze zacht en dwingend.

'Ik kan wel over tankstations beginnen,' zei ik, mijn schouders ophalend. 'Of over komische en pijnlijke situaties als je een stijve middelvinger hebt aan je beste hand.'

Ze lachte. Haar humeur wisselde als het weer op tweeduizend meter, maar onthaald te worden op deze lach was als het glijden in een warm bad.

'Ik wil graag kinderen,' zei ze. 'Dat is mijn grootste wens. Geen wens vanuit mijn ratio, uiteraard, maar vanuit mijn gevoel.'

Ze keek over mijn schouder in de richting van Erik. Lachte alsof de blik werd beantwoord. Stel nu dat Erik niet wist wat Kurt van plan was? Ik was er niet meer zo zeker van dat dit een goed idee was.

'En hoe zit dat met jou?" vroeg ze.

'Met mij?'

'Kinderen.'

'Ja, jezus, graag. Ik weet alleen...'

'Ja?'

'Ik weet alleen niet of ik geschikt ben als vader.'

'Ik wéét dat je dat bent, Roy.'

'Het moet alleen met een moeder zijn die alles kan zijn wat ik niet ben. En die er begrip voor heeft hoeveel tijd het runnen van een tankstation kost.'

'De dag dat jij vader wordt, vind je misschien niet meer dat de wereld alleen maar draait om tankstations.'

'Of om wolkenkrabbers van geanodiseerd aluminium.'

Ze lachte. 'Het is tijd.'

'De hoogste tijd.'

'De hoogste tijd.'

Onze blikken kruisten elkaar een ogenblik, toen trok ik de laptop naar me toe, opende een tekstprogramma en begon te typen. Ik liet de woorden gewoon komen en concentreerde me er alleen op dat ik ze juist spelde. Nadat ik dat een poos had gedaan, hoorde ik dat ze opstond en wegliep. Ik hoefde niet eens te kijken om te weten dat ze extra met haar heupen wiegde. *Fucking socaswing*. Ik zat met mijn rug naar de bar en hoorde alleen de poten van een barkruk schrapen en wist dat ze zat te praten met Erik Nerell en dat zijn blik net als op de *homecoming party* aan haar zat vastgekleefd. Terwijl ik verdiept bleef in mijn spellingsoefening, plofte er iemand neer aan de andere kant van de tafel en even dacht ik dat Shannon onverrichter zake was teruggekomen en dat voelde paradoxaal genoeg als een opluchting. Maar het was Shannon niet.

'Hoi,' zei Grete.

Het eerste wat me opviel was dat haar permanentkrullen nu blond waren.

'Hoi,' zei ik en ik trachtte te benadrukken met deze korte reactie dat ik het ontzettend druk had.

'Ja ja, ze is een knappe flirt,' zei Grete.

Ik richtte automatisch mijn blik in dezelfde richting als zij.

Shannon en Erik zaten aan de kop van de bar naar elkaar toe geleund en we zagen hen alleen en profil. Shannon lachte om iets en ik zag dat Erik in hetzelfde warme bad zat waarin ik zojuist had gezeten. En misschien kwam het doordat Grete het woord knap had gebruikt, dat ik het nu zag. Shannon Alleyne Opgard was niet alleen mooi, ze was knap. Dat het iets was met de manier waarop ze het licht naar zich toe trok en tegelijkertijd reflecteerde. En dat ik verdomme mijn ogen niet van haar af kon houden. Niet tot ik Gretes stem weer hoorde: 'Oei, oei.'

Ik draaide me weer naar haar om. Ze keek niet meer naar Shannon, maar naar mij.

'Wat?'

'Niets,' zei ze met een zuur lachje op haar wormenlippen. 'Waar is Carl vandaag?'

'Op het bouwplaats, neem ik aan.'

Greta schudde ontkennend haar hoofd en ik probeerde er niet over na te denken hoe ze dat kon weten.

'Dan weet ik het niet, misschien praat hij met de deelnemers.'

'Dat kan beter kloppen,' zei ze en ze leek te overwegen meer te zeggen.

'Ik wist niet dat jij in Fritt Fall kwam,' zei ik om van onderwerp te veranderen.

Ze hield een hand omhoog met wedformulieren die ze bij het binnenkomen van de tafel bij de televisie moest hebben gepakt. 'Voor mijn vader,' zei ze. 'Hoewel hij zegt dat hij geld gaat zetten op het hotel in plaats van op paarden. Dat is hetzelfde principe, zegt hij. Minimale inzet met kans op grote winst. Heeft hij dat goed begrepen?'

'Geen inzet,' zei ik. 'Mogelijkheid op grote winst: ja. Maar ook op een grote rekening. Hij moet eerst checken of hij geld heeft voor een worstcasescenario.'

'Een worst-wat?'

'Als de zaken naar de klote gaan.'

'O, zo.' Ze stopte de wedformulieren in haar tas. 'Ik vind dat Carl de zaak beter kan verkopen dan jij, Roy.' Ze keek naar me op en lachte. 'Maar dat heeft hij eigenlijk altijd al gedaan. Doe hem de groeten van me. En let op die barbiepop van hem. Het lijkt erop dat ze bezig is hem daar in te pakken.'

Ik draaide me om en keek naar Shannon en Erik. Ze hadden hun telefoons gepakt en toetsten iets in. Toen ik weer recht ging zitten, was Grete op weg naar buiten.

Ik keek naar het scherm. Begon te lezen wat ik had geschreven. Wel verdomme, was ik gek geworden? Ik hoorde poten over de vloer schrapen en haastte me om het document te sluiten en klikte op nee toen het programma vroeg of ik het document wilde opslaan.

'Klaar?' vroeg Shannon.

'Yep,' zei ik en ik klapte de laptop dicht en stond op.

'En?' zei ik toen we weer in de Volvo zaten.

'Ik vermoed dat het in de loop van de avond gaat gebeuren,' zei ze.

Nadat ik Shannon naar de boerderij had gebracht, reed ik naar het tankstation om Markus af te lossen die had gevraagd of hij vroeg naar huis mocht.

'Nog nieuws?' vroeg ik aan Julie.

'Hm,' zei ze terwijl ze een kauwgumbel blies. 'Alex is chagrijnig en zegt dat ik hem zit op te geilen. En Natalie gaat verhuizen.'

'Waarheen dan?'

'Naar Notodden. Dat kan ik goed begrijpen, hier gebeurt nooit wat.'

'Helemaal nooit,' zei ik en ik pakte een sleutel uit de la onder de kassa. 'Ik ga even naar de werkplaats, oké?'

Ik liet de poort naar de werkplaats dicht en nam de deur van het kantoor. Ik rook aan de bedompte lucht dat het lang geleden was dat ik hier een kijkje had genomen. We reden de auto's naar binnen om de banden te verwisselen als het buiten te koud was, maar de smeerput werd nauwelijks meer gebruikt nadat de werkplaats was gesloten. Toen Carl vertrok naar Amerika en ik alleen zat op de boerderij, had ik een slaapplek ingericht achter in de werkplaats met een bed, een televisie en een keukentje. Daar woonde ik in de koude maanden wanneer de weg naar de boerderij was dichtgesneeuwd en het bovendien zinloos was om het huis voor die paar uur dat ik daar was warm te stoken. Ik deed de deur naar de wasstraat dicht en nam een douche. Schoner kon ik niet worden. Toen liep ik terug naar mijn slaaphokje en checkte de matras. Droog. Het kookplaatje werkte ook. En zelfs de televisie ging na een korte aarzeling aan.

Ik liep de werkplaats in. En bleef staan waar we de armen, benen en het hoofd van de oude Olsen hadden afgesneden. Waar ík die had afgesneden. Carl wilde er niet naar kijken en dat was prima, waarom zou hij ook? De tractor had buiten gestaan met de schepbak twee dagen hoog in de lucht voordat ik die weer de wasstraat in had gereden en de inhoud in de afvoer had gekieperd. Toen had ik de bak schoongespoten en dat was dat. Hoe voelde het om op dezelfde plek te staan? Waren er geesten? Het was achttien jaar geleden. En ik had ook die middag en nacht niets gevoeld, daar was gewoon geen plaats voor. Als er al geesten waren dan waren die in Huken, niet hier.

'Roy,' zei Julie toen ik terugkwam, ze hield de vocalen lang aan alsof ik een lange naam had. 'Droom jij over een plek waar je graag naartoe zou willen?' Ze bladerde in een reisbrochure en liet me een strand zien waar een stel in minimale badkleding lag te bakken in de zon.

'Dat moet wel Notodden zijn,' zei ik.

Ze keek me met open mond aan. 'Is dat de verste plaats waar je ooit bent geweest?'

'Ik ben helemaal nergens geweest,' zei ik.

'Toe zeg.'

'Ik ben in het zuiden geweest. En het noorden, maar ik ben nooit in het buitenland geweest.'

'Natuurlijk wel!' Ze hield haar hoofd scheef, nam me op en voegde daar, iets minder zeker van haar zaak, aan toe: 'Iedereen is dat toch?'

'Ik ben ver weg geweest,' zei ik. 'Maar dat was hier.' Ik legde mijn verbonden vinger voorzichtig tegen mijn voorhoofd.

'Wat bedoel je?' Ze glimlachte zwak. 'Ben je gek geworden of zo?'

'Ik heb mensen in stukken gehakt en hulpeloze honden doodgeschoten.'

'Ja, en je hebt een reddingsboei naar je vrouw gegooid nadat ze dronken van de champagne was,' zei Julie lachend. 'Waarom zijn jongens van mijn leeftijd niet net zo grappig als jij?'

'Het kost tijd om grappig te worden,' zei ik. 'Tijd en inspanning.'

Toen ik die avond op de boerderij kwam, zat Shannon in het donker in de wintertuin. Ze droeg Carls oude donsjas en een van mijn mutsen en had een wollen deken over haar benen.

'Het is koud, maar het is hier zo heerlijk kort nadat de zon is ondergegaan,' zei ze. 'Op Barbados gebeurt dat zo snel, ineens is het gewoon donker. En in Toronto is het zo plat en daar staat zoveel hoogbouw dat de zon gewoon op een zeker moment voor jou verdwijnt. Maar hier kun je het hele proces volgen.'

'In slow motion.'

'Ja, in slow motion.' Ze lachte. 'Het is inderdaad of je in de bioscoop zit. Er gebeurt zoveel met het licht. Het licht op het meer, het licht op de berg, het licht achter de berg. Het lijkt op een fotograaf die ruzie heeft met de instellingen van het licht. Ik hou van de Noorse natuur.' Ze voegde er ironisch theatraal aan toe: 'De wilde, ongerepte Noorse natuur.'

Ik ging naast haar zitten met een beker koffie die ik uit de kan had geschonken. 'Carl?'

'Hij wilde even rustig praten met iemand die belangrijk is voor het project. Een handelaar in tweedehandsauto's.'

'Willumsen,' zei ik. 'En verder?'

'Verder?'

'Is er verder nog iets gebeurd?'

'Zoals wat?'

De maan liet haar bleke gezicht zien door een spleet in het wolkendek.

Als een toneelspeler die voor de voorstelling begint stiekem tussen de gordijnen door naar het publiek gluurt. En in het gereflecteerde zonlicht dat op haar gezicht viel kon ik zien dat ze dat precies was: een nieuwsgierige toneelspeler.

'Hij kon niet langer wachten en heeft om acht uur dit gestuurd,' zei ze en ze haalde haar hand onder de wollen deken vandaan en gaf me de telefoon. 'Ik zei tegen hem dat ik hem leuk vond, dat ik me hier verveelde en ik vroeg hem een paar foto's te sturen. Hij vroeg wat voor foto's. Ik zei dat ik Noorse natuur wilde. Naakte, wilde, Noorse natuur. Graag in volle bloei.'

'En hij heeft je dit gestuurd?' Ik keek naar de weldoordachte selfie van Erik Nerell. Onder de naam *Dickpic.* Hij lag naakt voor de open haard op iets wat een rendiervel leek. Hij was met iets ingesmeerd waardoor de aangespannen spieren mat glommen. En in het midden van de foto: een eersteklas erectie.

Zijn gezicht was weliswaar niet in beeld, maar dit was meer dan genoeg voor een zwangere vriendin om te herkennen.

'Waarschijnlijk zal hij beweren dat hij me verkeerd begrepen heeft,' zei Shannon. 'Maar ik vat dit als enorm krenkend op. En ik denk dat zijn schoonvader dat ook zo zal zien.'

'Schoonvader?' zei ik. 'Niet zijn vriendin?'

'Ik heb daar even over nagedacht. Erik wist een beetje te goed wat hij moest zeggen. Ik denk dat hij zich eruit kan praten tegenover zijn vriendin. Door het stof gaan, vragen om vergeving, blablabla. Maar een schoonvader daarentegen...'

'Jij bent verduiveld slecht,' zei ik grinnikend.

'Nee,' zei ze ernstig. 'Ik ben goed. Ik hou van wie ik hou en ik doe wat ik moet doen om hen te beschermen. Ook als dat slechte dingen zijn.'

Ik knikte. Iets zei me dat dit mogelijk niet de eerste keer was. Ik wilde nog iets zeggen toen ik het grommende geluid van een achtcilinder-Amerikaan hoorde. De lichtbundels kwamen door de bocht en toen de Cadillac. We zagen dat de auto werd geparkeerd en Carl stapte uit. Hij bleef bij zijn auto staan en bracht zijn mobiel naar zijn oor. Hij sprak zacht terwijl hij naar het huis liep. Ik leunde achterover in mijn stoel en duwde op de lichtschakelaar. Ik kon zien dat Carl schrok toen hij ons in het oog kreeg. Alsof hij op heterdaad werd betrapt. Terwijl ik juist niet op heterdaad wilde worden betrapt nu ik hier in het donker zat met Shannon. Ik deed het licht weer uit om aan te geven dat we de voorkeur gaven aan het donker, zo zat het gewoon. En ik wist tegelijkertijd dat de beslissing die ik had genomen, de juiste was.

'Ik verhuis naar de werkplaats,' zei ik zacht.

'Wat?' zei Shannon net zo zacht. 'Waarom dat?'

'Om jullie iets meer ruimte geven.'

'Ruimte? We hebben niets anders dan ruimte. Een heel huis en een hele berg voor slechts drie mensen. Kun je niet blijven, Roy? Voor mij?'

Ik probeerde haar gezicht te zien in het donker. Meende ze dit of was het gewoon een beleefdheidsfrase? Maar de maan had zich weer verstopt en ze zei niets meer.

Carl kwam naar ons toe door de deur van de woonkamer.

'De deadline om mee te doen aan het Os Spa- en Berghotel LLP is verstreken,' zei hij en hij plofte in een van de kuipstoelen met een geopend bierflesje in zijn hand. 'We hebben vierhonderdtwintig deelnemers en praktisch allemaal hebben ze spaargeld op de bank. De bank is akkoord en ik heb met de aannemers gesproken. In principe kunnen we de graafmachines na de bedrijfsvergadering morgen laten komen.'

'Om waarin te graven?' vroeg ik. 'Eerst moet er toch met dynamiet gewerkt worden?'

'Ja natuurlijk, het was maar een beeldspraak. Ik zie het haast voor me hoe de graafmachines als tanks komen aangerukt en deze bergtop veroveren.'

'Je moet doen als de Amerikanen en het hier eerst laten bombarderen,' zei ik. 'Al het leven vernietigen, daarna veroveren.'

Ik hoorde de baardstoppels langs mijn overhemdkraag gaan toen hij zijn hoofd in het donker tegen me aan duwde. Hij vroeg zich vast af of ik meer te zeggen had dan ik zei. Wat het ook zou zijn.

'Willum Willumsen en Jo Aas hebben ingestemd om zitting te nemen in het bestuur,' zei Carl. 'Op voorwaarde dat men mij kiest als voorzitter.'

'Het lijkt erop dat je de volledige controle hebt.'

'Dat kun je wel zeggen,' zei Carl. 'Het voordeel met een LLP is dat, in tegenstelling tot een nv, de wet geen bestuur, accountant en al die andere controlerende rotzooi eist. We hebben een bestuur en een accountant omdat de bank dat eist, maar in de praktijk is het mogelijk dat de voorzitter leiding geeft aan het bedrijf als een absolute heerser en dat maakt het een stuk eenvoudiger.' Er klonken klokgeluiden uit de bierfles.

'Roy zegt dat hij gaat verhuizen,' zei Shannon. 'Naar de werkplaats.'

'Wat een onzin,' zei Carl.

'Hij zegt dat we ruimte nodig hebben.'

'Oké,' zei ik. 'Misschien ben ik het die ruimte nodig heeft. Ik ben misschien een beetje vreemd geworden doordat ik zo lang alleen heb gewoond.'

'Dan moeten Shannon en ik eigenlijk verhuizen,' zei Carl.

'Nee,' zei ik. 'Ik ben blij dat er meer dan één persoon in het huis woont. Het huis is blij met meerdere bewoners.'

'Dan zou drie beter zijn dan twee,' zei Carl en ik merkte dat hij een hand in de schoot van Shannon legde. 'En wie weet worden het er op een dag wel vier.' Het was twee seconden helemaal stil voor hij zichzelf weer leek te hervinden. 'Of niet. Ik moest er gewoon aan denken omdat ik zojuist Erik en Gro zag die een avondwandeling maakten. Ze is nu al behoorlijk dik.'

Nog steeds geen respons. Nog meer klokgeluiden. Carl boerde. 'Waarom zitten wij drieën zo vaak in het donker als we met elkaar praten?'

Dan hoeven we ons pokergezicht niet op te zetten, dacht ik. 'Ik praat morgen met Erik,' zei ik. 'En 's avonds verhuis ik.'

Carl zuchtte. 'Roy...'

Ik stond op. 'Ik ga nu slapen. Jullie zijn fantastische mensen en ik hou van jullie, maar ik verheug me erop om 's morgens geen andere gezichten te hoeven zien.'

Die nacht sliep ik als een blok.

20

Erik Nerell woonde buiten het dorp. Ik had Shannon uitgelegd dat wanneer we zeggen 'buiten het dorp' dan bedoelen we aan de oever van het Budalsvann, waar de Kjetterelv uitmondt in het meer. Aangezien het meer de vorm heeft van een omgekeerde v met het dorp in de punt, betekende 'in het dorp' en 'buiten het dorp' niets anders dan een aanwijzing welke weg je moest nemen vanaf je startpunt want de hoofdweg volgde hoe dan ook het meer. Aas, Moe, de dakdekker, en Willumsen woonden in het dorp, dat gezien werd als iets beter omdat de grond daar vlakker was en er kwam meer zon terwijl het vakantiehuisje van Olsen en de boerderij van Nerell buiten het dorp in de schaduw lagen. Het pad liep ook naar waar het vakantiehuisje van Aas lag, dus buiten het dorp, waar Carl, Mari en ik en nog wat anderen vroeger naartoe gingen om te feesten tot het licht werd.

Ik dacht daar even over na toen ik erlangs reed.

Ik parkeerde achter een Ford Cortina-sleeper die voor de schuur stond. Gro, de vriendin van Erik, deed open en terwijl ik vroeg naar Erik dacht ik na over hoe die korte armen kans hadden gezien langs de omvangrijke buik bij de deurklink te komen. Dat ze het probleem misschien zijwaarts had aangepakt. Zoals ik het zelf van plan was te doen.

'Hij traint,' zei ze, wijzend naar de schuur.

'Bedankt,' zei ik. 'Bijna zover?'

'Ja,' zei ze lachend.

'Maar jij en Erik maken nog wel avondwandelingen, heb ik gehoord.'

'Hij moet zijn vriendin en hond toch luchten?' zei Gro grinnikend. 'Maar nu nooit verder dan driehonderd meter van huis.'

Erik zag of hoorde me niet toen ik binnenkwam. Hij was bezig met bankdrukken. Hij hijgde en pufte met een stang op zijn borst en brulde toen hij die omhoogduwde. Ik wachtte tot de stang op de standaard was geplaatst voordat ik in zijn gezichtsveld stapte. Hij trok de oordopjes uit zijn oren en ik hoorde de hoogste tonen van 'Start Me Up'.

'Roy,' zei hij. 'Jij bent vroeg.'

'Je ziet er sterk uit,' zei ik.

'Bedankt.' Hij kwam overeind en trok een fleecevest aan over zijn bezwete T-shirt waarop de Hollywood Brats stonden afgebeeld. Zijn achterneef, Casino Steel, had keyboard in die band gespeeld en Erik beweerde stellig dat met een betere timing de Hollywood Brats groter zouden zijn geworden dan de Sex Pistols en de New York Dolls. Hij had een paar songs voor ons gespeeld en ik was van mening dat het niet alleen lag aan de timing. Maar ik hield van zijn enthousiasme. Ik mocht Erik Nerell sowieso. Dat was het niet.

'We hebben een probleem dat we moeten oplossen,' zei ik. 'Die foto die je naar Shannon hebt gestuurd is niet bepaald in goede aarde gevallen.'

Erik werd bleek en knipperde drie keer snel met zijn ogen.

'Ze kwam naar mij, ze wilde hem niet aan Carl laten zien want dan krijgt hij moordneigingen, zei ze. Maar ze wilde ermee naar de politie gaan. Wettelijk gezien is dit potlood venten.'

'Nee, nee, luister, ze zei...'

'Ze zei iets over natuurfoto's. Hoe dan ook, ik heb haar ervan weerhouden aangifte te doen en gezegd dat het voor iedereen veel gedonder zou betekenen en erg traumatisch voor Gro zou zijn.'

Ik zag zijn kaakspieren verstrakken bij het horen van de naam van zijn vriendin.

'Toen Shannon hoorde dat jullie een kind verwachten, zei ze dat ze de foto aan je schoonvader zou laten zien, dan moest hij maar beslissen wat er moest gebeuren. En Shannon is een behoorlijk vasthoudende dame, ben ik bang.'

De mond van Erik stond nog steeds open, maar nu kwam er niets meer uit.

'Ik kom naar je toe omdat ik wil helpen. Kijken hoe ik haar kan tegenhouden. Ik hou niet van gesodemieter, dat weet je.'

'Ja,' zei Erik met een bijna niet te horen vraagteken erachter.

'Ik hou er bijvoorbeeld niet van dat mensen gaan rondneuzen op de plaats waar mijn vader en moeder zijn doodgegaan. Dan wil ik graag weten wat er aan de hand is.'

Erik knipperde weer met zijn ogen. Alsof hij daarmee wilde aangeven dat hij het begreep. Dat ik uit was op een ruilhandel.

'Olsen gaat toch mensen Huken in sturen of niet?'

Erik knikte. 'Hij heeft in Duitsland een pak besteld dat bescherming biedt. Lijkt op zo eentje dat lui van de opruimingsdienst dragen. Dan ben je veilig tenzij er heel grote brokken steen naar beneden komen. En je kunt je erin bewegen.'

'Waar zoekt hij naar?'

'Het enige wat ik weet is dat Olsen naar beneden wil, Roy.'

'Nee, hij gaat niet naar beneden, jíj gaat. En hij moet je verteld hebben wat hij zoekt.'

'Als ik het al wist dan mag ik het je niet zeggen, Roy, dat moet je begrijpen.'

'Natuurlijk,' zei ik. 'En jij moet begrijpen dat ik een dame niet mag stoppen die zo overduidelijk is gekrenkt als Shannon.'

Erik Nerell zat op de bank en staarde me aan met droeve hondenogen. Gebogen schouders, handen in de schoot. 'Start Me Up' zoemde nog steeds uit de oordopjes die tussen zijn benen op de bank lagen.

'Jullie hebben me erin geluisd,' zei hij. 'Jij en die hoer. Dat ding ligt daarbeneden, of niet?'

'Wat ligt daarbeneden?'

'De mobiel van de vorige politiechef.'

Ik bestuurde de Volvo met mijn ene hand terwijl ik met de andere mijn mobiel vasthield. 'In de nacht dat hij verdween, zijn er tot tien uur 's avonds signalen geweest van de mobiel van Sigmund Olsen.'

'Waar heb je het over?' vroeg Carl grommend. Hij klonk alsof hij een kater had.

'Een mobiel die aanstaat zendt elk halfuur signalen uit die geregistreerd worden door de basisstations in de buurt. De basisstations zijn met andere woorden een logboek van waar en wanneer de telefoon zich bevond.'

'Dus?'

'Kurt Olsen was onlangs in de stad en heeft met het telecombedrijf gesproken. Hij heeft de data gekregen van de dag dat zijn vader verdween.'

'Hebben ze de gegevens van zo lang geleden nog?'

'Kennelijk. Sigmund Olsens mobiel is door twee basisstations geregistreerd. Dat bewijst dat hij niet – of in elk geval zijn mobiel niet – bij zijn huisje geweest kan zijn op het tijdstip dat volgens een getuige een auto stopte en de motor van een boot werd gestart. Dat was nadat het donker was geworden. Maar de gegevens van de basisstations tonen aan dat zijn telefoon in een gebied was dat onze boerderij, Huken, de boerderij van Simon Nergard en het bos tussen daar en het dorp beslaat. En dat valt moeilijk te rijmen met jouw verklaring tegenover de politie dat Sigmund Olsen om halfzeven van onze boerderij wegreed.'

'Ik heb niet gezegd waar de politiechef naartoe ging, alleen dat hij wegreed bij onze boerderij.' Carl klonk helder en wakker. 'Voor zover ik weet kan hij best gestopt zijn tussen ons en het dorp. En misschien waren die auto en boot die de getuige heeft gehoord nadat het donker was geworden van iemand anders, er zijn daar immers wel meer vakantiehuisjes dan dat van Olsen. Of misschien vergist de getuige zich in het tijdstip, het is niet echt iets wat je speciaal onthoudt.'

'Mee eens,' zei ik en ik zag dat ik een tractor naderde. 'Maar dat er vragen opduiken over de tijdslijn baart me niet de grootste zorgen. Het gaat me erom dat Kurt de telefoon in Huken kan vinden. Volgens Nerell is dat de reden dat Kurt naar beneden wil.'

'Wel verdomme. Maar kan die daar liggen? Heb je zijn spullen niet opgeruimd?'

'Jawel,' zei ik. 'En ik zag niets meer liggen. Maar herinner je je dat het bezig was donker te worden toen we het lijk omhoog sleepten en dat ik losse stenen hoorde vallen en ik dekking moest zoeken in het wrak?'

'Ja?'

Ik ging op de andere rijbaan rijden. De tractor was dicht bij een bocht, maar ik deed het toch. Ik gaf gas en vlak voor de bocht gleed ik voor de tractor en ik zag nog net in mijn spiegel dat de bestuurder zijn hoofd schudde.

'Het waren geen stenen die loskwamen, maar zijn mobiel, die zat in zo'n leren foedraal aan zijn riem. Toen hij langs de bergwand omhoog werd gesleept, werd het losgetrokken en viel het naar beneden, maar dat kon ik niet zien in het donker.'

'Waarom ben je daar zo zeker van?'

'Omdat ik ook aan iets anders moest denken. Dat er iets ontbrak toen ik naar het lijk keek. En later, toen we in de werkplaats waren en het lijk in stukken sneden, heb ik zijn riem losgemaakt en al zijn kleding stuk geknipt. Ik ben door zijn zakken gegaan om alles van metaal te verwijderen voordat we de rest aan Fritz overlieten. Er waren munten, een gesp en een aansteker, maar geen mobiel. Ik heb er verdomme geen moment aan gedacht, ik wíst dat hij dat ding in die stomme leren foedraal had.'

Het was een poosje stil aan de andere kant van de lijn. 'Wat doen we nu?' vroeg hij.

'We moeten Huken weer in,' zei ik. 'Voordat Kurt het doet.'

'En wanneer is dat?'

'Kurt heeft gisteren het pak gekregen. Erik gaat om tien uur naar hem toe om het te passen en daarna gaan ze direct naar Huken.'

Carls adem kraakte in de telefoon. 'Wel verdomme,' zei hij.

21

Het leek of deze herhaling, deze tweede afdaling, langzamer ging en tegelijkertijd sneller. Sneller omdat we de praktische problemen hadden opgelost en we ons die oplossingen nog goed konden herinneren. Langzamer omdat het snel moest gebeuren want we wisten niet wanneer Kurt en zijn team hier zouden arriveren en dat was als in een nachtmerrie waarin iemand achter je aan komt en jij wilt wegrennen, maar je hebt het gevoel dat je door water rent. Shannon was op haar post bij het begin van de Geitesving waar ze kon zien of auto's de hoofdweg verlieten.

Carl en ik gebruikten hetzelfde touw als de laatste keer waardoor Carl precies wist tot hoe ver hij de Volvo achteruit moest rijden naar de rand voordat ik beneden was.

Toen ik eindelijk de grond raakte met mijn gezicht naar de bergwand, maakte ik het touw los voordat ik me omdraaide. Achttien jaar geleden. Maar het was of de tijd hier had stilgestaan. Door de lagere, maar licht overhangende zuidelijke bergwand viel de regen hier niet recht naar beneden en wat via de hogere, verticale bergwand van de Geitesving hier naartoe kwam, werd tussen de stenen opgenomen in de grond. Daardoor was er weinig roest op het autowrak en leken de banden wat donkerder, maar wel in orde. Geen enkel beest had bezit genomen van vaders Cadillac, de leren zittingen en het dashboard waren nog intact.

Ik keek op mijn horloge. Halfelf. Verdomme. Ik sloot mijn ogen en probeerde me te herinneren waar ik iets had horen vallen. Nee, dat was te lang geleden. Maar zonder andere krachten dan de zwaartekracht in het spel moest de telefoon in een loodrechte lijn vanaf het lijk naar beneden gevallen zijn. Loodrecht, een simpele natuurkundige wet die zegt dat dingen die geen horizontale snelheid hebben recht naar beneden vallen. Ik had die gedachte indertijd bewust geblokkeerd en kon die nu net zo goed blokkeren. Ik had een zaklantaarn bij me en begon tussen de steenblokken te zoeken waar het touw naar beneden had gehangen.

Hoewel we alles op precies dezelfde manier hadden gedaan, de auto op dezelfde smalle weg op hetzelfde punt naar achteren hadden gereden en ik wist dat de telefoon hier ergens moest zijn neergekomen, waren er honderd verschillende plekken tussen de stenen waar die kon liggen. En de telefoon kon natuurlijk ook gericocheerd zijn van de stenen en op een heel andere plek terechtgekomen zijn. Aangezien de mobiel in een leren foedraal zat was het niet waarschijnlijk dat er overal verspreid stukjes lagen en dat was goed. Als ik dat verrekte ding tenminste vond.

Ik wist dat ik systematisch te werk moest gaan, me niet moest laten leiden door ideeën waar die kon liggen en rondlopen als de kip die moeder niet durfde vast te houden als vader de kop eraf had gehakt. Ik bepaalde in welk vierkantemetervak ik zou gaan zoeken en begon in de linkerbovenhoek. Ik lag op mijn knieën en keek, tilde stenen op die niet te groot waren, scheen in gaten tussen de grote stenen. Voor de gaten waarin ik niet kon kijken of voelen met mijn hand, gebruikte ik Carls smartphone en selfiestick. Ik startte een video-opname en drukte op de flits.

Er waren vijftien minuten verstreken, ik was in het midden van het vak gekomen en had de stick tussen twee rotsblokken ter grootte van een koelkast gestoken, toen ik Carls stem boven me hoorde.

'Roy...'

Ik wist al wat er was.

'Shannon ziet ze komen!'

'Waar dan?' riep ik.

'Ze komen nu omhoog!'

We hadden nog maximaal drie minuten. Ik trok de stick terug en speelde de opname af. Ik schrok toen ik een paar ogen zag. Een verdomde muis. Het beestje draaide zich om, ik zag een glanzende staart en weg was hij. En toen zag ik het. Er was een gat in het zwarte foedraal geknaagd, er was geen twijfel mogelijk. Daar was de telefoon van de oude politiechef Olsen.

Ik ging op mijn buik liggen en stak mijn arm onder de steen, maar ik kon er niet bij, mijn vingers krabden slechts langs het graniet of in de lucht. Verdomme! Als ik de telefoon kon vinden, dan konden zij het ook. Ik moest die verrekte steen van zijn plaats duwen. Ik zette mijn rug ertegen, boog mijn knieën, plaatste mijn voeten tegen de bergwand en zette af. Geen beweging.

'Nu zijn ze in de Japansving,' riep Carl.

Ik probeerde het nog een keer. Ik voelde het zweet over mijn voorhoofd lopen en dat mijn spieren en zenuwen op het punt stonden het op te geven. Was er een kleine beweging in de steen? Ik zette opnieuw af en nu voelde ik het, ja, er was een beweging. In mijn rug. Ik schreeuwde het uit van de pijn. O, verdomme! Ik viel op de grond. Kon ik bewegen? Ja, verdomd, maar het deed verschrikkelijk pijn.

'Nu zijn ze...'

'Geef gas en rij twee meter als ik roep: gas!'

Ik trok aan het touw. Ik had niet voldoende touw om het meer dan één keer om de steen te slaan en ik maakte wat vader een *bowline*-knoop noemde. Ik ging achter de steen staan, klaar om te duwen als de Volvo kans zag de steen ook maar een beetje op te tillen.

'Gas!'

Ik hoorde boven me de motor ronken en ineens hagelde het kleine steentjes en eentje raakte me midden op mijn kop. Maar ik voelde dat de steen omhoogkwam en ik gooide me ertegenaan als een Amerikaanse *linebacker*. De steen richtte zich iets op terwijl de regen van grind van de spinnende Volvobanden doorging. Toen wipte hij op. En een slechte adem van vocht steeg op uit de grond. Ik zag een glimp van krioelende insecten die verdwenen vanwege het plotselinge licht en ik zakte op mijn knieën en griste de telefoon onder de steen vandaan. Op hetzelfde ogenblik hoorde ik een knal. Ik keek op, zag het uiteinde van het afgebroken touw omhoogvliegen langs de bergwand en de steen mijn kant op komen. Ik wierp me naar achteren. Viel bevend en buiten adem op mijn kont en staarde naar de steen die weer terug op zijn plek was gevallen. Als een opengesperde bek waar ik net aan was ontsnapt.

De Volvo stopte, Carl moest gevoeld hebben dat de weerstand weg was. In plaats daarvan hoorde ik een andere motor, het tractorgeluid van een Landrover die zwoegde om boven te komen. Het geluid droeg ver, ze konden net zo goed nog een paar bochten weg zijn, maar het eind van het touw bungelde zo'n acht meter boven de grond.

'Naar achteren!' riep ik terwijl ik het afgebroken touw losmaakte van de steen en dat in mijn jaszak boven op Olsens mobiel propte.

Het eind van het touw hing nu lager, maar nog steeds drie meter boven de grond en ik begreep dat Carl helemaal tot de rand was gereden. Met mijn goede linkerhand pakte ik een steen vast om me omhoog te trekken, maar ik voelde dat de steen bewoog. En ik had nog wel gelogen en beweerd dat de stenen los lagen, maar het was waar! Ik had geen keus. Ik legde mijn rechterhand op een richel; gelukkig was de pijn in mijn rug zo erg dat ik de pijnlijke middelvinger niet voelde. Ik kon mijn voeten boven op de steen krijgen, plaatste mijn handen hoger, trok toen mijn benen omhoog zodat mijn kont uitstak en ik eruitzag als een rups. Ik strekte me en kon met mijn rechterhand het touw te pakken krijgen. Maar wat nu? Ik kon met één hand geen enkele knoop maken.

'Roy!' Dat was Shannons stem. 'Ze gaan nu door de laatste bocht!'

'Gas geven!' riep ik en ik greep het touw een halve meter hoger vast en zag kans het anderhalf keer rond mijn pols te slaan. 'Veel gas!' Ik hoorde dat mijn boodschap boven me door werd gegeven en op het moment dat ik voelde dat het touw me omhoogtrok, greep ik ook met mijn linkerhand het touw vast en spande tegelijkertijd mijn buikspieren, tilde mijn benen op en zette mijn voeten tegen de bergwand. Vervolgens rende ik rechtdoor naar de hemel. Ik had Carl gevraagd flink gas te geven, niet omdat Olsen en zijn kompanen naderden, maar omdat er een grens zit aan hoeveel seconden ik aan een touw kan hangen met gebruikmaking van alleen mijn handen. En ik verbeeldde me dat ik deze ochtend een soort wereldrecord voor honderd meter verticaal had gevestigd. Ik geloof ook dat ik net als de beste sprinters van de wereld geen enkele keer had ademgehaald. Ik dacht alleen aan de val die onder me steeds groter werd en daarmee de dood per seconde, elke tien meter zekerder. Toen ik over de rand van Huken werd gesleept liet ik me nog enkele meters door het grind trekken voordat ik zeker wist dat ik kon loslaten. Shannon hielp me overeind en we renden naar de auto en doken erin. 'Rij naar de achterkant van de schuur,' zei ik.

We waren net het modderige stuk op gereden toen ik de Landrover van Olsen door de Geitesving zag komen en ik hoopte dat hij ons en het touw niet zag dat als een anaconda door het gras achter de Volvo aan sleepte.

Ik bleef happend naar adem op de bijrijdersstoel zitten terwijl Carl uitstapte en het touw begon binnen te halen. Shannon rende naar de hoek van de schuur en keek naar de Geitesving.

'Ze zijn daar gestopt,' zei ze. 'Het lijkt of ze een… wat is *beekeeper* in het Noors?'

‘*Birøkter*,’ zei Carl. ‘Kennelijk zijn ze bang dat daarbeneden bijen zijn.’

Ik lachte en door de beweging leek het of er iemand een mes in mijn rug stak.

‘Carl,’ zei ik zacht. ‘Waarom heb je gezegd dat je gisteravond bij Willumsen was?’

‘Wat?’ zei Carl terwijl hij weer achter het stuur ging zitten.

‘Willumsen woont in het dorp. En je zag Erik en zijn vrouw een avondwandeling maken, maar zij wonen buiten het dorp.’

Carl gaf geen antwoord. ‘Wat denk jij?’ vroeg hij ten slotte.

‘Jij wilt dat ik raad,’ zei ik. ‘Zodat jij kan bepalen of je dat zal bevestigen in plaats van de waarheid te vertellen?’

‘Goed,’ zei Carl en hij keek in het achteruitkijkspiegeltje of Shannon nog steeds bij de hoek van de schuur stond te kijken naar Olsen en zijn team. ‘Ik had kunnen zeggen dat ik een stukje moest rijden om na te denken. En dat zou niet bezijden de waarheid zijn. De hoofdaannemer heeft gisteren ineens zijn prijsopgave met vijftien procent verhoogd.’

‘O?’

‘Ze zijn op de bouwplaats geweest en hebben de start uitgesteld omdat ze van mening zijn dat we geen eerlijk beeld hebben gegeven van de bodem en weercondities.’

‘En wat zegt de bank daarover?’

‘Ze weten het niet. En nu we de hele santenkraam aan de deelnemers hebben verkocht voor vierhonderd miljoen kronen, kan ik niet nog voordat we begonnen zijn komen met een gat in de begroting van zestig miljoen.’

‘Wat ga je nu doen?’

‘Ik ga tegen de hoofdaannemer zeggen dat hij naar de hel kan lopen en ga zelf afspraken maken met de onderaannemers. Dat kost meer tijd, ik moet onderhandelen met timmerlui, metselaars, elektriciens, al die mensen en ervoor zorgen dat alles gebeurt. Maar het zal veel goedkoper zijn omdat de hoofdaannemer geen tien tot twintig procent zal rekenen alleen maar omdat hij ze heeft ingehuurd.’

‘Maar dat was niet de reden dat jij gisteravond het dorp uit bent gegaan?’

Carl schudde zijn hoofd. ‘Ik…’

Carl zweeg toen het achterste portier open werd gedaan en Shannon op de achterbank ging zitten.

'Ze bereiden zich voor om af te dalen,' zei ze. 'Dat kan wel even duren. Waar hebben jullie het over?'

'Roy vroeg me waar ik gisteravond was. En ik wilde net vertellen dat ik naar het huisje van Olsen ben gereden. En vervolgens naar het botenhuis ben gegaan. Ik probeerde me voor te stellen wat Roy die avond allemaal moest doormaken.' Carl haalde diep adem. 'Je hebt gedaan alsof het een zelfmoord was en bent bijna zelf verdronken, Roy. En dat allemaal om mij te redden. Heb je er geen genoeg van, Roy?'

'Genoeg van?'

'Om mijn puin te ruimen.'

'Het was jouw schuld toch niet dat Olsen in Huken viel,' zei ik.

Hij keek me aan. En ik weet niet of hij kon zien wat ik dacht. Aan de natuurkundige wetten. Dat Sigmund Olsen op de kofferbak van de auto terecht was gekomen, vijf meter vanaf de bergwand. Dat hij daarom diep ademhaalde en begon met: 'Roy, er is iets wat je moet weten van...'

'Ik weet alles wat ik moet weten,' onderbrak ik hem. 'En dat is dat ik jouw grote broer ben.'

Carl knikte, lachte, maar zag eruit alsof hij moest huilen. 'Is het zo simpel, Roy?'

'Ja,' zei ik. 'Het is zo simpel.'

22

We zaten in de keuken koffie te drinken toen ze beneden bij de Geitesving klaar waren. Ik had de kijker gepakt en scherpgesteld op de gezichten. Het was drie uur, ze waren bijna vier uur in Huken geweest en ik opende het raam zodat we konden horen wat Kurt Olsen riep. Kurts sigaretloze mond vormde woorden die niet mis te verstaan waren en zijn rode kleur kwam niet meer door te veel uv-straling. Eriks lichaamstaal straalde onverschilligheid uit en waarschijnlijk de wens om te vertrekken. Mogelijk vermoedde Olsen iets. De twee mannen die de politiechef en Nerell assisteerden leken wat in de war. Zij wisten waarschijnlijk niet wat het doel was van deze operatie. Olsen wist voldoende van dorpsroddels om de zaken op een *need-to-know*-basis te houden.

Toen Erik uit het komische pak was, stapten hij en de twee anderen in Kurts Landrover terwijl Kurt bleef staan met zijn gezicht naar ons huis gekeerd. Ik begreep dat hij ons niet kon zien, maar misschien werd het zonlicht weerkaatst door de lenzen van de kijker. Of misschien had hij de verse sporen van slippende banden en een touw in het grind gezien. Hoe dan ook, hij spuugde op de grond voordat hij in de auto stapte en wegreed.

Ik liep van kamer naar kamer om mijn spullen te pakken. In elk geval wat ik dacht nodig te hebben. En hoewel ik niet ver weg zou gaan en ik er ook niet al te veel over na hoefde te denken, deed ik dat toch. Ik pakte in alsof ik nooit meer terug zou komen.

Toen ik in de jongenskamer was en mijn dekbed en kussen in een grote, blauwe IKEA-tas propte, hoorde ik Shannons stem achter me.

'Is het zo simpel?'

'Om te verkassen?' vroeg ik zonder me om te draaien.

'Dat jij zijn grote broer bent. Help je hem daarom altijd?'

'Waarom anders?'

Ze stapte naar binnen en sloot de deur achter zich. Leunde met haar armen over elkaar tegen de muur. 'Toen ik in de tweede klas zat heb ik eens een vriendin een duw gegeven. Ze sloeg met haar hoofd tegen het asfalt. Kort daarna moest ze een bril dragen. Ze had nooit eerder over haar zicht geklaagd en ik was ervan overtuigd dat het mijn schuld was. Ik zei het niet, maar ik hoopte dat ze mij een duw zou geven zodat ik ook met mijn hoofd op het asfalt terecht zou komen. Toen we in de vijfde klas zaten en zij nog steeds geen vriendje had en zei dat het kwam doordat ze een bril droeg, nam ik stilzwijgend die schuld ook op me en ik was vaker samen met haar dan ik wilde. Ze had altijd moeite met leren, maar toen ze bleef zitten was ik er zeker van dat dat kwam door de klap tegen haar hoofd. Dus ik zorgde ervoor dat ik ook bleef zitten.'

Ik stopte met pakken. 'Jij deed wat?'

'Ik spijbelde, maakte mijn huiswerk niet en bij de proefwerken antwoordde ik met opzet verkeerd, zelfs bij de eenvoudigste vragen.'

Ik opende de klerenkast en begon de opgevouwen T-shirts, sokken en onderbroeken in een tas te stoppen. 'Is het goed afgelopen met haar?'

'Ja,' zei Shannon. 'Ze droeg haar bril niet meer. En op een dag betrapte ik haar met mijn vriend. Ze zei dat ze hoopte dat ik ooit de kans zou krijgen haar hart te breken, zoals zij nu mijn hart had gebroken.'

Ik lachte en legde het nummerbord van Barbados in de tas. 'En wat heb je daarvan geleerd?'

'Soms zijn schuldgevoelens verspilling van tijd en voor beide partijen niet goed.'

'Jij denkt dat ik me schuldig voel?'

Ze hield haar hoofd schuin. 'Doe je dat?'

'En voor wat dan?'

'Ik weet het niet.'

'Ik ook niet,' zei ik en ik trok de rits van de tas dicht.

Op het moment dat ik de deur wilde openen, legde ze een hand op mijn borst. Door de aanraking kreeg ik het warm en koud tegelijk.

'Carl heeft me niet alles verteld, of wel?'

'Alles waarover?'

'Over jullie twee.'

'Je kunt nooit alles vertellen,' zei ik. 'Over wie dan ook.'

Toen was ik de kamer uit.

Carl wachtte in moeders *haaall*, omhelsde me stevig, warm en woordeloos.

Toen was ik het huis uit.

Ik gooide de tas en de blauwe IKEA-tas op de achterbank van de auto, ging zitten en legde mijn voorhoofd op het stuur voordat ik het contactsleuteltje omdraaide en de auto naar de Geitesving stuurde. Een ogenblik ging de mogelijkheid door mijn hoofd. Een permanente oplossing. En een stapel autowrakken en lijken die steeds groter werd.

Drie dagen later stond ik op het veld van Os FC en had bijna spijt dat ik in de Geitesving het stuur had gedraaid. Het regende pijpenstelen, het was vijf graden en 0-3. Niet dat dat laatste me ook maar iets kon schelen, ik geef totaal niet om voetbal. Maar ik had zojuist begrepen dat de andere wedstrijd, die tegen Olsen en het verleden, de wedstrijd die ik dacht gewonnen te hebben, nog niet eens halverwege was.

23

Carl haalde me op in de Cadillac.

'Fijn dat je meegaat,' zei hij terwijl hij door de werkplaats liep.

'Waar spelen we tegen?' vroeg ik, mijn rubberlaarzen aantrekkend.

'Dat herinner ik me niet,' zei Carl die voor de draaibank bleef staan. 'Maar het is vast een wedstrijd die we moeten winnen om niet te degraderen.'

'Naar welke divisie?'

'Waarom denk je dat ik meer weet van voetbal dan jij?' Hij ging met zijn hand over het gereedschap dat aan de muur hing, dat Willumsen niet had meegenomen. 'Mijn god, ik heb nachtmerries gehad over deze plek.' Misschien herkende hij wat gereedschap dat ik had gebruikt bij het in stukken snijden. 'Die avond, ik heb toen overgegeven of niet?'

'Een beetje,' zei ik.

Hij grinnikte. Ik moest denken aan wat oom Bernard eens zei, dat met de tijd alle herinneringen goede herinneringen worden.

Hij pakte een plastic fles van de plank. 'Gebruik je dit spul nog steeds?'

'Fritz-wasstraatreiniger? Jazeker, maar het is wettelijk niet meer toegestaan om het zo geconcentreerd te maken. Ik ben klaar.'

'Dan gaan we.' Carl lachte en gaf een tik tegen zijn pet. '*Heia Os, knus og mos, tygg og spytt en aprikos!* Weet je nog?'

Ik wist het nog, maar de rest van het thuispubliek, dat wil zeggen ongeveer honderdvijftig bibberende zielen, leken die leus van toen vergeten te zijn. Of ze zagen geen reden om die te gebruiken omdat we al binnen tien minuten met 0-2 achterstonden.

'Vertel me nog even waarom we hier zijn,' zei ik tegen Carl. We stonden onder aan de ongeveer zeven meter brede en tweeënhalf meter hoge houten tribune die gebouwd was langs de westkant van het kunstgrasveld. De tribune was gesponsord door Os Sparebank, iets wat duidelijk kenbaar werd gemaakt op de affiches. Iedereen wist dat Willumsen het kunstgras op de sintelbaan had geschonken. Willumsen beweerde dat hij het spaarzaam gebruikte veld gekocht had bij een topclub uit het oosten, maar de waarheid was dat het een oud veld was uit de tijd dat het kunstgras nog in de kinderschoenen stond en je vrijwel altijd het veld verliet met schaafwonden, verstuikte enkels en minstens één speler met gescheurde kruisbanden. En dat Willumsen het gratis had gekregen op voorwaarde dat hij het zelf kwam verwijderen en ophalen voordat het nieuwe veld met minder kans op blessures werd gelegd.

De tribune zorgde ervoor dat je beter zicht had op het veld, maar de belangrijkste functie was dat hij beschutte tegen de westenwind, en de zeven bovenste rijen fungeerden als een soort vip-loge voor de sponsors van de club, dat wil zeggen de wat kapitaalkrachtigere inwoners van het dorp. Daar stonden de burgemeester en nieuwe voorzitter van de club Voss Gilbert en de manager van Os Sparebank, waarvan het bedrijfslogo op de borst van de blauwe shirts van Os FC stond. Samen met Willum Willumsen, die het gelukt was om Willumsen Occasions & Sloperij boven het rugnummer geperst te krijgen.

'We zijn hier om onze steun te betuigen aan de plaatselijke voetbalclub,' zei Carl.

'Dan mag je wel beginnen met ze aan te moedigen,' zei ik. 'We worden ingemaakt.'

'Vandaag laten we alleen zien dat we betrokken zijn,' zei Carl. 'Zodat de mensen, als we volgend jaar de club financieel ondersteunen, weten dat het geld van twee echte fans komt die de club door dik en dun hebben gesteund.'

Ik snoof. 'Dit is de eerste wedstrijd in twee jaar die ik zie en jij bent hier vijftien jaar niet geweest.'

'Maar we zullen hier de drie resterende thuiswedstrijden van dit seizoen zien.'

'Zelfs als ze degraderen?'

'Omdát ze degraderen! We hebben ze niet laten vallen, zoiets wordt opgemerkt. En zodra ze geld krijgen, worden alle wedstrijden dat we er niet waren vergeten. Het is trouwens niet "ze", maar "wij" en "ons". De club en Opgard zijn één.'

'Waarom?'

'Omdat het hotel alle goodwill nodig heeft die het kan krijgen. We moeten gezien worden als supporters. Volgend jaar koopt de club een spits uit Nigeria en waar nu Os Sparebank staat zal dan Os Spa- en Berghotel te lezen zijn.'

'Je bedoelt een profspeler?'

'Nee, ben je gek? Maar ik ken iemand die een Nigeriaan kent die in het Radisson Hotel in Oslo werkt en die heeft gevoetbald. Ik weet niet hoe goed hij is, maar we bieden hem dezelfde baan aan in ons hotel, alleen beter betaald. Misschien hapt hij toe.'

'Tja, waarom niet?' zei ik. 'Hij zal hoe dan ook niet slechter zijn dan deze speler.' Op het veld had de linkervleugelverdediger zojuist een sliding gewaagd in het regenweer, maar er was nog steeds voldoende frictie van de knalgroene plastic grasssprieten en hij landde vijf meter van de man met de bal op zijn buik.

'En dus wil ik dat jij en ik daarboven komen te staan,' zei Carl, knikkend naar de bovenste rij. Ik draaide me half om. Ik zag de manager van de bank, Willum Willumsen en de nieuwe voorzitter en burgemeester Voss Gilbert. Carl had me verteld dat Gilbert de uitnodiging had aangenomen om de eerste schep in de grond te zetten tijdens het officiële begin van de bouw. Carl had al afspraken gemaakt met de belangrijkste onderaannemers en nu was het zaak om zo snel mogelijk te beginnen voor de vorst inviel.

Toen ik weer terugdraaide, kreeg ik Kurt Olsen in het oog die bij de reservebank stond te praten met de trainer van Os FC. Ik kon zien dat de trainer er geërgerd uitzag, maar hij kon moeilijk openlijk de adviezen van Os' oude topscorer negeren. Kurt Olsen kreeg me in het vizier en nu legde hij zijn hand op de schouder van de trainer, gaf een paar laatste aanwijzingen en beende met o-benen op ons af.

'Ik wist niet dat de Opgard-jongens interesse hadden in voetbal,' zei hij met een wippende sigaret tussen zijn lippen.

Carl lachte. 'Nou, ik herinner me nog goed dat jij scoorde in de derby tegen Odd.'

'Ja,' zei Olsen. 'We verloren met 9-1.'

'Kurt!' riep een stem achter ons. 'Jij zou op het veld moeten staan!'

Gelach. Kurt Olsen grijnsde met een gloeiende sigaret naar zijn fan en knikte, maar concentreerde zich toen weer op ons. 'Maar het is mooi dat jullie hier zijn want ik heb een vraag voor je, Carl. Ja, jij mag het ook horen, Roy. Doen we dat hier of onderweg naar het worstenkraampje?'

Carl aarzelde. 'Ik heb wel zin in een broodje worst,' zei hij.

We liepen door de wind en regen naar het worstenkraampje dat achter een van de doelpalen stond. Ik neem aan dat de blikken van de andere supporters ons volgden, nu het team met 0-2 achterstond en het voorstel door de gemeenteraad was, was Carl Opgard interessanter dan Os FC.

'Het gaat me om de tijdslijn van de dag dat mijn vader verdween,' zei Kurt Olsen. 'Je zei dat hij om halfzeven van Opgard vertrok. Klopt dat?'

'Het is al lang geleden,' zei Carl. 'Maar inderdaad, als dat zo in het rapport staat.'

'Zo is het. Maar de signalen die de basisstations hebben opgevangen van zijn mobiel tonen aan dat mijn vader zich nog tot tien uur 's avonds in het gebied rond jullie boerderij bevond. Daarna zijn er geen signalen meer. Dat kan komen doordat de batterij leeg was, dat iemand de simkaart uit de mobiel heeft gehaald of dat de telefoon is vernield. Of dat de telefoon zo diep is begraven dat de signalen niet meer opgevangen konden worden. We moeten hoe dan ook het gebied rond de boerderij met metaaldetectoren onderzoeken. En dat betekent dat er niets mag veranderen en dat de start van de bouw tot nader order moet worden uitgesteld.'

'W-wat?' stotterde Carl. 'Maar...'

'Maar wat?' Olsen bleef staan voor het worstenkraampje, streek met zijn hand over zijn snor en keek hem kalm aan.

'Over hoelang hebben we het?'

'Tja.' Olsen stak zijn onderlip naar voren en hij deed alsof hij aan het rekenen was. 'Het is een groot gebied. Drie weken. Misschien vier.'

Carl kreunde. 'Jezus Kurt, dat kost ons verrekte veel geld, we hebben contracten met onze onderaannemers voor die periode. En de vorst...'

'Het spijt me,' zei Olsen. 'Maar een onderzoek naar een verdachte dood kan geen rekening houden met jouw financiën.'

'Het gaat hier niet alleen om mijn financiën,' zei Carl en zijn stem beefde licht. 'Maar om die van het hele dorp. En ik denk dat Jo Aas het met me eens zal zijn.'

'Je bedoelt de vorige burgemeester?' Kurt hield een vinger omhoog naar de vrouw in het worstenkraampje die dat kennelijk begreep, ze pakte de worstentang en haalde er eentje uit de pan voor zich. 'Ik heb laatst een gesprek gehad met de nieuwe burgemeester, degene die de beslissingen neemt. Voss Gilbert daar.' Olsen knikte naar de houten tribune. 'Toen Gilbert hoorde wat ik te zeggen had over de zaak, was hij vooral bezorgd dat zou blijken dat de initiatiefnemer van het nieuwe hotel betrokken was bij een moordzaak.' Olsen nam de worst in wit papier aan. 'Maar hij zei dat hij me natuurlijk niet zou tegenhouden.'

'En wat zeggen we tegen de pers?' vroeg ik. 'Als we zeggen dat de start van de bouw moeten worden uitgesteld.'

Kurt Olsen draaide zich om en keek me aan. Hij beet in de worst, wat een nat, sopperig geluid maakte. 'Dat weet ik eerlijk gezegd niet,' zei hij met zijn mond vol varkensdarmen. 'Maar het kan zijn dat Dan Kane de zaak interessant vindt. Zo, nu heb ik antwoord gekregen op mijn vraag over de tijdslijn en jij het bericht dat je niet kan beginnen met bouwen, Carl. Succes met de tweede helft.'

Kurt Olsen tikte met twee vingers tegen zijn denkbeeldige Stetson en vertrok.

Carl draaide zich om naar mij en keek me aan.

Natuurlijk keek hij mij aan.

We vertrokken toen het een kwartier voor tijd 0-4 was.

We reden direct door naar de werkplaats.

Ik had nagedacht.

We hadden dingen te doen.

'Zo?' vroeg Carl. Zijn stem galmde door de werkplaats.

Ik boog me over de draaitafel en keek naar het resultaat. Carl had een boortje gebruikt om in blokletters SIGMUND OLSEN in het metaal van Olsens mobiel te krassen. Het stond er duidelijk. Iets té duidelijk misschien.

'We moeten het een beetje vuil maken,' zei ik en ik stopte de telefoon terug in het leren foedraal. Ik maakte er een touwtje aan vast dat ik gevonden had. Greep het en zwaaide het foedraal in de rondte en constateerde dat de telefoon op zijn plaats bleef zitten. 'Kom.'

Ik trok de deur van de metalen kledingkast open die in de gang tussen de werkplaats en het kantoor stond. En daar was het.

'Jezus,' zei Carl. 'Heb je die hier de hele tijd gehad?'

'Nou, behalve die ene keer testen is het nooit meer gebruikt,' zei ik en ik trok de gele zuurstoffles eruit en kneep in het halfvergane duikpak. Op de plank lagen een masker en een snorkel.

'Ik ga Shannon bellen dat het laat wordt,' zei hij.

24

Toen ik die nacht terugkwam in de werkplaats had ik het zo koud dat ik niet kon stoppen met rillen. In de auto had Carl me zijn zakflacon gegeven om de kou te verdrijven. Ik bleef me aan de flacon vastklampen toen Carl doorreed naar de boerderij waar Shannon naar ik aannam in een warm tweepersoonsbed op hem lag te wachten. Verdomme ja, ik was jaloers, ik had het opgegeven om te doen alsof. Maar wat hielp het? Ik kon het niet krijgen. Ik wílde het niet hebben. Ik was net als de dakdekker Moe, ik vocht een hopeloze strijd tegen mijn eigen begeerte. Het was een kloteziekte waarvan ik dacht dat ik ervan af was, maar nu was die er weer. Ik wist dat afstand en vergeten het enige reddingsmiddel was, ik wist dat niemand zou ingrijpen en iemand naar Notodden zou sturen, ik moest zelf vluchten.

Ik draaide de deur naar de wasstraat van het slot, maakte de slang vast aan de standaard, trok mijn kleren uit en ging voor de gloeiend hete straal staan. Ik weet niet of het door het plotselinge temperatuurverschil kwam of dat het dezelfde fysiologische reactie was als bij een man die aan de galg bungelt of dat de warmte van het water in mijn hoofd de warmte onder de deken van een tweepersoonsbed werd en dat ik me daar bevond. Maar terwijl ik daar stond met gesloten ogen, voelde ik in elk geval twee dingen: een brok in mijn keel en een bonkende erectie.

Het klateren van het water moest het geluid van een sleutel in het slot hebben overstemd. Ik hoorde alleen dat de deur openging en op hetzelfde moment opende ik mijn ogen. Ik zag haar gestalte in het donker bij de deur en keerde haar zo snel als ik kon de rug toe.

‘O, sorry!’ hoorde ik Julie roepen boven het geruis van het water uit. ‘Ik zag licht en de wasstraat is immers gesloten dus...’

‘Oké!’ onderbrak ik haar met een stem schor van de whisky, ingehouden tranen en schaamte.

Ik hoorde de deur achter me dichtvallen, stond daar met gebogen hoofd en keek naar beneden. De opwinding was weg, de erectie zakte af en wat overbleef was een hart dat in paniek bonsde alsof ik zojuist was betrapt. Het leek of iedereen nu wist wie hij was en wat hij had gedaan. Deze verrekte verrader, lafaard, moordenaar, geile bok. Naakt, zo verrekte naakt. Maar toen kwam het hart weer tot bedaren. 'Het voordeel van alles te verliezen is dat je niets meer te verliezen hebt,' zei oom Bernard tegen me toen ik hem in het ziekenhuis bezocht nadat hij gehoord had dat hij zou doodgaan. 'En in zekere zin is dat een opluchting, Roy. Dan hoef je voor niets meer bang te zijn.'

Kennelijk had ik toch niet alles verloren want ik was nog steeds bang.

Ik droogde me af en trok mijn broek aan. Draaide me om om mijn schoenen te pakken.

Julie was op een stoel naast de deur gaan zitten.

'Gaat het goed met je?' vroeg ze.

'Nee,' zei ik. 'Ik heb mijn vinger gebroken.'

'Doe niet zo raar,' zei ze. 'Ik heb je gezien.'

'Nou,' zei ik terwijl ik mijn schoenen aantrok. 'Aangezien je me hebt gezien is het een beetje kwetsend dat je vraagt of het goed met me gaat.'

'Hou op met die flauwekul,' zei ze. 'Je huilde.'

'Nee. Maar het is niet ongebruikelijk dat je tijdens het douchen water in je gezicht krijgt. Ik dacht dat jij vanavond niet hoefde te werken?'

'Dat hoef ik ook niet. Ik zat in de auto en moest plassen. Ik wilde dat niet in het bos doen, mag ik op jouw wc?'

Ik aarzelde. Ik zou kunnen zeggen dat ze maar naar de wc van het tankstation moest gaan, maar we hadden tegen die vrienden van haar gezegd dat het al erg genoeg was dat ze onze parkeerplaats als hangplek gebruikten en we wilden niet dat ze maar steeds in en uit liepen voor de wc. En nu ze het gevraagd had kon ik haar moeilijk ook naar het bos sturen.

Ik kleedde me verder aan en ze sjokte achter me aan naar de werkplaats.

'Wat gezellig,' zei ze nadat ze naar de wc was geweest. Ze keek naar de muren van mijn kamer. 'Waarom hangt er een nat duikpak in de gang?'

'Omdat het moet drogen,' zei ik.

Ze trok een pruillip. 'Mag ik een kopje?' Onuitgenodigd liep ze naar het koffieapparaat, pakte een schoon kopje van het droogrek en schonk in.

'Ze wachten op je,' waarschuwde ik haar. 'Zo meteen gaan ze in het bos zoeken.'

'Welnee,' zei ze en ze plofte naast me neer op het bed. 'Ik heb ruzie gehad met Alex dus ze denken dat ik naar huis ben gegaan. Wat doe jij hier? Tv-kijken?'

'Onder andere.'

'Wat is dat?' Ze wees naar het nummerbord dat ik had opgehangen naast het keukentje. Ik had het opgezocht in mijn kentekenboek *Vehicle Registration Plates of the World* en had ontdekt dat de J stond voor de parish Saint John. Na de letter volgden slechts vier cijfers. Er was geen vlag of iets anders wat verwees naar de nationaliteit, net zoals bij het nummerbord van Monaco op de Cadillac. Misschien omdat Barbados een eiland was en de auto's die daar waren geregistreerd waarschijnlijk nooit een landgrens over zouden gaan. Ik had ook *redlegs* gegoogeld en gelezen dat in de parish Saint John de meesten woonden.

'Dat is het nummerbord van Johor,' zei ik. Mijn lichaam was eindelijk warm. Warm en ontspannen. 'Een voormalig sultanaat in Maleisië.'

'Shit,' zei ze met eerbied in haar stem, ik weet niet of dat het nummerbord betrof, het sultanaat of mij. Julie zat zo dicht bij me dat haar arm die van mij raakte en nu draaide ze haar hoofd naar me en wachtte er kennelijk op dat ik hetzelfde zou doen. Ik probeerde te bedenken hoe ik me uit deze situatie kon redden toen Julie haar mobiel naar het voeteneind van het bed gooide en haar armen om me heen sloeg. Ze duwde haar gezicht onder mijn kin. 'Kunnen we niet even gaan liggen?'

'Je weet heel goed dat dat niet kan, Julie.' Ik bewoog me niet en beantwoordde haar omhelzing niet.

Ze hief haar gezicht op en keek me aan. 'Je ruikt naar drank, Roy. Heb je gedronken?'

'Een beetje. En jij ook als ik het goed heb.'

'Dan hebben we allebei een excuus.' Ze lachte.

Ik gaf geen antwoord.

Ze duwde me achterover op het bed en ging boven op me zitten, drukte haar hielen tegen mijn dijen alsof ze een paard de sporen gaf. Ik kon haar makkelijk van me afduwen, maar dat deed ik niet. Ze zat op me en keek me aan.

'Nu heb ik je,' fluisterde ze.

Ik gaf nog steeds geen antwoord. Maar ik voelde dat ik weer een erectie kreeg. En ik wist dat zij dat ook voelde. Ze begon voorzichtig te bewegen. Ik hield haar niet tegen, maar keek haar slechts aan terwijl haar blik afwezig werd en ze sneller ging ademhalen. Toen sloot ik mijn ogen en stelde me die ander voor. Ik voelde hoe Julies handen mijn handen in de matras drukten en rook haar kauwgumadem tegen mijn gezicht.

Ik duwde haar tegen de muur en stond op.

'Wat?' riep Julie achter me toen ik naar het aanrecht liep. Ik vulde een glas met water, dronk dat leeg en vulde het opnieuw.

'Je moet gaan,' zei ik.

'Maar je wilde!' protesteerde ze.

'Ja,' zei ik. 'En daarom moet je gaan.'

'Maar niemand hoeft het te weten. Ze denken dat ik naar huis ben gegaan en thuis denken ze dat ik bij Alex ben.'

'Ik kan het niet, Julie.'

'Waarom niet?'

'Je bent zeventien...'

'Achttien. Over twee dagen ben ik achttien.'

'...Ik ben je baas...'

'Ik kan morgen ontslag nemen!'

'...en...' Ik zweeg.

'En?' riep ze. 'En?'

'Ik vind iemand anders leuk.'

'Leuk?'

'Verliefd.'

In de stilte die volgde luisterde ik naar de echo van mijn eigen woorden. Ik had ze tegen mijzelf gezegd. Ik had ze hardop uitgesproken om te horen of ze oprecht klonken. En dat deden ze. Natuurlijk deden ze dat.

'Op wie dan?' zei Julie en ze hikte. 'Op de dokter?'

'Wat?'

'Dokter Spind.'

Ik zag geen kans te antwoorden, ik bleef staan met het glas in mijn hand terwijl zij opstond van het bed en haar jas aantrok.

'Ik wist het!' zei ze sissend en ze wrong zich achter me langs op weg naar buiten.

Ik liep achter haar aan, bleef in de deuropening staan en zag dat ze wegbeende over de parkeerplaats alsof ze het asfalt probeerde kapot te maken. Toen draaide ik de deur op slot, liep terug en ging op bed liggen. Ik deed mijn oordopjes in en drukte op play. J.J. Cales 'Crying Eyes'.

25

De volgende ochtend stopte er een Porsche Cayenne bij het tankstation. Twee mannen en een vrouw stapten uit. De ene man tankte en de andere twee strekten hun benen. De vrouw had blond haar en was goedgekleed in Noorse stijl. Maar toch leek ze me niet een van de mensen uit de vakantiehuisjes. De andere man droeg een smetteloze wollen jas met sjaal en had een belachelijk grote zonnebril op zijn neus van het type dat vrouwen dragen die willen laten zien dat ze nog meetellen. Actieve lichaamstaal met grote gebaren. Hij wees en zei tegen de vrouw iets over de omgeving, hoewel ik wilde wedden dat hij hier ook nooit was geweest. En ik wilde ook wedden dat hij geen Noor was.

Het was rustig, ik verveelde me en het komt voor dat weggebruikers interessante verhalen te vertellen hebben. Ik liep op hen af, maakte de voorruit schoon van de Porsche en vroeg waar ze naartoe gingen.

'Vestlandet,' zei de vrouw.

'Nou, dat kan je niet missen,' zei ik.

De vrouw lachte en vertaalde het in het Engels voor de zonnebrilman die ook lachte.

'*We are scouting locations for my new film*,' zei hij. '*This place looks interesting, too*.'

'*Are you a director?*' vroeg ik.

'*Director and actor*,' zei hij en hij deed zijn zonnebril af. Hij had een paar geweldig blauwe ogen in een goedverzorgd gezicht. Ik zag dat hij een reactie van me verwachtte.

'Dit is Dennis Quarry,' souffleerde de vrouw me discreet.

'Roy Calvin Opgard,' zei ik glimlachend, ik veegde de ruit droog en verliet ze en maakte de andere pompen schoon nu ik er toch was. Oké, maar soms hebben de klanten wel interessante verhalen.

De Cadillac kwam zoevend aangereden en Carl sprong eruit, hij pakte een van de pompen, kreeg mij in het oog en trok vragend zijn wenkbrauwen op. Dezelfde vraag had hij me de afgelopen twee dagen na de voetbalwedstrijd en de duik tien keer gesteld. Hebben ze al gehapt? Ik schudde mijn hoofd terwijl mijn hart tegelijkertijd een sprongetje maakte toen ik Shannon op de bijrijdersstoel zag zitten. En misschien maakte haar hart een sprongetje toen ze de Amerikaan met de blauwe ogen zag, ze sloeg in elk geval een hand voor haar mond, zocht in haar tas naar pen en papier, stapte uit en liep op hem af. Ik zag dat hij lachend een handtekening op het papier zette. Zijn assistente liep weg en ging in de SUV zitten, maar Dennis Quarry bleef staan praten met Shannon. Ze wilde weglopen, maar hij hield haar tegen, hij pakte de pen weer en schreef nog wat meer op het papier.

Ik liep naar Carl. Hij was grauw in zijn gezicht.

'Bezorgd?' vroeg ik.

'Beetje,' zei hij.

'Hij is een filmster.'

Carl glimlachte wrang. 'Daar gaat het niet om.' Hij wist dat ik een grapje maakte. Carl had jaloezie nooit begrepen en daarom zag hij ook geen kans om situaties zoals tijdens de dansavonden in Årtun te lezen voordat het te laat was. 'Het is de officiële start,' zei hij met een zucht. 'Gilbert belde en zei dat hij toch niet de eerste schep in de grond kon zetten, dat er iets tussen was gekomen. Hij wilde niet zeggen wat, maar dat is uiteraard Kurt Olsen. Verdomme!'

'Kalm nou.'

'Kalm? We hebben journalisten uit heel het land uitgenodigd. Dit is een crisis.' Carl ging met zijn vrije hand over zijn gezicht, maar zag kans om 'hoi' te zeggen tegen een man die volgens mij bij de bank werkte.

'Zie je de koppen al voor je?' ging Carl verder toen de man buiten gehoorafstand was. 'Bouw hotel uitgesteld vanwege moordonderzoek. Initiatiefnemer zelf hoofdverdachte.'

'In de eerste plaats hebben ze geen argumenten om over een moord en verdachten te schrijven. En ten tweede is de opening pas over twee dagen. In die tijd kunnen de zaken veranderen.'

'Het moet nú gebeuren, Roy. Als we de opening willen uitstellen dan moeten we dat vanmiddag doen.'

'Netten die 's avonds worden uitgezet worden meestal de volgende ochtend opgehaald,' zei ik.

'Zeg je nu dat er iets fout is gegaan?'

'Ik zeg dat het kan gebeuren dat de eigenaar iets langer wacht.'

'Maar je zei ook dat als je te lang wacht met ophalen dat de vangst door andere vissen wordt opgegeten.'

'Precies,' zei ik en ik vroeg me af wanneer ik ook was begonnen dat woord te gebruiken. 'De netten zijn waarschijnlijk vanmorgen opgehaald. Of de eigenaar is een beetje traag met het te melden. Hou je hoofd koel.'

De SUV met het filmteam draaide de rijksweg op en Shannon kwam met een stralend gezicht en een hand tegen haar borst alsof ze haar hart moest vasthouden naar ons toe.

'Verliefd?' vroeg Carl.

'Helemaal niet,' zei Shannon en Carl lachte hartelijk alsof hij ons gesprek al achter zich had gelaten.

Een uur later verscheen er opnieuw een bekende auto bij het tankstation, die parkeerde bij de dieselpomp en ik dacht dat deze dag steeds spannender werd. Ik liep naar buiten op het moment dat Kurt Olsen uit zijn Landrover stapte en toen ik zijn nijdige gezicht zag begreep ik dat er eindelijk een interessant verhaal zou komen.

Ik stopte de spons in het water en zette de ruitenwissers van zijn auto omhoog.

'Niet nodig,' begon hij, maar ik had het zeepwater al over de ruit verdeeld.

'Je kunt nooit genoeg zicht hebben,' zei ik. 'Vooral niet nu de herfst in aantocht is.'

'O, ik geloof dat ik genoeg zie zonder jouw hulp, Roy.'

'Zeg dat niet,' zei ik, het vuile water verspreidend over de ruit. 'Carl was hier trouwens net. Hij zal de officiële start in de loop van de dag afgelasten.'

'Vandaag?' vroeg Kurt Olsen en hij keek naar me op.

'Ja, erg jammer. De schoolband zal enorm teleurgesteld zijn, ze hebben zo hard geoefend. En we hebben vijftig Noorse vlaggen besteld en er is er geen een meer over. Weet je zeker dat je op de valreep geen genade kan tonen?'

Kurt Olsen keek naar de grond en spuugde.

'Je kunt tegen je broer zeggen dat hij door kan gaan met zijn opening.'

'O?'

'Ja,' zei Olsen zacht.

'Zijn er ontwikkelingen in de zaak?' Behalve in mijn woordkeus probeerde ik niet ironisch te klinken en ik zeepte de ruit nogmaals in.

Olsen richtte zich op en kuchte. 'Vanmorgen heb ik een telefoontje gekregen van Åge Fredriksen. Hij woont vlak bij ons vakantiehuisje en zet voor ons botenhuis netten uit. Dat doet hij al jaren.'

'Is dat zo?' zei ik; ik liet de spons in de emmer vallen en pakte de wisser, deed alsof ik de starende blik van Kurt niet zag.

'En vanmorgen had hij een zeldzame vangst in zijn net. De mobiel van mijn vader.'

'Jezus,' zei ik. Het rubber piepte toen ik de wisser over het glas trok.

'Fredriksen denkt dat de telefoon daar al achttien jaar ligt, bedekt met modder waardoor de duikers die niet hebben gezien toen ze op zoek waren naar mijn vader. Dat hij elke keer dat hij netten uitzette over het toestel moet zijn gegaan. Maar dat de klip van het foedraal pas vanmorgen is vast komen te zitten in het net en op die manier is de telefoon omhooggekomen.'

'Dat is ook wat,' zei ik; ik scheurde een stuk papier van de rol en droogde de wisser.

'"Dat is ook wat" is een understatement,' zei hij. 'Achttien jaar zijn netten uitgezet en juist op dit moment haakte de telefoon erin.'

'Is dat niet de essentie van wat ze de chaostheorie noemen? Dat vroeg of laat alles gebeurt, ook het meest onwaarschijnlijke?'

'Het is niet dat ik niet snap dat dit gebeurt, maar het gaat me om het tijdstip waarop, Roy. Het is een beetje te mooi om waar te zijn.'

Hij had het net zo goed hardop kunnen zeggen: te mooi voor Carl en jou.

'En het klopt niet met de tijdslijn van toen,' zei hij. Hij keek me aan en wachtte.

Ik begreep wat hij wilde. Dat ik met hem zou discussiëren. Zeggen dat getuigen niet altijd te vertrouwen zijn. Of dat de bewegingen van een wanhopige man die zich van het leven wil beroven, misschien niet altijd de meest logische zijn. Of misschien zelfs dat basisstations zich soms ook kunnen vergissen. Maar ik liet me niet uitdagen. Ik hield mijn kin tussen wijsvinger en duim en knikte langzaam. Heel erg langzaam. En zei: 'Dat kun je wel zeggen. Diesel?'

Hij zag eruit alsof hij me wilde slaan.

'Nou ja,' zei ik. 'Nu kun je in elk geval de weg zien.'

Hij smeet het portier hard dicht en de motor ronkte. Maar toen liet hij het gas los, keerde rustig en reed langzaam de rijksweg op. Ik wist dat hij me observeerde in zijn spiegel en ik moest me inhouden om niet te zwaaien.

26

Het was een merkwaardig gezicht.

Er blies een stevige wind uit het noordwesten en het regende pijpenstelen. Maar toch stonden er iets meer dan honderd gasten bibberend in regenkleding te kijken naar Carl in pak die poseerde met Voss Gilbert die voor de gelegenheid de ambtsketen droeg en zijn beste politieke lach had opgezet, beiden hielden een schep vast. De plaatselijke pers en de overige media knipten foto's en op de achtergrond kon je tussen de windvlagen door nog net Årtuns schoolband 'Mellom Bakkar og Berg' horen spelen. Gilbert werd voor de grap 'de nieuwe burgemeester' genoemd, maar hij had daar geen problemen mee, al zijn voorgangers werden na het vertrek van Jo Aas zo betiteld. Ik had niet direct iets tegen Voss Gilbert, maar het voorste deel van zijn schedel was kaal, en een achternaam als voornaam en een voornaam als achternaam, er was absoluut iets verdachts aan hem. Alleen niet verdacht genoeg dat hij geen burgemeester van de gemeente Os kon worden. Maar het was duidelijk: als Os in de toekomst groter werd, zou er meer concurrentie zijn voor zijn post en met zo'n kapsel zou hij het beslist zwaar krijgen.

Carl gebaarde dat Gilbert de eerste schep moest doen, omdat diens schep voor de gelegenheid versierd was met linten en bloemen. Gilbert deed wat hem gevraagd werd, hij lachte naar de fotografen en had duidelijk niet in de gaten dat een natte pluk haar als een vraagteken over de kale plek lag. Gilbert riep iets grappigs wat niemand verstond, maar waar de mensen om hem heen plichtmatig om lachten. Iedereen applaudisseerde en Gilbert haastte zich terug naar zijn assistent die een omgeklapte paraplu vasthield. Daarna marcheerden we naar de klaarstaande bus bij de weg die ons naar Fritt Fall zou brengen waar de gebeurtenis gevierd zou worden.

Giovanni met de zwarte veren trippelde nerveus en hanig tussen de gasten en tafelpoten door terwijl ik mijn welkomstdrankje ophaalde in de bar waar Erik naar me stond te gluren. Ik overwoog terug te gaan naar Carl die met Willum Willumsen, Jo Aas en Dan Krane stond te praten, maar in plaats daarvan liep ik naar Shannon die samen met Stanley, Gilbert en Simon Nergard bij de tafel met de wedformulieren stond. Ik begreep dat ze het over Bowie en Ziggy Stardust hadden, vermoedelijk omdat 'Starman' uit de boxen galmde.

'Natuurlijk was die vent een viezerik, hij kleedde zich immers als een vrouw,' zei Simon die al wat aangeschoten en agressief was.

'Als je met viezerik een homoseksueel bedoelt dan kan ik je vertellen dat er ook heteromannen zijn die zich als vrouw kleden,' zei Stanley.

'Dat is verdomme toch ziek,' zei Simon, kijkend naar de nieuwe burgemeester. 'Het is tegennatuurlijk.'

'Dat hoeft niet,' zei Stanley. 'Dieren doen ook aan *crossdressing*. Zeg Roy, jij weet zoveel van vogels en je kunt ons vast vertellen over vogelsoorten waarbij het mannetje op een vrouwtje wil lijken. Ze camoufleren zich als vrouwtje door hun verenpak over te nemen.'

De anderen keken me aan en ik voelde dat ik bloosde.

'En niet alleen bij bijzondere gelegenheden,' ging Stanley verder. 'Ze dragen het vrouwelijke fenotype hun hele leven bij zich, of niet?'

'Ik ken geen vogels hier die dat doen,' zei ik.

'Zie je?' zei Simon en Stanley wierp me een korte blik toe of hij wilde zeggen dat ik hem was afgevallen. 'De natuur is praktisch, wat zou het verdomme voor zin hebben om je als een vrouwtje te verkleden?'

'Dat is heel simpel,' zei Shannon. 'De verklede mannetjes trekken de aandacht van de alfamannetjes niet die willen vechten met de mogelijke rivalen op de seksmarkt. Terwijl de alfamannetjes vechten met de andere mannetjes, kan de *crossdresser* in het geniep paren.'

Burgemeester Gilbert lachte toegeeflijk. 'Dat is geen slechte strategie.'

Stanley legde een hand op Shannons arm. 'Hier hebben we dan eindelijk iemand die het complexe van het liefdesspel begrijpt.'

'O, dat is geen hogere wiskunde,' zei Shannon lachend. 'We zijn allemaal op zoek naar de prettigste strategie van overleven. Als we in een situatie verkeren, persoonlijk of sociaal, en we merken dat die niet meer werkt dan proberen we een strategie die noodzakelijk is, maar mogelijk minder aangenaam.'

'Wat bedoel je met de prettigste strategie?' vroeg Voss Gilbert.

‘De strategie die de spelregels van de maatschappij volgt zodat we geen sancties riskeren. Ook wel moraal genoemd, meneer de burgemeester. Als die niet werkt dan gaan we de regels overtreden.’

Gilbert trok een van zijn zware wenkbrauwen op. ‘Veel mensen gedragen zich moreel juist hoewel dat niet noodzakelijkerwijs de prettigste manier is.’

‘De reden is dat voor sommige mensen het idee om amoreel te zijn zo onprettig is dat dit gegeven wordt meegenomen in de besluitvorming. Maar als we onzichtbaar waren geweest en niets te verliezen hadden dan zou het ons niets kunnen schelen. Omdat we allemaal opportunisten van aard zijn met een drang tot overleven en de wens ons genetisch materiaal door te geven als drijvende kracht. En daarom zijn we allemaal bereid om onze ziel te verkopen. De prijs verschilt alleen per persoon.’

‘Amen,’ zei Stanley.

Gilbert schudde grinnikend zijn hoofd. ‘Dit is stadse praat die ons boven de pet gaat, wat jij, Simon?’

‘Ook wel lulkoek genoemd,’ zei Simon, hij leegde zijn glas en keek rond om te zien waar het opnieuw gevuld kon worden.

‘Nou, nou, Simon,’ zei de burgemeester. ‘Maar bedenk wel, mevrouw Opgard, dat we uit een streek komen waar mensen tijdens de Tweede Wereldoorlog hun leven hebben gegeven voor de juiste morele waarden.’

‘Hij doelt op de twaalf mensen die mee hebben gedaan aan een sabotageactie waarover vier films zijn gemaakt,’ zei Stanley. ‘De rest van de bevolking heeft de nazi’s hun gang laten gaan.’

‘Hou je mond,’ zei Simon. Zijn oogleden waren half over de pupillen gezakt.

‘Die twaalf man hebben hun leven niet gegeven voor de morele waarden,’ zei Shannon. ‘Maar voor hun land, hun dorp, hun familie. Als Hitler in Noorwegen was geboren onder gelijke economische en politieke omstandigheden als in Duitsland dan was hij hier aan de macht gekomen. En dan hadden jullie saboteurs in plaats daarvan voor Hitler gevochten.’

‘Wel verdomme!’ snauwde Simon en ik deed een stap naar voren voor het geval hij gestopt moest worden.

Shannon daarentegen stopte niet. ‘Of denken jullie dat de Duitsers in de jaren dertig en veertig mensen waren zonder moraal en de Noren in die tijd het geluk hadden dat niet te zijn?’

'Dat zijn gewaagde stellingen, mevrouw Opgard.'

'Gewaagd? Ik begrijp dat ze provocerend zijn en misschien beledigend voor jullie Noren met een diepe verbondenheid met jullie geschiedenis. Wat ik alleen probeer te zeggen is dat de moraal een overgewaardeerd begrip is als het gaat om motieven voor ons handelen. En dat loyaliteit tegenover de groep ondergewaardeerd wordt. We misbruiken moraliteit zoals het ons uitkomt als we het gevoel hebben dat onze groep wordt bedreigd. Vendetta's binnen de familie en genocides in de geschiedenis zijn niet het werk van monsters, maar van mensen zoals wij die denken dat ze moreel juist handelen. We zijn op de eerste plaats loyaal tegenover onze eigen mensen en pas daarna trouw aan de wisselende moraal die altijd in het belang van onze groep is. Mijn oudoom nam deel aan de revolutie in Cuba en zelfs vandaag de dag zijn er twee diametrale visies die moreel gezien even dogmatisch zijn als het gaat om de manier waarop er naar Fidel Castro wordt gekeken. En wat vooral jouw standpunt bepaalt is niet of je rechts of links georiënteerd bent, maar in hoeverre Castro de geschiedenis van jouw familie heeft beïnvloed. Of je een deel van het regime bent geworden of als vluchteling in Miami leeft. Al het andere is van secundair belang.'

Ik voelde iemand aan de mouw van mijn jas trekken en ik draaide me om. Het was Grete.

'Kan ik je even spreken?' fluisterde ze.

'Nou, Grete. We zitten net midden in een discussie over...'

'Stiekem paren,' zei Grete. 'Ik hoorde het.'

Door iets in de manier waarop ze dat zei keek ik haar aandachtiger aan. En de woorden resoneerden mee met een vermoeden dat ik had.

'Even dan,' zei ik en we liepen naar de bar terwijl ik de ogen van Stanley en Shannon in mijn rug voelde prikken.

'Het gaat om iets wat je aan de vrouw van Carl moet vertellen,' zei Grete toen we buiten gehoorafstand waren.

'Waarom dat?' Ik zei 'waarom' in plaats van 'wat' omdat ik het 'wat' al wist. Ik zag het in haar troebele ogen.

'Omdat ze jou zal geloven.'

'Waarom zou ze het geloven als ik alleen degene ben die het doorgeeft?'

'Omdat jij het zal vertellen alsof het van jezelf komt.'

'En waarom zou ik dat doen?'

'Omdat jij hetzelfde wil als ik, Roy.'

'En dat is?'

'Dat ze uit elkaar gaan.'

Ik was niet geschokt, zelfs niet verbaasd. Slechts gefascineerd.

'Kom op, Roy, we weten allebei dat Carl en dat meisje uit het zuiden niet bij elkaar horen. We doen alleen wat het best voor hen beiden is. En het bespaart haar een langzame marteling als ze het zelf ontdekt, die arme meid.'

Ik probeerde van mijn droge keel af te komen. Had zin om me om te draaien en weg te gaan, maar ik kon het niet. 'Wat ontdekken?'

'Dat Carl het weer doet met Mari.'

Ik keek haar aan. Haar permanent stond als een stralenkrans rond haar bleke gezicht. Ik ben altijd verbaasd als mensen de shampooreclame geloven waarin wordt beweerd dat het haar wordt gerevitaliseerd. Maar haar heeft geen leven, van re-vitaliseren kan geen sprake zijn. Haar is dood materiaal, keratine die uit een haarzakje groeit. Er zit net zoveel leven in als in de excrementen die je eruit drukt. Haar is geschiedenis, het is wat je bent geweest, gegeten en gedaan hebt. En je kunt niet terug. Het permanent van Grete was gemummificeerd verleden, net zo beangstigend als de dood zelf.

'Ze doen het in het huisje van Aas.'

Ik zei niets.

'Ik heb het zelf gezien,' zei Grete. 'Ze parkeren in het bos zodat je vanaf de weg de auto's niet kunt zien en dan lopen ze naar het huisje waar de ander al wacht.'

Ik had zin te vragen hoeveel tijd ze kwijt was aan het schaduwen van Carl, maar ik deed het niet.

'Maar het is niet zo vreemd dat Carl loopt rond te neuken,' zei ze.

Ze wilde duidelijk dat ik vroeg wat ze daarmee bedoelde, maar iets – haar gezichtsuitdrukking, een zekerheid over iets – deed me denken aan het sprookje Roodkapje dat moeder aan ons voorlas en daarom deed ik dat niet. Als kind al had ik nooit begrepen waarom Roodkapje de verklede wolf de laatste vraag moest stellen, waarom heb je zo'n grote mond?, als je al vermoedt dat het de wolf is. Begreep ze niet dat de wolf zich op haar zou werpen en opeten als hij doorhad dat hij was ontmaskerd? Wat ik leerde was: stop nadat je gevraagd hebt: 'Waarom heb je zulke grote oren?'

Zeg dat je meer brandhout gaat halen en maak dat je wegkomt. Maar ik bleef staan. En net als die fucking Roodkapje vroeg ik: 'Wat bedoel je daarmee?'

'Rondneuken? Heb je niet gelezen dat ze dat graag doen, mensen die als kind seksueel misbruikt zijn?'

Ik was gestopt met ademhalen, ik kon me niet meer bewegen. En mijn stem was hees toen ik sprak: 'Waarom denk je verdomme dat Carl is misbruikt?'

'Hij heeft het zelf gezegd. Toen hij dronken was nadat hij me had geneukt in het bos bij Årtun. Hij griende, zei dat hij spijt had, maar dat hij er niets aan kon doen, dat hij gelezen had dat mensen zoals hij promuscue worden.'

Ik ging met mijn tong rond in mijn mond op zoek naar speeksel, maar het was er droog als in een hooiberg.

'Promíscue,' was het enige wat ik kon fluisteren, maar ze leek het niet te horen.

'En hij zei dat jij jezelf verweet dat hij werd misbruikt. Dat je daarom altijd op hem paste. Dat je hem dat verschuldigd was, zeg maar.'

Ik kreeg meer geluid van mijn stembanden. 'Je liegt al zo lang dat je het zelf gelooft.'

Grete lachte terwijl ze zogenaamd triest haar hoofd schudde. 'Carl was zo dronken dat hij het zeker vergeten is dat hij het heeft gezegd, maar hij heeft het wel gedaan. Ik vroeg hem waarom jij jezelf verwijten maakte, omdat het om je vader ging en niet over jezelf. Carl zei dat hij geloofde dat het kwam omdat jij zijn grote broer bent. Dat je vond dat het jouw taak was om op hem te passen. En dat je hem daarom uiteindelijk hebt gered.'

'Jij denkt je te kunnen herinneren dat hij dat zei?' Ik probeerde het, maar ik zag dat het geen effect op haar had. Dat ze me op haar vork had geprikt.

'Dat was wat hij zei,' zei ze knikkend. 'Maar toen ik het vroeg wilde hij niet vertellen hóe je hem had gered.'

Ik was klaar. Ik zag haar wormenlippen bewegen: 'Dus ik vraag jou: wat heb je gedaan, Roy?'

Ik verplaatste mijn blik en keek in haar ogen. Verwachtingsvol. Leedvermaak. Haar mond halfopen, het enige wat moest gebeuren was de vork erin duwen. Ik voelde iets borrelen in mijn borst, er kwam een lach, ik kon die niet tegenhouden.

'Hè?' zei Grete en haar gezichtsuitdrukking ging over in verbazing toen ik in lachen uitbarstte.

Ik was... ja, wat was ik? Blij? Opgelucht? Zoals de ontmaskerde moordenaar zich bevrijd voelt nu de wachttijd voorbij is en hij eindelijk niet meer alleen hoeft te zijn met zijn vreselijke geheim. Of was ik gewoon gek? Je moest wel gek zijn als je liever wil dat mensen denken dat je je broertje misbruikt dan dat ze weten dat je vader dat deed zonder dat jij, de grote broer, een vinger hebt uitgestoken. Of misschien is het geen gekte, misschien is het zo simpel dat je de walging die gebaseerd is op leugens en valse geruchten van het hele dorp kan verdragen, maar niet als daar ook maar een flinter van waarheid in zit. En de waarheid over wat er gebeurde op Opgard, was niet alleen dat de vader een kindermisbruiker was, maar ook dat er een laffe, kruiperige, grote broer woonde die in had kunnen grijpen, maar dat niet durfde, die het wist, maar zijn mond hield, die zich schaamde, maar die zijn hoofd zo laag hield dat hij nauwelijks de aanblik van zichzelf in de spiegel verdroeg. En nu was het ergste wat er kon gebeuren, gebeurd. Wanneer Grete iets wist en daarover sprak, wist eerst de hele kapsalon het en daarna het hele dorp, zo simpel was het. Dus waarom lachte ik? Omdat het ergste wat er kon gebeuren, was gebeurd, en dat lag nu enkele seconden achter me. Nu kon alles naar de verdommenis gaan, ik was vrij.

'En?' vroeg Carl opgewekt. 'Wat is hier zo leuk?' Hij sloeg een arm om mijn schouder en de andere om Grete. Hij blies champagneadem in mijn gezicht.

'Tja,' zei ik. 'Wat is er zo leuk, Grete?'

'Paardenraces,' zei Grete.

'Paardenraces?' Carl lachte en pakte een glas champagne van het dienblad. Hij was op weg om weer flink dronken te worden, geen twijfel mogelijk. 'Ik wist niet dat Roy daar interesse in had.'

'Ik probeer zijn interesse te wekken,' zei Grete.

'En wat is jouw *pitch*?'

'*Pitch*?'

'Verkoopargument.'

'Wie niet speelt, zal ook niet winnen. En ik geloof dat Roy het daarmee eens is.'

Carl draaide zich naar me om. 'Is dat zo?'

Ik haalde mijn schouders op.

'Roy is meer het type dat zegt: wie niet speelt, zal ook niet verliezen,' zei Carl.

'Het gaat erom dat je een manier vindt waarop iedereen kan winnen,' zei Grete. 'Net zoals met jouw hotel, Carl. Geen verliezers, alleen maar winnaars en een *happy ending*.'

'Daar proosten we op!' zei Carl. Hij en Grete tikten hun glazen tegen elkaar voordat Carl zich vragend naar mij omdraaide.

Ik voelde dat ik nog steeds die idiote grijns op mijn gezicht had.

'Ik heb mijn glas daar laten staan,' zei ik, knikkend naar het Bowie-collectief en ik verliet hen zonder het plan terug te keren.

En op weg naar hen toe zong mijn hart. Paradoxaal, zorgeloos, bijna spottend, als de tapuit die op de grafsteen zat en zijn korte, krassende geluid liet horen toen de priester aarde op de kist van mijn ouders gooide. Er bestaat geen *happy ending*, maar er bestaan wel momenten van doelloos geluk en elk daarvan kan het laatste zijn dus waarom niet uit volle borst zingen? Laat de wereld het weten. En laat het leven – eventueel de dood – je de volgende dag weer afstraffen.

Terwijl ik naar hen liep, draaide Stanley zich naar me om alsof hij voelde dat ik eraan kwam. Hij lachte niet, zocht alleen mijn blik. Er ging een warm gevoel door mijn lijf. Ik wist niet waarom, ik wist alleen dat het moment was gekomen. Het moment dat ik in de Geitesving reed en de bocht niet uit zou komen. Ik zou de weg af rijden, in een vrije val, in de veilige wetenschap dat er geen andere prijs op me wachtte dan die paar seconden van vrijheid, erkenning, waarheid en al die andere dingen. En dan zou ik bij het einde komen, te pletter geslagen daar waar het wrak nooit omhooggehaald kon worden, waar ik zou rotten in zalige eenzaamheid, rust en vrede.

Ik weet niet waarom ik juist dat ogenblik koos. Misschien omdat dat ene glas champagne me net voldoende moed had gegeven. Misschien omdat ik wist dat ik op het punt stond dat klein beetje hoop kapot te maken dat Grete me had gegeven en had laten groeien. Omdat ik de prijs niet wilde hebben die ze voorstelde, die was erger dan alle eenzaamheid die een leven kon geven.

Ik liep langs Stanley, pakte een champagneglas dat naast de wedformulieren stond en ging achter Shannon staan die naar de nieuwe burgemeester luisterde die enthousiast sprak over wat het hotel zou gaan betekenen voor het dorp, maar hij bedoelde de gemeenteraadsverkiezingen. Ik raakte Shannons schouder aan, boog me naar haar oor, zo dichtbij dat ik haar geur kon ruiken die zo anders was dan de geur van welke vrouw ook die ik had gekend of had geneukt en toch zo bekend, alsof het mijn eigen geur was.

'Het spijt me,' fluisterde ik. 'Ik kan er niets aan doen. Ik hou van je.'

Ze draaide zich niet naar me om. Vroeg me niet om te herhalen wat ik had gezegd. Ze bleef met een onbewogen gezicht Gilbert aankijken alsof ik de vertaling van wat hij had gezegd in haar oor had gefluisterd. Maar ik rook dat haar geur een ogenblik sterker was geworden. Het leek of dezelfde warmte die door mij heen straalde nu door haar ging en de geurmoleculen van de huid meenam die naar mij opstegen.

Ik liep naar de deur, bleef staan voor de oude payazzo-machine, goot het laatste restje van de champagne naar binnen en zette het glas op de houten lijst. Ik zag dat Giovanni daar stond en me aankeek met zijn felle, veroordelende hanenblik voor hij – bijna minachtend – zich van me afkeerde en met zijn kop schudde waardoor zijn rode Hitler-kuif opsprong.

Ik liep naar buiten. Sloot mijn ogen en snoof de lucht op, schoongewassen door de regen, scherp als een scheermes op mijn wang. Ja, de winter kwam vroeg dit jaar.

Toen ik in het tankstation kwam, belde ik het hoofdkantoor en liet ik me doorverbinden met de personeelschef.

'Met Roy Opgard. Ik vroeg me af of die baan als manager van het tankstation in Sørlandet nog steeds beschikbaar is.'

DEEL IV

27

Ze zeggen dat ik degene ben die het meest op vader lijkt.

Stil en stabiel. Aardig en praktisch. Een harde werker zonder speciale talenten, maar die zich altijd weet te redden, misschien vooral omdat hij weinig eisen stelt aan het leven. Een eenling met voldoende empathie om te zien dat iemand het moeilijk heeft, maar met voldoende schaamtegevoel om zich niet te bemoeien met het leven van een ander. Zoals vader andere mensen ook niet toestond zich te bemoeien met zijn leven. Ze zeiden dat hij trots was zonder arrogant te zijn en dat het respect dat hij voor anderen had ook hem ten deel viel, hoewel hij nooit op enige manier een leidersfiguur in het dorp was. Die rol liet hij over aan de spreek- en schrijfvaardige dorpelingen, de mannen met charisma en visie. De Aases en Carls. Degenen met minder schaamte.

Hij schaamde zich. En die eigenschap heb ik beslist van hem geërfd.

Hij schaamde zich over wie hij was en wat hij deed. Ik schaamde me over wie ik was en wat ik níet deed.

Vader mocht me. Ik hield van hem. En hij hield van Carl.

Als oudste zoon werd ik grondig geïnstrueerd in hoe je een boerderij in de bergen met dertig geiten moest runnen. Het aantal geiten in Noorwegen was in de tijd van grootvader vijf keer zo groot geweest en het aantal geitenhoeders was in de loop van de laatste tien jaar gehalveerd en mijn vader realiseerde zich waarschijnlijk dat je in de toekomst op Opgard niet kon leven van zo weinig geiten. Maar zoals hij zei: het is altijd mogelijk dat op een dag de elektriciteit uitvalt en de wereld in een chaos verandert, en dan is het ieder mens voor zich. En dan hebben ze mensen zoals ik nodig.

En mensen als Carl gaan ten onder.

Misschien dat hij daarom meer van Carl hield.

Of misschien omdat Carl hem niet zo aanbad als ik deed.

Ik weet niet of dat het was, een mix van vaders beschermingsinstinct en zijn behoefte om geliefd te zijn bij zijn zoon. Of was het omdat Carl zo op moeder leek toen zij en vader elkaar ontmoetten? Zowel in de manier waarop ze spraken, lachten en bewogen als op de foto's van moeder uit die tijd. Carl was net zo knap als Elvis, zei vader altijd. Misschien dat hij daarom voor moeder was gevallen. Haar Elvis-*looks*. Weliswaar een blonde Elvis, maar met dezelfde latino- of Indiaanse trekken: amandelvormige ogen, gladde, gloeiende huid, prominente wenkbrauwen. De lach en glimlach die altijd onder de oppervlakte leken te liggen. Misschien werd vader opnieuw verliefd op moeder. En op Carl.

Ik weet het niet.

Ik weet alleen dat vader het bedtijd-voorlezen in de jongenskamer op zich nam en hij deed er langer en langer over. Dat hij doorging lang nadat ik in het bovenste bed in slaap was gevallen en dat ik er niets van wist tot de nacht dat ik wakker werd van het gehuil van Carl en vader hem stil probeerde te krijgen. Ik keek over de bedrand en zag dat vaders stoel leeg was en dat hij bij Carl in bed moest zijn gekropen.

'Wat is er?' vroeg ik.

Er kwam geen antwoord van beneden en ik herhaalde de vraag.

'Carl heeft gewoon naar gedroomd,' zei vader. 'Ga slapen, Roy.'

En ik sliep. Ik sliep de schuldige slaap van de onschuldige. En dat bleef ik doen tot die nacht dat Carl weer huilde en dit keer was vader weg dus mijn kleine broertje was alleen en had niemand die hem kon troosten. Ik klom naar beneden, sloeg mijn armen om hem heen en zei dat hij me moest vertellen wat hij had gedroomd, dan zouden de monsters zeker verdwijnen.

En Carl snikte en zei dat de monsters hadden gezegd dat hij niets mocht vertellen want dan zouden ze terugkomen en mij en moeder ook pakken, ons meenemen naar Huken en ons opeten.

'Maar vader niet?' vroeg ik.

Carl gaf geen antwoord en ik weet niet of ik het doorhad en het gelijk verdrong of dat ik het pas later begreep, wílde begrijpen: dat het monster onze vader was. Papa. En ik weet ook niet of mama het wilde begrijpen en het in haar geval een kwestie was van gebrek aan wil want het gebeurde voor onze ogen en oren. En daarom was ze net zo schuldig als ik die probeerde de andere kant op te kijken en die het niet probeerde te stoppen.

Toen ik het eindelijk deed, was ik zeventien jaar en waren vader en ik alleen in de schuur. Ik hield de ladder vast terwijl hij onder de nokbalk de lampen verwisselde. Nu zijn schuren in de bergen niet zo hoog, maar ik voelde dat ik toch een risico voor hem was nu hij een paar meter boven me stond.

'Je mag niet doen wat je doet met Carl.'

'Nee oké,' zei hij kalm en hij draaide het laatste peertje in de fitting.

Toen kwam hij naar beneden en ik hield de ladder zo stevig mogelijk vast. Hij legde de kapotte peertjes weg voordat hij me aanviel. Hij stompte me niet in mijn gezicht, alleen op mijn lichaam, op alle zachte plekken waar het het pijnlijkst is. Toen ik in het hooi lag en naar adem hapte boog hij zich over me heen en fluisterde met hese, schorre stem: 'Je beschuldigt je vader niet van zoiets want dan vermoordt hij je, Roy. Er bestaat maar één manier om een vader te stoppen en dat is dat je je mond houdt, wacht tot het juiste moment en dan vermoord je hem. Begrijp je?'

Natuurlijk begreep ik het. Dat had Roodkapje moeten doen. Maar ik kon niet praten, zelfs niet knikken, ik kon met moeite mijn hoofd optillen en ik zag dat hij tranen in zijn ogen had.

Vader hielp me overeind, we aten warm en die nacht was hij weer bij Carl in het onderste bed.

De volgende dag nam hij me mee naar de schuur waar hij de zware bokszak had opgehangen die hij had meegenomen uit Minnesota. Hij had een tijd gepoogd ons enthousiast te maken voor boksen, maar Carl noch ik was geïnteresseerd. Zelfs niet toen hij vertelde dat de bekende boksbroeders Mike en Tommy Gibbons uit Minnesota kwamen. Tommy Gibbons was vaders favoriet en hij had ons foto's laten zien en gezegd dat Carl leek op de lange, blonde zwaargewicht Tommy. En ik leek op Mike, de grote broer die kleiner was en die niet zo'n glanzende carrière had gemaakt. Geen van tweeën was echter kampioen geworden, Tommy maakte in 1923 de grootste kans toen hij na vijftien rondes op punten verloor van de grote kampioen Jack Dempsey. Dat was in het stadje Shelby, een knooppunt van The Great Northern Railway en dat de directeur van de spoorwegen Peter Shelby – het stadje was naar hem vernoemd – 'een godverlaten modderpoel' had genoemd. Het stadje had alles en meer geïnvesteerd in de bokswedstrijd en men had belooid dat het daardoor op de kaart zou komen. Er werd een stadion gebouwd, maar er kwamen slechts zevenduizend man kijken plus nog wat mensen die naar binnen glipten zonder te betalen en het hele stadje – inclusief vier banken – ging failliet. Tommy Gibbons liet een stad achter die in puin lag, zonder titel, zonder een duit op zak en met slechts de wetenschap dat hij het in elk geval had geprobeerd.

'Hoe gaat het met je lijf?' vroeg vader.

'Goed,' zei ik hoewel ik overal pijn voelde.

Vader liet me zien hoe ik mijn voeten moest plaatsen en leerde me de basisbokstechnieken, toen trok hij zijn versleten bokshandschoenen bij me aan.

'Hoe zit het met *the guard*?' vroeg ik en ik dacht aan het programma dat ik had gezien over de wedstrijd Dempsey-Gibbons.

'Je slaat hard en je slaat als eerste dus die heb je niet nodig,' zei hij en hij ging achter de bokszak staan. 'Dit is de vijand. Zeg tegen jezelf dat je die moet doden voordat hij jou doodt.'

En ik doodde. Hij hield de zak vast zodat die niet te veel heen en weer zou zwaaien, maar af en toe liet hij zijn gezicht zien alsof hij me eraan wilde herinneren wat het doel was van mijn training: hem doden.

'Niet slecht,' zei hij toen ik kletsnat van het zweet met mijn handen op mijn knieën voorovergebogen stond. 'Nu gaan we je handen intapen en doe je hetzelfde zonder handschoenen.'

In de loop van drie weken had ik gaten in de zak geslagen die gerepareerd werden met dik draad. Ik sloeg mijn knokkels op die naden tot bloedens toe kapot, liet ze in twee dagen genezen en sloeg ze weer kapot. Dat voelde beter, de pijn verdoofde de pijn, verdoofde de schaamte dat ik hier stond te slaan zonder dat ik in staat was iets anders te doen.

Het ging door.

Niet zo vaak als eerst misschien, dat herinner ik me niet.

Ik herinner me alleen dat het hem niet uitmaakte of ik sliep, het maakte hem niet uit of moeder sliep, hij wilde alleen laten zien dat hij de baas was in huis en dat een baas doet wat hij wil. En dat hij een gelijkwaardige tegenstander van me had gemaakt om te laten zien dat we mentaal domineerden en niet fysiek. Omdat het lichaam vergankelijk is en oud wordt, maar de geest eeuwig is.

En ik schaamde me. Ik schaamde me terwijl ik probeerde te vluchten van de geluiden onder me, van het bewegen en kraken van het stapelbed, van dit huis. En als hij vertrokken was, klom ik naar beneden naar Carl, hield hem vast tot hij stopte met huilen, fluisterde in zijn oor dat we op een dag heel ver weg zouden gaan. Dat ik hem zou stoppen. Dat verrekte spiegelbeeld van me zou stoppen. Loze woorden die ervoor zorgden dat ik me nog meer schaamde.

We werden oud genoeg om naar een feest te gaan. Carl dronk meer dan hij zou moeten doen. En raakte vaker in de problemen dan hij zou moeten. En ik was daar blij om, er werd me een arena geboden waar ik kon doen wat ik thuis niet voor elkaar kreeg: ik kon mijn broertje beschermen. Het was simpel, ik deed wat vader me had geleerd: ik sloeg als eerste en hard. Ik sloeg op de gezichten alsof ze de bokszak met vaders gezicht erop waren.

Maar de dag zou komen.

En de dag kwam.

Carl kwam naar me toe om te vertellen dat hij bij de dokter was geweest. Dat ze hem hadden onderzocht en veel vragen hadden gesteld. Dat ze vermoedens hadden. Ik vroeg wat hem mankeerde. Hij trok zijn onderbroek naar beneden en liet het me zien. En ik werd zo kwaad dat ik begon te huilen.

Voordat ik die avond ging slapen, pakte ik het jachtmes, legde dat onder mijn kussen en wachtte.

De vierde nacht kwam hij. Ik werd zoals altijd wakker van het gekraak van de deur. Hij had het licht in de gang uitgedaan, ik kon alleen zijn gestalte zien in de deuropening. Ik stak mijn hand onder het kussen en greep het heft stevig vast. Ik had oom Bernard gevraagd die gelezen had over de sabotageactie in Os tijdens de oorlog en hij vertelde dat *silent killing* was dat je je mes in de rug van de vijand stak, ter hoogte van de nieren. Dat een keel doorsnijden veel moeilijker was dan het leek in films, dat je vaak in de duim van de hand die de vijand vasthield sneed. Ik wist niet precies hoe hoog de nieren zaten, maar ik was hoe dan ook van plan meerdere keren te steken, een daarvan moest wel raak zijn. Zo niet, dan sneed ik zijn keel door en als dat mijn duim kostte, kon me niet verrekken.

De gedaante in de deuropening zwaaide wat op zijn benen, misschien had hij meer bier gedronken dan anders. Maar hij bleef daar staan, het leek of hij zich in de deur had vergist. En dat had hij immers. Al jaren. Maar dit zou de laatste keer zijn.

Ik hoorde een geluid alsof hij diep ademhaalde. Of de lucht opsnoof.

De deur ging weer dicht, het werd pikdonker en ik zette me schrap. Mijn hart bonkte zo hard dat ik het fysiek voelde, het drukte tegen mijn ribben. Maar ik hoorde zijn voetstappen op de trap en ik begreep dat hij zich had bedacht.

De buitendeur ging open.

Had hij iets gemerkt? Ik had gelezen dat adrenaline een bepaalde geur heeft die onze hersenen – bewust of onbewust – registreren en ervoor zorgt dat we op onze hoede zijn. Of had hij op de drempel een besluit genomen? Niet alleen om vannacht weg te gaan, maar dat het voorbij was. Dat het nooit meer zou gebeuren.

Ik lag daar en voelde dat mijn lichaam begon te beven. Er kwam een raspend geluid uit mijn keel toen ik ademhaalde, ik realiseerde me dat ik mijn adem had ingehouden vanaf het moment dat de deur openging.

Na een poosje hoorde ik zacht gesnik. Ik hield mijn adem weer in, maar het kwam niet van Carl, zijn ademhaling was weer regelmatig. Het geluid kwam via de kachelpijp.

Ik kroop zacht uit bed, kleedde me aan en liep naar beneden.

Moeder zat in het halfdonker aan de keukentafel. Ze had haar rode ochtendjas aan die leek op een gewatteerde jas en keek uit het raam naar de schuur waar het licht brandde. Ze hield een glas vast en voor haar stond een fles bourbon die al jaren onaangeroerd in de kast in de kamer had gestaan.

Ik ging zitten en keek in dezelfde richting als zij. Naar de schuur.

Ze leegde haar glas en schonk opnieuw in. Het was de eerste keer sinds de avond in het Grand Hotel dat ik haar zag drinken terwijl het geen kerst was.

Toen ze eindelijk sprak was haar stem schor en trilde.

'Je weet toch, Roy, dat ik zoveel van je vader hou dat ik niet zonder hem kan leven.'

Dat klonk als een conclusie na een lange, stille discussie met zichzelf.

Ik zei niets, staarde slechts naar de schuur. Wachtte tot ik daar iets hoorde.

'Maar hij kan wel leven zonder mij,' zei ze. 'Weet je dat er complicaties waren tijdens de geboorte van Carl? Ik verloor veel bloed en was bewusteloos, de arts vroeg vader een besluit te nemen. Er waren twee opties. De eerste was een risico voor het ongeboren kind en de tweede voor de moeder. Jouw vader koos de ingreep die risicovol voor mij was, Roy. Later zei hij tegen me dat ik hetzelfde zou hebben gekozen en daarin had hij gelijk. Maar ik heb de keus niet gemaakt, Roy. Dat was hij.'

Wat verwachtte ik te horen uit de schuur? Ik wist wat het was. Een knal. De deur naar het klompenhok had opengestaan toen ik de trap af kwam. En het hagelgeweer dat altijd hoog tegen de muur hing, was weg.

'Maar als ik zou moeten kiezen tussen het redden van jouw en Carls leven en dat van hem dan zou ik hem hebben gekozen, Roy. Dat moet je weten. Zo'n moeder ben ik.' Ze zette het glas tegen haar lippen.

Ik had haar nog nooit zo horen praten en toch kon het me niets schelen. Het enige waaraan ik kon denken was wat er in de schuur gebeurde.

Ik stond op en liep naar buiten. Het was lente en de lucht was koel tegen mijn warme wangen. Ik haastte me niet. Ik liep met afgemeten passen, bijna als een volwassen man. In het licht van de openstaande deur zag ik het geweer tegen de deurpost staan. Toen ik dichterbij kwam zag ik dat de ladder tegen een van de nokbalken stond en dat daar een touw overheen was geslingerd.

Maar ik hoorde vooral de doffe klappen van stompen tegen een zandzak.

Ik bleef staan voordat ik bij de deur was, maar wel zo dichtbij dat ik hem kon zien. Hij stompte en sloeg tegen de bokszak. Wist hij dat het gezicht dat ik erop had getekend dat van hem was? Waarschijnlijk wel.

Stond het geweer daar omdat het hem niet was gelukt af te maken waar hij aan begonnen was? Of stond het daar als uitnodiging aan mij?

Mijn wangen waren niet meer warm. Ineens was mijn lichaam ijskoud geworden en het nachtelijk briesje ging als een verdomd spook door me heen.

Ik bleef staan kijken naar mijn vader. Natuurlijk wilde hij dat ik hem zou tegenhouden, zou stoppen wat hij deed, zijn hart laten stoppen. Het was klip-en-klaar, hij had het zo gearrangeerd dat het eruitzag dat hij het zelf had gedaan, zelfs het touw was een duidelijke boodschap. Het enige wat ik hoefde te doen was van dichtbij schieten en het geweer naast het lijk leggen. Ik beefde. Ik had geen controle meer over mijn lichaam, niets luisterde, mijn ledematen trilden en schokten. Ik voelde geen angst of woede, alleen maar machteloosheid en schaamte. Ik kon het niet. Híj wilde dood, ík wilde dat hij doodging en toch lukte het verdomme niet. Omdat hij mij was. En ik haatte hem en ik had hem nodig, zoals ik mezelf haatte en nodig had. Ik draaide me om en liep terug terwijl ik hem hoorde kreunen en slaan, vloeken en slaan, snikken en slaan.

Bij het ontbijt de volgende ochtend leek het of er niets was gebeurd. Of ik het allemaal had gedroomd. Vader keek uit het keukenraam en zei iets over het weer terwijl moeder Carl aanspoorde zodat hij niet te laat op school zou komen.

28

Een paar maanden nadat ik was weggelopen van vader in de schuur, kwam mevrouw Willumsen met haar Saab Sonett '58-model, een roadster en de enige in het dorp, naar de werkplaats voor een kleine beurt.

De mensen in het dorp zeiden dat mevrouw Willumsen ziekelijk geobsedeerd was door een Noorse popdiva uit de jaren zeventig en dat ze haar trachtte te kopiëren in alles – auto, kleding, kapsel, make-up en gedrag. Ze probeerde zelfs haar stem net zo diep te laten klinken als de beroemde baritonstem van de diva. Ik was te jong om me die popster te herinneren, maar dat mevrouw Willumsen een diva was, daar was geen twijfel over mogelijk.

Oom Bernard had een afspraak met de dokter dus ik moest zelf checken of er problemen waren met de auto.

'Wat een prachtige lijnen,' zei ik en ik ging met mijn hand over de motorkap. Vezelversterkt kunststof. Oom Bernard zei dat Saab minder dan tienduizend exemplaren van dit model had geproduceerd en dat Willumsen gegarandeerd dieper in zijn buidel had moeten tasten dan hij wilde.

'Bedankt,' zei ze.

Ik opende de motorkap en bekeek de motor. Controleerde of de bedrading en schroefdoppen in orde waren en dat waren ook de bewegingen van een ander, van oom Bernard.

'Je lijkt te weten wat je doet,' zei ze. 'Hoewel je nog zo jong lijkt.'

Nu was het mijn beurt om te bedanken.

Het was een warme dag, ik had aan een vrachtwagen gewerkt en het bovenste deel van mijn overall naar beneden getrokken waardoor ik een blote bast had toen ze binnenkwam. Ik bokste nu veel in de schuur en had spieren gekregen op plekken waar eerder alleen huid en botten zaten. Haar blik was over me heen gegleden toen ze uitlegde wat ze gedaan wilde hebben. Toen ik een T-shirt aantrok voordat ik onder de motorkap van haar auto ging kijken, zag ze er bijna teleurgesteld uit.

Ik liet de motorkap weer dichtvallen en draaide me naar haar om. Door de hoge hakken was ze niet alleen groter dan ik, ze torende boven me uit.

'En?' zei ze en ze ging verder na een pauze die veel te lang duurde. 'Staat het je aan wat je ziet?'

'Het ziet er goed uit, maar ik moet het nog wel beter bekijken,' zei ik met zogenaamde zelfverzekerdheid, alsof ik en niet oom Bernard nog beter zou gaan kijken.

Ik had het vermoeden dat ze ouder was dan ze eruitzag. De wenkbrauwen leken weggeschoren en opnieuw opgetekend. Er zaten kleine rimpels in de huid boven haar bovenlip. Maar mevrouw Willumsen was wat oom Bernard een *full rigger* noemde.

'En na...' Ze hield haar hoofd schuin en keek me aan alsof ze in een slagerij stond en ik een stuk vlees op de toonbank was. '...het kijken?'

'Dan inspecteren we de motor en vervangen we wat er vervangen moet worden,' zei ik. 'Binnen de grenzen van wat redelijk en acceptabel is natuurlijk.' Ook een zin die ik van oom Bernard gejat had, behalve dan dat ik halverwege even moest slikken.

'Redelijk en acceptabel,' zei ze lachend alsof ik een grapje in de Oscar Wilde-*class* had gemaakt. Hoewel ik in die tijd nog niet had gehoord van Oscar Wilde. Maar op dat moment kreeg ik door dat niet alleen ik allerlei geile fantasieën kreeg van dit gesprek. Er was geen twijfel meer mogelijk: mevrouw Willumsen stond hier met me te flirten. Niet dat ik me verbeeldde dat ze meer wilde, maar ze nam in elk geval de tijd om een spelletje te spelen met een zeventienjarige. Als een volwassen kat die een paar keer tegen een bolletje wol tikt dat je voor zijn neus laat bungelen voordat hij zijn weg vervolgt. En dat alleen al maakte me trots en overmoedig.

'Maar wat ik wel kan zeggen is dat er niet veel gerepareerd hoeft te worden,' zei ik. Ik viste het zilverkleurige blikje met snus uit de zak van mijn overall en leunde tegen de motorkap. 'De auto is in prima staat. Voor zijn leeftijd.'

Mevrouw Willumsen lachte.

'Rita,' zei ze, een betoverende witte hand met bloedrode nagels uitstekend.

Als ik meer ervaren was geweest dan had ik haar hand gekust, maar in plaats daarvan legde ik het blikje weg, veegde ik mijn hand af aan een poetsdoek die uit mijn achterzak hing en gaf haar een ferme handdruk.

'Roy.'

Ze keek me nadenkend aan. 'Oké Roy, maar je hoeft mijn hand niet fijn te knijpen.'

'Hè?'

'Je moet niet "hè" zeggen, maar "wat" en "sorry". Probeer het nog een keer.' Ze stak haar hand weer uit.

Ik pakte die weer. Voorzichtig dit keer. Ze trok haar hand weer terug.

'Ik heb niet gezegd dat je die moet vastpakken alsof het gestolen goed is, Roy. Ik geef je mijn hand en voor een heel korte tijd is die van jou. Gebruik die tijd, wees er goed voor, behandel de hand op een manier dat je weet dat je hem nog een keer mag lenen.'

Ze stak voor de derde keer haar hand uit.

En ik legde mijn beide handen eromheen.

Streelde de hand, legde die tegen mijn wang. Ik weet verdomd niet waar ik de moed vandaan haalde. Ik wist alleen dat ik die nu had, al die moed die ik niet had toen ik voor de schuur stond en het geweer tegen de deurpost zag staan.

Rita Willumsen lachte, ze keek snel rond om er zeker van te zijn dat we nog steeds alleen waren, liet me haar hand nog even houden voordat ze die langzaam terugtrok.

'Je leert snel,' zei ze. 'Heel snel. En binnenkort ben je een volwassen man. Ik denk dat je iemand heel gelukkig kan maken, Roy.'

Een Mercedes stopte voor de werkplaats en Willumsen sprong eruit en had nog net tijd om me te groeten want hij wist niet hoe snel hij het portier voor mevrouw Willumsen open moest houden. Die nu dus Rita Willumsen was. Hij hield haar hand vast terwijl zij zich in de auto manoeuvreerde. Hoge hakken, opgestoken haar en een lange, strakke rok. Toen ze wegreden voelde ik een mix van opwinding en verwarring aan wat er nu plotseling voor me lag. De opwinding kwam door mevrouw Willumsens hand in de mijne, de lange nagels die in mijn handpalm hadden geschraapt. En het feit dat ze duidelijk de zeer aanbeden vrouw van Willumsen was, de man door wie vader was bedrogen met de Cadillackoop en die daar later over had opgeschept. De verwarring kwam door wat ik onder de motorkap had gezien. Alles leek omgekeerd te zijn. De versnellingsbak was vóór de motor geplaatst. Later legde oom Bernard me uit dat dit kwam door de speciale gewichtsverdeling in de Sonett. Wat een auto. Wat een prachtig, onbruikbaar ding van verouderde schoonheid.

Ik werkte aan de Saab tot laat die nacht, ik controleerde, schroefde en verwisselde. Ik had een nieuwe, brandende energie gekregen waarvan ik niet precies wist waar die vandaan kwam. Of ja, ik wist het wel. Die kwam van Rita Willumsen. Ze had me geraakt. Ik had haar geraakt. Ze had me gezien als een volwassen man. Of in elk geval de man die ik zou kunnen worden. En dat had iets veranderd. Op een gegeven moment, toen ik in de smeerput stond en met mijn hand over de carrosserie van de auto ging, voelde ik dat ik een stijve kreeg. Ik sloot mijn ogen en zag het voor me. Probéérde het voor me te zien. Een halfnaakte Rita Willumsen op de motorkap van de Saab die met haar wijsvinger gebaarde dat ik moest komen. De rode nagellak. Verdomme.

Ik luisterde om er zeker van te zijn dat ik alleen was in de werkplaats voor ik de rits van mijn overall naar beneden trok.

'Roy?' fluisterde Carl in het donker toen ik op het punt stond om in het bovenste bed te klimmen.

Ik wilde iets zeggen over overwerk in de werkplaats en dat we moesten gaan slapen. Maar iets in zijn stem deed me zwijgen. Ik deed het lampje boven zijn bed aan. Zijn ogen waren roodomrand van het huilen en zijn ene wang was dik. Er kwam een knoop in mijn maag. Na die keer met het geweer in de schuur, was hij weggebleven.

'Is hij weer geweest?' fluisterde ik.

Carl knikte slechts.

'Heeft hij... heeft hij je ook geslagen?'

'Ja, en ik dacht dat hij me ging wurgen. Hij was woedend en vroeg waar jij was.'

'Verdomme,' zei ik.

'Jij moet hier blijven,' zei Carl. 'Hij komt niet als jij er bent.'

'Ik kan hier niet altijd zijn, Carl. Ik kan het niet meer... Ik wil niet meer leven met iemand die...'

Ik sloeg een arm om Carl heen en trok zijn hoofd tegen mijn borst zodat vader en moeder zijn gesnik niet zouden horen.

'Ik zal het in orde maken, Carl,' fluisterde ik in zijn blonde haar. 'Ik zweer het. Jij hoeft niet voor hem te vluchten. Ik zal het in orde maken, hoor je me?'

Bij het eerste ochtendgloren had ik mijn plan klaar. Door het alleen maar uit te denken zat ik nergens aan vast, maar tegelijkertijd wist ik dat ik nu klaar was. Ik dacht aan wat Rita Willumsen had gezegd, dat ik binnenkort een man zou zijn. Nou, dat moment was gekomen en deze keer zou ik me niet terugtrekken. Deze keer zou ik niet weglopen van het geweer.

29

In de uren dat ik gesleuteld had aan de Saab Sonett had ik een paar dingen geleerd. De motor was niet alleen achterstevoren geplaatst, maar het remsysteem was ook eenvoudiger. Moderne auto's hebben een dubbel remsysteem, als een ervan kapotgaat, werkt het andere nog, in elk geval bij twee van de wielen. Maar bij de Sonett hoef je maar één kabel door te snijden en hopla, je hebt een voortrazende wagen, een losgeslagen kanon op een scheepsdek. En ik besefte dat dit voor de meeste oude auto's gold. Bijvoorbeeld vaders Cadillac DeVille, 1979-model, hoewel die eigenlijk twee remkabels heeft.

Wanneer mannen in dit deel van het land een onnatuurlijke dood sterven, is dat vaak op een landweg in een auto of in een schuur aan het eind van een touw of een geweerloop. Ik had gefaald die keer dat vader me de kans gaf het geweer te gebruiken en misschien wist ik dat hij me geen nieuwe kans zou geven. Dat ik het nu zelf moest bedenken. En toen ik genoeg had nagedacht, wist ik dat deze oplossing de juiste was. Het ging me er niet om dat de kapitein met zijn eigen schip ten onder ging of zoiets, het was puur praktisch. Een auto-ongeluk zou niet zo uitgeplozen worden als een man met een kogel door zijn hoofd, dat maakte ik mezelf in elk geval wijs. En ik wist niet hoe ik vader in de schuur moest doodschieten zonder dat op z'n minst moeder het zou begrijpen. En god mag weten of ze zou liegen tegen de politie als de man zonder wie ze niet verder kon leven, was vermoord. 'Zo'n moeder ben ik.'

Maar de remmen saboteren was eenvoudig. En wat er vervolgens zou gebeuren was makkelijk te voorspellen. Elke ochtend stond vader op, keek bij de geiten, zette koffie en keek zwijgend toe hoe Carl en ik ontbeten. Nadat Carl en ik waren weggefietst – hij naar school en ik naar de werkplaats – stapte vader in zijn Cadillac, reed naar het dorp om de post te halen en een krant te kopen.

De Cadillac stond onder het dak in de schuur en ik had het hem ontelbare keren zien doen. De auto starten, gas geven en – tenzij er sneeuw of ijs lag – het rempedaal niet aanraken of sturen voordat hij de Geitesving naderde.

We hadden warm gegeten in de eetkamer toen ik zei dat ik nog even ging boksen tegen de bokszak in de schuur.

Niemand zei iets, moeder en Carl schraapten de laatste restjes van hun borden, maar vader wierp een onderzoekende blik op me. Misschien omdat hij en ik nooit zeiden wat we gingen doen, we deden het gewoon.

Ik pakte mijn sporttas met gereedschap dat ik uit de werkplaats had meegenomen. De klus was iets complexer dan ik had gedacht, maar na een halfuur had ik de schroeven los en had ik twee gaatjes gemaakt in beide remleidingen en de remvloeistof opgevangen in een emmer. Ik trok mijn sportkleding aan en sloeg een halfuur tegen de bokszak zodat ik nat was van het zweet toen ik in de woonkamer kwam waar vader en moeder zaten. Hij met de krant, zij met een breiwerk, als een reclamespot uit de jaren zestig.

'Je was laat thuis gisteren,' zei vader zonder op te kijken van de krant.

'Overwerken,' zei ik.

'Je mag het ons wel vertellen als je een vriendinnetje hebt,' zei moeder. Ze lachte alsof we dat ook waren: een normaal gezin uit zo'n verrekte reclamespot.

'Gewoon overwerken.'

'Nou,' zei vader en hij vouwde de krant op. 'Mogelijk krijg je meer overwerk, het ziekenhuis in Notodden heeft gebeld. Ze hebben Bernard opgenomen. Ze hebben kennelijk gisteren iets bij hem gevonden wat niet in orde is. Hij moet misschien worden geopereerd.'

'O?' zei ik en ik voelde dat ik het koud kreeg.

'Ja, en zijn dochter zit met haar gezin op Mallorca en kan de vakantie niet afbreken. In het ziekenhuis willen ze dat wij komen.'

Carl kwam de kamer in. 'Wat is er?' vroeg hij. Zijn stem klonk nog steeds alsof hij een verdoving had gekregen en op zijn wang zat een lelijke blauwe plek, maar de zwelling was verdwenen.

'We moeten naar Notodden,' zei vader en hij stond op uit zijn stoel. 'Trek jullie nette kleren aan.'

Ik voelde paniek opkomen. Het leek zo'n ochtend dat je de buitendeur opendoet en je er niet op voorbereid bent dat het min dertig graden is, dat het waait en je de kou niet voelt, alleen maar een plotselinge, totale verlamming. Ik opende mijn mond en sloot die weer. De verlamming had ook mijn hersenen bereikt.

'Ik heb morgen een belangrijk proefwerk,' zei Carl en ik zag dat hij naar me keek. 'En Roy heeft beloofd dat hij me zal overhoren.'

Ik had niets gehoord over een proefwerk. Ik wist niet precies wat Carl doorhad, maar hij had blijkbaar gezien dat ik wanhopig naar een excuus zocht om niet mee te hoeven naar Notodden.

'Nou,' zei moeder, vader aankijkend. 'Ze kunnen toch wel...'

'Geen sprake van,' zei vader kortaf. 'Familie gaat voor alles.'

'Carl en ik nemen morgen na school de bus naar Notodden,' zei ik.

Ze keken me allemaal lichtelijk verbaasd aan omdat ze het kennelijk ook gehoord hadden. Ik klonk ineens als hij, als vader wanneer hij tussenbeide kwam en de discussie stopte omdat we allemaal wisten dat het ging zoals hij wilde.

'Mooi,' zei moeder opgelucht.

Vader zei niets, maar zijn blik liet mij niet los.

Toen vader en moeder klaar waren om te vertrekken, liepen Carl en ik met hen mee naar buiten.

We stonden in de schemering voor de auto, een gezin van vier personen dat zou worden gehalveerd. 'Rij voorzichtig,' zei ik.

Vader knikte langzaam. Het is natuurlijk mogelijk dat ik, net als zovele anderen, naderhand veel te veel in die *famous last words* heb gelegd. Of in het geval van vader: zijn laatste zwijgende knikken. Maar er zat beslist iets in, iets wat op een erkenning leek. Of was het erkentelijkheid? Of toch erkenning? De erkenning dat zijn zoon bezig was volwassen te worden.

Moeder en hij gingen in de Cadillac zitten die met een snauw startte. Het snauwen ging over in zacht gepruttel. En toen reden ze in de richting van de Geitesving. De scherpe bocht.

We zagen de remlichten van de Cadillac. Ze waren gekoppeld aan de pedalen dus hoewel de remmen niet werkten, werkten de lichten wel. De snelheid nam toe. Carl maakte een geluid. Ik zag voor me hoe vader aan het stuur trok, het schrapende geluid van de stuurkolom hoorde en voelde dat het stuur zonder weerstand rondging en geen grip had op de wielen. En ik ben tamelijk zeker dat hij het op dat moment begreep. Dat hoop ik. Dat hij het begreep en accepteerde. Dat hij ook accepteerde dat het met inbegrip van moeder was. Dat de rekensom klopte. Ze kon leven met wat hij deed, maar ze kon niet leven zonder hem.

Het was stil en er was een merkwaardige afwezigheid van drama. Geen wanhopig getoeter, geen piepend rubber of geschreeuw. Het enige wat ik hoorde was het knarsen van de banden, toen was de auto weg, en de eenzame roep van de goudplevier.

Het neerstorten in Huken klonk als donder in de verte. Ik hoorde niet wat Carl zei of riep, ik dacht alleen dat Carl en ik nu alleen op de wereld waren. Dat de weg voor ons leeg was, dat alles wat we nu zagen in de schemering de berg was die als een silhouet afstak tegen de hemel die in het westen oranje gekleurd was en roze in het noorden en zuiden. En ik vond dit het mooiste wat ik ooit had gezien, het was alsof de zon tegelijkertijd onderging en weer opkwam.

30

Ik herinner me slechts fragmenten van de begrafenis.

Oom Bernard was weer op de been, ze hadden besloten hem niet te opereren en ik zag alleen Carl en hem huilen. De kerk zat vol mensen met wie vader en moeder – voor zover ik weet – niets hadden, behalve dan het hoogstnoodzakelijke contact zoals dat gaat in een dorp als Os. Bernard zei een paar woorden en las de teksten voor die op de grafkransen stonden. De grootste kwam van Willumsen Occasions & Sloperij wat vermoedelijk betekende dat hij het op het conto van klantenservice kon zetten en af kon trekken van de belasting. Carl noch ik had de wens geuit iets te willen zeggen en de priester had ons niet onder druk gezet, ik geloof dat hij het wel fijn vond dat hij de tijd kreeg nu hij eindelijk zo'n groot publiek had. Maar ik herinner me niet wat hij zei, ik geloof eigenlijk dat ik niet luisterde. Daarna volgden de condoleances en een eindeloze rij van bleke, droevige gezichten, het was als zitten in een auto terwijl de slagbomen dicht zijn en kijken naar de gezichten die staren, ogenschijnlijk naar jou, maar feitelijk op weg naar heel andere plaatsen.

Veel mensen zeiden dat ze met me meevoelden, maar ik kon ze niet vertellen dat ze het in dit geval dan niet zo zwaar hadden.

Ik kan me herinneren dat Carl en ik in de eetkamer van de boerderij stonden voordat we verhuisden naar oom Bernard. We wisten toen niet dat het maar kort zou duren voor we weer terugkeerden naar Opgard. Het was er zo verdomde stil.

'Dit is nu allemaal van ons,' zei Carl.

'Ja,' zei ik. 'Maar is er iets dat je wilt hebben?'

'Dit,' zei Carl, wijzend naar de kast waar vader zijn voorraad Budweiser en bourbon had staan. Ik pakte de doos met blikken Berry-snus en zo ben ik begonnen met dat spul. Niet te veel, je weet nooit wanneer de volgende keer is dat je aan Berry kunt komen en je wilt verdomme die Zweedse rommel niet hebben als je eerst de juist gefermenteerde tabak hebt geproefd.

Al voor de begrafenis waren we beiden verhoord door de politiechef, hoewel hij het zelf 'een praatje' noemde. Sigmund Olsen vroeg zich af waarom er geen remsporen te zien waren in de Geitesving en vroeg of vader depressief was geweest. Maar Carl en ik hadden ons aan het verhaal gehouden dat het eruitzag als een ongeluk. Misschien een beetje te veel vaart en een moment van onoplettendheid omdat hij in de spiegel had gekeken of we achter de auto aan kwamen. Zoiets. En uiteindelijk leek de politieman zich erbij neer te leggen. Maar het viel me ook op dat het ons geluk was dat hij maar twee theorieën had: ongeluk of zelfmoord. Toen ik een paar gaten maakte in de remleiding en voldoende remvloeistof aftapte zodat de remkracht gereduceerd werd, wist ik dat dit op zichzelf niet voldoende was om verdenkingen op te werpen als het werd ontdekt. Een beetje lucht in het remsysteem komt vaker voor bij oude auto's. Het zou erger zijn als ze ontdekten dat de schroeven die de stuurkolom op zijn plaats hielden, waren losgedraaid waardoor het stuur niet werkte. De auto was op het dak beland en was niet zo erg gedeukt als ik had gedacht. Als ze de auto hadden kunnen onderzoeken dan hadden ze misschien geconcludeerd dat alles wat vastzit, ook los kan komen. Ook schroeven. Maar losse schroeven náást gaten in de remleiding? En waarom waren er geen sporen van gelekte remvloeistof op de grond waar de auto had gestaan? Zoals gezegd: we hadden geluk. Of beter gezegd: ík had geluk. Natuurlijk wist ik dat Carl begreep dat ik op de een of andere manier achter het ongeluk zat. Hij had instinctief begrepen dat hij en ik tegen elke prijs moesten voorkomen dat we die avond in de Cadillac zouden stappen. En dan was er ook de belofte die ik hem had gedaan: dat ik het in orde zou maken. Waarschijnlijk begreep hij dat het de remmen waren, hij had de remlichten immers zien oplichten zonder dat de Cadillac vaart minderde. Maar waarom zou ik het hem vertellen als hij er niet naar vroeg? Je kunt niet gestraft worden voor iets wat je niet weet en als ik gepakt werd voor de moord op onze ouders dan zou ik alleen vallen, ik hoefde Carl niet bij me te hebben zoals vader moeder bij zich had. In tegenstelling tot hen zou Carl heel goed zonder mij kunnen leven. Dacht ik in elk geval.

31

Carl werd geboren aan het begin van de herfst en ik in het midden van de zomervakantie. Wat betekende dat hij cadeautjes kreeg van zijn vrienden en zelfs een verjaardagsfeest had terwijl mijn verjaardag in stilte voorbijging. Niet dat ik daar ooit over had geklaagd. Daarom duurde het ook een paar seconden voordat ik begreep dat dc woorden die haast gezongen leken voor mij bestemd waren: 'Van harte gefeliciteerd met je achttiende verjaardag!'

Ik had pauze en zat achter de werkplaats op een paar pallets in de zon, had mijn ogen gesloten en de oordopjes met The Cream in mijn oren geplugd. Ik keek op en trok de dopjes uit mijn oren. Ik moest mijn hand boven mijn ogen houden tegen de zon. Niet dat ik me de stem niet meer kon herinneren. Het was Rita Willumsen.

'Bedankt,' zei ik en ik voelde dat mijn gezicht en oren rood werden alsof ik op iets was betrapt. 'Wie heeft je dat verteld?'

'Volwassen,' antwoordde ze slechts. 'Stemrecht, rijbewijs. En ze kunnen je in de gevangenis stoppen.'

Achter haar stond de Saab Sonett, net als een paar maanden geleden. Maar tegelijkertijd was er iets anders, een belofte die ze toen had gedaan en die ze nu kwam inlossen. Ik voelde dat mijn hand een beetje beefde toen ik de oordopjes in mijn broekzak propte. Ik had een keer een meisje gekust en achter een huis in Årtun onder een bh gevoeld, maar ik was absoluut nog maagd.

'Er komen vreemde geluiden uit de Sonett,' zei ze.

'Wat voor geluiden?' vroeg ik.

'Misschien moeten we een stukje rijden dan hoor je het zelf.'

'Ja, goed idee. Wacht even.' Ik liep het kantoor binnen.

'Ik ben even weg,' zei ik.

'Oké,' zei oom Bernard zonder op te kijken van die 'verdomde papieren', zoals hij ze noemde en die in stapels lagen die nog hoger waren geworden terwijl hij in het ziekenhuis lag. 'Wanneer ben je terug?'

'Dat weet ik niet.'

Hij zette zijn leesbril af en keek me aan. 'Oké.'

Het klonk als een vraag, alsof ik hem nog meer te vertellen had. Maar als ik dat niet wilde dan was dat ook goed, hij vertrouwde me.

Ik knikte en liep de zon weer in.

'In dit weer moeten we eigenlijk het dak naar beneden doen,' zei Rita Willumsen terwijl ze de Sonett naar de rijksweg stuurde.

Ik vroeg niet waarom ze het niet deed.

'Wat voor geluid hoor je?' vroeg ik.

'De mensen hier vragen of ik de auto heb gekocht omdat het dak naar beneden kan. In dit land waar de zomer maar anderhalve maand duurt, zullen ze wel denken. Maar weet je wat de reden was, Roy?'

'De kleur?'

'Nu denk je als een man,' zei ze lachend. 'Het kwam door de naam. Sonett. Weet je wat dat is?'

'Het is een Saab.'

'Dat is een versvorm. Liefdesgedicht met twee kwatrijnen en twee terzinen van in totaal veertien regels. De meester in sonnetten was een Italiaan met de naam Francesco Petrarca die hevig verliefd was op een vrouw die Laura heette en getrouwd was met een graaf. In de loop van zijn leven schreef hij driehonderdzeventien sonnetten voor haar. Tamelijk veel, vind je niet?'

'Jammer dat ze getrouwd was dan.'

'Helemaal niet. De sleutel tot passie is dat je nooit helemaal en volledig degene kunt krijgen die je liefhebt. Wij mensen zijn behoorlijk onpraktisch als het op dergelijke zaken aankomt.'

'O ja?'

'Je hebt nog veel te leren, hoor ik wel.'

'Misschien wel. Maar ik hoor geen raar geluid van de auto.'

Ze keek in de spiegels. 'Dat geluid is er als ik de auto 's morgens start, maar het verdwijnt weer als de auto warm is. We moeten even parkeren zodat de motor goed kan afkoelen.'

Ze deed haar knipperlicht aan en sloeg af bij een bospad. Ze was hier duidelijk vaker geweest en na een poosje reed ze een smaller pad op en stopte onder laaghangende takken van naaldbomen.

De plotselinge stilte na het afzetten van de motor overviel me. Een stilte waarvan ik instinctief wist dat die met iets moest worden opgevuld, deze stilte was beladener dan wat ik ook zou kunnen bedenken om te zeggen. Ik – die al een moordenaar was – durfde me niet te verroeren of haar aan te kijken.

'Nou, vertel me eens, Roy. Heb je nog meisjes ontmoet sinds de laatste keer dat we met elkaar spraken?'

'Een paar,' zei ik.

'Iemand in het bijzonder?'

Ik schudde kort mijn hoofd. Gluurde opzij. Ze droeg een rode zijden sjaal en een ruimvallende blouse, maar ik kon de contouren van haar borsten duidelijk zien. Haar rok was omhooggekropen waardoor ik ook haar blote knieën zag.

'Heb je... het al gedaan, Roy?'

Ik voelde een zoete golf door mijn buik gaan. Ik overwoog te liegen, maar wat wilde ik daarmee bereiken?

'Nog niet alles, nee,' zei ik.

'Mooi,' zei ze en ze trok langzaam de zijden sjaal weg. De drie bovenste knoopjes van haar blouse waren open.

Ik had een stijve, voelde mijn broek trekken en ik legde mijn handen in mijn schoot om het te verbergen. Ik begreep dat mijn hormonen zo in de war waren dat het goed kon zijn dat ik de situatie totaal verkeerd interpreteerde.

'Laat eens zien of je een vrouwenhand nu beter kunt vasthouden,' zei ze en ze legde haar rechterhand in mijn schoot boven op mijn handen. Het leek of haar warmte door de handen naar mijn lid ging en een ogenblik was ik bang dat ik nu al klaar zou komen.

Ik liet haar mijn hand pakken, die naar haar toe trekken, zag dat ze haar blouse opzijdeed en mijn hand naar binnen trok naar de bh en haar linkerborst.

'Hier heb je op gewacht, Roy.' Ze lachte kirrend. 'Pak me stevig vast, Roy. Knijp een beetje in de tepel. Niet zo jonge vrouwen houden van een beetje harder. Rustig, rustig, dat is een beetje te hard. Zo, ja. Ik geloof dat je talent hebt, Roy.'

Ze leunde naar me toe, pakte mijn kin tussen duim en wijsvinger en kuste me. Alles aan Rita Willumsen was groot, haar tong ook, die kronkelde ruw en sterk als een paling rond de mijne. En ze smaakte naar zoveel meer dan de twee jonge meisjes met wie ik had getongd. Niet beter, maar meer. Misschien iets te veel zelfs, mijn zintuigen stonden op scherp, waren overgevoelig. Ze stopte met de kus.

'Maar hier hebben we nog wat werk te doen,' zei ze lachend en ze stak een hand onder mijn T-shirt en streelde over mijn borst. En ik voelde, hoewel ik zo geil was dat ik er stenen mee kapot kon slaan, dat ik rustiger werd. Er werd niet veel van mij gevraagd, zij had het heft in handen, zij bepaalde de snelheid en waar we naartoe gingen.

'Laten we gaan wandelen,' zei ze.

Ik opende het portier en stapte in een intens gekwetter van vogels en een trillende zomerhitte. Pas nu zag ik dat ze blauwe joggingschoenen droeg.

We liepen over een pad dat omhoog kronkelde langs een heuvel. Het was zomervakantie, er waren minder mensen in het dorp en op de weg en hier was de kans om iemand tegen te komen minimaal. Toch vroeg ze me vijftig meter achter haar te lopen en in de bosjes te duiken als ze een signaal gaf.

Vlak bij de top van de heuvel bleef ze staan en gebaarde ze me te komen. Ze wees naar een roodgeverfd huisje onder ons.

'Dat is het huisje van de burgemeester,' zei ze. 'En die daar...' Ze wees naar iets wat op een kleine zomerboerderij leek. '...is van ons.'

Ik was er niet zeker van of ze met 'ons' bedoelde van haar en mij of van haar en haar man, maar ik begreep wel dat we daarheen zouden gaan.

Ze draaide de deur van het slot en we stapten een zomerwarme, bedompte kamer binnen. Ze deed de deur achter me dicht. Schopte haar joggingschoenen uit en legde haar handen op mijn schouders. Zelfs zonder schoenen was ze een stuk langer dan ik. We ademden allebei zwaar, we hadden het laatste stuk snel gelopen. Zo zwaar dat we in elkaars mond hijgden toen we kusten.

Haar vingers maakten mijn riem los alsof ze nooit iets anders had gedaan, terwijl ik opzag tegen de bh-sluiting die volgens mij mijn werk was. Maar kennelijk was dat niet zo want ze nam me mee naar de grote slaapkamer waar de gordijnen dicht waren en duwde me op bed terwijl ze me liet toekijken hoe ze zich uitkleedde. Toen ging ze op me liggen en haar huid was koud van het opgedroogde zweet. Ze kuste me, schuurde langs mijn naakte lichaam en al snel waren we allebei weer bezweet als twee natte zeehonden die langs elkaar gleden. Ze rook sterk en goed en sloeg mijn handen weg als ik te intiem was. Ik werd heen en weer geslingerd tussen te actief zijn en ondraaglijk passief, maar uiteindelijk pakte ze me vast en leidde me naar binnen.

'Beweeg niet,' zei ze, ze zat bewegingsloos op me. 'Voel gewoon.'

En ik voelde het. En dacht: nu is het officieel, Roy Opgard is geen maagd meer.

'Ik dacht dat het morgen was,' zei oom Bernard toen ik die middag weer terugkeerde.

'Wat bedoel je?'

'Dat je rijexamen moet doen.'

'Dat is morgen.'

'O ja? Aan de grijns op je gezicht te zien dacht ik dat het vandaag was en dat je het had gehaald.'

32

Oom Bernard gaf me een Volvo 240 voor mijn achttiende verjaardag.

Ik was sprakeloos.

'Kijk niet zo naar me, jongen,' zei hij gegeneerd. 'Het is een tweedehands, maak er verder geen drukte van. En Carl en jij hebben daarboven een auto nodig, jullie kunnen niet de hele winter fietsen.'

Een Volvo 240 is de perfecte auto om aan te sleutelen, je kunt makkelijk aan onderdelen komen en hoewel die van '93 uit productie was genomen, gaat de auto als je die goed onderhoudt een leven lang mee. De kogellagers en vering van de voorwielen waren wat versleten, net als de kruiskoppeling van de vooras, maar verder was de auto in uitstekende staat en was er geen spoortje roest te zien.

Ik ging achter het stuur zitten, legde het gloednieuwe rijbewijs in het handschoenenvakje en draaide het contactsleuteltje om. Toen ik over de rijksweg zoefde en het bordje Os passeerde, realiseerde ik me ineens iets. Dat de weg verder en verder ging. Dat er een hele wereld voor de rode motorkap lag.

Het werd een lange, warme zomer.

Elke ochtend reed ik, voordat ik naar de werkplaats ging, Carl naar de Coop waar hij een vakantiebaan had.

En in de loop van deze weken en maanden werd ik niet alleen een fatsoenlijke bestuurder, maar volgens Rita Willumsen ook een acceptabele – zo niet een volleerde – minnaar.

We spraken het liefst af in de ochtend. We namen elk onze eigen auto en ik parkeerde op een ander bospad dan zij zodat we niet met elkaar in verband gebracht konden worden.

Rita Willumsen had slechts één eis. 'Zolang je met mij bent, wil ik niet dat je het met andere meisjes doet.'

Die eis had drie redenen.

De eerste was dat ze geen van de geslachtsziekten wilde oplopen die, wist ze door haar werk in de huisartsenpost, rondgingen in het dorp. Types zoals ik gingen met meisjes om die sletten waren. Niet dat ze bang was om chlamydia of platjes op te lopen, die kon ze bij een arts in Notodden snel laten behandelen, maar het kwam nog steeds voor dat Willumsen zijn recht als echtgenoot opeiste.

De tweede reden was dat zelfs sletten verliefd konden worden en dan analyseerden ze elke opmerking van hun gozer, viel hun elke aarzeling op, onderzochten ze elke onlogische rit naar het bos tot ze wisten wat ze niet moesten weten en dan kwam er een schandaal.

En de derde reden was dat ze mij wilde houden. Niet omdat ik op ook maar enige manier bijzonder was, maar omdat het een te groot risico was in een dorp als Os om te wisselen van minnaar.

Kort samengevat gingen deze eisen erom dat Willumsen er niet achter mocht komen. En de reden daarvan was dat Willumsen – verstandige zakenman die hij was – erop had gestaan te trouwen onder huwelijkse voorwaarden en mevrouw Willumsen bezat behalve de fysieke, geen andere kwaliteiten. Ze was gewoonweg afhankelijk van haar man om het leven te kunnen leiden dat ze nu had. En ik vond het prima, ik had ineens ook een leven dat ik acceptabel vond.

Wat mevrouw Willumsen wel had, was beschaving, zoals ze het noemde. Ze kwam uit een goede familie uit het oosten van het land, maar nadat haar vader het familiekapitaal had verbrast, had ze het zekere voor het onzekere genomen en was ze getrouwd met de onaantrekkelijke maar vermogende en hardwerkende tweedehandsauto-verkoper en twintig jaar lang beweerde ze dat ze geen anticonceptie gebruikte en dat er iets aan de hand moest zijn met zijn zwemmertjes. En alle mooie woorden, haar manieren, haar nutteloze kennis van de schilderkunst en net zo nutteloze kennis van de literatuur die ze niet bij hem kwijt kon, gaf ze aan mij door. Ze liet me schilderijen van Cézanne en Van Gogh zien. Las hardop voor uit *Hamlet* en *Brand*. En uit *De steppenwolf* en *De deuren der waarneming* waarvan ik had gedacht dat het bands waren en geen boeken. Maar ze las vooral de sonnetten van Francesco Petrarca aan Laura voor. Het liefst met een lichte trilling in haar stem. We rookten hasj waarvan Rita niet wilde vertellen hoe ze daaraan kwam terwijl we luisterden naar Glenn Goulds *Goldberg-variaties*. Ik zou kunnen beweren dat de school waar ik naartoe ging gedurende de geheime rendez-vous in het vakantiehuisje met Rita Willumsen, meer waard was dan welke universiteit of hogeschool dan ook, maar dat is vast een flinke overdrijving. Maar het deed hetzelfde met mij als die keer dat ik met de Volvo 240 het dorp uit reed. Het opende mijn ogen voor het feit dat er een andere wereld bestond. Een wereld waarover ik kon dromen dat die de mijne werd als ik de juiste codes maar kende. Maar dat zou nooit gebeuren. Niet met mij, de woordblinde broer.

Niet dat Carl de drang had de wereld in te gaan.

Eerder het tegendeel. Zomer werd herfst en daarna winter en hij isoleerde zich meer en meer. Wanneer ik hem vroeg waar hij over piekerde en of hij zin had een tochtje met me te maken in de Volvo dan keek hij me alleen maar aan met een vage, milde glimlach, haast alsof ik er niet was.

'Ik heb zulke wonderlijke dromen,' zei hij volkomen onverwachts op een avond toen we in de wintertuin zaten. 'Ik droom dat jij mensen vermoordt, dat je gevaarlijk bent. En ik ben jaloers want jij bent gevaarlijk.'

Ik wist natuurlijk dat Carl besefte dat ik iets aan de Cadillac had gedaan zodat die op de bewuste avond het ravijn in reed, maar hij had er geen woord over gezegd en ik zag geen reden het hem te vertellen en hem schuldig te maken aan het feit dat hij een bekentenis had aangehoord zonder dat hij dat had gemeld. Ik gaf geen antwoord, zei alleen welterusten en liep bij hem weg.

Ik was nog nooit zo dicht bij een gelukkige tijd geweest. Ik had een baan waarvan ik hield, een auto die me kon brengen waar ik heen wilde en ik leefde de seksdromen die iedere achttienjarige wilde meemaken. Over dat laatste kon ik weliswaar niet opscheppen, niet eens tegenover Carl, Rita had gezegd 'geen enkele ziel' en ik had het gezworen op de ziel van mijn broer.

Maar toen op een avond gebeurde het onvermijdelijke. Rita was zoals gebruikelijk voor mij vertrokken uit de zomerboerderij want we mochten niet samen worden gezien. Ik gaf haar meestal twintig minuten, maar die avond was het laat geworden, ik had hard gewerkt in de werkplaats, zowel de nacht daarvoor als de hele dag en ik lag in bed en was totaal ontspannen. Hoewel de zomerboerderij gekocht en verbouwd was met het geld van Willumsen, kwam hij hier volgens Rita nooit meer omdat hij te dik en te lui was en het pad te steil en te lang. Ze had me uitgelegd dat hij de zomerboerderij deels had gekocht omdat die groter was dan het huisje van Aas en dat hij erop neer kon kijken. En deels omdat het een investering was in de wilde natuur in de tijd dat Noorwegen bezig was een rijke olienatie te worden en Willumsen toen al de hausse in de bouw van vakantiehuisjes kon ruiken die jaren later kwam. Dat de huisjes verderop langs de rijksweg werden gebouwd was toeval, maar had ook te maken met dat de omringende gemeenten sneller handelden dan ons dorp. Toch was het slim gezien van Willumsen. In elk geval, terwijl ik lag te wachten tot ik kon vertrekken, viel ik in slaap. Toen ik wakker werd was het vier uur 's morgens.

Drie kwartier later was ik in Opgard.

Carl noch ik had zin om in de kamer van vader en moeder te slapen dus ik sloop de jongenskamer binnen om Carl niet wakker te maken. Maar toen ik in het bovenste bed wilde klimmen, schoot hij overeind en keek ik in een paar wijd opengesperde ogen die licht gaven in het donker.

'We komen in de gevangenis,' fluisterde hij slaapdronken.

'Hè?' zei ik.

Hij knipperde twee keer voordat hij weer tot zichzelf leek te komen en ik begreep dat hij had gedroomd.

'Waar ben je geweest?' vroeg hij.

'Sleutelen aan een auto,' zei ik en ik zwaaide mijn been over het hekwerk.

'Niet.'

'Niet?'

'Oom Bernard was hier met *lapskaus*. Hij vroeg me waar jij was.'

Ik haalde adem. 'Ik was samen met een vrouw.'

'Een vrouw? Geen meisje?'

'We hebben het er morgen over, Carl. Over twee uur moeten we opstaan.'

Ik bleef luisteren of zijn ademhaling rustiger werd, maar dat was niet het geval.

'Wat was dat met die gevangenis?' vroeg ik ten slotte.

'Ik droomde dat ze ons in de gevangenis stopten voor moord,' zei hij.

Ik haalde diep adem. 'Moord op wie?'

'Dat is het zieke,' zei hij. 'Op elkaar.'

33

Het was vroeg in de ochtend. Ik verheugde me op een dag met auto's en eenvoudige, mechanische problemen. Hoe anders werd het.

Ik stond in de werkplaats zoals ik de laatste paar jaar bijna elke dag had gedaan en was begonnen aan een auto toen oom Bernard kwam zeggen dat er telefoon voor me was. Ik liep achter hem aan naar het kantoor.

Het was politiechef Sigmund Olsen. Hij wilde graag met me praten, zei hij. Horen hoe het ging. Hij wilde met me gaan vissen bij zijn vakantiehuisje dat maar een paar kilometer van de rijksweg lag. Hij kon me over een paar uur oppikken. En hoewel zijn stem zacht als boter was, hoorde ik wel dat het geen uitnodiging was, maar een bevel.

Iets wat me vanzelfsprekend te denken gaf. Waarom had het zo'n haast als het alleen maar om een praatje ging?

Ik ging door met werken aan de motor en na de lunch ging ik op de *creeper* liggen en verdween onder de auto, weg van deze wereld. Er is niets zo ontspannend als sleutelen als je onrust in je hoofd hebt. Ik weet niet hoelang ik daar al lag toen ik iemand hoorde kuchen. Ik kreeg een akelig voorgevoel, misschien dat ik daarom even wachtte voordat ik me onder de auto vandaan duwde.

'Jij bent Roy,' zei de man die op me neer stond te kijken. 'Jij hebt iets wat van mij was.'

De man was Willum Willumsen. Wás, verleden tijd.

Ik lag totaal onbeschermd onder hem. 'En wat moet dat zijn, Willumsen?'

'Dat weet je heel goed.'

Ik slikte. Ik had geen tijd iets te doen voordat hij de lucht en het leven uit me had getrapt. Ik heb dat in Årtun gezien, ik had een idee hoe dat gebeurde, maar niet hoe ik het kon voorkomen. Ik had geleerd om als eerste hard te slaan, niet hoe je je moest verdedigen. Ik schudde mijn hoofd.

‘Een duikpak,’ zei hij. ‘Zwemvliezen, masker, zuurstoffles, ventiel en een snorkel. Vijfentachtighonderdzestig kronen.’

Hij lachte luid om de opgeluchte uitdrukking op mijn gezicht die hij duidelijk interpreteerde als verbazing. ‘Ik vergeet nooit een deal, Roy!’

‘O nee?’ zei ik, ik kwam overeind en pakte een flinke doek om mijn vingers schoon te vegen. ‘Ook niet de deal met mijn vader toen hij de Cadillac kocht?’

‘Nope.’ Willumsen grinnikte en keek omhoog alsof het een dierbare herinnering was. ‘Hij hield niet van onderhandelen, die vader van je. Als ik dat had geweten dan was ik misschien lager begonnen.’

‘O? Heb je een slecht geweten?’ Misschien probeerde ik hem voor te zijn als hij de vraag kwam stellen die ik verwachtte. Aanval is de beste verdediging, zeggen ze. Niet dat ik vond dat ik me moest verdedigen, ik schaamde me niet. Niet hierover. Ik was ondanks alles maar een jonge kerel die verleid was door een getrouwde vrouw. Nou en? Dat moesten ze onderling maar uitzoeken, ik was niet van plan erom te gaan vechten. Maar toch had ik de poetsdoek al rond de knokkels van mijn rechterhand gedraaid.

‘Altijd,’ zei hij lachend. ‘Maar als ik geboren ben met een talent dan is het hoe ik moet omgaan met een slecht geweten.’

‘O?’ zei ik. ‘Wat doe je dan?’

Hij grijnsde waardoor zijn ogen verdwenen in zijn vlezige gezicht en wees naar zijn ene schouder. ‘Wanneer de duivel op mijn rechterschouder discussieert met de engel op de linker, laat ik de duivel eerst zijn argumenten naar voren brengen. En dan stop ik daar de discussie.’ Willumsen lachte luid. Er volgde een raspend geluid na de lach, als een rijdende auto die in zijn achteruit wordt gezet. Het geluid van een man die binnen afzienbare tijd zal overlijden.

‘Ik kom hierheen vanwege Rita,’ zei hij.

Ik overdacht de situatie. Willumsen was groter en zwaarder dan ik, maar tenzij hij een wapen trok, vormde hij geen fysiek gevaar. Waar kon hij me anders nog mee bedreigen? Ik was niet financieel of op een andere manier afhankelijk van hem en hij kon ook Carl en oom Bernard niet bedreigen, voor zover ik wist.

Maar er was uiteraard één persoon bij wie hij dat wel kon doen: Rita.

‘Ze zegt dat ze enorm tevreden over je is.’

Ik gaf geen antwoord. Er reed een auto langzaam voorbij, maar ik was alleen in de werkplaats.

'Ze zegt dat de Sonett nooit beter heeft gelopen. Ik heb een auto meegenomen waarvan ik wil dat je die nakijkt en repareert wat er kapot is, maar niet meer dan dat.'

Ik keek over zijn duivelschouder en zag de blauwe Toyota Corolla staan. Ik probeerde er niet zo opgelucht uit te zien als ik me voelde.

'Het probleem is dat die morgen klaar moet zijn,' zei Willumsen. 'Dan komt er een klant van ver weg die de auto min of meer per telefoon heeft gekocht. Het zou jammer zijn voor zowel hem als mij als hij wordt teleurgesteld. Begrijp je?'

'Ik begrijp het,' zei ik. 'Dat wordt overwerken.'

'O, Bernard is vast blij met elke klus die hij kan krijgen tegen normaal uurtarief.'

'Dat moet je met hem bespreken.'

Willumsen knikte. 'Vanwege de gezondheid van Bernard is het slechts een kwestie van tijd voor de onderhandelingen over het uurtarief tussen jou en mij zullen gaan, Roy, ik wil dat je nu al weet wie de belangrijkste klant van de werkplaats is.'

Hij gaf me de autosleutels, zei dat het er toch niet naar uitzag dat het vandaag zou gaan regenen en vertrok.

Ik reed de auto de werkplaats binnen, opende de motorkap en kreunde. Ik zou hier de hele nacht moeten blijven. En ik ging er nu niet aan beginnen, over een halfuur zou Sigmund Olsen me oppikken. Ineens had ik een paar dingen om over na te denken. Dat was goed, dit was nog steeds de gelukkige tijd. Maar de laatste dag van de gelukkige tijd, zou later blijken.

34

'Willumsen was pissig dat je de auto vanmorgen niet klaar had voor zijn klant,' zei oom Bernard toen ik na de Fritz-nacht tegen twaalf uur de werkplaats binnenkwam.

'Er moest meer gebeuren dan ik had gedacht,' zei ik.

Oom Bernard hield zijn grote, hoekige hoofd schuin. Het stond op een kleine en net zo hoekige romp. Carl en ik noemden hem de Legoman als we hem wilden plagen. We hielden erg veel van hem. 'Zoals wat dan?'

'Neuken,' zei ik en ik opende de motorkap van de Corolla.

'Hè?'

'Er was sprake van een dubbele boeking, ik had ook een neukafspraak gisteren.'

Oom Bernard lachte kort en zijns ondanks. Hij had moeite om zijn gezicht weer in de plooi te krijgen. 'Werk gaat voor het neuken, Roy. Begrepen?'

'Begrepen.'

'Waarom staat de tractor buiten?'

'Er was hierbinnen geen plaats meer, later vandaag komen er drie auto's. Lui uit de vakantiehuisjes.'

'Juist ja, en waarom staat de schepbak omhoog?'

'Zo neemt die minder plaats in.'

'Jij vindt dat er weinig plaats is op de parkeerplaats buiten?'

'Oké, het was een hulde aan het werk dat ik vannacht heb verricht. En dan bedoel ik niet de Corolla.'

Oom Bernard keek naar de tractor met de omhooggestoken armen. Hij schudde zijn hoofd en liep bij me weg. Maar ik hoorde dat hij in zijn kantoor weer begon te lachen.

Ik ging verder met het werk aan de Corolla. Pas 's avonds begon zich het gerucht te verspreiden dat politiechef Sigmund Olsen werd vermist. Toen ze de boot met de laarzen van Sigmund Olsen vonden twijfelde niemand eraan dat hij zichzelf had verdronken, er was niet eens een discussie over. Integendeel, de mensen probeerden elkaar te overtreffen in het beweren dat ze de tekenen al duidelijk hadden gezien.

'Er zat bij Sigmund altijd een donkere kant achter zijn lach en grapjes, maar de mensen zagen dat niet want ze zijn daar blind voor.'

'De dag daarvoor zei hij tegen me dat het leek te gaan bewolken, maar ik dacht dat hij het over het weer had.'

'De huisartsen hebben natuurlijk een beroepsgeheim, maar ik heb gehoord dat ze hem van die gelukspillen voorschreven. Ja, dat was een paar jaar geleden toen hij zulke bolle wangen had, herinner je je dat nog? Maar nu waren zijn wangen ingevallen. Hij nam zijn pillen niet meer in.'

'Je kon het echt aan hem merken. Dat hij over iets piekerde. Er was iets waar hij het zwaar mee had en hij kon er geen oplossing voor vinden. En als we geen oplossing hebben, wanneer we de zin niet kunnen vinden, Jezus niet kunnen vinden, ja, dan kunnen zulke dingen gebeuren.'

De politievrouw van een naburige gemeente kwam en kreeg dit waarschijnlijk allemaal te horen, maar ze wilde toch praten met de mensen die Sigmund hadden gezien op de dag dat hij verdween. Carl en ik overlegden samen wat het verhaal van Carl zou zijn. Ik stelde voor dat het verstandig was om zo dicht mogelijk bij de waarheid te blijven en alleen dat weg te laten wat absoluut noodzakelijk was. Vertellen dat Sigmund hem op de boerderij had bezocht, hoe laat hij ongeveer was vertrokken en dat Carl niets bijzonders aan hem had gemerkt. Carl had voorgesteld dat hij kon zeggen dat Olsen depri had geleken, maar ik had hem uitgelegd dat ze ten eerste met mensen zou praten die vonden dat Olsen die dag heel normaal leek. En ten tweede, als ze vermoedens had dat er iemand anders bij zijn dood betrokken was, waarvan zou die persoon haar dan willen overtuigen?

'Als je haar er te nadrukkelijk van probeert te overtuigen dat hij zelfmoord heeft gepleegd dan is dat verdacht.'

Carl had geknikt. 'Natuurlijk. Bedankt, Roy.'

Twee weken later, en de eerste keer na de Fritz-nacht, lag ik weer in het bed van de zomerboerderij.

Ik had eigenlijk niets anders gedaan, maar Rita Willumsen leek meer genoten te hebben van wat onze gebruikelijke manier van de liefde bedrijven was.

Nu lag ze met haar hoofd steunend op haar hand een mentholsigaret te roken en me te bestuderen.

'Je bent veranderd,' zei ze.

'Is dat zo?' zei ik met een Berry achter mijn onderlip.

'Je bent volwassener geworden.'

'Is dat zo vreemd? Het is al even geleden dat je mijn onschuld hebt weggenomen, snap je.'

Ze leek even te schrikken, meestal sprak ik niet op deze manier tegen haar.

'Ik bedoel sinds de laatste keer dat we elkaar hebben gezien,' zei ze. 'Je bent een ander.'

'Beter of slechter dan de vorige?' vroeg ik, ik viste het zakje snus met mijn wijsvinger uit mijn mond, legde het in de asbak op het nachtkastje en draaide me naar haar om. Legde een hand op haar heup. Ze keek me veelbetekenend aan. Een van de ongeschreven regels was dat zij bepaalde wanneer we gingen vrijen en wanneer we een pauze namen, en niet ik.

'Weet je, Roy,' zei ze en ze nam een trek van haar sigaret. 'Ik had eigenlijk besloten je vandaag te vertellen dat we een eind moeten maken aan onze affaire.'

'Echt?' zei ik.

'Een vriendin van me zei dat die kapster, Grete Smitt, een gerucht heeft verspreid dat ik afspraakjes heb met een jonge jongen.'

Ik knikte, maar vertelde haar niet dat ik ook had overwogen te stoppen. Ik had een beetje genoeg van de routine. Naar de zomerboerderij gaan, neuken, de maaltijd opeten die zij had klaargemaakt, neuken en weer naar huis. Maar als ik die zin voor mezelf uitsprak begreep ik niet waar ik genoeg van had. En het was ook niet zo dat ik een alternatief had voor mevrouw Willumsen.

'Maar na wat je vandaag met me hebt gedaan, vind ik dat we nog maar even moeten wachten met stoppen,' zei ze. Ze drukte de sigaret uit en draaide zich naar me om.

'Waarom dat?'

'Waarom?' Ze keek me nadenkend aan alsof ze het antwoord niet had. 'Misschien komt het door de verdrinking van Sigmund Olsen. De gedachte dat je op een dag wakker wordt en dood bent. Omdat we niet kunnen uitstellen om te leven, of wel?'

Ze streelde me over mijn borst en buik.

'Olsen heeft zich van het leven beroofd,' zei ik. 'Hij wílde dood.'

'Precies.' Ze keek naar haar hand met de roodgelakte nagels die op weg was naar beneden. 'En dat kan ons allemaal gebeuren.'

'Misschien,' zei ik en ik pakte mijn horloge van het nachtkastje. 'Ik moet gaan. Ik hoop dat het goed is dat ik als eerste vertrek.' Ze zag er eerst verbluft uit voordat ze zichzelf weer onder controle had, ze lachte flauwtjes en vroeg plagerig of ik een afspraak had met een ander meisje.

Ik lachte net zo plagerig, stond op en begon me aan te kleden.

'Hij is dit weekend weg,' zei ze terwijl ze me vanaf het bed opnam met een ietwat beledigde blik.

Willum Willumsen werd nooit bij naam genoemd.

'Je kunt langskomen.'

Ik stopte met aankleden. 'Bij jou thuis?'

Ze leunde over de bedrand, stak haar hand in haar tas, viste er een sleutelbos uit waarvan ze een van de sleutels begon los te maken.

'Kom als het donker is, ga onze tuin in bij de blinde muur zodat de buren je niet zien. Deze is van de kelderdeur.'

Ze hield de sleutel voor mijn neus. Ik was zo verbluft dat ik haar alleen maar aanstaarde.

'Pak 'm, idioot!' zei ze sissend.

En ik pakte hem. Stopte hem in mijn zak en ik wist dat ik hem nooit zou gebruiken. Ik had de sleutel gepakt omdat ik voor de eerste keer had gezien dat Rita Willumsen kwetsbaar was. En de boze stem trachtte iets te overstemmen waar ik nog niet eerder over na had gedacht: dat ze bang was afgewezen te worden.

Toen ik vanaf de zomerboerderij over het pad liep, wist ik dat de balans tussen Rita Willumsen en mij was veranderd.

Ook Carl was veranderd.

In zekere zin liep hij meer rechtop. En hij hield zich niet meer afzijdig, maar begon zich onder de mensen te begeven. Dat was min of meer in één nacht gebeurd. De Fritz-nacht. Misschien voelde hij – net als ik – dat de Fritz-nacht een ervaring was die ons verhief boven de massa. Toen vader en moeder in Huken waren gestort, was Carl een passieve toeschouwer geweest, het slachtoffer dat gered moest worden. Maar ditmaal had hij deelgenomen, gedaan wat er gedaan moest worden, dingen die mensen om ons heen zich niet voor konden stellen. We waren een grens overgegaan en teruggekeerd en je kunt niet geweest zijn waar wij zijn geweest zonder te veranderen. Of beter gezegd: misschien kon Carl nu pas zijn wie hij eigenlijk was, misschien had de Fritz-nacht een gat in de cocon gemaakt waardoor de vlinder kon ontsnappen. Hij was al langer dan ik, maar in de loop van de winter werd hij van een tengere, verlegen jongen een jongvolwassene die begreep dat hij niets had om zich voor te schamen. De mensen hadden hem altijd gemogen, maar nu werd hij populair. Het viel me op dat hij te midden van vrienden de leider was, naar zijn opmerkingen werd geluisterd, de anderen lachten om zijn grapjes, er werd eerst naar hem gekeken wanneer ze indruk wilden maken of de groep wilden laten lachen. Ze probeerden op hem te lijken. En de meisjes merkten het ook. Niet alleen dat Carls meisjesachtige schoonheid overgegaan was in knappe, mannelijke trekken, hij gedroeg zich ook anders. Ik merkte toen we op het dorpsfeest in Årtun waren dat hij een vanzelfsprekende zelfverzekerdheid had in de manier waarop hij sprak en bewoog. Hij kon ongedwongen vrolijk zijn alsof niets belangrijk was om vervolgens met een vriend te praten die liefdesverdriet had en aandachtig te luisteren, raad te geven alsof hij over meer levenservaring en wijsheid beschikte dan de anderen.

Zelf werd ik meer van wat ik altijd was geweest. Maar beslist zelfverzekerder. Ik wist dat ik in staat was om te doen wat nodig was.

'Zit je hier te lezen?' vroeg Carl op een zaterdagavond. Het was middernacht en hij was net thuisgekomen, duidelijk aangeschoten, en ik zat in de wintertuin met *An American Tragedy* opengeslagen op mijn schoot.

En in een flits was het alsof ik ons van buiten zag. Dat ik zijn plaats had ingenomen. Alleen in een kamer zonder gezelschap. Maar het was alleen zijn plaats niet. Hij had die van mij alleen een poosje geleend.

'Waar ben je geweest?' vroeg ik.

'Op een feest,' zei hij.

'Had je oom Bernard niet beloofd om een beetje te minderen met feesten?'

'Jawel,' zei hij. Er zat een lach, maar ook echte spijt in zijn stem. 'Ik heb de belofte gebroken.'

We lachten.
Je kon goed lachen met Carl.
'Heb je het leuk gehad?' vroeg ik, het boek dichtklappend.
'Ik heb met Mari Aas gedanst.'
'O ja?'
'Ja, en ik geloof dat ik een beetje verliefd ben.'
Ik weet niet waarom, maar de woorden sneden als een mes in mijn hart.
'Mari Aas?' zei ik. 'De dochter van de burgemeester en een Opgard-jongen?'
'Waarom niet?'
'Nou ja, je mag altijd dromen,' zei ik en ik hoorde dat mijn lach lelijk en akelig klonk.
'Daar heb je gelijk in,' zei hij lachend. 'Ik ga naar boven om wat te dromen.'

Een paar weken later kwam ik Mari Aas tegen in de lunchroom. Ze was heel knap. En kennelijk 'gevaarlijk intelligent' zoals iemand het had uitgedrukt. Welbespraakt was ze zeker en volgens de plaatselijke krant had ze veel oudere aspirant-politici neergesabeld toen ze als vertegenwoordiger van AUF voor de gemeenteraadsverkiezingen had deelgenomen aan een debat in Notodden. Mari Aas stond daar met rechte rug, een beetje mollig, blonde vlechten, borsten die tegen het Che Guevara-T-shirt drukten en kille, blauwe wolvenogen. Haar blik gleed over me heen in de lunchroom en ze zocht naar iets wat waard was om op te jagen en dat was ik niet. Een vruchteloze blik, dacht ik. De blik van iemand die boven aan de voedselketen staat.

Het werd weer zomer en Rita Willumsen – die een rondreis door Amerika had gemaakt met hém, haar echtgenoot – sms'te me dat ze met me wilde afspreken in de zomerboerderij. Ze schreef dat ze naar me verlangde. Zij – die me altijd had laten voelen dat zij de besluiten nam – was begonnen met zulke teksten te sturen, vooral nadat ik dat weekend dat ze alleen thuis was haar niet via de kelderdeur had bezocht.
Toen ik in de zomerboerderij kwam, maakte ze een ongebruikelijk opgewonden indruk. Ze had cadeaus voor me en ik pakte een zijden

onderbroek uit en een fles met wat een herengeur werd genoemd. Beide gekocht in New York, vertelde ze me. Maar het beste waren de twee dozen met Berry-snus, hoewel ik die niet mee naar huis mocht nemen, ze hoorden bij onze wereld in de zomerboerderij, zei ze. De snus werd daar in de koelkast gelegd. En ik begreep dat ze bedacht had dat dit als een extra lokmiddel kon fungeren als mijn voorraad thuis op was.

'Kleed je uit,' zei ik.

Ze keek me even verbaasd aan. Toen deed ze wat ik had gezegd.

Naderhand lagen we bezweet en glibberig van de lichaamsvloeistoffen in bed. De kamer was een bakkersoven, de zomerzon brandde op het dak en ik maakte me los uit Rita's letterlijk benauwde omhelzing.

Ik pakte het boek met Petrarca's sonnetten van het nachtkastje, sloeg het open op een willekeurige plek en las luid: 'Clear, sweet fresh water where she, the only one who seemed woman to me.'

Met een klap sloeg ik het boek dicht.

Rita Willumsen knipperde niet-begrijpend met haar ogen. 'Water,' zei ze. 'Laten we gaan zwemmen. Ik neem wijn mee.'

We kleedden ons aan, zij met haar badpak onder haar kleding, en ik volgde haar naar een bergmeer dat achter een paar heuvels lag. Daar, onder een paar overhangende dwergberken, lag een kleine, rode roeiboot die blijkbaar van de Willumsens was. In de korte tijd was het gaan bewolken en waaien, maar we waren nog steeds bezweet van het bedrijven van de liefde en de snelle, steile wandeling. We tilden de boot in het water en ik roeide zo ver het meer op dat we er zeker van waren dat niemand ons vanaf de oever kon herkennen.

'Zwemmen,' zei Rita nadat we een halve fles mousserende wijn hadden gedronken.

'Te koud,' zei ik.

'Watje,' zei ze en ze deed haar kleren uit en haar badpak kwam tevoorschijn dat strak zat op de juiste plaatsen. En ik herinnerde me dat ze had verteld dat ze haar atletische figuur en brede schouders te danken had aan een veelbelovende carrière in haar jeugd als wedstrijdzwemmer. Ze ging aan de ene kant op de doft staan en ik moest naar de andere kant leunen om te voorkomen dat de boot omsloeg. De wind was toegenomen en het wateroppervlak had een grauwwitte kleur gekregen, als het vlies op een blind oog. De kleine golven kwamen snel, het waren eigenlijk meer rimpelingen en ik zag het op het moment dat ze haar knieën boog om af te zetten.

'Wacht!' riep ik.

'Haha!' zei ze en ze sprong. Haar lichaam maakte een elegante parabool in de lucht. Zoals zoveel zwemmers verstond Rita Willumsen de kunst van het duiken. Maar ze kende de kunst van de diepte inschatten aan de hand van de waterrimpeling niet. Haar lichaam sneed geluidloos in het water voordat het ineens stopte. Een ogenblik zag ze eruit als de duiker op een Pink Floyd-hoes die oom Bernard me had laten zien, waar een man in het water op zijn handen staat en zijn lichaam uit het spiegelgladde wateroppervlak lijkt te groeien. Oom Bernard had me verteld dat de fotograaf dagen nodig had gehad om dit ene beeld vast te leggen en dat het grootste probleem de luchtbellen waren die de duiker uitblies via de duikfles die hij gebruikte. Wat hier het beeld verpestte was dat de gestrekte benen en het onderste deel van haar bovenlichaam omklapten. Het deed me denken aan een televisiebeeld waarbij er van de hoge duikplank gecontroleerd wordt gesprongen, alleen ontbrak hier de controle.

Toen ze overeind kwam met een woedende uitdrukking op haar gezicht, groene alg op haar hoofd en het water dat tot haar knieën kwam, moest ik zo lachen dat de roeiboot bijna toch omsloeg.

'Idioot!' siste ze.

Ik had daar kunnen stoppen. Ik had daar móeten stoppen. Misschien kwam het door de wijn die ik niet gewend was. Ik greep in elk geval het oranje reddingsvest dat onder de doft lag en gooide het naar haar toe. Het kwam naast haar terecht op het water en dreef weg en op dat moment begreep ik dat het te laat was. Rita Willumsen die de eerste keer boven me uit had getorend in de werkplaats, die me had gecommandeerd en elke stap die we hadden genomen had voorgeschreven, zag eruit als een verloren meisje verkleed als een oudere vrouw. Nu, in het genadeloze daglicht en met haar uitgelopen make-up zag ik de rimpels en de jaren die tussen ons lagen. Haar huid was wit, ze had kippenvel door de kou en de randen van haar badpak lubberden. Ik was gestopt met lachen en misschien zag ze het aan mijn gezichtsuitdrukking, ze sloeg haar armen in elk geval voor haar borst alsof ze zich wilde beschermen tegen mijn blikken.

'Sorry,' zei ik. Misschien was dat het enige juiste wat ik kon zeggen, misschien was het het ergste wat ik kon zeggen. Misschien maakte het niet uit wat ik zei.

'Ik zwem terug,' zei ze en ze dook onder water en verdween uit het zicht.

Ik zag Rita Willumsen een hele tijd niet meer.

Ze had sneller gezwommen dan ik roeide en toen ik aan land kwam zag ik alleen haar natte voetsporen. Ik trok de roeiboot op het land, goot de rest van de wijn weg en nam haar kleren mee. Maar toen ik in het huisje kwam was ze al vertrokken. Ik ging op bed liggen, pakte een Berry uit het zilverkleurige blikje op het nachtkastje en keek op de klok om te checken hoeveel minuten van de voorgeschreven tijd al waren verstreken. Ik voelde de gefermenteerde tabak branden tegen mijn onderlip en de schaamte aan de binnenkant van mijn hart. Schaamte omdat ik ervoor had gezorgd dat zij zich schaamde. Waarom was die zoveel erger dan de schaamte over mijn eigen tekortkoming? Waarom was het erger om een beetje te hartelijk te lachen om een vrouw die jou had gekozen als haar minnaar dan je eigen moeder te vermoorden en een politieman in stukken te snijden? Ik weet het niet. Het was gewoon zo.

Ik wachtte twintig minuten. Toen ging ik naar huis. Hoewel ik wist dat ik niet zou terugkomen, weerstond ik de verleiding om de Berry-snus mee te nemen.

35

Het was zondag aan het eind van de zomer. Oom Bernard was zoals afgesproken naar Opgard gekomen met een pan lapskaus die ik opwarmde terwijl hij aan de keukentafel zat te praten over van alles, behalve zijn gezondheid. Hij was nu zo mager geworden dat we allebei het onderwerp vermeden.

'Carl?'

'Hij komt wel,' zei ik.

'Hoe gaat het met hem?'

'Goed,' zei ik. 'Hij doet het goed op school.'

'Drinkt hij?'

Ik dacht even na voordat ik mijn hoofd schudde. Ik wist dat oom Bernard aan vaders dorst dacht.

'Je vader zou trots op jullie zijn geweest,' zei hij.

'O?' zei ik slechts.

'Hij had het natuurlijk niet hardop gezegd, maar geloof me.'

'Als jij het zegt.'

Oom Bernard zuchtte en keek uit het raam. 'Ik ben in elk geval trots op jullie. Daar komt trouwens je kleine broertje aan. Met gezelschap.'

Ik had niet voldoende tijd om door het raam te kijken, Carl en zijn gezelschap waren al aan de noordkant van het huis. Maar toen hoorde ik voetstappen in de gang en zacht, bijna intiem gefluister. Een meisjesstem. Toen ging de keukendeur open.

'Dit is Mari,' zei Carl. 'Is er genoeg lapskaus?'

Ik stond op en staarde alleen maar naar mijn grote, kleine broer die met rechte rug en de lange blondine met de wolvenogen voor me stond. Mijn hand roerde mechanisch de lepel rond in de pruttelende pan.

Had ik dit aan zien komen of niet?

Aan de ene kant was dit iets uit sprookjes: de ouderloze boerenzoon die de koningsdochter had gekaapt, de prinses die door niemand de mond kon worden gesnoerd. Aan de andere kant was het bijna onvermijdelijk: ze waren gewoonweg het logische paar, net als de maan en de sterren die op het moment boven Opgard stonden. Toch staarde ik hem aan. Te bedenken dat hij, mijn kleine broer, die ik altijd moest beschermen, die niet in staat was Dog het genadeschot te geven, die me in paniek in de Fritz-nacht had opgebeld en om hulp had gevraagd, iets durfde wat ik nooit had gedurfd. Op een meisje als Mari Aas aflopen, met haar praten, zich voorstellen. Denken dat je haar aandacht waard was.

En ik staarde haar aan. Ze zag er heel anders uit dan die keer in de lunchroom. Nu lachte ze naar me en die koude jagersblik was vervangen door een open, uitnodigende, ja, bijna warme blik. Ik begreep uiteraard dat het aan de situatie lag, niet aan mij persoonlijk waardoor ze lachte, maar op dat ogenblik kreeg ik haast het gevoel dat ze mij ook optilde, de grote broer op de boerderij, tot haar niveau.

'Nou?' zei oom Bernard. 'Is dit serieus of zijn jullie gewoon goede vrienden?'

Mari lachte een hoge, trillende, maar misschien wat nerveuze lach. 'O, ik denk dat we zouden zeggen dat...'

'Het serieus is,' onderbrak Carl haar.

Ze deed een stapje naar achteren en keek hem aan met een opgetrokken wenkbrauw. Ze stak haar hand onder zijn arm.

'Laten we dat zeggen,' zei ze.

De zomer eindigde en de herfst was lang en nat.

Rita belde een keer in oktober en een keer in november. Ik zag een R op het schermpje maar nam niet op.

Oom Bernard werd weer opgenomen. Hij werd elke week zieker en zwakker. Ik werkte veel en at weinig. Reed twee of drie keer per week naar het ziekenhuis in Notodden. Niet omdat het moest, maar omdat ik hield van de minimalistische gesprekken die ik met oom Bernard had en de lange autoritten in mijn eentje op en neer naar Notodden terwijl ik luisterde naar J.J. Cale.

Carl ging een paar keer mee, maar hij had het altijd erg druk. Mari en hij waren een soort glamourpaar in het dorp. Ze gingen altijd veel naar sociale gelegenheden en als ik tijd had dan ging ik mee. Om de een of andere reden wilde Carl dat ik meeging en bovendien besefte ik dat ik zelf geen vrienden had. Niet dat ik eenzaam was of geen mensen had om mee te praten, het was gewoon zo dat ik ze niet had. Ik vond het saai en ik worstelde me liever door de boeken heen die Rita me had aangeraden en die ik meestal uit de bibliotheek in Notodden haalde. Aangezien ik langzaam las, kon ik niet te veel tegelijk lenen, maar ik las ze, ik las ze grondig. *On the Road*, *Heer der vliegen*, *The Virgin Suicides*, *En de zon gaat op*, *De wespenfabriek*. En ik las *Postkantoor* van Charles Bukowski voor aan oom Bernard – die van zijn leven nog geen enkel boek had uitgelezen – en hij moest er zo om lachen dat hij ervan moest hoesten. Daarna zag hij er moe uit en bedankte hij me voor mijn komst, maar nu kon ik beter vertrekken.

Toen kwam de dag dat hij me vertelde dat hij doodging. Gevolgd door een Volkswagen-grap.

En zijn dochter kwam de huissleutel halen.

Ik had verwacht dat Carl zou gaan snotteren toen ik hem het bericht over oom Bernard vertelde, maar kennelijk had hij het al verwacht, hij schudde in elk geval alleen maar een poos verdrietig zijn hoofd alsof dit iets was wat je van je af kon schudden. Zoals hij dacht de Fritz-nacht van zich af te hebben geschud. Soms leek het of hij vergeten was dat het was gebeurd. We spraken er nooit over, het leek of we beiden begrepen dat er van een dag, door die te verpakken in zo veel mogelijk lagen van zwijgzaamheid en tijd, alleen maar een echo over zou blijven, als flashbacks van een oude nachtmerrie waarvan je een fractie van een seconde denkt dat die echt is gebeurd, voor je weer rustig kunt ademhalen.

Ik zei tegen Carl dat ik vond dat hij de slaapkamer van vader en moeder moest nemen, als reden gaf ik dat hij acht centimeter langer was dan ik en een langer bed nodig had. Maar de werkelijkheid was dat ik slecht sliep. Carl hoorde de kreten uit Huken niet meer, maar ik nu wel.

Tijdens de begrafenis hield Carl een lange en geweldige herdenkingsrede. Over hoe aardig, echt en humoristisch oom Bernard was. Sommige mensen vonden het misschien vreemd dat hij, en niet de oudste broer, namens ons sprak, maar ik had Carl gevraagd te spreken, want als ik het moest doen zou ik alleen maar huilen, was ik bang. Carl stemde toe en kreeg de inhoud, de anekdotes en gedachten van mij, ik was immers closer met oom Bernard geweest dan hij. Carl had notities gemaakt, geschreven, opnieuw geformuleerd, wat eigen tekst toegevoegd en de speech geoefend voor de spiegel en er werkelijk zijn best op gedaan. Ik had nooit geweten dat hij zulke nobele gedachten had, maar zo gaat het immers: je denkt dat je iemand als je eigen broekzak kent en plotseling blijkt het dat hij kanten heeft die je niet had verwacht. Maar het is natuurlijk zo dat broekzakken – zelfs die van jezelf – slechts een donkere plek zijn waar je tastend in rond gaat. Af en toe vind je tien øre, een loterijlot of een paracetamolletje in de voering. Of je kunt zo hopeloos verliefd worden op een meisje dat je op het punt staat je van het leven te beroven terwijl je haar eigenlijk niet kent. Dan begin je je af te vragen of die tien øre misschien gisteren in je zak zijn terechtgekomen of die verliefdheid misschien iets is wat je je hebt ingebeeld, dat ze alleen maar een excuus, een reden is om ergens naartoe te gaan waarnaar je verlangt: ver weg van hier. Maar ik ben nooit verder gekomen dan de gemeentegrens als ik wilde nadenken, of in Notodden om boeken te lenen. Ik heb nooit overwogen om de berg in te rijden via de tunnel aan het eind van de lange, rechte weg of te herhalen wat er in Huken gebeurde. Ik ben altijd teruggekeerd. Heb de dag afgevinkt en gewacht op de volgende. Een dag dat ik Mari zou zien of niet zou zien.

Dat was rond de tijd dat ik begon te vechten met mensen.

36

De tijd na oom Bernards overlijden was donker. Ik had de werkplaats overgenomen en werkte dag en nacht. Ik geloof dat dat me gered heeft. Dat, en de gevechten in Årtun.

De enige ontspanning waren de zaterdagavonden dat er in Årtun gedanst werd, Carl dronken en flirterig was en ik erop kon wachten dat een jaloerse stakker zijn zelfbeheersing verloor en ik mijn vuist in het lelijke, pathetische spiegelbeeld van mijzelf kon planten, het keer op keer tegen de grond kon slaan, week in en week uit.

Na die zaterdagavonden kwam het voor dat Carl tegen de ochtend in het onderste bed plofte. Dronken, scheten latend en giechelend. En als we klaar waren met de avonturen van de afgelopen nacht door te nemen, dan kon Carl ineens uitroepen: 'Verdomme, wat is het fijn om een grote broer te hebben!'

Dan werd het warm rond mijn hart, hoewel het een leugen was. We wisten beiden dat hij nu de grote broer was.

Ik heb nooit overwogen hem te vertellen dat ik verliefd was op zijn vriendin. Ik had het ook niet tegen oom Bernard verteld en het uiteraard al helemaal niet laten doorschemeren aan Mari. De schaamte over wat ik voelde moest ik alleen dragen. Had vader zich ook zo gevoeld? Had hij ook gedacht dat een man die zijn eigen zoon begeert, het verdomme niet verdient te leven en had hij het geweer klaargezet in de schuur in de hoop dat ik de klus voor hem zou klaren? Ik denk dat ik hem nu beter begreep en ik was doodsbang en dat verminderde mijn zelfverachting bepaald niet.

Ik herinner me niet goed meer wat ik dacht of zei toen Carl me vertelde dat hij naar de universiteit wilde. Het was eigenlijk vrij logisch, niet alleen vanwege de goede cijfers en het feit dat hij niet praktisch was aangelegd, maar omdat Mari Aas net zo vastbesloten was om te gaan studeren. En ze konden dat uiteraard in dezelfde stad doen. Ik zag voor me hoe ze in

Oslo of Bergen samen een flat deelden, alle vakanties en feestdagen samen terugkeerden naar het dorp met hun vriendengroep om hen heen. En ik zou daarbij zijn.

Maar toen gebeurde dat met Grete en Carl in Årtun, Grete vertelde het aan Mari en ineens stond alles op z'n kop.

En toen Carl naar Minnesota verdween, bleef ik met het gevoel zitten dat hij alles in de steek liet. Het dorpsschandaal en Mari Aas, de verantwoordelijkheid voor de boerderij, ik die afhankelijker van hem was geworden dan hij van mij. En ik weet het niet, maar het was ook mogelijk dat hij het geschreeuw uit Huken weer hoorde.

Nadat hij was vertrokken was het in elk geval stil.

Verdomde stil.

De oliemaatschappij kocht de werkplaats en de grond en plotseling gaf ik – een jongen van begin twintig – leiding aan een benzinestation. Ik weet niet of ze iets in me zagen wat ik zelf niet zag, maar ik werkte in elk geval dag en nacht. Dat was eigenlijk niet doordat ik ambitieus was, dat kwam pas later. Maar het kwam doordat ik het moeilijker vond dan gedacht om in de boerderij te zitten en te moeten luisteren naar Huken en de eenzame roep van de goudplevier. Een vogel die op zoek is naar gezelschap. Niet per se een vriend, maar gezelschap. Ik kon het aan door op het werk te zijn, mensen om me heen te hebben, geluiden te horen, opdrachten te hebben, mijn gedachten op iets nuttigs te kunnen richten en niet rond te blijven malen in dezelfde, oude troep.

Mari was uit mijn systeem, als een gezwel na een succesvolle operatie. Ik begreep natuurlijk dat het geen toeval was dat het samenviel met de breuk tussen Carl en haar, maar ik probeerde er niet te veel aan te denken. Het was waarschijnlijk gecompliceerd en ik had net *De gedaanteverwisseling* van Kafka gelezen – over een man die op een ochtend wakker wordt en ontdekt dat hij een walgelijk insect is geworden – en ik begreep dat als ik begon te graven in het onderbewuste er een grote kans was dat ik iets zou vinden wat ik niet wilde weten.

Natuurlijk gebeurde het dat ik Rita Willumsen tegenkwam. Ze zag er goed uit, de jaren leken geen vat op haar te krijgen. Maar ze was altijd samen met iemand of er waren mensen in de buurt, het enige wat ik kreeg was een alledaags lachje dat dorpelingen voor elkaar hadden en een vraag hoe het met het benzinestation ging of met Carl in Amerika.

Op een dag zag ik haar bij de benzinepomp staan. Ze sprak met Markus die de tank volgooide van haar Sonett. Meestal was het Willumsen zelf die langskwam om hun auto's vol te gooien. Markus was een knappe, stille en aardige jongen en een ogenblik dacht ik dat hij misschien haar nieuwe project was. Het was vreemd, maar het deed me niets, ik gunde het hun allebei. Toen Markus de benzinedop had vastgedraaid en Rita in de auto wilde stappen, keek ze naar de shop. Ik betwijfelde of ze me kon zien, maar ze tilde wel haar hand op alsof ze zwaaide. En ik zwaaide terug. Toen Markus weer binnenkwam vertelde hij dat Willum Willumsen kanker had gehad, maar dat hij weer helemaal beter zou worden.

De volgende keer dat ik Rita zag, was op 17 mei, tijdens de nationale feestdag in Årtun. Ze zag er verrukkelijk uit in klederdracht. En liep hand in hand met haar man. Dat had ik nog niet eerder gezien. Willumsen was afgevallen, in elk geval minder dik, maar als je het mij vroeg stond het hem niet. De huid onder zijn kin bungelde heen en weer als bij een hagedis. Maar als hij en Rita met elkaar praatten, leunde de een naar de ander toe alsof ze elk woord wilden meekrijgen. Ze lachten, knikten en keken in elkaars ogen. Misschien was de kanker een *epiphany*, een openbaring, geweest. Misschien had ze ontdekt dat ze geleerd had te houden van deze man die haar adoreerde. En wie weet, misschien was Willumsen ook niet zo blind geweest als ik had gedacht. Hoe dan ook, ik begreep dat het zwaaien naar me bij de benzinepomp een definitief afscheid was. En dat was goed, we waren iets voor elkaar geweest toen we het beiden nodig hadden. Van wat ik heb gezien, hebben maar weinig affaires een happy end, maar nu ik hun tweeën zo samen zag, bedacht ik dat Rita Willumsen en ik in zekere zin tot de twee gelukkigen behoorden. En Willum Willumsen misschien de derde.

En daarmee was ik weer de goudplevier.

Maar een jaar later ontmoette ik een vrouw die de komende vijf jaar mijn geheime minnares zou worden. Tijdens een diner na een vergadering op het hoofdkantoor in Oslo maakte ik kennis met Pia Syse. Ze was personeelschef en zat aan mijn linkerhand, ze was niet mijn tafeldame, maar na een poosje draaide ze zich naar me om en vroeg of ik haar kon redden van haar tafelheer die al een uur praatte over benzine, en daar is werkelijk niet zoveel over te vertellen. Ik had een paar glazen wijn op en vroeg haar of het niet een beetje seksistisch was om een man een grotere verantwoordelijkheid te geven om een vrouw te vermaken dan omgekeerd. Ze was het met me eens dus ik gaf haar drie minuten om iets interessants te zeggen, iets waar ik om moest lachen of wat me provoceerde. Als haar dat niet lukte dan keerde ik terug naar mijn tafeldame, een bebrilde brunette uit Kongsberg die had gezegd dat ze Unni heette en verder niet veel meer. En ik moest Pia Syse nageven, ze voldeed aan alle drie eisen en dat ruim binnen de drie minuten.

Daarna dansten we en ze zei dat ik de slechtste danspartner was die ze ooit had gehad.

In de lift op weg naar onze hotelkamers kusten we en ze zei dat ik ook niet kon kussen.

En toen we wakker werden in haar hotelbed – aangezien zij de personeelschef was had ze een van de suites gekregen – zei ze zonder omwegen dat de seks beneden de middelmaat was geweest.

Maar dat ze zelden zoveel had gelachen als in de laatste twaalf uur.

Ik zei dat één uit vier een betere score was dan ik gewoonlijk kreeg. En ze lachte weer. En ik gebruikte het volgende uur om iets te corrigeren aan de eerste indruk. Dat hoop ik in elk geval. Pia Syse zei dat ze me binnen veertien dagen naar het hoofdkantoor zou roepen en dat haar agenda leeg zou zijn.

Ik stond in de rij bij de lobby om uit te checken toen Unni, mijn tafeldame, me vroeg of ze tot Kongsberg met me mee kon rijden.

We spraken niet veel onderweg.

Ze vroeg naar de auto en ik vertelde dat het een cadeau van mijn oom was en dat die emotionele waarde voor me had. Ik had haar kunnen vertellen dat hoewel elk verdomd onderdeel minstens eenmaal was vervangen, de 240 een technisch meesterwerk was. Dat die bijvoorbeeld niet de problemen had van de duurdere v70 die vaak iets had aan de stuurkolom. En dat ik hoopte dat ik op een dag begraven zou worden in mijn 240. Maar in plaats van te babbelen over oninteressante zaken vroeg ik naar oninteressante zaken en ze vertelde over haar baan als boekhouder, dat ze twee kinderen had en een man die schoolhoofd was op een basisschool in Kongsberg. Ze werkte twee dagen thuis, pendelde twee dagen heen en weer naar Oslo en was op vrijdag vrij.

'En wat doe je dan?' vroeg ik.

'Niets,' zei ze.

'Is dat niet moeilijk?' vroeg ik. 'Nietsdoen?'

'Nee,' zei ze.

En dat was ons gesprek.

Ik zette J.J. Cale op en voelde een diepe rust over me komen. Dat had vast te maken met de paar uur slaap, J.J's *laid-back* minimalisme en dat ik begreep dat Unni's *default mode* zwijgen was, net als voor mij.

Toen ik met een ruk wakker werd en naar de auto's staarde die ons tegemoetkwamen terwijl hun lichten weerkaatsten in de regen op de voorruit, concludeerden mijn hersenen dat ik a) geslapen had achter het stuur b) dat ik meer dan een paar seconden had geslapen aangezien ik me niet kon herinneren dat het regende en dat ik de ruitenwissers had aangezet, en c) dat de auto allang van de weg had moeten zijn omdat ik wist dat dit een bochtig stuk was. Ik tilde automatisch mijn hand op en legde die op het stuur. Maar in plaats van het stuur pakte die een andere, warme hand die al aan het sturen was.

'Volgens mij was je in slaap gevallen,' zei Unni.

'Aardig dat je me niet wakker hebt gemaakt,' zei ik.

Ze lachte niet. Ik keek haar snel aan. Misschien dat er een vaag lachje rond haar mondhoek zat. Later zou ik merken dat dit ongeveer het verst was dat dit gezicht zou gaan wat betreft de mimiek. En pas nu zag ik dat ze knap was. Niet klassiek knap als Mari Aas of oogverblindend als Rita Willumsen op de foto's toen ze jong was en die ze zo graag liet zien. Ja, eerlijk gezegd weet ik niet of Unni Holm-Jensen knap was naar een andere standaard dan die van haar zelf. Wat ik bedoel te zeggen was dat ze – op dat moment, in dit licht, vanuit deze hoek – knapper was dan ik tot dan toe had gezien. Niet knap zodat ik verliefd werd, ik werd nooit verliefd op Unni Holm-Jensen en in die vijf jaar was zij ook niet verliefd op mij. Maar nu was ze zo mooi dat je zin had om naar haar te blijven kijken. En ik had dat natuurlijk kunnen blijven doen want zij had haar ogen op de weg, had het stuur niet losgelaten en ik realiseerde me dat ze iemand was op wie je echt kon vertrouwen.

Pas nadat we elkaar een paar keer halverwege hadden ontmoet, dat wil zeggen in Notodden, en samen koffie hadden gedronken en de derde keer het Brattrein Hotel hadden geboekt, vertelde ze me dat ze dit al besloten had tijdens het diner in Oslo.

‘Jij en Pia vonden elkaar leuk,’ zei ze.

‘Ja,’ zei ik.

‘Maar ik vond jou leuker. En ik wist dat jij me leuker zou vinden.’

‘Waarom?’

‘Omdat jij en ik op elkaar lijken en Pia en jij niet. En omdat het niet zo ver is naar Notodden.’

Ik lachte. ‘Jij denkt dat ik jou leuker vind omdat Notodden niet zo ver is als Oslo?’

‘Onze sympathieën zijn meestal praktisch van aard.’

Ik lachte weer en zij glimlachte. Een beetje.

Unni was niet direct ongelukkig in haar huwelijk, zei ze.

‘Hij is een aardige man en een goede vader,’ zei ze. ‘Maar hij raakt me niet aan.’ Ze had een mager en hard lichaam, als van een magere jongen. Ze trainde een beetje, liep hard en werkte met gewichten. ‘We hebben het allemaal nodig om aangeraakt te worden.’

Ze maakte zich er geen zorgen om dat hij zou ontdekken dat ze een affaire had. Ze dacht dat hij het wel zou begrijpen. Ze maakte zich wel zorgen om haar kinderen.

‘Ze hebben een veilig en goed thuis. Ik wil dat niet voor ze kapotmaken. Mijn kinderen zullen altijd voorgaan, voor dit type geluk. Ik wil graag deze uren met je hebben, maar ik geef die direct op bij de minste onzekerheid of onveiligheid voor mijn kinderen. Begrijp je?’

De vraag kwam met een plotselinge intensiteit, alsof je zojuist een grappige app hebt gedownload en er verschijnt ineens een bijzonder serieus, bijna bedreigend formulier met voorwaarden dat je moet invullen voordat het plezier kan beginnen.

Op een dag vroeg ik haar of ze bereid was in een crisissituatie mij en haar man neer te schieten als de kans veertig procent groter werd dat haar kinderen het zouden overleven. Misschien kwam het door de rekensom dat haar boekhoudershersenen een paar seconden nodig hadden voordat ze antwoordde.

‘Ja,’ zei ze.

‘Dertig procent?’

‘Ja.’

‘Twintig?’

‘Nee.’

Wat ik fijn vond aan Unni was dat ik precies wist waar ik aan toe was bij haar.

37

Carl stuurde me mails en foto's van de universiteit. Het klonk en zag eruit alsof hij het naar zijn zin had. Witte lach en vrienden die eruitzagen alsof ze Carl al heel hun leven kenden. Hij kon zich altijd al goed aanpassen. 'Gooi dat joch in het water dan krijgt hij kieuwen nog voordat hij nat is,' had moeder eens gezegd. Ik herinner me dat hij aan het eind van die zomer optrok met de vakantiegast op wie ik jaloers was en leerde te praten met een Oslo-accent. En nu begonnen er steeds meer Amerikaanse uitdrukkingen in zijn mails te komen, zelfs meer dan vader had gebruikt. Het leek of het Noors langzaam maar zeker vervaagde. En misschien wilde hij dat ook wel. Alles wat hier was gebeurd verpakken in een laag van vergetelheid en afstand. Toen Stanley Spind, de nieuwe arts, hoorde dat ik *trunk* zei in plaats van achterbak, vertelde hij me het een en ander over vergeten.

'In Vest-Agder, waar ik ben opgegroeid, emigreerden hele dorpen naar Amerika. Een deel kwam terug. En toen bleek dat de mensen die het Noors waren vergeten ook bijna alles over hun oude vaderland vergeten waren. Alsof taal de herinneringen vasthoudt.'

In de dagen daarna speelde ik met de gedachte een nieuwe taal te leren, om nooit meer Noors te spreken, kijken of dat hielp. Want er kwam nu niet alleen geschreeuw uit Huken. Wanneer de stilte viel kon ik zacht gemompel horen alsof de doden daarbeneden met elkaar spraken. Iets planden. Een vreselijk complot.

Carl had niet genoeg geld, schreef hij. Hij had een aantal tentamens niet gehaald en was zijn beurs kwijtgeraakt. Ik stuurde hem geld. Dat was geen probleem, ik kreeg mijn salaris, ik gaf weinig uit en had zelfs kunnen sparen.

Het jaar daarna werd het collegegeld verhoogd en hij had meer nodig. Die winter richtte ik een kamer in de leegstaande werkplaats in waardoor ik elektriciteit en benzine bespaarde. Ik probeerde de boerderij te verhuren, maar zonder succes. Toen ik Unni voorstelde om af te spreken in het Notodden Hotel dat goedkoper was dan het Brattrein, vroeg ze of ik krap zat. En ze zei dat we de kosten van het hotel moesten delen, daar had ze al een poos op aangedrongen. Ik weigerde en het eindigde ermee dat we elkaar in het Brattrein bleven zien, maar tijdens een volgende ontmoeting zei Unni dat ze had ontdekt dat ik minder salaris kreeg dan een chef van een kleiner benzinestation.

Ik belde het hoofdkantoor en werd na wat heen-en-weergedoe doorverbonden met iemand die ging over de salarissen.

De stem die opnam was opgewekt: 'Pia Syse.'

Ik hing op.

Voor het laatste semester – tenminste, hij beweerde dat dit het laatste semester was – belde Carl midden in de nacht en zei dat hij, omgerekend, tweehonderdduizend Noorse kronen tekortkwam. Carl had erop gerekend dat hij vandaag een beurs zou krijgen van The Norwegian Society in Minneapolis, maar hij was afgewezen en de universiteit moest het collegegeld hebben voor negen uur de volgende dag anders zou hij worden uitgeschreven en mocht hij geen examens meer doen. En daarmee zou de hele opleiding weggegooid geld zijn, zei hij.

'*Business administration* gaat niet om wat je kan, maar wat mensen gelóven dat je kan, Roy. En waar ze in geloven zijn examens en diploma's.'

'Is het collegegeld werkelijk verdubbeld sinds jij bent begonnen?' vroeg ik.

'Het is ontzettend... *unfortunate*,' zei Carl. 'Het spijt me dat ik het moet vragen, maar de voorzitter van The Norwegian Society zei twee maanden geleden tegen me dat er geen problemen te verwachten waren.'

Ik stond voor de bank te wachten tot die openging. De bankdirecteur luisterde terwijl ik een lening van tweehonderdduizend kronen vroeg met de boerderij als onderpand.

'Jij en Carl bezitten de boerderij en de grond samen, voor zo'n lening heb ik de handtekeningen van jou en je broer nodig,' zei de bankdirecteur, een man met een vlinderstrikje en de ogen van een sint-bernardshond. 'En de beoordeling en de papierwinkel kosten een paar dagen. Maar ik begrijp goed dat je het geld vandaag nodig hebt en ik heb toestemming van het hoofdkantoor dat ik je nu op je eerlijke gezicht honderdduizend kronen mag lenen.'

'Zonder onderpand?'

'Hier in het dorp vertrouwen we de mensen, Roy.'

'Ik heb tweehonderdduizend nodig.'

'Maar zoveel ook weer niet,' zei hij glimlachend en zijn ogen werden nog droeviger.

'Carl heeft tot negen uur de tijd. Dan is het hier in Noorwegen vier uur.'

'Ik heb nog nooit van universiteiten gehoord die zulke strikte regels hanteren,' zei de bankdirecteur en hij krabde zich op zijn handpalm. 'Maar als jij het zegt dan…' Hij krabde en krabde zich op de handpalm.

'Dan…?' vroeg ik ongeduldig, kijkend op de klok. 'Nog zesenhalf uur.'

'Dan heb je het niet van mij gehoord, maar misschien moet je gaan praten met Willumsen.'

Ik keek de bankdirecteur aan. Het was waar wat er in het dorp werd gezegd: Willumsen leende mensen geld. Zonder zekerheid en tegen een woekerrente. Dat wil zeggen, geen andere zekerheid dan dat iedereen wist dat Willumsen op de een of andere manier, vroeg of laat, zijn geld zou komen opeisen. En als dat problemen gaf dan liet Willumsen volgens de geruchten de afperser uit Denemarken overkomen die de klus voor hem klaarde. Ik wist weliswaar dat Erik Nerell wat geld had geleend van Willumsen toen hij Fritt Fall kocht, maar ik had niets gehoord over hardhandig innen van de schuld. Integendeel, Erik had gezegd dat Willumsen geduldig had gewacht en toen hij om uitstel had gevraagd, had Willumsen gezegd: 'Zolang de rente wordt betaald, doe ik niets, Nerell. Samengestelde rente is de hemel op aarde.'

Ik reed naar Willumsen Occasions & Sloperij. Ik wist dat ik Rita niet zou tegenkomen, ze haatte die plek. Willumsen ontving me op zijn kantoor. Boven het bureau hing de kop van een edelhert die eruitzag alsof hij dwars door de muur was gegaan en nu met grote verbazing naar het tafereel keek. Onder de hertenkop hing Willumsen achterovergeleund in zijn stoel met zijn onderkin hangend op zijn overhemd en de kleine, dikke vingers verstrengeld voor zijn borst. Hij tilde slechts af en toe zijn rechterhand op om de as van zijn sigaar af te tikken. Hij hield zijn hoofd scheef en keek me onderzoekend aan. Ook wel onderzoek naar kredietwaardigheid genoemd, realiseerde ik me.

'De rente is twee procent,' zei hij toen ik mijn probleem en de deadline had uitgelegd. 'Maandelijks te voldoen. Ik kan de bank bellen om nu het geld over te maken.'

Ik haalde mijn blikje snus tevoorschijn en stopte een zakje achter mijn onderlip terwijl ik het in mijn hoofd uitrekende.

'Dat is meer dan vijfentwintig procent per jaar.'

Willumsen pakte zijn sigaar. 'De jongen kan rekenen. Dat heb je van je vader.'

'En deze keer ben je ervan uitgegaan dat ik niet zal onderhandelen?'

Willumsen lachte. 'Yep, dat is de laagste rente die ik je kan geven. *Take it or leave it*. De tijd tikt door.'

'Waar kan ik mijn handtekening zetten?'

'O, we doen het gewoon zo,' zei Willumsen en hij stak over het bureau een hand uit. Het leek op een bundel vette saucijsjes. Ik onderdrukte een huivering en greep de hand.

'Ben jij ooit verliefd geweest?' vroeg Unni. We liepen door de grote tuin van Brattrein. Wolken raasden langs de hemel en boven het Heddalsvatn. De kleuren veranderden met het licht. Ik heb gehoord dat de meeste stellen in de loop van de jaren minder met elkaar praten. Bij ons was dat omgekeerd. We waren geen van tweeën van het praatgrage type en de eerste keren moest ik het gesprek op gang houden. We spraken nu vijf jaar ongeveer een keer per maand af en hoewel Unni wel uitvoeriger antwoord gaf op de vragen dan in het begin, was het ongebruikelijk dat ze zonder aanleiding over een onderwerp als dit begon.

'Eén keer,' zei ik. 'En jij?'

'Nooit,' zei ze. 'Wat vind je ervan?'

'Van verliefd zijn?'

'Ja.'

'Hm, niet iets om naar te snakken,' zei ik en ik trok de kraag van mijn jas omhoog tegen de windvlagen.

Ik keek naar haar en zag die bijna onzichtbare rimpeling van een lach. Ik vroeg me af wat de bedoeling was van de vraag.

'Ik heb gelezen dat je maar twee keer in je leven echt verliefd kan zijn,' zei ze. 'Dat de eerste actie is en de tweede reactie. Het zijn twee aardbevingen. De rest zijn slechts emotionele naschokken.'

'Oké,' zei ik. 'Maar dan heb je nog steeds de kans.'

'Maar ik wil geen aardbeving,' zei ze. 'Ik heb kinderen.'

'Ik begrijp het. Maar aardbevingen gebeuren toch, of je het nu wil of niet.'

'Ja,' zei ze. 'En als jij zegt dat het niet iets is om naar te snakken dan betekent het dat de verliefdheid op niets is uitgelopen, toch?'

'Klopt.'

'Dus je kunt het best maken dat je wegkomt uit het aardbevingsgebied,' zei ze.

Ik knikte langzaam. Het begon me te dagen waar ze het over had.

'Ik geloof dat ik bezig ben verliefd op je te worden, Roy.' Ze bleef staan. 'En ik geloof dat mijn huis niet tegen zo'n aardbeving bestand is.'

'Dus...' zei ik.

Ze zuchtte. 'Dus maak ik dat ik wegkom uit...'

'...het aardbevingsgebied,' maakte ik de zin voor haar af.

'Ja.'

'Voorgoed?'

'Ja.'

We bleven zwijgend staan.

'Ga jij niet...?' zei ze.

'Nee,' zei ik. 'Jij hebt een besluit genomen. En ik ben net als mijn vader.'

'Jouw vader?'

'Slecht in onderhandelen.'

We brachten de laatste uren die we samen hadden door in de hotelkamer, ik had de suite gehuurd en vanaf het bed hadden we uitzicht over het water. Bij zonsondergang klaarde het op en Unni zei dat het haar deed denken aan de Deep Purple-song, over een hotel dat aan het meer van Genève in Zwitserland ligt. Ik zei dat het hotel in dat lied afbrandt.

'Ja,' zei Unni.

We checkten voor middernacht uit, gaven elkaar een afscheidskus en reden vanaf Notodden ieder onze eigen kant op. We zagen elkaar nooit meer.

In hetzelfde jaar belde Carl me op kerstavond. Ik kon de uitgelaten stemmen horen en Mariah Carey die op de achtergrond 'All I Want for Christmas is You' zong. Zelf zat ik alleen in mijn kamer in de werkplaats met een aquavit en een kant-en-klaarmaaltijd van Fjordland.

‘Ben je eenzaam?’ vroeg hij.

Ik dacht even na. ‘Een beetje.’

‘Een beetje?’

‘Een heleboel. En jij?’

‘We hebben een kerstlunch op kantoor. Punch. We hebben de telefooncentrale afgesloten en...’

‘*Carl! Carl, come dance!*’ De vrouwelijke, half jengelende, half snotterende stem die ons had onderbroken klonk duidelijk door de telefoon. Het leek of ze bij hem op schoot zat.

‘Luister, Roy, ik moet nu gaan. Maar ik heb een kerstcadeautje naar je opgestuurd.’

‘O?’

‘Ja, kijk op je bankrekening.’

Hij verbrak de verbinding.

Ik deed wat hij gezegd had. Ik logde in via internet en zag dat er geld was bijgeschreven door een Amerikaanse bank. Als omschrijving stond: ‘Bedankt voor het lenen, lieve broer, en een goede kerst!’ Het was zeshonderdduizend kronen, veel meer dan ik aan collegegeld had gestuurd, zelfs als je de rente en de samengestelde rente meetelde.

Ik was zo blij dat ik begon te huilen. Niet vanwege het geld, ik kon me redden. Maar het was vanwege Carl, dat híj zich kon redden. Ik kon me natuurlijk afvragen hoe het hem gelukt was om zo’n groot bedrag in slechts een paar maanden tijd bij elkaar te krijgen van een aanvangssalaris bij een vastgoedmaatschappij. Maar ik wist waarvoor ik het geld zou gebruiken. De boerderij goed isoleren en een badkamer plaatsen. Ik wilde verdomme niet nog een kerst doorbrengen in de werkplaats.

Hier in het dorp – net als in de stad – gaan de heidenen maar één keer naar de kerk en dat is met kerst. Niet op kerstavond, zoals in de stad, maar op eerste kerstdag.

Na de mis liep ik naar buiten toen Stanley Spind me uitnodigde voor het ontbijt op tweede kerstdag, hij had meerdere mensen uitgenodigd. De uitnodiging kwam als een verrassing en ik begreep dat iemand hem zojuist had verteld dat die arme Roy Opgard met kerst alleen zat in de werkplaats. Een goeie vent, die Stanley, maar ik zei dat ik de hele dag werkte zodat de anderen vrij hadden, en dat was de waarheid. Hij legde een hand op mijn schouder en zei dat ík een goede man was. Een mensenkenner was Stanley Spind niet. Ik verontschuldigde me en haastte me naar Willumsen en Rita die op weg waren naar de parkeerplaats. Willumsen was weer gegroeid tot zijn normale proporties. Rita zag er goed uit, met rode wangen en ze had het vast warm in haar bontjas. En ik, de geilaard die zojuist een goeie vent was genoemd, pakte Willumsens bundel saucijsjes – die nu gelukkig in een handschoen zaten – en wenste ze een *Merry Christmas*.

'*Happy Christmas*,' antwoordde Rita.

Ik herinnerde me natuurlijk dat ze me geleerd had dat men in de betere milieus '*Merry Christmas*' zei tot en met kerstavond, en '*Happy Christmas*' vanaf de eerste kerstdag. Maar als Willumsen zou horen dat een boerenpummel als ik op de hoogte was van dergelijke details, zou hij achterdochtig kunnen worden dus ik lachte en knikte alsof ik de correctie niet had opgemerkt. Goeie vent, *my ass*.

'Ik wil je graag bedanken voor de lening.' Ik gaf Willumsen een eenvoudige, witte envelop.

'O?' zei hij, de envelop wegend in zijn hand terwijl hij naar me keek.

'Ik heb het bedrag vannacht naar je bankrekening overgemaakt,' zei ik. 'Dit is de print.'

'De rente loopt tot de eerste werkdag,' zei hij. 'Dat betekent over drie dagen, Roy.'

'Daar heb ik rekening mee gehouden. Plus nog wat extra.'

Hij knikte langzaam. 'Een goed gevoel, niet? Om je schuld in te lossen.'

Ik begreep en begreep niet wat hij bedoelde. Ik begreep de woorden natuurlijk, maar niet de toon waarop.

Maar dat zou ik begrijpen voor het kalenderjaar voorbij was.

38

Tijdens de ontmoeting met Willumsen en zijn vrouw voor de kerk op eerste kerstdag hadden de lichaamstaal en de uitdrukking op het gezicht van Rita niets verraden. Ze was goed. Maar de ontmoeting had bij haar duidelijk iets losgemaakt. Genoeg om te vergeten wat vergeten moest worden en te herinneren wat waard was om te herinneren. Haar bericht kwam drie dagen later, op de eerste werkdag.

'Overmorgen in het huisje om 12.00 uur.'

Het was zo herkenbaar kort en zakelijk dat ik een huivering door mijn lichaam voelde gaan en het speeksel in mijn mond liep als bij een pavlovreactie.

Ik had een korte, heftige discussie met mezelf of ik het zou doen. Verstandige Roy verloor het op alle fronten. Ik was vergeten hoe bevrijd ik me had gevoeld toen we stopten met de ontmoetingen, maar ik herinnerde me al het andere tot in alle sensuele details.

Om vijf voor twaalf bereikte ik de open plek in het bos vanwaar je het huisje kon zien. Ik liep de hele weg met een erectie toen ik de Saab Sonett geparkeerd zag op de grindweg. De sneeuw was laat dit jaar, maar het vroor flink, de zon liet zich af en toe zien en de lucht was scherp en heerlijk om in te ademen. Er kringelde rook uit de schoorsteen en de gordijnen voor de ramen van de woonkamer waren dicht. Dat deed ze meestal niet en door de gedachte dat ze een verrassing had voorbereid, dat ze misschien al in vol ornaat in gedempt licht voor de open haard lag, gingen er rillingen door mijn lijf. Ik liep over het stukje open terrein naar de deur die op een kier stond. Eerder was de deur altijd dicht, soms zelfs op slot en moest ik me uitrekken om de reservesleutel van de deurstijl te pakken. Ik verdacht haar ervan dat ze het gevoel heerlijk vond dat ik een binnendringer was, een dief in de nacht. Ik wist dat ze me daarom die keer de sleutel van de kelderdeur had gegeven, een sleutel waarvan ik nog steeds wel eens droomde om die te gebruiken.

Ik duwde de deur helemaal open en liep het schemerdonker in.

En direct voelde ik dat er iets verkeerd was.

Het róók verkeerd.

Tenzij Rita Willumsen sigaren was gaan roken.

En al voordat mijn ogen gewend waren aan het donker wist ik wie de gedaante was die in de leunstoel zat in het midden van de kamer, met het gezicht naar mij toe.

'Fijn dat je kon komen,' zei Willumsen met zo'n vriendelijke stem dat de koude rillingen over mijn rug liepen.

Hij droeg een jas en muts van bont en zag eruit als een beer. En in zijn handen hield hij een geweer vast dat op mij was gericht.

'Doe de deur achter je dicht,' zei hij.

Ik deed wat hij zei.

'Kom langzaam drie stappen dichterbij. En kniel.'

Ik kwam drie stappen dichterbij.

'Kniel,' herhaalde hij.

Ik aarzelde. 'Luister, ik betaal elk jaar veel geld om naar het buitenland te reizen zodat ik een beest kan schieten dat ik nog niet eerder heb geschoten.' Hij tilde zijn hand op en tekende een vinkje in de lucht. 'Ik heb de meeste, maar jouw soort ontbreekt nog, Roy Opgard. Dus kniel!'

Ik knielde. Pas nu zag ik dat er vanaf de deur tot de leunstoel plastic op de vloer was uitgerold.

'Waar heb je je auto geparkeerd?' vroeg hij.

Ik zei waar. Hij knikte tevreden.

'Blikje snus,' zei hij.

Ik reageerde niet. Mijn hoofd zat vol vragen, geen antwoorden.

'Je vraagt je af hoe ik erachter ben gekomen, Opgard. Het antwoord is het blikje snus. Ik had na mijn kanker van mijn arts te horen gekregen dat het voor mijn gezondheid beter is als ik gezonder ga eten en meer beweeg. Ik begon te wandelen. Onder andere vanaf hier waar ik in geen jaren was geweest. En toen vond ik een paar van deze in de koelkast.'

Hij gooide een zilverkleurig Berry-blikje voor me op het plastic.

'Zulke vind je niet in Noorwegen. En zeker niet hier in het dorp. Ik heb Rita ernaar gevraagd en zij zei dat de blikjes waarschijnlijk waren achtergelaten door de Poolse arbeiders die de boel hier een paar jaar geleden hebben opgeknapt. En ik geloofde haar. Totdat ik ineens jou hetzelfde blikje uit je zak zag halen toen je in mijn kantoor was voor de lening. Toen telde ik één en één bij elkaar op. Snus, de reparatie aan de Saab Sonett, de zomerboerderij en een Rita die binnen een dag ineens kon veranderen in de vrolijkste en toegeeflijkste vrouw die ze nooit is tenzij er iets achter zit. Ik controleerde haar telefoon. En toen, onder de naam Agnete, vond ik een bericht dat ze niet had gewist. De zomerboerderij, dag en tijdstip, dat was alles. Ik checkte het bij de nummerinformatie en ontdekte dat Agnetes nummer geregistreerd stond op naam van jou, Roy Opgard. Eergisteren leende ik de telefoon van Rita weer en stuurde ik hetzelfde bericht naar jou dat er al in stond, ik veranderde alleen het tijdstip.'

Door het knielen moest ik naar hem opkijken, maar mijn nek was zo moe dat ik mijn hoofd boog. 'Als je dit allemaal al een poos geleden hebt ontdekt,' zei ik, 'waarom heb je dan tot nu gewacht om er iets mee te doen?'

'Dat moet iemand als jij die zo goed is in rekenen toch kunnen begrijpen, Roy.'

Ik schudde mijn hoofd.

'Je had geld van me geleend. Als ik je door je hoofd schoot, wie ging dan jouw schuld betalen?'

Mijn hart klopte niet sneller, het klopte langzamer. Het was verdomme niet te geloven. Als een jager had hij geduldig gewacht tot zijn prooi in de juiste positie was, erop gewacht tot ik mijn schuld had afgelost. Erop gewacht tot ik de samengestelde rente had betaald en de koe uitgemolken was. En nu ging hij zijn schuld innen. Dit verklaarde de toon van de vraag die hij had gesteld voor de kerk: of het niet goed voelde om je schuld in te lossen. Hij was van plan me dood te schieten. Daar ging het om. Hij ging me niet bang maken of bedreigen, maar me vermoorden, verdomme. Hij wist dat ik niemand had verteld over mijn afspraak, dat ik ervoor had gezorgd dat er geen getuigen waren van het feit dat ik hierheen ging en dat ik mijn auto zo ver van het huisje had geparkeerd dat niemand hier naar me ging zoeken. Hij zou gewoonweg een kogel door mijn hoofd jagen en me in de buurt begraven. Het was zo'n simpel en helder plan dat ik moest lachen.

'Haal die grijns van je gezicht,' zei Willumsen.

'Ik heb al jaren niet meer met je vrouw afgesproken,' zei ik. 'Heb je de datum van het bericht niet gezien?'

'Het bericht had gewist moeten zijn, maar ik heb het toch gezien en het vertelde me dat jullie iets hebben gehad,' zei hij. 'Maar nu niet meer. Zeg je laatste gebed.' Willumsen tilde het geweer op naar zijn wang.

'O, ik heb al gebeden,' zei ik. Mijn hart klopte nog steeds langzaam. Kalmte. Psychopaten-hartslag wordt dat wel genoemd.

'Is dat zo?' Willumsen ademde uit en zijn wang flapperde tegen de geweerkolf.

Ik knikte en boog mijn hoofd weer. 'Ga je gang, je bewijst me een dienst, Willumsen.'

Een droge lach. 'Probeer je me nu te zeggen dat je dood wíl, Opgard?'

'Nee, maar ik ga dood.'

'Dat gaan we allemaal.'

'Ja, maar niet in de loop van de komende twee maanden.'

Ik hoorde dat hij peuterde aan de trekker. 'Volgens wie?'

'Volgens Stanley Spind. Misschien heb je gezien dat we voor de kerk met elkaar spraken. Hij had de laatste foto's gezien van mijn hersentumor. Ik heb die al meer dan een jaar, maar nu groeit die snel. Als je precies hier richt...' Ik legde mijn wijsvinger aan de rechterkant van mijn voorhoofd net boven de haargrens. '...dan ben ik die misschien ook gelijk kwijt.'

Het leek of ik de rekenmachine van de occasionverkoper hoorde ratelen en zoemen.

'Je bent natuurlijk wanhopig, dus je liegt,' zei hij.

'Als je daar zo zeker van bent dan schiet je toch,' zei ik. Ik wist wat zijn hersenen hem vertelden. Dat áls het waar was dan zou het probleem Roy Opgard binnenkort vanzelf verdwijnen zonder dat hij zelf een risico liep. Maar als ik loog dan zou dat betekenen dat hij een uitgelezen kans liet lopen die hij waarschijnlijk niet meer zou krijgen. Dat wil zeggen, de kans zou er zijn, maar ik zou voorbereid zijn, dus het zou moeilijker worden. Risico tegenover winst. Kosten en baten. Debet en credit.

'Je mag Stanley bellen,' zei ik. 'Ik moet hem alleen eerst toestemming geven dat ik hem onthef van zijn beroepsgeheim.'

In de stilte die volgde was het enige wat te horen was de ademhaling van Willumsen. Dit dilemma vroeg om meer zuurstof voor de hersenen. Ik deed een schietgebedje, niet voor mijn ziel, maar dat deze stress hem een hartaanval bezorgde.

'Twee maanden,' zei hij ineens. 'Als je over twee maanden niet dood bent dan kom ik terug. Je krijgt niet te horen waar, wanneer en hoe. Of door wie. Maar het is mogelijk dat de laatste woorden die je hoort Deens zijn. Dit is geen dreigement, maar een belofte. Oké?'

Ik stond op. 'Twee maanden hooguit,' zei ik. 'Dat gezwel is een potente klootzak, Willumsen, het zal jou niet teleurstellen. Nog één ding...'

Willumsen hield het geweer nog op me gericht, maar door zijn ooglid te laten zakken en op te trekken gaf hij me een teken dat ik mijn zin moest afmaken.

'Vind je het goed dat ik de blikjes snus uit de koelkast meeneem?'

Uiteraard provoceerde ik hem hiermee, maar ik was toch al stervende, dus wat maakte het uit hoe het ging.

'Ik gebruik dat spul niet, ga je gang.'

Ik pakte de blikjes en vertrok. Ik liep door het bos terwijl het daglicht al bezig was te verdwijnen. Ik liep in een boog in westelijke richting en toen, uit het zicht van het huisje dat achter de rotsen lag, liep ik naar het meer waar ik Rita had gezien: naakt, vernederd, in de ogen van een jongeman ouder geworden in het daglicht.

Ik sloop vanuit noordelijke richting naar het huisje. Aan die kant waren er geen ramen, alleen maar dikke houten balken, de vestingwerken van de mens want aanvallen kwamen altijd uit het noorden.

Ik drukte me tegen de houten balken, sloop de hoek om naar de deur. Ik wikkelde mijn sjaal rond mijn rechterhand en wachtte. Toen Willumsen verscheen hield ik het simpel. Een stomp direct achter zijn oor waar de schedel de hersenen niet zoveel bescherming bood en twee tegen zijn nieren die zo pijnlijk zijn dat je niet kunt schreeuwen waardoor je bereid bent mee te werken. Hij zakte op zijn knieën en ik pakte het geweer dat over zijn ene schouder hing. Ik gaf hem een klap tegen zijn slaap en trok hem naar binnen.

Hij had het plastic weggehaald en de stoel weer op zijn plaats naast de open haard geschoven.

Ik wachtte tot hij weer op adem was gekomen, liet hem opkijken en in de loop van het geweer staren voordat ik begon te praten.

'Zoals je al begrepen hebt, heb ik gelogen,' zei ik. 'Maar alleen over de tumor. Het is waar dat ik al jaren niet meer heb afgesproken met Rita. En aangezien er maar één bericht nodig was om mij kwispelend hiernaartoe te lokken, begrijp je ook dat zij er een punt achter heeft gezet en niet ik. Blijf liggen!'

Willumsen vloekte zacht, maar deed wat hem gezegd werd.

'Dit kon met andere woorden een verhaal zijn waar jij niets van afwist, waar je geen pijn van zou hebben en we allemaal gelukkig verder konden leven,' zei ik. 'Maar aangezien jij me niet gelooft en van plan bent me van kant te maken, laat je me helaas geen andere keus dan jou van kant te maken. Geloof me, ik beleef daar geen plezier aan en ik ben niet van plan de kans te grijpen om weer wat te gaan beginnen met de vrouw die binnenkort jouw weduwe wordt. Het is met andere woorden verdomde onnodig jou te vermoorden, maar helaas is dat de enige oplossing als je er praktisch over nadenkt.'

'Ik heb geen idee waar je het over hebt,' zei Willumsen kreunend. 'Maar je zult nooit wegkomen met moord, Opgard. Zoiets moet je plannen.'

'Ja,' zei ik. 'En ik heb de tijd gekregen die ik nodig had om me te realiseren dat jouw plan om mij te vermoorden me de beste gelegenheid geeft om jou te doden. We zijn hier alleen, op een plek waar niemand ons heeft zien komen of gaan en je weet wat de meest voorkomende doodsoorzaak is bij mannen tussen de dertig en zestig, Willumsen?'

Hij knikte. 'Kanker.'

'Nee,' zei ik.

'Jawel.'

'Geen kanker,' zei ik.

'Auto-ongeluk dan.'

'Nee.' Maar ik nam me voor dat ik het zou googelen als ik thuiskwam. 'Dat is zelfmoord.'

'Onzin.'

'In ons dorp hebben we in elk geval bijgedragen aan deze statistiek als we mijn vader en ook politiechef Olsen en jou meetellen.'

'Mij?'

'Week na kerst, een man neemt zijn geweer mee en vertrekt naar zijn huisje zonder dat tegen iemand te zeggen, hij wordt gevonden met zijn geweer naast zich. Klassieker kun je het niet maken, Willumsen. O ja, vrieskou en geen sneeuw. Geen sporen van en naar het huisje.'

Ik tilde het geweer op. Ik zag dat hij slikte. 'Ik heb kanker,' zei hij met schorre stem.

'Je hád kanker,' zei ik. 'Sorry, maar je bent weer gezond.'

'Verdomme,' zei hij met een snik in zijn stem. Ik legde mijn vinger rond de trekker. Het zweet kwam op zijn voorhoofd en hij begon ongecontroleerd te beven.

'Zeg je laatste gebed op,' fluisterde ik. Ik wachtte. Hij snikte. Er verscheen een plas onder zijn berenvacht.

'Maar er is natuurlijk een alternatief,' zei ik.

Willumsen opende en sloot zijn mond.

Ik liet het geweer zakken. 'We kunnen het erover eens worden dat we elkaar niet vermoorden,' zei ik. 'En we wagen de gok dat we elkaar vertrouwen.'

'Wa-wat?'

'Ik heb zojuist uitgelegd dat ik er zeker van ben dat je zult ontdekken dat je geen reden had om mij te vermoorden en dat ik de beste kans laat lopen om jou te vermoorden. Dat noem je *a leap of trust*, Willumsen. Vertrouwen is een goedaardige, besmettelijke ziekte, begrijp je? Als jij mij niet vermoordt dan vermoord ik jou niet. Wat zeg je ervan, Willumsen? Spring je mee? Hebben we een afspraak?'

Willumsen fronste zijn voorhoofd. Knikte aarzelend.

'Goed, bedankt voor het lenen.' Ik wilde het geweer teruggeven.

Hij knipperde met zijn ogen en staarde me achterdochtig aan. Pakte het geweer niet aan, alsof het een val was. Ik zette het geweer in plaats daarvan tegen de houten wand.

'Je begrijpt toch dat i-ik...' Hij hoestte snot, tranen en slijm uit zijn keel. '...ik had overal ja op gezegd. Ik ben niet gesprongen, alleen jij. Hoe kan jij me vertrouwen?'

Ik dacht even na.

'We doen het gewoon zo,' zei ik en ik stak mijn hand naar hem uit.

39

De sneeuw kwam op nieuwjaarsdag en bleef tot eind april liggen. Rond Pasen was het drukker dan ooit in de vakantiehuisjes en het benzinestation deed goede zaken. We waren ook nog eens uitgeroepen tot beste benzinestation van de provincie dus de sfeer was goed op het werk.

Toen kwam het rapport over de uitbreiding van het wegennet waarin werd geconcludeerd dat er een tunnel moest komen en dat de rijksweg om Os heen moest worden gelegd.

'Dat duurt nog lang,' zei Voss Gilbert, Aas' opvolger in de partij. Dat kon zo zijn, maar de gemeenteraadsverkiezingen waren binnenkort en die zou zijn partij verliezen. Het was logisch: als een dorp met een pennenstreek van de Noorse kaart wordt geveegd dan is er iemand in het dorp die zijn lobbywerk niet heeft gedaan.

Ik had vergaderingen op het hoofdkantoor en we waren het erover eens dat we de koe moesten melken zolang we haar hadden. En daarna: reorganiseren, afschalen, lees: ontslagen. Kleine tankstations zijn ook nodig. En als er geen toekomst in zat, dan hoefde ik me geen zorgen te maken, zeiden ze.

'Hier staat de deur altijd voor je open, Roy,' zei Pia Syse. 'Als je zin hebt om iets nieuws te beginnen dan hoef je alleen maar te bellen, je hebt mijn nummer.'

Ik zette een tandje bij. Werkte harder dan ooit. Dat was prima, ik houd van werken. En ik had een doel voor ogen. Ik wilde mijn eigen benzinestation hebben.

Op een dag kwam Dan Krane binnenlopen terwijl ik bezig was het koffieapparaat schoon te maken. Hij vroeg of ik een paar vragen wilde beantwoorden in verband met een artikel over Carl.

'We horen dat het hem goed gaat daar,' zei Dan Krane.

'O ja?' zei ik en ik ging door met schoonmaken. 'Je wilt een positief artikel over hem schrijven?'

‘Nou, onze opdracht is om beide kanten te belichten.’

‘Niet álle kanten?’

‘Kijk aan, jij weet het beter te formuleren dan de redacteur van de krant,’ zei Dan Krane met een flauw glimlachje.

Ik mocht hem niet. Maar ik mag zoveel mensen niet dus dat zei niets. Toen hij in het dorp kwam wonen deed hij me denken aan zo’n Engelse setter die de mensen van de huisjes meenemen in hun SUV. Mager, rusteloos, maar vriendelijk. Maar het was een koele vriendelijkheid, een aangeleerde manier van doen die gebruikt werd om een doel in de verre toekomst te bereiken, en ik begon te begrijpen dat Dan Krane een marathonloper was. Een strateeg die nooit zijn geduld verliest in het veld, die zich nooit terugtrekt, maar die door blijft ploeteren omdat hij weet dat hij een uithoudingsvermogen heeft dat hem naar de top zal brengen. En die overtuiging was af te lezen aan zijn lichaamstaal, was te horen in de manier waarop hij formuleerde, ja, zelfs te zien aan de blik in zijn ogen. Hoewel hij nu een eenvoudige redacteur was van een lokale krant was hij op weg naar iets. Voorbestemd voor iets groters, zoals de mensen zeiden. Hij was lid geworden van de partij van Aas, maar hoewel *Os Blad* een verklaarde aanhanger van de Arbeiderparti was, stond er in de gedragsregels van de krant dat de redacteur zich niet openlijk mocht uitspreken voor een politieke partij omdat er dan twijfel zou ontstaan over zijn of haar politieke integriteit. Overigens was Krane op het moment vader van kleine kinderen met een boel op zijn bordje, hij zou zich niet verkiesbaar stellen bij de komende gemeenteraadsverkiezingen, maar bij de volgende misschien wel. Of die daarna. Ja, het was slechts een kwestie van tijd voor Dan Krane de voorzittershamer in zijn magere hand zou hebben.

‘Je broer was bereid risico’s te nemen en heeft al tijdens zijn studententijd goed geld verdiend aan zijn investering in een winkelcentrum.’ Krane viste een notitieboekje en een pen uit de zak van zijn Jack Wolfskin-jack. ‘Heb je daar ook aan meegedaan?’

‘Ik weet niet waar je het over hebt,’ zei ik.

‘Niet? Ik had begrepen dat jij de laatste tweehonderdduizend kronen had verstrekt voor de koop van aandelen.’

Ik hoopte dat hij de schok niet had gezien die door mijn lichaam ging. ‘Wie heeft je dat verteld?’

Weer dat flauwe glimlachje, alsof glimlachen fysiek pijn deed. ‘Zelfs een plaatselijke krant moet zijn bronnen beschermen.'

Was het de bankdirecteur? Of Willumsen? Of iemand anders bij de bank? Iemand die de geldstroom had gevolgd.

'Geen commentaar,' zei ik.

Krane lachte en noteerde. 'Wil je echt dat ik het zo opschrijf, Roy?'

'Wat opschrijf?'

'Geen commentaar. Zo antwoorden grote politici en bekende mensen in de hoofdstad als ze in de problemen zijn. Dit kan een vreemde indruk geven.'

'Die indruk creëer jij, lijkt me.'

Krane schudde lachend zijn hoofd. Smal, hard en keurig gekapt. 'Ik schrijf alleen op wat er gezegd wordt, Roy.'

'Ga je gang. Schrijf dit gesprek op, woord voor woord. Inclusief het *self-serving* advies over het geen-commentaar-commentaar.'

'Interviews moeten worden geredigeerd, snap je. Zodat het belangrijkste wordt belicht.'

'En wat belangrijk is bepaal jij. Dat is de indruk die jij creëert.'

Krane zuchtte. 'Ik begrijp uit jouw afwijzende houding dat jij niet wil dat bekend wordt dat Carl en jij hebben deelgenomen aan dit risicovolle project.'

'Vraag Carl,' zei ik, ik sloot het front van het koffieapparaat en drukte op de aanknop. 'Koffie?'

'Ja, graag. Dan heb je er zeker ook geen commentaar op dat Carl onlangs zijn bedrijf naar Canada heeft verhuisd omdat het Amerikaanse beurstoezicht een onderzoek is gestart naar zijn dubieuze beursmanipulaties.'

'Waar ik wel commentaar op heb,' zei ik en ik gaf hem een kartonnen beker koffie, 'is dat jij over een kwestie schrijft die de ex-minnaar van je vrouw betreft. Wil je dat commentaar ook opnemen?'

Krane zuchtte diep, stopte het notitieboekje weer in zijn zak en nipte van zijn koffie. 'Als een journalist van een plaatselijke krant in een dorp als dit niet kan schrijven over iemand met wie hij of zij een of andere relatie heeft dan kunnen we nergens over schrijven.'

'Dat begrijp ik, maar komt het wel onder het artikel te staan? Dat het geschreven is door de man die de opvolger is van Carl Opgard?'

Ik zag de ogen van de marathonloper bliksemen. De langetermijnstrategie stond onder druk, hij stond op het punt iets te zeggen of te doen wat zijn uiteindelijke doel geen goed zou doen.

En nadat zijn broer Roy geweigerd had die opvolger te worden.

Ik zei het niet. Natuurlijk zei ik het niet. Ik speelde alleen met de gedachte hoe Dan Krane hierdoor uit balans zou raken.

'Bedankt voor je tijd,' zei Krane en hij trok de rits van zijn waterdichte jack omhoog.

'Geen dank,' zei ik. 'Dat is dan twintig kronen.'

Hij keek van de beker koffie naar mij. Ik trachtte zijn flauwe lachje te imiteren.

De krant publiceerde uiteindelijk een artikel over Carl Abel Opgard, onze eigen dorpsjongen die zo'n succes had aan de andere kant van de grote plas. De *byline* was geschreven door een van de freelancejournalisten van Krane.

Toen ik na het gesprek met Krane thuiskwam maakte ik een wandeling rond de boerderij, ik inspecteerde voorzichtig een paar nesten die ik had gevonden, liep de schuur in en beukte een halfuur tegen de oude bokszak. Toen ging ik naar de nieuwe badkamer om te douchen. Ik stond daar met shampoo in mijn haar en dacht aan het geld dat niet alleen voldoende was geweest voor de badkamer en de isolatie, maar ook voor nieuwe ramen. Ik hief mijn gezicht op naar de warme stralen en liet ze de dag wegspoelen. Een nieuwe dag wachtte. Ik was in een ritme gekomen. Ik had een doel en ik had een strategie. Ik wilde geen burgemeester worden, ik wilde alleen een verrekt tankstation. Maar ik was verdomd bezig een marathonloper te worden.

Toen belde Carl en zei dat hij terugkwam naar huis.

DEEL V

40

Enorme vaart. Het voertuig was op weg naar de afgrond. De zwarte massa van staal, chroom, leer, plastic, glas, rubber, reuk, smaak, herinneringen waarvan je dacht dat die altijd bij je zouden blijven en waarvan je zoveel houdt dat je ze nooit zou willen missen, dat rijdt allemaal van je weg. Ik moet het in beweging hebben gezet, ik was degene die de loop van de gebeurtenissen in gang gezet had. Maar op een bepaald tijdstip – en het was verdomde moeilijk uit te maken wanneer en hoe – begonnen de gebeurtenissen hun eigen loop te nemen, de zwaartekracht zat voorin, het voertuig versnelde, bewoog zich autonoom en het is nu onbelangrijk voor de uitkomst of ik me heb bedacht of niet. Enorme vaart.

Wenste ik dat wat er gebeurd was, nooit was gebeurd? Verdomme ja.

Tegelijkertijd is het fascinerend om in maart de lawines van de Ottertind te zien, te zien hoe de sneeuwmassa het ijs op het Budalsvann breekt of een bosbrand in juli te zien en te weten dat de oude GMC-brandweerwagen niet omhoog zal komen tegen de berg. En het is spannend te zien hoe de herfststormen in november opnieuw de schuurdaken beneden in het dorp testen en ervan overtuigd te zijn dat het ze dit keer lukt een ervan los te rukken en dan te zien hoe het dak als een verrekt groot zaagblad over de akkers gaat voordat het in stukken breekt. En dat is ook precies wat er gebeurt. En je volgende gedachte is: stel nu dat er iemand, een persoon, net daar stond terwijl het zaagblad kwam. Dat wens je natuurlijk niet, maar het lukt je niet de gedachte te verdringen dat dat wel een spectaculair gezicht zou zijn. Nee, je wenst het niet, als je had geweten welke gebeurtenissen jij in gang had gezet dan had je het anders gedaan, als je een nieuwe kans, maar geen nieuwe informatie kreeg.

En zelfs als je met opzet de storm naar het schuurdak had gestuurd, dan nog heb je de gevolgen niet in de hand. Het dak is nu een vlijmscherp mes dat koers heeft gezet naar de eenzame ziel daar op de akker en het enige wat je kunt doen is het allemaal gadeslaan met een mix van angst, nieuwsgierigheid en spijt omdat dit voor een deel iets was waarop je hoopte. Maar op de volgende gedachte ben je misschien niet voorbereid: dat je wenste dat jij een eenzame ziel op de akker was.

41

Pia Syse en ik ondertekenden een contract waarin stond dat ik na twee jaar in Sørlandet het recht had terug te keren naar mijn baan als chef bij het tankstation in Os.

Het tankstation lag buiten Kristiansand langs de E18 tegenover het dierenpark. Het tankstation was uiteraard een stuk groter dan dat in Os, met meer werknemers, meer pompen, een grotere winkel met een groter assortiment en meer omzet. Maar het grootste verschil was dat de vorige chef zijn personeel had behandeld als een stelletje hersenloze profiteurs dat het bedrijf alleen maar geld kostte, waardoor ik te maken kreeg met een groep ongemotiveerde en klagende chefhaters die geen stap meer deden dan waar ze voor waren aangenomen en soms zelfs dat niet eens.

'Alle tankstations zijn verschillend,' zei Gus Myre, de commercieel directeur op het hoofdkantoor toen hij een lezing voor ons hield. 'Het bord is hetzelfde, de benzine is dezelfde, de logistiek is dezelfde, maar uiteindelijk gaat het bij de tankstations niet om benzine, bolides en broodjes, maar om ménsen. Degene die achter de toonbank staat, degene die ervoor staat en het contact tussen deze twee.'

Hij zong zijn boodschap als een popsong waarvan hij door de jaren heen genoeg had gekregen, maar die nog steeds een hit was. Van zijn overdreven grappige alliteratie in zijn absoluut zelfverzonnen 'benzine, bolides en broodjes' tot de net zo overdreven en met de jaren vrij geforceerd geworden oprechtheid met betrekking tot de ménsen die me altijd deed denken aan de opwekkingsbijeenkomsten in Årtun. Net als bij de predikant was het Myres baan zijn toehoorders te laten geloven in iets waarvan iedereen diep vanbinnen wist dat het flauwekul was, maar waarin ze wel graag wílden geloven. Omdat geloof het leven – en in het geval van de predikant: de dood – eenvoudiger te hanteren maakt. Als je werkelijk denkt dat je uniek bent en daarmee elke bijeenkomst uniek is, kun je misschien jezelf zo manipuleren dat je gelooft in een soort puurheid, een eeuwige maagdelijke onschuld die jou verhindert de klant in het gezicht te spugen en over te geven van saaiheid.

Maar ik voelde me niet uniek. En het tankstation was – ondanks de genoemde verschillen – ook niet uniek. De keten volgde strenge franchiseregels waardoor je van een klein tankstation in het ene deel van het land naar een groot station in een ander deel kon verhuizen en dan de indruk kreeg dat je de lakens verschoonde van hetzelfde bed. Het kostte me twee dagen om de technische details te leren die anders waren dan die van mijn tankstation in Os en vier dagen om met alle werknemers te praten en te vragen naar hun ambities en welke veranderingen er volgens hen moesten plaatsvinden om het een betere werkplek en een betere plek voor de klanten te maken. En drie weken om negentig procent van deze veranderingen door te voeren.

Ik gaf de beveiliger een envelop en zei dat ze die pas over acht weken mocht openen, op die dag zouden alle werknemers bij elkaar komen om de veranderingen te evalueren. We hadden een plaatselijk café gehuurd voor de evaluatiebijeenkomst. Ik heette iedereen welkom en gaf het woord aan een medewerker die verantwoordelijk was voor de omzet en winst, toen volgde iemand die het ziekteverzuim besprak en als derde iemand die een eenvoudig klanttevredenheidsonderzoek had gedaan en informeel de stemming onder de collega's had gepeild. Ik luisterde slechts terwijl de medewerkers na veel discussie stemden voor het schrappen van tachtig procent van de ingevoerde veranderingen. Daarna nam ik het woord en resumeerde welke veranderingen volgens iedereen resultaat hadden gehad en dat we die zouden behouden. Toen zei ik dat we gingen eten en dat de bar open was. Een van de oudere medewerkers, een oude zuurpruim, stak zijn hand op en vroeg of dat het enige was wat ik deed: de bar open doen.

'Nee,' zei ik. 'Ik ben verantwoordelijk voor het feit dat jullie de afgelopen acht weken zelf de baas mochten zijn. Lotte, wil je de envelop openen die ik je gegeven heb op de dag dat de veranderingen werden doorgevoerd?'

Ze deed het en las hardop voor welke veranderingen volgens mij zouden werken en welke niet. Er ging gemompel door de zaal toen ze begrepen dat mijn voorspellingen – op twee punten na – klopten met wat ze zelf hadden geconcludeerd na de evaluatie.

'Mijn punt is niet dat ik jullie hiermee wil bewijzen dat ik *Mister Know-*

it-all ben,' zei ik. 'Ik heb me vergist op twee punten, ik dacht dat het zou werken met de koffiekaarten en dat de aanbieding van vijf broodjes voor de prijs van één niet zou lopen. Aangezien ik op twaalf punten wel gelijk had waarvan acht – zoals de dubbele dienst – niet werkten, lijkt het erop dat ik wel het een en ander weet van het runnen van een tankstation. Of niet?'

Ik zag een paar knikkende hoofden voor me. Ze knikken hier in het zuiden anders. Eigenlijk nog langzamer. Er werd gemompeld terwijl het knikken zich verspreidde. Ten slotte knikte ook de zuurpruim.

'We zijn een na laatste op de lijst van beste tankstations in de provincie,' zei ik. 'Ik heb met het hoofdkantoor gesproken en een deal gekregen. Als we bij de volgende beoordeling tot de tien beste behoren dan betalen zij voor het hele personeel een overtochtje met de Deense veerboot. Als we tot de vijf beste behoren een reis naar Londen. En als we de beste zijn, krijgen jullie een budget voor een feest en mogen jullie zelf beslissen wat de prijs zal zijn.'

Ze staarden me alleen maar aan. Toen barstte het gejuich los.

'Vanavond...' riep ik en het lawaai verstomde onmiddellijk. 'Vanavond zijn we de op een na slechtste, dus de bar is maar één uur open. Daarna moeten jullie namelijk naar huis en opladen voor morgen want dan – en niet overmorgen – begint het beklimmen van de ladder.'

Ik woonde in Søm, een rustige wijk in het oosten van de stad, je moest de brug over om in het stadscentrum te komen. De flat die ik huurde was een ruim driekamerappartement. Ik had slechts meubels voor twee kamers.

Ik ging ervan uit dat Carls misbruik door vader nu als een lopend vuurtje door Os ging. En dat de enige die het nog niet had gehoord, Carl was. En ik. Aangezien Grete nu pas besloot om Carls geheim met de dorpelingen te delen, zou ik de eerste moeten zijn die ze het vertelde, maar nu had ze de ene *field day* na de andere in haar kapsalon. Als Carl ervan te horen kreeg dan zou hij wel weten hoe hij daarmee om moest gaan. En hoorde hij niets dan was het ook goed. De verantwoordelijkheid en de schaamte lagen vooral op mijn bordje. Ik kon het niet. Ik was zwak. Maar dat was niet de belangrijkste reden dat ik vertrokken was uit Os. Dat was zij.

's Nachts droomde ik van Shannon.

Overdag droomde ik van Shannon.

Wanneer ik at, heen en weer reed tussen mijn werk en flat, klanten hielp, trainde, de was deed, op de wc zat, onaneerde, naar een luisterboek luisterde of tv-keek: ik droomde over Shannon.

Over dat ene, sensuele oog. Een oog dat meer gevoel uitdrukte, warmte en kou, dan de twee ogen van anderen. Of over de stem die bijna net zo diep was als die van Rita, maar toch heel anders, zo zacht dat je zin kreeg om erin te gaan liggen als in een warm bed. Om haar te kussen, haar te neuken, haar te wassen, haar vast te houden, haar los te laten. Over het rode haar dat als ravenveren in de zon glom, over haar strakgespannen rug, haar borsten en heupen, de kleine handen die zo zelfverzekerd in de lucht tekenden en haar lach die een bijna onopgemerkte grauw van een roofdier herbergde, maar ook een belofte.

Ik trachtte mezelf te vertellen dat het weer hetzelfde verhaal was, het verhaal van Mari, om verliefd te worden op de geliefde van je broer. Dat het verdomme een ziekte of een kortsluiting in mijn hersenen moest zijn. Jezelf gek maken van verlangen naar iets wat je niet kunt krijgen of mag krijgen. En als het wonder mocht gebeuren dat Shannon me wilde hebben, dat het alleen maar een herhaling zou zijn van wat er met Mari gebeurde. De verliefdheid zou verdampen als de regenboog die boven de bergen staat en verdwijnt als je ernaartoe rijdt. Niet omdat de verliefdheid een illusie was, maar omdat regenbogen vanuit een bepaalde hoek gezien moeten worden – van de buitenkant – en van een zekere afstand, niet te dichtbij. En als de regenboog er nog is als je op de top van de berg staat dan stel je vast dat er geen schat aan het eind wacht, slechts tragedie en geruïneerde levens.

Dat vertelde ik mezelf allemaal zonder dat het hielp. Het was als een verrekte malaria. En ik dacht dat het misschien waar was wat er werd beweerd: dat je kapotging, de tweede keer dat je de tropenziekte kreeg. Ik probeerde de koorts uit te zweten, maar dat lukte niet. Ik probeerde die door te werken weg te krijgen, maar de ziekte kwam terug. Ik probeerde te slapen en te vergeten, maar ik werd wakker geschreeuwd door de kreten uit de dierentuin hoewel die kilometers verderop lag.

Ik probeerde uit te gaan in de stad, iemand had een bar in Kristiansand aanbevolen, maar ik zat de hele avond alleen aan de bar. Ik had geen idee hoe ik contact moest maken met mensen en ik had er ook geen zin in, het was meer dat ik dacht dat het zo hoorde. Want ik was niet eenzaam. Of nou ja, dat was ik wel, maar ik had er geen last van, niet noemenswaardig, in elk geval. Ik dacht dat een vrouw me misschien zou kunnen helpen, dat zij wellicht een medicijn tegen de koorts kon zijn. Maar niemand keek langer dan een seconde naar me. Als ik in Fritt Fall was geweest dan had tenminste iemand na een paar biertjes gevraagd wie ik was. Maar wat ze nu in die ene seconde zagen was kennelijk een boerenpummel in de stad die niets interessants te melden had. Misschien viel de middelvinger op die rechtop bleef staan als ik mijn glas pakte. Ik dronk snel mijn bier op – een *Pale lager*, Miller, Amerikaans afwaswater – en nam de bus naar huis. In bed hoorde ik de apen en giraffen.

Toen Julie belde met een paar vragen over de voorraad begreep ik dat Grete haar mond had gehouden. Ik legde haar de details uit en vroeg haar de laatste dorpsroddels te vertellen. Iets wat ze lichtelijk verbaasd deed, ik had daar nooit belangstelling voor getoond. Toen ze met allerlei oninteressante zaken kwam, vroeg ik haar recht op de man af of er nog verhalen de ronde deden over mijn familie, iets wat Carl en mijn vader betrof.

'Nee, wat zou dat moeten zijn?' vroeg Julie en ik kon horen dat ze absoluut niet wist waar ik het over had.

'Bel me gewoon als je nog vragen hebt over de voorraad,' zei ik.

We verbraken de verbinding.

Ik krabde op mijn hoofd.

Misschien was het niet zo vreemd dat Grete niet rondvertelde wat ze wist over Carl en vader. Ze had al die jaren haar mond gehouden. Omdat ze in al haar gekte vooral gek was van verliefdheid, net als ik. Ze wilde Carl geen pijn doen, daarom zou ze haar mond blijven houden. Maar waarom had Grete mij verteld wat ze wist?

Ik herinnerde me haar vraag hoe ik Carl had gered. 'Wat heb jij gedaan, Roy?' Was dat een dreigement, probeerde ze me te vertellen dat ze had begrepen wie er verantwoordelijk voor was dat vader en moeder in het ravijn waren gestort? Dat ik me niet moest bemoeien met de plannen die ze had met Carl?

Dat zou zo krankzinnig zijn dat ik moest huiveren.

Maar het betekende wel dat ik een reden minder had om weg te blijven uit Os.

Ik ging met de kerstdagen niet naar huis.

Ook niet met Pasen.

Carl belde me om me op de hoogte te houden van de ontwikkelingen met het hotel.

De winter was vroeger dan verwacht gekomen en de sneeuw was lang blijven liggen dus ze lagen achter op schema. Ze moesten ook veranderingen aanbrengen in de tekeningen nadat het gemeentebestuur had gezegd dat men meer hout en minder beton wilde zien.

'Shannon is chagrijnig, ze begrijpt niet dat als het gemeentebestuur die verdomde houten gevels niet krijgt, wij geen vergunning van de provincie krijgen. Ze is nog met het argument gekomen dat hout minder solide is dan beton, maar dat is natuurlijk nonsens. Het enige waar zij zich druk om maakt is het esthetische, of het gebouw haar signatuur heeft, om het zo te zeggen. Maar dergelijke discussies heb je altijd met architecten.'

Dat kon zo zijn, maar ik hoorde aan zijn stem dat de discussie waarschijnlijk heftiger was geweest dan bij architecten gebruikelijk was.

'Is ze...' Ik kuchte om mezelf te onderbreken toen ik hoorde dat ik de vraag niet kon stellen op een normale toon. Niet natuurlijk genoeg voor Carls oren tenminste. Maar ik had in elk geval begrepen dat ze hem niet had verteld over mijn idiote liefdesverklaring tijdens het dorpsfeest in Fritt Fall, dan had ik het aan zijn toon gehoord, de deur gaat naar beide kanten open. Ik kon bijvoorbeeld wel horen dat hij een paar Budweisers ophad.

'Kan ze verder wel wennen?'

'Jawel,' zei hij. 'Het kost tijd je aan te passen aan iets wat zo anders is dan je gewend bent. Kort nadat je was vertrokken had ze bijvoorbeeld een periode dat ze stil en in zichzelf gekeerd was. Ze wil graag kinderen, maar dat gaat niet zo makkelijk, ze heeft een probleem, het ziet ernaar uit dat ivf de enige oplossing is.'

Ik voelde mijn maag samenknijpen.

'Dat is ook oké, maar het is op het moment een beetje veel. Deze zomer gaat ze overigens naar Toronto omdat ze een paar projecten wil afronden.'

Hoorde ik een valse toon? Of wilde ik die alleen maar horen? Ik kon verdomme niet meer vertrouwen op mijn eigen oordeel.

'Misschien dat je dan even vakantie kunt nemen en hiernaartoe kunt komen?' zei Carl. 'Dan hebben we het rijk alleen. Wat zeg je daarop? *Partytime* zoals in de goeie, ouwe tijd? *Yeah!*'

Het enthousiasme in zijn stem werkte nog steeds aanstekelijk en ik zei al bijna ja.

'Ik moet even kijken. De zomer is hoogseizoen met al die vakantiegangers hier in Sørlandet.'

'Kom op, jij hebt ook vakantie nodig. Heb je al een keer een vrije dag genomen sinds je daar bent begonnen?'

'Jawel,' zei ik en ik telde ze. 'Wanneer vertrekt ze?'

'Shannon? Eerste week van juni.'

Ik ging de tweede week van juni naar huis.

42

Er gebeurde iets vreemds toen ik over Banehaugen reed, zag hoe het Budalsvann spiegelglad voor me lag en het bord van gemeente Os passeerde. Ik kreeg een brok in mijn keel, de weg begon te zwemmen en ik moest knipperen met mijn ogen. Het was alsof je uit pure verveling voor de televisie neerploft en terechtkomt in een derderangs filmdrama en je – omdat je volkomen ontspannen en onvoorbereid bent – ineens heftig moet slikken.

Ik had vier dagen vrij genomen.

Tijdens die vier dagen zaten Carl en ik op de boerderij en keken we naar de zomer. Naar de zon die nooit onder leek te gaan. We dronken pilsje na pilsje in de wintertuin. Spraken over vroeger. Over school, vrienden, de feesten in Årtun en het vakantiehuisje van Aas. Hij vertelde over Amerika en Toronto. Over het geld dat binnenstroomde in de vastgoedmakelaardij. Over het project waarmee ze zich hadden vergaloppeerd.

'Het frustrerende is dat het goed had kúnnen gaan,' zei Carl en hij zette een leeg bierflesje in de rij voor het raam. Zijn rij was drie keer zo lang als die van mij. 'Het was alleen een kwestie van timing. Als het ons gelukt was om het project nog drie maanden overeind te houden dan zouden we stinkend rijk zijn geweest.'

Toen de boel naar de verdommenis ging hadden de andere twee partners gedreigd met een rechtszaak, vertelde hij.

'Ik was de enige die niet alles wat ik had kwijt was, ze dachten dat ze nog wel wat geld uit me konden persen,' zei hij lachend en hij opende een nieuw flesje.

'Heb je niet ontzettend veel werk te doen?' vroeg ik.

We waren naar de bouwplaats geweest om te kijken hoe het ervoor stond. Er werd gewerkt, maar het leek allemaal niet op rolletjes te lopen. Veel machines. En als je het mij vroeg dan was er niet zo ontzettend veel gebeurd sinds de start negen maanden geleden. Carl had me uitgelegd dat er nog steeds gewerkt werd aan de zaken die de grond in moesten en het had nogal wat tijd gekost om de weg, de waterleiding en het riool aan te leggen. Maar zodra ze zouden beginnen aan de bouw van het hotel, dat het dan heel snel zou gaan.

'Het hotel wordt eigenlijk op een andere plek dan deze gebouwd. Modulaire bouw wordt dat genoemd. Of unitbouw. Meer dan de helft van het hotel komt als kant-en-klare zware dozen die we hier op hun plaats zetten.'

'Op de fundering?'

Carl wiegde met zijn hoofd. 'In zekere zin.' De manier waarop hij het zei kon twee dingen betekenen: of hij wilde je de details besparen omdat het zo complex was of hij wilde verbergen dat hij het zelf ook niet helemaal begreep. Carl ging even praten met de mannen die er werkten terwijl ik over de hei liep op zoek naar nieuwe nesten. Ik vond er geen. Misschien waren ze afgeschrikt door het lawaai en het verkeer, maar waarschijnlijk broedden ze niet al te ver weg van deze plek.

Carl kwam terug en veegde het zweet van zijn voorhoofd. 'Zullen we gaan duiken?'

Ik lachte.

'Wat?' riep Carl.

'Dat duikpak is zo oud dat het zou grenzen aan zelfmoord.'

'Zwemmen dan?'

'Oké.'

Maar natuurlijk strandden we weer in de wintertuin. Ergens rond het vijfde of zesde flesje vroeg Carl ineens: 'Weet jij hoe Abel is overleden?'

'Hij werd door zijn broer vermoord,' zei ik.

'Ik heb het over de Abel naar wie ik ben vernoemd. Abel Parker Upshur, de minister van Binnenlandse Zaken. Hij kreeg een rondleiding op de USS Princeton op de Potomac River en ze wilden hem een demonstratie geven van de vuurkracht van een van de kanonnen. Het kanon explodeerde en Abel en vijf anderen kwamen om. Dat was in 1844. Hij heeft de voltooiing van zijn grootste verdienste niet meer meegemaakt: de annexatie in 1845 van Texas. Wat zeg je daarvan?'

Ik haalde mijn schouders op. 'Triest.'

Carl lachte hard. 'Jij doet je tweede naam tenminste eer aan. Wist je dat de tafeldame van Calvin Coolidge...'

Ik luisterde maar half, ik kende de anekdote natuurlijk al, vader vertelde die graag. De tafeldame had een weddenschap afgesloten dat ze meer dan twee woorden uit de legendarisch zwijgzame president Coolidge zou krijgen. Aan het eind van het diner had de president zich naar haar omgedraaid en gezegd: '*You lose*.'

'Wie van ons lijkt het meest op vader en wie op moeder?' vroeg Carl.

'Maak je een grapje?' zei ik en ik dronk plichtmatig van mijn Budweiser. 'Jij bent moeder en ik vader.'

'Ik drink als vader,' zei Carl. 'En jij als moeder.'

'Dat is het enige wat niet klopt,' zei ik.

'Dus jij bent een perverseling?'

Ik gaf geen antwoord. Wist niet wat ik moest zeggen. Zelfs toen het gebeurde, hadden we er eigenlijk niet over gesproken, ik had hem alleen getroost alsof hij van vader een gewoon pak slaag had gekregen. En ik beloofde wraak zonder iets te zeggen over het onderwerp. Ik had me vaak afgevraagd of het anders zou zijn geweest als ik het wel hardop had gezegd, de woorden had vrijgelaten, ze had gemaakt tot iets wat gehoord kon worden, iets feitelijks en niet alleen iets wat gebeurde in onze hoofden en daarom kon worden afgedaan als hersenspinsels. Ik weet het verdomd niet.

'Denk je er regelmatig aan?' vroeg ik.

'Ja,' zei Carl. 'En nee. Ik heb er minder last van dan de mensen over wie ik lees.'

'Welke mensen?'

'Andere slachtoffers van misbruik. Maar het zijn vooral de mensen die er erg door zijn beschadigd die erover schrijven. Ik gok dat er veel mensen zijn zoals ik. Die het achter zich laten. Het gaat immers vooral om de context.'

'De context?'

'Seksueel misbruik is vooral schadelijk vanwege de sociale vooroordelen en de schaamte eromheen. We leren dat we er getraumatiseerd van zúllen zijn en alles wat fout gaat in ons leven wordt op het conto van het misbruik geschreven. Neem de Joodse jongens die worden besneden. Dat is toch seksuele verminking. Marteling. Veel erger dan dat er met je wordt gerommeld. Maar er is weinig dat erop duidt dat veel jongens mentaal schade oplopen van de besnijdenis. Omdat het in een context gebeurt waarin gezegd wordt dat het goed is, het is alleen maar iets wat je moet verdragen, het is een deel van de cultuur. Misschien ontstaat de grootste schade niet als het misbruik plaatsvindt, maar als we begrijpen dat het niet acceptabel in onze cultuur is.'

Ik keek hem aan. Meende hij dit? Was dat zijn manier om het weg te rationaliseren? En als dat zo was, waarom niet? *Whatever gets you through the night, it's all right.*

'Hoeveel weet Shannon?' vroeg ik.

'Alles.' Hij zette het flesje tegen zijn getuite lippen en keerde het ondersteboven in plaats van zijn hoofd in zijn nek te leggen. Klokkende geluiden. Het klonk niet als lachen, eerder als huilen.

'Ik weet dat zij weet dat we de val van Olsen in Huken hebben verdoezeld, maar weet ze ook dat ik de remmen en de stuurkolom van de Cadillac onklaar heb gemaakt waardoor vader en moeder verongelukten?'

Hij schudde zijn hoofd. 'Ik vertel haar alleen alles wat op mij betrekking heeft.'

'Alles?' vroeg ik, ik keek naar buiten en liet de avondzon me verblinden. Ik zag in mijn ooghoek dat hij me vragend aankeek.

'Grete kwam vorig jaar tijdens het openingsfeest naar me toe, nadat de eerste schep in de grond was gezet. Ze zei dat jij en Mari in het huisje van Aas afspreken.'

Het was een poosje stil. 'Verdomme,' zei hij zacht.

'Ja,' zei ik.

Ik hoorde twee snelle kreten van raven. Waarschuwingskreten. En toen kwam de vraag: 'Waarom heeft Grete dat aan jou verteld?'

Ik was erop voorbereid dat die vraag zou komen. Dat was immers de reden dat ik het niet eerder gezegd had. Om de vraag niet te krijgen en te moeten liegen, niet te hoeven vertellen wat Grete meende te hebben gezien: dat ik Shannon wilde. Als ik de woorden alleen maar zei, hoe gek ze ook klonken en we wisten allebei hoe gek Grete was, dan zou de gedachte toch in zijn hoofd worden geplant. En dan zou het te laat zijn, Carl zou de waarheid zien alsof de woorden in grote letters op mijn voorhoofd geschreven stonden.

'Geen idee,' zei ik luchtig. Te luchtig waarschijnlijk. 'Ze wil jou nog steeds. Als je brand wil stichten in het paradijs dan sluip je naderbij en begin je aan de rand in de hoop dat het vuur zich verspreidt. Zoiets.'

Ik zette het flesje aan mijn mond, ik hoorde wel dat mijn uitleg te uitvoerig was geweest, de metafoor te bedacht om spontaan te kunnen zijn. Ik moest de bal weer bij hem leggen. 'Maar klopt het, dat met Mari en jou?'

'Jij denkt duidelijk van niet,' zei hij en hij zette het lege flesje in de vensterbank.

'Niet?'

'Anders had je me dit wel eerder verteld. Me min of meer gewaarschuwd. Me er op z'n minst mee geconfronteerd.'

'Natuurlijk geloofde ik het niet,' zei ik. 'Grete had het nodige op en ze is nog gekker dan vroeger. Ik was het eigenlijk helemaal vergeten.'

'Maar waarom dacht je er nu wel aan?'

Ik haalde mijn schouders op en knikte naar de schuur. 'Die kan wel een lik verf gebruiken. Misschien kun je een offerte vragen bij een van de mannen die het hotel verven?'

'Ja,' zei Carl.

'We delen de kosten, oké?'

'Ik doel op je andere vraag.'

Ik keek hem aan.

'Dat Mari en ik met elkaar afspreken,' maakte hij zijn zin af voor hij een boer liet.

'Het gaat me niet aan,' zei ik en ik nam een slok van mijn bier dat bijna dood was.

'Mari heeft het initiatief genomen. Ze vroeg me op de *homecomingparty* of we onder vier ogen met elkaar konden praten om de lucht te klaren. Maar dat alle ogen op ons gevestigd waren, dus dat het een beter idee was om op een rustige plek af te spreken om roddels te voorkomen. Ze stelde het huisje voor. We gingen allebei met onze eigen auto, parkeerden op verschillende plekken en ik kwam een poosje na haar. Slim niet?'

'Heel slim,' zei ik.

'Mari was met dat idee gekomen omdat Grete haar had verteld dat Rita Willumsen het met haar jongere minnaar ook zo deed in haar vakantiehuisje.'

'Jezus, die Grete Smitt is een goedgeïnformeerde dame.' Ik voelde dat ik een droge keel had. Ik had Carl niet gevraagd of hij zich nog kon herinneren dat hij Grete had verteld over vader tijdens een dronken bui in Årtun.

'Is er iets, Roy?'

'Nee, hoezo?'

'Je ziet opeens zo bleek.'

Ik haalde mijn schouders op. 'Ik zou het je niet kunnen zeggen. Ik zweer het op je ziel.'

'Zei je op míjn ziel?'

'Ja.'

'O, die is allang verloren. Vooruit, vertel.'

Ik haalde mijn schouders weer op. Ik kon me niet herinneren of ik toen voor altijd had gezworen mijn mond te houden of dat de quarantainetijd voorbij was, ik was nog zo jong. 'Die jongere minnaar van Rita Willumsen,' zei ik. 'Dat was ik.'

'Jij?' Carl staarde me aan met wijd open ogen. 'Je maakt een grapje.' Toen sloeg hij zich op zijn dij en lachte hard. Hij stootte zijn flesje tegen dat van mij aan. 'Vertel,' commandeerde hij.

Ik vertelde. In grote lijnen tenminste. Hij stopte met lachen en werd serieus.

'En dat heb je allemaal geheimgehouden sinds je achttiende,' zei hij hoofdschuddend toen ik klaar was.

'Daar hebben we in ons gezin wel ervaring mee,' zei ik. 'Nu is het jouw beurt om over Mari te vertellen.'

Carl vertelde. Al tijdens de eerste ontmoeting in het huisje waren ze het nest in gedoken, zoals ze dan zeggen. 'Ze weet per slot van rekening hoe ze me moet verleiden,' zei hij haast melancholiek lachend. 'Ze weet wat ik fijn vind.'

'Je bedoelt dat je kansloos was,' zei ik en ik hoorde dat het verwijtender klonk dan ik had gedacht.

'Ik neem mijn deel van de schuld op me, maar zij had het heel duidelijk als doel.'

'Om je te verleiden?'

'Om tegenover zichzelf en mij te bewijzen dat zij altijd mijn eerste keus zou zijn. Om aan te tonen dat ik bereid was om alles te riskeren. Dat Shannon of wie dan ook altijd plaatsvervanger is van Mari Aas.'

'Alles verloochenen,' zei ik en ik pakte mijn snus.

'Hè?'

'Je zei alles riskeren.' Dit keer kon ik me niet inhouden, ik probeerde niet eens het verwijt binnen te houden.

'Hoe dan ook,' zei Carl. 'We bleven afspreken.'

Ik knikte. 'Al die avonden dat je zei dat je een vergadering had en Shannon en ik thuis op je wachtten.'

'Klopt,' zei hij. 'Beter kan ik het niet maken.'

'En die keer dat je zei dat je bij Willumsen was geweest, maar gezien was door Erik Nerell en zijn vrouw tijdens een avondwandeling?'

'Ja, toen had ik mezelf bijna verraden. Ik kwam natuurlijk van het huisje. Misschien wílde ik wel dat het uitkwam. Het is ontzettend zwaar om constant met een slecht geweten rond te lopen.'

'Maar je hebt het overleefd,' zei ik.

Hij accepteerde de hatelijkheid, boog slechts zijn hoofd. 'Toen we een paar keer hadden afgesproken, voelde Mari kennelijk dat ze gekregen had wat ze wilde en dumpte ze me. Weer. Maar ik vond het prima. Het was slechts... nostalgie. Sindsdien hebben we elkaar niet meer gezien.'

'Toch nog wel in het dorp?'

'Dat kwam natuurlijk voor, maar dan lacht ze alleen alsof ze iets gewonnen heeft.' Carl grijnsde minachtend. 'Ze showt Shannon de kinderen in de wandelwagen, die uiteraard geduwd wordt door die krantenman van haar die achter haar aan loopt als een verrekte koelie. Het ergste is dat ik denk dat hij iets vermoedt. In dat keurige, bekakte gezicht zie ik een vent die me zou willen vermoorden.'

'O?'

'Ja, volgens mij heeft hij het Mari vast gevraagd en zij heeft hem – heel bewust – een antwoord gegeven dat ruimte laat voor twijfel.'

'Waarom zou ze dat doen?'

'Om hem scherp te houden. Zo zijn ze.'

'Wie "ze"?'

'O, je weet wel. De Mari Aasen en Rita Willumsens. Ze lijden aan het koninginnensyndroom. Dat wil zeggen, wij mannelijke darren, lijden. Natuurlijk, ook de koninginnen hebben fysieke behoeften, maar ze moeten in de eerste plaats worden aanbeden door en geliefd zijn bij hun onderdanen. Ze manipuleren ons als marionetten met hun verrekte, eindeloze intriges. Wel verdomme, je wordt er zo moe van.'

'Overdrijf je nu niet een beetje?'

'Nee!' Carl zette zijn bierflesje hard op de vensterbank en twee lege vielen op de grond. 'Ware liefde tussen man en vrouw bestaat niet als ze geen familie zijn van elkaar. Er moet een bloedband zijn. Hetzelfde bloed. Tussen broers en zussen en tussen ouders en hun kinderen. Daarbuiten…' Hij zwaaide met zijn arm en er viel nog een flesje om en ik begreep dat hij dronken was. 'Vergeet het. Het is de wet van de jungle. Elke man is zijn eigen beste vriend.' Hij snotterde nu. 'Jij en ik, Roy, we hebben alleen elkaar. Niemand anders.'

Ik wist niet wat dat zei over Shannon, maar ik vroeg het niet.

Twee dagen later reed ik terug naar Sørlandet.

Ik keek in het achteruitkijkspiegeltje toen ik het gemeentebord was gepasseerd. Het leek of er OZ stond.

43

In augustus kreeg ik een sms.

Mijn hart stopte bijna met kloppen toen ik zag dat hij van Shannon kwam.

Ik moest het de dagen daarop meerdere keren lezen voordat ik begreep wat de betekenis was.

Dat ze me wilde zien.

Hoi Roy, lang geleden. Ik moet 3 september naar Notodden om een potentiële cliënt te spreken. Kun je daar een hotel aanraden? Groet, Shannon

De eerste keer dat ik het bericht las, dacht ik dat het betekende dat ze wist dat ik regelmatig met Unni in een hotel had afgesproken. Maar ik had het haar niet verteld en herinnerde me ook niet dat ik tegenover Carl iets had losgelaten. Waarom had ik Carl er niets over verteld? Ik weet het niet. Het was niet dat ik me schaamde dat ik iets had met een getrouwde vrouw. En het was ook niet de zwijgzame Kaïn in me dat ik mijn mond had gehouden, tot nu toe wist Carl bijna alles over me. Misschien had ik op een bepaald moment begrepen dat Carl me ook niet alles vertelde.

Shannon ging er blijkbaar van uit dat ik op de hoogte was van goede overnachtingsmogelijkheden in de buurt van Os. Dacht ik. En las de sms nog een keer – hoewel ik die natuurlijk al uit mijn hoofd kende. Ik hield mezelf voor dat ik geen dingen in een tekst moest lezen die uit drie fucking gewone zinnen bestond.

Maar toch.

Waarom na een jaar stilte contact met me opnemen en vragen naar een hotel in Notodden? Feitelijk kon je kiezen tussen twee, hooguit drie, hotels en Tripadvisor had uiteraard meer relevante en actuele informatie dan ik kon bieden. Dat wist ik omdat ik dat de dag na de ontvangst van de sms gecheckt had op internet. En waarom gaf ze me de dag dat ze daar zou zijn? En waarom vertelde ze dat ze een potentiële klant ging ontmoeten en vertelde ze indirect dat ze alleen zou gaan? En *last but not least*: waarom overnachtte ze daar als het maar twee uur rijden was naar huis?

Oké, misschien had ze geen zin in het stikdonker te rijden. Misschien zouden zij en haar cliënt samen een hapje eten en wilde ze een glas wijn kunnen drinken. Of misschien had ze gewoon zin om in een hotel te overnachten, weer eens wat anders dan de boerderij. Misschien wilde ze zelfs even weg van Carl. Misschien wilde ze me dat vertellen in deze gekunstelde sms? Nee, nee! Het was een normaal bericht, gewoon een halfslachtige poging om het contact met haar zwager weer te herstellen nadat hij de hele boel had opgeblazen door te zeggen dat hij van haar hield.

Ik antwoordde haar dezelfde avond dat ik haar sms had gekregen.

Hoi! Ja, lang geleden. Brattrein is best goed. Mooi uitzicht. Groet, Roy

Over elke letter had ik natuurlijk heel lang nagedacht. Ik moest mezelf dwingen niets te sturen met een vraagteken, van het type *hoe gaat het*? Of iets anders wat een uitnodiging voor meer communicatie was. Het moest een echo van haar sms zijn, niet meer en niet minder. Een uur later kreeg ik antwoord.

Bedankt voor je hulp, Roy. Groeten

Er was niets uit op te maken, maar ze kon natuurlijk alleen maar reageren op mijn korte, gereserveerde sms. Dat bracht me weer terug bij haar eerste bericht. Was het een uitnodiging naar Notodden te komen?

De daaropvolgende dagen bleef het me bezighouden. Ik telde zelfs de woorden en zag dat ze vierentwintig woorden had gestuurd, ik had geantwoord in twaalf woorden en zij weer in zes. Was die halvering toeval, zou ik haar nu drie woorden sturen en kijken of ze er anderhalf zou terugsturen? Haha.

Ik was bezig gek te worden.

Ik schreef: *Goede reis*

Het antwoord kwam terwijl ik in bed lag en probeerde te slapen: *Bedankt. X*

Anderhalf woord. Ik wist natuurlijk dat een x het symbool was voor een kus, maar wat voor kus? De dag daarna zocht ik dat antwoord op internet. Niemand wist het, maar sommige mensen veronderstelden dat het stamde uit de tijd dat je een brief verzegelde en er een kus op drukte. Anderen dachten dat de x – het oudste symbool voor Christus – het tot een religieuze kus maakte, een soort gezegende kus. Maar ik vond de verklaring dat de x leek op twee lippen die elkaar ontmoeten het mooist.

Twee lippen die elkaar ontmoeten.

Was dat wat ze bedoelde?

Nee verdomme, dat kon ze niet bedoeld hebben!

Ik keek op de kalender en begon te tellen over hoeveel dagen het 3 september was totdat ik inzag wat ik aan het doen was.

Lotte stak haar hoofd om de deur om te zeggen dat de display van pomp vier was uitgevallen en vroeg wat de kalender op de vloer deed.

Op een avond zat ik in een bar in Kristiansand en ik wilde net weggaan toen een vrouw naar me toe kwam.

'Ga je al naar huis?'

'Misschien,' zei ik en keek haar aan. Ik kon niet zeggen dat ze knap was, misschien was ze dat ooit geweest. Nee, niet knap, maar toch een van de eerste meisjes die de aandacht van de jongens in de klas hadden getrokken. Omdat ze vlot en brutaal was en haar woordje altijd klaar had. Veelbelovend, zou je kunnen zeggen. En misschien wisselde ze de belofte te snel in, gaf ze de jongens wat ze wilden voordat ze het verdienden. Dacht ze dat ze er iets voor zou terugkrijgen. Er was sindsdien veel gebeurd en ze wenste dat ze veel daarvan ongedaan kon maken: de dingen die ze zelf had gedaan, maar ook de dingen die haar overkomen waren.

Nu was ze aangeschoten en zocht ze hoopvol naar iemand van wie ze diep vanbinnen wist dat hij haar ook zou teleurstellen. Maar wat blijft er over als je geen hoop meer hebt?

Ik trakteerde haar op een biertje, vertelde hoe ik heette, waar ik werkte en woonde. Daarna stelde ik de vragen en liet haar praten. Liet haar haar gal spuwen over de mannen met wie ze samen was geweest en die haar leven kapot hadden gemaakt. Haar naam was Vigdis, ze werkte in een tuincentrum, maar op het moment zat ze in de ziektewet. Twee kinderen, die deze week ieder bij hun respectieve vader waren. Kort geleden had ze haar derde man het huis uit gegooid. Ik nam aan dat ze tijdens die actie een blauwe plek op haar voorhoofd had opgelopen. Ze zei dat hij 's nachts rondjes om haar huis reed om te controleren of ze iemand mee naar huis nam dus het was beter dat we naar mijn huis gingen.

Ik overwoog het. Maar haar huid was niet bleek genoeg en haar lichaam te groot. Zelfs als ik mijn ogen sloot zou haar metalige stem – ik wist nu al dat die voorlopig niet zou zwijgen – de illusie wegvagen.

'Bedankt, maar ik moet morgen werken,' zei ik. 'Een andere keer.'

Haar mond vertrok in een lelijke grimas. 'Jij bent zelf ook geen geweldige vangst, mocht je dat denken.'

'Dat dacht ik niet,' zei ik en ik leegde mijn glas en vertrok.

Op straat hoorde ik hakken op het asfalt en ik wist dat zij het was. Vigdis stak een arm door de mijne en blies de rook van een zojuist opgestoken sigaret in mijn gezicht.

'Geef me dan in elk geval een lift in je taxi,' zei ze. 'Ik moet dezelfde kant op.'

Ik hield een taxi aan en liet haar na de eerste brug uitstappen, voor een huis in Lund.

Ik had een gedaante gezien in een van de auto's die langs het trottoir geparkeerd stonden, dus toen de taxi vertrok draaide ik me om en zag een man uit de auto stappen en snel op Vigdis af lopen.

'Stop,' zei ik.

De taxi minderde vaart en in de spiegel zag ik Vigdis op het trottoir vallen.

'Terug,' zei ik.

Als de chauffeur hetzelfde had gezien dan had hij dat waarschijnlijk niet gedaan. Ik sprong uit de taxi en zocht in mijn zakken naar iets wat ik om mijn rechterhand kon wikkelen terwijl ik naar de man liep die tegenover Vigdis stond en iets schreeuwde wat verdween in de echo van de blinde, zwijgende gevels van de huizen. Ik verwachtte dat het verwensingen waren, maar toen ik dichterbij kwam hoorde ik: 'Ik hou van je! Ik hou van je! Ik hou van je!'

Ik liep op hem af en sloeg op het moment dat hij zijn betraande gezicht naar me toe draaide. Ik voelde hoe de huid op mijn knokkels scheurde. Verdomme. Ik sloeg weer, de neus was zachter en ik wist niet of het bloed van hem of van mij was. Ik sloeg een derde keer. De idioot bleef overeind, zwaaide op zijn benen zonder dat hij zich probeerde te verdedigen of de klappen te ontwijken, hij dwong zichzelf slechts rechtop te blijven staan zodat hij meer klappen in ontvangst kon nemen alsof het iets was wat hij verwelkomde.

Ik sloeg snel en methodisch, zoals ik tegen de bokszak sloeg. Niet zo hard dat mijn knokkels nog meer schade opliepen, maar hard genoeg dat hij bloedde en het vocht onder zijn huid ervoor zorgde dat zijn gezicht langzaam opzwol als een verrekt luchtbed.

'Ik hou van je,' herhaalde hij tussen twee klappen door, niet tegen mij, maar fluisterend, haast tegen zichzelf.

Hij zakte half door zijn knieën, toen nog meer en ik moest lager mikken. Hij was als die zwarte ridder in de *Monty Python*-sketch bij wie de benen worden afgehakt, maar die niet wil opgeven totdat hij een torso is die rondspringt op de grond.

Ik trok mijn heup en schouder terug om hem de laatste klap te geven toen mijn arm in iets bleef haken. Het was Vigdis. Ze hing aan mijn rug.

'Niet doen!' schreeuwde ze met haar metalige stem in mijn oor. 'Niet doen! Stop daarmee, idioot!'

Ik trachtte haar van me af te schudden, maar ze liet niet los. En ik zag een zieke lach op het betraande, opgezwollen gezicht van de man komen.

'Hij is van mij!' schreeuwde ze. 'Hij is van mij, idioot!'

Ik keek naar de man. Hij keek naar mij. Ik knikte. Toen ik me omdraaide, merkte ik dat de taxi was weggereden en ik begon in de richting van Søm te lopen. Vigdis hing nog zo'n vijftien meter op mijn rug voordat ze losliet en ik hoorde haar tikkende hakken toen ze terugrende, en haar troostende woorden en het gesnik van de man.

Ik bleef in oostelijke richting lopen, door de uitgestorven straten, naar de E18. Het begon te regenen. En dan bedoel ik, écht regenen. Mijn schoenen sopten toen ik aan de halve kilometer van de Varodd-brug over de Søm begon. Midden op de brug bedacht ik dat er een alternatief was. En ik was toch al nat. Ik keek over de brugleuning in het groenzwarte water onder me. Dertig meter? Maar ik begon al te twijfelen, mijn hersenen argumenteerden dat ik de val waarschijnlijk zou overleven en dan zou mijn overlevingsinstinct het overnemen en ik zou maken dat ik aan land kwam, gegarandeerd met inwendige schade aan mijn ribben en organen die niet zouden leiden tot een korter, maar wel tot een ellendiger leven. En als het me wel zou lukken te verdrinken in dat water, wat had ik dan te winnen met de dood? Ik had namelijk zojuist iets bedacht. Het antwoord dat ik de vorige politiechef had gegeven, toen hij vroeg waarom we verder moesten leven als we het niet leuk vonden. 'Omdat het misschien erger is om dood te zijn.' En toen me dat te binnen was geschoten, herinnerde ik me wat oom Bernard had gezegd nadat hij de diagnose kanker had gekregen: 'Als je tot je nek in de drek staat, is het wijs om je hoofd niet te laten hangen.'

Ik lachte. Ja, als een idioot stond ik in mijn eentje op de brug luid te lachen.

Toen liep ik met lichtere stappen verder naar Søm en na een poosje begon ik dat *Monty Python*-deuntje te fluiten waar Eric Idle aan het kruis hangt. Als de Vigdissen kans zien te blijven hopen, te hopen op een wonder, waarom ik dan niet?

De derde september om twee uur 's middags reed ik naar Notodden.

44

Een strakke, lichtblauwe hemel. De zomerwarmte hing nog in de lucht, het rook naar dennennaalden en pas gemaaid gras, maar er stond ook een frisse wind die afwezig was geweest in het zwoele Sørlandet.

De autorit van Kristiansand naar Notodden had drieënhalf uur geduurd. Ik had langzaam gereden en me onderweg meerdere keren bedacht. Maar uiteindelijk had ik geconcludeerd dat er één ding nog pathetischer was dan wat ik nu deed en dat was halverwege omkeren.

Ik parkeerde in het centrum en begon door de straten te dwalen op zoek naar Shannon. Toen we opgroeiden was Notodden groot, vreemd en gevaarlijk geweest. Nu leek Notodden – misschien omdat ik zoveel tijd had doorgebracht in Kristiansand – een klein provinciestadje.

Ik keek uit naar de Cadillac, hoewel ik vermoedde dat ze een auto van Willumsen had gehuurd. Ik keek bij cafés en restaurants naar binnen. Ik liep naar het water en kwam langs de bioscoop. Ten slotte ging ik bij een cafeetje naar binnen en bestelde een zwarte koffie, ging zo zitten dat ik de deur kon zien en bladerde in de lokale kranten.

Notodden had niet zoveel cafés, en het perfecte scenario was natuurlijk dat Shannon me zou vinden en niet omgekeerd. Dat ze binnen zou komen, ik op zou kijken en onze blikken elkaar zouden kruisen en dat haar blik me zou zeggen dat ik het verzonnen verhaal niet zou hoeven te vertellen. Dat ik hier was om te kijken naar een tankstation dat te koop stond. Dat ik me herinnerde dat ze naar Notodden zou gaan, maar niet vandaag! En of ze het niet te druk had met haar cliënt en we misschien na het eten nog even een drankje met elkaar konden drinken? Of zelfs samen eten als ze geen andere plannen had?

De deur ging open en mijn blik schoot omhoog. Het was een groep druk pratende jongeren. Kort daarna ging de deur weer open, weer een groep jongeren en ik begreep dat de schooldag voorbij was. De derde keer dat de deur openging zag ik haar gezicht. Dat was veranderd, het was niet zoals ik me het herinnerde. Dit gezicht was open. Ze zag me niet en ik kon haar ongestoord observeren vanachter de krant. Ze zat te luisteren naar de jongen met wie ze was binnengekomen. Ze glimlachte of lachte niet en je kon nog steeds een afwachtende houding zien, dat ze haar kwetsbaarheid verdedigde. Maar ik meende ook te zien dat zij en de jongen iets hadden, een contact dat je niet zou hebben als je iemand niet dichtbij wilde laten komen. Toen ging haar blik door het café en ontmoette mijn blik. Een moment verstijfde ze.

Ik weet niet wat Natalie wist over de reden dat haar vader, dakdekker Moe, haar naar de middelbare school in Notodden had gestuurd. Of ze wist hoe hij de verwondingen had opgelopen in hun keuken. Vermoedelijk wist ze niet dat ik een aandeel had gehad in hoe de zaak was gegaan. En als ze nu naar me toe zou komen, bij me ging zitten en vroeg waarom ik het had gedaan, wat zou ik dan antwoorden? Dat ik had ingegrepen vanwege het schuldgevoel dat het me niet gelukt was hetzelfde voor mijn broer te doen? Dat ik haar vader bijna voor het leven invalide had geslagen omdat hij voor mij een bokszak was met het gezicht van mijn vader erop? Dat het eigenlijk om mij en mijn eigen familie ging, en niet om die van haar?

Haar blik gleed verder. Misschien had ze me niet herkend. Jawel, dat had ze natuurlijk wel. Maar zelfs als ze niet wist dat ik haar vader ernstig had bedreigd, kon ze toch doen alsof ze de man niet herkende bij wie ze de morning-afterpil had gekocht, vooral omdat ze de kans had gekregen een ander meisje te zijn dan dat teruggetrokken, onderdanige meisje thuis in Os.

Ik zag dat ze bezig was haar aandacht te verliezen voor wat de jongen zei, ze draaide haar gezicht naar het raam, weg van mij.

Ik stond op en vertrok. Deels om haar met rust te laten, deels omdat ik geen getuigen uit Os wilde als Shannon hier opdook.

Om vijf uur had ik alle cafés en bars in Notodden bezocht, alleen het restaurant in het Brattrein Hotel nog niet. Volgens mij ging dat niet voor zes uur open.

Toen ik van mijn auto over de parkeerplaats naar de ingang liep voelde ik dezelfde verwachtingsvolle kriebel in mijn maag als in de tijd dat ik hier met Unni had afgesproken. Maar dat zullen wel gewoon de pavlovhonden zijn die de setting herkenden en begonnen te kwijlen, het volgende ogenblik werd die weer verdrongen door angst. Wat was ik in godsnaam aan het doen? Zelfmoord vanaf de brug was beter, als ik nu in mijn auto stapte, was ik daar nog voor zonsondergang. Maar ik bleef doorlopen. In de receptie die er nog exact hetzelfde uitzag als bijna tien jaar geleden toen ik hier voor het laatst was.

Ze zat in het lege restaurant te typen op haar laptop. Ze droeg een donkerblauw mantelpak en een witte blouse. Het korte, rode haar had een scheiding opzij en was vastgezet met haarspelden. Haar pantyknieëen en zwarte hakken werden onder tafel tegen elkaar gedrukt.

'Hoi, Shannon.'

Ze keek naar me op. Ze glimlachte zonder een teken van verbazing alsof ik eindelijk was opgedoken voor een afspraak. Ze deed haar bril af, die ik haar nog niet eerder had zien dragen. Het opengesperde oog drukte blijdschap om het weerzien uit, een blijdschap die ook van het zusterlijke soort kon zijn. Gemeend, maar zonder bijbedoeling. Het halfgesloten oog vertelde een heel ander verhaal. Het deed me denken aan een vrouw die zich in bed zojuist naar me had omgedraaid in het ochtendlicht dat reflecteerde in de iris, maar met een blik die nog verzadigd was van slaap en onze vrijpartij de avond daarvoor. Er ging een schok door me heen, iets zwaars, als een verdriet. Ik moest slikken en zakte neer op een stoel tegenover haar.

'Jij bent hier,' zei ze. 'In Notodden.'

Haar toon was vragend. Oké, dan bleven we nog een poosje om de hete brij heen draaien.

Ik knikte. 'Ik heb een tankstation bezocht dat ik wil kopen.'

'Vond je het wat?'

'Geweldig,' zei ik zonder dat ik mijn ogen van haar afwendde. 'Er is alleen een probleem.'

'Wat voor probleem?'

'Het staat niet te koop.'

'Dan moet je een ander zoeken.'

Ik schudde mijn hoofd. 'Dit wil ik hebben.'

'En hoe ga je dat aanpakken?'

'De eigenaar ervan overtuigen dat het tankstation verlies draait, dat hij het vroeg of laat toch zal kwijtraken.'

'Misschien heeft hij plannen voor een reorganisatie?'

'Die plannen heeft hij vast, hij belooft het, gelooft het zelf misschien.

Maar na een poos zal alles weer bij het oude zijn. De werknemers zullen vertrekken, het tankstation gaat failliet en hij zal nog een paar jaar verspillen aan iets wat hopeloos is.'

'Als je het tankstation van hem afpakt dan doe je hem een plezier, wil je zeggen?'

'Ik doe iedereen een plezier.'

Ze keek me aan. Zag ik een aarzeling in haar gezicht?

'Wanneer heb je die afspraak met je cliënt?' vroeg ik.

'Die was om twaalf uur,' zei ze. 'We waren om drie uur klaar.'

'Dacht je dat die langer zou duren?'

'Nee.'

'Waarom heb je dan een hotelkamer geboekt?'

Ze keek me aan en haalde haar schouders op. Ik stopte met ademhalen en voelde een erectie opkomen.

'Heb je al gegeten?'

Ze schudde haar hoofd.

'Ze gaan pas over een uur open,' zei ik. 'Heb je zin om even te wandelen?'

Ze knikte naar haar hoge hakken.

'Het is hier ook goed,' zei ik.

'Weet je wie ik hier zag?' vroeg ze.

'Mij,' zei ik.

'Dennis Quarry, de filmster. Weet je nog? Hij was bij het benzinestation en wilde filmlocaties bekijken. Ik geloof dat hij hier woont. Ik heb gelezen dat ze hier nu met een film bezig zijn.'

'Ik hou van je,' fluisterde ik, maar juist op dat moment klapte ze haar laptop onnodig hard dicht zodat ze kon doen alsof ze het niet had gehoord.

'Vertel me wat je de laatste tijd hebt gedaan,' zei ze.

'Aan jou gedacht.'

'Ik zou willen dat het niet zo was.'

'Ik ook.'

Stilte.

Ze zuchtte diep. 'Misschien was dit een vergissing,' zei ze.

Wás. Verleden tijd. Had ze gezegd ís een vergissing dan hadden de wielen nog gedraaid kunnen worden, maar wás betekende dat ze al een besluit had genomen.

'Waarschijnlijk,' zei ik, afwerend gebarend naar de ober die ik herkende en ik vermoedde dat hij wilde voorstellen dat de keuken wel iets kon maken, hoewel die nog niet open was.

'*Faddah-head*,' siste Shannon en ze sloeg met haar hand tegen haar voorhoofd. 'Roy?'

'Ja?'

Ze leunde over de tafel. Legde haar kleine hand op die van mij en keek in mijn ogen. 'Kunnen we afspreken dat dit nooit is gebeurd?'

'Natuurlijk.'

'Vaarwel.' Ze lachte even alsof het ergens pijn deed, greep de laptop, stond op en vertrok. Ik sloot mijn ogen. Het tikken van de hakken op het parket deed me denken aan de voetstappen van Vigdis achter me, die avond in Kristiansand. Maar toen waren de voetstappen dichterbij gekomen. Ik deed mijn ogen weer open. Ik had mijn hand op tafel niet verplaatst. Het gevoel van die enige aanraking sinds ik het restaurant was binnengelopen, was er nog steeds als de tinteling van de huid na een hete douche.

Ik liep naar de receptie waar de lange, magere man in rood uniform naar me lachte. 'Goedendag, meneer Opgard, goed u weer te zien.'

'Hoi, Ralf,' zei ik en ik ging voor de balie staan.

'Ik zag u binnenkomen, meneer Opgard, ik ben zo vrij geweest onze laatste vrije kamer voor u te boeken.' Hij knikte naar het scherm voor zich. 'Zou vervelend zijn als die op het laatste moment door iemand anders wordt weggekaapt, of niet?'

'Bedankt, Ralf, maar ik zou graag weten welke kamer Shannon Opgard heeft? Of Shannon Alleyne.'

'333,' zei de magere man en hij maakte een punt door niet eens naar het scherm te hoeven kijken.

'Bedankt.'

Shannon was klaar met haar tas inpakken die op het bed lag en worstelde met het dichttrekken van de rits toen ik de deur van kamer 333 openduwde. Ze mompelde een paar vloeken in wat ik aannam Baja-Engels was, duwde op de tas en probeerde het opnieuw. Ik liet de deur half open, liep naar binnen en ging achter haar staan. Ze gaf het op en sloeg haar handen voor haar gezicht en haar schouders begonnen te schokken. Ik sloeg mijn armen om haar heen en voelde hoe het geluidloze snikken van haar lichaam naar het mijne overging.

Zo stonden we een poos.

Toen draaide ik haar voorzichtig om, droogde haar tranen met twee vingers en kuste haar.

En zij kuste me terwijl ze nog steeds huilde, beet daardoor in mijn onderlip en ik proefde de zoete, metalige smaak van mijn eigen bloed vermengd met haar sterke, kruidige speeksel en tong. Ik hield me in, klaar om me terug te trekken zodra ze een teken gaf dat ze dit niet wilde. Maar dat deed ze niet en ik liet langzaam los wat me tegenhield: mijn gezonde verstand, de gedachte aan wat er daarna zou komen – of niet. Het beeld van mezelf in het onderste bed met mijn armen om Carl heen, de enige die hij heeft, de enige die hem niet heeft verraden. Maar dat verdween, het gleed weg, en het enige wat er nog was waren haar handen die mijn overhemd uit mijn broek trokken, de nagels die mijn lichaam tegen het hare drukten, de tong als een anaconda rond de mijne, haar tranen die over mijn wangen rolden. Zelfs op hoge hakken was ze zo klein dat ik mij moest bukken om haar strakke rok open te maken.

'Nee!' zei ze kreunend en ze maakte zich los en mijn eerste reactie was opluchting. Dat ze ons had gered. Ik deed een stap naar achteren, wankel en nog steeds licht bevend, en stopte mijn overhemd terug in mijn broek.

Onze adem had hetzelfde hijgende ritme en ik hoorde op de gang voetstappen en een stem die in een telefoon sprak. De voetstappen en stem stierven weg en wij stonden elkaar waakzaam op te nemen. Niet als man en vrouw, maar als boksers die als twee razende bokken klaar waren voor de strijd. De strijd was natuurlijk niet voorbij. Die was net begonnen.

'Doe die verdomde deur dicht,' zei Shannon sissend.

45

'Ik sla mannen,' antwoordde ik, ik gaf een zakje snus aan Shannon en stak er eentje onder mijn onderlip.

'Dat doe je écht?' vroeg ze en ze tilde haar hoofd op zodat ik mijn arm weer op het kussen kon leggen.

'Niet de hele tijd, maar ik heb veel gevochten.'

'Zit dat in de genen, denk je?'

Ik bestudeerde het plafond van kamer 333. Het was een andere kamer dan waar Unni en ik altijd onze uren doorbrachten, maar hij zag er precies eender uit en ook de geur was dezelfde, een mild geparfumeerd schoonmaakmiddel misschien. 'Mijn vader sloeg vooral tegen de bokszak,' zei ik. 'Maar inderdaad, ik zal het vechten wel van hem hebben.'

'We herhalen de fouten van onze ouders,' zei ze.

'En onze eigen,' zei ik.

Ze trok een grimas en haalde de snus weer uit haar mond en legde die op het nachtkastje.

'Het is een gewoonte,' zei ik, doelend op de snus.

Ze kroop tegen me aan. Haar kleine lijf was zachter dan ik me had voorgesteld, haar huid nog gladder. De borsten waren lichte verhogingen op een sneeuwwitte vlakte waarop de tepels als twee brandende bakens stonden. Ze rook naar iets, een zoet, sterk kruid en de huid had kleurschakeringen: donkerder onder haar armen en rond haar geslachtsdeel. En ze gloeide als een kachel.

'Heb jij wel eens het gevoel dat je in cirkels loopt?' vroeg ze.

Ik knikte.

'En als je merkt dat je je eigen voetsporen volgt,' zei ze. 'Is dat geen teken dat je de weg kwijt bent?'

'Misschien,' zei ik. Maar voor mij voelde dat op het moment niet zo. De seks was meer een paring geweest dan een vrijpartij, met meer strijd dan tederheid, meer woede en angst dan vreugde en genot. Op een bepaald moment had ze zich losgerukt, met vlakke hand in mijn gezicht geslagen en gezegd dat ik moest stoppen. Dus ik stopte. Tot ze me weer sloeg en vroeg waarom ik verdomme stopte. Toen ik begon te lachen, begroef ze haar gezicht in het kussen en huilde en ik streelde over haar haren, haar gespannen rugspieren en kuste haar in haar nek. Ze stopte met huilen en begon in plaats daarvan zwaar te ademen. Ik legde mijn hand tussen haar billen en beet haar. En ze riep iets in het Baja-Engels, duwde me op bed en ging op haar buik liggen met haar billen omhoog. En ik was zo geil toen ik haar nam dat ik me er niets van aantrok dat de kreten die ze uitstootte dezelfde waren als toen ze het deed met Carl in de slaapkamer. God mag het weten, misschien dacht ik daaraan toen ik kwam, ik was afgeleid en trok me iets te laat terug, maar nog op tijd om te zien hoe de rest van mijn lozing als een parelketting op haar rug belandde, grijswit en glinsterend in het licht van de straatlantaarn op de parkeerplaats. Ik pakte een handdoek en veegde het weg, probeerde ook twee donkere vlekken weg te vegen tot ik besefte dat de huid daar donkerder was. En ik bedacht dat dit, wat we hadden gedaan, dat ook was: donkere vlekken die niet weg zouden gaan.

Maar er zou meer komen. En het zou anders zijn, dat wist ik. Vrijen dat geen vechten was, niet alleen contact tussen twee lichamen, maar tussen twee zielen. Ik weet dat het oubollig klinkt, maar ik kan geen andere manier bedenken om het te zeggen. Twee fucking zielen waren we en ik was nu thuis. Zij was mijn voetspoor en ik had dat gevonden. Het enige wat ik wilde was hier zijn, in cirkels lopen, de weg kwijt zijn, zolang het maar met haar was.

'Gaan we hier spijt van krijgen?' vroeg ze.

'Ik weet het niet,' antwoordde ik, maar ik wist dat ik dat niet kreeg. Ik wilde haar alleen niet bang maken, iets wat ik gegarandeerd zou doen als ze begreep dat ik zoveel van haar hield dat de rest me geen donder kon schelen.

'We hebben alleen deze nacht,' zei ze.

We trokken de gordijnen dicht om die nacht te verlengen en profiteerden volop van de uren die we nog hadden.

Ik werd wakker van een kreet van Shannon.

'Ik heb me verslapen!'

Ze vloog uit bed voor ik haar kon pakken en de arm die ik om haar heen had geslagen, raakte in plaats daarvan haar mobiel die op het nachtkastje lag. Die viel op de grond een eind van het bed vandaan. Ik trok met een ruk de gordijnen open om Shannons naakte lichaam te kunnen zien want het zou lang duren voor ik dat weer zag. Het daglicht stroomde naar binnen en ik zag nog net een glimp van haar rug voordat ze de badkamer in verdween.

Ik staarde naar de telefoon die in de schaduw van het bed lag. Het scherm was vanzelf opgelicht. Het glas was gebroken. En vanachter de gevangenistralies van het versplinterde screen keek een lachende Carl naar me. Ik slikte.

Een glimp van haar rug.

Maar dat was genoeg.

Ik ging weer in bed liggen. De laatste keer dat ik een vrouw zo naakt, zo bloot in het daglicht, had gezien was toen Rita Willumsen vernederd in het bergmeer stond, in een badpak met een blauwige, steenkoude huid. Als ik nog twijfelde, zag ik het nu helder en duidelijk voor me.

Ik begreep wat Shannon had bedoeld toen ze vroeg of vechten in mijn genen zat.

46

Carl was mijn broer. Dat was het probleem.

Of problemen.

Nog duidelijker: het ene probleem was dat ik van hem hield. Het andere dat hij dezelfde genen als ik had geërfd. Ik weet niet waarom ik ooit zo naïef ben geweest te denken dat Carl niet hetzelfde vermogen tot geweld had als vader en ik. Misschien omdat het een geaccepteerd feit was dat Carl op moeder leek. Moeder en Carl konden geen vlieg kwaad doen. Alleen maar mensen.

Ik stond op en liep naar het raam, zag Shannon over de parkeerplaats naar de Cadillac lopen.

Vermoedelijk had ze spijt. Vermoedelijk had ze geen afspraak waar ze zich voor moest haasten, ze was gewoon wakker geworden en had geweten dat het fout was, dat ze weg moest.

Ze had gedoucht, zich aangekleed in de badkamer en waarschijnlijk opgemaakt. Toen ze uit de badkamer kwam, had ze me een zusterlijke kus op mijn voorhoofd gegeven, iets gemompeld over een vergadering in Os over het hotel, haar tas gepakt en was vertrokken. De remlichten van de Cadillac sprongen aan toen ze op het punt stond de weg op te draaien, vlak voor een vuilniswagen.

De lucht in de kamer was nog steeds zwaar van de seks, haar parfum en de slaap. Ik opende een raam dat ik op een bepaald punt had dichtgedaan omdat ze zo hard schreeuwde dat ik bang was dat iemand op de deur zou kloppen en omdat ik wist dat we nog niet klaar waren voor vannacht. En ik had gelijk, elke keer als een van ons wakker werd, had zelfs een onschuldige beroering een nieuwe ronde ingeleid, het was als een duivelse honger die niet te stillen was.

Wat ik had gezien toen de gordijnen waren opengetrokken was dat wat ik als kleurschakeringen van de huid had opgevat, in realiteit blauwe plekken waren. Het waren niet de rode vlekken en strepen die haar huid van het vrijen had gekregen en die hopelijk na een dag of twee verdwenen zouden zijn. Het waren plekken van harde klappen, die nog dagen en weken te zien waren. Als Carl haar ook in haar gezicht had geslagen dan had hij dat niet zo hard gedaan dat ze het niet met een beetje make-up kon camoufleren.

Hij had haar geslagen zoals ik moeder die keer vader had zien slaan in de gang van het Grand Hotel. Dat was de herinnering die door mijn hersenen was geflitst toen Carl geprobeerd had me ervan te overtuigen dat Sigmund Olsen door een ongeluk op zijn hoofd in Huken was beland. Moeder. En Carl. Je leeft met iemand samen en denkt dat je alles weet over iemand, maar wat weet je eigenlijk? Vermoedde Carl dat ik in staat was achter zijn rug om seks te hebben met zijn vrouw? Waarschijnlijk niet. Ik had allang begrepen dat we allemaal vreemden voor elkaar waren en het kwam natuurlijk niet alleen door de blauwe plekken van Shannon dat ik besefte dat Carl gewelddadig was. Dat mijn broertje een moordenaar was. Het waren de simpele feiten. Blauwe plekken en loodlijn.

47

De eerste dagen nadat ik terugkwam in Sørlandet wachtte ik op een telefoontje, een bericht, een mail, wat dan ook van Shannon. Ik zei tegen mezelf dat zij het initiatief moest nemen, zij had het meest te verliezen. Dacht ik tenminste.

Maar ik hoorde niets.

En ik twijfelde niet meer. Ze had spijt. Uiteraard had ze spijt. Het was een sprookje geweest, een fantasie die ik in haar hoofd had geplant toen ik zei dat ik van haar hield om vervolgens te vertrekken, een fantasie die ze in vrede en rust en bij gebrek aan andere stimuli had laten ontwikkelen tot iets fantastisch terwijl ze zich liep te vervelen in het dorp. Zo fantastisch dat mijn echte ik daar natuurlijk nooit aan kon tippen. Maar nu had ze het uit haar systeem en was ze teruggegaan naar haar gewone leven.

De vraag was alleen of ik het uit mijn systeem kon krijgen. Ik vertelde mezelf dat die nacht samen het doel was geweest, ik kon het afvinken op mijn to-dolijst en nu moest ik verdergaan. Maar toch, het eerste wat ik elke ochtend deed was mijn telefoon checken of er een bericht van Shannon was.

Niets.

Ik begon het bed te delen met andere vrouwen.

Ik weet niet waarom, maar het leek ineens of ze me hadden ontdekt, alsof er een geheim vrouwelijk genootschap was waar het nieuws circuleerde dat ik de vrouw van mijn broer in mijn bed had gehad en dat moest wel betekenen dat ik *hot shit* was. Een slechte reputatie is een goede reputatie, zeggen ze. Of er stond op mijn voorhoofd geschreven dat het me allemaal niet kon verdommen. Misschien was dat het wel. Misschien was ik die zwijgzame man met de droevige ogen in de bar geworden van wie werd gezegd dat hij iedereen kon krijgen behalve degene die hij wilde en dat het hem daarom allemaal niets verdommen kon. De man die ze allemaal wilden overtuigen dat hij zich vergiste, dat er hoop en verlossing bestond, dat er een ander is, zij namelijk.

En ja, ik maakte daar gebruik van. Ik speelde de rol die me was toebedeeld, ik vertelde het verhaal, liet alleen de namen weg en dat het om mijn broer ging. Ik ging met ze mee naar huis als ze alleen woonden of ik nam ze mee naar Søm als het niet anders kon. Ik werd naast een vreemde wakker en checkte mijn telefoon of er berichten waren.

Maar het werd beter, dat was wel zo. Op sommige dagen gingen er uren voorbij dat ik niet aan haar dacht. Ik weet dat malaria een parasitaire infectieziekte is die nooit helemaal uit je bloed gaat, maar die geneutraliseerd kan worden. Als ik maar wegbleef en haar niet zag dan moest het moeilijkste in twee tot drie jaar toch voorbij zijn.

In december belde Pia Syse om te zeggen dat ons tankstation nu op de zesde plaats stond van de beste tankstations van het bedrijf in Sørlandet. Ik wist dat het op het bordje lag van commercieel directeur Gus Myre om over zoiets te bellen, dat zij waarschijnlijk iets anders wilde.

'We willen dat jij het tankstation blijft runnen nadat het contract volgend jaar afloopt,' zei ze. 'De voorwaarden zullen natuurlijk uitdrukken dat we erg tevreden zijn. En dat we denken dat het tankstation nog verder op de lijst kan stijgen.'

Dat paste in mijn plan. Ik keek uit het raam van mijn kantoor. Geen bergen, grote fabrieken, autowegen met op- en afritten die me deden denken aan de racebaan op de grond van de achterkamer bij Willumsen Occasions & Sloperij waar de kinderen mochten spelen als hun vader overlegde over een tweedehandsauto. Ik vermoed dat er menig tweedehandsauto is gekocht omdat kinderen zeurden dat ze daarheen wilden.

'Laat me er even over nadenken,' zei ik en ik hing op.

Ik bleef zitten kijken naar de mist die boven de daken van de dierentuin hing. De bomen hadden nota bene nog groene bladeren. Ik had nog geen sneeuwvlok gezien sinds ik hier veertien maanden geleden was komen wonen. Ze zeggen dat het hier in Sørlandet nooit echt winter wordt, alleen maar meer van die pisregen die geen regen is, maar iets nats uit de lucht wat niet kan besluiten of het omhoog of omlaag zal gaan dus maar gewoon blijft hangen. Net als het kwik in de thermometer dat dag na dag zes graden aangaf. Ik staarde naar de mist die als een dikke deken op het landschap drukte en het nog platter en vormelozer maakte. Sørlandet in de winter was een regenbuitje bevroren in de tijd, het bleef gewoon. Toen de telefoon weer overging en ik Carls stem hoorde, duurde het twee seconden dat ik verlangde – ja, verlangde! – naar de ijskoude, verlammende windvlagen en de sneeuw die als scherpe zandkorrels je gezicht striemden.

'Hoe gaat het?' vroeg hij.

'Mag niet klagen,' zei ik. Af en toe belde Carl omdat hij zich dat afvroeg. Hoe het met mij ging. Maar ik hoorde dat dat vandaag de reden niet was.

'Mag niet klagen?' vroeg hij.

'Sorry, zo zeggen ze dat hier in Sørlandet.' Ik haatte het als ze 'mag niet klagen' zeiden. Het was net als het winterweer. Vlees noch vis. Als ze hier in het zuiden op straat een bekende tegenkomen, zeggen ze 'nou dan' wat volgens mij een mix is van een vraag en een begroeting, een soort *how are you?*, maar het klonk alsof ze je op heterdaad hadden betrapt op iets.

'En jij?'

'Goed,' zei Carl.

Ik hoorde dat het niet goed was. Wachtte op een maar.

'Afgezien van een kleine budgetoverschrijding met het hotel,' zei hij.

'Hoe klein dan?'

'Niet veel. Het is eigenlijk een minieme disharmonie in de cashflow. De facturen van de aannemers moeten eerder betaald worden dan voorzien. We hebben niet meer cash nodig voor het project, alleen iets eerder. Ik heb de bank verteld dat we voor op schema liggen.'

'Liggen jullie voor?'

'We, Roy, we. Jij bent mede-eigenaar, dat ben je toch niet vergeten? En nee, we liggen niet voor. Het is een hels karwei om zoveel leeghoofden te coördineren. De hele bouwbranche is een grote zooi van onderknuppels die hun school niet hebben afgemaakt en terecht zijn gekomen in banen die niemand wilde hebben. Maar omdat er zoveel vraag naar is kunnen ze doen en laten wat ze willen.'

'De laatsten zullen de eersten zijn.'

'Zeggen ze dat ook in Sørlandet?'

'De hele tijd. Ze houden van alles wat langzaam gaat. Vergeleken met hier gaat in Os alles in een razend tempo.'

Carl lachte zijn warme lach en ik werd er ook blij en warm van. Warm van het horen lachen van een moordenaar.

'De bankdirecteur heeft erop gewezen dat er bepaalde mijlpalen bereikt moeten zijn voordat we het volgende krediet krijgen. Ze zijn op de bouwplaats geweest en zijn van mening dat het niet klopt wat ik heb gezegd over de voortgang. Er is een kleine vertrouwensbreuk ontstaan, kun je zeggen. Ik heb het weer in orde gemaakt, maar nu eist de bank dat ik de deelnemers eerst informeer over de budgetoverschrijdingen voordat ze iets kunnen uitbetalen. Aangezien de deelnemers de volledige verantwoording hebben staat er in de overeenkomst dat ze een officieel besluit van het bestuur nodig hebben als het project meer geld nodig heeft.'

'Dan moet je daarvoor zorgen.'

'Ja ja, dat ga ik doen. Het is alleen dat dat onrust zal geven en in principe kan het bestuur een vergadering met alle deelnemers eisen en het hele project stopzetten. Vooral omdat Dan zich er nu ook mee bemoeit en op onderzoek uitgaat.'

'Dan Krane?'

'Hij probeert al de hele herfst iets over me te vinden wat me in diskrediet kan brengen. Hij belt aannemers om te vragen naar de voortgang en het budget. Hij is op zoek naar iets waarmee hij de crisis groter kan maken, maar hij kan er niets over schrijven zolang hij niks concreets heeft.'

'En niet zolang een kwart van zijn abonnees en zijn schoonvader betrokken zijn bij het project.'

'Precies,' zei Carl. 'Je bevuilt je eigen nest niet.'

'Tenzij je een ezelspinguïn bent,' zei ik. 'Dan schijt je in je eigen nest om een nest te maken.'

'Echt?' zei Carl aarzelend.

'De poep absorbeert het zonlicht en dan smelt het ijs zodat er een kuil ontstaat en – hopla – je hebt een nest. Dezelfde methode die een journalist gebruikt om een lezerspubliek te krijgen. De media leven van de aantrekkingskracht van poep.'

'Interessant beeld,' zei Carl.

'Ja,' zei ik.

'Maar voor Krane is dit persoonlijk, dat begrijp je toch wel?'

'En hoe ben je van plan dat te stoppen?'

'Ik heb met de aannemers gesproken en zij hebben beloofd dat ze hun mond houden. Ze begrijpen gelukkig dat dat in hun eigen belang is. Maar gisteren hoorde ik van een vriend in Canada dat Krane zich is gaan verdiepen in die kwestie in Toronto.'

'Wat gaat hij daar vinden?'

'Niet veel. Het is mijn woord tegen dat van hen en de hele zaak is te gecompliceerd voor zo'n kereltje als Krane.'

'Maar hij is wel enorm gemotiveerd,' zei ik.

'Verdomme, Roy, ik belde voor wat bemoediging.'

'Het komt vast goed. Zo niet, vraag Willumsen om een van zijn afpersers op hem af te sturen.'

We lachten. Het leek erop dat hij zich iets begon te ontspannen.

'Hoe gaat het thuis?' Mijn vraag was zo algemeen dat de trilling van mijn stembanden nauwelijks achterdocht kon wekken.

'Nou ja, het huis staat nog overeind. En Shannon lijkt tot rust te zijn gekomen. Niet wat betreft al het gedoe rond het hotel, maar ze is wel gestopt met zeuren over kinderen. Ze begrijpt kennelijk dat de timing niet goed is nu we midden in deze perikelen zitten.'

Ik maakte wat geluidjes waaruit hij kon opmaken dat deze informatie me interesseerde, maar ook niet meer dan dat.

'Maar waar ik je eigenlijk voor bel is dat er wat aan de Cadillac moet gebeuren.'

'Definieer "wat gebeuren".'

'Dat is jouw vak, je weet dat ik er geen verstand van heb. Shannon heeft tijdens het rijden vreemde geluiden gehoord. Ze is opgegroeid met een Buick en zegt dat ze een oor heeft voor oude, Amerikaanse auto's. Ze stelde voor dat jij ernaar kijkt als je hier met de kerstdagen bent.'

Ik gaf geen antwoord.

'Je komt toch naar huis met kerst?' vroeg hij.

'Veel van mijn mensen willen met kerst vrij...'

'Nee!' onderbrak Carl me. 'Veel mensen willen graag wat extra's verdienen. En zij wonen daar en jij moet met kerst naar huis! En je hebt het beloofd, weet je dat niet meer? Je hebt familie. Niet veel, maar je hebt die en zij willen jou zo verdomd graag zien.'

'Carl, ik...'

'*Pinnekjøtt*,' zei Carl. 'Ze heeft geleerd hoe je *pinnekjøtt* moet maken. En stamppot koolrabi. Ik maak geen grapje. Ze houdt van Noors eten.'

Ik sloot mijn ogen, maar ik zag Shannon dus ik opende ze weer. Verdomme. Niet verdomme, verdomme. En waarom had ik geen goed excuus bedacht, ik wist toch dat de vraag zou komen?

'Ik zal zien wat ik kan doen, Carl.'

Zo, dat gaf me tijd om na te denken. Iets wat hij hopelijk zou accepteren.

'Natuurlijk kan je het doen,' zei Carl jubelend. 'We zullen voor een echt familiefeest zorgen, je hoeft nergens aan te denken! Je hoeft alleen maar het erf op te rijden, de geur op te snuiven van het kerstdiner en op de trap de aquavit van je broer in ontvangst te nemen. Het is niet hetzelfde zonder jou, je móet. Hoor je me? Je moet!'

48

De dag voor kerstavond. De Volvo bromde tevreden en de sneeuwranden lagen als massieve cocaïnelijnen langs de rijksweg. 'Driving Home for Christmas' op de radio, wat op zich klopte, maar ik duwde de cd van J.J. Cale met 'Cocaine' in de speler.

Onder de maximumsnelheid. Normale hartslag.

Ik zong mee. Niet dat ik dat spul snoof. Afgezien van die ene keer dat Carl het uit Canada stuurde in een van zijn zeldzame brieven. Ik was al tamelijk hyper toen ik het opsnoof, misschien dat ik er daarom niet al te veel van had gemerkt. Of misschien omdat ik alleen was. Hyper en alleen, net als nu. Daar was het bord Os weer. Hyper met een normale hartslag. Dat zullen de mensen wel bedoelen als ze zeggen dat ze blij zijn.

Het was me niet gelukt een excuus te vinden om niet naar huis te komen met kerst. En nooit mijn familie zien, dat kon toch niet? Drie dagen kerst vieren moest me toch lukken. Drie dagen in hetzelfde huis als Shannon. Daarna direct weer terug in isolatie.

Ik parkeerde voor het huis naast een bruine Subaru Outback. Er bestaan vast nuances voor bruin, maar ik ben niet zo goed in kleuren. De sneeuw lag een meter dik, de zon was bezig onder te gaan en achter de heuvels in het westen was het silhouet van een hijskraan te zien.

Toen ik om het huis heen liep, stond Carl al in de deuropening. Zijn gezicht was dikker geworden, net als de keer dat hij de bof had.

'Nieuwe auto?' riep ik direct toen ik hem zag.

'Een tweedehands,' zei hij. 'We hadden een *four-wheel drive* nodig voor de winter, maar van Shannon mocht ik geen nieuwe kopen. Model 2007, ik heb hem voor vijftig flappen gekocht, volgens een van de timmermannen pure diefstal.'

'Jezus, heb je afgedongen?'

'Een Opgard dingt niet af.' Hij grijnsde. 'Maar vrouwen van Barbados wel.'

Carl omhelsde me lang en stevig op de trap. Zijn lichaam voelde groter aan dan de vorige keer. Hij rook naar alcohol. Hij was al begonnen met het vieren van kerst, zei hij. Hij moest ontspannen na een stressvolle week. Het zou hem goed doen als hij een paar dagen aan iets anders kon denken. Tijdens de gelukdagen, zoals Carl ze als kind noemde.

We liepen de keuken in terwijl Carl praatte. Over het hotel dat nu eindelijk opschoot. Carl had de aannemers onder druk gezet om de muren en het dak klaar te hebben zodat men binnen aan de gang kon gaan en niet hoefde te wachten op de lente.

Er was niemand in de keuken.

'Arbeiders vragen minder als je ze in de wintermaanden laat werken,' zei Carl. Ik geloof dat hij dat zei tenminste, ik luisterde naar andere geluiden. Maar het enige wat ik hoorde was Carls stem en mijn eigen hartslag. Geen rustige hartslag meer.

'Shannon is op de bouwplaats,' zei hij en nu luisterde ik. 'Ze is er enorm op gebrand dat alles volgens de tekeningen wordt.'

'Dat is toch goed.'

'Ja en nee. Architecten denken niet aan de kosten, ze willen zich alleen maar kunnen spiegelen in de glans van hun meesterwerk.' Carl lachte goedmoedig, maar ik hoorde boosheid borrelen onder het oppervlak. 'Honger?'

Ik schudde mijn hoofd. 'Misschien moet ik de Cadillac naar de werkplaats brengen, dan is het maar gedaan.'

Carl schudde zijn hoofd. 'Shannon heeft de auto.'

'Naar de bouwplaats?'

'Yep. De weg is nog niet helemaal goed, maar loopt wel helemaal tot aan de bouwplaats.' Hij zei het met een vreemde mix van trots en pijn. Alsof de weg veel had gekost. En dat verbaasde me in dit geval ook niet, het was steil en er moest veel berg worden opgeblazen.

'Waarom heeft ze de Subaru niet genomen voor die weg?'

Carl haalde zijn schouders op. 'Ze houdt er niet van dat het geen automaat is. Ze rijdt liever in een grote Amerikaan, daar is ze mee opgegroeid.'

Ik bracht mijn tas naar de jongenskamer en liep weer naar beneden.

'Biertje?' vroeg Carl die er al met eentje in zijn hand stond.

Ik schudde mijn hoofd. 'Ik ga even naar het tankstation om dag te zeggen en haal een net overhemd op uit mijn kamer in de werkplaats.'

‘Dan bel ik Shannon zodat zij de Cadillac naar de werkplaats kan brengen en kan zij met jou mee naar huis rijden. Goed idee?’

‘Absoluut,’ zei ik. Carl keek me aan. Ik geloof in elk geval dat hij naar me keek, ik bestudeerde een losse naad van mijn handschoen.

Julie was samen met Egil in het tankstation. Ze straalde en juichte toen ze me zag. Er stond een rij klanten voor de kassa, toch rende ze om de toonbank heen en sloeg haar armen om mijn nek alsof het een weerzien met een familielid was. En dat was het ook. Het was er niet meer, die dampende onderstroom van iets anders, van verlangen en lust. En een ogenblik voelde ik teleurstelling, een erkenning van het feit dat ik haar kwijt was of in elk geval de verliefdheid van een bakvis. En hoewel ik die nooit wilde hebben of beantwoorden, wist ik dat ik eenzame uren zou nadenken over hoe het had kunnen zijn en waar ik nee tegen had gezegd.

‘Veel gebeurd?’ vroeg ik toen ze me eindelijk had losgelaten en ik kon rondkijken. Het leek erop dat Markus de kerstversieringen en het assortiment van vorig jaar had gekopieerd. Slimme jongen, want dat had het toen goed gedaan.

‘Ja,’ zei Julie juichend. ‘Alex en ik zijn verloofd.’ Ze hield haar hand voor me op. En verdomd, ze had een ring om haar vinger.

‘Geluksvogel,’ zei ik lachend, ik liep naar achter de toonbank en draaide een hamburger om die dreigde te verbranden. ‘Hoe gaat het met jou, Egil?’

‘Goed,’ zei hij en sloeg een kerstkorenschoof voor de vogels en een scheerapparaat op de kassa aan. ‘Fijne kerstdagen, Roy!’

‘Jij ook,’ zei ik en ik nam de wereld van mijn oude werkplek even op. Vanachter de toonbank keek ik naar het tankstation dat van mij zou moeten zijn.

Toen liep ik de kou en de winterduisternis weer in, groette mensen die gehaast voorbijliepen met een grijze condenswolk voor hun mond. Ik zag een man in een strak kostuum die voor een benzinepomp stond te roken. Ik liep op hem af.

‘Je kunt hier niet roken,’ zei ik.

‘Dat kan ik wel,’ zei hij met een zware, raspende stem waardoor ik dacht dat hij beschadigde stembanden had. De vier korte woorden waren niet voldoende om uit te maken welk dialect hij sprak, maar het leek op het dialect van Sørlandet.

'Nee,' zei ik.

Het kon zijn dat hij lachte, zijn ogen werden in elk geval smalle spleetjes in het pokdalige gezicht: '*Watch me*,' zei hij.

En dat deed ik. Ik keek naar hem. Hij was niet groot, kleiner dan ik, rond de vijftig maar met pukkels in zijn rode, opgezwollen gezicht. Van een afstand leek hij mollig in zijn accoutantskostuum, maar ik zag andere zaken waardoor het er te krap uitzag. Schouders, borst, rug, biceps. Spiermassa die hij waarschijnlijk op zijn leeftijd goed moest bijhouden. Hij nam een trek van zijn sigaret en inhaleerde flink. De as gloeide. En mijn middelvinger deed plotseling pijn.

'Je staat bij een pomp van een tankstation,' zei ik, wijzend naar het verboden te roken-bord.

Ik had hem niet zien bewegen, maar ineens stond hij heel dicht bij me, zo dichtbij dat ik geen kracht kon leggen in eventuele stomp.

'En wat ben je van plan daaraan te doen?' vroeg hij zacht.

Niet Sørlandet. Denemarken. Zijn snelheid baarde me meer zorgen dan zijn spieren. Dat en de agressie, de wil, nee, de zín die uit zijn samengeknepen ogen oplichtte om te vechten. Het leek op het staren in de open muil van een pitbullterriër. Net als bij cocaïne had ik dat één keer geprobeerd en ik was niet van plan dat nog een keer te doen. Ik was bang. Ja, dat was ik. En ik realiseerde me dat de jongens en mannen in Årtun zich zo moesten hebben gevoeld, seconden voordat ze in elkaar geslagen werden. Ze hadden geweten, zoals ik nu wist, dat de man voor me sterker en sneller was en bereid om grenzen over te gaan. En het staren in de grenzeloosheid en gekte maakte dat ik me terugtrok.

'Ik ben niet van plan daar iets aan te doen,' zei ik met net zo'n zachte stem. 'Fijne kerstdagen in hel.'

Hij grijnsde en stapte zelf achteruit. Hij bleef me aankijken. Hij zag kennelijk iets van hetzelfde in mij als ik in hem zag, en hij toonde me zijn respect door me niet de rug toe te keren voordat hij in een lage, witte torpedovormige sportwagen kroop. Een Jaguar E-type, een van de latere jarenzeventigmodellen. Deens nummerbord. Brede zomerbanden.

'Roy!' Een stem achter me. 'Roy!'

Ik draaide me om. Het was Stanley. Hij liep de deur uit met volle tassen waaruit kerstpapier stak. Hij kwam wijdbeens op me afgelopen. 'Goed je weer te zien!' Hij bood me zijn wang aan omdat zijn handen niet vrij waren en ik omhelsde hem kort. 'Mannen die vlak voor kerst inkopen doen bij een benzinestation,' zei ik.

'Klassiek, niet?' zei Stanley lachend. 'Ik ben hierheen gegaan omdat er in alle winkels lange rijen staan. Dan Krane schreef dat er vandaag een recordomzet was in Os, er is nog nooit zoveel geld uitgegeven aan kerstcadeaus.' Hij fronste zijn voorhoofd. 'Je ziet er bleek uit, hopelijk niets aan de hand?'

'Nee hoor,' zei ik en ik hoorde de Jaguar achter me zacht brullen en grommen toen hij in de richting van de rijksweg reed. 'Heb je die auto hier eerder gezien?'

'Ja, ik zag hem rijden toen ik eerder vandaag Dan in zijn kantoor bezocht. Mooie wagen. Overigens hebben veel mensen de laatste tijd een mooie wagen aangeschaft. Maar jij niet. En Dan ook niet. Hij zag vandaag trouwens ook bleek. Ik hoop dat er geen griep op komst is, ik wil graag een rustige kerst, hoor je me?'

De witte katachtige verdween in het decemberdonker. Op weg naar de Amazone.

'Hoe gaat het met je vinger?'

Ik hield mijn rechterhand omhoog met de stijve middelvinger. 'Die doet nog steeds wat die moet doen.'

Stanley lachte goedmoedig om mijn domme grap. 'Mooi, hoe gaat het met Carl?'

'Alles in orde, geloof ik. Ik ben vandaag thuisgekomen.'

Stanley leek meer te willen zeggen, maar bedacht zich. 'We spreken elkaar nog, Roy. Ik organiseer trouwens weer mijn jaarlijkse ontbijt op tweede kerstdag. Heb je zin om te komen?'

'Bedankt, maar ik ga tweede kerstdag vroeg terug, moet werken.'

'Oudejaarsavond dan? Ik geef een feest. Vooral singles die jij kent.'

Ik lachte. '*Lonely hearts club*?'

'Min of meer.' Hij lachte ook. 'Zien we je dan?'

Ik schudde mijn hoofd. 'Ik heb met kerst vrij gekregen op voorwaarde dat ik met oudejaar werk. Maar bedankt.'

We wensten elkaar goede kerstdagen en ik liep de parkeerplaats over, draaide de deur van de werkplaats van het slot. De oude, bekende geuren kwamen me tegemoet. Motorolie, autoshampoo, gloeiend metaal en oude poetsdoeken. Zelfs *pinnekjøtt*, houtvuur en dennenbomen roken niet zo lekker als deze cocktail. Ik deed de lampen aan. Alles was nog net zo als toen ik het verliet.

Ik liep naar mijn kamer en pakte een overhemd uit de kast. Ging daarna naar het kantoor dat de kleinste ruimte was en het snelst warm werd, ik zette de ventilatorkachel vol aan. Ik keek op mijn horloge. Ze kon elk moment komen. Het was niet die pukkelige vent bij de benzinepomp door wie mijn hart in mijn keel klopte. Bonk, bonk. Ik keek naar het spiegelbeeld van mezelf in de ruit, deed mijn haar goed. Ik had een droge mond. Alsof ik mijn theorie-examen moest doen. Ik hing het nummerbord van Basutoland recht, dat de neiging had door de kou scheef te zakken als de wanden krompen, hetzelfde gebeurde als het zomer was, maar dan zakte het de andere kant op.

Ik schrok zo dat de bureaustoel een kreet slaakte toen er op het raam werd geklopt.

Ik staarde in het donker. Eerst zag ik mijn eigen spiegelbeeld, maar toen ook haar gezicht. Het zat in dat van mij alsof we een en dezelfde persoon waren.

Ik ging staan en liep naar de deur.

'Brr,' zei ze en ze glipte naar binnen. 'Koud! Het is maar goed dat ik begonnen ben met het nemen van ijsbaden.'

'IJsbaden,' herhaalde ik en mijn stem was onherkenbaar, alleen maar lucht en onnatuurlijk. Ik stond stijf rechtop met mijn armen gespreid, net zo ontspannen als een vogelverschrikker.

'Ja, stel je voor! Rita Willumsen neemt ijsbaden en heeft mij en een paar andere vrouwen overgehaald mee te gaan, drie ochtenden in de week, maar ik ben nu nog de enige die met haar meegaat. Ze boort een gat in het ijs en plop, we springen erin.' Ze sprak snel en was buiten adem en ik voelde me opgeluchtdat ik niet de enige was die last van de spanning had.

Toen stopte ze en keek me aan. Ze had haar eenvoudige, elegante colbertje verwisseld voor een donsjas, ook zwart, net als de muts die ze over haar oren had getrokken. Maar ze was het. Het was echt Shannon. Een vrouw met wie ik samen was geweest op een enorm concrete, fysieke manier en toch leek het of ze hier en nu uit een droom stapte. Een droom die op *repeat* had gestaan sinds 3 september. Hier stond ze met ogen die straalden van blijdschap en een lachende mond die ik sinds die dag honderdtien keer goedenacht had gekust.

'Ik heb de Cadillac niet gehoord,' zei ik. 'En ja, het is heel fijn om je weer te zien.'

Ze wierp haar hoofd in haar nek en lachte. En die lach maakte iets in me los, als een berg sneeuw die zo groot was geworden dat de minste dooi ervoor zorgde dat die naar beneden stortte.

'Ik heb de auto in het licht voor het tankstation geparkeerd,' zei Shannon.

'En ik hou nog steeds van je,' zei ik.

Ze opende haar mond om iets te zeggen, maar sloot die weer. Ik zag dat ze slikte, haar ogen waren nat en ik wist niet of het tranen waren, totdat er eentje op haar wang viel en naar beneden liep en liep.

Toen lagen we in elkaars armen.

Toen we twee uur later terugkeerden naar de boerderij zat Carl in de leunstoel van vader te snurken.

Ik zei dat ik naar bed ging en ik hoorde dat Shannon Carl wakker maakte toen ik de trap op liep.

Die nacht droomde ik voor het eerst sinds een jaar niet over Shannon.

In plaats daarvan droomde ik dat ik viel.

49

Kerstavond voor drie.

Ik sliep tot twaalf uur, ik had als een bezetene gewerkt de laatste weken en moest veel slaap inhalen. Ik ging naar beneden, wenste hun een goede kerst, zette koffie, bladerde in een van de oude kersttijdschriften, vertelde Shannon over de echte Noorse kersttradities en hielp Carl met het stampen van de koolrabi. Carl en Shannon wisselden nauwelijks een woord. Ik ruimde sneeuw hoewel er de laatste dagen niet veel bij was gekomen, zette een nieuwe korenschoof voor de vogels neer, kookte pap en zette een kom in de schuur voor de *julenisse*, en sloeg wat tegen de bokszak. Ik bond op het erf mijn ski's onder en skiede de eerste meters in een ongewoon breed bandenspoor, gemaakt door zomerbanden. Ik stapte over de sneeuwrand langs de weg en maakte mijn eigen spoor in de richting van de bouwplaats van het hotel.

Om de een of andere reden deed de bouwplaats op de berg me aan de maanlanding denken. De leegheid, de stilte en het gevoel dat er iets door mensen was gemaakt wat niet in het landschap thuishoorde. De grote, prefabelementen van hout waar Carl het over had gehad die met staalkabels aan de fundering waren vastgemaakt en die volgens de ingenieurs alles op hun plaats zouden houden, ook bij windvlagen met orkaankracht. In de bouwketen van de bouwvakkers brandde geen licht, het was vakantie. De duisternis viel.

Op de weg terug hoorde ik een lang, triest en bekend geluid, maar ik zag geen vogel.

Ik weet niet hoelang we aan tafel zaten, vast niet meer dan een uur, maar het voelde als vier. De *pinnekjøtt* was vast heel goed, Carl was er tenminste vol lof over en Shannon keek naar haar bord, lachte en bedankte beleefd. De fles aquavit stond bij Carl, maar hij schonk mijn glas steeds vol, dat moest betekenen dat ik ook het nodige naar binnen goot. Carl vertelde over de grote Santa Claus-parade in Toronto waar Shannon en hij elkaar voor het eerst hadden ontmoet. Ze hadden met gemeenschappelijke vrienden, die de slee hadden gemaakt en versierd, deelgenomen aan de parade. Het had vijfentwintig graden gevroren en Carl had aangeboden haar handen onder de schapenhuiden te warmen.

'Ze trilde als een espenblad, maar sloeg het aanbod af,' zei Carl lachend.

'Ik kende je niet,' zei Shannon. 'En je droeg een masker.'

'Een masker van *julenissen*,' zei Carl tegen me. 'Wie kan je nog vertrouwen als je *julenissen* niet vertrouwt?'

'Nu is het goed, je hebt het masker afgezet,' zei Shannon.

Na het eten hielp ik Shannon met opruimen. In de keuken spoelde zij de borden af met warm water en ik streelde de rug van haar hand.

'Niet doen,' zei ze zacht.

'Shannon...'

'Niet doen!' Ze draaide zich naar me om. De tranen stonden in haar ogen.

'We kunnen niet doen alsof er niets is gebeurd,' zei ik.

'Dat moeten we.'

'Waarom?'

'Je begrijpt het niet. We moeten, geloof me. Doe wat ik zeg.'

'En dat is?'

'Doen alsof er niets is gebeurd. Mijn god, er ís niets gebeurd. Het was... het was alleen...'

'Nee,' zei ik. 'Het was alles. Ik weet het en jij weet het.'

'Alsjeblieft, Roy. Ik smeek je.'

'Oké,' zei ik. 'Maar waar ben je zo bang voor? Dat hij je weer zal slaan? Als hij je aanraakt...'

Ze stootte een geluid uit, half lachend, half huilend. 'Ik ben niet in gevaar, Roy.'

'Ik dan? Ben je bang dat Carl mij in elkaar zal slaan?' Ik lachte. Ik wilde het niet, maar deed het toch.

'Niet in elkaar slaan,' zei ze. Ze had haar armen voor haar borst geslagen alsof ze het koud had en dat kon heel goed het geval zijn, buiten werd het snel kouder. De wanden kraakten.

'Cadeaus!' riep Carl vanuit de woonkamer. 'Iemand heeft hier cadeaus onder de verrekte kerstboom gelegd!'

Shannon ging vroeg naar bed, klagend over hoofdpijn, Carl wilde roken en stond erop dat we ons dik aankleedden zodat we in de wintertuin konden zitten. Uiteraard was wintertuin een misleidende naam omdat het daar vijftien graden onder nul was.

Carl haalde twee sigaren uit zijn jaszak. Hield me de ene voor. Ik schudde mijn hoofd en pakte mijn blikje snus.

'Vooruit,' zei Carl. 'We moeten trainen zodat jij en ik een overwinningssigaar kunnen roken, snap je.'

'Weer optimistisch?'

'Ik ben altijd optimistisch.'

'De laatste keer dat ik je sprak, waren er een paar problemen,' zei ik.

'Is dat zo?'

'Cashflow. En Dan Krane die liep rond te neuzen.'

'Problemen zijn er om op te lossen,' zei Carl, een mengeling van gecondenseerde adem en rook uitblazend.

'En hoe heb je het opgelost?'

'Het belangrijkste is dat het is opgelost.'

'Misschien heeft de oplossing voor beide problemen te maken met Willumsen?'

'Willumsen? Waarom denk je dat?'

'Omdat de sigaar die je daar hebt van hetzelfde merk is als van de sigaren die hij altijd uitdeelt aan mensen met wie hij zakendoet.'

Carl pakte de sigaar en keek naar het sigarenbandje. 'Is dat zo?'

'Ja, ze zijn niet zo exclusief.'

'Niet? Dat dacht ik.'

'Welke deal heb je met Willumsen gesloten?'

Carl zoog aan zijn sigaar. 'Wat denk je?'

'Ik denk dat je geld van hem hebt geleend.'

'Jezus,' zei Carl lachend. 'En sommige mensen denken dat ik degene ben met hersenen.'

'Heb je dat? Heb je je ziel aan Willumsen verkocht, Carl?'

'Mijn ziel?' Carl goot het laatste restje aquavit in het komisch kleine glas. 'Ik wist niet dat je in een ziel geloofde, Roy.'

'Vooruit.'

'Er is altijd een markt als het gaat om zielen, Roy, en zo bekeken heeft hij een goede prijs betaald voor de mijne. Zijn bedrijf heeft er ook belang bij dat dit dorp niet ten onder gaat. En nu heeft hij zo flink geïnvesteerd in het hotel dat als ik val, hij ook valt. Als je geld van iemand leent dan gaat het erom veel te lenen, Roy. Dan heb je ze net evenveel in je greep als zij jou.' Hij tilde zijn glaasje naar me op.

Ik had geen glas en ook geen antwoord. 'Wat heeft hij als onderpand gekregen?' vroeg ik.

'Wat vraagt Willumsen meestal als onderpand?'

Ik knikte. Alleen maar je woord. Je ziel. Maar dan kon de lening niet al te groot zijn.

'Maar laten we het over andere dingen hebben dan over geld, dat is zo saai. Willumsen heeft Shannon en mij uitgenodigd voor zijn nieuwjaarsfeest.'

'Gefeliciteerd,' zei ik droog. Op het nieuwjaarsfeest van Willumsen kwamen alle mensen die iets betekenden in het dorp. Oude en nieuwe burgemeesters, eigenaars van vakantiehuisjes, de mensen met geld en de mensen die grote boerderijen hadden en konden doen alsof. Iedereen die in het dorp achter het onzichtbare hek stond en die het bestaan daarvan uiteraard ontkende.

'Hoe dan ook,' zei Carl. 'Wat mankeerde er aan mijn verrukkelijke Cadillac?'

Ik kuchte. 'Kleine dingetjes. Niet zo vreemd, hij heeft al vele kilometers op de teller en er wordt stevig mee gereden. Hier in Os hebben we steile hellingen.'

'Niet iets wat niet gemaakt kan worden?'

Ik haalde mijn schouders op. 'Voorlopig kan het gemaakt worden, maar je moet misschien overwegen om de wagen weg te doen en een nieuwe te kopen.'

Carl keek me aan. 'Waarom?'

'Cadillacs zijn gecompliceerd. Als kleine dingen beginnen te haperen dan zijn er grotere problemen te verwachten. En jij bent niet handig met auto's, toch?'

Carl fronste zijn voorhoofd. 'Misschien niet, maar het is de enige auto die ik wil hebben. Kun je hem maken of niet?'

Ik haalde mijn schouders op. 'Jij bent de baas, ik doe wat jij wilt.'

'Mooi,' zei hij, zuigend aan zijn sigaar. Hij pakte hem en keek ernaar. 'In zekere zin is het jammer dat ze nooit hebben kunnen zien wat jij en ik voor elkaar hebben gekregen in het leven, Roy.'

'Vader en moeder, bedoel je?'

'Ja, wat zou vader hebben gedaan als hij nu nog leefde, denk jij?'

'Schrapen aan de binnenkant van zijn doodskist,' zei ik.

Carl keek me aan. Toen begon hij te lachen. Ik huiverde. Ik keek naar de klok en forceerde een geeuw.

Die nacht droomde ik weer dat ik viel. Ik stond aan de rand van Huken en hoorde vader en moeder daarbeneden naar me roepen, ze riepen me bij zich. Ik leunde over de rand, zoals de oude politiechef dat had gedaan voordat er stenen losraakten en hij naar beneden viel, zoals Carl had verteld. Ik kon de voorkant van de auto niet zien omdat die te dicht bij de bergwand was, maar op de achterkant zaten twee enorme raven. Ze vlogen op en zweefden boven me en toen ze dichterbij kwamen zag ik dat ze de gezichten hadden van Carl en Shannon. Ze passeerden en Shannon schreeuwde twee keer en ik werd met een ruk wakker, staarde in het donker en hield mijn adem in, maar er kwam geen geluid uit hun slaapkamer.

Op eerste kerstdag lag ik net zo lang in bed tot ik er genoeg van had. Toen ik opstond waren Carl en Shannon al naar de kerk. Ik had ze vanuit het raam gezien, burgerlijk en ingetogen gekleed. Ze reden weg in de Subaru. Ik hing wat rond in het huis en de schuur en repareerde een paar dingen. Ik hoorde de heldere klanken van de kerkklokken die in de koude lucht helemaal naar hier dreven. Daarna reed ik naar de werkplaats en begon aan de Cadillac. Dat was genoeg werk om me tot de avond bezig te houden. Om negen uur belde ik Carl om te melden dat de auto klaar was en ik stelde voor dat hij die kwam halen.

'Ik ben niet in staat om te rijden,' zei hij. Alsof ik dat al niet had gedacht.

'Vraag Shannon dan,' zei ik.

Ik hoorde de aarzeling in zijn stem. 'Dan moet de Subaru bij jou blijven staan,' zei hij. En twee betekenisloze gedachten schoten door mijn hoofd. Dat hij met 'bij jou' de werkplaats bedoelde. En dat moest betekenen dat hij vond dat de boerderij 'bij hem' was.

'Ik rij de Subaru en Shannon de Cadillac,' zei ik.

'Dan blijft de Volvo daar.'

‘Oké,’ zei ik. ‘Dan rij ik met de Cadillac naar de boerderij en dan kan Shannon me weer naar de werkplaats brengen en dan halen we de Volvo op.’

‘De wolf en de geit,’ zei Carl.

Ik hield mijn adem in. Had hij dat echt zojuist gezegd? Dat als Shannon en ik op dezelfde plek waren, dat hetzelfde was als de wolf bij de geit laten? Hoelang wist hij het al? Wat zou er nu gebeuren?

‘Ben je er nog?’ vroeg Carl.

‘Ja,’ zei ik wonderlijk kalm. En ik voelde het nu, ik was opgelucht. Ja, dat was ik. Het zou onfatsoenlijk zijn, maar nu hoefde ik in elk geval niet rond te sluipen als een verrekte verrader. ‘Kom op, Carl,’ zei ik. ‘Wat met de wolf en de geit?’

‘Dat raadsel over de wolf, de geit en de kool die met een roeiboot moeten worden overgezet,’ zei Carl geduldig. ‘Het is te ingewikkeld. Parkeer de Cadillac voor de werkplaats en kom hierheen dan halen Shannon en ik die wel een keertje bij je op. Bedankt voor het werk, broer, kom nu en drink met me.’

Ik voelde dat ik zo hard in de telefoon kneep dat mijn geblesseerde middelvinger pijn deed. Carl had gedoeld op de logistiek, op de oplossing van dat verrekte raadsel. Ik begon weer adem te halen.

‘Goed,’ zei ik.

We verbraken de verbinding.

Ik staarde naar de telefoon. Hij had het over de logistiek gehad, toch? Natuurlijk. De Opgard-mannen zeiden misschien niet alles wat ze dachten, maar wat we zeiden, was wat we dachten. We spraken niet in raadselen.

Toen ik op de boerderij kwam, zat Carl in de woonkamer en bood me iets te drinken aan. Shannon was naar bed gegaan. Ik zei dat ik niets wilde drinken, ik was moe en moest direct aan het werk als ik weer terugkwam in Kristiansand.

In het stapelbed draaide ik van de ene zij op de andere in een slapeloze droomtoestand tot het zeven uur was en stond toen op.

Het was donker in de keuken en ik schrok toen ik een fluisterende stem hoorde bij het raam: ‘Doe het licht niet aan.’

Ik kon blindelings de weg vinden in de keuken en pakte een beker uit de kast en schonk koffie uit de warme kan. Pas toen ik bij het raam kwam en de zijkant van haar gezicht zichtbaar werd door de weerkaatsing van het licht op de sneeuw buiten zag ik de zwelling.

'Wat is er gebeurd?'

Ze haalde haar schouders op. 'Het was mijn eigen schuld.'

'O ja? Heb je hem tegengesproken?'

Ze zuchtte. 'Je moet nu naar huis gaan en er niet meer aan denken, Roy.'

'Thuis is hier,' fluisterde ik en ik tilde mijn hand op, legde die voorzichtig tegen de zwelling. Ze hield me niet tegen. 'En ik kan niet stoppen met denken. Ik denk de hele tijd aan je, Shannon. Dat kan ik onmogelijk stoppen. We kunnen niet stoppen. De remmen zijn kapot en kunnen niet gerepareerd worden.'

Terwijl ik sprak was ik luider gaan praten en ze keek automatisch naar de kachelpijp en het gat in het plafond.

'En de weg waarop we nu zitten leidt automatisch naar het ravijn,' fluisterde ze. 'Je hebt gelijk, de remmen werken niet, we moeten een andere weg nemen, een die niet naar het ravijn leidt. Jíj moet een andere weg nemen, Roy.' Ze pakte mijn hand en drukte die tegen haar lippen. 'Roy, Roy, maak dat je wegkomt nu het nog kan.'

'Lieveling,' zei ik.

'Zeg dat niet,' zei ze.

'Maar het is de waarheid.'

'Ik weet het, maar het doet zo'n pijn om dat te horen.'

'Waarom?'

Ze trok een grimas, een grimas die ineens alle schoonheid van haar gezicht wiste en waardoor ik het moest kussen, haar kussen. Ik moest het doen.

'Omdat ik niet van je hou, Roy. Ik begeer je, ja, maar ik hou van Carl.'

'Je liegt,' zei ik.

'We liegen allemaal,' zei ze. 'Zelfs als we denken dat we de waarheid spreken. Wat we de waarheid noemen is alleen maar de leugen die ons het beste uitkomt. En ons vermogen te geloven in noodzakelijke leugens is grenzeloos.'

'Maar je weet toch dat het niet waar is!'

Ze legde een vinger op mijn lippen.

'Het móet waar zijn, Roy. Ga nu.'

Toen de Volvo en ik het gemeentebord passeerden was het nog steeds pikdonker.

Drie dagen later belde ik Stanley en vroeg of de uitnodiging voor het nieuwjaarsfeest nog stond.

50

'Wat fijn dat je kon komen,' zei Stanley, hij drukte mijn hand en gaf me een glas met een geelgroen goedje erin.

'Merry Christmas,' zei ik.

'Eindelijk iemand die het verschil kent!' zei hij met een knipoog. Ik liep achter hem aan naar de woonkamer waar de andere gasten al waren gearriveerd.

Het was te veel gezegd om het huis van Stanley chic te noemen, zulke huizen had je niet in Os, afgezien misschien van die van Willumsen en Aas. Maar terwijl het huis van Aas ingericht was met robuuste boerenmeubels en de nuchterheid van oud geld, was de villa van Stanley een verwarrende mix van rococo en moderne kunst.

Boven de ronde tafel en stoelen met gespreide poten hing een flink, grof geschilderd schilderij dat leek op de omslag van een boek met de tekst: 'Death, What's in It for Me?'

'Harland Miller,' zei Stanley die mijn blik had gevolgd. 'Heeft me een vermogen gekost.'

'Vond je het zo mooi?'

'Ik denk het. Maar oké, misschien is het wel een beetje mimetische begeerte. Iedereen wil immers een Miller hebben.'

'Mimetische begeerte?'

'Sorry, René Girard, filosoof. Hij noemde het zo als mensen automatisch verlangen naar dezelfde dingen als hen die we bewonderen. Als jouw held verliefd wordt op een vrouw, wordt het onbewust jouw doel om die vrouw voor je te winnen.'

'Juist. Op wie ben je dan verliefd, op de man of de vrouw?'

'Zeg het maar.'

Ik keek rond. 'Dan Krane is er ook. Ik dacht dat hij tot de vaste inventaris van Willumsens nieuwjaarsfeest behoorde.'

'Hij heeft hier op het moment vast betere vrienden dan daar,' zei Stanley.

'Excuus Roy, ik moet een paar dingen regelen in de keuken.'

Ik maakte een ronde. Twaalf bekende gezichten en namen. Simon Nergard, Kurt Olsen, Grete Smitt. Ik bleef staan waar het verwacht werd, wipte wat heen en weer op mijn voeten en luisterde naar de gesprekken. Draaide mijn glas rond en probeerde niet op mijn horloge te kijken. Ze hadden het over de kerstdagen, de rijksweg, de klimaatverandering en de naderende storm die de sneeuw nu al hoog opwierp.

'Extreem weer,' zei iemand.

'De gebruikelijk nieuwjaarsstorm,' zei een ander. 'Kijk maar in de almanak, die komt om de vijf jaar.'

Ik smoorde een geeuw.

Dan Krane stond in zijn eentje bij het raam. Ik had de beheerste en beleefde krantenman nog niet eerder zo gezien. Hij praatte met niemand, nam ons alleen op met een merkwaardig verwilderde blik terwijl hij het ene glas met het sterke gele goedje na het andere naar binnen goot.

Ik wilde het niet, maar ik liep naar hem toe.

'Hoe gaat het?' vroeg ik.

Hij keek me aan, schijnbaar verrast dat iemand hem sowieso aansprak.

'Goedenavond, Opgard. Ken jij de komodovaraan?'

'Die grote hagedissen, bedoel je?'

'Precies. Ze komen alleen voor op een paar kleine Aziatische eilanden, een ervan heet Komodo. Ongeveer net zo groot als het dorp Os. En ze zijn helemaal niet zo groot, niet zo groot als mensen denken, in elk geval. Ze wegen ongeveer net zoveel als een volwassen man. Ze bewegen langzaam, jij en ik kunnen makkelijk van ze wegrennen. Daarom kunnen ze zich alleen maar terugtrekken, ja, zich laf terugtrekken. Maar ze doden je niet op dat moment, o nee. Ze bijten je alleen maar. Waar dan ook, misschien een onschuldige beet in je been. En je kunt ontsnappen en je denkt dat je gered bent, of niet? Maar het punt is dat ze vergif in je spuiten. Een langzaam werkend, zwak gif. Ik vertel je zo waarom het zwak is, maar ik wil even zeggen dat het giftige beesten veel energie kost om gif te produceren. Hoe sterker het gif, hoe meer energie. Het gif van de komodovaraan gaat het stollen van het bloed tegen. Je hebt een bloedende wond, de wond in je been wil niet dicht en ook de inwendige bloeding stopt niet. Waar je ook naartoe vlucht op het kleine Aziatische eiland, de komodovaraan kan met zijn lange, zwiepende tong met reukzin de bloedgeur opvangen en komt langzaam achter je aan gewaggeld. De dagen verstrijken en je wordt zwakker en zwakker en na een poosje loop je niet sneller dan de varaan en dan kan hij opnieuw bijten. En nog een keer. Je bloedt en je bloedt en dat wil niet stoppen, je loopt deciliter na deciliter leeg. En je kunt niet ontsnappen, je bent gevangen op dat kleine eiland en jouw geur is overal.'

'Hoe loopt het uiteindelijk af?' vroeg ik.

Dan Krane zweeg en keek me aan, hij zag er beledigd uit. Hij dacht kennelijk dat ik met mijn vraag de uitleg wilde bespoedigen.

'Giftige dieren die in kleine, begrensde gebieden wonen waar hun prooi om een praktische of andere reden niet kan ontsnappen, hoeven geen kostbaar en snelwerkend gif te produceren. Ze kunnen deze vorm van duivelse marteling gebruiken. Dat is de evolutie in de praktijk. Of wat zeg jij, Opgard?'

Opgard had niet veel te zeggen. Ik begreep natuurlijk dat hij het had over een of ander giftig mensendier, maar bedoelde hij de afperser? Willumsen? Of had hij het over iemand anders?

'Volgens het weerbericht zal de wind in de loop van de nacht gaan liggen,' zei ik.

Krane sloeg zijn ogen ten hemel, draaide zich om en staarde uit het raam.

Pas toen we aan tafel zaten, ging het gesprek over het hotel. Acht van de tien personen aan tafel namen deel aan het project.

'Ik hoop wel dat het gebouw goed is vastgesjord,' zei Simon en hij keek naar het grote raam dat kraakte door de harde windvlagen.

'O, dat is het,' zei iemand stellig. 'Mijn vakantiehuisje waait eerder weg dan het hotel en mijn huisje staat al meer dan vijftig jaar.'

Ik hield het niet meer uit en keek op mijn horloge. De traditie was dat iedereen in het dorp zich kort voor middernacht verzamelde op de markt. Er waren geen speeches, er werd niet afgeteld of een andere ceremonie, het was alleen maar een gelegenheid voor de mensen om samen te komen, te wachten op het vuurwerk en dan – in een carnavaleske chaos en sociale losbandigheid – de grote gemeenschappelijke omhelzing rond middernacht te gebruiken om je lichaam en wang tegen diegene of diegenen te drukken die de rest van de negenduizend uren van het jaar *off limits* waren. Zelfs het nieuwjaarsfeest bij Willumsen werd afgebroken zodat de gasten zich onder het gewone volk konden begeven.

Iemand zei iets over de betere tijden voor het dorp.

'Die eer moet je Carl Opgard geven,' onderbrak Dan Krane de spreker. De mensen waren het gewend dat hij sprak met een rustige, licht nasale stem, nu klonk die hard en kwaad. 'Of de schuld, dat hangt ervan af.'

'Waar hangt het van af?' vroeg iemand.

'Ja, die opwekkingsspeech voor het kapitalisme die hij in Årtun heeft gehouden heeft ervoor gezorgd dat iedereen rond het gouden kalf ging dansen. Dat zou trouwens de naam van het hotel moeten zijn: Het Gouden Kalf Spa. Hoewel...' Kranes blik ging rond de tafel. 'Os Spa is overigens ook heel treffend. Ospa is het Poolse woord voor pokken, de ziekte die tot in de twintigste eeuw hele dorpen uitroeide.'

Ik hoorde Grete lachen. De mensen waren misschien gewend aan Kranes uitspraken die intelligent en humoristisch waren, maar nu werden ze geuit met zo'n agressiviteit en kilte dat het stil werd rond de tafel.

Stanley merkte dat de stemming daalde en tilde zijn glas op met een lach. 'Grappig, Dan, maar je overdrijft, vind je niet?'

'Is dat zo?' Dan Krane glimlachte koeltjes en vestigde zijn blik op een plek op de muur boven ons hoofd. 'Deze constructie dat alles en iedereen kan investeren zonder daar geld voor te betalen is immers een blauwdruk van de beurscrash in oktober 1929. De geruïneerde investeerders die van hun wolkenkrabbers in Wall Street sprongen waren slechts het topje van de ijsberg. De eigenlijke nationale tragedie draaide om de kleine man, de miljoenen investeerders die een klein bedrag hadden ingelegd en die de vlotte praatjes van de effectenmakelaars over eeuwigdurende winsten hadden geloofd en die met flinke bedragen aan geleend geld aandelen hadden gekocht.'

'Oké,' zei Stanley. 'Maar kijk om je heen, iedereen is optimistisch. Ik zie eerlijk gezegd geen grote signalen voor gevaar, om het zo te zeggen.'

'Maar dat is precies hoe het gaat met een crash,' zei Krane, die steeds luider ging praten. 'Je ziet niets voordat je plotseling alles ziet. De onzinkbare Titanic was zeventien jaar daarvoor ten onder gegaan, maar men had weinig geleerd. Zelfs in september 1929 stond de beursindex hoger dan ooit. Mensen denken dat de wijsheid van de meerderheid onovertroffen is, dat de markt gelijk heeft. En als iedereen wil kopen en kopen, dan is er uiteraard niemand die alarm slaat. We zijn kuddedieren die zich inbeelden dat het veiliger is in de kudde, in de menigte...'

'En zo is het ook,' zei ik zacht. Toch werd het ineens zo stil dat ik, hoewel ik mijn blik op mijn bord gericht hield, voelde dat iedereen naar me keek.

'Om die reden vormen vissen scholen en schapen kuddes,' zei ik. 'Daarom bestaan er naamloze vennootschappen en consortiums. Omdat het gewoon veiliger is om te opereren in een kudde. Niet honderd procent veilig, er kan op een bepaald moment een walvis komen die de hele school opeet, maar het is wel veiliger. Dat heeft de evolutie wel bewezen.'

Ik schoof met mijn vork een portie gravlax in mijn mond en kauwde terwijl ik de starende blikken op me voelde alsof ik een doofstomme was die plotseling sprak.

'Daar proost ik op!' riep Stanley en toen ik eindelijk opkeek, zag ik dat iedereen zijn glas naar me ophief. Ik probeerde te lachen en tilde mijn glas op, hoewel dat leeg was. Helemaal leeg.

Na het dessert werd er port geschonken en ik ging op de bank zitten tegenover het Harland Miller-schilderij.

Er ging iemand naast me zitten. Het was Grete. Ze had een rietje in haar port gedaan. '*Death*,' zei ze. '*What's in it for me*?'

'Lees je het op of vraag je het aan mij?'

'Allebei,' zei Grete, rondkijkend. Iedereen was in een gesprek verwikkeld.

'Je had geen nee moeten zeggen,' zei ze.

'Tegen wat?' vroeg ik hoewel ik wist waar ze op doelde, ik hoopte alleen dat ik haar kon laten geloven dat ik deed alsof ik het niet wist en dat ze daarom het onderwerp zou laten vallen.

'Ik moest het gewoon doen,' zei ze.

Ik staarde haar achterdochtig aan. 'Bedoel je dat je...'

Ze knikte ernstig.

'Je hebt geroddeld over Carl en Mari?' maakte ik mijn zin af.

'Ik heb informatie verspreid.'

'Je liegt!' Het ontsnapte me en ik keek om me heen om er zeker van te zijn dat niemand mijn uitbarsting had gehoord.

'Is dat zo?' zei Grete met een sardonisch lachje. 'Waarom denk je dat Dan Krane hier is en Mari niet? Of beter gezegd, waarom denk je dat ze niet bij Willumsen zijn, zoals altijd? Vanwege de kinderen? Ja, dat willen ze de mensen laten geloven. Toen ik het Dan vertelde, bedankte hij me en ik moest beloven dat ik het aan niemand anders zou vertellen. Dat was zijn eerste reactie, begrijp je? Voor de buitenwereld doen ze alsof er niets aan de hand is, de schijn ophouden is alles. Maar binnenshuis is de breuk compleet, geloof me.'

Mijn hart klopte als een bezetene en ik voelde dat het zweet me onder mijn strakke overhemd uitbrak. 'En Shannon, heb je ook tegen haar geroddeld?'

'Dit is geen roddel, Roy, het is informatie en ik vind dat iedereen het recht heeft te weten dat zijn partner vreemdgaat. Ik zei het tegen haar tijdens een diner bij Rita Willumsen. Ze bedankte me ervoor, zie je wel?'

'Wanneer was dat?'

'Wanneer? Even nadenken. We waren gestopt met ijsbaden dus het moet in de lente zijn geweest.'

Mijn hersenen werkten in de hoogste versnelling. In de lente. Shannon was in de vroege zomer naar Toronto vertrokken en was lang weggebleven. En weer teruggekomen. Had contact met mij opgenomen. Verdomme, verdomme, verdomme. Ik was zo kwaad dat de hand die het glas vasthield begon te trillen. Ik had zin om de port over dat verdomde permanent van Grete te gieten en te kijken of die als spiritus werkte, als ik haar kop tegen de kaars duwde die voor ons stond. Ik beet mijn tanden op elkaar en zei: 'Het moet een streep door jouw rekening zijn geweest dat Carl en Shannon bij elkaar bleven.'

Grete haalde haar schouders op. 'Het is duidelijk dat ze ongelukkig zijn en dat is altijd een troost.'

'Als ze ongelukkig zijn, waarom zijn ze dan nog samen? Ze hebben niet eens kinderen.'

'O, jawel,' zei Grete. 'Het hotel is hun kind. Dat moet haar meesterwerk worden en daarom is ze van hem afhankelijk. Om iets te krijgen wat je graag wil hebben, ben je afhankelijk van iemand die je haat, heb je dat eerder gehoord?'

Grete keek me aan terwijl ze haar port opzoog. Holle wangen en haar lippen vormden een kus rond het rietje. Ik stond op, kon niet meer blijven zitten, liep de gang in en trok mijn jas aan.

'Ga je al weg?' Dat was Stanley.

'Ik ga naar de markt,' zei ik. 'Mijn hersenen moeten luchten.'

'Het duurt nog een uur voor het twaalf uur is.'

'Ik loop en denk langzaam,' zei ik. 'We zien elkaar daar.'

Ik liep kromgebogen langs de rijksweg. De wind ging dwars door me heen en blies alles weg. De wolken aan de hemel. De hoop in mijn hart. De mist die rond alles hing wat er was gebeurd. Shannon wist van de ontrouw van Carl. Ze had voordat ze naar Notodden ging contact met me opgenomen zodat ze wraak kon nemen. Net zoals Mari dat wilde. Natuurlijk. Herhaling. Ik had mijn eigen spoor gekruist, het was dezelfde verdomde cirkel. En die was niet te doorbreken. Waarom nog proberen, waarom niet gewoon gaan zitten en je laten wegdrijven in een bevroren slaap?

Er passeerde een auto. Het was de nieuwe, rode Audi A1 die bij Stanley Spind voor het huis had gestaan. Dat moest betekenen dat de bestuurder onder invloed was, ik had niemand gezien die niet van het gele goedje had gedronken. Ik zag de remlichten toen de auto voor de markt afsloeg, in de richting van Nergard.

De mensen begonnen zich al te verzamelen op de markt, vooral jongeren in groepjes van vier die doelloos rondliepen. Maar alles, elke kleine beweging of actie had een doel, een plan, was onderdeel van de jacht. De mensen stroomden van alle kanten toe. En hoewel de wind over het open plein blies, kon je de geur van adrenaline ruiken als aan het begin van een voetbalwedstrijd. Of een bokswedstrijd. Of een stierengevecht. Ja, dat was het. Iemand moest sterven. Ik was in een steeg tussen de sportwinkel en Dals-kinderkleding gaan staan en vanwaar ik stond had ik het overzicht zonder dat ik gezien kon worden. Dacht ik.

Een meisje verliet haar groep, het leek op het delen van cellen, haar gang was wat onvast, maar ze kwam min of meer recht op me af.

'Hoi, Roy!' Het was Julie. Haar stem was hees en lijzig door de alcohol. Ze zette haar hand tegen mijn borst en duwde me verder de steeg in. Daar sloeg ze haar armen stevig om me heen. 'Gelukkig nieuwjaar,' fluisterde ze en voor ik kon reageren perste ze haar lippen op die van mij. Ik voelde haar tong tegen mijn tanden.

'Julie,' kreunde ik met mijn kaken op elkaar.

'Roy,' kreunde ze terug, duidelijk op het verkeerde spoor.

'Dit kan niet,' zei ik.

‘Het is een nieuwjaarskus,’ zei ze. ‘Iedereen…’

‘Wat gebeurt hier?’

De stem kwam achter Julie vandaan. Ze draaide zich om en daar stond Alex. De verloofde van Julie stond op het punt om de boerderij op Ribu over te nemen en jongens die de boerderij overnemen zijn meestal – uitzonderingen zoals ik daargelaten – groot van stuk. Hij had van dat korte, dikke haar dat op zijn hoofd geverfd leek, inclusief scheiding, gel en strepen erin als bij een Italiaanse voetballer. Ik nam de situatie op. Alex leek ook onvast op zijn benen te staan en had zijn handen nog in zijn zakken. Hij had eerst wat te zeggen voordat hij uit zou halen. Hij had een agenda. Ik duwde Julie van me af.

Ze keek Alex aan en begreep duidelijk wat er op het punt stond te gebeuren.

‘Nee,’ riep ze. ‘Nee, Alex!’

‘Nee wat?’ vroeg Alex, zogenaamd verbaasd. ‘Ik wil Opgard bedanken voor wat hij en zijn broer voor het dorp hebben gedaan.’ Hij stak zijn rechterhand uit.

Oké, geen agenda, maar de manier waarop hij stond – de ene voet voor de andere – liet heel duidelijk zien wat hij van plan was. De oude handdruk-koppen-tegen-elkaar-truc. Hij was waarschijnlijk te jong om te weten hoeveel jongens als hij ik in elkaar had geslagen. Of misschien wist hij het, maar wist hij ook dat hij geen keus had, dat hij nu een man was en dat hij zijn territorium moest verdedigen. Het enige wat ik hoefde te doen was iets opzij van zijn gezichtsveld te stappen, hem een hand geven en hem uit zijn evenwicht trekken op het moment dat hij zijn voeten verzette. Ik greep zijn hand. En op hetzelfde moment zag ik de angst in zijn blik. Was hij toch bang voor me? Of was hij gewoon bang omdat hij vreesde degene kwijt te raken van wie hij hield, het meisje van wie hij hoopte dat ze de zijne zou worden? Nou, hij zou al snel op zijn rug liggen en de pijn voelen van weer een nederlaag, weer een vernedering, weer een waarschuwing dat hij niet veel waard was en de troost van Julie zou als zout in de wond zijn. Kort samengevat: een herhaling van de nacht bij Lund in Kristiansand. Een herhaling van de ochtend in de keuken van de dakdekker. Een herhaling van elke verdomde zaterdagavond in Årtun sinds ik achttien jaar was. Ik zou weggaan en weer iemand met gekrenkte trots achterlaten, maar ik zou nog steeds een verliezer zijn. Ik wilde niet meer, ik moest stoppen, uit de cirkel stappen, verdwijnen. Dus ik liet het gebeuren.

Hij rukte me naar zich toe en stootte tegelijkertijd. Ik hoorde het kraken toen zijn voorhoofd mijn neus raakte. Ik deed een stap naar achteren en ik zag dat hij zijn rechterschouder naar achteren bracht om te kunnen slaan. Ik had makkelijk opzij kunnen stappen, in plaats daarvan deed ik een stap naar voren en stapte recht in zijn stomp. Hij schreeuwde toen zijn hand me precies onder mijn oog trof. Ik maakte me klaar voor de volgende klap. De rechterhand moest nu wel pijnlijk zijn, maar de jongen had immers twee handen. Hij schopte. Goede keus. Hij trof me in mijn buik en ik klapte dubbel. Toen gebruikte hij zijn elleboog, trof me tegen mijn slaap. Een ogenblik werd het zwart voor mijn ogen.

'Alex, stop!'

Maar Alex stopte niet, ik voelde mijn grote hersenen schudden en de pijn schoot als bliksemflitsen door het donker voordat alles zwart werd.

Was er een moment dat ik hoopte dat er een eind aan alles kwam? Dat het net, het visnet me ving en onder water trok, de zekerheid dat ik eindelijk mijn straf kreeg, zowel voor wat ik had gedaan als voor wat ik had gelaten. Verwijtbare nalatigheid, noemden ze dat. Mijn vader zou in de hel branden omdat hij niet gestopt was met te doen wat hij deed met Carl. Omdat hij het kon. En ik zou ook branden. Ik zou meegetrokken worden naar de bodem, daar wachtten ze op me.

'Roy?'

Het leven is in feite heel simpel. Het enige doel is het optimaliseren van genieten. Zelfs onze veelgeprezen nieuwsgierigheid, onze hang om het universum en de menselijke natuur te doorgronden is gebaseerd op de wens het genieten te verdiepen en te verlengen. Als het resultaat van de rekensom in de min staat, wanneer het leven meer pijn geeft dan plezier en er geen hoop meer is dat dat zal veranderen dan beëindigen we het. We drinken of eten ons dood, gaan zwemmen waar de stroming het sterkst is, roken in bed, rijden onder invloed, wachten met het naar de dokter gaan zelfs als de knobbel in de keel groter wordt. Of we verhangen onszelf gewoon in de schuur. Het is banaal als je je voor het eerst realiseert dat het eigenlijk een volkomen praktisch alternatief is, ja, het voelt niet eens als de belangrijkste beslissing in je leven. Een huis bouwen of die opleiding gaan volgen zijn grotere besluiten dan ervoor kiezen dat je het leven eerder wil beëindigen dan het anders was geëindigd.

En ik besloot dat ik deze keer niet zou vechten. Ik wilde doodvriezen.

'Roy.'

Doodvriezen, zei ik.

'Roy.'

De stem die me riep was zwaar als van een man, maar zacht als van een vrouw, zonder een spoortje accent en ik vond het heerlijk te horen hoe ze mijn naam uitsprak, het rollen en liefkozen van de R.

'Roy.'

Het enige probleem was dat de jongen, Alex, een straf riskeerde die niet klopte met de situatie. Er was eigenlijk geen sprake van 'een situatie', maar een heel logische reactie omdat hij alles verkeerd had begrepen.

'Je kunt hier niet blijven liggen, Roy.'

Een hand schudde me. Een kleine hand. Ik opende mijn ogen en ik keek recht in de bruine en bezorgde ogen van Shannon. Of ze er echt was of dat ik droomde, wist ik niet, maar dat was niet zo belangrijk.

'Je kunt hier niet blijven liggen,' herhaalde ze.

'O?' zei ik en ik tilde mijn hoofd een beetje op. We waren alleen in de steeg, maar ik hoorde dat er op de markt in koor werd geroepen. 'Heb ik iemands plaats ingenomen?'

Shannon keek me lang aan. 'Ja,' zei ze. 'Je weet het.'

'Shannon,' zei ik met een dikke stem. 'Ik hou...'

De rest verdronk in de herrie toen de hemel boven haar hoofd explodeerde in sissende lichten en kleuren.

Ze greep de revers van mijn jas en hielp me op de been. De wereld om me heen draaide en braaksel blokkeerde mijn keel. Shannon ondersteunde me terwijl we de steeg aan de achterkant van de sportwinkel verlieten. Ze bracht me naar de rijksweg, waarschijnlijk zag niemand ons, iedereen stond bij elkaar op de markt en staarde naar het vuurwerk dat alle kanten op werd geblazen door de harde wind. Een raket schoot laag over de daken, maar een andere – vast een van de krachtige lichtkogels van Willumsen – schoot recht omhoog, waar die een witte parabool tekende en met een vaart van tweehonderd kilometer per uur in de richting van de bergen verdween.

'Wat doe je hier?' vroeg ze terwijl we ons concentreerden op het zetten van de volgende stap.

'Julie kuste me en…'

'Ja, dat zei ze tegen me voordat haar vriend haar met zich meetrok. Ik bedoel, wat doe je hier in Os?'

'Nieuwjaar vieren,' zei ik. 'Bij Stanley.'

'Carl zei dat, maar je geeft geen antwoord op mijn vraag.'

'Vraag je of ik voor jou ben gekomen?'

Ze gaf geen antwoord. Dus ik antwoordde zelf.

'Ja, ik ben gekomen om je met me mee te vragen.'

'Je bent gek.'

'Ja,' zei ik. 'Ik ben gek omdat ik dacht dat je mij wilde. Ik had het moeten zien. Je hebt met mij geslapen om wraak te nemen op Carl.' Er werd aan mijn arm gerukt en ik begreep dat ze was uitgegleden en een ogenblik haar evenwicht had verloren.

'Hoe weet je het?' vroeg ze.

'Grete. Ze vertelde me dat ze in de lente aan jou had verteld over Carl en Mari.'

Shannon knikte langzaam.

'Dus het is waar?' zei ik. 'Jij en ik, dat was voor jou alleen maar wraak?'

'Dat is voor de helft waar,' zei ze.

'De helft?'

'Mari is niet de eerste vrouw met wie Carl me heeft bedrogen. Maar ze is de eerste van wie ik weet dat Carl gevoelens voor haar heeft. Daarom moest jij het zijn, Roy.'

'O?'

'Voor gelijkwaardige wraak moest ik vreemdgaan met iemand voor wie ik gevoelens had.'

Ik moest lachen. Het werd een korte, harde lach. '*Bullshit*.'

Ze zuchtte. 'Ja, bullshit.'

'Daar heb je het.'

Ineens liet Shannon mijn arm los en ging voor me staan. Achter de kleine vrouw strekte de rijksweg zich uit als een witte navelstreng in de nacht.

'Het is bullshit,' zei ze. 'Het is bullshit als je verliefd wordt op de broer van je man om de manier waarop hij de borst van een vogel streelt die jij vasthoudt terwijl hij je vertelt over die vogel. Het is bullshit als je op hem verliefd wordt door de verhalen die zijn broer over hem vertelt.'

'Shannon, niet...'

'Het is bullshit!' riep ze. 'Bullshit dat je verliefd wordt op een hart waarvan je weet dat het geen verraad kent.'

Ze legde haar handen tegen mijn borst toen ik langs haar wilde lopen.

'Het is bullshit,' zei ze zacht. 'Bullshit dat je nergens anders meer aan kunt denken dan aan de man met wie je een paar uur in een hotelkamer in Notodden hebt doorgebracht.'

Ik stond te zwaaien op mijn benen.

'Zullen we gaan?' fluisterde ik.

Zodra we de deur van de werkplaats achter ons hadden dichtgedaan, trok ze me naar zich toe. Ik snoof haar geur op. Bedwelmd en duizelig kuste ik haar heerlijke lippen, voelde hoe zij de mijne tot bloedens toe kapotbeet, en we proefden weer dat zoete, metalige bloed van me terwijl ze mijn broek openknoopte en een paar razende woorden fluisterde die ik herkende. Ze hield me vast en ondertussen schopte en duwde ze mijn voeten onder me vandaan zodat ik op de grond viel. Ik lag daar en keek naar haar op terwijl ze op één been danste en haar schoen en panty uitdeed. Toen trok ze haar jurk omhoog en ging op me zitten. Ze was niet nat, maar greep mijn stijve pik en duwde die in haar en ik had het gevoel dat de huid van mijn pik werd afgescheurd. Gelukkig bewoog ze zich niet, ze zat daar alleen maar en keek op me neer als een overwinnaar.

'Is het lekker?' vroeg ze.

'Nee,' zei ik.

We begonnen gelijktijdig te lachen.

Door de lach trok haar geslachtsdeel samen rond het mijne en zij voelde dat kennelijk ook want ze lachte nog meer.

'Op de plank daar staat motorolie,' zei ik wijzend.

Ze hield haar hoofd schuin, keek me aan met een liefdevolle blik als een kind dat gaat slapen. Toen sloot ze haar ogen, bewoog nog steeds niet, maar ik voelde dat haar geslachtsdeel warm en nat werd.

'Wacht,' fluisterde ze. 'Wacht.'

Ik dacht aan het aftellen op de markt naar middernacht. Dat de cirkel eindelijk was verbroken, dat we aan de andere kant waren gekomen en dat ik vrij was.

Ze begon te bewegen.

En toen ze kwam was dat met een woedende en triomfantelijke schreeuw alsof het haar zojuist was gelukt om de deur in te trappen die haar gevangenhield.

We lagen omstrengeld te luisteren. De wind was gaan liggen en af en toe hoorden we het gillende geluid van een verlate vuurpijl. En toen stelde ik de vraag die ik al had sinds de dag dat Carl en Shannon het erf van Opgard kwamen op gereden.

'Waarom zijn jullie naar Os gekomen?'

'Heeft Carl je dat niet verteld?'

'Behalve dan dat hij het dorp op de kaart wilde zetten. Is hij voor iets gevlucht?'

'Heeft hij het je niet verteld?'

'Hij vertelde alleen iets over een civiele zaak in verband met een vastgoedproject in Canada.'

Shannon zuchtte. 'Het was een project in Canmore dat moest worden stopgezet vanwege budgetoverschrijdingen en gebrek aan financiering. En het is geen zaak. Niet meer.'

'Wat bedoel je?'

'De zaak is gesloten. Carl werd veroordeeld tot het terugbetalen van zijn partners.'

'En?'

'En daar was hij niet toe in staat. Hij is gevlucht. Hierheen.'

Ik hees mezelf op een elleboog. 'Je bedoelt dat Carl wordt… gezocht?'

'In principe wel, ja.'

'Is dat de reden van het spa-hotel? Dat hij zijn schulden in Toronto kan afbetalen?'

Ze glimlachte vaag. 'Hij is niet van plan terug te gaan naar Canada.'

Ik probeerde het te verwerken. Was de terugkeer van Carl gewoon de vlucht van een charlatan?

'En jij? Waarom ben jij meegegaan?'

'Omdat ik het project in Canmore had getekend.'

'Dus?'

'Dat project was mijn magnum opus. Mijn IBM-gebouw. Ik heb het niet kunnen bouwen in Canmore, maar Carl beloofde me een nieuwe kans.'

Het begon me te dagen. 'Het spa-hotel. Je hebt dat eerder getekend.'

'Met een paar aanpassingen, ja. Het landschap hier en dat rond Canmore in de Rocky Mountains verschilt niet zoveel van elkaar. We hadden geen geld meer en niemand was bereid in ons project te investeren. Dus Carl stelde Os voor. Hij zei dat dat een plek was waar mensen hem vertrouwden, dat ze hem zagen als een wonderboy.'

'Jullie kwamen hierheen, zonder een kroon op zak, maar in een Cadillac.'

'Carl zei dat *appearance* alles is als je een dergelijk project wil verkopen.'

Ik dacht aan Armand, de rondreizende predikant. Toen bekend werd dat hij zich verrijkte ten koste van goedgelovige mensen die hoopten op genezing en er tegelijkertijd door hem van weerhouden werden een arts te bezoeken, moest hij naar het noorden vluchten. Maar toen ze hem daar vonden, bleek hij een sekte te zijn begonnen, een kerk voor genezing te hebben gebouwd en drie vrouwen te hebben. Hij werd gearresteerd voor belastingontduiking en fraude en toen de rechter hem vroeg waarom hij door was gegaan met zijn zwendel, antwoordde hij met: 'Omdat dat is wat ik doe.'

'Waarom hebben jullie me dat niet verteld?' vroeg ik.

Shannon lachte voor zich uit.

'Nou?' zei ik.

'Hij zei dat jij het niet zou goedkeuren. Ik probeer me te herinneren hoe hij het precies formuleerde. Ja... hij zei dat jij, hoewel jij niet gevoelig bent of over veel empathie beschikt, wel een moralist bent. In tegenstelling tot hemzelf, hij is een gevoelige en sympathieke cynicus.'

Ik had veel zin hardop te vloeken, maar in plaats daarvan moest ik lachen. De duivel mocht hem halen, maar hij had het talent om de dingen die hij zag te beschrijven. Hij corrigeerde niet alleen de orthografie in mijn opstellen, het gebeurde ook wel dat hij een paar zinnen herformuleerde, ze wat optilde, vleugels gaf aan de onzin. Vleugels geven aan onzin. Ja, dat was zijn talent.

'Maar je vergist je als je denkt dat Carl niet de beste bedoelingen heeft,' zei Shannon. 'Hij wil dat iedereen het goed heeft. Maar hij wil uiteraard dat hij het zelf nog iets beter heeft. En kijk, het lukt hem nog ook.'

'Er kunnen nog een paar struikelblokken zijn. Bijvoorbeeld dat Dan Krane een artikel aan het schrijven is.'

Shannon schudde haar hoofd. 'Carl zegt dat dat probleem is opgelost. En het gaat nu veel beter. Het project ligt weer op schema. Over twee weken tekent hij een contract met een Zweedse hotelketen die het hotel gaat exploiteren.'

'Carl heeft het dorp gered. Heeft een waar monument voor zichzelf opgericht. En hij wordt rijk. Welk feit is het belangrijkst voor hem, denk je?'

'Ik geloof dat onze motieven zo complex zijn dat we ze zelf niet eens volledig begrijpen.'

Ik streelde over een blauwe plek onder haar sleutelbeen.

'En zijn motieven jou te slaan, zijn die ook complex?'

Ze haalde haar schouders op. 'Voordat ik hem in het voorjaar verliet en naar Toronto vertrok, had hij nog nooit een hand naar me opgeheven. Maar er was iets veranderd toen ik terugkwam. Híj was veranderd. Hij dronk de hele tijd en hij begon te slaan. Na de eerste keer was hij daar zo kapot van dat ik zeker wist dat het eenmalig was. Maar toen werd het een patroon, een soort dwanghandeling, iets wat hij móest doen. Soms huilde hij al voordat hij begon.'

Ik dacht aan het huilen in het onderste bed, die keer dat ik begreep dat het niet Carl was, maar vader.

'Waarom ben je niet bij hem weggegaan?' vroeg ik. 'En waarom kwam je sowieso terug uit Toronto? Hield je zoveel van hem?'

Ze schudde haar hoofd. 'Ik was gestopt met van hem te houden.'

'Kwam je terug om mij?'

'Nee,' zei ze en ze streelde me over mijn wang.

'Je kwam terug om het hotel,' zei ik.

Ze knikte.

'Je houdt van het hotel.'

'Nee,' zei ze. 'Ik haat het hotel, maar het is mijn gevangenis, het laat me niet los.'

'En toch hou je ervan,' zei ik.

'Zoals een moeder haar kind liefheeft dat haar in gijzeling houdt,' zei ze en ik dacht aan wat Grete had gezegd.

Shannon draaide zich om. 'Als je iets hebt gecreëerd dat zoveel tijd, pijn en liefde heeft gekost dan is het een deel van jezelf geworden. Nee, geen deel, het is groter dan jezelf, belangrijker. Het kind, het bouwwerk, het kunstwerk, het is jouw enige kans op eeuwig leven, nietwaar? Belangrijker dan al het andere. Begrijp je?'

'Het is ook jouw persoonlijke monument?'

'Nee!' riep ze uit. 'Ik teken geen monumenten. Ik heb een simpel, bruikbaar en mooi gebouw ontworpen. Omdat wij mensen schoonheid nodig hebben. En de schoonheid in mijn tekeningen voor het hotel zit 'm in de eenvoud, de heldere logica, er is niets monumentaals aan mijn tekeningen.'

'Waarom zeg je de tekeningen en niet het hotel? Het duurt toch niet zo lang meer voor het klaar is?'

'Omdat ze bezig zijn het kapot te maken. De compromissen met de gemeente over de gevel. De goedkopere materialen die Carl heeft gebruikt om binnen het budget te kunnen blijven. De hele lobby en het restaurant zijn veranderd terwijl ik in Toronto was.'

'Je bent teruggekomen om je kind te redden.'

'Maar ik kwam te laat,' zei ze. 'En de man die ik dacht te kennen sloeg me zodat ik gehoorzaamde.'

'Maar als je de strijd al verloren hebt, waarom ben je dan nog hier?'

Ze lachte verbitterd. 'Vertel jij het me maar. Ik neem aan dat een moeder verplicht is om de begrafenis van haar kind bij te wonen.'

Ik slikte. 'Dat je gebleven bent heeft niet met iets anders te maken?'

Ze keek me lang aan. Toen sloot ze haar ogen en knikte langzaam.

Ik haalde adem. 'Ik wil horen dat je het zegt, Shannon.'

'Alsjeblieft, vraag het me niet.'

'Waarom niet?'

Ik zag dat haar ogen zich vulden met tranen. 'Omdat het een "Sesam, open u" is, Roy, en daarom vraag je het.'

'Wat bedoel je?'

'Als ik het mezelf hoor zeggen, dan opent mijn hart zich en dan word ik zwak. En totdat alles hier klaar is, moet ik sterk zijn.'

'Ik moet ook sterk zijn,' zei ik. 'En ik moet het je horen zeggen om sterk te worden. Zeg het zacht zodat alleen ik het kan horen.' Ik legde mijn handen als een kommetje op haar kleine oren, als een witte schelp.

Ze keek me aan. Haalde adem. Stopte. Begon opnieuw. En toen fluisterde ze de magische woorden, sterker dan welk wachtwoord, welke gelofte van trouw, welke bezwering dan ook: 'Ik hou van je.'

'En ik hou van jou,' fluisterde ik terug.

Ik kuste haar.

Zij kuste mij.

'De duivel moge je halen,' zei ze.

'Als het klaar is,' zei ik. 'Als het hotel er staat, ben je dan vrij?'

Ze knikte.

'Ik kan wachten,' zei ik. 'Maar daarna pakken we ons boeltje en vertrekken.'

'Waarheen?'

'Naar Barcelona. Of Kaapstad. Of Sydney.'

'Barcelona,' zei ze. 'Gaudí.'

'Afgesproken.'

We keken elkaar in de ogen om de belofte te bezegelen.

In het donker klonk een geluid. Goudplevier? Waarom was die uit de bergen hiernaartoe gekomen? Vanwege het vuurwerk?

Er kwam een uitdrukking op haar gezicht. Van angst.

'Wat is er?' vroeg ik.

'Luister,' fluisterde ze. 'Dat is geen goed geluid.'

Ik luisterde. Het was geen goudplevier, het geluid ging op en neer.

'Het is verdomme de brandweersirene,' zei ik.

Alsof we een teken kregen sprongen we beiden uit bed en renden de werkplaats in. Ik opende de deur en kon nog net zien hoe de oude brandweerwagen het dorp uit verdween. Ik had er onderdelen van vervangen, het was een GMC die de gemeente had gekocht van het leger, waar hij dienst had gedaan op een vliegveld. Het argument om de wagen te kopen was dat hij goedkoop was en een tank had met een capaciteit van vijftienhonderd liter. Het argument om de wagen te verkopen was een jaar later dat de zware wagen zo traag was op steil terrein dat als er brand uitbrak in de bergen de vijftienhonderd liter niets meer te blussen had als de auto eindelijk boven was. Maar niemand wilde het monster overnemen, het was er nog steeds.

'Ze hadden met dit weer geen vuurwerk in het centrum moeten toestaan,' zei ik.

'Er is geen brand in het centrum,' zei Shannon.

Ik volgde haar blik. De berg op, naar Opgard. De lucht was vuilgeel.

'Wel verdomme,' fluisterde ik.

Ik reed met de Volvo het erf op. Shannon kwam direct achter me aan in de Subaru.

Opgard stond daar in het maanlicht, scheef, blinkend en een beetje hellend naar het oosten. Intact. We stapten uit de auto. Ik liep naar de schuur en Shannon naar het woonhuis.

Binnen zag ik dat Carl er was geweest en zijn ski's had gepakt. Ik pakte mijn ski's en de stokken en rende naar het huis waar Shannon in de deuropening stond en me mijn skischoenen aanreikte. Ik klikte mijn ski's vast en vertrok in de richting van het bos, op weg naar de vuilgele hemel. De wind was voldoende gaan liggen om het spoor van Carl niet uit te wissen en ik gebruikte het om sneller vooruit te komen. De wind was nu een stevige bries en ik kon het geschreeuw en het krakende vuur al horen voordat ik over de bergkam was. Daarom was ik verbaasd en opgelucht toen ik daar eindelijk was en neer kon kijken op het hotel, op de stalen frames en de modules. Rook, maar geen vlammen, ze moesten het vuur hebben geblust. Maar toen zag ik aan de andere kant van het gebouw de weerschijn op de sneeuw, op de carrosserie van de rode brandweerwagen en op de witte gezichten van de mensen die mijn richting op keken. Toen de wind een ogenblik ging liggen zag ik de gele, gulzige tongen overal en ik begreep dat het slechts de wind was geweest die de vlammen aan de lijzijde had weggeblazen. En ik zag ook het probleem voor de mensen die probeerden te blussen. De weg liep slechts tot de voorkant van het hotel en de brandweerwagen moest een eindje verderop parkeren omdat de sneeuw voor het hotel niet was geruimd. Dat betekende dat zelfs als de brandslang helemaal was uitgerold die niet lang genoeg was om aan de achterkant te komen en de waterstraal met de wind mee op het brandende hotel te kunnen richten. Nu, terwijl er maximale druk op de waterstraal stond, verspreidde het water zich in de tegenwind en blies als regen terug in hun gezichten.

Ik stond er minder dan honderd meter vandaan en toch voelde ik de hitte van de brand niet. Maar toen ik het gezicht van Carl vond tussen de anderen, ook nat van het zweet of van het water uit de brandslang, zag ik dat het hopeloos was. Alles was verloren.

51

De eerste dag van het jaar begon met grijs licht.

Het landschap werd daardoor plat en zonder contouren en toen ik van de werkplaats naar de bouwplaats – brandplaats – reed had ik even het gevoel dat ik was verdwaald, dat dit helemaal niet het terrein was dat ik kende als mijn broekzak, maar iets vreemds, als een onbekende planeet.

Bij aankomst zag ik Carl met drie mannen voor de rokende, zwarte ruïne staan van wat de trots van het dorp had moeten worden. Dat kon natuurlijk nog, maar waarschijnlijk niet dit jaar. Zwarte, verkoolde resten hout wezen naar de hemel als waarschuwende vingers die ons, hun, iedereen moesten vertellen dat je verdomme geen spa-hotel op een berg bouwt, dat is tegennatuurlijk, het maakt de geesten wakker.

Toen ik uit de auto stapte en op hen afliep, zag ik de drie anderen. Politiechef Kurt Olsen, burgemeester Voss Gilbert en een brandweercommandant genaamd Adler die ingenieur was bij de gemeente als hij geen dienst had in de brandweerkazerne. Ik weet niet of ze dichtklapten omdat ik kwam aangelopen of dat ze klaar waren met het uitwisselen van meningen.

'En?' vroeg ik. 'Zijn er theorieën?'

'Ze hebben restanten van vuurwerk gevonden,' zei Carl zo zacht dat ik het amper kon horen. Zijn blik was gevestigd op iets ver, ver weg.

'Dat klopt,' zei Kurt Olsen die zijn sigaret tussen duim en wijsvinger in de palm van zijn hand hield alsof hij een soldaat was die 's nachts op wacht stond. 'Het kan vanuit het dorp hiernaartoe zijn gewaaid en heeft het hout blijkbaar aangestoken.' Blijkbaar, ik hoorde aan de nadruk op kán dat hij dat niet echt geloofde.

'Maar?' zei ik.

Kurt Olsen haalde zijn schouders op. 'Maar de brandweercommandant zegt dat ze toen ze hier aankwamen twee paar voetstappen zagen die half waren dichtgesneeuwd en naar het hotel liepen. Met die wind kunnen die niet zo lang voordat de brandweerwagen arriveerde, zijn gemaakt.'

'Het was onmogelijk te zeggen of de sporen van twee personen waren die naar binnen waren gegaan of van één persoon die naar binnen en weer naar buiten is gelopen,' zei de brandweercommandant. 'We moesten uitgaan van het worstcasescenario en mannen naar binnen sturen om te checken of er iemand in de modules was. Maar die stonden al in lichterlaaie en het was er te heet.'

'Er is daar geen lijk gevonden,' zei Olsen. 'Maar het ziet ernaar uit dat hier rond middernacht mensen waren. Het is duidelijk dat we niet kunnen uitsluiten dat er sprake is van brandstichting.'

'Brandstichting?' Ik schreeuwde bijna.

Olsen vond misschien dat ik overdreven verrast klonk, hij wierp in elk geval een onderzoekende blik op me.

'Wie heeft daar iets bij te winnen?' vroeg ik.

'Tja, wie kan dat zijn, Roy?' zei Kurt Olsen en de manier waarop hij mijn naam uitsprak stond me verdomme helemaal niet aan.

'Ja ja,' zei de burgemeester en hij knikte naar het dorp dat half verstopt onder een laag mist lag die over het ijs van het Budalsvann kwam aangedreven. 'Ze zullen een behoorlijke kater krijgen als ze wakker worden.'

'Nou,' zei ik. 'Als je tot je nek in de shit zit dan kan je maar één ding doen en dat is opnieuw beginnen met de bouw.'

De anderen keken me aan alsof ik Chinees sprak.

'Misschien, maar het zal nog een hele opgave worden om het hotel dit jaar te bouwen,' zei Gilbert. 'En de mensen kunnen dan voorlopig niet hun grond verkopen voor de bouw van vakantiehuisjes.'

'O?' Ik keek naar Carl. Hij zei niets, hij leek ons niet eens te horen, hij staarde slechts niets ziend in de richting van het verbrande hotel met een gezicht dat me deed denken aan pas hard geworden cement.

'Zo is de afspraak met de gemeente,' verzuchtte Gilbert op een manier dat ik me realiseerde dat hij herhaalde wat hij zojuist had gezegd. 'Eerst het hotel, dan de huisjes. Helaas hebben nogal wat mensen de huid te vroeg verkocht en een duurdere auto aangeschaft dan verstandig is.'

'Gelukkig is het hotel goed verzekerd tegen brand,' zei Kurt Olsen met zijn blik op Carl gericht.

Gilbert en de brandweercommandant lachten moeizaam alsof ze wilden zeggen dat ze het met Olsen eens waren, maar op het moment was het een schrale troost.

'Ja ja,' zei de burgemeester en hij stopte zijn handen in zijn zakken als teken dat hij wilde vertrekken. 'Gelukkig nieuwjaar.'

Olsen en de brandweercommandant liepen achter hem aan.

'Is dat zo?' vroeg ik zacht toen ze buiten gehoorafstand waren.

'Een gelukkig nieuwjaar?' vroeg Carl met de stem van een slaapwandelaar.

'Goed verzekerd?' vroeg ik.

Carl draaide zijn hele lichaam om me aan te kijken alsof hij inderdaad in cement was gestort. 'Waarom zou het niet goed verzekerd zijn?' vroeg hij. Hij sprak zo langzaam en zo zacht. Het kwam niet door de alcohol, had hij een bepaald soort pillen geslikt?

'Maar is het té goed verzekerd?' vroeg ik.

'Wat bedoel je?'

Ik voelde de woede in me opborrelen, maar ik wist dat ik mijn stem onder controle moest houden totdat ze in hun auto's zaten. 'Ik bedoel dat Kurt Olsen heeft gesuggereerd dat de brand is aangestoken en dat het hotel erg goed verzekerd is. Hij betichtte jou van verzekeringsfraude of heb je dat niet begrepen?'

'Dat ik de brand heb aangestoken?'

'Heb je dat, Carl?'

'Waarom zou ik dat doen?'

'Het hotel stond op het punt naar de verdommenis te gaan, het budget is ruim overschreden, maar tot nu toe heb je dat goed verborgen kunnen houden. Misschien was dit de enige uitweg om te voorkomen dat de dorpelingen de rekening moesten betalen en jij de schaamte moest dragen. Nu kun je opnieuw beginnen, met een schone lei en het hotel bouwen volgens het oorspronkelijke plan, met de juiste materialen en een forse injectie van het verzekeringsgeld. Kijk, nu kan je nog steeds het monument voor Carl Opgard oprichten.'

Carl leek me gefascineerd aan te kijken alsof ik voor zijn ogen van vorm was veranderd. 'Denk jij, mijn eigen broer, echt dat ik zoiets zou kunnen doen?' Hij hield zijn hoofd iets scheef. 'Ja, dat denk je inderdaad. Zeg me dan eens: waarom sta ik hier dan met het gevoel dat ik harakiri wil plegen? Waarom ben ik niet thuis om een fles champagne open te trekken?'

Ik keek hem aan. En het begon me te dagen. Carl kon liegen, maar me niet op deze manier voor de gek houden. Absoluut niet.

'Nee,' fluisterde ik. 'Dat niet, Carl.'

'Wat niet?'

'Ik weet dat je wanhopig was en dat je in de uitgaven moest snijden, maar niet dat.'

'Wat?' Hij schreeuwde, razend ineens.

'De verzekering. Je bent toch niet gestopt met het betalen van de verzekeringspremie van het hotel?'

Hij keek me aan en de razernij scheen te zijn weggeblazen. Dat moest aan de pillen liggen.

'Dat zou toch dom zijn,' fluisterde hij. 'Om te stoppen met betalen vlak voordat de brand uitbrak. Want dan...' Langzaam verspreidde zich een grijns over zijn gezicht, het soort lach dat een lsd-tripper op een balkon op zijn gezicht heeft vlak voordat hij je wil laten zien dat hij kan vliegen. 'Ja, wat gebeurt er dan, Roy?'

52

In een berglandschap als het onze daalt de duisternis niet neer, maar stijgt op. Ze komt uit de dalen en een poosje kunnen we zien dat het in het dorp en op de akkers avond is en bij ons nog dag. Maar deze dag, de eerste in het jaar, was het anders. Misschien kwam het door de wolken boven ons die zo dik waren dat alle kleuren gewist werden, misschien kwam het door de zwartgeblakerde bouwplaats die al het licht van de berg leek op te zuigen of misschien was het de vertwijfeling op Opgard of de kou uit de ruimte. Het daglicht verdween gewoon alsof het was opgebrand.

Carl, Shannon en ik aten zwijgend en luisterden naar de geluiden van het kraken van het huis door de dalende temperatuur. Toen ik klaar was, pakte ik mijn servet, veegde de kabeljauw en het vet van mijn mond en begon te spreken.

'Dan Krane schrijft op de website van *Os Blad* dat de brand alleen maar een vertraging betekent.'

'Ja,' zei Carl. 'Hij belde en ik heb gezegd dat we volgende week beginnen met de herbouw.'

'Hij weet niet dat het gebouw niet was verzekerd tegen brand?'

Carl legde zijn onderarmen aan weerszijden van zijn bord. 'Alleen wij hier aan tafel weten dat, Roy. En dat houden we zo.'

'Je zou denken dat hij als journalist grondiger onderzoek zou doen naar de verzekering. We hebben het hier immers over de toekomst van het dorp.'

'Je hoeft je geen zorgen te maken, ik regel het wel, hoor je me?'

'Ik hoor je.'

Carl at meer kabeljauw. Hij gluurde naar me. Stopte en dronk meer water. 'Als Dan zou vermoeden dat het hotel niet was verzekerd voor brand dan had hij vast niet geschreven dat alles onder controle was, dat snap je toch wel?'

'Als jij het zegt.'

Carl legde zijn vork neer. 'Wat probeer je me eigenlijk te zeggen, Roy?'

En in een flits zag ik hem. Het was zijn dominante lichaamstaal, zijn zachte maar toch commanderende stem, zijn doordringende blik. Een ogenblik leek Carl hem, vader, te zijn.

Ik haalde mijn schouders op. 'Ik zeg dat het er misschien op kan lijken dat iemand Dan Krane heeft verteld dat hij niets negatiefs over het hotel mag schrijven. En dat dat lang voor de brand heeft plaatsgevonden.'

'Zoals wie dan?'

'Een Deense afperser die hier in het dorp is geweest. Iemand heeft vlak voor kerst zijn Jaguar voor het kantoor van *Os Blad* zien staan. En kort daarna zag Dan Krane er bleek en ziek uit.'

Carl grinnikte. 'De afperser van Willumsen? Die vent over wie we het hadden toen we nog kind waren?'

'Toen geloofde ik daar niet in. Nu wel.'

'Juist, en waarom zou Willumsen willen dat Dan Krane zijn mond houdt?'

'Niet zijn mond, hij moet zijn pen in bedwang houden. Toen Dan Krane gisteren op het feest bij Stanley sprak over het hotelproject was dat niet bepaald in lovende woorden.'

Toen ik het zei zag ik iets flikkeren in de ogen van Carl, iets wat ik nooit eerder had gezien. Het was hard en zwart als een bijl.

'Dan Krane schrijft niet wat hij denkt,' zei ik. 'Willumsen censureert hem. Ik vraag aan jou waarom dat zo is.'

Carl greep zijn servet, veegde zijn mond schoon. 'O, Willumsen kan wel een miljoen goede redenen hebben om Dan tegen te houden.'

'Hij maakt zich zorgen over de lening die hij jou heeft gegeven?'

'Kan zo zijn. Maar waarom vraag je mij dit?'

'Omdat ik op kerstavond sporen van brede zomerbanden op het erf heb gezien.'

Ik zag dat Carls gezicht vreemd lang werd, letterlijk, alsof ik een lachspiegel omhooghield.

'Twee dagen voor kerst sneeuwde het,' zei ik. 'De bandensporen moesten van dezelfde dag of de dag daarvoor zijn geweest.'

Het was niet nodig meer te zeggen. Geen van de inwoners in het dorp rijdt in december op zomerbanden. Carl wierp een zogenaamd toevallige blik op Shannon. Ze keek hem aan, ook zij had iets hards in haar blik wat ik nog niet eerder had gezien.

'Zijn we klaar?' vroeg ze.

'Ja,' zei Carl. 'We zijn hierover uitgepraat?'

'Ik bedoelde het eten, hebben we genoeg gehad?'

'Ja,' zei Carl en ik knikte.

Ze stond op, pakte de borden en het bestek en liep naar de keuken. We hoorden haar de kraan opendraaien.

'Het is niet zoals je denkt,' zei Carl.

'Wat denk ik?'

'Jij denkt dat ik de afperser op Dan Krane heb afgestuurd.'

'Maar dat heb je niet gedaan?'

Carl schudde zijn hoofd. 'De lening van Willumsen is uiteraard geheim en wordt buiten de boeken gehouden waarin een post krediet is opgenomen waarover we kunnen beschikken, maar die dus niet bestaat. Maar als het om de cashflow gaat dan heeft de lening ons in staat gesteld om de laatste fase van het bouwproces te financieren, en alles liep weer op rolletjes, we hebben enorm kunnen bezuinigen op de kosten en het is ons gelukt de vertraging in het voorjaar in te lopen. Daarom was het ook een verrassing dat de afperser ineens hier...' Carl leunde voorover en siste tussen zijn op elkaar geklemde tanden door: 'Hier bij mijn eigen huis verscheen, Roy! Hij kwam hierheen om me te vertellen wat er zou gebeuren als ik mijn schulden niet afbetaalde. Alsof ik een herinnering nodig had.' Carl kneep zijn ogen dicht, leunde weer achterover in zijn stoel en zuchtte diep. 'In elk geval, het bleek dat Willumsen zich zorgen was gaan maken.'

'Waarom, als alles op rolletjes liep?'

'Omdat Dan een poos terug Willumsen, als een van de prominentste figuren in het dorp die geïnvesteerd hadden in het project, had gebeld voor een interview en hem vroeg wat hij van het project en van mij vond. In de loop van het interview begreep Willumsen dat Dan eindelijk stof genoeg had voor een zeer kritisch artikel, een stuk dat het geloof van de deelnemers en de bereidwilligheid van de gemeente een flinke knauw zou geven. Het ging over de boekhouding, of het gebrek aan transparante boekhouding, maar ook dat Dan mensen in Toronto had gesproken die hem hadden verteld dat ik was gevlucht voor een bankroet en dat er een aantal overeenkomsten was tussen die zaak en het Os Spa- en Berghotel. Willumsen maakte zich zorgen dat ik weer het land uit zou vluchten omdat een artikel van Dan over zwendel en fraude het hele project zou schaden. Hij liet zijn afperser komen om twee zaken te regelen.'

'Het artikel van Dan tegenhouden en jou weerhouden van het plan naar het buitenland te vluchten om zo onder je schulden uit te komen.'

'Ja.'

Ik keek naar Carl. Hij sprak zonder twijfel de waarheid.

'En nu de hele zooi is afgebrand, wat ga je nu doen?'

'Er een nachtje over slapen,' zei Carl. 'Het zou fijn zijn als jij ook bleef slapen.'

Ik keek hem aan. Hij vroeg het niet uit beleefdheid. Sommige mensen willen alleen zijn in tijden van crisis, anderen – zoals Carl – hebben mensen om zich heen nodig.

'Graag,' zei ik. 'Ik kan een paar dagen vrij nemen en hier blijven. Misschien heb je hulp nodig.'

'Wil je dat?' zei hij, me dankbaar aankijkend. Op hetzelfde moment kwam Shannon binnen met koffie. 'Goed nieuws, Shannon, Roy blijft.'

'Wat fijn,' zei Shannon met een enthousiasme dat echt klonk en ze lachte naar me alsof ik een dierbare zwager was. Ik weet niet of ik hield van haar acteertalent, maar op dit moment stelde ik het wel op prijs.

'Het is fijn te weten dat je familie hebt op wie je kunt vertrouwen,' zei Carl en hij schoof zijn stoel naar achteren waardoor de poten een hoestgeluid maakten op de ruwhouten vloer. 'Ik sla de koffie over, ik heb al anderhalve dag niet geslapen. Ik ga naar bed.'

Carl verdween en Shannon ging op zijn plaats zitten. We dronken zwijgend onze koffie tot we iemand boven hoorde doortrekken en de slaapkamerdeur achter zich dichtdoen.

'En?' zei ik zacht. 'Hoe voelt het?'

'Voelt wat?' Haar stem was vlak, haar gezicht zonder uitdrukking.

'Jouw hotel is afgebrand.'

Ze schudde haar hoofd. 'Het was niet mijn hotel, dat is ergens onderweg verdwenen zoals je weet.'

'Oké, maar Os Spa- en Berghotel zal failliet gaan als blijkt dat het niet verzekerd was tegen brand. Zonder een hotel zullen er ook geen vakantiehuisjes worden gebouwd en daarmee zal de prijs van de grond zakken naar rond de nul. Het is voorbij voor iedereen. Voor ons, Willumsen en het dorp.'

Ze gaf geen antwoord.

'Ik heb wat onderzoek gedaan op internet over Barcelona,' zei ik. 'Ik ben geen stadsmens, ik hou van bergen. En rond Barcelona zijn er veel bergen. Goedkope huizen ook.'

Ze zei nog steeds niets, ze staarde alleen maar in haar koffiekopje.

'Er is een berg die Sant Llorenç heet en er geweldig uitziet,' zei ik. 'Veertig minuten van Barcelona.'

'Roy...'

'En het is vast mogelijk om daar een tankstation te kopen. Ik heb wat geld gespaard, genoeg om...'

'Roy!' Ze keek van haar koffiekopje op naar mij.

'Dit is mijn kans,' zei ze. 'Begrijp je dat niet?'

'Jouw kans?'

'Nu de miskraam is afgebrand. Dit is mijn kans om mijn hotel te bouwen. Op de manier waarop het zou moeten.'

'Maar...'

Ik sloot mijn mond toen haar nagels zich in mijn onderarm boorden. Ze leunde naar me toe. 'Mijn kind, Roy. Begrijp je het niet? Het is opgestaan uit de dood.'

'Shannon, er is geen geld.'

'Alles is er: weg, water, afvoer, bouwplaats.'

'Je begrijpt het niet. Misschien gaat iemand daar over vijf of tien jaar bouwen, maar niemand zal jouw hotel bouwen, Shannon!'

'Jíj begrijpt het niet.' Ik zag een merkwaardig koortsachtige gloed in haar ogen die ik nog niet eerder had gezien. 'Willumsen heeft te veel te verliezen. Ik ken mannen zoals hij. Ze móeten winnen, verlies accepteren ze niet. Willumsen zal alles doen om zijn geld en de winst op de verkoop van de grond voor de vakantiehuisjes niet kwijt te raken.'

Ik dacht aan Willumsen en Rita. Shannon had een punt.

'Jij bedoelt dat Willumsen nog een gok zal wagen?' zei ik. 'Alles of niets?'

'Hij moet wel. En ik moet hier blijven totdat mijn hotel is gebouwd. O, je zult wel denken dat ik gek ben,' riep ze vertwijfeld uit en ze legde haar voorhoofd op mijn onderarm. 'Maar ik ben geboren om dat gebouw te bouwen, kan je dat begrijpen? Wanneer het er staat kunnen jij en ik naar Barcelona vertrekken. Ik beloof het je!' Ze drukte haar lippen op mijn hand. Toen stond ze op.

Ik wilde ook opstaan en mijn armen om haar heen slaan, maar ze duwde me terug in mijn stoel.

'We moeten nu ons hoofd en hart koel houden,' fluisterde ze. 'Denken, we moeten denken, Roy. Zodat we later gedachteloos kunnen zijn. Welterusten.'

Ze kuste me op mijn voorhoofd en liet me alleen.

Ik lag in het stapelbed na te denken over wat Shannon had gezegd. Het was waar dat Willumsen het haatte te verliezen. Maar hij was ook een man die wist wanneer hij een verlies moest nemen om de schade te beperken. Geloofde ze er zelf in omdat ze het zo graag wilde, omdat ze zoveel van het hotel hield en liefde blind maakt? En was het om die reden dat ik me liet overhalen hetzelfde te doen? Ik wist welke twee tegengestelde krachten, hebzucht of angst, zou winnen als Willumsen te horen kreeg dat het hotel niet was verzekerd. Maar Shannon had waarschijnlijk gelijk als ze zei dat hij de enige was die het project kon redden.

Ik leunde uit bed en keek naar de thermometer buiten aan het raam. Min vijfentwintig graden. Geen levende ziel buiten. Maar toen hoorde ik de waarschuwingskreet van de raaf. Er was iets, er was iets onderweg. Levend of dood.

Ik luisterde. Geen geluid in het huis. Ineens was ik weer het kind dat mezelf vertelde dat monsters niet bestaan. Ik loog tegen mezelf dat monsters niet bestaan.

Want de volgende dag kwam het.

DEEL VI

53

Ik werd wakker en voelde direct dat het vroor dat het kraakte. Dat kwam niet zozeer door de temperatuur op mijn huid, maar eerder door andere zintuiglijke waarnemingen. Ik kon de geluiden beter horen, was gevoeliger voor licht en het leek of de lucht die ik inademde, nu de luchtmoleculen meer in elkaar werden gedrukt, me op de een of andere manier meer levend maakten.

Ik hoorde bijvoorbeeld aan het kraken van de sneeuw dat een zwaar persoon buiten liep en ik begreep dat het Carl moest zijn die vroeg was opgestaan en iets ging regelen. Ik trok het gordijn opzij en zag dat de Cadillac langzaam en voorzichtig over het ijs in de Geitesving reed, hoewel we gestrooid hadden en het koud en 'schuurpapier'-ijs was. Ik liep de slaapkamer van Shannon in.

Ik kuste haar wakker en zei dat zelfs als Carl slechts de krant ging halen, we toch minstens een halfuur alleen zouden zijn.

'Roy, ik zei dat we het hart koel moesten houden en moesten nadenken!' zei ze boos. 'Ga weg!'

Ik stond op. Zij hield me tegen.

Het was als rillend uit het Budalsvann komen en op een zonwarme rots gaan liggen. Hard en zacht tegelijk en een genot zo intens dat het lichaam zingt.

Ik hoorde haar ademhaling in mijn oor, obsceniteiten fluisteren in een mix van Bajan, Engels en Noors. Ze kwam, luidruchtig en met haar hele lichaam gespannen als een boog. Toen ikzelf kwam, duwde ik mijn hoofd in het kussen om niet in haar oor te schreeuwen en ik rook de geur van Carl. Onmiskenbaar Carl. Maar er was ook iets anders. Een geluid. Het kwam van de deur achter ons. Ik verstijfde.

'Wat is er?' vroeg Shannon buiten adem.

Ik draaide me om naar de deur. Die stond op een kier, maar ik had die toch dichtgedaan? Jazeker. Ik hield mijn adem in en hoorde dat Shannon hetzelfde deed.

Stilte.

Was het mogelijk dat ik niet had gehoord dat de Cadillac was teruggekomen? Verdomme ja, we waren niet bepaald stil geweest. Ik keek op mijn horloge, dat ik nog om had. Het was nog maar tweeëntwintig minuten geleden dat hij was vertrokken.

'Niets aan de hand,' zei ik en ik ging op mijn rug liggen. Ze kroop tegen me aan.

'Barbados,' fluisterde ze in mijn oor.

'Hè?'

'We hebben Barcelona gezegd. Maar wat vind je van Barbados?'

'Rijden de auto's daar op benzine?'

'Jazeker.'

'Deal.'

Ze kuste me. Haar tong was glad en sterk. Zocht en vond. Nam en gaf. Verdomme, ik was verloren. Ik wilde weer bij haar naar binnen gaan toen ik het geronk van een auto hoorde. De Cadillac. Haar blik en handen waren op me toen ik uit bed gleed, ik nam mijn onderbroek mee en liep over de koude houten vloer terug naar de jongenskamer. Ik ging in het stapelbed liggen en luisterde.

De auto stopte voor het huis en het portier ging open.

Carl stampte de sneeuw van zijn schoenen en ik hoorde via het gat dat hij de keuken in liep.

'Ik zag je auto buiten,' hoorde ik Carl zeggen. 'Ben je gewoon naar binnen gegaan?'

Het leek of ik ter plekke bevroor.

'De deur was open,' zei een andere stem. Zacht en raspend, alsof hij zijn stembanden had beschadigd.

Ik leunde op mijn elleboog en trok het gordijn opzij. De Jaguar stond bij de schuur waar de sneeuw was geruimd.

'Waar kan ik je mee helpen?' klonk Carls stem. Beheerst maar gespannen.

'Je kunt mijn cliënt betalen.'

'Hij heeft jou hierheen gestuurd nadat het hotel is afgebrand? Dertig uur. Lekker vlot.'

'Hij wil het geld nu hebben.'

'Ik betaal hem zodra ik het verzekeringsgeld binnen heb.'

'Je krijgt geen verzekeringsgeld. Het hotel was niet verzekerd.'

'Zegt wie?'

'Mijn cliënt heeft zijn bronnen. Aan de voorwaarden van de lening is niet voldaan dus vervalt de lening per direct. Is je dat duidelijk, meneer Opgard? Mooi. Je hebt twee dagen. Dat wil zeggen achtenveertig uur vanaf... nu.'

'Luister even...'

'De laatste keer dat ik hier was, heb je een waarschuwing gekregen. Dit is geen drieakter, meneer Opgard, dit is de hamer.'

'De hamer?'

'Het einde. De dood.'

Het werd stil beneden. Ik zag ze voor me. De Deen met de explosieve, rode puisten, zittend aan tafel. Ontspannen houding, iets wat hem alleen maar dreigender maakte. Carl die zweette hoewel hij net uit dertig graden vorst was gekomen.

'Waarom deze paniek?' vroeg Carl. 'Willumsen heeft toch een onderpand.'

'Dat niet veel waard is zonder hotel, zegt hij.'

'Maar wat heb je er dan aan als je me doodt?' Carls stem klonk niet meer beheerst, het klonk meer naar het gejank van een stofzuiger. 'Dan krijgt Willumsen zeker zijn geld niet.'

'Jij wordt niet gedood, Opgard. In elk geval niet als eerste.'

Ik wist al wat er zou komen, maar ik betwijfelde of Carl dat deed.

'Dat is je vrouw, Opgard.'

'Sh...' Carl slikte de A in. '...nnon?'

'Leuke naam.'

'Maar dat is... moord.'

'Er moet iets tegenover het schuldbedrag staan.'

'Maar twee dagen! Hoe denken Willumsen en jij dat ik zo'n bedrag in zo'n korte tijd bij elkaar kan krijgen?'

'Ik zal niet ontkennen dat je drastische maatregelen moet nemen, misschien zelfs wanhopige. Verder denk ik niets, meneer Opgard.'

'En als het me niet lukt dan...'

'Dan ben je weduwnaar met hooguit twee dagen te leven.'

'Maar mijn beste...'

Ik was al opgestaan, probeerde geen geluid te maken terwijl ik mijn broek en trui aantrok. Ik kreeg niet precies mee wat er over vier dagen zou gebeuren, maar dat was niet nodig.

Ik sloop de trap af. Ik kon misschien – misschíen – de Deen grijpen omdat ik het verrassingseffect aan mijn kant had. Maar ik twijfelde. Ik herinnerde me de snelheid van zijn bewegingen bij de benzinepomp en ik had uit de akoestiek begrepen dat hij met zijn gezicht naar de deur zat, hij zou me zien zodra ik binnenkwam.

Ik deed mijn schoenen aan en glipte naar buiten. De kou buiten leek tegen mijn slapen te drukken. Ik had een omweg kunnen nemen, in een boog naar de schuur kunnen lopen buiten het gezichtsveld vanuit de keuken, maar ik had niet veel tijd dus ik ging ervan uit dat ik gelijk had dat de Deen met zijn rug naar het raam zat. De droge sneeuw jammerde onder mijn rennende voeten. Het werk van een afperser bestaat hoofdzakelijk uit intimidatie, ik nam aan dat hij nog wel even doorging met zijn dreigementen, maar aan de andere kant zit er een grens aan wat je kunt zeggen.

Ik holde de schuur in, draaide de kranen open en zette er twee emmers onder. Binnen tien seconden waren ze vol. Ik greep de hengsels, rende naar buiten in de richting van de Geitesving. Het water klotste eruit en mijn broekspijpen werden nat. Toen ik bij de bocht was, zette ik de ene emmer op het ijs en gooide de andere met een boog leeg. Het water liep over het harde ijs, over het zand dat gestrooid was en op zwarte peperkorrels leek waar het zich in het ijs had geboord. Het water streek de oneffenheden glad, liep in kleine gaatjes en stroomde in de richting van de afgrond. Ik deed hetzelfde met de tweede emmer. Het was uiteraard zo koud dat het water het ijs niet liet smelten, in plaats daarvan vormde het een dun laagje erbovenop en drong door in de laag eronder. Ik stond nog naar het ijs te kijken toen ik de Jaguar hoorde starten. Toen – alsof het synchroon liep – hoorde ik in de verte het schrille geluid van de kerkklokken uit het dorp opstijgen. Ik keek omhoog naar het huis en zag de witte sportauto aankomen. Voorzichtig en langzaam. Misschien was hij verbaasd geweest hoe makkelijk hij op zomerbanden de gladde helling op was gekomen. Maar de meeste Denen weten niet zoveel over ijs, ze weten niet dat het oppervlak als schuurpapier wordt als het maar koud genoeg is.

Maar dat het als een glijbaan wordt als het wordt opgewarmd, tot bijvoorbeeld min zeven graden.

Ik verroerde me niet, ik stond daar met de emmers bungelend aan weerszijden van mijn lichaam. De Deen staarde naar me vanachter de voorruit; de smalle oogspleten die ik me herinnerde van de keer bij de benzinepomp zaten verstopt achter een zonnebril. De auto kwam dichterbij, passeerde en onze hoofden draaiden zich als planeten rond hun eigen as. Misschien herinnerde hij zich vaag mijn gezicht, misschien niet. En misschien had hij een plausibele verklaring gevonden waarom er een man met twee emmers stond, misschien niet. En misschien begreep hij het toen hij plotseling zijn grip op de weg verloor en hij automatisch op het rempedaal trapte, misschien niet. En nu was de auto ook een planeet geworden die langzaam als een kunstrijder op de muziek van de kerkklokken op het ijs spinde. Ik zag dat hij wanhopig aan het stuur draaide, ik zag dat de voorwielen met de brede zomerbanden heen en weer gingen alsof ze trachtten uit de greep te komen, maar de Jaguar was gevangen en stuurloos. En toen de auto honderdtachtig graden draaide en achterwaarts in de richting van de rand zeilde, keek ik hem weer recht in zijn gezicht. Een rode planeet met kleine, actieve vulkanen. De zonnebril was van zijn neus gevallen terwijl zijn hoog opgetilde ellebogen vochten met zijn stuur. Toen kreeg hij mij in het oog en stopte met vechten. Hij had het begrepen. Begrepen waar die emmers voor waren, begrepen dat als hij het direct had begrepen, hij nog een kans had gehad door meteen uit de auto te springen. Begrepen dat het nu te laat was.

Ik nam aan dat hij instinctief reageerde toen hij zijn pistool pakte. De automatische reactie van een afperser, een soldaat, als hij wordt aangevallen. En ik volgde waarschijnlijk een ander instinct toen ik ten afscheid mijn ene hand met de emmer optilde. Ik hoorde het schot in de auto toen hij overhaalde en vervolgens een zweepslag toen de kogel door de zinken emmer ging vlak naast mijn oor. Ik zag nog net het kogelgat, als een ijsbloem in de voorruit, voordat de Jaguar achterwaarts in Huken verdween.

Ik hield mijn adem in.

De zinken emmer in mijn opgetilde hand zwaaide nog heen en weer van het schot.

De kerkklokken speelden harder en harder.

Toen kwam het eindelijk, een doffe dreun.

Ik stond daar, nog steeds roerloos. Het moest een begrafenis zijn. De kerkklokken gingen nog een poos door, maar de pauzes tussen elke galm werden steeds langer. Ik keek uit over het dorp, de bergen en het Budalsvann terwijl de zon boven de Ausdaltind eindelijk goed doorbrak.

De kerkklokken stopten helemaal en ik dacht: mijn god, wat is mijn geboorteplaats mooi.

Zo denk je waarschijnlijk als je verliefd bent.

54

'Je hebt water op het ijs gegooid?' vroeg Carl ongelovig.

'Dan stijgt de temperatuur,' zei ik.

'Dan wordt het schaatsijs,' zei Shannon die kwam aangelopen met de kan koffie. Ze schonk voor ons in.

Ze merkte dat Carl naar haar opkeek.

'Toronto Maple Leafs!' riep ze alsof hij haar beschuldigend had aangekeken. 'Is het je nooit opgevallen dat ze in de pauzes water over het ijs sproeiden?'

Carl draaide zich naar me om. 'Er ligt weer een lijk in Huken?'

'Laten we dat hopen,' zei ik, blazend op de koffie.

'Wat doen we? Melden we het aan Kurt Olsen?'

'Nee,' zei ik.

'Nee? En als ze hem nu vinden?'

'Dan hebben we er niets mee te maken. We hebben niets gehoord of gezien, daarom hebben we geen melding gedaan.'

Carl keek me aan. 'Mijn broer,' zei hij. De witte tanden blonken in zijn gezicht. 'Ik wíst dat je met een plan zou komen.'

'Luister,' zei ik. 'Als niemand weet of vermoedt dat de afperser hier was dan hebben we geen probleem en houden we onze mond. Er kan een eeuw verstrijken voor iemand het wrak in Huken ontdekt. Maar als iemand erachter komt dat hij hier is geweest of de Jaguar ziet dan is ons verhaal als volgt...'

Carl en Shannon kwamen dichterbij alsof ik van plan was te gaan fluisteren in onze eigen keuken. 'Het is over het algemeen het beste om zo dicht mogelijk bij de waarheid te blijven, we zeggen dat het klopt, dat de afperser hier was om Carl onder druk te zetten het geld aan Willumsen te betalen. We vertellen dat geen van ons drieën de afperser heeft nagekeken toen hij vertrok, maar dat het erg glad was in de Geitesving. Als de politie onderzoek gaat doen in het ravijn dan zien ze de zomerbanden van de Jaguar en trekken ze zelf de conclusie.'

'De kerkklokken,' zei Carl. 'We kunnen zeggen dat we de klap niet hebben gehoord vanwege de kerkklokken.'

'Nee,' zei ik. 'Geen kerkklokken. Er waren geen kerkklokken op de dag dat hij hier was.'

De andere twee keken me vragend aan.

'Waarom niet?' vroeg Carl.

'Het plan is nog niet helemaal klaar,' zei ik. 'Maar het is niet vandaag gebeurd, de Deen leefde nog iets langer.'

'Waarom?'

'Zet de Deen uit je hoofd,' zei ik. 'Ik ga ervan uit dat een afperser voor zichzelf houdt waar en wanneer hij werkt, waarschijnlijk is er niemand die weet dat hij vandaag bij ons was. Als hij dood wordt aangetroffen is het ons verhaal dat bepaalt wanneer hij is verongelukt. Ons probleem is nu Willumsen.'

'Ja, hij weet uiteraard dat zijn afperser hier is geweest,' zei Carl. 'En hij kan dat aan de politie vertellen.'

'Dat geloof ik niet,' zei ik.

Er viel een stilte.

'Precies,' zei Shannon. 'Dan moet hij de politie vertellen dat hij de afperser heeft ingehuurd.'

'Ja, natuurlijk,' zei Carl. 'Of niet, Roy?'

Ik gaf geen antwoord, ik nam alleen een flinke slok van mijn koffie en zette het kopje weer op tafel.

'Vergeet de Deen,' zei ik. 'Willumsen is het probleem, omdat hij de eis dat je moet betalen natuurlijk niet gaat intrekken alleen omdat de Deen verdwenen is.'

Shannon trok een grimas. 'En hij is bereid te doden. Denk je dat de afperser het werkelijk meende, Roy?'

'Ik heb het alleen via het kachelpijpgat gehoord,' zei ik. 'Vraag het Carl, die zat recht voor hem.'

'Ik... ik geloof van wel,' zei Carl. 'Maar ik was zo doodsbang dat ik alles had geloofd. Roy is degene van ons die weet hoe dergelijke... hersenen werken.'

Hij had het bijna gezegd. De hersenen van een moordenaar.

Weer keken ze naar mij.

'Ja, hij wilde je vermoorden,' zei ik, kijkend naar Shannon.

Haar pupillen werden wijder en ze knikte Os-langzaam.

'En daarna was jij aan de beurt, Carl,' zei ik.

Carl keek naar zijn handen. 'Ik geloof dat ik een borrel nodig heb,' zei hij.

'Nee!' zei ik. Ik haalde diep adem om te kalmeren. 'Ik heb je nuchter nodig. En ik heb een sleepkabel en een chauffeur nodig die dit eerder heeft gedaan. Shannon, kan jij naar de Geitesving lopen en meer zand strooien?'

'Ja.' Ze strekte haar hand uit en ik verstijfde omdat ik een ogenblik dacht dat ze me over mijn wang wilde strelen, maar ze legde slechts haar hand op mijn schouder. 'Bedankt.'

Carl leek wakker te worden. 'Ja, natuurlijk, dank! Dank!' Hij leunde over tafel en greep mijn hand. 'Je hebt Shannon en mij gered en ik zit hier maar te zeuren en klagen alsof het jouw probleem is.'

'Het ís mijn probleem,' zei ik. En ik had bijna iets hoogdravends gezegd over dat we familie zijn en dat we samen in een oorlog zaten, maar ik besloot dat het kon wachten. Het was immers niet meer dan een halfuur geleden dat ik mijn schoonzus had geneukt.

'Dan Krane gaat vandaag flink tekeer in het hoofdartikel,' zei Carl vanuit de keuken terwijl ik in de gang stond en meer kleding aantrok en me afvroeg welke laarzen ik het beste kon dragen als de bergwand glad was van het ijs. 'Hij vindt dat Voss Gilbert en het gemeentebestuur populistisch zijn en geen ruggengraat hebben. En dat die trend is ontstaan tijdens het burgemeesterschap van Jo Aas, maar dat het indertijd minder opviel.'

'Hij vraagt om een pak slaag,' zei ik en besloot oude skischoenen aan te trekken.

'Wie vráágt er nu om een pak slaag?' vroeg Carl, maar toen was ik al half de deur uit.

Ik liep de schuur in waar Shannon zand in een van de zinken emmers schepte.

'Nemen Rita Willumsen en jij nog steeds drie keer per week een ijsbad?' vroeg ik.

'Ja.'

'Alleen jullie tweeën?'

'Ja.'

'Kan iemand jullie zien?'

'Het is om zeven uur 's morgens en donker dus... nee.'

'Wanneer is de volgende keer?'

'Morgen.'

Ik wreef over mijn kin.

'Waar denk je aan?' vroeg ze.

Ik keek naar het zand dat door het kogelgat naar buiten liep. 'Ik dacht eraan hoe je haar zou kunnen doden.'

Later die avond, toen ik voor de zesde keer het plan met Carl en Shannon had doorgenomen en Carl had geknikt en we beiden naar Shannon hadden gekeken, sprak ze haar eis uit: 'Als ik hieraan meewerk, als het lukt, dan moet het hotel gebouwd worden volgens mijn oorspronkelijke tekeningen,' zei ze. 'Tot in het kleinste detail.'

'Goed,' zei Carl na een korte bedenktijd. 'Ik zal het zo goed mogelijk proberen te doen.'

'Dat hoeft niet,' zei Shannon. 'Ik ga leidinggeven aan de bouw, niet jij.'

'Luister eens even...'

'Hier wordt niet over onderhandeld, het is een eis.'

Carl zag vast hetzelfde als ik: ze meende het. Toen draaide hij zich naar mij om. Ik haalde mijn schouders op om aan te geven dat ik hem hier niet mee kon helpen.

Hij zuchtte. 'Goed, wij Opgards onderhandelen niet. Gaat het goed dan is het jouw werk, maar ik hoop dat ik een bijdrage mag leveren.'

'O, we zullen je bezighouden,' zei Shannon.

'Dan nemen we het plan nog eenmaal door,' zei ik.

55

Het was zeven uur 's morgens en nog steeds donker buiten.

Ik sloop door de donkere slaapkamer terwijl ik naar de gelijkmatige ademhaling in het tweepersoonsbed luisterde. Stopte als een vloerplank kraakte. Stond stil en luisterde. Geen onderbreking van het ritme. Het enige licht kwam van de maan door de kier in het gordijn. Ik liep verder, plaatste mijn knieën op de matras en kroop voorzichtig naar de slapende persoon. Deze kant van het bed was nog steeds warm van degene die hier had gelegen. En ik kon het niet laten, ik stopte mijn neus in het laken en snoof de geur op van de vrouw en direct – als van een filmprojector – waren de beelden van haar en mij er. Naakt, bezweet van het vrijen, maar altijd hongerig naar meer.

'Goedemorgen, schat,' fluisterde ik.

En ik zette de loop van het pistool tegen de slaap.

De ademhaling stokte. Er kwamen een paar harde, kwade snurken. Toen opende hij zijn ogen.

'Je slaapt stil voor zo'n dikke man,' zei ik.

Willum Willumsen knipperde een paar keer in het halfdonker om er zeker van te zijn dat hij niet meer droomde.

'Wat is dit?' zei hij met schorre stem.

'Dit is de hamer,' zei ik. 'Het einde. De dood.'

'Wat doe je hier, Roy? Hoe kom je hier binnen?'

'Via de kelderdeur,' zei ik.

'Die is op slot,' zei hij.

'Ja,' zei ik slechts.

Hij hees zich omhoog in bed. 'Roy, Roy, Roy. Ik wil niet dat je iets overkomt. Maak dat je wegkomt dan beloof ik je dat ik dit vergeet.'

Ik sloeg hem met de pistoolloop recht op zijn neus. De huid barstte open en hij begon te bloeden.

'Hou je handen op het dekbed,' zei ik. 'Laat het bloed lopen.'

Willumsen slikte. 'Is dat een pistool?'

'Dat klopt.'

'Ik begrijp het. Dit is een soort herhaling van de vorige keer?'

'Ja, alleen hebben we elkaar de vorige keer in leven gelaten.'

'En nu?'

'Nu zou ik daar niet zo zeker van zijn. Je hebt gedreigd mijn familie te vermoorden.'

'Dat is de consequentie van wanbetaling bij zo'n grote lening, Roy.'

'Ja, en dit is de consequentie van het opstarten van de consequentie van wanbetaling bij zo'n grote lening.'

'Denk je dat ik me laat ruïneren door mijn crediteuren zonder dat ik iets doe? Denk je dat echt?' Er was vooral veel verontwaardiging in zijn stem en niet zozeer angst en ik kon Willum Willumsen alleen maar bewonderen om zijn vermogen de realiteit onder ogen te zien.

'Ik denk niet zoveel, Willumsen. Jij doet wat je moet doen, ik doe wat ik moet doen.'

'Als je gelooft dat dit manier is om Carl te redden dan vergis je je. Poul zal het werk hoe dan ook afmaken, de opdracht kan niet worden ingetrokken want ik kan hem nu niet bereiken.'

'Nee, dat kan je niet,' zei ik en ik vond dat ik klonk als een fout citaat uit de popgeschiedenis toen ik zei: 'Poul is dood.'

Willumsen sperde zijn inktvisogen open. Hij zag het pistool nu en herkende het duidelijk.

'Ik moest weer afdalen in Huken,' zei ik. 'De Jaguar ligt op de Cadillac, beide auto's liggen op hun dak. Beide auto's zijn behoorlijk geplet, het geheel lijkt wel op een verrekte oldtimersandwich. En wat er nog over is van de Deen wordt omhooggeperst door de autogordel als zo'n verdomde varkensrollade.'

Willumsen slikte.

Ik zwaaide met het pistool. 'Dit zat vast tussen de versnellingspook en het dak, ik moest het los schoppen.'

'Wat wil je, Roy?'

'Ik wil dat je niemand van mijn familie vermoordt, inclusief mijn schoonzus.'

'Afgesproken.'

'En ik wil dat je Carl de lening kwijtscheldt. Plus dat je ons voor hetzelfde bedrag een nieuwe lening geeft.'

‘Dat kan ik niet, Roy.’

‘Ik heb Carls exemplaar gezien van het contract voor de lening dat jullie hebben ondertekend. We scheuren dat nu door en ondertekenen een contract voor een nieuwe lening.’

‘Dat gaat niet, Roy, het contract ligt bij mijn advocaat. En zoals Carl je vast heeft verteld is het ondertekend in het bijzijn van een getuige dus het kan niet zomaar verdwijnen.’

‘Als ik zeg doorscheuren dan bedoel ik dat figuurlijk. Hier heb je een nieuw contract dat het oude vervangt.’

Ik deed met mijn vrije hand het nachtlampje aan en trok twee A4’tjes met identieke inhoud uit mijn zak en legde die op het dekbed voor Willumsen neer. ‘Hier staat dat de lening wordt teruggebracht van dertig miljoen naar een veel lager bedrag. Om precies te zijn, naar twee kronen. Er staat ook in dat de reden is dat jij Carl persoonlijk hebt aangeraden de verzekeringspremie voor het hotel niet te betalen en dat je daarom beseft dat je net zo schuldig bent aan de situatie als Carl. Kort samengevat: zijn ongeluk is jouw ongeluk. Bovendien geef je hem een lening van dertig miljoen.’

Willumsen schudde heftig met zijn hoofd. ‘Je begrijp het niet. Ik héb niet zoveel geld. Ik heb moeten lenen om Carl geld te kunnen lenen. Het wordt mijn ondergang als ik het geld niet terugkrijg.’ Het leek bijna of hij ging huilen toen hij verderging: ‘Iedereen denkt dat ik binnenloop nu de dorpelingen meer geld te besteden hebben, maar ze gaan allemaal naar Kongsberg of Notodden om een nieuwe auto te kopen, Roy. Ze willen niet eens gezien worden in een occasion van mij.’

De onderkin op het boord van zijn gestreepte pyjama trilde licht.

‘En toch moet je ondertekenen,’ zei ik en ik gaf hem de pen die ik had meegenomen.

Ik zag zijn blik over het papier gaan. Hij tilde het op en keek me vragend aan.

‘Wij zorgen voor getuigen en de datum nadat jij hebt ondertekend,’ zei ik.

‘Nee,’ zei Willumsen.

‘Nee… voor?’

‘Ik onderteken niet. Ik ben niet bang om dood te gaan.’

‘O nee? Maar wel om failliet te gaan?’

Willumsen knikte zwijgend. Toen lachte hij even. 'Weet je nog toen we in dezelfde situatie waren, Roy? En ik zei dat de kanker was teruggekomen. Ik loog, maar nu is die terug. Ik heb niet veel tijd meer. Daarom kan ik niet zo'n grote schuld nalaten en zeker niet nog meer lenen. Ik wil een gezonde onderneming nalaten aan mijn echtgenote en andere erfgenamen, dat betekent nu alles voor me.'

Ik knikte langzaam en langdurig zodat hij zou begrijpen dat ik hier goed over nadacht. 'Dat is jammer,' zei ik. 'Echt jammer.'

'Ja, toch?' zei Willumsen en hij gaf me de papieren plus het addendum dat Carl vannacht had opgesteld terug.

'Inderdaad,' zei ik zonder de papieren aan te pakken. In plaats daarvan pakte ik mijn telefoon. 'Nu moeten we iets veel ergers doen.'

'Met de chemokuren die ik heb gehad ben ik bang dat martelingen niet veel effect op me zullen hebben, Roy.'

Ik antwoordde niet, maar toetste Shannon in en drukte op FaceTime.

'Ga je me vermoorden?' Willumsen vroeg het op een toon die onderstreepte dat het vanzelfsprekend idioot was iemand te vermoorden omdat je daar geld uit wil persen.

'Niet jou,' zei ik, kijkend naar het display van de telefoon.

Shannon verscheen op het scherm. Het was donker om haar heen, maar het licht van de camera werd gereflecteerd door de sneeuw op het bevroren Budalsvann. Ze sprak, niet tegen mij, maar tegen iemand achter de camera.

'Is het goed dat ik even film, Rita?'

'Natuurlijk,' hoorde ik Rita zeggen.

Shannon draaide de telefoon en Rita dook op in het felle licht van de camera. Ze droeg een bontjas en een bontmuts met een witte badmuts die eronder vandaan kwam. Wolkjes adem kwamen uit haar mond terwijl ze op en neer sprong voor een vierkant gat dat groot genoeg was voor één persoon om het water in te gaan en zo klein dat diegene beide handen op het ijs kon zetten als die er weer uit wilde. Naast het gat lag een ijszaag en het brok ijs dat ze eruit hadden gezaagd.

'Maar we vermoorden je vrouw,' zei ik en ik hield het scherm voor Willumsen. 'Ik heb het idee trouwens van Poul.'

Ik twijfelde er niet aan dat Willumsen weer kanker had. En ik zag de pijn in zijn blik toen hij zich realiseerde dat hij het enige kon kwijtraken wat voor hem onmisbaar was, van wie hij meer hield dan van zichzelf omdat ze hem zou overleven, voor hem zou leven. Ik voelde medelijden met Willumsen, dat was echt zo.

'Verdrinking,' zei ik. 'Een ongeluk natuurlijk. Jouw vrouw springt erin. Hop. En wanneer ze weer bovenkomt, zal ze merken dat het gat er niet meer is. Ze zal voelen dat het ijs boven haar loszit en zal het proberen weg te duwen. Maar Shannon hoeft alleen maar haar ene voet op het ijsdeksel te zetten om het op zijn plaats te houden in het gat, want jouw vrouw heeft niets om zich tegen af te zetten, alleen maar water. IJskoud water.'

Er ontsnapte een zachte snik uit Willumsens keel. Deed me dat plezier? Ik hoop van niet, dat zou betekenen dat ik een psychopaat ben en ik heb geen zin om dat te zijn.

'We beginnen met Rita,' zei ik. 'En dan, als je niet ondertekent, gaan we verder met je andere erfgenamen. Shannon – die niet uitsluit dat jouw vrouw op de hoogte was van haar doodvonnis – is er erg op gebrand om deze opdracht uit te voeren.'

Op het scherm had Rita zich uitgekleed. Ze had het duidelijk koud en dat was geen wonder, in het felle licht was de bleke huid blauwachtig en oneffen. Het viel me op dat ze hetzelfde badpak droeg als toen we in de zomer in de roeiboot op het meer roeiden. Ze zag er niet ouder uit, maar jonger. Het leek of de tijd niet in een cirkel ging, maar juist achteruit.

Ik hoorde het geschraap van de pen op het papier.

'Zo,' zei Willumsen en hij gooide de pen en papieren op het dekbed voor me. 'En hou haar nu tegen!'

Ik zag Rita Willumsen bij het gat gaan staan. Zelfde houding als toen op de boot, alsof ze van plan was te gaan duiken.

'Niet voordat je beide exemplaren hebt getekend,' zei ik zonder mijn blik van het scherm te halen. Ik hoorde Willumsen de papieren naar zich toe trekken en ondertekenen.

Ik bestudeerde de handtekeningen. Ze zagen er goed uit.

Willumsen schreeuwde en ik keek op het scherm. Ik had geen plonsgeluid gehoord. Rita was goed. De losse ijsschijf vulde het beeld en we zagen een witte, kleine hand de schijf pakken en optillen.

'Je kunt stoppen, Shannon. Hij heeft getekend.'

Even leek het erop of Shannon de schijf toch in het gat ging gooien.

Maar ze liet die naast zich vallen en het volgende moment dook Rita als een zeehond op uit het zwarte water, haar haren glad en glanzend rond haar lachende gezicht. Haar ademhaling zond witte rooksignalen naar het cameralicht.

Ik verbrak de verbinding.

'Zo,' zei ik.

'Zo,' zei Willumsen.

Het was koud in de kamer en ik was langzaamaan deels onder het dekbed gegleden, niet met mijn hele lichaam, maar genoeg om ons als bedgenoten te kunnen bestempelen.

'Nu kan je wel gaan,' zei Willumsen.

'Als dat zo makkelijk ging,' zei ik.

'Wat bedoel je?'

'Het is toch zo klaar als een klontje wat je gaat doen zodra ik weg ben? Dan bel je een andere afperser of huurmoordenaar om de familie Opgard uit te roeien voordat we kans hebben gezien de papieren bij jouw advocaat af te leveren. En wanneer je beseft dat dat niet op tijd gaat lukken, geef je ons aan bij de politie voor afpersing en ga je de rechtsgeldigheid betwisten van wat je zojuist hebt ondertekend. En je gaat natuurlijk ontkennen dat je iets te maken hebt met een afperser.'

'Denk je dat?'

'Ja, dat denk ik, Willumsen. Tenzij je me het tegendeel kan bewijzen.'

'En als ik dat niet kan?'

Ik haalde mijn schouders op. 'Je kunt het natuurlijk proberen.'

Willumsen keek me aan. 'Draag je daarom handschoenen en een badmuts?'

Ik gaf geen antwoord.

'Om geen vingerafdrukken of haren achter te laten?' ging hij verder.

'Denk daar niet over na, Willumsen, probeer in plaats daarvan een andere manier te vinden waarop we dit kunnen doen.'

'Hm, even nadenken.' Willumsen vouwde zijn handen op zijn borst waar een oerwoud van zwarte haren uit zijn pyjamajasje omhoogstak. In de stilte die volgde kon je het verkeer op de rijksweg horen. Ik had van deze ochtenden op het benzinestation gehouden, daar te zijn terwijl het dorp ontwaakte voor een nieuwe dag, de mensen te zien die weer naar buiten kwamen om hun plaats in te nemen in onze kleine maatschappijmachine. Om het overzicht te hebben, de onzichtbare hand te ervaren die de activiteiten stuurde en ervoor zorgde dat alles min of meer ging zoals het zou moeten gaan.

Willumsen kuchte. 'Ik ga geen afperser of politie inschakelen omdat we daar allebei veel mee te verliezen hebben.'

'Jij hebt al alles verloren,' zei ik. 'Je hebt alleen maar alles te winnen. Vooruit, je bent een handelaar in tweedehandsauto's, overtuig me.'

'Hm.'

Het werd weer stil in de kamer.

'De tijd tikt door, Willumsen.'

'Leap of faith,' zei hij.

'Nu probeer je dezelfde kapotte auto twee keer te verkopen,' zei ik. 'Vooruit, het is je gelukt de Cadillac aan mijn vader te slijten, en je hebt Carl en mij het dubbele laten betalen voor een gebruikt duikpak, ontdekten we later in Kongsberg.'

'Ik heb iets meer tijd nodig om wat te bedenken,' zei Willumsen. 'Kom vanmiddag maar terug.'

'Helaas,' zei ik. 'We moeten dit voor ik vertrek afhandelen en voordat het zo licht is dat mensen me kunnen zien.' Ik tilde het pistool op en zette het tegen zijn slaap. 'Ik zou werkelijk willen dat er een andere uitweg is, Willumsen, ik ben geen moordenaar en in zekere zin mag ik je wel. Ja, echt. Maar in dit geval moet jij me de weg wijzen, ik zie die niet. Je hebt nog tien seconden.'

'Dit is zo onredelijk,' zei Willumsen.

'Negen,' zei ik. 'Is het onredelijk dat ik je nog een kans geef te pleiten voor je leven hoewel je Shannon die kans niet gegeven hebt? Is het onredelijk dat ik jou je laatste levensmaanden afpak in plaats van de rest van het leven van je vrouw? Acht.'

'Misschien niet, maar...'

'Zeven.'

'Ik geef het op.'

'Zes. Wil je dat ik wacht tot ik heb afgeteld of...'

'Iedereen wil zo lang mogelijk leven.'

'Vijf.'

'Ik zou graag een sigaar opsteken.'

'Vier.'

'Toe, laat me een sigaar opsteken.'

'Drie.'

'Ze liggen in de bureaula daar, laat me...'

De knal was zo luid dat ik het gevoel had dat iemand iets scherps tegen mijn trommelvliezen had geduwd.

Ik had natuurlijk in films gezien hoe dergelijke schoten door het hoofd altijd resulteren in fonteinen van bloed tegen de muur, maar ik was eerlijk gezegd verrast toen dat ook werkelijk gebeurde.

Willumsen plofte achterover op bed met een verongelijkte uitdrukking op zijn gezicht, misschien omdat ik hem twee seconden van zijn leven had ontzegd. Even later voelde ik dat de matras onder me nat werd en rook ik poep. In films laten ze niet zien dat de dode de sluizen openzet.

Ik duwde het pistool in Willumsens hand en stond op van het bed. Toen ik bij het benzinestation van Os werkte, las ik niet alleen populairwetenschappelijke bladen, maar ook *True Crime*. Naast de badmuts en de handschoenen had ik mijn broekspijpen aan mijn sokken getapet en mijn mouwen aan de handschoenen zodat er geen lichaamsharen uit konden vallen en ik op de plaats delict DNA-sporen voor de politie zou achterlaten als er een verdenking van moord was.

Ik rende de trap af naar de kelder, nam een schep mee die daar stond, liet de kelderdeur openstaan en liep achteruit door de tuin terwijl ik met de schep de voetafdrukken in de sneeuw weghaalde. Ik nam de weg die naar het Budalsvann leidde, daar stonden niet veel huizen langs. Gooide de schep in een vuilcontainer bij de oprit naast een net gebouwd huis, voelde nu pas dat mijn oren koud waren en herinnerde me dat ik een wollen muts in mijn zak had die ik over de badmuts trok en vervolgde de weg naar een van de steigers. Ik had de Volvo achter een botenhuis geparkeerd. Ik tuurde over het ijs. Ergens daar baadden twee van de drie vrouwen in mijn leven. En ik had de man van een van hen gedood. Vreemd. De auto was nog warm en startte zonder problemen. Ik reed naar Opgard. Het was halfacht en nog steeds pikdonker.

Dezelfde middag werd het nieuws op de nationale radio gemeld: 'Er is een man levenloos aangetroffen in zijn huis in de gemeente Os in Telemarken. De politie beschouwt zijn dood als verdacht.'

Het nieuws van Willumsens dood trof het dorp als een mokerslag. Ik geloof dat dat een passend beeld is. Ik nam aan dat het meer impact had dan het afbranden van het hotel, dat deze gewiekste, vriendelijke, snobistische, volkse handelaar in tweedehandsauto's die er altijd was geweest nu voorgoed was vertrokken. Er werd vast in alle winkels en cafés, op elke straathoek en in elk huis over gepraat. Zelfs de mensen die ik ontmoette en die wisten dat de kanker bij Willumsen weer terug was, waren grauw van verdriet.

De eerste twee nachten sliep ik slecht. Niet omdat ik een slecht geweten had. Ik had werkelijk getracht Willumsen te helpen zichzelf te redden, maar hoe moet een schaker zijn tegenstander helpen als je hem eerst schaakmat hebt gezet? Dat is gewoonweg niet jouw pakkie-an. Nee, dat had een heel andere reden. Ik had het akelige voorgevoel dat ik iets was vergeten, dat ik iets wezenlijks over het hoofd had gezien toen ik het plan uitdacht. Ik kon er alleen niet de vinger op leggen wat dat kon zijn.

De derde dag na de dood van Willumsen, twee dagen voor zijn begrafenis, wist ik het. Ik wist waar ik het had verkloot.

56

Om elf uur 's morgens reed Kurt Olsen ons erf op.

Achter hem reden twee auto's met Oslo-nummerborden.

'Het is verdomd glad in de bocht daar,' zei Kurt die een rokende peuk tussen zijn lippen vandaan haalde en die op de grond gooide toen ik de buitendeur opendeed. 'Maken jullie daar een ijsbaan of hoe zit het?'

'Nee,' zei ik. 'We strooien. Dat is eigenlijk het werk van de gemeente, maar wij doen het.'

'Die discussie gaan we niet weer beginnen,' zei Kurt Olsen. 'Dit zijn Vera Martinsen en Jarle Sulesund van KRIPOS.' Achter hem stond een politievrouw in een zwart broekpak en een man met een Pakistaans of Indiaas uiterlijk. 'We hebben vragen, laten we naar binnen gaan.'

'We vroegen ons af of we wat vragen konden stellen,' onderbrak Martinsen hem. 'Als dat uitkomt? En als we binnen mogen komen?' Ze keek naar Kurt en daarna naar mij. Ze lachte. Blond haar in een vlecht, breed gezicht en brede schouders. Ik gokte handbal en langlaufen. Niet omdat je aan mensen kunt zien welke sport ze beoefenen, maar omdat dat de populairste sporten zijn bij vrouwen en je hebt een grotere kans het goed te hebben als je rekening houdt met de statistieken in plaats van afgaan op je onderbuikgevoel. Dergelijke irrelevante gedachten gingen door mijn hoofd terwijl ik in de deuropening stond. En kijkend naar Martinsen besefte ik dat ik op mijn hoede moest zijn dat ze me niet met huid en haar opat. Maar het was goed, wij waren ook voorbereid.

We liepen de keuken in waar Carl en Shannon al zaten.

'We willen graag met jullie alle drie praten,' zei Martinsen. 'Maar wel met ieder apart.'

'Jullie kunnen zolang in de jongenskamer gaan zitten,' zei ik luchtig en ik zag aan Carl dat hij begreep wat ik wilde. Hij en Shannon konden de vragen en antwoorden horen zodat we er zeker van konden zijn dat onze antwoorden overeenkwamen met het verhaal dat we voorbereid hadden.

'Koffie?' vroeg ik toen Carl en Shannon waren vertrokken.
'Nee, bedankt,' zeiden Martinsen en Sulesund tegelijk met Kurts 'ja'.
Ik schonk in voor Kurt.
'KRIPOS staat me bij in het onderzoek naar de moord op Willumsen,' zei Kurt en ik zag nog net hoe Martinsen met haar ogen rolde naar Sulesund.
'De kwestie is namelijk dat het zeer waarschijnlijk geen zelfmoord is, maar moord.' Olsen liet zijn stem dalen bij het laatste woord. Hij liet het in de lucht hangen en zijn werk doen, hij keek naar me en leek te checken of er een reactie kwam voordat hij verderging: 'Een moord gecamoufleerd als zelfmoord. De oudste truc die er bestaat.'
Ik meende precies die zin in een artikel in *True Crime* te hebben gelezen.
'Maar de moordenaar heeft ons niet voor de gek kunnen houden. Willumsen hield weliswaar het pistool vast, maar hij had geen kruitsporen op zijn hand.'
'Kruitsporen,' herhaalde ik alsof ik het woord keurde.
Sulesund schraapte zijn keel. 'Eigenlijk is het meer dan kruitsporen. Het heet GSR, afkorting voor *gun shot residu*. Kleine deeltjes barium, lood en nog een paar chemicaliën die van de munitie en het wapen komen en die achterblijven op alles wat zich in een straal van een halve meter bevindt als een kogel wordt afgevuurd. Het dringt de huid en de kleding binnen en is heel moeilijk te verwijderen. Gelukkig.' Hij lachte even en zette zijn stalen bril recht. 'Ze zijn onzichtbaar, maar gelukkig hebben we apparatuur bij ons.'
'Hoe dan ook,' onderbrak Kurt hem. 'Op Willumsen was daar niets van te vinden. Begrijp je?'
'Ik begrijp het.'
'Bovendien bleek de kelderdeur open te staan en Rita was er zeker van dat die op slot was. We gokken dat die met een loper is opengemaakt. De moordenaar heeft ook de sneeuw omgeschept om de voetafdrukken in de sneeuw te verwijderen toen hij de tuin uit liep. We hebben de schep gevonden – die Rita herkende – in een vuilcontainer in de buurt.'
'Jezus,' zei ik.
'Ja,' zei Kurt. 'En we hebben een vermoeden wie de dader moet zijn.'
Ik gaf geen antwoord.
'Ben je niet nieuwsgierig wie?' Kurt keek me aan met zijn idiote röntgenblik.

'Natuurlijk, maar jullie hebben toch beroepsgeheim?'

Kurt draaide zich om naar de twee KRIPOS-mensen en lachte even. 'Dit is een moordonderzoek, Roy. We geven en houden informatie achter naar gelang het ons uitkomt voor het onderzoek.'

'Ah, juist.'

'We hebben te maken met zo'n professionele moord dat onze aandacht uitgaat naar een bepaalde auto. Beter gezegd, naar een ouder model Jaguar met Deens nummerbord dat in de buurt gezien is. We hebben het vermoeden dat die in het bezit is van een professionele afperser.'

We hebben te maken... Onze aandacht... Sodemieter, het lijkt wel of hij tot aan zijn nek in moordzaken zit. En die verdenkingen over een afperser kwamen natuurlijk niet van hem, maar dat was iets waar de mensen in het dorp al jaren over spraken.

'We hebben met de Deense politie gesproken en het wapen plus kogel opgestuurd. Ze hebben een match gevonden met een negen jaar oude moord in Århus. Die zaak is nooit opgelost, maar een van de verdachten reed in een oudere, witte Jaguar E-type. Zijn naam is Poul Hansen en het is algemeen bekend dat hij werkt als afperser.' Kurt draaide zich grijnzend om naar de KRIPOS-mensen. 'Hij heeft een Jaguar, maar is te gierig om zich van een moordwapen te ontdoen, is dat niet typerend voor een Deen?'

'Ik dacht dat dat typerend was voor een Zweed,' zei Martinsen zonder een spier te vertrekken.

'Of voor een IJslander,' zei Sulesund.

Kurt draaide zich weer om naar mij. 'Heb je de laatste tijd zo'n Jaguar gezien, Roy?' Hij zei het achteloos. Te achteloos. Zo achteloos dat ik begreep dat het een val was, dat hij me uit de tent probeerde te lokken, dat hij wilde dat ik een fout maakte. Ze wisten meer dan ze lieten blijken. Maar ook niet zoveel dat ze me niet in de val hoefden te laten lopen, ergo ze misten iets. Ik had uiteraard zin te zeggen dat ik de auto niet had gezien en dan te horen dat ze me bedankten en hen te zien vertrekken, maar dan zaten we in de val. Ze waren hier met een reden. En de reden was de Jaguar. Ik moest op mijn tellen passen en ik wist instinctief dat ik vooral op moest passen voor de vrouw, voor die Martinsen.

'Ik heb de Jaguar gezien,' zei ik. 'Die was hier.'

'Hier?' zei Martinsen zacht en ze legde haar telefoon voor zich op tafel.

'Heb je er iets op tegen dat we dit opnemen, Opgard? Alleen omdat we dan niet vergeten wat je aan ons te vertellen hebt.'

'Ik heb geen onoverkomelijke bezwaren,' zei ik, haar keurige manier van formuleren was kennelijk besmettelijk.

'Dus,' zei Kurt, hij zette zijn ellebogen op tafel en leunde naar me toe. 'Wat deed Poul Hansen hier?'

'Carl geld afpersen,' zei ik.

'O?' zei Kurt en hij staarde me aan. Ik zag dat Martinsens blik door de kamer ging alsof ze iets zocht. Iets anders dan wat er vlak voor hen gebeurde en wat ze toch al opnamen. Haar blik viel op de kachelpijp.

'Hij zei dat hij dit keer niet in Os was om geld te innen voor Willumsen, maar ván Willumsen,' zei ik. 'Hij leek behoorlijk pissig, om het zo maar te zeggen, Willumsen was hem blijkbaar geld schuldig voor meerdere opdrachten. En nu had Willumsen hem verteld dat hij volledig platzak was.'

'Willumsen platzak?'

'Toen het hotel afbrandde, besloot Willumsen het geld dat Carl van hem had geleend kwijt te schelden. Dat was veel geld, maar Willumsen voelde zich medeverantwoordelijk voor de besluiten die er waren genomen en die ertoe hadden geleid dat de verliezen van Carl nog groter waren geworden.'

Ik moest hier voorzichtig zijn, tot nu toe was er niemand in het dorp, behalve wij hier op Opgard, die wist dat het hotel niet verzekerd was voor brand. Geen levende ziel tenminste. Maar ik vertelde de waarheid, de documenten over de kwijtschelding van een oude lening en het verlenen van een nieuwe lagen nu bij Willumsens advocaat en die konden het daglicht verdragen.

'Bovendien had Willumsen kanker en had hij niet lang meer te leven,' zei ik. 'Hij wilde waarschijnlijk dat zijn nalatenschap zo genereus was dat het hotel gebouwd kon worden en niet dat financiële problemen veroorzaakt door de brand het project zouden beëindigen.'

'Wacht,' zei Kurt. 'Was Carl of de onderneming die het hotel bezit Willumsen geld schuldig?'

'Dat is complex,' zei ik. 'Dat moet je maar aan Carl vragen.'

'We zijn niet van Economische Delicten, leg het alsjeblieft uit,' zei Martinsen. 'Poul Hansen eiste dat Carl hem het geld betaalde dat Willumsen hem schuldig was?'

'Ja, maar we hebben geen geld, alleen maar kwijtgescholden schuld. En de nieuwe lening was nog niet uitbetaald, dat gebeurt pas over twee weken.'

'Jezus,' zei Kurt.

'Wat deed Poul Hansen daarna?' vroeg Martinsen.

'Hij gaf het op en vertrok.'

'Wanneer was dat?' Haar vraag kwam snel en was bedoeld om het tempo van de antwoorden ook op te schroeven, we zijn zo makkelijk te conditioneren. Ik bevochtigde mijn lippen.

'Was dat voor of na Willumsens dood?' flapte Olsen eruit, hij verloor zijn geduld. Toen Martinsen zich omdraaide naar Kurt zag ik voor het eerst iets anders dan kalmte en een glimlach op haar gezicht. Als blikken konden doden was Kurt nu dood. Omdat ik nu wist waar ze naar op zoek waren. De tijdslijn. Ze wisten van het bezoek van Poul Hansen aan Opgard.

In het verhaal dat we hadden ingestudeerd was Poul Hansen niet de dag vóór de moord naar Opgard gekomen, zoals in werkelijkheid het geval was, maar direct ná de moord, om het geld dat hij niet van Willumsen had kunnen krijgen bij Carl op te eisen. Omdat alleen deze volgorde van de gebeurtenissen kon verklaren dat Poul Hansen Willumsen had vermoord én samen met de Jaguar in Huken terecht was gekomen. Maar Kurts uitroep was de kreet van de raaf die ik nodig had. Ik nam een besluit en ik hoopte dat Carl en Shannon goed luisterden via het gat van de kachelpijp en doorhadden dat ik ons verhaal had veranderd.

'Dat was de dag voor de moord,' zei ik.

Martinsen en Kurt wisselden een blik.

'Dat klopt voorlopig met het tijdstip dat Simon Nergard ons heeft gegeven dat hij een Jaguar E-type langs zijn boerderij heeft zien rijden naar de weg die hiernaartoe leidt,' zei Martinsen.

'En naar de bouwplaats van het hotel,' zei ik.

'Maar hij kwam hierheen?'

'Ja.'

'Vreemd dat Simon Nergard zegt dat hij de Jaguar nooit meer naar beneden heeft zien komen.'

Ik haalde mijn schouders op.

'Maar de Jaguar is wit en er lag veel sneeuw,' zei Martinsen. 'Toch?'

‘Zou kunnen,’ zei ik.

‘Help ons, jij hebt verstand van auto’s: waarom heeft Simon Nergard die Jaguar niet meer gehoord of gezien?’

Ze was goed en ze gaf niet op. ‘Zo’n sportwagen kan je goed horen als die in een lage versnelling de berg op rijdt, nietwaar? Maar niet als die in zijn vrij naar beneden gaat. Denk je dat Hansen dat deed? Langzaam en zonder geluid langs Nergards boerderij rijden?’

‘Nee,’ zei ik. ‘Je moet te veel remmen in de bochten en de Jaguar is zwaar. En mensen met dat soort auto’s houden niet van langzaam en geruisloos rijden, dat zijn geen types die benzine besparen. Als je het mij vraagt zat Simon Nergard op de plee te kakken.’

Ik benutte de stilte die viel om aan mijn oor te krabben.

Toen gaf Martinsen me een bijna onmerkbaar knikje, als een bokser die een schijnbeweging van de ander heeft doorzien. Deze schijnbeweging was een uitnodiging om eens goed uit te leggen waarom Simon de Jaguar niet gezien kon hebben en daarmee te laten merken dat het belangrijk voor me was dat ze geloofden dat de Jaguar voorbij was gereden op weg naar het dorp. Maar waarom? Martinsen checkte of de telefoon alles nog opnam en Kurt kwam snel met de volgende vraag: ‘Wanneer heb je gehoord dat Willumsen dood was en waarom heb je niets gezegd over die afperser?’

‘Omdat iedereen zei dat het zelfmoord was,’ zei ik.

‘En je vond het niet vreemd dat het gebeurde kort nadat je te horen had gekregen dat hij bedreigd werd?’

‘De afperser zei niets over bedreigingen. Willumsen had kanker en het alternatief was misschien maanden van pijn. Ik heb mijn oom Bernard zien doodgaan aan kanker, dus nee, ik vond het niet zo vreemd.’

Kurt haalde adem om meer te zeggen, maar Martinsen gebaarde met haar hand dat het genoeg was en hij hield zijn mond.

‘En Poul Hansen is hier daarna niet meer geweest?’ vroeg Martinsen.

‘Nee,’ zei ik.

Ik zag dat haar blik die van mij volgde, naar de kachelpijp.

‘Zeker weten?’

‘Ja.’

Ze hadden meer, maar wat? Wat? Ik zag dat Kurt onbewust rommelde met het leren foedraal aan zijn riem. Het leek op hetzelfde type dat zijn vader had gebruikt. De mobiele telefoon. Daar was het weer. Wat me had wakker gehouden, wat ik was vergeten, de fout die ik niet had gevonden.

'Omdat...' begon Martinsen en op hetzelfde moment wist ik het.

'Dat wil zeggen, nee,' onderbrak ik haar en ik gaf haar wat hopelijk een beschaamde glimlach was. 'De ochtend van Willumsens dood werd ik wakker van het geluid van een Jaguar. De auto dus, niet het beest.'

Martinsen zweeg en keek me uitdrukkingsloos aan. 'Vertel,' zei ze.

'Het is een vrij karakteristiek geluid als die in een lage versnelling rijdt, hij gromt als een grote katachtige, als... ja, een jaguar, neem ik aan.'

Martinsen keek ongeduldig, maar ik nam de tijd, ik wist dat in dit mijnenveld de geringste misstap ongenadig wordt afgestraft.

'Maar toen ik echt wakker was, was het geluid al weg. Ik deed het gordijn open en verwachtte half de Jaguar te zien. Het was nog steeds donker buiten, maar ik zag geen auto. Toen dacht ik dat ik het had gedroomd.'

Martinsen en Kurt wisselden weer een blik. De Sulesund-kerel nam duidelijk niet deel aan dit deel van het onderzoek, hij was kennelijk wat ze een technisch rechercheur noemen. Waarom hij mee was gekomen, had ik nog niet begrepen. Maar ik had het gevoel dat ik daar snel achter zou komen. Goed, ik had ze tenminste een verklaring gegeven die hout sneed ook áls ze de Jaguar in Huken vonden. Dan zou het erop lijken dat de zomerbanden geen grip hadden gekregen in de Geitesving en dat hij over de rand was gekieperd, het ravijn in, zonder dat iemand dat had gemerkt. Ik haalde adem. Ik overwoog op te staan om koffie in te schenken, ik voelde dat ik het nodig had, maar ik bleef zitten.

'De reden dat we het vragen is dat het ons wat moeite heeft gekost om een mobiel nummer van Hansen te achterhalen,' zei Martinsen. 'Hij had – vermoedelijk vanwege zijn beroep – geen telefoon op zijn naam geregistreerd staan. Maar we hebben de basisstations hier gecheckt en ze hebben de laatste dagen slechts van één telefoon met een Deens nummer signalen opgevangen. Toen we zagen welke basisstations dat waren, klopte dat met de getuigenverklaringen die we hadden van de Jaguar. Het vreemde is dat als we kijken naar het tijdstip rond de moord, ongeveer vanaf het moment dat hij jullie hier bezocht, dan is zijn telefoon de hele tijd in een begrensd gebied rond een basisstation geweest. Dit hier.' Martinsen tekende met haar vinger een cirkel in de lucht. 'En alleen de Opgards wonen in dit gebied. Hoe verklaar je dat?'

57

De KRIPOS-vrouw – ze had vast een formelere titel – was eindelijk bij het punt aangekomen. De mobiele telefoon. Natuurlijk had de Deen een mobiele telefoon gehad. Ik was dat gewoon vergeten toen we het plan bespraken, en nu had Martinsen zijn telefoon opgespoord en bleek die zich in een klein gebied rond onze boerderij te bevinden. Net als die keer met Sigmund Olsen. Hoe kon ik in godsnaam twee keer deze fout maken? Nu hadden ze vastgesteld dat de mobiel van de afperser voor, tijdens en na de moord op Willum Willumsen in de buurt van Opgard was.

'Nou,' zei Martinsen en ze herhaalde: 'Hoe verklaar je dat?'

Het was net als in zo'n videospel waar een golf van objecten op je aan komt gevlogen, allemaal met verschillende snelheid en bewegingspatroon en je weet dat het slechts een kwestie van tijd is voordat je met minstens een ervan crasht en het *game over* is. Er is heel wat voor nodig voor ik in de stress schiet, maar nu stond het zweet op mijn rug. Ik haalde mijn schouders op en probeerde wanhopig een ontspannen indruk te maken. 'Hoe verklaren júllie dat?'

Martinsen vatte het op als een retorische vraag en leunde voor de eerste keer voorover op haar stoel. 'Is Poul Hansen nooit vertrokken van Opgard? Heeft hij hier overnacht? Niemand die we hebben gesproken heeft hem onderdak gegeven, niet in het pension of waar dan ook en een oude Jaguar heeft geen verwarming, het is te koud om in de auto te slapen.'

'Hij zal wel in het hotel hebben gelogeerd,' zei ik.

'Het hotel?'

'Grapje. Ik bedoel dat hij naar de ruïne is gereden en in een van de barakken is getrokken, die staan nu leeg. Als hij zo goed is in sloten openmaken dan zal hij daar ook geen problemen mee hebben gehad.'

'Maar zijn mobiele telefoon laat zien...'

'De bouwplaats ligt net over de bergrug daar,' zei ik. 'In hetzelfde basisstationgebied als wij, dat klopt toch, Kurt? Jij hebt indertijd ook naar een mobiel gezocht.'

Kurt Olsen zoog aan zijn snor en keek me aan met wat een hatelijke blik leek. Hij draaide zich om naar de KRIPOS-mensen en knikte kort.

'In dit geval moet dat betekenen,' zei Martinsen zonder haar ogen van me af te wenden, 'dat hij zijn mobiel in de barak heeft achtergelaten toen hij vertrok om Willumsen te vermoorden. En dat die daar nog steeds ligt. Kun je wat mensen oproepen, Kurt? Het lijkt erop dat we een huiszoekingsbevel nodig hebben voor de barakken en het lijkt erop dat het flink zoeken zal zijn.'

'Succes,' zei ik en ik stond op.

'O, maar we zijn nog niet klaar,' zei Kurt lachend.

'O nee?' zei ik en ik ging weer zitten.

Kurt leunde achterover op zijn stoel om aan te geven dat hij goed zat. 'Toen we Rita vroegen of Poul Hansen een sleutel kon hebben van de kelderdeur, ontkende ze dat. Maar ik zag het vertrekken van haar gezicht, ik ben immers al zo lang bij de politie dat ik een gezicht een beetje kan lezen, ik drong aan en toen gaf ze toe dat jij indertijd wel een sleutel hebt gekregen, Roy.'

'Oké,' zei ik alleen. Ik was moe.

Kurt leunde weer op zijn ellebogen. 'De vraag is of je de sleutel aan Poul Hansen hebt gegeven. Of ben je zelf op de ochtend dat Willumsen stierf in het huis geweest?'

Ik moest een geeuw smoren. Niet omdat ik slaap had, maar omdat mijn hersenen meer zuurstof nodig hadden, nam ik aan. 'Waarom denken jullie dat in godsnaam?'

'We vragen het alleen maar.'

'Waarom zou ik Willumsen vermoorden?'

Kurt zoog weer op zijn snor, keek Martinsen aan en kreeg een duidelijk signaal dat hij door moest gaan: 'Grete Smitt vertelde me een keer dat jij en Rita Willumsen met elkaar afspraken in het huisje van Willumsen. Toen Rita Willumsen had verteld over de sleutel van de kelderdeur en ik haar met Gretes verhaal confronteerde, gaf ze het ook toe.'

'En wat dan nog?'

'Wat dan nog? Seks en jaloezie, dat zijn in de westerse wereld de twee meest voorkomende motieven voor moord.'

Dat kwam ook uit *True Crime*, als ik me niet vergiste. Ik kon een geeuw niet langer onderdrukken. 'Nee,' zei ik met mijn mond wijd open.

'Natuurlijk heb ik Willumsen niet vermoord.'

'Nee,' zei Kurt. 'Je hebt ons zojuist verteld dat je in bed lag te snurken op het tijdstip dat Willumsen vermoord werd, tussen halfzeven en halfacht dus?'

Kurt rommelde weer aan het foedraal. Het leek of hij een souffleur had. En ik begreep het nu: ze hadden mijn mobiel ook gecheckt.

'Nee, ik ben opgestaan,' zei ik. 'En ben naar een van de steigers aan het Budalsvann gereden.'

'Ja, we hebben een getuige die meent een Volvo als die van jou te hebben gezien en volgens hem reed je voor acht uur daar weg. Wat moest je daar?'

'Ik wilde de badende nimfen zien.'

'Sorry?'

'Nadat ik wakker was geworden van volgens mij een Jaguar, herinnerde ik me dat Shannon en Rita zouden gaan ijsbaden, maar ik wist niet precies waar. Ik nam aan dat het in een rechte lijn tussen het huis van Willumsen en het meer zou zijn. Ik parkeerde bij een van de botenhuizen en ging op zoek naar ze, maar het was te donker en ik vond ze niet.'

Ik zag het gezicht van Kurt haast imploderen, alsof de lucht uit een strandbal ontsnapte.

'Verder nog iets?' vroeg ik.

'We willen voor de zekerheid jouw handen nog even checken op GSR,' zei Martinsen nog steeds vrijwel zonder mimiek, maar haar lichaamstaal was wel veranderd. Ze had het gespannen, hypersensitieve bewustzijn uitgezet, misschien moet je zelf aan een vechtsport of straatvechten hebben gedaan om dat op te merken. Ze wist het misschien zelf niet eens, maar vanbinnen had ze geconcludeerd dat ik de vijand niet was en nu kon ze bijna onmerkbaar ontspannen.

Technisch rechercheur Sulesund trad naar voren en opende zijn tas. Hij pakte er een laptop uit en iets wat leek op een haarföhn. 'XRF-*analyzer*,' zei hij en hij opende de laptop. 'Ik hoef je huid alleen maar te scannen en we krijgen direct het resultaat. Ik moet alleen het analyseprogramma opstarten.'

'Oké, zal ik even naar boven gaan om Carl en Shannon op te halen zodat jullie ook met ze kunnen praten?' vroeg ik.

'Zodat je eerst je handen kunt schrobben?' vroeg Kurt Olsen.

'Bedankt, maar we hoeven niet met de anderen te praten,' zei Martinsen. 'We hebben voorlopig wat we nodig hebben.'

'Ik ben zover,' zei Sulesund.

Ik rolde mijn mouwen op en stak mijn handen voor hem uit zodat hij me kon scannen alsof ik een product was in het tankstation.

Sulesund koppelde met een USB-stick de haarföhn aan de laptop en toetste iets in. Ik zag Kurt het gezicht van de technisch rechercheur gespannen observeren. Zelf voelde ik Martinsens blik op me terwijl ik mijn blik naar het raam richtte en bedacht dat het maar goed was dat ik de handschoenen had verbrand tegelijk met de andere kleding die ik die ochtend had gedragen. En ik moest eraan denken het bebloede overhemd te wassen dat ik op nieuwjaarsavond had gedragen zodat dat schoon was voor de begrafenis morgen.

'Hij is schoon,' zei Sulesund.

Ik meende Kurt Olsen inwendig te horen vloeken.

'Goed,' zei Martinsen en ze stond op. 'Bedankt voor de medewerking, Opgard, ik hoop dat je het niet al te onplezierig hebt gevonden. Maar bij moordzaken moeten we iets strikter zijn, snap je.'

'Jullie doen je werk,' zei ik en ik rolde de mouwen weer naar beneden. 'Daar kan je alleen maar respect voor hebben. En...' Ik stopte snus onder mijn lip, keek naar Kurt Olsen en zei naar waarheid: '...ik hoop dat jullie Poul Hansen vinden.'

58

De begrafenis van Willum Willumsen voelde in zekere zin ook als de begrafenis van Os Spa- en Berghotel.

Jo Aas hield de afscheidsrede.

'Leid ons niet in verzoeking, maar verlos ons van de boze,' zei hij. En hij vertelde hoe de overledene zijn bedrijf steen voor steen had opgebouwd en dat het succesvol was en een natuurlijke plek innam in de lokale samenleving. Er was en is behoefte aan bij de mensen die hier wonen, zei Aas.

'We kenden Willum Willumsen allemaal als een harde, maar rechtschapen zakenman. Hij verdiende zijn geld waar hij geld kon verdienen en sloot nooit een overeenkomst als hij niet zeker wist dat hij er iets mee te winnen had. Maar hij hield zich aan de afspraken die hij maakte, ook als de wind draaide en de winst veranderde in verlies. Altijd. Een dergelijke integriteit tekent een man, dat is het ultieme bewijs dat hij ruggengraat heeft.'

Op dit punt bleef Jo Aas' blik op Carl rusten die naast me zat op de tweede rij in de volgepakte kerk van Os.

'Helaas kan ik niet zeggen dat alle huidige zakenmannen in het dorp volgens de principes van Willumsen werken.'

Ik keek niet naar Carl, maar het leek of ik de warmte van het schaamrood dat op zijn kaken stond kon voelen.

Ik vermoedde dat Jo Aas deze gelegenheid aangreep voor de karaktermoord op mijn kleine broer omdat hij wist dat dit het beste platform was om te kunnen zeggen wat hij wilde zeggen. En hij wilde het zeggen omdat hij nog steeds gedreven werd door hetzelfde: hij wilde het op de agenda hebben. Een paar dagen geleden had Dan Krane een hoofdartikel geschreven over de huidige en voormalige burgemeester en hij had Jo Aas beschreven als een politicus die het fenomenale talent had om zijn oor te luisteren te kunnen leggen en te begrijpen wat hij hoorde, waarna hij zijn reacties zodanig aanpaste dat ze op magische wijze altijd klonken als een compromis tussen de verschillende standpunten van de partijen. Op die manier waren zijn voorstellen altijd geaccepteerd en daarmee werd hij gezien als een krachtig leider. Terwijl hij zich in werkelijkheid alleen maar aanpaste aan zijn publiek of gewoon meeging met de stroom. 'Is het de hond die kwispelt met zijn staart of kwispelt de staart met de hond?' schreef Dan Krane.

Dat had uiteraard tot beroering en discussie geleid. Hoe waagde die nieuwkomer met zijn grote mond zijn schoonvader zo aan te vallen, hun geliefde oud-burgemeester? Er waren veel ingezonden brieven en reacties via internet gekomen en Dan Krane had geantwoord dat het helemaal geen kritiek was op Jo Aas. Was het niet het ideaal van de democratie dat het volk wordt vertegenwoordigd en bestond er geen betere vertegenwoordiger en democraat dan een politicus die de stemming onder de bevolking peilde en zijn reactie aanpaste? En in zekere zin werd Kranes punt nu geïllustreerd want wie we hoorden vanaf de kansel was niet Jo Aas, maar de echo van een heel dorp die werd doorgegeven door de man die altijd de mening van de meerderheid vertolkte. Zelfs voor de directbetrokkenen, wij van Opgard, was het onmogelijk geweest niet te merken dat de mensen begonnen te praten. Misschien was uitgelekt dat Carl de controle over het hotelproject kwijt was nadat hij de hoofdaannemers had ontslagen. Dat Carl financiële problemen had, dat die gedekt werden met persoonlijke leningen waarover hij zijn mond hield en dat de boekhouding niet de juiste cijfers liet zien. Dat de brand de genadeklap kón zijn. Voorlopig was er niemand die iets concreets had, maar het was de optelsom van kleine dingen die bepaalde personen wisten waardoor er een beeld geschetst werd waar niemand vrolijk van werd. Maar Carl was in de herfst zo optimistisch geweest, hij had rondgebazuind dat alles weer op rolletjes liep en dat was toch wat de mensen wilden horen nu ze al geïnvesteerd hadden in het project.

En nu was Willum Willumsen vermoord door een afperser als je de journalisten die het dorp overspoelden mocht geloven en wat betekende dat? Sommige mensen dachten dat hij iemand heel veel geld schuldig was. Het gerucht ging dat Willumsen veel meer had geïnvesteerd in het hotel dan wie dan ook en dat hij grote sommen geld had geleend. Was deze moord de eerste scheur in het fundament, was het een waarschuwing dat alles naar de verdommenis zou gaan? Was Carl Opgard, die gladde charmeur met zijn vlotte babbels teruggekomen naar zijn geboortedorp om iedereen een rad voor de ogen te draaien met zijn luchtkasteel?

Toen we de kerk uit liepen, zag ik Mari Aas – haar gezicht waarvan altijd warmte afstraalde, maar dat nu bleek afstak tegen haar donkere jas – arm in arm lopen met haar vader.

Dan Krane was nergens te bekennen.

De kist, gedragen door familieleden in te grote kostuums, werd in de begrafenisauto gezet, die wegreed terwijl we plechtstatig toekeken.

'Hij wordt nog niet gecremeerd,' zei een zachte stem. Het was Grete Smitt die ineens naast me stond. 'De politie wil zo lang mogelijk over het lichaam kunnen beschikken voor het geval er iets opduikt wat ze willen onderzoeken. Ze hebben het lichaam vrijgegeven voor de herdenkingsdienst en nu gaat het direct terug naar de koelcel.'

Ik bleef naar de auto kijken die zo langzaam reed dat het leek of die stilstond terwijl er witte rook uit de uitlaat kwam. Toen de auto eindelijk de hoek omsloeg, draaide ik me om naar Grete. Ze was weg.

De rij van mensen die Rita Willumsen wilden condoleren was lang en ik wist ook niet of ze nu mijn gezicht wilde zien, ik liep weg en ging in de Cadillac achter het stuur zitten en wachtte.

Anton Moe in pak en zijn vrouw liepen langs, geen van tweeën keek op.

'Wel verdomme,' zei Carl toen hij en Shannon instapten en ik de motor startte. 'Weet je wat Rita Willumsen zojuist deed?'

'Nee, wat?' zei ik, de parkeerplaats af rijdend.

'Toen ik haar condoleerde, trok ze me naar zich toe en ik dacht dat ze me wilde omhelzen, maar toen fluisterde ze "moordenaar" in mijn oor.'

'Moordenaar? Weet je zeker dat je het goed hebt gehoord?'

'Ja, ze glimlachte. De juiste trieste uitdrukking op haar gezicht, het was er allemaal, maar toch...'

'Moordenaar.'

'Ja.'

'Ze heeft vast van haar advocaat gehoord dat haar man jou vlak voor zijn dood dertig miljoen heeft kwijtgescholden plus een lening van dertig miljoen heeft toegekend,' zei Shannon.

'Maakt me dat tot een moordenaar?' riep Carl verontwaardigd uit. Ik wist dat hij van streek was, niet omdat hij onschuldig was, maar omdat de beschuldigingen van Rita Willumsen onredelijk waren gezien hoe weinig ze kon weten. Zo werkten de hersenen van Carl. Hij voelde dat Rita Willumsen hem had veroordeeld op basis van wie hij was en niet op grond van de feiten en dat krenkte hem.

'Het is toch niet zo vreemd dat ze achterdochtig is,' zei Shannon. 'Als ze wist van de schuld dan vindt ze het vreemd dat haar man haar niet had verteld dat hij zo'n grote som geld had kwijtgescholden. En als ze niets wist van de schuld dan vindt ze dat het stinkt omdat de advocaat de documenten na zijn dood heeft ontvangen, met een handtekening eronder en een paar dagen daarvoor gedateerd.'

Carl gromde slechts ten antwoord, kennelijk vond hij dat zelfs zo'n logische verklaring het gedrag van Rita niet kon rechtvaardigen.

Ik keek naar de lucht voor ons. Het weerbericht had mooi weer voorspeld, maar er kwamen donkere wolken uit het westen aangedreven. Het weer in de bergen kan snel veranderen.

59

Ik deed mijn ogen open. Er was brand. Het stapelbed en de wanden om mij heen stonden in lichterlaaie, het vuur kwam brullend op me af. Ik sprong op de grond en zag dat er uit de matras hoge, gele vlammen kwamen. Hoe kon het dan dat ik daar niets van had gevoeld? Ik keek naar beneden en zag het. Ik was ook verbrand. Ik hoorde de stemmen van Carl en Shannon uit hun slaapkamer en rende naar de deur, maar die zat op slot. Ik vloog naar het raam en trok de brandende gordijnen weg. De ruit was weg en vervangen door ijzeren tralies. En in de sneeuw beneden stonden drie mensen. Bleek en roerloos staarden ze naar me. Anton Moe, Grete Smitt en Rita Willumsen. De brandweer kwam omhooggekropen door de Geitesving. Geen sirene, geen zwaailicht. Een steeds lagere versnelling. De motor brulde harder en harder, maar het ging langzamer en langzamer. Toen stopte de auto helemaal en gleed achterwaarts het donker in waaruit hij was gekomen. Een man met o-benen kwam uit de schuur gewaggeld. Kurt Olsen. Hij droeg de bokshandschoenen van vader.

Ik deed mijn ogen open. De kamer was donker, er was geen brand. Maar het gebrul was er wel. Nee, het was geen gebrul, maar een motor met een hoog toerental. Het was de geest van de Jaguar die opsteeg uit Huken. Toen werd ik nog beter wakker en ik hoorde dat het een Landrover was waarvan het motorgeluid op dat van een tractor leek.

Ik trok mijn broek aan en ging naar beneden.

'Heb ik je wakker gemaakt?'

Kurt Olsen stond op de trap met zijn duimen gehaakt onder zijn broekriem.

'Het is vroeg,' zei ik. Ik had niet op de klok gekeken, maar zag ook geen teken van zonsopgang toen ik naar het oosten keek.

'Ik kon niet slapen,' zei hij. 'We hebben het doorzoeken van de barakken op de bouwplaats afgerond en we hebben geen spoor gevonden van Poul Hansen, zijn auto of van iemand anders die daar geweest kan zijn.

En het basisstation ontvangt geen signalen meer van zijn mobiel dus of de batterij is leeg of hij heeft zijn telefoon uitgezet. Maar ik heb vannacht iets bedacht en dat wilde ik meteen checken.'

Ik probeerde mijn gedachten te ordenen. 'Ben je alleen?'

'Denk je aan Martinsen?' zei Olsen en hij grijnsde naar me op een manier die ik niet begreep. 'Ik zag geen reden om KRIPOS wakker te maken, het duurt niet lang.'

Er klonk geluid op de trap achter me. 'Wat is er aan de hand, Kurt?' Het was Carl, slaapdronken, maar zoals altijd 's morgens irritant goedgehumeurd. 'Offensief in de ochtend?'

'Goedemorgen, Carl. Roy, toen we hier laatst waren zei je dat je op de ochtend van Willumsens dood wakker werd van wat volgens jou een Jaguar was. Maar dat het geluid verdween en je dacht dat je het maar had gedroomd.'

'Ja?'

'Ik realiseerde me hoe glad het was in de Geitesving toen we hier waren. En dat het mogelijk zou kúnnen zijn – en dat ligt aan mijn hersenen die dit raadsel maar niet los kunnen laten en naar antwoorden blijven zoeken – dat het zo kán zijn dat het geen droom was, dat je inderdaad een Jaguar hebt gehoord, maar dat die gewoon niet door de laatste bocht kon komen, naar achteren begon te glijden en...'

Olsen laste een pauze in terwijl hij de as van zijn sigaret tikte.

'Denk je...' Ik probeerde er verbluft uit te zien. 'Denk je dat...'

'Ik wil het in elk geval checken. Negentig procent van al het recherchewerk...'

'...is het volgen van sporen die tot niets leiden,' zei ik. '*True Crime*. Ik heb dat artikel ook gelezen. Fascinerende zaken, niet? Heb je in Huken gekeken?'

Kurt Olsen spuugde misnoegd op de grond. 'Ik heb het geprobeerd, maar het was te donker en te steil, ik heb iemand nodig die me kan zekeren zodat ik diep genoeg kan komen om te kijken.'

'Logisch,' zei ik. 'Heb je een zaklantaarn nodig?'

'Die heb ik,' zei hij, iets zwarts omhooghoudend wat op een gerookte worst leek. De sigaret stopte hij weer in zijn mondhoek.

'Ik ga mee,' zei Carl en hij sjokte de trap weer op om zich aan te kleden.

We liepen naar de Geitesving waar de Landrover van Olsen stond, met brandende koplampen gericht op de rand van het ravijn. De weersomslag had ervoor gezorgd dat de temperatuur was gestegen en het was slechts een paar graden onder nul. Kurt Olsen bond een touw, dat hij in de kofferbak had liggen, rond zijn middel.

'Als een van jullie dit wil vasthouden,' zei hij en hij gaf het uiteinde aan Carl. Voorzichtig liep hij naar de rand waar het eerst over stenen een meter of twee steil naar beneden ging waarna de bergwand, die niet te zien was, loodrecht naar beneden liep. Terwijl hij daar zo stond, voorovergebogen en met zijn rug naar ons toe, boog Carl naar me over. 'Hij zal het lijk vinden,' fluisterde hij sissend. 'En dan ontdekt hij dat er iets aan de hand is.' Carls gezicht was nat van het zweet en er klonk paniek in zijn stem. 'We moeten...' Carl knikte naar Olsens rug.

'Rustig!' beet ik hem zo zacht mogelijk toe. 'Hij zál het lijk vinden en er ís niets aan de hand.'

Op hetzelfde moment draaide Kurt Olsen zich naar ons om. Zijn sigaret gloeide als een remlicht in het donker.

'Misschien moeten we het touw aan de bumper vastmaken,' zei hij. 'Voordat we met z'n allen wegglijden.'

Ik pakte het touw uit Carls handen, bond het met een paalsteek rond de bumper, knikte naar Kurt dat het in orde was en zond een discrete, waarschuwende blik naar Carl.

Kurt liet zich zakken over de rand terwijl ik het touw strak hield. Hij deed de lantaarn aan en richtte de lichtbundel naar beneden.

'Zie je iets?' vroeg ik.

'*Oh yeah*,' antwoordde Kurt Olsen.

Laaghangende, staalblauwe wolken filterden het koele licht terwijl de mensen van KRIPOS Sulesund en twee collega's in Huken lieten afdalen. Sulesund droeg een gevoerde overall en had zijn haarföhn bij zich. Martinsen stond met haar armen over elkaar geslagen het tafereel gade te slaan.

'Jullie waren er snel,' zei ik.

'Er wordt sneeuw voorspeld,' zei ze. 'Plaatsen delict onder een meter sneeuw zijn een ellende.'

'Je weet dat het gevaarlijk is om naar beneden te gaan?'

'Olsen zei het, maar vallende stenen komen zelden voor als het vriest,' zei ze. 'Het water in de berg zet dan uit, dringt de spleten binnen, en werkt als lijm. Als het gaat dooien, komen de stenen los.'

Ze klonk als iemand die wist waar ze het over had.

'We zijn beneden,' klonk Sulesunds stem in haar walkietalkie. 'Over.'

'We wachten gespannen af. Over.'

We wachtten.

'Is een walkietalkie niet iets uit het Stenen Tijdperk?' vroeg ik. 'Jullie kunnen toch mobiels gebruiken?'

'Hoe weet je dat er bereik is beneden?' vroeg ze en ze keek me aan. Suggereerde ze nu dat ik zojuist had verraden dat ik beneden was geweest? Was er nog steeds een zekere verdenking bij haar? 'Tja,' zei ik en ik stopte een zakje snus onder mijn lip. 'Als het basisstation signalen van de telefoon van Poul Hansen heeft ontvangen nadat hij naar beneden was gevallen dan bewijst dat toch dat er daar bereik is.'

'We moeten eerst maar zien of hij en zijn mobiel inderdaad daarbeneden liggen,' zei Martinsen.

Als antwoord kraakte haar walkietalkie. 'Er ligt hier een lijk,' zei Sulesund. 'Geplet, maar het is Poul Hansen. Stijfbevroren, dus we kunnen vergeten dat we het exacte tijdstip van overlijden kunnen bepalen.'

Martinsen sprak in de zwarte doos. 'Zien jullie zijn telefoon?'

'Nee,' zei Sulesund. 'Of ja, Ålgård heeft die net in zijn jaszak gevonden. Over.'

'Scan het lijk, neem de mobiel mee en kom terug. Over.'

'Oké. Over en uit.'

'Is dat jouw boerderij?' vroeg Martinsen terwijl ze de walkietalkie aan haar riem vastmaakte.

'Mijn broer en ik zijn samen eigenaar,' zei ik.

'Het is mooi hier.' Haar blik gleed over het landschap op dezelfde manier als die gisteren door de keuken was gegaan. Ik vermoedde dat ze het allemaal in zich opnam.

'Weet je iets over het runnen van een boerderij?' vroeg ik.

'Nee,' zei ze. 'Jij wel?'

'Nee.'

We lachten.

Ik pakte het blikje snus weer, nam er zelf een en bood haar er ook eentje aan.

'Nee, bedankt,' zei ze.

‘Gestopt?’ vroeg ik.

‘Is het zo duidelijk?’

‘Je had de blik van een gebruiker toen ik het blikje opende.’

‘Oké, geef me er maar eentje.’

‘Ik wil niet degene zijn die...’

‘Eentje maar.’

Ik gaf haar het blikje. ‘Waarom is Kurt Olsen hier niet?’

‘Jouw politiechef is al bezig met het oplossen van nieuwe zaken,’ zei ze met een zuinig lachje. Met verkleumde wijs- en middelvinger schoof ze de snus tussen haar rode, natte lippen. ‘Toen we de barakken doorzochten vonden we een Let, een bouwvakker.’

‘Ik dacht dat de barakken afgesloten waren tot de bouw weer begint.’

‘Dat zijn ze ook, maar de Let had geld willen besparen; in plaats van met kerst naar huis terug te keren was hij zonder toestemming in een barak blijven wonen. Het eerste wat hij zei toen hij opendeed voor de politie was: ‘*It wasn’t me who started the fire*.’ Het blijkt dat hij nieuwjaarsnacht in het centrum was om naar het vuurwerk te kijken en toen hij kort na middernacht terugkeerde naar de bouwplaats was een auto hem tegemoetgereden. Bij aankomst stond het hotel in lichterlaaie. Hij was degene die de brand heeft gemeld. Anoniem, natuurlijk. En hij durfde niet naar de politie te gaan om te vertellen over de auto, zei hij, dan zou duidelijk worden dat hij de hele tijd in de barak had gewoond en dan zou hij worden ontslagen. Bovendien was hij zo verblind geweest door de koplampen dat hij de politie niets over het merk of de kleur van de auto kon zeggen. Het enige wat hem was opgevallen was dat maar één remlicht werkte. Hoe dan ook, Olsen verhoort hem nu.’

‘Denk je dat het iets te maken kan hebben met de moord op Willumsen?’

Martinsen haalde haar schouders op. ‘We sluiten die mogelijkheid niet uit.’

‘En die Let...’

‘Is onschuldig,’ zei ze. Er was een ander soort rust over haar gekomen. Nicotinerust.

Ik knikte. ‘Je bent er over het algemeen vrij zeker van wie schuldig is en wie niet, toch?’

‘Tamelijk zeker,’ zei ze. Ze wilde meer zeggen, maar op dat moment dook Sulesunds gezicht op boven de rand. Hij had een stijgklem gebruikt om langs het touw omhoog te klimmen en nu stapte hij uit de klimgordel en ging op de passagiersstoel van de KRIPOS-auto zitten. Hij koppelde de haarföhn aan de laptop en typte iets in.

'GSR!' riep hij uit het openstaande portier. 'Geen twijfel mogelijk, Poul heeft kort voor zijn dood een wapen afgevuurd. En voorlopig matcht het met het wapen op de plaats delict.'

'Kunnen jullie dat ook zien?' vroeg ik Martinsen.

'We kunnen in elk geval zien of het om hetzelfde type munitie gaat en als we geluk hebben ook of de GSR-sporen op Poul Hansen van hetzelfde pistooltype kunnen zijn gekomen. Maar de loop van de gebeurtenissen is nu tamelijk duidelijk.'

'En dat is?'

'Poul Hansen heeft Willum Willumsen 's morgens in zijn bed doodgeschoten en is daarna direct hiernaartoe gereden om het geld dat Willumsen aan Carl had geleend te vorderen, maar toen slipte de Jaguar op het ijs in de Geitesving en daarmee...' Ze stopte ineens. 'Jouw politiechef zal het vast niet fijn vinden dat jij ons onderzoek op de voet volgt, Opgard.'

'Ik beloof niets door te vertellen.'

Ze lachte. 'Niettemin denk ik dat het voor de sfeer van de samenwerking beter is als ik zeg dat jij voor het grootste deel thuis was terwijl wij hier waren.'

'Prima,' zei ik en ik trok de rits van mijn jas omhoog. 'Toch klinkt het alsof de zaak is opgelost.'

Ze perste haar lippen op elkaar om aan te geven dat ze geen antwoord gaf, maar ze knipperde gelijktijdig ja met haar ogen.

'Zin in koffie?' vroeg ik.

Ik zag een moment van verwarring in haar blik.

'Het is koud,' zei ik. 'Ik kan hier koffie komen brengen.'

'Bedankt, maar we hebben zelf bij ons,' zei ze.

'Natuurlijk,' zei ik, ik draaide me om en liep weg. Ik had sterk het idee dat ze me nakeek. Niet dat ze direct in me geïnteresseerd was, maar je kijkt naar billen als je kan. Ik dacht aan het gat in de zinken emmer en hoe weinig het had gescheeld of de kogel van de Deen was door mijn hoofd gegaan. Professioneel schot vanuit een bewegende auto. En maar goed dat de auto van zo'n hoogte was gevallen waardoor er geen voorruit met kogelgat bestond, dat zou maar vragen oproepen over het hoe en wanneer Poul Hansen het schot had gelost.

'En?' zei Carl die samen met Shannon in de keuken zat.

'Zoals Kurt Olsen zei,' zei ik en ik liep naar het fornuis. 'Oh yeah.'

60

Om drie uur begon het te sneeuwen.

'Kijk,' zei Shannon, starend door het dunne glas in de wintertuin. 'Alles verdwijnt.'

Grote, slome sneeuwvlokken daalden neer en vielen als een donzen dekbed op het landschap en ze had gelijk. Een paar uur later was alles weg.

'Ik ga vanavond terug naar Kristiansand,' zei ik. 'Ik geloof dat mijn vakantie voor sommige medewerkers lastig was en het werk heeft zich opgehoopt.'

'We houden contact,' zei Carl.

'Ja, we houden contact,' zei Shannon.

Haar voet raakte de mijne aan onder de stoel.

Toen ik om zeven uur wegreed van Opgard was het gestopt met sneeuwen. Ik besloot dat het beter was even te tanken en sloeg af bij het tankstation. De rug van Julie zag ik verdwijnen tussen de twee nieuwe schuifdeuren. Op de hangplaats stond alleen de opgelapte Ford Granada van Alex. Ik parkeerde onder het felle licht bij de pompen, stapte uit en begon te tanken. De Granada stond maar een paar meter van me vandaan en het licht van de straatlantaarn viel op de goudbruine motorkap en de voorruit zodat we elkaar goed konden zien. Hij zat alleen in de auto, Julie was kennelijk binnen om iets te kopen, een pizza misschien. Daarna zouden ze naar huis gaan om een film te kijken, dat doe je hier in het dorp als stelletje. Uit de circulatie gehaald, noemden ze dat. Hij deed of hij me niet zag. Niet voordat ik het tankpistool had teruggehangen en op hem afliep. Toen kreeg hij het druk, ging rechtop achter het stuur zitten en gooide een pas opgestoken sigaret uit het raam, de vonken spatten omhoog op het sneeuwvrije asfalt onder het dak boven de pompen. Hij begon het raam omhoog te draaien. Wellicht had iemand tegen hem gezegd dat hij geluk had gehad dat Roy Opgard in de nieuwjaarsnacht niet in de stemming was geweest om te vechten en hem een paar oude verhalen van Årtun verteld. Hij stak zijn hand uit en deed het portier aan zijn kant op slot.

Ik ging naast het portier staan en tikte met mijn wijsvinger op de ruit. Hij draaide het raam een paar centimeter naar beneden. 'Ja?'

'Ik heb een voorstel.'

'O?' zei Alex en hij keek of hij verwachtte dat ik revanche wilde. En dat was een voorstel waarin hij niet geïnteresseerd was.

'Julie heeft je gegarandeerd verteld wat er was gebeurd nieuwjaarsnacht voordat jij kwam en dat je me een excuus schuldig bent. Maar voor een vent als jij is dat niet zo makkelijk te doen. Ik weet dat omdat ik zo'n vent ben geweest en ik ben niet van plan jou dat te vragen voor mezelf of voor jou. Maar voor Julie is het belangrijk. Jij bent haar kerel en ik ben de enige chef die ze ooit heeft gehad die haar fatsoenlijk heeft behandeld.'

Alex' mond viel open, ik begreep dat ik iets had geraakt, misschien niet de spijker op z'n kop, maar wel iets.

'Om het er echt uit te laten zien, loop ik nu terug en ga ik langzaam door met tanken. Zodra Julie naar buiten komt dan stap jij uit je auto, loopt op me af en wij schudden elkaar de hand. Dat zal Julie zien.'

Hij staarde me met halfopen mond aan. Ik weet niet precies hoe slim Alex is, maar toen hij eindelijk zijn mond dichtdeed, nam ik aan dat hij besefte dat hij een paar problemen kon oplossen. Ten eerste zou Julie stoppen met zeuren dat hij niet mans genoeg was om Roy Opgard zijn excuses aan te bieden. Ten tweede hoefde hij niet meer over zijn schouder te kijken omdat hij op zijn hoede was voor mijn revanche.

Hij knikte.

'Tot zo,' zei ik en ik liep terug naar de Volvo. Ik ging achter de pomp staan zodat Julie me niet zag toen ze een minuut later naar buiten kwam. Ik hoorde dat ze instapte en het portier dichtdeed. Een paar seconden later werd er een portier geopend. Toen stond Alex voor me.

'Excuus,' zei hij, zijn hand uitstekend.

'Kan gebeuren,' zei ik en ik zag over zijn schouder dat Julie met grote ogen vanuit de auto naar ons keek. 'Maar Alex?'

'Ja?'

'Twee dingen. Eén: wees lief voor haar. Twee: gooi nooit een brandende sigaret bij een pomp neer.'

Hij slikte en knikte weer. 'Ik zal de peuk weer oprapen,' zei hij.

'Nee,' zei ik. 'Je gaat in de auto zitten en ik pak 'm op als jullie vertrokken zijn. Oké?'

'Oké,' zei Alex met zijn mond en toen 'bedankt' met zijn ogen.

Julie zwaaide enthousiast naar me toen ze voorbijreden.

Ik gooide de peuk weg en stapte in de auto en vertrok. Langzaam, want het mildere weer had ervoor gezorgd dat het glad was op straat. Ik passeerde het gemeentebord en keek niet in mijn spiegel.

DEEL VII

61

In de tweede week van januari ontving ik een uitnodiging voor de bijeenkomst van Os Spa- en Berghotel. Die was gepland in de eerste week van februari en had slechts één punt op de agenda staan: Wat gaan we nu doen?

Deze formulering hield alle mogelijkheden open. Zou er een streep gaan door de plannen? Of zou het hotel verkocht worden aan een andere partij of zou alleen de LLP-constructie worden geschrapt? Of zou het project voortgezet worden, alleen met een ander tijdsschema?

De bijeenkomst begon niet voor zeven uur 's avonds, maar om één uur reed ik al het erf van Opgard op. Aan de wolkeloze, blauwe hemel scheen een metallic witte zon die hoger boven de bergtoppen stond dan de vorige keer dat ik thuis was. Toen ik uit de auto stapte, stond Shannon daar. Zo mooi dat het pijn deed.

'Ik kan nu ook op deze dingen lopen,' zei ze lachend en stralend van blijdschap hield ze een paar ski's omhoog. Ik moest me beheersen niet op haar af te lopen en haar in mijn armen te nemen. Het was nog maar vier dagen geleden dat we in Notodden samen in een bed hadden gelegen en ik kon nog steeds de smaak van haar tong proeven en haar warmte op mijn huid voelen.

'Ze is goed!' zei Carl die uit huis kwam gelopen met mijn skischoenen in zijn hand. 'Laten we even naar de bouwplaats gaan.'

We haalden onze ski's uit de schuur, maakten ze vast en gingen op pad.

Ik stelde vast dat Carl natuurlijk had overdreven; Shannon kon het grootste deel van de weg overeind blijven, maar goed was ze niet.

'Ik geloof dat het door het surfen komt dat ik als kind deed,' zei ze, duidelijk tevreden over zichzelf. 'Dat helpt bij je evenwichtsgevoel en...' Ze gilde toen een van de ski's weggleed en ze op haar billen in de verse sneeuw viel. Carl en ik lagen dubbel van het lachen en na een mislukte poging beledigd te kijken moest Shannon ook lachen. Toen we haar overeind hielpen, voelde ik Carls hand op mijn rug en dat hij me even kneep in mijn nek. En zijn blauwe blik keek me stralend aan. Hij zag er beter uit dan met kerst. Iets slanker, iets sneller in zijn bewegingen, het oogwit was iets helderder en zijn dictie ook.

'Nou?' zei Carl, leunend op zijn skistokken. 'Zie je het?'

Het enige wat ik zag was dezelfde verbrande, zwarte ruïne van een maand geleden.

'Zie je het niet? Het nieuwe hotel?'

'Nee.'

Carl lachte. 'Wacht maar. Veertien maanden. Ik heb met mijn mensen gepraat en het zal ons verdomme lukken in veertien maanden. Over een maand knippen we het lint daarbeneden door voor de nieuwe start van de bouw. En het zal groter zijn dan de eerste keer. Anna Falla heeft toegestemd te komen om het lint door te knippen.'

Ik knikte. Parlementslid en leider van de commissie voor bedrijfsleven en industrie. Dat was nogal wat.

'En daarna is er in Årtun feest voor het hele dorp, net als vroeger.'

'Niets kan hetzelfde zijn als vroeger, Carl.'

'Wacht maar af. Ik heb Rod gevraagd zijn band voor de gelegenheid bij elkaar te roepen voor een reünie.'

'Je maakt een grapje!' Ik lachte. Rod. Die was groter dan welk parlementslid dan ook.

Carl draaide zich om. 'Shannon?'

Ze was met veel moeite bovengekomen. 'Ik gleed steeds terug in plaats van vooruit.'

'Laat jij ome Roy zien hoe goed je de heuvel af kan skiën?' Carl wees naar de helling die in de luwte lag. Verse sneeuw lag te glinsteren als een tapijt diamanten.

Shannon trok een gezicht naar hem. 'Ik ben niet van plan jullie te vermaken.'

'Stel je gewoon voor dat je thuis bent en surft bij Surfer's Point,' zei hij plagerig.

Ze zwaaide met haar skistok naar hem en verloor bijna weer haar evenwicht. Carl lachte hard.

'Wil jij haar laten zien hoe je op je ski's blijft staan?' vroeg Carl me.

'Nee,' zei ik en ik sloot mijn ogen, die deden pijn hoewel ik een zonnebril droeg. 'Ik wil niets kapotmaken.'

‘Hij bedoelt dat hij de verse sneeuw niet kapot wil maken,’ hoorde ik Carl tegen Shannon zeggen. ‘Vader kon daar woedend om worden. Dan kwamen we bij een perfecte afdaling met verse sneeuw en hij wilde dat Roy als eerste naar beneden ging omdat hij het beste kon skiën, maar dat weigerde Roy, het zag er zo mooi uit, zei hij. Hij wilde het niet kapotmaken met sporen.’

‘Dat kan ik begrijpen,’ zei Shannon.

‘Maar vader niet,’ zei Carl. ‘Hij zei, als je niets kapotmaakt dan kom je nergens.’

We deden onze ski’s af, gingen erop zitten en deelden met ons drieën een sinaasappel.

‘Wist je dat de sinaasappel van Barbados komt?’ zei Carl en hij staarde me aan.

‘De grapefruit,’ zei Shannon. ‘En ook dat is hoogst twijfelachtig. Maar...’ Ze keek me aan. ‘Door alle dingen die we niet weten, wordt het verhaal waar.’

Toen de sinaasappel was verorberd zei Shannon dat ze al terugging zodat ze zich geen zorgen hoefde te maken dat ze ons ophield.

Carl en ik bleven zitten en keken haar na tot ze over de heuvel was verdwenen.

Toen zuchtte Carl diep. ‘Die verdomde brand...’

‘Weten ze al iets meer over hoe die is ontstaan?’

‘Alleen dat die is aangestoken en dat het vuurwerk er waarschijnlijk is neergelegd zodat het zou lijken alsof dat de oorzaak was. Die vent uit Litouwen...’

‘Letland.’

‘...kon niet eens vertellen wat voor auto hij had gezien, dus het kan niet worden uitgesloten dat hij de brand zelf heeft aangestoken.’

‘Waarom zou hij dat doen?’

‘Pyromaan. Of iemand heeft hem ervoor betaald. Er zijn genoeg jaloerse dorpelingen die het hotel haten, Roy.’

‘Die ons haten, bedoel je.’

‘Dat ook.’

In de verte klonk gehuil. Een hond. Iemand had beweerd dat hij hier in de bergen wolvensporen had gezien. Of zelfs berensporen. Niet onmogelijk natuurlijk, maar vrij onwaarschijnlijk. Bijna niets is onmogelijk.

Het is slechts een kwestie van tijd voor alles gebeurt.

'Ik geloof hem,' zei ik.

'De Litouwer?'

'Zelfs een pyromaan blijft niet op de plek wonen die hij in brand heeft gestoken. En als hij ervoor betaald heeft gekregen, waarom dan moeilijk doen door te liegen dat hij een auto heeft gezien met een kapot remlicht? Hij had kunnen zeggen dat het hotel al in de fik stond toen hij er kwam of dat hij lag te slapen in de barak, dat hij van niks wist. Dan moest de politie zelf uitzoeken of de brand door het vuurwerk kwam of door iets anders.'

'Niet iedereen denkt zo logisch als jij, Roy.'

Ik stopte snus onder mijn lip. 'Misschien niet. Wie haat jou genoeg om jouw hotel in brand te steken?'

'Eens even kijken: Kurt Olsen omdat hij er nog steeds van overtuigd is dat we iets te maken hebben met de dood van zijn vader. Erik Nerell omdat we hem vernederd hebben met de naaktfoto's die we hem hebben gestuurd. Simon Nergard omdat hij... omdat hij op Nergard woont, in elkaar geslagen is door jou en ons altijd heeft gehaat.'

'Hoe zit het met Dan Krane?' vroeg ik.

'Nee, Mari en hij zijn mede-eigenaar van het hotel.'

'Op wiens naam?'

'Van Mari.'

'Als ik Mari goed inschat dan zijn ze onder huwelijkse voorwaarden getrouwd.'

'Vast, maar Dan zal zoiets nooit doen, niet als Mari de dupe wordt en...'

'Niet? Stel je een man voor die bedrogen is door zijn vrouw en jij bent de man met wie ze het deed. Een man die bedreigd is, gecensureerd en vernederd door een afperser omdat hij iets negatiefs wilde schrijven over het hotel, wat overigens de waarheid is. Die zijn vrienden uit de betere milieus is kwijtgeraakt en op een nieuwjaarsfeest moest omgaan met mensen zoals ik. Het huwelijk staat al op springen en op nieuwjaarsdag slaat hij in het hoofdartikel de laatste nagel in de doodskist door de karaktermoord op haar vader. Zal zo'n man nooit de vrouw schaden die de oorzaak is van al zijn ellende? Als hij daarmee ook nog jou kan ruïneren? Tijdens het nieuwjaarsfeest bij Stanley heb ik Dan Krane gezien en hij was door een muur gegaan.'

'Door een muur?'

'Weet je hoe beangstigend het is om doodsbedreigingen te ontvangen van iemand die precies weet welke knoppen hij moet indrukken?'

'Een beetje,' zei Carl, me van opzij aankijkend.

'Het vreet je ziel op, zegt men.'

'Ja,' zei Carl zachtjes.

'En wat gebeurt er dan?'

'Uiteindelijk kan je het niet meer opbrengen bang te zijn.'

'Ja,' zei ik. 'Het kan je niet meer verdommen, je wilt liever dood. Jezelf kapotmaken of de ander. Afbranden, vermoorden. Wat dan ook om maar van die eindeloze angst af te zijn. Dat is wat er wordt bedoeld met door een muur gaan.'

'Ja,' zei Carl. 'Dat is de muur. En het is beter aan de andere kant van de muur. Ondanks alles.'

We zaten zwijgend naast elkaar. Ik hoorde een snelle vleugelslag boven ons hoofd, een schaduw over de sneeuw. Een korhoen misschien. Ik keek niet op.

'Ze lijkt happy,' zei ik. 'Shannon.'

'Natuurlijk,' zei Carl. 'Ze denkt dat ze het hotel krijgt dat ze heeft getekend.'

'Denkt?'

Carl knikte. Hij zakte onmerkbaar in en de lach, het licht, was weg.

'Ik heb het nog niet tegen haar gezegd, maar het is uitgelekt dat het hotel niet verzekerd was tegen brand. Dat het alleen het geld van Willumsen is dat het project nog overeind houdt. Waarschijnlijk is Dan Krane de bron.'

'De rotzak!'

'De mensen maken zich zorgen om hun geld, zelfs de bestuursleden mompelen dat het beter is te stoppen nu het nog kan. De bijeenkomst vanavond kan het begin van het eind zijn, Roy.'

'Wat ben je van plan te doen?'

'Ik moet proberen de stemming te kantelen. Maar na de donderpreek die Aas heeft gehouden op de begrafenis van Willumsen en wat Dan heeft geschreven en rondverteld in het dorp is er niet bepaald sprake van veel vertrouwen.'

'De mensen kennen je,' zei ik. 'En dat is alles bij elkaar genomen belangrijker dan wat een journalistje van buiten erover krabbelt en babbelt.

En wat Aas heeft gezegd, zullen ze vergeten als ze zien dat jij je weer hebt herpakt. Als ze begrijpen dat deze man van Opgard zich verdomme niet gewonnen geeft, zelfs niet als hij in de touwen hangt.'

Carl keek me aan. 'Meen je dat?'

Ik stompte hem tegen zijn schouder. 'Je weet wat ze zeggen. *Everybody loves a comeback kid*. Bovendien zijn het zware grondwerk en de duurste investeringen voor de bouwplaats al gedaan, het enige wat er nog moet gebeuren is bouwen. Jij fikst het, broer.'

Carl legde een hand op mijn schouder. 'Bedankt, Roy. Bedankt dat je in me gelooft.'

'Het probleem is dat iedereen moet instemmen met de originele tekeningen van Shannon. Het gemeentebestuur zal nog steeds trollen en hout willen en met de duurdere materialen en oplossingen van Shannon moet je investeerders zover krijgen dat ze instemmen met een ruimer budget,' zei ik.

Carl richtte zich op, het leek erop dat ik wat optimisme in hem had kunnen blazen. 'Shannon en ik hebben daarover nagedacht. Toen we tijdens de eerste investeerdersbijeenkomst de tekeningen lieten zien was het probleem dat we niet veel aandacht hadden besteed aan het visuele deel van de presentatie, het hotel zag er streng en triest uit. Nu heeft Shannon nieuwe tekeningen gemaakt vanuit een ander perspectief en met een andere lichtinval. Maar het grootste verschil is dat het hotel in een zomers landschap staat en niet in een winters. Toen ging al het beton op in het monotone kleurloze winterlandschap, het hotel zag eruit als een verlenging van de winter waar de mensen een hekel aan hebben, of niet? Nu hebben we het kleurrijke zomerlandschap dat licht en kleur geeft aan het beton, het hotel valt op tegen de achtergrond, en het is geen bunker meer die wegvalt in het landschap.'

'*Same shit, new wrapping*?'

'En niemand zal doorhebben dat het is wat het is. Ik beloof je, ze zullen overlopen van enthousiasme.' Hij zat weer in het zadel, zijn witte tanden blonken in het zonlicht.

'Als inboorlingen die blij zijn met glazen kralen,' zei ik lachend tegen hem.

'De parels zijn echt genoeg, alleen poetsen we ze nu vooraf meer op.'

'Niet meer dan logisch,' zei ik.

'Meer dan logisch.'
'Je doet wat je moet doen.'
'Dat doe je,' zei Carl. Hij keek naar het westen.
Ik zag hem diep ademhalen. In elkaar zakken. Was hij alweer van zijn paard gevallen?
'Zelfs als je weet dat het heel, heel verkeerd is,' zei Carl.
'Helemaal waar,' zei ik hoewel ik wist dat hij het nu over iets anders had. Mijn blik volgde het spoor van Shannon.
'En toch gaan we verder met wat we doen,' zei hij langzaam en met zijn nieuwe, duidelijke dictie. 'Dag na dag, nacht na nacht, bega je dezelfde zonde.'
Ik hield mijn adem in. Het kon natuurlijk zijn dat hij het over vader had. Of over zichzelf en Mari. Maar als ik me niet vergiste ging dit over Shannon. Shannon en mij.
'Zoals...' zei Carl. Hij had een brok in zijn keel en hij slikte moeilijk. Ik zette me schrap.
'Toen Kurt Olsen bij de rand stond en in Huken keek of hij de Jaguar zag,' zei hij. 'En ik de zenuwen kreeg en dacht dat het een herhaling was, dat we ontmaskerd zouden worden. Net als die keer dat zijn vader op dezelfde plek stond om te kijken of de banden van de Cadillac lek waren.'
Ik gaf geen antwoord.
'Maar die keer was jij er niet om me tegen te houden. Ik heb Sigmund Olsen over de rand geduwd, Roy.'
Mijn mond was droog als een verrekte beschuit, maar ik haalde wel adem.
'Maar dat wist je de hele tijd al,' zei hij.
Ik hield mijn ogen gericht op het skispoor. Bewoog mijn hoofd een beetje. Knikte.
'Waarom heb je me dat nooit laten vertellen?'
Ik haalde mijn schouders op.
'Jij wilde niet medeplichtig zijn aan moord,' zei hij.
'Jij denkt dat ik daar bang voor was?' zei ik met een scheef lachje.
'Willumsen en de afperser zijn iets anders,' zei Carl. 'Dit ging om een onschuldige politieman.'
'Je moet hard hebben geduwd, hij is loodrecht naar beneden gevallen.'
'Ik heb hem laten vliegen.' Carl sloot zijn ogen, misschien dat de zon

te fel werd, maar toen opende hij ze weer. 'Jij wist het al toen ik je in de werkplaats belde, dat het geen ongeluk was. Maar je hebt het niet gevraagd. Omdat het altijd makkelijker is te doen of het slechte niet bestaat. Net als toen vader in onze slaapkamer kwam en...'

'Hou je mond!'

Carl hield zijn mond. Snelle vleugelslag, het klonk of dezelfde vogel weer terugkwam.

'Ik wilde het niet weten, Carl. Ik wilde geloven dat jij meer mens was dan ik, dat jij niet in staat was in koelen bloede te moorden. Maar je bent nog steeds mijn broer. En toen je hem een duw gaf, heb je mij misschien gered van een gevangenisstraf voor de moord op vader en moeder.'

Carl trok een grimas, zette zijn zonnebril weer op en gooide de sinaasappelschillen in de sneeuw.

'Everybody loves a comeback kid. Zeggen ze dat of heb jij dat gewoon verzonnen?'

Ik gaf geen antwoord, keek in plaats daarvan op mijn horloge. 'Het tankstation heeft wat problemen met het tellen van de voorraad en ze vroegen zich af of ik even langs kon komen om te helpen. We zien elkaar om zeven uur in Årtun.'

'Maar je slaapt wel bij ons?'

'Bedankt, maar ik rij na de bijeenkomst direct naar huis, moet morgen op tijd beginnen.'

Hoewel alleen de deelnemers aan het project stemrecht hadden, was de bijeenkomst in Årtun volgens de aankondiging openbaar. Ik was er al vroeg, ging op de achterste bank zitten en zag hoe de zaal zich langzaam vulde. Voorafgaand aan de eerste investeerdersbijeenkomst anderhalf jaar geleden had er een sfeer van gespannen verwachting gehangen, nu was er een totaal andere spanning. Duister, donker. Lynchstemming, om het zo maar te zeggen. Iedereen was er toen de bijeenkomst begon. Op de eerste rij zaten Jo en Mari Aas samen met Voss Gilbert. Enkele rijen daarachter, Stanley met Dan Krane. Grete Smitt zat naast Simon Nergard en leunde naar hem toe om hem iets in zijn oor te fluisteren, god mag weten wanneer zij zulke goede vrienden waren geworden. Anton Moe was er samen met zijn vrouw. Julie en Alex. Markus had vrij genomen van het tankstation en ik kreeg mee dat hij een blik wisselde met Rita

Willumsen die twee rijen achter hem zat. Erik Nerell en zijn vrouw zaten naast Kurt Olsen, maar toen Erik een gesprek begon was het duidelijk dat Kurt daarvoor niet in de stemming was en Erik had vast spijt dat hij daar was gaan zitten, maar nu kon hij moeilijk een ander plaatsje zoeken.

Precies om zeven uur betrad Carl het podium. De zaal werd stil. Carl keek op en het stond me niet aan wat ik zag. Terwijl hij nu beter moest presteren dan ooit tevoren, de ontevreden stemming moest ombuigen, net als Mozes de zee splijten, leek hij onder de indruk van de ernst van het moment en al moe voordat hij begon.

'Beste inwoners van Os,' begon hij. Zijn stem klonk krachteloos en zijn blik schoot heen en weer door de zaal alsof hij oogcontact zocht, maar overal werd afgewezen. 'Wij zijn een bergvolk. We wonen op een plek waar het leven van oudsher zwaar is. Waar we ons zelf hebben moeten redden.'

Ik nam aan dat dit een ongebruikelijke manier was om zo'n bijeenkomst te openen, maar de meeste mensen in de zaal wisten nauwelijks beter dan ik wat gebruikelijk was bij een dergelijke bijeenkomst.

'Om te overleven hebben we daarom dezelfde leefregel moeten volgen die mijn broer en ik ooit van onze vader hebben geleerd: "Doe wat gedaan moet worden."' Zijn blik vond die van mij en stopte met ronddwalen. Hij zag er nog steeds gekweld uit, maar er kwam een vaag lachje rond zijn lippen. 'Dat doen we. Elke dag en elke keer opnieuw. Niet omdat we kunnen, maar omdat we moeten. Elke keer dat we tegenslag ervaren, elke keer dat een kudde in een ravijn valt, een oogst kapotvriest of het dorp door een lawine wordt afgesloten, vinden we weer de weg naar de wereld. En als de rijksweg wordt omgeleid en er geen weg meer is naar de wereld daarbuiten dan maken we er zelf eentje. We bouwen een berghotel.' Er was meer leven in zijn stem gekomen en bijna onmerkbaar had hij zijn rug gerecht. 'En als het hotel afbrandt en er slechts een ruïne over is dan kijken we naar de ravage en zijn we vertwijfeld...' Hij hield een wijsvinger omhoog en verhief zijn stem. '...maar dat duurt slechts één dag!'

Zijn blik liet de mijne los en het leek of hij ergens anders een rustpunt vond, op andere plekken werd uitgenodigd. 'Als we een plan hebben gemaakt en de zaken gaan niet zoals gepland dan doen we wat er gedaan moet worden. We maken een nieuw plan. De zaken gingen niet precies zoals we hadden gedacht. Prima. Laten we aan een nieuw plan werken.'

Zijn blik vond die van mij weer. 'Voor bergvolkeren als de onze is er geen plaats voor nutteloze sentimentaliteit, geen plaats voor omkijken. Zoals onze vader zei: "*kill your darlings and babies*." Laten we naar de toekomst kijken, vrienden. Samen.'

Er volgde een lange, kunstmatige stilte. Zag ik het verkeerd of bewoog Jo Aas zijn hoofd? Ja, hij leek te knikken. En alsof dat een duidelijk signaal was voor Carl, ging hij verder: 'Wij zijn samen of we dat nu willen of niet. We zijn als een familie, jij, ik, wij allemaal die hier vanavond zijn, samen in dit noodlot waaraan we ons niet kunnen onttrekken. Wij, bergvolk uit Os, zullen samen ten onder gaan. Of samen weer opstaan.'

De stemming kantelde. Langzaam, maar ik kon het voelen, er hing niet langer een lynchstemming. Wel nog steeds koele scepsis, dat was duidelijk. Een voorlopig onuitgesproken eis dat Carl antwoord moest geven op een aantal kritische vragen, dat was logisch. Maar het stond hun aan wat ze hoorden. Niet alleen wat hij zei, maar ook hoe hij het zei, in het dialect van Os. En ik realiseerde me dat het onzekere begin welbewust was gedaan. Dat hij begrepen had wat ik had gezegd. *Everybody loves a comeback kid.*

Maar toen, net op het punt dat hij zijn publiek gevangen had, deed Carl een stap achteruit op het podium en liet hij zijn handpalmen zien.

'Ik kan niets garanderen, daarvoor is de toekomst te onzeker en mijn talent om te voorspellen te twijfelachtig. Het enige wat ik kán garanderen is dat wij als individu gedoemd zijn te mislukken, als een schaap dat zijn kudde kwijt is en opgegeten zal worden of doodvriezen. Maar samen, en alleen maar samen, hebben we in elk geval deze ene unieke káns om uit dit moeilijke parket te komen waar we ontegenzeggelijk in zitten sinds de brand.'

Hij pauzeerde weer even, bleef in het schemerduister op het podium staan. Ik kon hem alleen maar bewonderen. De laatste zin was verdomme een retorisch meesterwerk. Met die ene zin had hij drie dingen gedaan. Eén: er was eerlijk toegegeven dat ze in een moeilijk parket zaten. Twee: met een soort geïnspireerd moralisme was dit een oproep tot solidariteit, maar tegelijkertijd was de verantwoordelijkheid voor het redden van de situatie overgeheveld naar iedereen die voor hem zat. Drie: door voorzichtig te onderstrepen dat het opnieuw bouwen van het hotel geen gegarandeerde oplossing was, maar alleen een káns en dat die uniek was en daarmee eigenlijk de enige optie.

‘Maar als we dit op de juiste manier doen dan zullen we meer doen dan alleen uit het moeilijke parket ontsnappen,’ zei Carl uit het schemerdonker.

Ik was er behoorlijk van overtuigd dat een van de dingen die hij had gedaan bij aankomst, het regelen van de belichting was. Toen hij weer in het licht stapte dat op het podium viel was het visuele effect net zo indrukwekkend als zijn woorden. De man die zo aangeslagen en gebukt leek te gaan onder de situatie toen hij het podium op kwam, was ineens veranderd in een strijdbare volksmenner.

‘We zullen zorgen voor een bloeiende toekomst van Os,’ schalde hij door de zaal. ‘En dat zullen we doen door een hotel zonder compromissen te bouwen, zonder dure onzin als trollen en houten betimmering omdat we denken dat moderne mensen, die op zoek zijn naar de authentieke beleving, de sfeer uit de Noorse sprookjes zullen krijgen zodra ze hun stad verlaten. Ze willen bergen zien, ook zonder compromissen. We bouwen een hotel dat zich onderwerpt aan de bergen, zich daarnaar voegt, de onbuigzame regels van de bergen gehoorzaamt. Beton is het materiaal dat het dichtst bij het gesteente van de berg komt. We bouwen het op die manier, niet alleen omdat het goedkoper is, maar ook omdat beton mooi is.’

Hij keek naar de mensen alsof hij ze had uitgedaagd, uitgedaagd om te protesteren. Maar de stilte was totaal.

‘Beton, dit beton, óns beton…’ Hij zong het bijna in het zeurende, hypnotiserende ritme van de opwekkingspredikant terwijl hij het ritme met zijn wijsvinger tegen de laptop op de lessenaar sloeg. ‘…is net als wij. Het is simpel, verdraagt de stormen in de herfst en winter, de sneeuwlawines, bliksem en donder, lijdt niet onder orkanen en vuurwerk. Kort samengevat, dit materiaal is net als wij, het overleeft. En omdat het net als wij is, mijn vrienden, is het mooi!’

Dit was duidelijk het signaal voor degene die de projector bediende, ineens stroomde er muziek uit de luidsprekers. En het hotel – hetzelfde hotel dat ik op de allereerste tekeningen van Shannon had gezien – werd zichtbaar op het verlichte doek. Groen bos, zonneschijn, een beek, spelende kinderen en wandelende mensen in zomerkleding. En het hotel zag er niet steriel uit, maar was een kalme, solide achtergrond van het leven dat zich eromheen afspeelde. Iets permanents, als de bergen zelf. Het zag er gewoonweg net zo fantastisch uit als Carl het had beschreven.

Ik zag dat hij zijn adem inhield. Verdomme, ik hield zelf mijn adem in. Toen brak het gejuich los.

Carl liet het applaus door de zaal rollen, molk het uit. Toen stapte hij naar de rand van het podium en maande iedereen tot stilte door zijn handen op te heffen.

'Aangezien jullie dit duidelijk mooi vinden, wat denken jullie van een applaus voor de architect? Shannon Alleyne Opgard.'

Ze stapte van opzij het podium op, in de spotlights en daarmee brak het gejuich opnieuw los.

Ze bleef na een paar stappen staan, glimlachte, zwaaide naar ons, lachte vrolijk en bleef lang genoeg staan om ons te laten zien dat ze deze reactie op prijs stelde, maar kort genoeg om aan te geven dat ze de aandacht voor de held van het dorp niet wilde afleiden.

Toen ze weer weg was en het applaus was verstomd, kuchte Carl en pakte met beide handen de lessenaar vast.

'Dank, vrienden. Dank. Maar deze bijeenkomst moet om meer gaan dan alleen het uiterlijk van het hotel, die zal ook gaan over de plannen voor de toekomst, het tijdschema, de financiering, de boekhouding en het kiezen van een vertegenwoordiging van de eigenaars.'

Hij had ze allemaal om zijn vinger gewonden.

Hij zou gaan vertellen dat de herbouw van het hotel over twee maanden, in april, zou starten, slechts veertien maanden zou duren en dat de kosten met maar twintig procent zouden stijgen. En dat ze een nieuwe afspraak hadden met de Zweedse keten die het hotel zou gaan exploiteren.

Zestien maanden.

Over zestien maanden zouden Shannon en ik vertrekken.

Shannon stuurde een bericht dat ze niet zoals afgesproken naar Notodden zou komen, dat ze vanaf nu tot de start van de herbouw zich als leider van het project volledig daarop moest concentreren.

Ik begreep het.

Ik leed.

Ik telde de dagen.

Halverwege maart terwijl het buiten in het donker hoosde op de Varroddbrug en de Søm, werd er aangebeld. Daar stond ze. De regen liep uit haar rode haar dat plakte aan haar hoofd. Ik knipperde met mijn ogen, ik meende strepen roest of bloed over haar witte huid te zien lopen. Ze had een tas bij zich. En in haar blik was een mix van wanhoop en gedecideerdheid te zien.

'Mag ik binnenkomen?'

Ik stapte opzij.

Pas de volgende dag kreeg ik te horen waarom ze hier was.

Om me het nieuws te vertellen.

En te vragen weer te doden.

62

De zon was net op, de wereld nog steeds nat van de regen van de vorige nacht en het gekwetter van de vogels oorverdovend toen Shannon en ik arm in arm door het bos liepen.

'Het zijn trekvogels,' zei ik. 'Ze komen hier in Sørlandet vroeger.'

'Ze klinken gelukkig,' zei Shannon en ze legde haar hoofd tegen mijn arm. 'Ze verlangen kennelijk naar huis. Wie was welke vogel ook alweer?'

'Vader was een bergleeuwerik, moeder een tapuit, oom Bernard een rietgors. En Carl is een...'

'Niet zeggen! Een graspieper.'

'Klopt.'

'En ik ben een morinelplevier. En jij bent een waterspreeuw.'

Ik knikte.

We hadden vannacht nauwelijks gepraat.

'Kunnen we dat niet morgen doen?' had Shannon gevraagd nadat ik haar binnen had gelaten, haar natte jas had uitgedaan en de ene vraag na de andere op haar had afgevuurd.

'Ik moet slapen,' zei ze, ze had haar armen om me heen geslagen en haar wang tegen mijn borst geduwd en ik voelde dat mijn overhemd nat werd. 'Maar eerst moet ik jou hebben.'

Ik moest er vroeg uit, we hadden 's morgens een grote levering waar ik bij moest zijn. Ook tijdens het ontbijt zei ze niets over waarom ze hier was en ik vroeg het niet. Ik had het gevoel dat niets hetzelfde kon zijn als ik de reden kende. Nu sloten we onze ogen en genoten van de korte tijd die we hadden voordat we op de grond smakten.

Ik had haar verteld dat ik minstens tot de lunch op het tankstation moest zijn voordat ik iemand had die voor me kon invallen, maar als ze meeging dan konden we na de levering samen gaan wandelen. Ze knikte, we reden het korte stukje en zij bleef in de auto zitten wachten terwijl ik de pallets checkte en ervoor tekende.

We liepen in noordelijke richting. Achter ons lag de grote weg met zijn Saturnusringen van op- en afritten, voor ons het bos dat al begin maart een vleug van groen had. We vonden een pad dat dieper het bos in ging. Ik vroeg of het nog winter was in Os.

'Op Opgard is het winter,' zei ze. 'In het dorp is het al twee keer zogenaamd lente geweest.'

Ik lachte en kuste haar haren. We waren bij een hoog hek gekomen dat ons de weg versperde en gingen op een grote steen zitten die naast het pad lag.

'En het hotel?' vroeg ik, kijkend op mijn horloge. 'Hoe gaat het daarmee?'

'De officiële start van de bouw is over twee weken. Het gaat goed, om het zo maar te zeggen.'

'Vertel me wat er níet goed gaat,' zei ik.

Ze rechtte haar rug. 'Dat is een van de dingen waarom ik naar jou toe ben gekomen. Er is een onvoorzien probleem ontstaan. De ingenieurs hebben een kwetsbaarheid in de ondergrond ontdekt. In de berg zelf.'

'Ontdekt? Carl weet toch dat de berg instabiel is, daarom vallen er stenen in Huken en daarom is de tunnel jaren geleden niet aangelegd.' Ik hoorde dat ik geërgerd klonk, misschien kwam het door de gedachte dat ze niet helemaal naar Kristiansand was gereden voor mij, maar dat het te maken had met haar hotel.

'Carl heeft het met niemand gehad over de stabiliteit van de berg,' zei ze. 'Je weet dat hij graag zaken verdringt als die een probleem kunnen worden.'

'Dus?' zei ik ongeduldig.

'Dat moet in orde worden gemaakt, maar zoiets kost meer geld en Carl zegt dat we dat niet hebben en hij stelde voor dat we onze mond houden en dat het minstens twintig jaar kan duren voor het hotel eventueel iets scheef zou zakken. Ik accepteerde dat antwoord uiteraard niet en heb de financiën zelf gecontroleerd om te zien of er ruimte was voor een grotere lening bij de bank. Zij vertelden me dat daarvoor meer garanties nodig waren waarop ik zei dat ik aan Carl en jou zou vragen of het een idee was om het land van Opgard als onderpand te geven, maar toen zeiden ze...' Ze zweeg, slikte voordat ze verderging. '...dat volgens het kadaster Willumsen de grond rond Opgard al als onderpand had gekregen. En bovendien was Carl Opgard de enige geregistreerde eigenaar sinds hij jou in de herfst heeft uitgekocht.'

Ik staarde haar aan. Ik moest mijn keel schrapen om er geluid uit te krijgen. 'Dat klopt niet. Dat moet een vergissing zijn.'

'Dat zei ik ook. Maar ze lieten me een kopie zien van de verkoopakte met zowel jouw als Carls handtekening eronder.' Ze hield haar mobiel voor me omhoog. En daar was die. Mijn handtekening. Dat wil zeggen, iets wat leek op mijn handtekening. Die leek zo goed dat er maar één persoon was die dit gedaan kon hebben en dat was degene die had geleerd mijn handschrift na te bootsen toen hij de opstellen voor zijn broer schreef.

Er begon me iets te dagen. Iets wat Carl had gezegd over de afperser toen we in de keuken zaten. 'Willumsen heeft toch een onderpand.' En het antwoord van de Deen: 'Dat niet veel waard is zonder hotel, zegt hij.' Willumsen die anders altijd vertrouwde op het woord van iemand, had Carl niet vertrouwd en het land van Opgard als onderpand geëist.

'Weet je hoe mijn vader ons miserabele boerderijtje noemde?'

'Nee.'

'Zijn koninkrijk. Opgard is ons koninkrijk, zei hij steeds. Alsof hij bang was dat Carl en ik te lichtvaardig over het grondbezit zouden denken.'

Shannon zei niets.

Ik kuchte. 'Carl heeft mijn handtekening vervalst. Hij weet dat ik geweigerd zou hebben onze grond als onderpand te geven voor een lening bij Willumsen, toen heeft hij achter mijn rug om de grond op zijn naam gezet.'

'En nu bezit Carl alle grond.'

'Op papier, ja. Ik krijg het wel terug.'

'Denk je? Hij heeft, nadat Willumsen de schuld had kwijtgescholden, tijd genoeg gehad om de grond weer netjes op jouw naam te zetten. Waarom heeft hij dat niet gedaan?'

'Hij had het waarschijnlijk te druk.'

'Word wakker, Roy. Of ken ik je broer beter dan jij? Zolang de grond op zijn naam staat, bezit hij die. We hebben het over een man die zonder aarzelen zijn partners en vrienden in Canada heeft bedrogen en ervandoor is gegaan. Toen ik in het voorjaar in Toronto was, heb ik meer details te horen gekregen over wat er toen is gebeurd. Ik heb een van zijn partners gesproken met wie ik ook bevriend was. Hij vertelde dat Carl hem met de dood had bedreigd toen hij zei dat hij de investeerders zou waarschuwen voor de grote verliezen in het project, zodat ze konden stoppen voordat ze nog meer geld kwijtraakten.'

'Carl weet waarmee hij moet dreigen.'

'Hij heeft die vriend opgezocht toen hij alleen thuis was. Carl heeft een pistool op hem gericht, Roy. Hij zei dat hij hem en zijn gezin zou vermoorden als hij zijn mond niet hield.'

'Hij is in paniek geraakt.'

'En hoe gaat het nu met hem, denk je?'

'Carl steelt niet van me. Ik ben zijn broer, Shannon.' Ik voelde haar hand op mijn onderarm, ik wilde mijn arm wegtrekken, maar deed het niet. 'En hij vermoordt niemand,' zei ik en ik hoorde dat mijn stem trilde. 'Niet zo, niet om geld.'

'Misschien niet,' zei ze. 'Misschien niet om geld.'

'Wat bedoel je?'

'Hij zal me niet laten gaan. In elk geval niet nu.'

'Niet nu? Wat is het verschil tussen nu en dan?'

Ze keek in mijn ogen. Er klonk gekraak in het bos achter ons. Toen omhelsde ze me.

'Ik zou willen dat ik Carl nooit was tegengekomen,' fluisterde ze in mijn oor. 'Maar dan had ik jou ook niet gekend dus ik weet het niet. We hebben een wonder nodig. God moet ingrijpen, Roy.'

Ze legde haar kin op mijn schouder waardoor we beiden in een verschillende richting keken, zij door het hek en in het donkere bos, ik naar het licht en de autoweg die naar andere plaatsen ging, weg van hier.

Er klonk weer gekraak, een schaduw viel over ons en het vogelconcert stopte abrupt alsof een dirigent zijn dirigeerstok had opgeheven.

'Roy…' fluisterde Shannon. Ze had haar kin van mijn schouder gehaald.

Ik keek naar haar, zag dat ze met een opengesperd oog en een bijna gesloten oog omhoog staarde. Ik draaide me om en zag vier poten direct achter het hek. Ik volgde de poten omhoog. En omhoog. En daar was eindelijk een lijf en daarboven een nek. Een nek die parallel aan de bomen omhooggging.

Het was een wonder: een giraf.

Traag kauwend en ongeïnteresseerd keek hij op ons neer. Oogwimpers als die van Malcolm McDowell in *A Clockwork Orange*.

'Ik ben je vergeten te vertellen dat dit een dierentuin is,' zei ik.

'Ja,' zei Shannon terwijl de giraf met zijn lippen en tong trok aan een van de dunne, kale takken waardoor het zonlicht heen en weer bewoog op haar opgeheven gezicht. 'Ze zijn vergeten te vertellen dat dit een dierentuin is.'

Na onze boswandeling gingen Shannon en ik terug naar het tankstation.

Ik zei dat ze de Volvo kon nemen en dat ik haar zou bellen wanneer ik klaar was zodat ze me op kon halen. Ik moest de boekhouding doen, maar ik kon me niet concentreren. Carl had me verkocht. Hij had me bedrogen, mijn erfdeel gestolen en het aan de hoogste bieder verpatst. Carl had me zonder problemen laten moorden, me Willumsen laten vermoorden om zijn eigen huid te redden. Zoals gewoonlijk. En toch had hij niet gezegd dat hij me bedrogen had. Ja, hij had me bedrogen!

Ik was zo kwaad dat mijn hele lichaam beefde en dat hield niet op. Uiteindelijk moest ik overgeven in de wc. Daarna bleef ik zitten grienen en ik hoopte dat niemand me hoorde.

Wat moest ik verdomme doen?

Mijn blik viel op de poster voor me. Ik had hetzelfde opgeschreven als op de personeels-wc in Os. DOE WAT JE MOET DOEN. JIJ BENT VERANTWOORDELIJK. DOE HET NU.

Ik geloof dat ik daar en op dat moment het besluit nam. Ik ben er vrij zeker van dat het daar was. Maar het kon natuurlijk ook later op de avond zijn geweest. Toen ik van Shannon dat andere te horen kreeg waarom ze naar Kristiansand was gekomen.

63

Ik zat zwijgend aan de keukentafel die Shannon en ik in de woonkamer hadden gezet.

Ze had boodschappen gedaan in het winkelcentrum en *cou cou* gemaakt dat een nationaal gerecht was op Barbados, had ze me verteld. Het bestond uit maismeel, banaan, tomaat, ui en pepers. Hoewel ze kabeljauw had moeten gebruiken in plaats van vliegende vis, was ze blij dat ze okra en broodvrucht had kunnen krijgen.

'Is er iets?' vroeg Shannon.

Ik schudde mijn hoofd. 'Het ziet er heerlijk uit.'

'Eindelijk supermarkten met een groter assortiment,' zei ze. 'Jullie hebben de hoogste levensstandaard ter wereld, maar eten alsof jullie arm zijn.'

'Klopt,' zei ik.

'En de reden dat jullie zo snel eten is volgens mij dat jullie er niet aan gewend zijn dat eten ook ergens naar smaakt.'

'Klopt.' Ik vulde onze glazen met de witte wijn die Pia Syse en het hoofdkantoor twee weken geleden naar me hadden opgestuurd toen duidelijk werd dat het tankstation op de derde plaats van de ranking was gekomen. Ik zette de fles op tafel, maar raakte mijn glas niet aan.

'Je denkt nog steeds aan Carl,' zei ze.

'Ja,' zei ik.

'Je vraagt je af hoe hij je zo heeft kunnen verraden?'

Ik schudde mijn hoofd. 'Ik vraag me af hoe ík hem zo heb kunnen verraden.'

Ze zuchtte. 'Je kunt niet zelf bepalen voor wie je valt, Roy. Je zei eens dat jullie mensen van het bergvolk verliefd worden op iemand als dat in praktisch opzicht nut heeft, maar nu zie je dat dat niet waar is.'

'Misschien niet,' zei ik. 'Maar het is misschien toch niet helemaal toevallig.'

'Nee?'

‘Stanley vertelde me over een of andere Fransman die van mening is dat we begeren wat anderen begeren. Dat we imiteren.’

‘Mimetische begeerte,’ zei Shannon. ‘René Girard.’

‘Dat was het.’

‘Hij denkt dat het een romantische illusie is dat een mens zijn eigen hart en innerlijke wensen kan volgen omdat we, behalve tegemoetkomen aan onze basale behoeften, geen eigen innerlijke wensen hebben. We wensen wat we anderen om ons heen zien wensen. Zoals bij honden die niet geïnteresseerd zijn in hun speelbot maar dat plotseling moeten hebben omdat ze zien dat een andere hond het wil hebben.’

Ik knikte. ‘Wanneer je wens om een bepaald tankstation te hebben sterker wordt als je weet dat andere personen het ook graag willen hebben.’

‘En architecten een bepaalde opdracht móeten hebben als ze weten dat ze moeten concurreren met de beste.’

‘En de lelijke, domme broer de vrouw moet hebben van de knappe, slimme broer.’

Shannon prikte in het eten voor zich. ‘Zeg je dat je gevoelens voor mij eigenlijk om Carl gaan?’

‘Nee,’ zei ik. ‘Ik zeg niets. Ik weet niets. Misschien zijn we voor onszelf net zo’n groot raadsel als voor anderen.’

Shannon raakte haar wijnglas aan met haar vingertoppen. ‘Is het niet triest dat we alleen kunnen liefhebben wat anderen kunnen liefhebben?’

‘Oom Bernard zei dat veel dingen triest zijn als je er te lang en te goed naar kijkt,’ zei ik. ‘Dat we aan één oog blind zouden moeten zijn.’

‘Misschien wel.’

‘Zullen we proberen blind te zijn?’ zei ik. ‘In elk geval voor vannacht.’

‘Ja,’ zei ze en ze lachte geforceerd.

Ik tilde mijn glas op en zij het hare.

‘Ik hou van je,’ fluisterde ik.

Haar lach werd breder, haar ogen glinsterden als het Budalsvann op een heldere zomerdag en voor een ogenblik lukte het me al het andere te vergeten. Ik hoopte dat we deze nacht hadden, daarna kon de atoombom vallen. Ja, ik wilde dat de atoombom viel. Want ik – ik meen me te herinneren dat ik het al had gedaan – had het besluit genomen. En ik zou de voorkeur geven aan de atoombom.

Toen ik het wijnglas weer neerzette, zag ik dat Shannon niet van haar wijn had gedronken, maar was opgestaan. Ze leunde over tafel en blies de kaars uit.

'We hebben weinig tijd,' zei ze. 'Zo weinig dat het zonde is om niet naakt tegen je aan te liggen.'

Het was acht minuten voor vier in de ochtend toen Shannon weer boven op me viel. Haar zweet vermengde zich met dat van mij, we roken en smaakten hetzelfde. Ik tilde mijn hoofd op om naar de wekker op het nachtkastje te kijken.

'We hebben nog drie uur,' zei Shannon.

Ik viel terug op mijn kussen en ging tastend over het nachtkastje op zoek naar het blikje snus.

'Ik hou van je,' zei ze. Ze had het elke keer dat we wakker werden gezegd, voordat we weer gingen vrijen. En voordat ze weer in slaap viel.

'Ik hou van je, morinelplevier,' zei ik met dezelfde intonatie als zij, alsof de diepere inhoud van de woorden ons nu zo bekend was dat we er geen emotie, bedoeling of overtuiging in hoefden te leggen, het was voldoende om ze uit te spreken, te herhalen als een mantra, een ingestudeerde belofte.

'Ik heb vandaag gehuild,' zei ik, een zakje snus onder mijn lip stoppend.

'Dat doe je vast niet vaak,' zei Shannon.

'Nee.'

'Waar huilde je om?'

'Dat weet je wel. Om alles.'

'Ja, maar wat precies?'

Ik dacht na. 'Ik huilde om wat ik vandaag ben kwijtgeraakt.'

'Het familiebezit,' zei ze.

Ik lachte even. 'Nee, dat niet.'

'Mij.'

'Ik heb jou nooit gehad,' zei ik. 'Ik huilde om Carl. Ik ben vandaag mijn kleine broer kwijtgeraakt.'

'Natuurlijk,' fluisterde Shannon. 'Sorry. Sorry, dat ik zo dom ben.'

Toen legde ze een hand op mijn borst. En ik voelde dat het anders was dan de ogenschijnlijk onschuldige aanrakingen waarvan we beiden wisten dat die een inleiding waren voor een nieuwe vrijpartij. En ik kreeg een voorgevoel toen ze haar hand daar legde. Het leek of ze mijn hart probeerde te pakken. Of nee, niet pakken, vóelen. Ze probeerde het kloppen van mijn hart te voelen, hoe het nu reageerde op wat ze op het punt stond te gaan zeggen.

'Ik heb eerder gezegd dat het vertellen over het hotel maar één van de redenen was waarom ik hiernaartoe ben gekomen.'

Ze haalde diep adem en ik hield de mijne in.

'Ik ben zwanger,' zei ze.

Ik hield nog steeds mijn adem in.

'Van jou. Notodden.'

Hoewel deze zes woorden de antwoorden gaven op alle vragen die ik zou kunnen hebben over wat er was gebeurd, ging er een lawine aan gedachten door mijn hoofd en ze hadden allemaal een vraagteken. 'Endometriose...' begon ik.

'Maakt het moeilijk zwanger te worden, maar niet onmogelijk,' zei ze. 'Ik heb een zwangerschapstest gedaan en ik kon het eerst niet geloven, maar ik ben nu naar de dokter geweest en heb het bevestigd gekregen.'

Ik begon weer adem te halen en staarde naar het plafond.

Shannon kroop tegen me aan. 'Ik heb overwogen het weg te laten halen, maar ik kan het niet, ik wil het niet. Misschien was dit de enige keer in mijn leven dat de planeten zo stonden dat ik zwanger kon worden. Maar ik hou van jou en het kind is net zoveel van jou als van mij. Wat wil jij?'

Ik lag in het donker zwijgend adem te halen en vroeg me af of mijn hart haar het antwoord had gegeven dat ze wilde horen.

'Ik wil dat je krijgt wat jij wilt hebben,' zei ik.

'Ben je bang?' vroeg ze.

'Ja.'

'Ben je blij?'

Was ik blij? 'Ja.'

Ik hoorde aan haar ademhaling dat de tranen weer hoog zaten.

'Maar je bent uiteraard in de war en vraagt je af wat je nu moet doen,' zei ze. Haar stem beefde en ze sprak snel om klaar te zijn voordat ze in snikken uitbarstte. 'En ik weet het antwoord niet, Roy. Ik moet in Os blijven tot het hotel klaar is. Je denkt misschien dat dit kind belangrijker is dan een gebouw, maar...'

'Sst,' zei ik en ik ging met mijn wijsvinger over haar zachte lippen. 'Ik weet het en je vergist je. Ik ben niet in de war, ik weet precies wat ik moet doen.'

Ik zag haar oogwit bijna oplichten en weer doven toen ze knipperde in het donker.

DOE WAT JE MOET DOEN, dacht ik. JIJ BENT VERANTWOORDELIJK. DOE HET NU.

Ik ben er zoals gezegd niet helemaal zeker van of het besluit al op de personeels-wc was genomen of dat het daar gebeurde, in bed samen met Shannon nadat ze me had verteld dat ze mijn kind droeg. En misschien is dat ook niet belangrijk, misschien is het alleen maar wetenschappelijk interessant.

Ik leunde in elk geval naar Shannons oor en fluisterde wat er moest gebeuren.

Ze knikte.

De rest van de nacht lag ik wakker.

Over veertien dagen startte de bouw, de uitnodiging met daarop de aankondiging van Rods optreden in Årtun hing boven het aanrecht.

Ik telde de uren al af.

Ik leed.

Het zware, zwarte gevaarte kwam in beweging. Reed langzaam, bijna tegenstribbelend, het grind kraakte onder de banden. Op de vinnen die uitstaken lichtten twee verticale lichten op. Cadillac DeVille. De zon was ondergegaan, maar achter de bocht omlijstte een oranje band de Ottertind. En een tweehonderd meter diepe kloof spleet de berg alsof een kloofbijl aan het werk was geweest.

'Jij en ik, Roy, we hebben alleen elkaar.' Dat zei Carl altijd. 'Al die anderen van wie we denken dat we van ze houden of die van ons houden, zij zijn luchtspiegelingen in de woestijn. Terwijl jij en ik, wij zijn één. Wij zijn broers. Twee broers in een woestijn. Crepeert de ene, dan crepeert de andere.'

Ja, en de dood zal ons niet scheiden. Die verenigt ons.

Het gevaarte reed nu sneller. Op weg naar de hel waar we allemaal naartoe gaan, wij met een hart voor moord.

64

De herstart van de bouw zou niet eerder beginnen dan zeven uur 's avonds.

Toch vertrok ik bij het krieken van de dag uit Kristiansand en het ochtendlicht scheen op het gemeentebord van Os toen ik dat passeerde.

Behalve de restanten van de sneeuwranden langs de weg die nu grauw en vuil waren, was de sneeuw verdwenen. Het ijs op het Budalsvann zag er brokkelig uit als een sorbet, en hier en daar stond water.

Ik had Carl gebeld dat ik zou komen, maar dat ik de hele dag, tot aan de opening, druk was omdat het tankstation de boeken over de laatste vijf jaar moest laten zien. Een steekproef en pure routine, loog ik, ik hielp alleen om de cijfers te verklaren uit de tijd dat ik chef was. Dat ik niet wist hoelang dat zou duren, een paar uur of twee dagen, maar als het nodig was zou ik in de werkplaats slapen. Carl antwoordde dat het prima was en dat hij en Shannon het toch druk zouden hebben met het voorbereiden van de openingsceremonie en het feest daarna in Årtun.

'Maar er is iets waar ik met je over wil praten,' zei hij. 'Ik kan naar het tankstation komen als dat makkelijker is.'

'Ik meld me als er een gaatje is, dan kunnen we een biertje pakken in Fritt Fall,' zei ik.

'Koffie,' zei hij. 'Ik ben helemaal gestopt met alcohol. Mijn goede voornemen voor het nieuwe jaar was om saai te worden en volgens Shannon doe ik het goed.'

Hij klonk opgewekt. Lachte en maakte grapjes. Een man met het ergste achter zich.

In tegenstelling tot ikzelf.

Ik parkeerde de auto voor de werkplaats en keek omhoog naar Opgard. In het schuine ochtendlicht leek het of de berg met goud was geverfd. De open stukken in de zon waren kaal, maar in de schaduw lag nog sneeuw.

Onderweg naar binnen stelde ik vast dat er afval lag rond de pompen. En inderdaad, Egil stond achter de kassa. Hij hielp een klant en het duurde een paar seconden voor ik de gebogen rug herkende. Het was Moe. De dakdekker. Ik bleef bij de deur staan. Egil had me nog niet gezien en zijn hand ging nu naar de plank achter zich. De plank met EllaOne, de spijtpil. Ik hield mijn adem in.

'Was dat alles?' vroeg Egil en hij legde een doosje voor Moe neer.

'Ja, bedankt.' Moe betaalde, draaide zich om en liep in mijn richting.

Ik staarde naar het doosje dat hij in zijn hand hield.

Paracetamol.

'Roy Opgard,' zei hij. Hij bleef met een brede grijns op zijn gezicht voor me staan. 'God zegene je.'

Ik wist niet wat ik moest zeggen. Ik lette op zijn hand toen hij het doosje met pijnstillers in zijn jaszak stopte, maar ik herken de lichaamstaal van mensen die de bedoeling hebben je iets aan te doen en Moe's lichaam sprak die taal nu niet. Mijn eerste reactie toen hij mijn hand greep was die terug te trekken, maar iets, misschien de ontspannen houding en die zieke maar milde gloed in zijn ogen, besloot dat niet te doen. Hij drukte mijn hand bijna voorzichtig tussen de zijne.

'Dank zij jou, Roy Opgard, ben ik weer terug in de kudde.'

'O?' zei ik slechts.

'Ik was gevangen door de duivel, maar jij hebt me bevrijd. Mij en mijn gezin. Jij hebt de duivel uit me geslagen, Roy Opgard.'

Ik draaide me om en keek hem na. Oom Bernard zei af en toe, als je de oplossing voor een technisch probleem niet kon vinden, dat je het beste een hamer kon pakken en een paar keer zo hard mogelijk moest slaan dan was het probleem opgelost. Af en toe. Misschien was dat hier gebeurd.

Moe stapte in een Nissan Datsun-pick-up en reed weg.

'Chef,' zei Egil achter me. 'Ben je er weer?'

'Zoals je ziet,' zei ik, me naar hem omdraaiend. 'Hoe gaat het met de worstenverkoop?'

Het duurde een seconde voor hij doorkreeg dat ik misschien een grapje maakte en hij lachte aarzelend.

In de werkplaats opende ik de tas die ik had meegenomen uit Kristiansand. Er zat een aantal auto-onderdelen in dat het resultaat was van een zoektocht van een week bij autosloperijen en op autokerkhoven. De meeste van die bedrijven bevonden zich in het westen van de stad waar ze honderd jaar lang alles wat Amerikaans was – en dan auto's in het bijzonder – net zo intens aanbaden als ze Jezus in hun gebedshuizen aanbaden.

'Die onderdelen zijn kapot,' had de laatste autosloper gezegd toen hij naar de aftandse remleidingen keek en de rafelige gaskabel die ik uit twee van zijn wrakken had gehaald, een Chevy El Camino en een Cadillac Eldorado. Achter hem hing een opvallende foto van een kerel met lang haar en een herdersstok en een massa schapen om zich heen.

'Dat betekent vast dat ik ze goedkoop kan krijgen,' zei ik.

Hij kneep een oog samen, zei een prijs en ik begreep dat er niet alleen in Os een Willumsen was. Ik troostte me met de gedachte dat het grootste deel naar een goed doel zou gaan en gaf hem een biljet van honderd en bevestigde dat ik geen bonnetje nodig had.

Ik onderzocht de gaskabel. Die kwam niet uit een Cadillac DeVille, maar leek er zo op dat die wel zou voldoen en inderdaad was die kapot. Zo gerafeld dat die met de juiste montage zou blijven hangen als de chauffeur gas gaf, en als hij het gaspedaal los zou laten zou de snelheid alleen maar toenemen. Als hij automonteur was, zou hij misschien begrijpen wat er gebeurde en – als hij bovendien snel en koelbloedig zou reageren – zou hij de auto uit of in zijn vrij zetten. Maar Carl was niets van dat alles. Hij zou, als hij daar nog tijd voor had, alleen maar proberen te remmen.

Ik pakte de oude remleiding met gaatjes. Zo eentje had ik eerder gedemonteerd, maar nog niet eerder geplaatst. Ik legde die naast de gaskabel.

Iedere automonteur die naderhand het wrak zou onderzoeken, zou de politie vertellen dat de onderdelen niet waren gesaboteerd, maar tekenen van logische slijtage vertoonden en dat het rubber waarschijnlijk beschadigd was geraakt waardoor er water in was gekomen.

Ik gooide het gereedschap dat ik nodig had in de tas, sloot die en bleef zwaar ademend staan. Het leek of mijn borst zich samenklemde rond mijn longen.

Ik keek op mijn horloge. Kwart over tien. Ik had tijd genoeg.

Volgens Shannon zou Carl om twee uur een afspraak hebben met de feestcommissie op de bouwplaats. Daarna zouden ze naar Årtun gaan om de boel te versieren. En dat zou minstens twee, zo niet drie uur duren. Mooi. Ik had maximaal een uur nodig om de onderdelen te verwisselen.

En aangezien er helemaal geen controle van de boeken was, had ik genoeg tijd.

Meer dan genoeg tijd.

Ik liep naar het bed en ging erop zitten. Legde mijn hand op de matras waarop Shannon en ik hadden gelegen. Zag de nummerplaat van Barbados aan de muur boven het keukentje. Ik had me een beetje ingelezen. Er waren meer dan honderdduizend voertuigen op het eiland, verrassend veel voor zo'n klein bevolkingsaantal. En de levensstandaard was hoog, de op drie na hoogste in Noord-Amerika, ze hadden geld te besteden. En iedereen sprak Engels. Het moest beslist mogelijk zijn daar een tankstation te hebben. Of een werkplaats.

Ik sloot mijn ogen en draaide de tijd twee jaar vooruit. Ik zag mezelf en Shannon op een strand met een peuter van anderhalf onder de parasol. Alle drie bleek, Shannon en ik met verbrande benen. Redlegs.

Ik spoelde terug, nu waren we veertien maanden vooruit in de toekomst. De koffers in de gang stonden klaar. Uit de slaapkamer klonken het gehuil van een kind en de sussende woorden van Shannon. Er moesten nog een paar kleine dingen gebeuren. De elektriciteit en het water afsluiten. De luiken voor de ramen vast timmeren. De laatste losse eindjes verzamelen voor we vertrokken.

De losse eindjes.

Ik keek weer op mijn horloge.

Het was niet meer belangrijk, maar ik hield niet van losse eindjes, ik hield niet van afval rond de pompen.

Maar ik moest het laten liggen, ik moest me nu concentreren op het andere. *Keep your eyes on the prize*, zoals vader zei.

Afval rond de pompen.

Om elf uur stond ik op en liep naar buiten.

'Roy!' zei Stanley en hij stond op van achter zijn bureau in zijn behandelkamer. Liep eromheen en omhelsde me. 'Moest je lang wachten?' vroeg hij, knikkend naar de wachtkamer.

'Maar twintig minuten,' zei ik. 'Jouw doktersassistent heeft nog dat ene gaatje kunnen vinden, maar ik zal het niet te lang maken.'

'Ga zitten. Alles in orde? Hoe gaat het met je vinger?'

'Alles gaat goed, ik kom eigenlijk alleen om iets te vragen.'

'O ja?'

'Tijdens het nieuwjaarsfeest, nadat ik was vertrokken om naar de markt te gaan, kun je je nog herinneren of Dan Krane ook vertrok? En of hij met de auto ging? En dat hij misschien pas later op de markt verscheen?'

Stanley schudde zijn hoofd.

'En hoe zit het met Kurt Olsen?'

'Waarom vraag je je dat af, Roy?'

'Dat leg ik later uit.'

'Goed, nee, geen van tweeën is eerder vertrokken. Het waaide flink en het was zo gezellig dat we lekker door bleven drinken. Totdat we de brandweer hoorden.'

Ik knikte langzaam. Daar ging mijn theorie in rook op.

'De enigen die voor middernacht vertrokken waren jij, Simon en Grete.'

'Maar geen van ons nam de auto.'

'Jawel, Grete. Ze zei dat ze haar ouders had beloofd voor twaalf uur thuis te zijn.'

'Ik snap het. In wat voor auto rijdt ze?'

Stanley lachte. 'Je kent me toch, Roy, ik heb geen verstand van automerken. Ik weet alleen dat de auto vrij nieuw was en rood. Trouwens, ja, het was een Audi.'

Ik knikte nog langzamer.

Ik zag de rode Audi A1 voor me die in de nieuwjaarsnacht afsloeg bij Nergard. En die weg leidt, behalve naar Nergard en Opgard, naar de bouwplaats van het hotel.

'Nu we het toch over nieuw hebben,' riep Stanley uit. 'Ik vergeet helemaal je te feliciteren.'

'Feliciteren?' Ik dacht automatisch aan de derde plaats op de lijst, maar nieuws over tankstations bereikt uiteraard alleen de ingewijden.

'Je wordt toch oom,' zei hij.

Er volgden een paar seconden en toen lachte Stanley luid. 'Ja, jullie zijn echt broers. Carl reageerde op precies dezelfde manier. Hij werd lijkbleek.'

Ik was me er niet bewust van dat ik bleek was geworden, maar nu voelde het of mijn hart stopte met kloppen. Ik herpakte me.

'Jij hebt Shannon onderzocht?'

'Hoeveel artsen zie je hier?' zei Stanley en hij gebaarde met zijn armen.

'Jij hebt Carl verteld dat hij vader wordt?'

Stanley fronste zijn voorhoofd. 'Nee, ik neem aan dat Shannon dat heeft gedaan. Maar Carl en ik kwamen elkaar in de winkel tegen en toen heb ik hem gefeliciteerd en hem een paar dingen verteld waarop Shannon en hij moesten letten naarmate de zwangerschap vorderde. En toen werd hij bleek, net als jij nu. Begrijpelijk natuurlijk, als mensen ineens op je af komen gelopen om je eraan te herinneren dat je vader wordt, dan duikt die beangstigende verantwoordelijkheid op. Ik wist niet dat het bij een oom ook kon gebeuren, maar blijkbaar wel.' Hij lachte weer.

'Heb je behalve Carl en mij ook anderen hierover verteld?' vroeg ik.

'Nee, nee, nee, ik heb mijn beroepsgeheim.' Hij zweeg ineens. Zette drie vingers tegen zijn voorhoofd. 'Oei, je wist misschien niet dat Shannon zwanger is? Ik ging er gewoon van uit dat... omdat Carl en jij zo close zijn.'

'Ze willen het mogelijk nog geheimhouden tot ze er redelijk zeker van zijn dat het goed gaat,' zei ik. 'Vanwege Shannons voorgeschiedenis met zwanger worden...'

'Poeh, dit was erg onprofessioneel van me,' zei Stanley en hij zag er oprecht vertwijfeld uit.

'Denk er maar niet meer aan,' zei ik en stond op. 'Als jij het verder aan niemand vertelt dan zal ik dat ook niet doen.'

Ik liep de deur uit voor Stanley me eraan kon helpen herinneren dat ik hem nog moest vertellen waarom ik naar de nieuwjaarsnacht had gevraagd. De dokterspost uit. De Volvo in. Ik bleef door de voorruit naar buiten zitten staren.

Carl wist dat Shannon zwanger was. Hij wist het en hij had Shannon daar niet mee geconfronteerd. En het ook niet aan mij verteld. Betekende dit dat hij had begrepen dat hij de vader niet was? Begreep wat er speelde? Dat het Shannon en ik tegen hem was? Ik pakte mijn telefoon. Aarzelde. Shannon en ik hadden alles zo nauwkeurig gepland, onder andere dat we meer telefooncontact dan normaal was tussen schoonzus en zwager moesten vermijden. Volgens *True Crime* checkt de politie allereerst met wie het slachtoffer nauw contact had of welke potentiële verdachten telefooncontact hadden in de dagen voor de moord. Ik nam een besluit en toetste een nummer in.

'Nu?' werd er aan de andere kant gezegd.

'Ja,' zei ik. 'Ik heb nu even tijd.'

'Mooi,' zei Carl. 'Over twintig minuten in Fritt Fall.'

65

In Fritt Fall zat de gebruikelijke middagclientèle: de enthousiastelingen voor paardenraces en de mensen die ons systeem van uitkeringen in stand hielden.

'Een pilsje,' zei ik tegen Erik Nerell.

Hij staarde me koeltjes aan. Ik had hem op de lijst van verdachten voor de brandstichting gehad, maar vandaag was die lijst gereduceerd tot één persoon.

Op weg naar een lege tafel zag ik dat Dan Krane met een halve liter alleen aan de andere tafel bij het raam zat. Dan staarde niets ziend voor zich uit. Hij oogde – hoe zal ik het zeggen? – haveloos. Ik liet hem met rust en ik rekende erop dat hij me dezelfde dienst zou bewijzen.

Ik was halverwege mijn halve liter toen Carl haastig binnenkwam.

Hij omhelsde me en kreeg een kop koffie nadat hij dezelfde koele behandeling bij de bar had gekregen. Ik zag dat Dan Krane Carl in het oog kreeg, hij leegde zijn glas en verliet met zware stappen demonstratief de ruimte.

'Ja, ik zag Dan,' zei Carl voor ik de kans kreeg het te vragen en hij ging zitten. 'Hij woont kennelijk niet meer op de boerderij van Aas.'

Ik knikte langzaam. 'En verder?'

'Tja...' zei Carl, een slok van zijn koffie nemend. 'Gespannen voor de opening van vanavond natuurlijk. En thuis heeft Shannon meer en meer de touwtjes in handen. Vandaag heeft ze besloten dat ze in de Cadillac naar de opening gaat, ik moet nu rijden in een vrouwenauto.' Hij knikte naar de parkeerplaats waar de Subaru stond.

'Het belangrijkste is toch dat je in stijl op de ceremonie verschijnt,' zei ik.

'Natuurlijk, natuurlijk,' zei hij, weer een slok nemend. Wachtte. Het leek haast of hij iets vreesde. Twee broers die bij elkaar zaten en iets vreesden. Samen in het stapelbed liggen en vrezen voor het moment dat de deur openging.

'Ik geloof dat ik weet wie het hotel in brand heeft gestoken,' zei ik.

Carl keek op. 'O?'

Ik zag geen reden om het uit te melken en zei zonder omhaal: 'Grete Smitt.'

Carl lachte hard. 'Grete is een beetje gek, Roy, maar niet zó gek. En ze is tot rust gekomen. Het doet haar goed dat ze nu samen is met Simon.'

Ik staarde hem aan. 'Simon? Bedoel je, Simon Nergard?'

'Wist je dat niet?' Carl lachte zonder emotie. 'Het gerucht gaat dat Simon haar in de nieuwjaarsnacht zover heeft gekregen hem naar huis te brengen en dat zij gebleven is. En sindsdien klitten ze bij elkaar.'

Mijn hersenen verwerkten die informatie zo goed als ze konden. Konden Grete en Simon het hotel samen hebben aangestoken? Ik kauwde erop. Het smaakte vreemd. Aan de andere kant, alles smaakte de laatste tijd vreemd. Maar ik hoefde dat niet met Carl te bespreken. Ja, ik hoefde het eigenlijk met niemand te bespreken, wat maakte het verdomme uit wie de brand had aangestoken? Ik schraapte mijn keel. 'Je wilde het over iets hebben met me.'

Carl keek in zijn koffiekopje en knikte. Hij keek op, controleerde of de zes andere gasten buiten gehoorafstand zaten, leunde naar me toe en zei met gedempte stem: 'Shannon is zwanger.'

'Wel verdomme!' Ik lachte, maar probeerde niet te overdrijven. 'Gefeliciteerd, broer!'

'Nee,' zei Carl hoofdschuddend.

'Nee?' vroeg ik. 'Is er iets niet goed?'

Het hoofdschudden ging over in knikken.

'Met het kind?' vroeg ik en ik voelde, hoewel ik loog, dat alleen al de gedachte dat er iets aan de hand kon zijn met het kind dat Shannon droeg, óns kind, me misselijk maakte.

Carls hoofd ging terug naar het schudden.

'Wat dan?' vroeg ik.

'Ik ben het niet de...'

'De?'

Het hoofd was eindelijk gestopt en hij keek me aan met een sprekende, gebroken blik.

'Jij bent de vader niet?' vroeg ik.

Hij knikte.

'Hoe...'

'Shannon en ik hebben sinds haar terugkeer uit Toronto geen seks gehad. Ik mocht haar niet aanraken. En zij heeft me niet verteld dat ze zwanger is, dat was Stanley. Shannon weet niet eens dat ik het weet.'

'Wel verdomme,' zei ik.

'Ja, wel verdomme.' Zijn zware blik liet me niet los. 'En weet je, Roy?'

Hij wachtte, maar ik reageerde niet.

'Ik geloof dat ik weet wie het is.'

Ik slikte. 'O?'

'Ja, Shannon moest begin van de herfst ineens naar Notodden, begrijp je. Een gesprek over een architectuuropdracht, zei ze. Toen ze terugkwam, was ze dagenlang volledig uit haar doen. Ze at niet, sliep niet. Ik dacht dat het kwam omdat ze de opdracht niet had gekregen. Toen ik van Stanley begreep dat Shannon zwanger was, vroeg ik mezelf af hoe het haar in godsnaam was gelukt een andere man te ontmoeten. Shannon en ik zitten immers op elkaars lip. Toen begon ik anders na te denken over de trip naar Notodden. Shannon vertelt immers alles en wat ze niet vertelt dat kan ik makkelijk van haar aflezen. Maar dit was iets waar ik de vinger niet op kon leggen. Iets wat ze geheimhield. Alsof ze over iets een slecht geweten had. En als ik er goed over nadacht dan is dat begonnen na die overnachting in Notodden. En ineens moest ze overdag naar Notodden, zei ze dat ze boodschappen moest doen. Begrijp je?'

Ik moest mijn keel schrapen voor ik er geluid uit kon krijgen. 'Ik geloof het wel.'

'Dus op een dag vroeg ik haar waar ze had overnacht in Notodden en toen zei ze het Brattrein Hotel. Ik belde daarheen en checkte het. De receptionist vertelde dat Shannon Alleyne Opgard inderdaad in de nacht van 3 september een kamer had in het hotel. Maar toen ik vroeg met wie ze die deelde, zei hij dat ze alleen was.'

'Hij heeft je dat zomaar verteld?'

'Het kan zijn dat ik de naam Kurt Olsen heb gebruikt en dat ik belde van het politiebureau in Os.'

'Jemig,' zei ik en ik voelde dat de rug van mijn overhemd bezig was nat te worden.

'Toen vroeg ik hem de namen van de gasten op die datum snel op te lezen. Toen dook er een interessante naam op, Roy.'

Mijn mond was droog. Wat was er verdomme gebeurd? Herinnerde Ralf zich dat ik daar was en had hij mijn naam opgegeven? Wacht, ik wist het ineens, Ralf zei dat hij een kamer voor me had gereserveerd toen hij me naar het restaurant zag lopen, hij had aangenomen dat ik daar zou logeren. Had hij me ingeschreven en was hij later vergeten mijn naam te wissen nadat ik had gezegd dat ik geen kamer wilde?

'Een interessante en enorm bekende naam,' zei Carl.

Ik zette me schrap.

'Dennis Quarry.'

Ik staarde Carl aan. 'Wat zei je?'

'De acteur. De regisseur. De Amerikaan die bij het tankstation was. Hij logeerde die nacht in het hotel.'

Ik had niet door dat ik geen adem had gehaald voordat ik weer inademde. 'En wat dan nog?'

'Wat dan nog? Hij gaf Shannon een handtekening toen we bij de pomp stonden, herinner je je dat niet meer?'

'Jawel, maar...'

'Shannon liet me het papier zien toen ze was ingestapt. Ze lachte omdat hij ook zijn telefoonnummer en e-mailadres had gegeven. Zei dat hij ervan uitging dat hij nog een poos in Noorwegen zou blijven. Om te...' Carl maakte met zijn vingers aanhalingstekens in de lucht '...regisseren. Ik dacht er niet meer aan en volgens mij zij ook niet. Niet voordat Mari en ik...'

'Jij denkt dat ze met hem heeft afgesproken om zich te wreken?'

'Is dat niet duidelijk?'

Ik haalde mijn schouders op. 'Misschien houdt ze van hem?'

Carl staarde me aan. 'Shannon houdt van niemand. Ze houdt alleen van haar hotel. Ze verdient een pak slaag.'

'En dat heeft ze ook gekregen.'

Het ontglipte me gewoon. Carl sloeg met zijn vuist op tafel en zijn ogen leken uit zijn schedel te springen. 'Heeft die bitch dat gezegd?'

'Sst,' zei ik en ik greep mijn glas vast alsof het een reddingsboei was. In de stilte die volgde, merkte ik dat iedereen zijn blik op ons had gericht. Carl en ik hielden onze mond tot we hoorden dat de gesprekken weer werden hervat en zagen dat Erik Nerell weer over zijn mobiel gebogen zat.

‘Ik zag de blauwe plekken toen ik met kerst thuis was,’ zei ik met gedempte stem. ‘Ze kwam net uit de badkamer.’

Ik zag dat Carls hersenen bezig waren een excuus te verzinnen. Waarom had ik dit eruit gegooid terwijl het nu juist belangrijk was dat hij me vertrouwde?

‘Carl, ik…’

‘Het is goed,’ zei hij met een schorre stem. ‘Je hebt gelijk. Het is een paar keer gebeurd sinds ze terug is uit Toronto.’ Hij haalde zo diep adem dat zijn borstkas omhoogkwam. ‘Ik was zo gestrest door de chaos met het hotel en ze bleef maar zaniken over wat er was gebeurd tussen Mari en mij. En als ik er een paar ophad dan gebeurde het dat… gebeurde het dat ik ontplofte. Maar dat is niet meer voorgekomen sinds ik gestopt ben met drinken. Bedankt, Roy.’

‘Bedankt?’

‘Bedankt dat je me ermee confronteert. Ik heb lang gedacht dat ik het er met je over moest hebben. Ik begon bang te worden dat ik net zo ben als vader. Dat je dingen gaat doen die je eigenlijk niet wilt en er niet mee kunt stoppen, snap je? Maar het is me gelukt. Ik ben veranderd.’

‘Je bent weer terug in de kudde.’

‘Hè?’

‘Weet je zeker dat je bent veranderd?’

‘Ja, absoluut.’

‘Goed, of je doet het voor mij.’

Hij keek me aan alsof dit een of ander idioot woordspelletje was dat hij niet begreep. En er ontglipte me van alles wat ikzelf ook niet begreep.

‘Hoe dan ook,’ zei hij, met zijn hand over zijn gezicht wrijvend. ‘Ik moest dat met die zwangerschap aan iemand vertellen. En die iemand ben jij altijd, het spijt me.’

‘Geen probleem,’ zei ik en ik draaide het mes in mezelf rond. ‘Ik ben immers je broer.’

‘Ja, jij bent degene die er altijd is als ik iemand nodig heb. Verdomme, ik ben zo blij dat ik jou in elk geval heb.’

Carl legde zijn hand op die van mij. Die van hem was groter, zachter en warmer dan mijn ijskoude.

‘Altijd,’ zei ik hees.

Hij keek op zijn horloge. ‘Ik zal dat met Shannon later oplossen,’ zei hij en stond op. 'En dat met dat ik de vader niet ben, dat blijft tussen ons, oké?'

'Uiteraard,' zei ik. Ziek genoeg lachte ik bijna.

'De herstart van de bouw. We zullen het laten zien, Roy.' Hij klemde zijn kaken op elkaar, kneep zijn ogen dicht en schudde met zijn vuist naar me. 'De Opgard-jongens zullen winnen.'

Ik glimlachte en hief mijn glas om aan te geven dat ik mijn bier nog wilde opdrinken.

Ik keek Carl na die snel de deur uit liep. Ik zag hem door het raam toen hij in de Subaru ging zitten. Shannon had ervoor gezorgd dat ze vandaag de Cadillac had. Maar Carl zou in de Cadillac naar de opening rijden. Of beter gezegd: in de richting van de opening.

Er lichtte één remlicht op toen de Subaru stopte voor een vrachtwagen voor hij de weg op reed.

Ik bestelde nog een pilsje. Dronk langzaam terwijl ik nadacht. Ik dacht aan Shannon. Aan wat ons mensen drijft. En ik dacht aan mezelf. Over hoe ik er praktisch om had gevraagd ontmaskerd te worden. Erop had gehint dat ik wist dat hij mijn handtekening had vervalst. Gevraagd om ontmaskerd te worden zodat ik het niet hoefde uit te voeren. Zodat ik Huken niet hoefde te blijven vullen met autowrakken en lijken.

66

Na vier halve liters verliet ik Fritt Fall.

Het was pas halftwee, genoeg tijd om weer helemaal nuchter te worden, maar ik wist dat het bier een teken van zwakte was. Een vluchtreactie. Eén misstap zou ervoor zorgen dat het hele plan in duigen viel, dus waarom nu drinken? Dat was toch een teken dat een deel van me wenste dat ik niet zou slagen? Mijn reptiel-ik. Nee, de reptielhersenen hadden er niets mee te maken, kijk, ik dacht al niet meer helder, ik gooide de begrippen door elkaar. Hoe dan ook, de ik in mezelf wist heel goed wat hij wilde en dat was terugpakken wat juridisch gezien van hem was, dat wat er nog van restte. En de personen van kant te maken die in de weg stonden en de mensen bedreigden die ik moest beschermen. Ik was niet langer de grote broer. Ik was haar man en de vader van het kind. Dat was nu mijn familie.

Maar toch, er was iets wat niet klopte.

Ik had de Volvo laten staan bij de werkplaats en liep van het centrum in zuidoostelijke richting via wandel- en fietspaden die parallel liepen met de rijksweg. Toen ik bij de werkplaats arriveerde, bleef ik staan kijken naar de weg, naar de gevel met de poster waarop GRETES HAAR- EN ZONNESTUDIO stond.

Ik keek weer op mijn horloge.

Ik had nog tijd, maar ik zou het moeten laten rusten, dit was niet het moment om het aan te pakken. Misschien was geen enkel moment het juiste moment.

God mag weten waarom ik plotseling aan de andere kant van het huis stond en in de garage keek met daarin de rode Audi A1.

'Hoi!' riep Grete vanuit de kappersstoel. Haar hoofd zat in de trots van de kapsalon, de haardroger uit de jaren vijftig. 'Ik heb je niet aan horen bellen!'

'Ik heb niet aangebeld,' zei ik, ondertussen vaststellend dat we alleen waren. Het feit dat ze bezig was met haar eigen permanent betekende dat ze even geen afspraken in haar agenda had, maar ik draaide toch de deur achter me op slot.

'Ik kan je over tien minuten knippen,' zei ze. 'Ik moet eerst mijn eigen haar in model brengen. Het is belangrijk om er toonbaar uit te zien als je kapper bent, snap je.'

Ze klonk nerveus. Misschien omdat ik plotseling was komen binnenvallen. Misschien omdat ze het aan me merkte. Dat ik niet gekomen was voor een knipbeurt. Of misschien omdat ze me diep vanbinnen allang had verwacht.

'Mooie auto,' zei ik.

'Wat? Ik versta je niet zo goed in dit ding.'

'Mooie auto! Ik zag die in de nieuwjaarsnacht bij Stanley voor het huis staan, maar ik wist niet dat die van jou was.'

'Jazeker, het was een goed jaar voor de kappersbranche. Net als voor alle branches hier.'

'Precies zo'n auto met dezelfde kleur passeerde me kort voor middernacht toen ik op weg was naar de markt. Er zijn niet veel rode Audi's in het dorp dus ik neem aan dat jij het was, of niet? Maar Stanley heeft me verteld dat je naar huis ging om samen met je ouders het nieuwe jaar in te luiden, dat is de andere kant op. De auto sloeg bovendien af bij Nergard en de weg naar het hotel. Daar is niet veel te vinden. Opgard en het hotel. Ik begon te denken...'

Ik boog voorover en zag de scharen die op het planchet voor de spiegel lagen. Voor mij zagen ze er allemaal hetzelfde uit, maar ik nam aan dat het haar beroemde Niigata-1000-schaar was die in een opengeritst etui haast tentoongesteld lag.

'Je zei op het feest dat Shannon Carl haat, maar dat ze hem nodig heeft voor haar hotel. Dacht je toen dat als het hotel afbrandde en het project werd gestaakt dat Shannon verder geen reden kon hebben om bij Carl te blijven zodat jij hem zou kunnen krijgen?'

Grete Smitt keek me kalm aan, de nervositeit was verdwenen. Haar onderarmen lagen roerloos op de armleuningen van de zware, lompe kappersstoel, haar hoofd gehuld in plastic en gloeiende draden, ze zag eruit als een verrekte koningin op haar troon.

'Natuurlijk heb ik dat gedacht,' zei ze en ze liet haar stem zakken. 'En dat heb jij ook, Roy. Daarom verdacht ik jou van die brandstichting. Jij bent immers kort voor middernacht vertrokken.'

'Ik was het niet,' zei ik.

'Maar dan kan het maar één persoon zijn geweest,' zei Grete.

Ik had een droge mond. Het speelde verdomme toch geen rol wie de brand had aangestoken. Er klonk zwak gezoem, ik weet niet of dat uit de droogkap kwam of in mijn eigen hoofd zat.

Ze stopte met praten toen ze zag dat ik de schaar uit het etui had gepakt. En ze moest iets in mijn blik hebben gezien, ze tilde haar armen op en hield ze voor haar lichaam.

'Roy, je bent toch niet van plan...'

En ik weet het niet. Ik weet verdomme niet wat ik had gedacht. Ik weet alleen dat alles ontplofte, alles wat er was gebeurd, alles wat niet had moeten gebeuren, alles wat stond te gebeuren en niet moest gebeuren, maar er was geen ontkomen aan. Het steeg in me als poep in een verstopt toilet die steeds hoger kwam en nu over de rand ging. De schaar was scherp, het was alleen een kwestie van die in haar walgelijke mond te steken, haar witte wangen open te knippen, al die lelijke woorden weg te knippen.

En toch stopte ik.

Ik stopte en keek naar de schaar. Japans staal. En vaders woorden over harakiri schoten door mijn hoofd. Stond ik niet op het punt te mislukken, moest niet ik – en niet Grete – weggesneden worden uit de samenleving als een kankergezwel?

Nee, allebei. We moesten allebei worden gestraft. Branden.

Ik greep het oude, zwarte snoer dat uit de droogkap kwam, opende de schaar en knipte. Het scherpe staal gleed dwars door het isolatiemateriaal en toen het staal contact maakte met het koper liet ik door de elektrische schok bijna los. Maar ik was erop voorbereid en ik zag kans de gelijkmatige druk op de schaar te behouden zonder het snoer door te knippen.

'Wat doe je?' schreeuwde Grete. 'Dat is een Niigata-1000! En je vernielt een droogkap uit negentienvijf...'

Ik greep haar hand met mijn vrije hand en haar mond klapte weer dicht toen het circuit werd gesloten en de stroom begon te circuleren. Ze trachtte zich los te rukken, maar ik liet niet los. Ik zag haar lichaam schokken en haar ogen in hun kassen rollen terwijl het knetterde en de vonken uit de droogkap spatten. Er steeg een langgerekte kreet op uit haar keel, eerst iel en smekend, toen woest en bevelend. Mijn hart bonkte, ik wist dat er een grens was aan hoelang het hart tweehonderd milliampère kon verdragen, maar ik liet verdomme niet los. Tot Grete Smitt en ik op het punt waren waar we verdienden te zijn, in een cirkel van pijn. En toen zag ik dat er vlammen uit de kap kwamen. En hoewel het al mijn concentratie vergde om vast te blijven houden, rook ik de geur van verbrand haar. Ik sloot mijn ogen en mompelde een paar geluidloze woorden zoals ik de predikant in Årtun had zien doen bij het bidden voor genezing of verlossing. Het geschreeuw van Grete was oorverdovend, zo luid dat ik maar net de brandmelder kon horen die begon te piepen.

Toen liet ik los en opende mijn ogen.

Ik zag dat Grete de kap van haar hoofd rukte, zag een mix van gesmolten krulspelden en verbrand haar voor ze naar de wastafel rende, de handdouche opendraaide en begon met het bluswerk.

Ik liep naar de deur. In het trappenhuis hoorde ik roffelende voeten op weg naar beneden, het leek of de neuropathie een pauze had genomen. Ik draaide me om en keek weer naar Grete. Ze was gered. Er kwam een grijze rookwolk van wat er nog over was van het permanent, wat nu dus geen permanent meer was, maar leek op een oververhitte grill waarop iemand een emmer water had gegooid.

Ik liep de gang in, wachtte tot de vader van Grete ver genoeg de trap af was zodat hij mijn gezicht goed kon zien, ik zag dat hij iets zei, mijn naam misschien, maar dat werd overstemd door het gepiep van de brandmelder. Toen liep ik naar buiten.

Er was een uur voorbij. Het was kwart voor drie.

Ik zat in de werkplaats te staren naar de tas.

Kurt Olsen was me niet komen arresteren om een eind aan alles te maken.

Er was geen weg terug. Het was tijd om aan de slag te gaan.

Ik greep de tas, liep naar de Volvo en reed naar Opgard.

67

Ik kroop onder de Cadillac vandaan. Shannon stond in de koude schuur over me heen gebogen, huiverde met haar armen over elkaar geslagen in een van haar dunne, zwarte truien en keek bezorgd. Ik zei niets, stond op en klopte de houtsplinters van mijn overall.

'En?' zei ze ongeduldig.

'Voor elkaar,' zei ik en met behulp van de krik liet ik de auto weer op de grond zakken.

Daarna hielp Shannon me de auto de schuur uit te duwen en voor de wintertuin te zetten met zijn neus in de richting van de weg en de Geitesving.

Ik keek op mijn horloge. Kwart over vier. Iets later dan ik had gedacht. Ik liep terug naar de schuur om het gereedschap op te halen en ik was bezig alles in de tas te stoppen die op de werkbank stond toen Shannon achter me ging staan en haar armen om me heen sloeg.

'We hebben nog steeds de mogelijkheid te stoppen,' zei ze en ze legde haar wang tegen mijn rug.

'Wil je dat?'

'Nee.' Ze streelde mijn borst. We hadden elkaar niet aangeraakt en nauwelijks gezien sinds ik was teruggekomen. Ik was direct aan het werk gegaan met de Cadillac om er zeker van te zijn dat ik binnen de tijd de goede onderdelen verwisseld had met de defecte en voordat Carl terugkwam van de vergadering, maar het was niet om die redenen dat we elkaar niet hadden aangeraakt. Het was iets anders. Plotseling waren we als vreemden voor elkaar. Als moordenaars waren we net zo bang voor elkaar als voor onszelf. Maar dat zou voorbijgaan. DOE WAT JE MOET DOEN. DOE HET NU. En alleen dat was nu belangrijk.

'Dan volgen we het plan,' zei ik.

Ze knikte. 'De morinelplevier is terug,' zei ze. 'Ik heb hem gisteren gezien.'

‘Nu al?’ zei ik, ik draaide me naar haar om en hield haar vast, met mijn grove handen en stompe vingers omlijstte ik haar mooie gezicht. ‘Wat fijn.’

‘Nee,’ zei ze, haar hoofd schuddend met een trieste glimlach. ‘Hij had nog niet terug moeten komen. Hij lag in de sneeuw voor de schuur, doodgevroren.’ Er gleed een traan uit haar halfdichte oog.

Ik trok haar naar me toe.

‘Vertel me nog een keer waarom we dit doen,’ fluisterde ze.

‘We doen het omdat er maar twee opties zijn,’ zei ik. ‘Dat ik hem vermoord of dat hij mij vermoordt.’

‘Omdat...’

‘Omdat hij gepakt heeft wat van mij is. Omdat ik gepakt heb wat van hem is. Omdat we allebei moordenaars zijn.’

Ze knikte. ‘Maar weten we zeker dat dit de enige uitweg is?’

‘Al het andere is nu te laat voor Carl en mij, dat heb ik je uitgelegd, Shannon.’

‘Ja,’ snikte ze tegen mijn overhemdborst. ‘Als dit voorbij is...’

‘Ja,’ zei ik. ‘Als dit voorbij is.’

‘Ik denk dat het een jongen is.’

Ik hield haar een poos vast. Maar toen hoorde ik de seconden weer tikken en knagen, alsof er werd afgeteld, een aftellen tot het moment dat de wereld zijn betekenis verloor. Maar dat zou niet gebeuren, de wereld zou niet eindigen, die zou beginnen. Nieuw leven. Ook míjn nieuwe leven.

Ik liet haar los en stopte mijn overall en Carls remleiding en gaskabel in mijn tas. Shannon keek me aan.

‘Stel dat het niet werkt?’ zei ze.

‘Het zal níet werken,’ zei ik, hoewel ik natuurlijk begreep wat ze bedoelde, en ze hoorde misschien de irritatie in mijn stem en vroeg zich af waar die vandaan kwam. Ze begreep vast waarvandaan. Stress, nervositeit, angst. Spijt? Had zij spijt? Vast. Maar in Kristiansand, toen we het plan maakten, hadden we het daar ook over gehad. Dat de twijfel in ons oor zou komen fluisteren, zoals die op de trouwdag in het oor van het bruidspaar komt fluisteren. Twijfel is als water, dat altijd een gaatje in je dak vindt en nu druppelt het als een Chinese marteling op ons hoofd. Wat Grete had gezegd, dat er maar één persoon de brand kon hebben aangestoken. Dat ene remlicht van de Subaru dat niet werkte. De beschrijving van de auto op de bouwplaats door de Let.

'Het plan zal werken,' zei ik. 'Er zit bijna geen remvloeistof in het systeem en het is een auto van twee ton. Flinke vaart. Er is maar één mogelijke afloop.'

'En wat als hij het al voor de bocht ontdekt?'

'Ik heb Carl nog nooit de remmen zien testen voordat hij ze nodig heeft,' zei ik kalm en vriendelijk, hoewel ik herhaalde wat ik al vele malen eerder had gezegd. 'De auto staat op een vlakke ondergrond, hij geeft gas, de afdaling nadert en hij laat het gas los en doordat de helling zo steil is, merkt hij niet dat de vaart ook te wijten is aan het feit dat de gaskabel blijft hangen waardoor de zware auto nog meer vaart krijgt. Twee seconden later zit hij in de bocht en ontdekt hij dat de snelheid veel hoger ligt dan anders en in paniek trapt hij op de rem. Maar die reageert niet. Misschien heeft hij nog tijd om het pedaal nogmaals in te trappen, om een ruk aan het stuur te geven, maar hij is kansloos.' Ik maakte mijn lippen nat, ik had mijn punt gemaakt, ik had daar kunnen stoppen. Maar ik ging verder met het mes rond te draaien. In mij, in haar. 'De snelheid is zo hoog, de auto te zwaar, de bocht te krap, het had niet eens geholpen als er asfalt had gelegen in plaats van los grind. En dan is de auto in de lucht en hij is gewichtloos. Bevelhebber in een ruimteraket en met hersenen op *warp speed* die nog net tijd heeft zich af te vragen: hoe? wie? en waarom? En misschien heeft hij nog tijd om die vragen te beantwoorden voordat hij...'

'Genoeg!' schreeuwde Shannon. Ze sloeg haar armen over elkaar en er ging een rilling door haar lijf.

'Stel dat hij... stel dat hij ontdekt dat er iets aan de hand is en niet in de auto wil rijden?'

'Dan ontdekt hij dat er iets aan de hand is. Hij laat uiteraard de auto nakijken en de monteur stelt vast dat de gaskabel rafelig is en de remleiding verrot, dat zal geen groot mysterie zijn. En dan moeten wij een ander plan verzinnen, het op een andere manier doen. Erger wordt het niet.'

'En als het plan werkt en de politie vertrouwt het niet?'

'Dan controleren ze het wrak en ontdekken de versleten onderdelen. Dit hebben we allemaal besproken, Shannon. Het is een goed plan, oké?'

Met een snik wierp Shannon zich tegen me aan.

Ik maakte me voorzichtig los uit haar greep.

'Ik ga nu,' zei ik.

'Nee!' zei ze huilend. 'Blijf!'

'Ik volg het vanuit de werkplaats,' zei ik. 'Ik zie de Geitesving van daaruit. Bel me als er iets verkeerd gaat, oké?'

'Roy!' Ze riep alsof het de laatste keer was dat ze me in leven zag, alsof ik op open zee van haar wegdreef, als een pasgetrouwd stel in een zeilboot dat dronken was geworden van de champagne en nu op slag nuchter was.

'We zien elkaar later,' zei ik. 'Denk eraan dat je direct het alarmnummer belt. Herinner je hoe het gegaan is, hoe de auto zich gedroeg en beschrijf aan de politie hoe het precies is gegaan.'

Ze knikte, beheerste zich, streek haar jurk glad. 'Wat... wat zal er daarna gebeuren, denk je?'

'Daarna,' zei ik. 'Ik geloof dat ze daar een vangrail gaan plaatsen.'

68

Het was twee minuten over zes en het begon te schemeren.

Ik zat bij het raam van het kantoor met de kijker gericht op de Geitesving. Ik had uitgerekend dat het, wanneer de Cadillac over de rand ging, voor mij exact drietiende seconde te zien zou zijn, dus het was zaak goed op te letten.

Ik had gedacht dat ik minder gespannen zou zijn als ik klaar was met mijn onderdeel en de rest in Shannons handen was, maar het tegenovergestelde was het geval. Nu ik hier zo werkeloos zat, had ik te veel tijd om na te denken over wat er allemaal fout kon gaan. En ik bedacht steeds nieuwe dingen. Het ene weliswaar nog onwaarschijnlijker dan het andere, maar het hielp niet voor mijn gemoedsrust.

Het plan was dat Shannon als het tijd was te vertrekken zou klagen dat ze zich niet goed voelde en naar bed wilde waardoor Carl alleen moest gaan. Als hij de Cadillac nam naar de openingsceremonie dan kon zij met de Subaru naar het feest in Årtun rijden als ze zich beter voelde.

Ik keek op mijn horloge. Drie minuten over zes. Drietiende deel van een seconde. Ik tilde mijn kijker weer op. Richtte op de ramen van de Smitts, waar ik sinds het incident eerder vandaag geen gordijnen had zien bewegen en ging toen verder naar de berg erachter en de Geitesving. Het kon al gebeurd zijn. Het kón al voorbij zijn.

Ik hoorde het geluid van een auto die afsloeg bij de werkplaats, ik richtte mijn kijker erop, maar ik kon niet scherpstellen. Ik liet de kijker zakken en zag dat het de Landrover van Kurt Olsen was.

De motor zweeg en hij stapte uit. Hij kon me niet zien, ik had het licht in de kamer uitgedaan, toch keek hij naar me alsof hij wist dat ik hier zat. Hij bleef staan, met o-benen en zijn duimen achter zijn riem gehaakt als een cowboy die me uitdaagde voor een duel. Toen liep hij naar de deur van de werkplaats en verdween uit het zicht. Kort daarna belde hij aan.

Ik zuchtte, stond op, liep de hal in en opende de deur.

‘Goedenavond, politiechef. Wat is het nu weer?’

‘Hoi, Roy. Mag ik binnenkomen?’

‘Nu is het...’

Hij duwde me aan de kant en liep de werkplaats in. Hij keek rond alsof hij hier nog niet eerder was geweest. Ging toen naar de plank waarop van alles stond. Fritz-wasstraatreiniger bijvoorbeeld.

‘Ik vraag me af wat er hier allemaal is gebeurd, Roy.’

Ik bevroor. Had hij het eindelijk ontdekt? Dat het lijk van zijn vader hier was geëindigd en – letterlijk – was verdampt in Fritz-wasstraatreiniger?

Maar toen zag ik dat hij tegen zijn slaap tikte en ik begreep dat hij doelde op wat er allemaal in mijn hoofd gebeurde.

‘...toen je Grete in brand stak.’

‘Zegt Grete dat?’ vroeg ik.

‘Niet Grete, nee, maar haar vader. Hij zag je vertrekken terwijl Grete nog steeds smeulde, zoals hij het zei.’

‘En wat zegt Grete?’

‘Wat denk je, Roy? Dat er iets was gebeurd met de haardroger, een plotselinge overbelasting of zoiets. Dat jij haar hebt geholpen. Maar dat geloof ik verdomme geen moment, het snoer was half doorgeknipt. Mijn vraag aan jou is nu, en denk verdomd goed na voor je antwoord geeft: waar heb je haar verdomme mee gedreigd dat ze daarover liegt?’

Kurt Olsen wachtte op antwoord terwijl hij afwisselend aan zijn snor zoog en zijn wangen opblies als een verrekte kikker.

‘Weiger je te antwoorden, Roy?’

‘Nee hoor.’

‘Hoe noem je dit dan?’

‘Doen wat je zegt. Verdomd goed nadenken.’

Ik zag iets veranderen achter Kurt Olsens ogen en dat hij zijn grip kwijt was. Hij deed twee stappen in mijn richting, bracht zijn rechterbeen naar achteren en stond op het punt me te slaan. Ik weet dat omdat ik weet hoe mensen eruitzien die gaan slaan, als haaien waarvan de ogen naar achteren rollen op het moment dat ze bijten. Maar hij stopte, kennelijk was er een gedachte die hem tegenhield. Roy Opgard op een zaterdagavond in Årtun. Geen gebroken jukbeenderen of neuzen, alleen maar uitgeslagen tanden en bloedneuzen, niet iets waar Sigmund Olsen zich mee hoefde bezig te houden. Roy Opgard; een man die zijn hoofd erbij hield maar die koud en berekend de persoon vernedert die zijn hoofd wel is kwijtgeraakt. In plaats van te slaan schoot er een vermanende wijsvinger uit de gebalde vuist van Kurt Olsen.

'Ik weet dat Grete dingen weet. Ze weet zaken over jou, Roy Opgard. Wat weet ze?' Hij kwam nog een stap dichterbij en ik voelde een fontein van speekseldruppels op mijn gezicht. 'Wat weet zij over Willum Willumsen?'

De telefoon in mijn broekzak ging, maar Kurt Olsen overstemde het geluid: 'Denk je dat ik gek ben? Dat die vent die Willumsen heeft vermoord toevállig is geslipt op het ijs vlak voor het huis van Carl en jou? Dat Willumsen zonder dat iemand daar ook maar een woord over heeft gehoord ineens een schuld van miljoenen heeft kwijtgescholden? Omdat hij het gevoel had dat hij dat moest doen?'

Was dit Shannon? Ik moest kijken wie er had gebeld, dat moest echt.

'Kom op, Roy. Alsof Willum Willumsen iemand ooit ook maar één kroon schuld heeft kwijtgescholden.'

Ik haalde de telefoon uit mijn broekzak, keek op het display. Wel verdomme.

'Ja, ik weet dat jij en je broer daar een aandeel in hadden. Net als in de verdwijning van mijn vader. Jij bent een moordenaar, Roy Opgard. Dat ben je en was je altijd al!'

Ik knikte naar Kurt en een ogenblik stopte de spraakwaterval en hij sperde zijn ogen open, leek te denken dat ik zijn beschuldigingen had bevestigd totdat hij begreep dat het een teken was dat ik de telefoon zou opnemen. Toen ging hij weer verder: 'Als jij niet had gehoord dat er een getuige kwam dan had je Grete Smitt vandaag vermoord! Je had...'

Ik draaide Kurt Olsen half de rug toe, stak een vinger in mijn ene oor en hield tegen het andere de mobiel. 'Ja, Carl.'

'Roy? Ik heb hulp nodig!'

Het leek of het licht uitging en ik achttien jaar terug in de tijd werd geworpen.

Zelfde plek.

Zelfde wanhoop in de stem van mijn kleine broer.

Zelfde misdaad die op het punt stond begaan te worden, alleen was hij het zelf die het slachtoffer zou worden.

Maar hij leefde en had hulp nodig.

'Wat is er?' kon ik uitbrengen terwijl de politiechef achter me zijn riedel stond af te draaien.

Carl aarzelde. 'Hoor ik Kurt Olsen?'

'Ja, wat is er?'

'Het doorknippen van het lint begint zo en het plan is dat ik met de Cadillac arriveer,' zei hij. 'Maar er is iets mee aan de hand. Vast een kleinigheid, maar kun je komen en het probleem verhelpen?'

'Ik kom direct,' zei ik en verbrak de verbinding. Ik draaide me om naar Kurt Olsen.

'Goed je gesproken te hebben, maar tenzij je een arrestatiebevel hebt, moet ik nu weg.'

Zijn mond stond nog open toen ik vertrok.

Een minuut later reed ik met de Volvo op de rijksweg. Ik had de tas met gereedschap op de stoel naast me staan, het licht van Olsens Landrover in mijn spiegel en met zijn belofte bij het afscheid dat hij mij en mijn broer wel zou krijgen nog in mijn oor. Ik vroeg me even af of hij van plan was me te volgen naar Opgard, maar toen ik afsloeg bij Nergard en Opgard, reed hij rechtdoor.

En ik maakte me ook niet het meest zorgen om Olsen.

Iets aan de hand met de Cadillac? Wat kon dat verdomme zijn? Kon Carl in de auto zijn gaan zitten en gemerkt hebben dat de rem en het gaspedaal niet naar behoren werkten nog voordat hij begon te rijden? Nee, dan moest hij al argwaan hebben gehad. Of iemand moest hem iets hebben verteld. Was dat het geval? Was het Shannon niet gelukt het plan uit te voeren? Was ze ingestort en had ze alles opgebiecht? Of nog erger: was ze overgelopen en had ze Carl de waarheid verteld? Of haar versie van de waarheid. Ja, zo zat het. Ze had verteld dat het moordplan van mij, alleen van mij, kwam. Ze had verteld dat ik wist van de vervalsing van de handtekening door Carl, verteld dat ik haar had verkracht, haar zwanger had gemaakt en haar, het kind en Carl nu dreigde te vermoorden als ze iets zei. Ik was geen schuwe waterspreeuw, ik was vader, een bergleeuwerik, een leeuwerik die niet in Noorwegen voorkwam en een boevenmasker had. En nu had Shannon verteld wat Carl en zij moesten doen. Me naar de boerderij lokken en uit de weg ruimen, zoals Carl en ik vader uit de weg hadden geruimd. Ze wist het immers, ze wist dat de boers Opgard konden moorden, wist dat ze zou krijgen wat ze wilde, op wat voor manier dan ook.

Ik hapte naar adem en het lukte me niet die zieke, ongewenste gedachten weg te duwen. Ik stuurde door een bocht en er opende zich een zwarte tunnel voor me waar geen tunnel hoorde te zijn. Een ondoordringbare duisternis, een stenen muur die onmogelijk kapot gemaakt kon worden, maar die toch op de weg stond. Was dit de depressie waarover de vorige politiechef het had gehad? Waren dit vaders zwarte gedachten die uiteindelijk ook in mij opstegen? Net als de nacht die niet viel, maar opsteeg uit het dal. Misschien. En het wonderlijke gebeurde: hoe hoger ik na elke haarspeldbocht kwam, hoe rustiger ik ging ademhalen.

Het was goed. Als het hier eindigde, als ik niet langer dan nog een dag te leven had dan was het goed. De moord op mij zou Shannon en Carl hopelijk verbinden. Carl was een pragmaticus, hij kon ermee leven een kind op te voeden dat niet helemaal van hem was, maar toch wel familie. Ja, misschien was mijn ondergang de enige kans op een happy end.

Ik ging door de Geitesving en gaf een beetje gas waardoor het grind onder mijn achterwielen weg spatte. Onder me lag het dorp in de avondschemer, maar in het laatste restje middagzon zag ik Carl met zijn armen over elkaar geslagen voor de Cadillac op me staan wachten.

Een andere gedachte bekroop me. Geen andere, maar de eerste.

Dat dit het gewoon was: er was iets aan de hand met de auto.

Een kleinigheid die niets te maken had met de remleiding of de gaskabel en die makkelijk te repareren was. Dat ergens in de verlichte keuken, achter de gordijnen, Shannon stond te wachten tot ik het geregeld had en daarna zou het plan weer op de rails staan.

Ik stapte uit de auto, Carl liep op me af, omhelsde me. Hij hield me vast op een manier dat ik zijn hele lichaam van top tot teen kon voelen. Ik voelde dat het beefde zoals het had gebeefd als vader in onze kamer was geweest en ik uit mijn bed klom om hem te troosten.

Hij fluisterde in mijn oor en ik begreep het.

Begreep dat het plan níet weer op de rails stond.

69

We zaten in de Cadillac. Carl achter het stuur, ik naast hem en we staarden voorbij de Geitesving naar de bergtoppen in het zuiden die omlijst werden door oranje en lichtblauw.

'Ik zei door de telefoon dat er iets aan de hand was met de auto omdat ik hoorde dat Olsen bij je was,' zei Carl snikkend.

'Ik begrijp het,' zei ik en ik trachtte mijn voet te bewegen omdat die leek te slapen. Nee, niet slapen, de voet was verlamd net als de rest van mijn lijf. 'Vertel me wat er precies gebeurd is.' Mijn stem klonk en voelde alsof er iemand anders sprak.

'Nou,' zei Carl. 'We vertrekken bijna naar de bouwplaats, zijn bezig ons om te kleden. Shannon is al klaar en ziet eruit om door een ringetje te halen, ik sta in de keuken mijn overhemd te strijken. En ineens zegt ze dat ze zich niet goed voelt. Ik zeg dat ze een paracetamol moet nemen. Maar ze zegt dat ze naar bed wil en dat ik alleen moet gaan en dat ze met de Subaru naar het feest zal komen als ze zich beter voelt. Ik ben geschokt, zeg dat ze zich moet vermannen, dat het belangrijk is. Maar ze weigert, zegt dat gezondheid boven alles gaat en zo. En ja, ik word boos, dat is toch gewoon bullshit, Shannon voelt zich nooit zo ziek dat ze niet in staat is een paar uur op de been te zijn. En het is immers voor haar net zo'n grote gebeurtenis als voor mij. Een ogenblik raak ik de controle kwijt en ik schreeuw het uit dat...'

'Je schreeuwt uit dat...?' zei ik en ik voelde dat de verlamming nu haast bij mijn tong was gekomen.

'Ja, ik schreeuw dat ze zich waarschijnlijk zo slecht voelt door dat hoerenjong dat ze draagt.'

'Hoerenjong,' herhaalde ik. Het was zo koud in de auto. Zo verdomde koud.

'Ja, dat vroeg zij ook, net of ze niet begreep waar ik het over had. Dus ik zeg dat ik weet van haar en die Amerikaanse acteur. Dennis Quarry.

En zij herhaalt zijn naam en ik haat het gewoon om haar die naam te horen zeggen. Denn-is Qu-arry. En dan begint ze te lachen. Te láchen! En ik sta met het strijkijzer in mijn hand en er knapt iets in me.'

'Knapt.' Toonloos.

'Ik sla,' zei hij.

'Sla.' Ik was een verrekte echoput geworden.

'Het strijkijzer komt tegen de zijkant van haar hoofd, ze valt achterover, raakt de kachelpijp die breekt en het roet stuift alle kanten op.'

Ik zei niets.

'Dan buig ik over haar heen, hou het gloeiendhete strijkijzer vlak voor haar gezicht en zeg dat als ze niet bekent dan zal ik haar strijken zoals ik mijn overhemd strijk. Maar ze gaat door met lachen. Ze ligt daar te lachen terwijl het bloed uit haar neus stroomt, haar mond in waardoor haar tanden rood worden en ze een verdomde heks lijkt en ze verdomme niet meer zo mooi is, begrijp je? En ze bekent. Niet alleen waar ik om vroeg, maar ze steekt een mes in me en bekent alles. Ze bekent het ergste.'

Ik probeerde te slikken, maar er was geen speeksel meer.

'En wat is het ergste?'

'Wat denk je, Roy?'

'Ik weet het niet,' zei ik.

'Het hotel,' zei hij. 'Shannon heeft het hotel in brand gestoken.'

'Shannon? Hoe...'

'Toen we vertrokken van het feest van Willumsen om naar de markt te gaan voor het vuurwerk, zei Shannon dat ze moe was en naar huis wilde, dat ze de auto nam. Ik was nog steeds op de markt toen we de brandweer hoorden.' Carl sloot zijn ogen. 'Shannon zit bij de kachel en vertelt dat ze naar boven is gereden en het vuur op een plek heeft aangestoken waarvan ze wist dat het zich van daaruit langzaam zou verspreiden. Ze liet een afgevuurde vuurpijl liggen zodat het eruit zou zien dat die de oorzaak was van de brand.'

Ik wist waarnaar ik moest vragen. Dat ik het moest vragen zelfs al wist ik het antwoord. Het moest vragen om niet te onthullen dat ik het had begrepen, dat ik Shannon misschien net zo goed kende als hij. Dus ik deed het: 'Waarom?'

'Omdat...' Carl slikte. 'Omdat ze God is die haar eigen beeld schept. Ze kon met dat hotel niet leven, het moest worden zoals zij het had getekend.

Dat of niets. Ze wist niet dat het niet was verzekerd en ging ervan uit dat het zonder problemen herbouwd kon worden en dat ze dan, bij de tweede poging, de originele tekeningen erdoor zou drukken.'

'Zei ze dat?'

'Ja. En toen ik vroeg of ze daarbij niet aan de andere mensen had gedacht, aan jou, aan mij en aan alle mensen in het dorp die eraan hadden gewerkt en erin hadden geïnvesteerd, zei ze nee.'

'Nee?'

'Ze zei *fuck no*. En lachte. Toen sloeg ik weer.'

'Met het strijkijzer?'

'Met de achterkant, de koude kant.'

'Hard?'

'Hard. Ik zag het licht in haar ogen doven.'

Ik moest me erop concentreren te blijven ademen. 'Was ze...'

'Ik pakte haar pols, maar voelde geen moer.'

'En toen?'

'Toen heb ik haar naar buiten gedragen.'

'Ze ligt in de kofferbak?'

'Ja.'

'Laat me zien.'

We stapten uit. Terwijl Carl de kofferbak opende keek ik naar het westen. Boven de bergtoppen at het oranje het lichtblauw op. En ik dacht dat dit misschien de laatste keer was dat ik in staat was te denken dat iets mooi was. Maar in een fractie van een seconde, voordat ik in de kofferbak keek, dacht ik dat het gewoon een grap was, dat er niemand in zou liggen.

Maar ze lag erin. Een sneeuwwitte Doornroosje. Ze sliep zoals ze de twee nachten in Kristiansand had gedaan. Op haar zij met gesloten ogen. En ik kon het niet laten te denken: in dezelfde foetale houding als het kind in haar.

De hoofdwonden lieten er geen twijfel over bestaan dat ze dood was. Ik legde mijn vingertoppen op haar kapotte voorhoofd.

'Dit komt niet van een enkele klap met de achterkant van het strijkijzer,' zei ik.

'Ik...' Carl slikte. 'Ze bewoog toen ik haar naast de auto legde en ik... ik raakte in paniek.'

Ik keek automatisch naar de grond en daar, in het licht van het lampje in de kofferbak, zag ik een van de grote stenen blinken die vader ons naar de gevel van het huis had laten dragen om de drainage te verbeteren toen het een herfst meer regende dan normaal. Er zat bloed op.

Carls verstikte stem naast me klonk als een pruttelende pan pap. 'Kun je me hiermee helpen, Roy?'

Mijn blik ging weer naar Shannon. Wilde, maar kon me niet losrukken. Hij had haar gedood. Nee, haar vermoord! In koelen bloede. En nu vroeg hij om hulp. Ik haatte hem. Haatte, haatte en nu voelde ik dat mijn hart weer begon te pompen en met het bloed kwam de pijn, eindelijk kwam de pijn en ik beet zo hard dat ik het gevoel had dat ik mijn eigen kiezen brak. Ik haalde adem en kreeg mijn kaken zo ver van elkaar dat ik kon zeggen: 'Hoe moet ik je helpen?'

'We kunnen haar naar het bos brengen. Haar ergens neerleggen waarvan we weten dat ze wordt gevonden en de Cadillac laten we in de buurt staan. Dan zeg ik dat ze eerder vandaag de Cadillac had genomen om een tochtje te maken en nog niet thuis was toen ik vertrok naar het lint doorknippen. Als we haar nu ergens neerleggen dan haal ik het nog en dan kan ik haar als vermist opgeven als ze niet opduikt op het feest. Klinkt dat goed?'

Ik stompte hem in zijn buik.

Hij sloeg dubbel, stond daar als een fucking L te happen naar lucht. Ik kon hem eenvoudig op de grond duwen en ging boven op hem zitten waarbij ik zijn armen vastklemde. Hij moest dood, hij moest net als zij dood. Mijn rechterhand vond de grote steen, maar die was plakkerig en glad van haar bloed en gleed uit mijn hand. Ik wilde mijn hand schoonvegen aan mijn overhemd, maar het lukte me zo helder te denken dat ik in plaats daarvan de steen twee keer door het grind rolde om die vervolgens weer te pakken. Ik tilde de steen boven mijn hoofd. Carl ademde nog steeds niet en lag met stijf dichtgeknepen ogen onder me. Ik wilde dat hij het zag, ik kneep met mijn linkerhand in zijn neus.

Hij opende zijn ogen.

Hij griende.

Zijn blik was op mij gevestigd, misschien had hij de steen nog niet gezien die ik in de lucht hield of misschien begreep hij niet wat die betekende. Of hij was gekomen waar ik was: dat het hem niet meer kon verdommen. Ik voelde de zwaartekracht aan de steen trekken, die wilde naar beneden, die wilde kapotmaken, ik hoefde niet eens kracht te gebruiken, als ik stopte met kracht te gebruiken, als ik de steen niet langer een armlengte van mijn broer kon houden dan zou die zijn werk doen waarvoor die was bedoeld. Hij was gestopt met janken en ik voelde het melkzuur al branden in mijn rechterarm. Ik gaf op. Ik liet het gebeuren. Maar toen zag ik het. Als een verdomde echo uit mijn jeugd. Zijn blik. Die verrekte vernederde, hulpeloze kleinebroertjesblik. En daar was het brok in mijn keel. Nu begon ik te grienen. Weer. Ik liet de steen komen, gaf er meer vaart aan, smeet die zo hard neer dat de klap tot in mijn schouder te voelen was. Ik bleef zitten hijgen als een verrekte jachthond.

Nadat ik weer op adem was gekomen liet ik me van Carl vallen die roerloos bleef liggen. Eindelijk stil. Zijn ogen wijd open alsof hij eindelijk alles had gezien en begrepen. Ik zat naast hem en keek naar de Ottertind. Onze zwijgende getuige.

'Dat was wel heel dicht bij mijn hoofd,' zei Carl kreunend.

'Niet dichtbij genoeg,' zei ik.

'Oké, *so I fucked up*,' verzuchtte hij. 'Heb je dat nu uit je systeem?'

Ik haalde het blikje snus uit mijn broekzak.

'Wat betreft de steen tegen het hoofd,' zei ik en het kon me niet verdommen dat hij de trilling in mijn stem kon horen. 'Als ze haar in het bos vinden, hoe zullen de wonden aan haar hoofd dan worden verklaard, denk je?'

'Dat iemand haar heeft vermoord, neem ik aan.'

'En wie is de eerste die ze verdenken?'

'De echtgenoot?'

'Die in tachtig procent van de gevallen schuldig is, volgens *True Crime*. Vooral als hij geen alibi heeft voor het tijdstip van de moord.'

Carl hees zich op zijn ellebogen. 'Oké, grote broer. Wat doen we?'

We. Natuurlijk.

'Geef me even de tijd.'

Ik keek rond. Wat zag ik?

Opgard. Een klein huis, een schuur met grond eromheen. En wat was het eigenlijk? Een naam van zes letters, een familie met twee overlevenden. Want als je alles weghaalt, wat was dan een familie? Een verhaal dat we elkaar vertellen omdat familie noodzakelijk was, omdat die duizenden jaren had gefungeerd als een coöperatieve eenheid? Ja, waarom niet? Of bestond er iets naast het puur praktische, iets in het bloed wat ouders en kinderen met elkaar verbindt? Ze zeggen dat je niet kan leven van lucht en liefde. Maar je kunt verdomme ook niet zónder leven. En als er iets is wat we willen dan is het leven. Ik voelde het nu, misschien nog sterker omdat de dood in de kofferbak voor ons lag. Dat ik wilde leven. En daarom moeten we doen wat we moeten doen. Alles hing van mij af. Het moest nu gebeuren.

'Ten eerste,' zei ik. 'Toen ik in de herfst de Cadillac nakeek, heb ik Shannon aangeraden de remleidingen en de gaskabels te laten vervangen. Hebben jullie dat gedaan?'

'Wat?' zei Carl hoestend terwijl hij een hand voor zijn buik hield. 'Daar heeft Shannon geen woord over gezegd.'

'Mooi, dat is nu ons geluk,' zei ik. 'We zetten haar achter het stuur. Voordat je de keuken en de kofferbak schoonmaakt, haal daar eerst wat er nog aan bloed ligt weg en veeg het op de stoel, het stuur, en het dashboard. Begrepen?'

'Eh, ja. Maar...'

'Shannon zal in Huken in de Cadillac worden gevonden en dat verklaart de hoofdwonden.'

'Maar... dat is al de derde auto in Huken. De politie zal zich toch afvragen wat er verdomme aan de hand is?'

'Zeker, maar als ze de versleten auto-onderdelen zien waarover ik het net had dan zullen ze begrijpen dat het gewoon een ongeluk was.'

'Meen je dat?'

'Ik weet het zeker,' zei ik.

Er hing nog steeds een dun randje oranje gloed rond de Ottertind toen Carl en ik het zware, zwarte gevaarte in beweging kregen. Shannon zag er zo klein uit achter het grote stuur. We lieten de auto los en die rolde langzaam, haast onwillig, door. Het grind kraakte onder de wielen. Op het puntje van de vinnen die omhoogstaken lichtten twee smalle, verticale lampen op. Dit was een Cadillac DeVille. Uit de tijd dat de Amerikanen ruimteschepen fabriceerden die je in de zevende hemel brachten.

Ik staarde naar de auto, de gaskabel moest zijn blijven hangen, de auto ging steeds sneller en ik bedacht dat het dit keer ging gebeuren, de auto ging naar de hemel.

Ze had gezegd dat ze dacht dat het een jongen was. Ik had niets gezegd, maar ik had het natuurlijk niet kunnen laten een naam te bedenken. Niet dat ik dacht dat ze Bernard zou goedkeuren, maar dat was de enige naam waar ik op kon komen.

Carl sloeg een arm om mijn schouder. 'Ik heb alleen jou, Roy,' zei hij.

En ik alleen jou, dacht ik. Twee broers in een woestijn.

70

‘Voor velen van ons zijn we nu terug waar we zijn begonnen,’ zei Carl.

Hij stond op het podium in Årtun achter de microfoon die zo meteen zou worden overgenomen door Rod en zijn band.

‘En dan denk ik niet aan de eerste investeerdersbijeenkomst die we hier hadden, maar toen mijn broer en ik, en velen van jullie hier bij elkaar kwamen voor de dansavonden. En dan gebeurde het na een paar drankjes dat we opschepten over de bedrijven die we zouden oprichten. Of we vroegen aan degene die de grootste mond had hoe het ervoor stond, of hij al begonnen was met zijn grootse plan? En dan werd er soms spottend gelachen of gevloekt en – als hij een gevoelig type was – volgde er een vechtpartij.’

Gelach van het publiek in de zaal.

‘Maar als iemand ons volgend jaar vraagt hoe het met dat hotel zit waarover wij in Os zo hebben opgeschept dan kunnen we zeggen, ja hoor, dat hebben we gebouwd. Twee keer.’

Luid gejuich. Ik wisselde van standbeen. De misselijkheid had me in een wurggreep, een hoofdpijn bonkte ritmisch achter mijn ogen en de pijn in mijn borst was zo erg dat ik aannam dat een infarct zo moest voelen. Maar ik probeerde niet te denken, probeerde niet te voelen. Voorlopig leek het erop dat Carl dat beter lukte dan mij. Iets wat ik had kunnen weten. Hij was de koelbloedige van ons tweeën. Hij was net als moeder. Passief medeschuldig. Koud.

Hij gebaarde met zijn handen als een circusdirecteur of een acteur.

‘Degenen onder jullie die eerder deze avond aanwezig waren bij het doorknippen van het lint hebben de kans gehad de tekeningen te bekijken die daar lagen, en zij weten hoe fantastisch het zal worden. En eigenlijk zouden we nu de meesterarchitect, mijn vrouw Shannon Alleyne Opgard, op het podium moeten hebben. Misschien komt ze later nog, maar op het ogenblik ligt ze thuis op bed, omdat het af en toe zo is als je niet alleen zwanger bent van een hotel…’

Het was een seconde stil. Toen barstte het gejuich weer los, gevolgd door gestamp van voeten.

Ik kon het niet meer verdragen, ik rende naar de uitgang.

'En nu, mensen, geef ze een warm applaus...'

Ik stormde door de deur en zag nog net kans om rond de hoek van het gebouw te rennen voor mijn keel zich vulde en het braaksel op de grond voor mij spatte. Het kwam in golven, het moest eruit, als een verrekte geboorte. Toen het eindelijk voorbij was, zakte ik op mijn knieën, leeg, klaar. Uit de zaal hoorde ik de koeienbel het ritme slaan van het vaste openingsnummer van Rod en zijn kompanen. 'Honky Tonk Women.' Ik leunde met mijn voorhoofd tegen de gevel en begon te grienen. Snot, tranen en naar gal stinkend speeksel, het liep gewoon uit me.

'Jezus,' hoorde ik een stem achter me. 'Heeft eindelijk iemand Roy Opgard in elkaar geslagen?'

'Hou op, Simon!' klonk een vrouwenstem en ik voelde een hand op mijn schouder. 'Is alles in orde, Roy?'

Ik draaide me half om. Grete Smitt had een rode sjaal rond haar hoofd gebonden en dat zag er eigenlijk niet eens zo slecht uit.

'De drank is slecht gevallen,' zei ik. 'Maar bedankt.'

Ze liepen innig omstrengeld naar de parkeerplaats.

Ik kwam overeind en zette koers in de richting van het berkenbos, liep over het zompige gras dat verzadigd was van smeltwater. Ik zette mijn duim tegen een neusgat en blies het andere schoon, spuugde en haalde diep adem. De avondlucht was nog steeds koud, maar smaakte anders, als een belofte dat dingen gingen veranderen, nieuwer, beter werden.

Ik stond onder een kale boom. De maan was opgekomen en wierp trolachtig licht op het Budalsvann. Over een paar dagen zou het ijs verdwenen zijn. De stroming zou de ijsschotsen meenemen. Als de zaak hier eenmaal begon te breken dan duurde het niet lang voor alles weg was.

Er kwam iemand naast me staan.

'Wat doet de sneeuwhoen als de vos alle eieren heeft opgegeten?' Het was Carl.

'Legt nieuwe,' zei ik.

'Is het niet vreemd met dergelijke dingen die je ouders altijd zeiden toen je jong was en waarvan je toen dacht dat het maar onzin was. En op een dag begrijp je ineens wat ze bedoelden.'

Ik haalde mijn schouders op.

'Het is mooi, vind je niet?' zei hij. 'Als het voorjaar eindelijk ook bij ons begint.'

'Ja.'

'Wanneer kom je terug?'

'Terug?'

'Naar Os.'

'Voor de begrafenis, denk ik.'

'Er komt hier geen begrafenis, ik stuur haar in een kist naar Barbados. Ik bedoel, wanneer verhuis je weer naar Os?'

'Nooit.'

Carl lachte alsof ik een grap had verteld. 'Je weet het misschien nog niet, maar je komt terug voor het jaar voorbij is, Roy Opgard.' Toen liep hij weg.

Ik bleef nog lang staan. Ten slotte keek ik omhoog naar de maan. Die zou eigenlijk groter moeten zijn, als een planeet, iets waardoor de tragische en gehaaste levens van mij en alle andere mensen in een groter perspectief werden geplaatst. Ik had dat nu nodig. Iets wat me vertelde dat iedereen – Shannon, Carl en ik, vader en moeder, oom Bernard, Sigmund Olsen, Willum Willumsen en een Deense afperser – hier was geweest, verdwenen en vergeten op hetzelfde moment, nauwelijks meer dan een flits in het grootse universum van tijd en ruimte. Dat was de enige troost die we hadden, dat absoluut niets ook maar iets betekende. Niet het hebben van grond. Niet het bezitten van een eigen tankstation. Niet het wakker worden naast je geliefde. Niet het zien opgroeien van je eigen kind.

Zo was het. Betekenisloos.

Maar het was duidelijk, de maan was te klein om te troosten.

71

'Bedankt,' zei Martinsen en ze pakte de beker koffie aan die ik haar gaf. Ze leunde tegen het aanrecht en keek uit het raam. De KRIPOS-auto en de Landrover van Olsen stonden nog steeds beneden in de Geitesving.

'Jullie hebben niets gevonden?' vroeg ik.

'Vanzelfsprekend niet,' zei ze.

'Is dat zo vanzelfsprekend voor jou?'

Martinsen zuchtte en keek rond alsof ze er zeker van wilde zijn dat we alleen waren in de keuken. 'Om eerlijk te zijn zouden we normaal gesproken een verzoek tot assistentie hebben afgeslagen in een zaak die zo duidelijk een ongeluk was. Toen de politiechef contact met ons opnam, waren de gebreken aan de auto – die blijkbaar het ongeluk hadden veroorzaakt – al gevonden. De veelomvattende verwondingen bij de dode komen overeen met zo'n diepe val. De lokale arts kon natuurlijk niet precies zeggen wanneer ze is overleden, gezien het feit dat het een etmaal duurde voordat hij kans zag bij de auto in het ravijn te komen, maar zijn inschatting is dat ze ergens tussen zes uur 's avonds en middernacht van de weg is geraakt.'

'Waarom zijn jullie toch hierheen gekomen?'

'Nou, ten eerste stond jouw politiechef erop, hij werd bijna agressief. Hij is ervan overtuigd dat de vrouw van je broer is vermoord en hij heeft in wat hij een vakblad noemt gelezen dat in tachtig procent van de gevallen de echtgenoot de dader is. En bij KRIPOS vinden we het prettig een goede verstandhouding te hebben met de politiebureaus in de provincie.' Ze glimlachte. 'Goede koffie, trouwens.'

'Bedankt. En wat is de tweede reden?'

'De tweede?'

'Je zei dat de politiechef Olsen de eerste reden was.'

Martinsen lachte, ze keek me aan met een paar blauwe ogen en een blik waarvan ik niet kon uitmaken hoeveel procent daarvan professioneel was. En ik beantwoordde de blik niet. Wilde dat niet. Ik was daar gewoon niet. Bovendien wist ik dat als ik haar lang in mijn ogen liet kijken dat ze dan de wond zou zien.

'Ik stel het op prijs dat je zo open bent tegen me, Martinsen.'

'Vera.'

'Maar ben je niet op z'n minst sceptisch wanneer je weet dat er drie auto's op precies dezelfde plek het ravijn in zijn gestort en dat je nu spreekt met de broer van degene die een nauwe band had met alle dodelijke slachtoffers?'

Vera Martinsen knikte. 'Dat ben ik geen moment vergeten, Roy. En Olsen heeft me meermaals verteld over het aantal ongelukken daar. En nu heeft hij een theorie dat het eerste dodelijke ongeval ook moord kan zijn geweest en hij wil dat we nagaan of er geknoeid is met de remleidingen van de onderste Cadillac.'

'Die van mijn vader,' zei ik en ik hoopte dat mijn pokerface standhield. 'Hebben jullie dat gecheckt?'

Martinsen lachte. 'Ten eerste is het wrak geplet door de twee auto's die erbovenop liggen. En áls we iets zouden vinden dan is de zaak achttien jaar oud en verjaard. Bovendien ben ik een groot voorstander van wat mensen verstand en logica noemen. Weet je hoeveel auto's er jaarlijks in Noorwegen van de weg raken? Rond de drieduizend. Op hoeveel verschillende plekken? Onder de tweeduizend. Bijna de helft vindt plaats op dezelfde plek waar eerder dat jaar ook iemand van de weg is geraakt. Dat over een periode van achttien jaar drie auto's naar beneden storten waar er zeker iets aan de veiligheid schort, vind ik gewoon niet zo vreemd, ik vind het eerder raar dat er niet meer ongelukken zijn geweest.'

Ik knikte. 'Zou je misschien zo vriendelijk kunnen zijn om dat van de veiligheid door te geven aan de gemeente?'

Martinsen glimlachte en zette de koffiebeker neer.

Ik liep met haar mee naar de deur.

'Hoe gaat het met je broer?' vroeg ze terwijl ze haar jas dichtknoopte.

'Nou, hij heeft het er zwaar mee. Hij is met de kist onderweg naar Barbados. Daar zal hij kennismaken met haar familie. Daarna zal hij zich, zoals hij het uitdrukt, begraven in het werk met het hotel.'

'En jijzelf?'

'Het gaat beter,' loog ik. 'Het was uiteraard een schok, maar het leven gaat verder. Die anderhalf jaar dat Shannon op de boerderij woonde was ik voor het grootste deel elders, we hebben elkaar niet zo goed leren kennen als… tja, je snapt het. Het is niet hetzelfde als een familielid verliezen.'

'Ik begrijp het.'

'Nou, goed,' zei ik en ik opende de buitendeur voor haar omdat ze dat zelf niet had gedaan. Maar ze verroerde zich niet.

'Hoorde je dat?' fluisterde ze. 'Was dat geen goudplevier?'

Ik knikte langzaam. 'Ben je geïnteresseerd in vogels?'

'Zeer. Dat heb ik van mijn vader. En jij?'

'Behoorlijk.'

'Hier komen interessante vogels voor, neem ik aan?'

'Dat is zeker zo.'

'Misschien kan ik eens een dag komen zodat jij ze me kunt laten zien?'

'Dat zou gezellig zijn,' zei ik. 'Maar ik woon hier niet.'

Toen keek ik toch in haar ogen en liet ik het haar zien. Hoe beschadigd ik was.

'Oké,' zei ze. 'Geef maar door als je hier weer gaat wonen. Je vindt mijn nummer op het visitekaartje dat ik onder de koffiebeker heb geschoven.'

Nadat ze was vertrokken, liep ik naar de slaapkamer, ging in het tweepersoonsbed liggen, duwde het kussen tegen mijn gezicht en snoof het laatste wat er nog was van Shannon op. Een zwakke, kruidige geur die over een paar dagen weg zou zijn. Ik deed de klerenkast aan haar kant van het bed open. Die was leeg. Carl had de meeste spullen van haar meegenomen naar Barbados, de rest had hij weggegooid. Maar in het donker, diep in de kast zag ik iets. Shannon moest ze ergens in huis hebben gevonden en daar hebben neergelegd. Het waren twee gehaakte babysokjes. Ze waren zo klein dat je moest glimlachen. Grootmoeder had ze gehaakt en ze waren volgens moeder eerst door mij gedragen en daarna door Carl.

Ik liep naar beneden, naar de keuken.

Vanuit het raam zag ik dat de schuurdeur openstond. Ik zag een gloeiende sigaret. Het was Kurt Olsen, hij zat op zijn hurken de vloer te bestuderen.

Ik pakte de kijker.

Hij ging met zijn vingers over iets. En ik begreep wat het was. De afdrukken van de krik in de zachte vloerplanken. Kurt liep naar de bokszak, staarde naar het gezicht dat erop was geschilderd. Sloeg er aarzelend op.

Martinsen zou hem wel hebben bericht dat KRIPOS de spullen bij elkaar pakte en vertrok. Maar Olsen zou niet opgeven. Ik had ergens gelezen dat een lichaam zeven jaar nodig heeft om alle cellen, inclusief hersencellen, te vervangen. Dat we in principe na zeven jaar een ander mens zijn. Maar ons DNA, het programma waarop onze cellen is gebaseerd, verandert niet. Als we onze haren, nagels of een vingertopje afknippen zal dat wat weer aangroeit precies hetzelfde zijn. Een herhaling. En nieuwe hersencellen verschillen niet van de oude, ze nemen zelfs een groot deel van de herinneringen en ervaringen mee. We veranderen niet, we maken dezelfde keuzes, herhalen dezelfde fouten. Zo vader, zo zoon. Een jager als Kurt Olsen zal doorgaan met jagen, een moordenaar zal – als de omstandigheden zich herhalen – er weer voor kiezen een moordenaar te zijn. Het is een eeuwige cirkel, als de onzichtbare banen van de planeten, de wisseling van de jaargetijden.

Kurt Olsen was onderweg de schuur uit toen hij bij iets anders stilstond. Hij tilde het nu op en hield het tegen het licht. Het was een van de zinken emmers. Ik stelde de kijker scherp. Hij bestudeerde de kogelgaten. Eerst aan de ene kant van de emmer, toen aan de andere. Na een poosje zette hij de emmer weer neer, stapte in de auto en reed weg.

Het huis was leeg. Ik was alleen. Was dit hoe vader zich gevoeld had, zelfs met ons om zich heen?

Er klonk een zacht, dreigend gebulder in het westen en ik keek met de kijker in die richting.

Het was een lawine aan de noordzijde van de Ottertind. Zware, natte poedersneeuw moest naar beneden en dreunde nu door het ijs waardoor er een fontein van water ontstond aan de andere kant van het Budalsvann.

Ja, het voorjaar was genadeloos onderweg.